btb

Fast ein Jahrhundert umspannt der Bogen dieses Romans, mit dem Ursula Krechel fortsetzt, was sie, vielfach ausgezeichnet und gefeiert, mit »Shanghai fern von wo« und »Landgericht« begonnen hat. »Geisterbahn« erzählt die Geschichte einer deutschen Familie, der Dorns. Als Sinti sind sie infolge der mörderischen Politik des NS-Regimes organisierter Willkür ausgesetzt: Sterilisation, Verschleppung, Zwangsarbeit. Am Ende des Krieges, das weitgehend bruchlos in den Anfang der Bundesrepublik übergeht, haben sie den Großteil ihrer Familie, ihre Existenzgrundlage, jedes Vertrauen in Nachbarn und Institutionen verloren. Anna, die Jüngste, sitzt mit Kindern in einer Grundschulklasse, deren Familiengeschichten andere sind. Wer wie überlebt hat, aus Zufall oder durch Geschick, danach fragt keiner. Sie teilen vieles, nur nicht die Geister der Vergangenheit. Mit großer Kunstfertigkeit und sprachlicher Eleganz erzählt Ursula Krechel davon, wie sich Geschichte in den Brüchen und Verheerungen spiegelt, die den Lebensgeschichten einzelner eingeschrieben sind. Auf einzigartige Weise schafft sie eine atmosphärische Dichte, in der vermeintlich Vergangenes auf bewegende und bedrängende Weise gegenwärtig wird.

URSULA KRECHEL, geboren 1947 in Trier, seit 1974 zahlreiche literarische Veröffentlichungen: Theaterstücke, Gedichte, Hörspiele, Romane, Essays. Für ihre Romane »Shanghai fern von wo« und »Landgericht« wurde sie vielfach ausgezeichnet, u. a. mit dem Joseph-Breitbach-Preis, dem Jean-Paul-Preis, dem Deutschen Buchpreis und dem Georg-Büchner-Preis. Sie ist Mitglied der Berliner Akademie der Künste und wurde mit dem Bundesverdienstkreuz ausgezeichnet. Ursula Krechel lebt in Berlin.

Ursula Krechel

Geisterbahn

Roman

btb

Für alle, die mir ihr Vertrauen geschenkt haben

MIX
Papier | Fördert gute Waldnutzung
FSC® C014496

Penguin Random House Verlagsgruppe FSC® N001967

4. Auflage
Genehmigte Taschenbuchausgabe August 2020
by btb Verlag in der Penguin Random House Verlagsgruppe GmbH,
Neumarkter Straße 28, 81673 München
produktsicherheit@penguinrandomhouse.de
(Vorstehende Angaben sind zugleich Pflichtinformationen nach GPSR.)

Covergestaltung: semper smile, München
nach einem Entwurf von Boutique Brutal 2018 für
Jung und Jung, Salzburg und Wien
unter Verwendung einer Photographie von Irina Ruppert,
»Schwestern« aus der Serie »Cortorar Gypsies«
Druck und Bindung: GGP Media GmbH, Pößneck
MK · Herstellung: sc
Printed in Germany
ISBN 978-3-442-71870-2

www.btb-verlag.de
www.facebook.com/penguinbuecher

I

DREHSCHWINDEL

Damals wurden die Kinder so schnell groß. Mit neun, zehn Jahren trugen sie schon Körbe, trugen Verantwortung, wenn die Eltern nicht da waren, und trugen die kleineren Geschwister. Waren die Kinder so kräftig, daß sie Lasten tragen konnten? Oder hatte das Tragen sie kräftig gemacht? Oder machte es sie stolz? Sie trugen auch Stangen, die zusammengeschraubt werden mußten, und die entsprechenden Schraubenkästchen, Muttern, Manschetten, Muffen und Zangen. Die Karussells wurden zusammengefügt, all das mußte vorschriftsmäßig sein. So fest wie möglich mußten die Schrauben angezogen werden. Wenn der Besitzer des Karussells so aussah, als wäre er ein *Zigeuner*, wurde doppelt und dreifach geprüft, die Papiere, die Zulassung, die Einhaltung der Sicherheitsbestimmungen, alles. Die Kinder wuselten herum. Die großen halfen, ja, sie waren stolz, große Kinder zu sein und den kleinen einen Weg ins Leben zu weisen. Genauso wie ihre großen Geschwister wollten es die kleinen machen.

Die großen unterschieden sich von den anderen Kindern, mit denen sie in die Schule gingen, und das tat ihnen gut. In der Schule wurden sie geduckt, die Lehrer machten ihnen klar, was sie alles nicht konnten. Richtig Deutsch sprechen zum Beispiel. Sie verwendeten fremde Ausdrücke, also mußten die Ausdrücke falsch sein. Die Kinder kannten eine andere Sprache, eine Geheimsprache, so kam es ihnen vor. Zuhause merkten sie, was sie alles konnten, wie sehr die kleineren Geschwister auf sie angewiesen waren, wie sehr sie sie bewunderten und wie froh die Eltern waren, wenn sie bei der Arbeit halfen. Sie trugen die kleineren Geschwister auf dem Rücken, und niemand warnte oder drohte, sie würden krumm und lahm, die Last sei zu schwer. Auch die Eltern trugen ja Lasten.

Die Kinder brauchten Fingerspitzengefühl. Vielleicht ließ sie das am schnellsten wachsen, nicht das Tragen, nicht das Argumentieren. Sie wuchsen über sich hinaus. Wenn jemand kam, während die Eltern nicht zuhause waren – und es kamen viele, auch und gerade in der Abwesenheit der Eltern –, waren die Kinder Haushüter, Gastgeber, Abwiegler, je nachdem. Es kamen Verwandte, solche, die den heimatlichen Dialekt sprachen, und solche, die Romanes sprachen. Es kamen Besucher, die sich auf den Vater, den Onkel oder ihre verstorbene Großmutter beriefen, die so taten, als überbrächten sie wichtige Nachrichten, die vielleicht nur Wattewölkchen waren, ein drohendes Gewitter oder nervöses Gebell, das man wie bei einem kleinen Hund beruhigen mußte. Oder es kamen Bettler, die so umständlich sprachen, daß man das Anliegen erst mit viel Geduld begriff. Und die noch ziemlich kleinen Kinder mußten einen Ausweg finden, den die sieben Geißlein im Märchen nicht hatten. Es gab keinen Uhrenkasten, es gab keine Geißenmutter, es gab nur gewöhnliche Leute, die vielleicht schon in der nächsten Stunde mehr als gewöhnlich waren oder sogar bedrohlich, Leute, die im Gebüsch lauerten und das Haus im Blick behielten. Was führten die im Schilde? Warum hatten die so viel Zeit? Leute, die etwas verpetzten, die angeblich auf der Stelle Hilfe brauchten oder Geld, was häufig dasselbe bedeutete. Wenn sie am Abend davon erzählten und derjenige, den sie tagsüber im Gebüsch gesehen hatten, wieder auftauchte, als wäre es das Selbstverständlichste von der Welt, waren sie still vor Erstaunen, vor Schreck still. Ihr Vater entschied, was zu tun war, er gab dem Fremden einen Wink: Komm rein. Oder er mandelte sich auf, breitbeinig, auch mit breiten

Schultern, stand da, als verteidigte er etwas (ja, was?) gegen jeden Übergriff. Und wenn er ungebetene Gäste des Hauses verwies, blieben die Kinder still – vor Bewunderung. Da war etwas gelungen, das keine Worte, aber auch keine Sprache hatte. So lernten sie, den Gesten, den Blicken, den flehentlichen, den verschlagenen, den selbstbewußten, zu trauen. Die Sprachen konnte man übereinanderlegen, und die Wörter paßten, aber nie genau. Die Münder lachten auf ganz verschiedene Weise. Heraus mit der Sprache!, sagte der Lehrer. Aber dann bissen sich die Kinder lieber auf die Lippen.

Manchmal kamen auch Polizisten. (War MEINVATER dabei? Oder stelle ich mir das nur vor?) Sie fragten nach dem Vater, fragten nach der Mutter, dem einen Onkel oder einem anderen, es gab so viele, fragten nach den Tanten oder der ältesten Cousine, drängten ins Haus. Die Kinder kannten häufig die offiziellen Namen nicht, nur die, die in der Familie gebraucht wurden, die in keinem Ausweis standen, und die Kosenamen. Sie beteuerten ernsthaft, niemand sei da, alle seien auf dem Jahrmarkt. Sie müßten doch den Bären des Onkels gesehen haben oder das Karussell. Aber die Polizisten reagierten nicht, schließlich bohrten sie weiter: Kennt ihr den Henni? War der da in der letzten Zeit? Hat der bei euch gewohnt? Aus der Dringlichkeit, mit der sie fragten, schlossen die Kinder, Henni müsse etwas Schlimmes ausgefressen haben. Aber was war schlimm? Dann kam glücklicherweise ihre Mutter dazu. Jetzt belauerten die Polizisten sie, drangen in sie, wann sie ihren Bruder zuletzt gesehen habe? Ob er in Begleitung war, ob er bei den Karussells geholfen habe? Ob Henni eine Frau habe? Sie sprachen das Wort Frau so wegwerfend aus, daß auch die Kinder merkten, sie meinten etwas anderes, aber was? (Hier sehe ich MEINENVATER schon deutlich. Er reckte das Kinn vor, zückte ein Büchlein, nicht anders als das Notenbüchlein des Lehrers. Er wird alles notieren, protokollieren und im Revier in die Schreibmaschine hacken und wieder ein Blatt amtlichen Papiers ablegen.)

Lucie Dorn hatte eine feine Art, die Schultern zu heben und wieder fallen zu lassen. Gleichzeitig schob sie die kleinsten Kinder vor sich her und preßte sie eng an sich. Nein, sie wußte gar nichts von ihrem Bruder, er hatte ein eigenes Geschäft aufgemacht, in Krefeld oder in Neuss oder zwischen Grevenbroich und Jülich, schon vor einem Jahr. Nein, er schrieb keine Briefe, warum auch. Dann roch es seltsam aus dem Haus, Lucie gab sich einen Ruck, und sie sah schön aus mit ihrem wehenden Rock, abweisend, würdevoll, das sahen auch die Polizisten mit einem Blick. (Ich vermute, daß MEINVATER damals einen Blick für eine solche Frau hatte.) Dann raffte sie auf der Steinstufe den Rock zusammen, schlüpfte ins Haus. Die Milch ist übergekocht, die Kinder haben nicht aufgepaßt, erklärte sie rasch. Erschrocken sah sie aus, und es war ihr peinlich. Bitte um Entschuldigung, die Kinder brauchen die Milch. Der Herd war verklebt, verdreckt. Nein, noch einmal: Sie weiß nichts von Henni. Sie schloß die Tür, schrubbte den Herd mit Inbrunst, der ganze Zorn war ihr in die rechte Hand gefahren.

Es hatte in jedem Jahr eine Razzia gegen Bettler gegeben, bei der auch Leute aus ihrem Volk unter die Räder gekommen waren. Der Unterschied zwischen Bettlern, Tippelbrüdern, Stadthausierern und Schaustellern wurde dabei vollkommen verwischt. Im Zweifelsfall wurde man als asozial eingestuft, nur weil man reiste, weil der Jahrmarkt nichts von Dauer war, und zwischen Asozialen und Kriminellen war nur ein Hauch. Man mußte vorsichtig sein, damit nicht plötzlich eine Fürsorgerin auftauchte, eine mit großen Füßen und einem Formular in der Hand, auf dem sie alles Mögliche notierte und die Kinder in ein Waisenhaus einwies. Die geliebten Kinder, sie mußten saubere Fingernägel haben und saubere Hemden, sich möglichst nicht unterscheiden – von niemandem, aber das war schwer, wenn nicht unmöglich. Sie waren ja ohnehin ein fremdes Volk im deutschen Volk. Dabei waren die Väter und Söhne im Weltkrieg gewesen, manche waren tot, andere waren verkrüppelt nach Hause gekommen.

Am Morgen wieder der Rummel auf dem Festplatz: die Kettenkarussells, die Schaukeln, die Losbuden, die Ausrufer, die Musik, die passen mußte zum Geschäft, die Ponys, die Josef in einer notdürftig am Rand der Festwiese eingerichteten Manege führte, die Verlockungen und die fürchterlichen Enttäuschungen, wenn es regnete und der Festplatz verschlammte, wenn eine Kirmes ins Wasser fiel und die Kundschaft ausblieb. Der Kirmesplatz versank im Matsch, Trostlosigkeit, Leere, nasse Zelte, die triefenden Bahnen buckelten sich wie Wannen, schlaffe Segel, die Schuhe jammervolle Boote, dann war das Geld knapp. Die Kinder halfen jetzt, wo sie konnten, so gut sie konnten, wischten die Schaukelsitze trocken und die Kiele der hölzernen Schiffchen, sie polierten die Messingstangen, an denen die kleinen Fahrgäste sich festhielten, manche ängstlich, manche krähend oder jauchzend. Klebrig und feucht von den Kinderhänden waren die Stangen immer. An den Buden lungerten schäbig gekleidete Burschen mit durchgescheuerten Manschetten, Hosen, aus denen sie herausgewachsen waren, betont gelangweilte Gesichter, aber ein hungriger, lebenshungriger Blick. Vom Schießstand war das unverdrossene Krachen zu hören. Geschossen wurde immer, bei jedem Wetter. Die Aufbauhelfer blieben in der Familie, wenn es zu stark regnete, wo sollten sie hin?, manche waren entfernte Verwandte, manche sprachen Romanes, das machte sie auch verwandt. Andere tauchten von irgendwo auf, Arbeitslose vielleicht oder solche, die eine geregelte Arbeit scheuten, zogen herum, verwischten eine Spur, vielleicht war es die erste Station eines geplanten Verschwindens, vielleicht waren sie frisch entlassen aus dem Gefängnis, wie Lucie manchmal vermutete. Was nutzte es zu fragen? Sie waren arbeitswillig, sie hatten kräftige Hände, saßen am Abend mit am Tisch, nahmen die Kinder auf den Schoß, lachten, tranken, rauchten und wurden am nächsten Tag, wenn es aufklarte und die Arbeit getan war, ausbezahlt in die hohle Hand. Wohin sie gingen, woher sie kamen, wer wußte das, wer wollte es wissen? Hauptsache, das Karussell war vorschriftsmäßig aufgebaut, keine Schraube fehlte, und die ersten Kinderkunden standen erwartungsvoll an der Kasse. Geld zu verdienen war gut. Geld war nach der Familie das Beste oder das Nächstbeste. Ohne Geld keine Milch, ohne Geld keine Kinderschuhe. Wir haben nicht viel, aber die Sonne ist unser Eigentum. Und wir haben uns, wir sind eine große Familie, und deshalb sind wir reich. So dachte Alfons, dann wusch er sich, hängte Hose und Hemd über die Stuhllehne und löschte das Licht.

Beim Weinblütenfest in Bernkastel war die Polizei auf die Kirmes gekommen, weil der Karussellbetrieb mit der Musik die Anlieger angeblich beim Anhören einer Rede Hitlers störte. Deshalb mußte das Karussell bis zum Ende der Rede aussetzen. Anschließend hob die Weinkönigin einen Pokal in die Höhe und trank im Kreis der Ortsprominenz ein Glas Wein. Ist das eine richtige Königin?, fragten die Kinder. Nein, das ist nur die jüngste Tochter aus dem Weingut Büscher, antwortete man ihnen. Wenn das Fest zu Ende ist, lernt sie weiter die feine Küche in Boppard. Das wollten die Kinder nicht so recht glauben. Am Abend zog die Hitlerjugend mit Trommeln und Fackeln durch die Stadt, sie sangen, schwenkten Fahnen und waren auf Krawall aus. Aber sie trauten sich noch nicht richtig. Auf dem Marktplatz hielt ein Mitglied der NSDAP eine glühende Rede. Offene Münder, offene Herzen, Wogen von Einverständnis; die Jungen hörten andächtig zu. Am Abend saß man in den Wirtschaften zusammen. Das Karussell drehte sich wieder, die scheppernde Musik füllte den Platz. Sie hatten es doch zu etwas gebracht. Jedenfalls ganz vorsichtig sein und sich nichts zuschulden kommen lassen, versprachen sich Alfons und Laurenz. Schon im vorigen Herbst war von Hitler auf dem Reichsparteitag ein Gesetz verkündet worden, das die Eheschließung zwischen sogenannten *Deutschblütigen und Juden, Zigeunern, Negern oder ihren Bastarden* unter Strafe stellte. Vom Reichstag wurde das Gesetz einstimmig angenommen. Gott sei Dank waren alle in der Familie verheiratet, und die Kinder waren noch zu jung, als daß man an ihre Heirat denken wollte. Insofern war Alfons und Lucie der Erlaß gleichgültig, wenn er auch unverschämt, ja ungeheuerlich war. Was ging es den Staat an, wer wen liebte und warum? Blut hatten sie alle, woher es stammte, wer wußte das schon.

Lucie hatte eine ganz unverblümte Art, spätabends, wenn Alfons vom Jahrmarkt kam, einen ihrer großen, weiten Blumenröcke hochzuheben. Sie hatte eine ganze Menge davon, die sie selbst nähte, Rosen, Margeriten, Vergißmeinnicht auf dunklem Grund, und für die Töchter nähte sie. Lucie hatte auch so eine Art, träumerisch aus ihren kirschendunklen Augen zu schauen, erwartungsvoll in die Dunkelheit und in das Gesicht ihres Mannes, und dabei die Mundwinkel langsam, ganz langsam nach oben zu ziehen. Sie schaute nicht eigentlich, als ob sie zu einem Lächeln bereit sei, eher zu einer Verschmitztheit, einer eindringlichen Verschmitztheit. So wie jemand den Rock lüftet. Eine Geste und ein Blick, denen Alfons unbedingt Folge leisten mußte. Er knöpfte seine Hose auf, sein Glied drängte heraus, und er wußte nicht, was dunkler war, ihr Verlangen, der sternlose Himmel, ihre Augen oder die Leisheit, die sie umgab. Sein Glied fand ganz leicht seinen Weg unter ihrem Blumenrock, der Weg kam ihm vor, als wäre er vorausbestimmt. Alles war ganz leicht und leis. Der Wind ruhte sich aus, in den Nachbarhäusern, links und rechts, die nur zwei Steinwürfe weit weg waren, Stille. Lucie stieß kleine durstige Laute aus, schnappte nach Luft. Alfons atmete tief ein, und die ausgeatmete Luft war eine Wolke. Und als Lucie ihren Rock wieder herunterließ und Alfons ein großes Taschentuch nahm, um das, was an Samenmilch, an Überwältigung zu viel gewesen war, abzutupfen, sagte er leise: Aber Lucie, wir haben doch so viele Kinder. Ja, sagte Lucie, wir haben viele Kinder, aber sie sind so lieb. Lieb waren sie, wenn sie sich auch gegenseitig manchmal auf den Kopf hauten und die Schürzenschleifen aufzogen und ins Essen faßten und darin matschten. Sie neckten sich doch nur. Sie balgten, sie waren lieb, sie hatten ihre Eltern lieb, und Alfons und Lucie waren selbst bezaubert von ihrem Glück, dem Kindersegen und dem Stolz auf ihre Kinder. Weich und matt und einander ganz nah waren sie an solchen Abenden, saßen noch ein wenig draußen und schauten. Ein Motorrad tuckerte vorbei, knallig war das Rücklicht. Manchmal arbeitete sich der Mond aus dem Feuchten, Regenverhangenen heraus und versprach besseres Wetter für den nächsten Tag. Kurz danach, so genau achteten Alfons und Lucie Dorn nicht auf die Tage, war er prall, eine Südfrucht, wie mit Adern durchzogen. Oder waren es Wasserläufe? Geschliffene Sterne, die sich in gebührendem Abstand hielten. Zeit verging, das war natürlich, aber Zeit spielte auch keine Rolle. Die Liebe kennt keine Zeit. Zeit verging und blieb stehen. Manchmal rief ein Kind aus dem Zimmer, hatte Durst, hatte einen schlechten Traum, den man schnell verscheuchen mußte.

Manchmal sah Alfons feuchte Flecken auf Lucies Rock, einem mit Feuerlilien, Moosröschen, Efeuranken auf dunklem Grund, und flüsterte ihr leise zu, damit sie nicht erschrak: Du mußt den Rock wechseln, darauf ist Blut. Sie schien sich darüber nicht zu wundern, ging sofort ins Zimmer und kam mit einem frisch gewaschenen zurück, das Muster konnte er in der Dunkelheit nicht mehr erkennen. Insgeheim war er erleichtert, wenn er ihr Blut sah oder ertastete. Andererseits war er besorgt, sie könnte Schmerzen haben oder zu viel Blut verlieren. Oder er fürchtete, wieder ein Kind sei unterwegs, aber es fände nicht den Weg in die Welt und könnte Lucie mit Gewalt von ihm und den größeren Kindern wegziehen. Daran durfte er nicht denken. Man mußte auch nicht alles denken, was denkbar war. Man würde vielleicht verrückt, also besser nicht, und weiter in die dunkle, warme Nachtluft geschaut, in die Milchstraßenluft und Lucie in den Arm genommen, so fest, daß es fast wehtat. Und irgendwann die Tür geschlossen und ins Zimmer, in dem die Kinder schliefen, schnauften, träumten. Schlafen, schlafen, denn der nächste Tag war lang. Alfons mußte zusammen mit einem seiner Schwäger, mit Laurenz, zu einer Kirmes, etwa zwanzig Kilometer entfernt. Lucie hatte für alle Frühstück zu machen, die beiden Ältesten, die zur Schule gingen, pünktlich wegzuschicken, die Jüngsten zu beaufsichtigen und dann wusch sie die Wäsche, Berge von Wäsche, Wäsche für die Helfer, Wäsche für die Kinder und die Windeln des Kleinsten. Es war schön anzusehen, wie die geblümten und karierten Teile auf der Leine flatterten, die weißen dazwischen wie Zahnreihen, und das machte sie zufrieden.

Sie trug ein kleines goldenes Kreuz an einer Kette um den Hals wie andere Frauen, aber es schien Lucie auf besondere Weise zu beschützen. Manchmal, wenn sie nachdachte, nahm sie die Kette in die Hand, schob sie zwischen die Lippen und zog sie langsam, langsam weiter, bis das Kreuz in den Mundwinkel rutschte. Worüber dachte sie nach? Sie sagte es niemandem. Sie schreckte auf, riß sich aus ihren Gedanken, rückte die Kette sorgsam wieder so zurecht, daß das Kreuz in der Halsgrube zu liegen kam. Vielleicht hatte sie gebetet. Ein Stoßgebet nur. Was sie betete, ging niemanden etwas an.

Der flammende Dornbusch, der schöne aufragende Haarbusch, Federbusch ihres Schamhaares, das Alfons liebkoste, in dem seine Finger spazierengehen konnten, immer wieder, und dann weiter in die lockende Höhle seiner Frau. Der flammende Dornbusch war vielleicht nicht das richtige Bild. Alfons war nicht bibelfest, er hatte mit den Karussells, den Schaukeln, den Buden auf den Jahrmärkten genug zu tun. Er mußte die Termine einhalten, er mußte werben. Man mußte überlegen, ob es günstiger war, von der Kirmes auf den Rheinwiesen in ein Tälchen zu fahren, weil es nah war, allerdings war der Verdienst in einem kleinen Ort gering, oder ob es besser war, zwei Tage zu pausieren und dann in einem größeren Ort die Zelte wieder aufzuschlagen. Er führte Buch, schrieb auf, wann er wo Verabredungen getroffen hatte. Wieder Termine, Termine, die erst das nächste Jahr betrafen, er trug sie in einen abgegriffenen Taschenkalender ein. Doch das meiste behielt er im Gedächtnis. Absprachen auf Handschlag. Er holte Helfer herbei, mußte das Karussell reparieren oder reparieren lassen, manchmal kam der Schwager, der schweißen konnte. Die Funken stoben, und die Neugier der Kinder, immer wollten sie dabei sein, mußte bezähmt werden. Alles war mühsam, aber auch schön, und er wünschte sich, die Kinder träten in seine Fußstapfen. Wenn sie die Schule beendet hätten, vielleicht schon früher, ließe sich der Radius erweitern. Schon jetzt erklärte er Josef, wie viel Platzmiete und wie viel Steuern er zahlte. Das Geschäft lief gut. Er war zufrieden. Ja, vielleicht war dies und das zu modernisieren. Die eine Schaukel hier, diese Bude dort, das große neue Karussell wieder an einem anderen Ort. Das Jahrmarktsgeschäft hatte glänzende Aussichten, daran war kein Zweifel. Wer Kummer hatte, ging auf den Jahrmarkt. Wer seinem Mädchen sonst nichts zu bieten hatte, schoß ihm eine Blume. Und die Kinder kamen ohnehin mit ihrem Ersparten, wollten Zuckerwatte, Krachmandeln, Paradiesäpfel, die auf Holzstengelchen gespießt waren, Himbeerbonbons und Karamellbonbons, den wilden Wirbel der Karussells, Wind um die Nase.

Der flammende Dornbusch. Weiß gekleidete, weißhäutige Engel bewachten ihn. Hinter dem schwarzen Haarbusch seiner Frau war das Paradies, ein pulsendes, gesegnetes Paradies. Es war nicht nur erlaubt, daß er das Paradies betrat, es war ein göttliches Gebot. Gehet hin. Wachset und mehret euch, das hatten sie sich nicht gerade zu Herzen genommen, aber so hatte es sich ergeben. Milch und Honig flossen. Er spürte die Kraft, die ihn nicht verließ, solange er im Paradies war, und auch Lucie, wie sie ihn umschlang, einen seltsamen Takt mit ihrer braunen Stirn auf seinem Brustkorb schlug, auch Lucie, die das Paradies war, war im Paradies, solange er bei ihr war. Er war ihr Rückgrat, ihr Stecken und Stab, nichts sollte ihr fehlen. Und sie machte nicht den Eindruck, als ob irgendetwas fehlte. Er ruhte aus unter ihren Blumenröcken, und wenn sie ihn ansah mit samtigen Augen und noch ein wenig Speichelfeuchtigkeit von seinen Lippen trank, war er sicher: Alles war wohlgetan.

Im Frühsommer 1936 las Alfons in der Zeitschrift des Schaustellerverbandes von einer Verkaufsmesse in Berlin. Neue Karussells, Schiffschaukeln und Apparate, von denen er noch nie gehört hatte. *Hau den Lukas* hießen sie. Man schlug mit einem Hammer auf einen Kopf, dabei schnellte ein Bolzen nach oben. Wer beim Wettbewerb am härtesten zuschlug, löste einen Klingelton aus. Warum Lukas?, rätselhaft wie so vieles jetzt. Auch kleine Autos gab es, die wie Straßenbahnen an einer knisternden elektrischen Oberleitung hingen, in denen junge Burschen ohne Führerschein fahren konnten, das wollte er sich unbedingt ansehen. Das Geld war da, er hatte die Ponys im Frühjahr verkauft, sie machten ihm keinen Spaß mehr, zu viel Arbeit, zu aufwendig in der Pflege, das Herumreisen mit den Tieren eine Plackerei. Bei Regenwetter bekamen sie leicht Durchfall. Dann hielten die Eltern ihre Kinder vom Reiten, aber auch vom Karussellfahren ab, sie ekelten sich. Alfons hatte das Geld gar nicht mal zur Sparkasse getragen, sondern im Haus versteckt, nur Lucie wußte, wo es war, und wollte es sogleich wieder vergessen. Kleine Autos oder Autoattrappen ohne Motor mit frechen Blechschnauzen, schönen Scheinwerfern, einem Wimpelchen und roten Lederolsitzen, kräftigen Stoßstangen, die jedem Zusammenprall standhielten. Er fragte seine Kinder, ob sie sich so etwas vorstellen könnten, und sie waren sofort Feuer und Flamme.

Ja, Alfons Dorn wollte unbedingt nach Berlin fahren und eine solche Bahn kaufen. Vielleicht konnte man handeln oder in Raten bezahlen. Und er wollte Josef, seinen ältesten Sohn, mitnehmen, eine Fahrt nach Berlin, eine weite Reise, eine enge Verbundenheit, ein Abenteuer zwischen Vater und Sohn. Bevor er mit ihm sprach, erkundigte Alfons sich im Bahnhof nach dem Fahrpreis und wurde bleich. Mit einer solchen Summe hatte er nicht gerechnet. Wie gut, daß er noch nicht mit Josef gesprochen hatte. Der Junge wäre enttäuscht gewesen.

Dann ergab es sich, daß sein Schwager Laurenz auch die Berliner Ausstellung besuchen wollte. Der Braunbär, mit dem er über die Jahrmärkte zog und den er eher aus Mitleid von einem Rom übernommen hatte, war so jämmerlich geworden. Der Blick glanzlos, er war übellaunig, das Fell an den Gelenken abgeschabt, und manchmal sabberte er aus einem Mundwinkel, als wäre die eine Gesichtshälfte gelähmt. Die Kinder auf dem Jahrmarkt schauten einen so traurigen Helden ungern an, manche begannen zu heulen. Zuerst war das Fell des Bären nur am Hals fransig und schäbig, dann auch an der Brust, er haarte, saß herum, müde oder eher schon blöde, und man sah seine schlechten Zähne. Der Braunbär paßt einfach nicht mehr in die neue Zeit, das sagte Laurenz mit Bestimmtheit, und andere aus der Familie bestätigten es. Laurenz kitzelte ihn mit einem Stöckchen. Die Kinder riefen hepp! hepp!, damit er auf die Beine kam. Er torkelte dann, niemand wollte seinem Hinsiechen zusehen. Der Bär im

Käfig war eine Last, er brauchte Futter und Pflege, und es gab andere Sorgen. Dann war der Braunbär plötzlich verschwunden. Alfons' Kinder fragten nach ihm. Warum tritt er nicht mehr auf? Es gab den Verdacht, der Bär wäre im feuchten Winter krank geworden, er hätte eine Art von Bären-Tuberkulose bekommen, die vielleicht auch für Menschen ansteckend war. Davor mußte man die Kinder schützen, Laurenz' Kinder, Alfons' Kinder und die Kinder auf den Jahrmärkten auch. Und kein Tierarzt wagte sich an einen alten Bären, jedenfalls nicht die Tierärzte an der Mosel, die eher mit Kühen, Schweinen und gehätschelten Kanarienvögeln zu tun hatten. Was ist denn mit dem Bär?, fragten die Kinder auf dem Festplatz, er war doch bei der letzten Kirmes noch da. Sie fragten Laurenz ein Loch in den Bauch. Was sie nicht fragten, aber worüber sie sich Gedanken machten: Wurde ein Bär begraben, kam er zum Abdecker, wie ein Pferd zum Pferdemetzger? Laurenz zuckte die Schultern. Die Kinder hätten geheult. Es gab keine Antwort auf die Frage: Wo ist denn der Bär? Man mußte die Kinder ablenken, die eigenen und die fremden. Am nächsten Stand gab es Zuckerwatte.

Alle in der Familie wußten, was man über den Bären erzählt hatte, wenn sie zusammensaßen, die große Familie mit Tanten und Onkels, den vielen Kindern und dem Großvater: Der Urahn des Bären sei aus den Karpaten gekommen, ihm habe wohl das halbe Gebirge gehört, die andere Hälfte vielleicht einem Grafen oder gar einem Fürsten. Er sei so kraftvoll gewesen, habe weite Strecken zurückgelegt, immer der Nase nach oder dem Wind entgegen, ganz allein, bis ihn ein Rom, der an einem Feuerchen saß und sich etwas kochte, eingefangen habe. Der Bär sei vom Geruch der Mahlzeit angezogen worden, vermutlich. Der Rom und der Bär (oder war es schon ein Nachkomme des Bären?) hätten sich durchgeschlagen, mal sei der Rom voran durch einen Buchenwald gestromert, dann war der Bär der Erste im Dickicht und der Rom auf seinen Spuren, bis sie einen Bärenführer fanden, vielleicht wieder einen Rom, das wußte man nicht. Oder besser: Bis der Bär zu einem Menschen, eben diesem Bärenführer, Vertrauen faßte und sich bis an den Rhein, bis in die Hunsrückwälder führen ließ und geduldig weiter und weiter. Den letzten Teil der Strecke konnte sich die Familie gut vorstellen, der dichte Hochwald, die ärmlichen Dörfer, die aufgeheiterte Schinderhannes-Herrlichkeit nach einem Holzdiebstahl. Zu den früheren Gegenden fiel niemandem etwas ein. Das mußte ein sehr befähigter Bärenführer gewesen sein, der tief in das dunkle Herz des Bären blickte und auch in den deutschen Wald. Und so habe der Bär oder vielleicht dessen Großvater mit der tätigen Hilfe des Bärenführers eine Bärenfrau gefunden, die ähnlich wie er einen weiten Weg zurückgelegt hatte, man habe die Geschichte des Braunbären in einer Ahnenreihe verfolgen können, so ungefähr jedenfalls. Und auch der Bär hatte Kinder, wie Alfons Kinder hatte, wie Laurenz Kinder hatte und wie diese später selbst Kinder haben würden. Aber niemand kannte die Bärenkinder. War das nur ein Trostversuch? Wir, die Sinti, sagten die Erwachsenen, können mit den Tieren sprechen, wir sind mit der Tierwelt eng verbunden. Wir hören das Stöhnen einer Kröte wie das machtvolle Krächzen der Nebelkrähen. Wir hören Hasen, und ihr Herz pocht, wenn sie sich in einen Feldrain ducken, bevor das Pferdegespann auftaucht. Sie alle haben uns etwas zu sagen. Wir sprechen auch mit den Igeln, und die Igel sprechen mit uns. Was denn, was denn?, fragten die Kinder. Wenn ihr älter werdet und gut zuhört, werdet ihr es von allein wissen. Man muß es nicht üben, sagte Lucies Schwester Babette, und sie hatte es wieder vom Großvater übernommen. Das beruhigte. Die Kinder hörten die Geschichte gern, immer wieder, schmiegten sich aneinander, bis sie todmüde waren. Und nun war sie zu Ende gegangen ohne ein wirkliches Ende, und das war traurig. Wie sollte man über einen toten Bären sprechen, von dem nichts übrig war, nicht einmal das Ende einer Geschichte.

Auch deshalb wollte Laurenz, Lucies Schwager, der Mann ihrer jüngeren Schwester Babette, nach Berlin fahren, sich umsehen, vielleicht eine ganz neue Geschäftsidee mitbringen, Zeit haben, um mit Alfons zu reden, der klug war und sich auskannte. Ja, sie dachten auch an solche Sachen, die Männer vielleicht gemeinsam unternehmen, wenn sie in eine Großstadt reisen. Das hatten sie noch nie getan, aber sie hatten eine Vorstellung davon. Ob sie sich in die Tat umsetzen ließe, war eine ganz andere Frage. Laurenz, der in der letzten Zeit herumgekommen war, hatte munkeln gehört, daß Kirmesleute in einen Verband gezwungen worden waren, aber die Sinti, unsere Leute, wie Laurenz sagte, habe man nicht haben wollen. Das kommt auf einen Versuch an, wandte Alfons ein. Vielleicht wollte man sie gar nicht mehr auf dem Jahrmarkt haben, auf keinem, und sie müßten hausieren gehen oder Körbe flechten, und die Frauen müßten aus der Hand wahrsagen wie in den Geschichten, die sie als Kinder gehört hatten von den Alten. Laurenz hatte gehört, Musiker aus ihrem Volk durften nicht in der Reichsmusikkammer sein, also durften sie eigentlich auch nicht mehr Musiker sein. Aber was durften sie? Auch andere Berufe waren ihnen verschlossen. Sie konnten doch nicht Arbeiter werden. Die *Zigeunermusik*, wie die Leute sagten, hörte man gern auf der Straße und auf den Jahrmärkten, nur die, die sie spielten, grenzte man aus. Irgendetwas müßte man sich aus den Fingern saugen. Oder etwas ganz Tolles, Neues machen.

In ihren besten Anzügen brachen Alfons und Laurenz auf. Lucie sah nicht hin, als sie packten, aber sie winkte ihnen lange nach. Die Kinder zerrten und zoppelten an ihr. Und dann sah sie noch einmal nach dem Geld im Versteck, aus dem Alfons sich bedient hatte, und wollte es wieder vergessen. Die Reise an der Mosel entlang war ein sanftes Geschlängel. Der Fluß bog und wand sich, nie hielt er still, nebliges Wasser, keine Strudel. Nie hatte man das Gefühl, er flösse geradeaus. Der Fluß war konfus, er wußte nicht so recht, wohin er wollte, und er hatte unendlich viel Zeit. Mal fuhr die Bahn auf seiner rechten Seite, dann auf der linken, dann durch einen Tunnel, und man hatte keine Ahnung, auf welcher Seite der Mosel er danach wieder herauskam. Hier und da querte eine Fähre den Fluß. Auf den Uferwiesen sahen sie Schwäne mit ihren Jungen, die sich um den Lärm der Eisenbahnstrecke nicht kümmerten. Alfons und Laurenz waren ja immer selbst gefahren, sorgfältig hatten sie mit ihren Pferdewagen die Routen geplant, und es war seltsam, gefahren zu werden, eine Fahrkarte und einen Sitzplatz zu haben, aber Berlin war einfach zu weit für ihre Pferdewagen, unendlich weit. Paris war viel näher, da waren sie auch nicht gewesen. Das Flußbett hatte sich tief in den Fels eingegraben und ließ Platz für die hoch aufsteigenden, terrassierten Weinberge. In manchen Dörfern fuhr der Zug so nahe an Hausecken und an den Regenrinnen der Dächer entlang, daß man glauben konnte, er würde sie schrammen. Sie sahen Ausflugsboote, Leute mit lustigen Fähnchen darauf, Leute, die Wein tranken auf den Bänken, und Leute, die mit einer schweren Hotte auf dem Rücken die Weinbergwege entlangstapften, bellende, aufgeregte Hunde liefen neben ihnen her. Alles war in ein mildes, sanftes Licht getaucht, obwohl die Waggonfenster voller Ruß waren. Oder stellten sie sich das Silbrige, das Quecksilbrige nur vor, weil sie es kannten vom Fahren zu den Jahrmärkten, früh am Morgen und wieder in der Dämmerung?

Der Zug war überfüllt, in Bullay stiegen Leute aus, in Cochem nach der langen Fahrt durch den Tunnel. Aber es kamen auch welche mit schwerem Gepäck, das sie in die Gepäcknetze wuchteten, und solche, die sofort ihre Frühstücksstullen auspackten, krümelten, aßen, als wären sie halbverhungert aufgebrochen. Nein, so weit wie sie reiste vermutlich niemand. Laurenz und Alfons waren aufgeregt, aber auch nicht so sehr, vielleicht versteckten sie die Aufregung voreinander. Die Dächer der Häuser waren schiefergrau und manchmal war auch der Fluß ins Schiefergraue getaucht. Wenn die Sonne herauskam, glitzerte er und war schmiegsam wie eine übergroße, überschlanke Forelle, die einem aus der Hand glitschte.

In Köln, das wußten sie, mußten sie umsteigen. Jemand im Abteil, mit dem sie ins Gespräch gekommen waren, hatte ihnen gesagt, wenn sie noch nie in Köln gewesen seien, sollten sie unbedingt den Dom sehen. Den Dom und sonst gar nichts. Also fragten sie auf dem Bahnhofsvorplatz den ersten Besten, wo der Dom sei. Der Mann reckte nur den Daumen in die Höhe und sagte: Hier. Und als sie hinaufsahen in den langen Schatten, in das steinerne Streben, in das filigrane Spitzenwerk, da war der Dom ihnen zu groß, zu mächtig, er machte sie atemlos und stumm. Nonnen mit gewaltigen Flügelhauben wallten umher, fromme Leute pilgerten hinein, auch Leute auf der Durchreise wie sie und Priester mit ihrem Birett, die ihr Spitzengewand über der Soutane trugen. Alles wirkte, als wäre hier unablässig Gottesdienst, auch ein bißchen Jahrmarkt. Sie schlüpften durch das schwarze, riesige Portal, bekreuzigten sich, trauten sich weit vor bis zum goldenen Schrein der Heiligen Drei Könige, die ja auch gereist waren, beteten, daß alles gut gehe auf der Reise: Ja, sie wünschten es sich inständig, und so gelang ihnen auch das Beten, wie es nicht alle Tage gelingt. Alfons und Laurenz tauchten die Fingerspitzen in das dunkle Weihwasserbecken, und dann wurden sie in die blendende Helligkeit der großen Stadt geschoben. Rosenkranzgewimmel, kleine Kölner Dome aus Blech, Schneekugeln, in denen eine Muttergottes auf einem Felsen stand, geweihte Kerzen und Bildchen, die man ins Gebetbuch legen sollte. Sie staunten große Hotels an, Kaufhäuser, den großen Wirbel, ein bißchen kleinmütig waren sie schon. Sie schrieben Postkarten nach Hause, ja, alles war gut, so würde es weiter gut gehen. Und sie waren froh, endlich wieder in einem engen, vollgestopften Zugabteil zu sitzen.

Hamm in Westfalen war die Station, in der ihr Zug mit einem zweiten Zug, der aus einer anderen Richtung kam, aneinandergekoppelt wurde. Während das geschah, waren alle Reisenden aufgefordert, zu ihrer eigenen Sicherheit auszusteigen und auf dem Bahnsteig zu warten. Das Gepäck konnte auf den Plätzen bleiben. Alfons sah einen Rangierer in schwarzer Kluft zwischen den Gleisen stehen. Er stand ganz ruhig da, gelassen, eine Lampe hing vor seiner Brust. Zwischen den Puffern des einen Zuges wartete er, der andere Zug rollte auf ihn zu, ziemlich schnell, sogar sehr schnell, das schien den Mann nicht zu irritieren. Alfons wollte angstvoll wegsehen, aber da stand der Mann immer noch zwischen den Puffern und koppelte die beiden Zugteile mit Kabeln aneinander. Er hatte sich nur gebückt, ein paar Handbewegungen, kroch dann hervor und winkte dem Vorarbeiter mit der im Lederhandschuh unförmig groß wirkenden Hand. Kein Unglück war geschehen, die Lokomotive unter Dampf.

Die Reisenden konnten wieder einsteigen; der Lokomotivdampf hing über den Waggons. Sie sahen riesige Felder, Büsche am Feldrain, breit gelagerte Bauernhöfe, Häuser aus roten Ziegeln mit blanken weißen Fensterrahmen, spitze Giebel, eine Gleichförmigkeit, die einen gähnen machte. Da war man an der Mosel etwas schlampiger, deshalb blieb man auch wach. Hier in Westfalen wechselte das Licht bald ins Dämmrige, und es war nur noch zu ahnen, daß die Landschaft flach war, brettflach, nicht gefältelt, modelliert wie zuhause und sicher sehr grün. Lange Reihen von Erlen an einem Wasserlauf, fette Weiden, darauf Schafe wie helle Punkte, darüber ein tief gehängter Himmel. Sie sahen einen Mann mit einem gefleckten Hund einen Weg entlanggehen. Es war offenkundig kein Schäfer, sondern ein Spaziergänger, der einfach so in die Luft schaute. Dann wieder ein lichtes Wäldchen, die Baumkronen ritzten den Himmel. Sie sahen ein breites Wasser, dann einen Kanal mit einer Schleuse, Menschen sahen sie nicht mehr, Vielleicht war es zu spät, oder sie mieden die Nähe des Bahndamms. Nur Weite, Horizonte, aber für die hatten sie keinen Blick. Die Zeit blieb stehen. Es war so langweilig, daß zuerst Laurenz einschlief und dann auch Alfons. Erst in der Mark Brandenburg wurden sie neugierig, der Zug fuhr durch Wälder und Wiesen, eine schnurgerade Strecke, wie es ihnen schien, so konnte man mit den eigenen Wagen nie fahren, da waren die Umwege wichtig. Sie sahen Kiefern im losen Sandboden, geduckte Dörfer mit einstöckigen Häusern, und dann duselten sie wieder. Nicht einmal Kirchen fielen ihnen auf, wenn sie denn welche entdeckten, waren sie klobig und geduckt, dann wieder Bäume, auch gewaltige Alleen.

Die Stadt ließ auf sich warten wie eine gnädige Frau. Dann war sie plötzlich da, hochgewachsen, getürmt, mit erschütternd breiten Brandmauern, auf die Reklamebilder gemalt waren, schöne fünf-, sechsstöckige Häuser, die sich zierten mit ihren Stukkaturen, schmiedeeisernen Balkonen oder gemauerten Loggien. Gewaltige Dächer, Dachlandschaften hatten die Häuser. Der Zug raste daran vorbei, die Stadt war aufregend, voller Lichtreklamen, und im Nu waren Alfons und Laurenz hellwach und rafften ihre Sachen zusammen. Ein riesiges Rippentier mit eisernen Streben war der Bahnhof, mehrere Bahnsteige mit glattem Steinboden, Schaltern, Hinweistafeln und Lautsprecheransagen. Schaffner pfiffen, ruderten mit den Kellen, Menschen, Menschen, die durcheinanderhasteten und riefen, ein großes Begrüßungshallo, ein Gestrudel und Gesprudel. Auch Zeitungsverkäufer riefen, Würstchenverkäufer und Mädchen, die Keks für unterwegs verkauften. Sie sahen Damen mit enormem Selbstbewußtsein, schönen Handtäschchen und glitzernden Halsketten, die gerne über dieses und jenes Auskunft gaben. Erst auf den zweiten Blick erkannten die beiden, daß es Huren waren. Alfons und Laurenz fragten sich durch, und die Berliner antworteten, sie waren jedenfalls nicht maulfaul. So fanden Alfons und Laurenz die richtige S-Bahn, fragten wieder nach dem richtigen Bahnsteig einer anderen Bahn; ein Auf und Ab und Hin und Her, das große Konzentration erforderte. Überall wurde gebaut in Berlin. Daß man die riesige Stadt mit einer S-Bahn umrunden konnte wie mit einem Karussell, gefiel ihnen. Vielleicht wurde einem im großen Maßstab auch schwindlig davon. Sie überquerten einen Fluß in einem mächtigen, gemauerten Bett, das mußte die Spree sein, und da war eine Brücke wie eine langgestreckte Feierlichkeit. Sie fanden in der Nähe eines Parks das Ausstellungsgelände in Treptow, feine Villen aus der Kaiserzeit am Rande, Protz und Prunk und Stuck, Säulen und Erker an einer gewaltigen Ausfallstraße, die unter hohen Bäumen dicht befahren war. Alles war riesig, alles war steinern und auf dem Ausstellungsgelände ein Menschengewimmel, in das man sich stürzte wie in einen Fluß. Auch die schönen Zweisitzer auf einer spiegelnden Fläche, von denen sie gehört hatten, fanden sie rasch, die neuen Fahrzeuge, die vielleicht die Karussells ersetzen würden. Ausladende Kotflügel, ein Blech, so blank gewienert wie an keinem Auto auf der Straße. Die Stangen knisterten, Funken stoben, die Fahrgäste schrien vor Vergnügen, und da war schon eines in das andere geknallt. Der Fahrer, ein vielleicht sechzehnjähriges Jüngelchen, setzte das Auto zurück, dabei stieß er an ein anderes, ein Mädchen darin kreischte auf, der Fahrer hatte die rechte Hand lässig am Steuer. Trug er auch Handschuhe? Jetzt wechselte er, hielt das Steuer mit der linken Hand und mit dem rechten Arm das Mädchen umfaßt. Alfons und Laurenz staunten die Wagen an, die Funken, die oben aus den Leitungen sprangen, die selbstbewußten Fahrer, sahen, wie sich die Leute an der Kasse drängten. Das war offenkundig ein gutes Geschäft, den Zuschauern fielen die Augen aus dem Kopf. Sie schauten und schauten, ahnten, wie die Mechanik funktionierte, grübelten. Dagegen schauten Alfons und Laurenz sachlicher als sie, eben fachmännisch, schätzten, wie lange es dauerte, bis die Anlage aufgebaut wäre, wie viel Leute man dazu brauchte, wie viel eine Fahrt kosten mußte. Sie träumten und malten sich ein bewegliches Luftschloß aus. Alfons war gut im Kopfrechnen, und wenn die Anlage zu teuer wäre, brauchten sie eben einen Compagnon, der würde sich finden. Henni könnte einsteigen, dann könnten sie das Geschäft bis an den Niederrhein erweitern. Danach tranken sie ein Bier, aßen Würstchen mit Senf, es schmeckte alles. Sie schauten sich auch noch die Schiffschaukeln an, höher und weiter als jemals, sie stiegen aus Spaß ins Riesenrad und sahen weit über die Stadt. Ihr seht bis zum Alex, hatte der Bursche im Kassenhäuschen beteuert, oder auch das Schloß, aber so sehr sie sich auch anstrengten, sie sahen den Alexanderplatz nicht. Und das Schloß war zu niedrig oder zu versteckt im Spreebogen, sie erkannten es nicht. Auf der anderen Seite der Spree sahen sie ein riesiges Ausbesserungswerk für Eisenbahnen. Sie sahen Lokomotiven vor einem Lokschuppen, Schienen, Eisenbahnwaggons, Güterwagen, alles sahen sie aus der Höhe, jedenfalls meinten sie, es zu sehen. Und als das Riesenrad wieder stillstand, hatten sie unbändig viel gesehen und waren glücklich. Schon jetzt würden sie tagelang zuhause zu erzählen haben.

MEINVATER erzählte nichts, er grummelte manchmal, er seufzte. Wie schwer er es hatte, war seinem Seufzen zu entnehmen. Wie schwer er es hatte, während er an seinem Schnurrbart nagte. Den hatte er dann bald abgenommen, er paßte nicht mehr in die neue Zeit. Nur Hitler hatte noch oder wieder einen Schnurrbart, aber daran konnte sich ein Polizist nicht orientieren. MEINVATER fraß sich durch einen Berg von Protokollen, er fraß sich durch einen Berg von Verordnungen. Er fraß sich durch einen Teller mit Sauerkraut, am Rand zwei pralle Würste, die er an einem Ende ausdrückte wie Zahnpastatuben. Die Blutwurstmasse quoll heraus, mischte sich dunkelschwarzrot mit dem Kraut, die Flüssigkeit des Krauts lappte in die Blutwurstmasse. MEINVATER fraß sich durch alles, was ich mir ausdachte. MEINVATER war gezwungen, sich durch alles zu fressen, was ich ihm schreibend vorsetzte. Blutwurst oder Rührei, Beförderungen oder Versetzungen. MEINVATER kratzte mit der Gabel über den Teller, und das Unschöne, Unappetitliche war unsichtbar. Sie brauchen keine Angst zu haben, sagte MEINVATER. Ob er bei diesem Satz noch einen Schnurrbart trug, ob er glattrasiert war, weiß ich nicht. Auch nicht, ob er meine Mutter schon kannte, eher nicht. Ich zögere: Höchst wahrscheinlich, allem Anschein nach, aber ich kann mich auch irren. Ich kann niemanden fragen. Auch MEINVATER fragte mich nichts. Wie geht es dir, mein Junge? Ich hörte es nicht. Ich hörte ein Brausen in der Luft. Ich hörte die Stare, die sich sammelten. Ich hörte MEINENVATER im Bad mit einem Mundwasser gurgeln. Eine alberne Vorsorge. Die Zähne faulen, das Zahnfleisch zieht sich blutig zurück. Wie geht es dir, mein Junge? Zu dem, den er vernehmen muß, sagt er: Hab keine Angst. Es ist, als würde ein Pakt geschlossen, aber es ist ein Trick. Zusammen sind sie ein Paar, der Vernehmende und der Vernommene, der Verhörende und der, der die Sätze MEINESVATERS nicht mehr hört. Er ist benommen, er ist schon so lange vernommen worden, die Verhörlampe blendet ihn, der Lichtstrahl mitten im Gesicht. Dann kommen andere, die MEINENVATER ablösen. Sie sind ausgeruht, sie sind herumgegangen in der frischen Luft, jetzt atmen sie die gleiche Luft wie der zu Verhörende, die dünne, stickige Luft der Angst, die Luft, die im Zimmer steht wie eine nasse Wolke. Öffnete man das Fenster, könnte der Delinquent hinausspringen, das hat man alles schon erlebt. Bei mir gäbe es das nicht, sagt MEINVATER, und seine Kollegen lachen. Bei dir, bei dir, gib ein Bier aus bei dir! Dann lacht auch MEINVATER. Beim Verhör hat es nichts zu lachen gegeben.

Am nächsten Tag fuhren Alfons und Laurenz wieder zum Ausstellungsgelände in Treptow, jetzt kannten sie sich schon ein bißchen aus, steuerten zu den kleinen Autos, die mit Karacho aneinanderstießen, und fragten nach dem Hersteller. Am Rande des Ausstellungsgeländes waren behelfsmäßige Buden errichtet worden. Ein dicker Mann, dem die Hosenträger ins Fleisch schnitten, saß am Schreibtisch und schwitzte. Sie sagten ihre Namen und daß sie aus Trier kämen und daß sie Schausteller seien, vom Fach, und sie winkten sogar mit ihren Fachbesucher-Ausweisen. Sie redeten ein bißchen drumherum, versuchten ihr Interesse hinter harmlosen Fragen zu verbergen, aber innerlich glühten sie vor Eifer, erst recht, als sie dann von den Blechautos sprachen, den Oberleitungen, aus denen die Funken sprangen. Der Mann sah auf, Schweißperlen auf seiner Stirn, eine rutschte dabei an der Nase entlang, der Mann wischte sie nicht weg. Die Hitze staute sich in der Bude. Die Autoscooter? Ich verkaufe nicht. Aber das ist doch eine Verkaufsmesse. Ich verkaufe nicht, sagte der Mann noch einmal, nicht an Zigeuner. Das war eine schallende Ohrfeige, aber Alfons nahm sich zusammen, als wäre nichts geschehen. Er zählte auf, was für Erfahrungen er mit welchen Karussells gesammelt hatte, sprach von seinen Einnahmen, dem gut gehenden Geschäft, den Auftrittsorten, bis in den Hunsrück, bis in die Eifel, bis kurz vor Koblenz und an der Ahr, sprach von der Vergnügungssucht im Rheinland. Aber der Mann sah an ihm vorbei, sah auch Laurenz nicht an, wedelte nur mit der Hand. Ob er sich kühle Luft zufächelte, ob er eine lästige Fliege vertreiben wollte oder sich mit den beiden Kaufwilligen schon zu lange abgegeben hatte, war nicht klar. Es ist doch eine Verkaufsmesse, sagte Alfons noch einmal. Machen Sie ein Angebot, flehte Laurenz schon fast. Alfons dachte an das schöne Geld für die Ponys, das er versteckt hatte, malte sich den Erfolg aus, wenn er zum ersten Mal mit den Autochen auf einer Kirmes im Rheinland aufträte. Aber der Mann hörte ihn einfach nicht. Jedenfalls tat er so. Noch einmal: Ich verkaufe nicht. Auf Wiedersehen.

Sie standen draußen in der Hitze, sprachlos, fassungslos. Um sich erniedrigen zu lassen, hatten sie nicht die teure und lange Reise nach Berlin unternommen. Ein Kinderkarussell mit Schwänen und Kutschen, auch wenn es Hochzeitskutschen waren, kam nicht in Frage, auch keine neue Wurfbude, davon gab es genug. Sie wollten das Geschäft erweitern. Ein Riesenrad war viel zu aufwendig für die Jahrmärkte, zu denen sie reisten. Wie sollte es transportiert werden, wer sollte es aufbauen in der gewaltigen Höhe? Sie blieben doch nur in kleinen Orten und Städten, nichts Weltbewegendes, und was sollte man da von oben sehen?, lauter Kleinteiliges. Platsch, ihre schöne Hoffnung war auf den Boden gefallen, hart schlug sie auf und zersprang. Ich verkaufe nicht! Nicht an Zigeuner. Zuerst tranken sie ein Bier, sehr schweigsam am Rand der Spree, dann noch eines am S-Bahnhof, da ging es ihnen schon besser. Sie nahmen die erstbeste Bahn, jetzt war es auch egal, wohin sie fuhr, stiegen am Ostkreuz um und landeten am Bahnhof Zoo, Tauentziengewimmel, Kurfürstendammgeklingel, mächtige Prächtigkeit, sie bogen in eine Seitenstraße ein und hörten vertraute Musik. Es war wie ein Klischee, aber doch auch eine Rettung: Dort standen Leute von ihnen, die ihnen zunickten, wo kommt ihr her?, wo geht ihr hin? Sie spielten Geige und hatten etwas verbeulte Blechinstrumente, alles hatte Schwung und Schmiß, und man applaudierte ihnen. Einer von ihnen ging mit dem Hut herum, kassierte, bedankte sich überschwenglich und lud Laurenz und Alfons gleich ein: Ihr bleibt bei uns. So spielten sie in der Meinekestraße und dann vor einem Lokal in der Kantstraße und dann vor dem einzigen chinesischen Restaurant in Berlin, so hieß es jedenfalls. Das Restaurant war rot lackiert und golden, und die Lampions hatte seltsame Troddeln, die im Zugwind baumelten. Die Kellner mit ihren lackschwarzen Haaren und ihren makellosen schwarzen Anzügen spendeten Beifall und dann auch die Gäste, wie auf Zuruf. Hier trauten sich Laurenz und Alfons auch schon, ein Instrument zu übernehmen, damit die Spieler einmal ausruhen konnten. Später hatten die Musiker noch einen Auftritt in einem feinen Lokal, aber erst gegen elf, bloß nicht zu früh. Je später der Abend, um so spendabler die Gäste, hatte der Geschäftsführer zu verstehen gegeben. Es war schön, so herumzuziehen in der großen Stadt und sich gleichzeitig aufgehoben zu fühlen bei den eigenen Leuten. Ihr bleibt bei uns. Das wollten sie, und es machte richtig Spaß.

So zogen sie am anderen Tag noch einmal durch ein paar Straßen. Hier und dort wurden auch Geldstücke von den Balkonen geworfen, manche waren in Zeitungspapier eingewickelt, damit sie nicht davonrollten. Man mußte sich nur bücken. Das Geld, das sie einnahmen und das später zu teilen war, klimperte in den Taschen, nach dem Auftritt würden sie gemeinsam essen und in Ruhe miteinander trinken und erzählen. Es war umwerfend, nach der Niederlage auf dem Ausstellungsgelände so warm und herzlich aufgenommen zu werden. Das Musizieren war Arbeit und gleichzeitig Freude.

Plötzlich fuhr ein Polizeiauto vor, eine grüne Minna (kein Mensch wußte, warum man sie so nannte). Die Polizisten sprangen heraus, vier Mann, rannten auf sie zu, umringten die Kapelle: Alle stehenbleiben und sich ausweisen! Natürlich hatten Laurenz und Alfons ihre Ausweise und ihre Rückfahrkarten mit. Und sie zeigten sie im Bewußtsein, daß sie sich nichts hatten zuschulden kommen lassen. Nun ja, vielleicht war die Musik ein bißchen laut gewesen, aber so kleinlich konnte man doch in einer großen Stadt nicht sein. Vielleicht hatte der eine oder der andere Musiker seinen Ausweis nicht dabei, was machte das? Er würde sich später ausweisen. Doch die Polizisten beharrten darauf: Alle mußten ins Polizeipräsidium am Alexanderplatz, einem düsteren, großmächtigen Gebäude, dort würde man weitersehen. Da saßen sie auf einer Armesünderbank, die Blasinstrumente wie Schutzschilde vor sich, nur die Geige steckte in einem Kasten.

Sie waren kleinlaut und leise, geduckt leise, und sahen sich nur verstohlen von der Seite an. Sie hatten doch nichts verbrochen. Einer nach dem anderen wurde in der Wachstube aufgerufen, mußte seine Personalien nennen, den Geburtsort, das Geburtsdatum, die Adresse, die sofort überprüft wurde. Das Personenstandsregister, ein Berliner Adressbuch, alles war vorhanden im Polizeipräsidium. Wehe, jemand hatte keine feste Adresse, dann wurde er angeschrien. Als Alfons an der Reihe war, legte er gleich seinen Ausweis vor. Es müsse sich um ein Mißverständnis handeln, er und sein Schwager seien doch nur wegen der schönen Musik auf der Straße stehengeblieben, das könne doch nicht verboten sein. Aber der Polizist hörte überhaupt nicht zu. Das kannte Alfons schon von dem schwitzenden Mann im Ausstellungsgelände. Auf dem großen Bahnhof und auf den S-Bahnhöfen hatte man Laurenz und ihm doch freundlich Auskunft gegeben. Also, Sie haben keinen Wohnsitz in Berlin? Nein, in Trier. Das werden wir nachprüfen. Es klang drohend. Der ganze Musikertrupp mit Alfons und Laurenz wurde in einen anderen Raum geführt. Geradeaus in die Kamera blickend, gezwungenermaßen in die Kamera blickend, und von rechts und links im Profil wurden sie photographiert. Einer nach dem anderen, im Genick eine Stütze wie beim Friseur, nur ungepolstert. Lauter finstere, fassungslose Gesichter, die mit ihren wirklichen

Gesichtern nur entfernt verwandt waren. Dann ging es wieder in einen anderen Raum, und ihre Finger wurden in Stempelkissen gedrückt und auf Bögen abgerollt, schön gleichmäßig, sagten sie. Für jeden der zehn Finger gab es ein vorgezeichnetes Feld. Die Kriminalbeamten faßten sie grob an, knallten die Fingerkuppen in die Farben, und so standen sie da mit ihren schwarzen Fingerkuppen. Als wäre der Polizei eine vorbeugende Maßnahme gegen das erbitterte Ballen der Fäuste gelungen. Nicht einmal im Zorn konnte man sie in der Tasche ballen, ohne sich zu beschmutzen. Es war eine systematische Fabrikation von Verbrechern. Und als einer der Musiker aufzubegehren wagte, zeigte der Beamte, der die Fingerabdrücke nahm, auf ein Blatt mit dem *Runderlaß betreffend die Bekämpfung der Zigeunerplage.* Er war am 6. Juni 1936 in Kraft getreten. Man sagte ihnen, in ganz Preußen gebe es einen *Landfahndungsplan nach Zigeunern.*

Das war am 16. Juli 1936, ein Abreißkalender hing im Raum. Inzwischen kamen mehr und mehr Festgenommene ins Präsidium, manche schrien vor Empörung, andere waren bleich und stumm. Es war nicht das erste Unheil, das ihnen widerfuhr. Alfons dachte an Lucie und die Kinder und hatte Angst um sie. Laurenz und er hielten sich nah beieinander, damit sie sich gegenseitig nicht verloren. Die Nacht verbrachten sie in einer Zelle, immer zwölf Mann, die abgezählt wurden wie die Schafe, und dann wurde zugeschlossen. Essen gab es nicht oder doch etwas, das diesen Namen nicht verdiente, Fraß, den man hinunterwürgen mußte, und nur einen dünnen Tee aus einer Blechkanne, um den sich alle rissen. Am Morgen wurden sie aus dem Präsidium herausgeführt, da standen zu ihrer Überraschung eine Menge Wohnwagen mit ihren Bewohnern vor der Tür, Polizisten bewachten sie. Die Festgenommenen pferchten sie in die Wagen zu anderen Sinti, die auf Rastplätzen verhaftet worden waren. Die Wohnwagen wurden auf Tieflader gehoben, einer nach dem anderen schwankte bedenklich in der Luft. Ob ein Wagen dabei beschädigt wurde, interessierte niemandem. Und dann ging es quer durch die Stadt. Jetzt wollte Alfons nichts mehr von ihr sehen, starr saß er neben Laurenz, und eine Frau schrie ihnen gellend in die Ohren: Jetzt, gerade vor der Olympiade, soll Berlin herausgeputzt werden. Sie, die Zigeuner, störten doch nur, Berlin soll weiß und rein arisch und aufgeräumt sein für die internationalen Gäste, die auch nicht alle weiß und arisch und aufgeräumt sind, das würde man schon noch sehen. Aber vielleicht waren die Olympischen Spiele nur ein Vorwand, ein Vorausleuchten, ein greller Blitz, der sofort verschwunden sein würde, kein Donner folgte. Die Tieflader fuhren nach Osten, immer weiter aus der Stadt hinaus. Sie sahen ein Umspannwerk, Fabrikgebäude, eine Brauerei, Höfe, in denen gehämmert und geschweißt wurde, Arbeiter und Arbeiterinnen, die aus den Werktoren kamen, und Kinder, so viele Kinder, die auf den Trottoirs spielten und dem Transport nachsahen.

Alle Wohnwagen wurden auf die offenen Waggons eines Güterzugs gehoben, eine schwankende, gefährliche Angelegenheit, fest vertäut, und die Berliner im Zug wußten gleich: Es ist die Wriezener Strecke, man bringt uns weg, vielleicht weit weg. Sie begannen zu brüllen, zu wüten, rüttelten an den Waggons. Es war eine Welle, die alle mitriß. Wriezen lag fast an der Oder. Die Häuser waren jetzt niedriger als in der Mitte der Stadt, bucklige, ärmliche Quartiere. Schließlich hielt der Zug an einem elenden Bahnhof. O Gott, Marzahn, rief die Frau, die so theatralisch geschrien hatte, was sollen wir denn hier? Ein geducktes Dorf mit einem Anger in der Mitte, auf dem eine Ziegelkirche thronte, Kühe auf den Wiesen und Rübenfelder, so weit das Auge reichte. Die Kirche war der einzige Punkt, an den man sich halten konnte. Schon am Bahnhof standen Leute, die sie mit offenen Mündern anstarrten, so viele Ankömmlinge auf einen Schlag hatte es noch nie hier gegeben. Es war ein Zug von sechshundert Leuten, die aus den Waggons stiegen, sechshundert Leute, die vom Bahnhof aus an der Bahnstrecke entlang auf ein Gelände getrieben wurden, auf dem sie warten mußten, bis die Wagen aufgestellt und numeriert waren. Und es gab außerdem Wagen in Reih und Glied, die vom Reichsarbeitsdienst als unbewohnbar ausgeschieden worden waren. Manche der Zusammengetriebenen fanden keinen Platz, sie richteten sich unter den Wohnwagen ein, erbaten sich Planen und Decken als Schutz vor Wind und Regen.

Ein Gelände, das schon von weitem stank und nun, da sie es erreicht hatten, um so mehr. Ein Gelände, auf dem die Abwässer über Reisigbündel liefen, um gereinigt zu werden; es waren Rieselfelder. Vielleicht wurden sie auch gereinigt, aber der Gestank blieb in der Luft, verpestete alles. Man konnte sich vor ihm nicht schützen. Und da waren sie mit gesunden, empfindlichen Nasen. Es nützte nichts, sich ein Tuch vor die Nase zu halten, bald stank das Tuch, bald stanken die Hände, die es hielten, und abends auch die Schuhe, in denen man über den unbefestigten Platz gelatscht war. Es wäre zu weit gegangen, wenn man behauptete, wie es später ab und zu geschah, die Rieselfelder berührten ein kulturelles Tabu der Sinti und Roma: Sie lagerten niemals in der Nähe von Abwässern. Kein Mensch hätte dort bleiben wollen. Aber da waren sie, im Kargen, im Dürftigen, im Stinkenden. Die Bauern konnten in der Nähe Felder pachten, sie bauten verschiedene Gemüse an, die dann in der Central-Markthalle verkauft wurden. Wurde es denn gut gewaschen, wer wußte das? Ahnten die Käufer, woher die Kräuter, die Kohlköpfe, die Radieschen kamen, oder stank es noch auf dem Alexanderplatz? Mal beklagten sich die Bauern darüber, daß die Felder zu naß seien, mal darüber, daß viel zu wenig Abwässer auf ihre Felder rieselten, so daß die Felder austrockneten. Je nachdem wie der Wind wehte, war das schwierig zu kontrollieren, auch auf dem Gelände. Es gab im

Lager nur drei Wasserhähne und zwei Toiletten, die sofort umlagert waren und bald verdreckt. Sechshundert ausgesetzte, aus ihrer gewohnten Umgebung gerissene Menschen. Kaum waren sie da, kamen Kinder und Jugendliche aus Marzahn und gafften sie an: die vielen, die herumwuselten, die schreienden Kinder, der Kampf um frisches Wasser, um Nahrung, die überbelegten Wagen, in denen es nicht die geringste Privatheit gab, was eine Zeitung dazu veranlaßte, einen Bericht über *Berlin ohne Zigeuner* zu drucken, und eine andere einen über *Das Ende der Zigeunerherrlichkeit.* Triumphierend hieß es, *daß die Zigeuner jetzt eine härtere und zupackendere Hand zu spüren bekämen.* Aber das las natürlich niemand auf dem Platz. Einer der Musiker sagte zu Laurenz und Alfons: Ihr kommt zu uns. Und so hatten sie eine Ersatzfamilie, die zusammenrückte, die nur noch hatte, was zu retten gewesen war, und viel Hilflosigkeit und viele Kinder, die sich sofort an die beiden Fremden hängten, Kinder mit Schnupfnasen und schmutzigen Fingern, liebe Kinder mit strahlenden Augen. Und Alfons spürte die Sehnsucht nach Lucie und den eigenen Kindern als einen stechenden Schmerz. Es gelang ihm, das Lager zu verlassen und im Dorf eine Postkarte zu ergattern, auch eine Briefmarke dazu. Er schrieb Lucie, er sei aufgehalten worden, so ungefähr schrieb er nur, er fürchtete sich, den Grund des Aufgehaltenseins zu benennen. Und daß er sich bald wieder melde. Und sie möge die Kinder von ihm küssen.

Marzahn war ein Mühlenort, aber vielen der Mühlen ging es schlecht. Nur eine Windturbine stand sehr groß und aufrecht und knatterte. Es war eine Versuchsanlage der *Reichsarbeitsgemeinschaft Windkraft*, die später, als man sich für ganz andere Einrichtungen interessieren mußte, als das erste Bodenwindkraftwerk in Deutschland galt. Es speiste mittels eines Asynchrongenerators Drehstrom in das Drehstromnetz, polternd und knatternd. Es gab eine Schlächterei und eine Kohlenhandlung in

Marzahn und neue Erbhöfe nach dem *Reichserbhofgesetz*. Diese Bauern hatten nachgewiesen, daß sie weder geistesschwach, geisteskrank, trunksüchtig noch unfähig waren, mit Geld umzugehen. Außerdem: daß ihre Familien bis ins Jahr 1800 rein arisch waren. Dafür waren ihre Höfe entschuldet worden. Die Viehhändler, die häufig jüdisch waren, die den Bauern das Geld stundeten, hatten das Nachsehen. Als Gegenleistung verbot das Gesetz den Bauern die Erbteilung der Höfe, außerdem durften sie keine Hypotheken aufnehmen. Das waren keine Leute, die die Neuankömmlinge gerne sahen, das waren Leute, die sie vom Hof jagten und den Wachen sofort meldeten, wenn eine Porreestange oder ein paar Möhren auf ihrem Feld fehlten. Immer waren sie sicher: Die aus dem Lager hatten geklaut, nachweisen mußte man das nicht; der schlechte Ruf genügte. Der Platz war nicht abgeriegelt, er war noch nicht fertig, später wurde er mit Stacheldraht eingezäunt, ein Ghetto, in das mehr und mehr Sinti und Roma eingewiesen wurden. Im März 1938 meldeten die städtischen Behörden hundertsiebzig Fälle von Ansteckungskrankheiten im Lager.

Die zusammengetriebenen Sinti und Roma sahen sich plötzlich unter Polizeibewachung. Sie bestand aus einer Einheit der Preußischen Schutzpolizei mit einer Hundestaffel. Alle waren aufgelöst über die Verschleppung, erregt, in heller Aufregung. Und wie kam man wieder frei?, war die große Frage, eine Barriere, hinter der nichts war. MEINVATER, so stelle ich es mir vor, war ein Mitglied der Preußischen Schutzpolizei. Ein Panzer von Grobheit und Schlamperei umgab sie. Eine solche Aufgabe hatten die Männer noch nie gehabt, sie waren unsicher, das spürte man, wenn man nicht selbst unsicher oder verzweifelt war. Sie waren Herren über ein Lager, zusammengeschweißt zu einer Einheit, das befremdete sie, und gleichzeitig genossen sie die Macht, die ihnen verliehen worden war. Sie fragten jeden, der das

Lager verlassen wollte, wohin er ginge, sie verbaten jedem Fremden, der das Lager besuchen wollte, es zu betreten. Das war die Vorschrift, MEINVATER folgte ihr.

Wenn sie behaupteten, sie suchten Arbeit in der Nähe, konnten die Männer unter den Festgenommenen das Lager verlassen. Aber es gab keine Arbeit, jedenfalls nicht für sie. Wenn sie zurückkamen, wurden sie durchsucht, ob sie Gegenstände mitgebracht hatten, von denen die Wachleute behaupteten, sie seien gestohlen. Und wie sollte man das Gegenteil beweisen, wenn es Geschenke von Gutmeinenden waren, von Freunden, von früheren Arbeitgebern, die auf sie verzichten mußten? Die Frauen durften im Ortskern von Marzahn einkaufen, aber was sollten sie einkaufen, wenn sie von allen Möglichkeiten, Geld zu verdienen, abgeschnitten waren? Jetzt kamen auch neue Sinti-Familien mit ihren Wagen. Irgendwo hatten sie gehört, daß es in Marzahn einen neuen Rastplatz gab, von dem man nicht vertrieben wurde. Haut ab, haut schleunigst ab, das ist kein Rastplatz, das ist ein Gefängnis unter freiem Himmel, kapiert es doch, hätte man ihnen zurufen müssen. Aber da waren sie schon von den Wachleuten registriert worden, und die Wachleute teilten ihnen einen Platz zu. Auf den Boden wurde mit weißer Farbe eine Nummer gemalt, und auch der Wagen wurde weiß gekennzeichnet. Diejenigen, die schon länger im Lager waren, schüttelten nur den Kopf. Die Familien waren in die Falle gegangen wie Mäuse, die irgendwo Speck vermuteten.

Marzahn war so weit draußen, weit von Berlin, vom Lager bis zum Bahnhof lief man eine gute Viertelstunde an den Gleisen entlang, zum Dorf noch einmal eine Viertelstunde. Und wann ein Zug kam, war auch nicht leicht herauszufinden. Und woher sollte man das Fahrgeld nehmen? Also schwarzfahren und in jedem Augenblick fürchten, erwischt zu werden. Am Bahnhof bog man links ab und ging dann durch die Felder noch einmal eine lange Strecke bis zum Dorf. So war das Einkaufen eher ein Betteln, ein hungriges Schlangestehen, das Mitleid erregte oder Zorn: Schert euch weg! Kinder büchsten aus, stahlen Rüben und Kartoffeln auf den Feldern, die nach den Abwässern stanken, und hier und dort fanden sie Grünzeug. Wenn sie zurückkamen mit ihren ausgebeulten Blusen, in denen die Knollen steckten, und einer Handvoll Beeren in der Hosentasche, wurden sie an der Polizeibaracke angehalten. Sie mußten die Blusen oder die Hemden öffnen, die Mädchen auch die Röcke heben, so hoch, daß man ihre Unterhosen sah, und die Kartoffeln rollten heraus. Die Mädchen waren zur Schamhaftigkeit erzogen, es war ihnen peinlich. Den Kindern wurde Angst eingejagt: Wenn ihr so weitermacht, kommen eure Eltern und ihr ins KZ. Die Kinder wußten nicht, ob sie den Eltern von der Drohung berichten sollten, ihre Eltern wären schockstarr. Einfach vergessen konnten sie die Drohung auch nicht. Das eine war so schlecht wie das andere.

Die ganze Welt ist farblos, der Himmel tränenverhangen, ein Landregen über der Stadt. Glocken läuten, läuten viel zu oft und zu lang, eine Nonne aus einem nahen Kloster kommt und bittet um eine Spende für die Kapelle. Das hat Lucie noch gefehlt. Sie zeigt auf die Füße der Kinder, die ausgelatschten Schuhe und sagt, indem sie versucht, sich zu beherrschen: Wir brauchen auch eine Spende. Josef zeigt seine Füße vor, er trägt schon die Schuhe seines Vaters, Zeitungspapier in die Spitzen geknüllt, die Schnürsenkel so festgezurrt, daß die Lederteile einander überlappen. Die Nonne sieht Lucie gar nicht an, sondern lenkt den Blick auf ihre eigenen Schuhspitzen, die unter der Tracht hervorlugen. Sinnend betrachtet sie sie und sagt schließlich: Dazu gibt es doch die Fürsorge, aber da hat Lucie schon die Tür zugeknallt, einen Ratschlag braucht sie nicht. Lange, nervöse Tage, sie nehmen kein Ende, und die Sorge um Alfons und Laurenz nimmt kein

Ende. Die Postkarte hat Lucie verwirrt. Warum sind sie aufgehalten worden? Was kann die beiden doch forschen Männer nur aufhalten? Was will Alfons sagen? Und vor allem: Was will er nicht sagen? Der Schlaf kriecht aus den Ritzen, er huscht nur vorbei, wenn sie meint, daß er kommt. Der Schlaf fürchtet sich, und als er sich gegen Morgen endgültig wegschleicht, sind die Kinder schon wach, fragen, wann der Vater wiederkommt, ob er ihnen etwas mitbringt von der großen Reise. Lucie weiß es nicht, sie weiß gar nichts mehr.

Ich konnte nicht umhin, mir vorzustellen, MEINVATER oder einer wie MEINVATER (oder war MEINVATER überall dort, wo ich hindachte, hinlangte?), ich konnte mir vorstellen, MEINVATER säße da in der Baracke am Eingang des Lagers Marzahn, kontrollierte, zählte, hielte die Hunde fest, ließe die Hunde los. Es war graues Wetter in Marzahn, und plötzlich fielen Tropfen, fielen so leis, bis es sich einregnete, ein weicher, fast undurchlässiger Vorhang. Jetzt kam niemand mehr zum Eingang des Lagers. Wer konnte, verkroch sich in den Wagen, deren Dächer undicht waren, deshalb waren sie ja ausrangiert worden. Ich konnte nicht umhin, mir MEINENVATER in seiner Uniform vorzustellen, wie er dieses oder jenes Lager bewachte und wie er, wenn es nichts zu bewachen gab, mit seinen Kollegen in der Bude Karten spielte, *Dienst schob* war der Fachausdruck, den ich von ihm lernte. Von ihm lernte ich auch das Kartenspielen, vielleicht auch die Dickfelligkeit, das Wasserabweisende einer Existenz. In einer Baracke zu sitzen, mit den Hunden, mit den Kollegen, das war eine Vorform, etwas wie ein Trichter. In der engen Form wurde zusammengepreßt, was in ein anderes Gefäß münden sollte.

Auf dem Rastplatz in Marzahn – es war eine Ungeheuerlichkeit, daß er Rastplatz genannt wurde –, auf dem Rastplatz, der schon ein Ghetto war, lebte auch ein Äffchen. Eine Familie hatte es mitgebracht. Es war gut vorstellbar, daß es früher, in besseren Zeiten, eine feuerrote Uniform mit goldenen Litzen getragen, sich beim Applaus mit dem Zirkusdirektor verbeugt hatte, dann auf seine Schulter geklettert war und ihm den Zylinder vom Kopf genommen hatte zur Freude der Kinder. Nun saß es nackt und naß unter dem Wagen der Familie, ein gramvoller, kleiner Geselle, nagte an einem unreifen Apfel, den die Kinder aufgeklaubt hatten. Seine Augen waren glanzlos, es fehlte ihm auch an Betätigung für seine Lebhaftigkeit. Das Äffchen, das wohl eine Meerkatze war, zog sich hinter ein Wagenrad zurück, wenn MEINVATER oder einer wie er sich dem Wagen näherte. Dort kauerte es klaglos und fast unsichtbar, äugte zwischen den Speichen hindurch und begann mit seiner hellen Stimme zu keifen. Sie zitterte; doch das hörte nur jemand, der die Tiere verstand, also ein Sinto. Wenn MEINVATER oder einer wie er oder einer, der gröber und fuchterregender war, sich entfernte, kroch das Äffchen wieder hervor, schimpfte weiter in kurzen, schnappenden Tönen, ergriff die Hand des Mannes, den man sich auch mit einer Phantasie-Uniform, ordensgeschmückt, in der Manege vorstellen konnte, ein geborener Direktor, ein würdevoller Mann. Du hast solche Angst gehabt, gell? Und ich auch, sagte er. Er streichelte das Tierchen, bis es sich beruhigt hatte.

Lucie und ihre Schwester Babette hatten auch Angst, Angst um ihre Männer, Angst vor der Verantwortung. Das Schaustellergeschäft kam nicht ohne Alfons und Laurenz aus. Alfons hatte so viele Termine im Kopf, sie mußten jetzt abgesagt werden, sein Büchlein mit den Notizen war nur eine Gedächtnisstütze. Wo waren die Männer? Was und wer hatte sie aufgehalten? Sie wußten keinen Rat. Wenn die Kinder beim nächsten Bauern Milch holten, fragte der anzüglich: Wo ist denn euer Vadder? Und die

Kinder wußten nichts zu sagen. Was sie wußten: Man mußte sich schämen, wenn man nicht wußte, wo der Vater war. Es war unvorstellbar, wo er blieb. Die Kinder kamen mit der vollen Milchkanne, nichts war verschlabbert. Lucie kochte die Milch ab, damit sie nicht gleich sauer wurde. Und um die Anspannung zu vergessen, erzählte sie den Kindern die Geschichte vom Milchtopf, in der sich eine Magd auf dem Weg zum Markt ausmalt, was sie sich für den Wert eines Topfes Milch kaufen könnte. Bis sie vor lauter Tagträumereien stolpert und die ganze kostbare Milch verschüttet. Die Rechnung war nicht aufgegangen, sie hatte sich verspekuliert, das war die Milchmädchenrechnung. Lucies Erzählung war eine Warnung an die Kinder und gleichzeitig ein Schuß vor den Bug, der sie selbst traf. Was wäre, wenn Alfons und Laurenz nicht mehr zurückkämen, wenn sie aufgehalten worden wären im Nirgendwo? Eine andere Redewendung fiel ihr ein: Dann hätte sie die Rechnung ohne den Wirt gemacht. Aber wer war der Wirt? Und wie hoch war die Rechnung? Und wer sollte, mußte sie bezahlen? Es wurde ihr heiß am Herd, und sie schlief schlecht in der Nacht, Alfons fehlte, fehlte.

Babette kommt und heult, sie bringt ihre Kinder mit, die sich an ihren Rock klammern, Michael und Konrad starren sie an, so fremd kommt ihnen die Tante vor, sie wittern die Angst der Mutter und der Tante. Die Angst ist eine Glocke über dem Raum. Lucie und ihre Schwester Babette nehmen allen Mut zusammen und gehen ins Polizeipräsidium und fragen nach ihren Männern. Sie haben es sich gründlich überlegt. Noch nie war eine von ihnen im Polizeipräsidium gewesen, aber die Polizei war schon häufig bei ihnen, um zu schnüffeln, Fragen zu stellen, auf die sie keine Antworten wußten. Lucie hat ihre Haare zu einer Flechtkrone aufgesteckt, sie wirkt größer mit dieser Frisur, würdevoller. Und Babette, die ihr sehr ähnlich sieht – nur hat sie hellere Augen und ist ein wenig breiter –, hat eine Korallenkette angelegt, die ihre Halsgrube verdeckt. Der Polizist (MEINVATER, wer sonst?) hört sich an, was sie zu sagen haben. So, die Männer sind nach Berlin gefahren? So, zu einer Schaustellermesse? So, eine Postkarte ist gekommen? Sie sind aufgehalten? Das kommt schon mal vor, wenn Männer in eine Großstadt fahren, sagt er und grient sie an. Lucie ist wütend und muß sich zusammennehmen, um nicht zu schreien. Dann platzt es aus ihr heraus: Solche sind unsere Männer nicht. Dann ist ja gut, sagt der Polizist, warum machen Sie sich Sorgen? Wir möchten zwei Vermißtenanzeigen aufgeben. Jetzt beugt sich Lucie über den Schreibtisch, und es klingt, als hätte sie kein bißchen Angst: Wir wollen unsere Männer wiederhaben. Da fällt aus ihrem Haar eine Haarnadel, fällt auf das Anzeigenformular. MEINVATER starrt die Haarnadel an, ihre Krümmung, ihre Wellenlinie, ihren milden, dunklen Glanz, dann die beiden Frauen. Er hebt den Kopf, seine Lider zusammengekniffen, eine steile Falte auf der Stirn, jetzt blickt er geradewegs in Lucies dunkle Kirschenaugen. Er spannt das Formular in die Schreibmaschine. Gut, wie heißen die Männer? Eine Vermißtenmeldung wird aufgenommen, in einen Ablagekorb gelegt, da bleibt sie liegen. Und was tun mit der Haarnadel auf dem Schreibtisch des Polizisten? Die Haarkrone bleibt auch fest ohne diese Haarnadel. Lucie läßt sie einfach liegen, soll der Polizist damit machen, was er will. Er schnippt sie vom Schreibtisch. Die Haarnadel, die stehengebliebene Zeit, der Mann (vielleicht MEINVATER), die beiden Frauen. Grußlos verlassen Lucie und Babette das Polizeipräsidium, stehen schweigend, einträchtig, in sich gekehrt vor dem Gebäude, stehen in der gleißenden Morgenhelligkeit und holen tief Luft. Die Luft schmeckt nach Staub. Sie stehen auf dem Hauptmarkt zwischen den Ständen, Blumenfülle, Astern, Bauernlilien, Löwenmäulchen. An anderen Ständen bieten Bauersfrauen körbeweise Blaubeeren an, mit einer Schaufel packen sie sie in Tüten. Die Marktfrauen sehen die beiden verächtlich an oder mißtrauisch, als ob sie den nächsten Diebstahl erwarteten. Das kennen Lucie und Babette schon. Sie biegen um die Ecke, Lambert & Söhne – alles für den anspruchsvoll gestalteten Garten, geschmackvolle Blumenarrangements, Brautsträuße –, gehen die geschäftige Fleischstraße entlang, kaufen Heringe aus dem Faß, die in Zeitungspapier gewickelt werden, steigen an der Antoniuskirche in die Straßenbahn zum südlichen Ende der Stadt. Der Heringsgeruch steht in der drückend heißen Straßenbahn. Die Leute rücken von ihnen ab.

Jetzt hielten Alfons und Laurenz es nicht mehr aus. Täglich waren sie zur Polizeibaracke am Eingang des Lagers gegangen. Täglich hatten sie gefragt, ob nicht endlich die Bestätigung aus Trier gekommen sei, daß sie einen festen Wohnsitz hätten. Immer wieder schickte man sie weg. Nein, nein, nichts da. Und es dämmerte ihnen schon, es sei ganz gleichgültig, ob sie einen festen Wohnsitz hätten, hier oder dort, in Weißensee oder im Scheunenviertel, wo die Musiker, die sie aufgenommen hatten, wohnten oder irgendwo oder nirgendwo, in den Sternen oder unter freiem Himmel. Niemand hatte nach ihrem festen Wohnsitz gefragt. Sie sahen wie Zigeuner aus, dann waren sie auch Zigeuner, und je mehr sie sich wehrten gegen die Verhaftung, um so klarer war den Polizisten, daß sie kriminell oder asozial waren oder beides, jedenfalls Leute, vor denen man die Öffentlichkeit schützen mußte. Sie konnten nicht das Gegenteil beweisen, und bewiesen sie es, käme endlich die Nachricht über ihren festen Wohnsitz in Trier und ein polizeiliches Führungszeugnis, in dem es amtlich hieß, sie hätten sich nichts zuschulden kommen lassen, etwas, das man sich hinter den Spiegel stecken konnte: Es änderte nichts. Vogelfreie Leute, bunte Hunde waren sie jetzt, bunte Hunde, die man an die Leine gelegt hatte, die in Hütten vegetierten. Was hatten sich die Musiker, was hatten sich die vielen Kinder, was hatte sich das Äffchen zuschulden kommen lassen? Manchmal dachte Alfons auch an die schönen, auf dem Tanzboden herumflitzenden Blechautos. Vor seinem inneren Auge sah er den Arm des jungen Fahrers, den kräftigen Arm mit seiner dunklen Behaarung, der sich um die Schulter eines Mädchens legte und einfach dort liegenblieb, während er lässig den Wagen steuerte.

Ich sehe MEINENVATER auf Schwarz-Weiß-Aufnahmen, ich sehe ihn in Marzahn am Eingang des Lagers in der notdürftigen Baracke, ich sehe ihn in Trier am Schreibtisch im Polizeipräsidium, ich sehe ihn nur ungenau, aber es nützt nichts, wenn ich eine Lupe zur Hand nehme. Auch wenn ich genauer hinsehe, sehe ich ihn nicht.

Die Fahrkarten hatte man ihnen längst abgenommen. In der Wachbaracke behaupteten sie, sie suchten Arbeit, bei Bauern vielleicht oder in einer Munitionsfabrik in Lichtenberg, davon hätten sie gehört, dort brauche man Arbeiter. Nun waren sie eingesperrt, nur um zu arbeiten, ließ man sie heraus. Als hätten sie nicht in Trier genug gearbeitet. Alfons hatte Sehnsucht nach den Jahrmärkten. Nur mit einem heftigen Schmerz dachte er an Lucie und die Kinder, die Sehnsucht war verbraucht, ausgeleiert, er kannte sich selbst nicht mehr. Und Laurenz hatte Sehnsucht nach dem Fluß, den Wiesen, auf denen die Buden zusammengezimmert wurden, auch nach seiner Frau und den Kindern natürlich; er hatte erst drei. Doch zuerst fiel ihm der Fluß ein, die Windungen, die Hänge mit den Weinbergen, dieses beschickerte, hin und her taumelnde Flüßchen. Selbst wenn man eine Schnur gespannt hätte, wäre es nicht in der Lage gewesen, geradeaus zu fließen, und nur mit Mühe erreichte es seine Mündung. Jetzt wußte er, wie sehr er die Landschaft liebte. Alfons und Laurenz sprachen nicht mehr viel miteinander: Was sie hätten austauschen können, wäre ein Seufzen gewesen, ein Stöhnen, wohin es sie verschlagen hatte, ein Abgrund, wie elend sie geworden waren, wäre die Ohnmacht, sich selbst helfen zu können, sich gegenseitig zu helfen, wie sie es gewohnt waren in der Familie und bei den Leuten, die zu ihnen gehörten. Sie hätten sich ihre Hilflosigkeit eingestehen müssen.

Ihre Flucht versank im Nebel. Zuerst ein Gehen, Gehen, Gehen, Schlafen in Wäldchen, Aufspringen auf Fuhrwerke, sie umgingen Berlin, weil sie fürchteten, wieder nach Marzahn gebracht zu werden. Sie dachten an die Musiker, in deren Wagen sie untergekrochen waren, sie dachten an ihre Großzügigkeit und Fürsorge. Sie dachten an den Zusammenhalt, den sie genossen hatten, stellten sich die Enttäuschung vor, wenn die Musiker merkten: Die beiden sind abgehauen. Sie hatten noch ein Zuhause, während man ihnen ihres in Weißensee oder im Scheunenviertel genommen hatte. Die Flucht war ein Aufspringen auf Güterzüge, ein Bitten, daß ein Pferdefuhrwerk sie ein Stück mitnähme, es war ein Gejagtwerden von Höfen, ein böses Bellen von Hofhunden, wenn sie sich einem Bauernhof näherten. Die Städte mit ihrem Licht, mit ihren eingesessenen Geschäften, mit den Leuten, die vor den Haustüren palaverten, den alten Frauen, die, ein Kissen unter dem Busen, aus den Fenstern lehnten und die Straße beobachteten, mieden sie. Ausgebrochen, ja, jetzt waren sie für die Polizei Verbrecher geworden, Flüchtige, und waren doch die gleichen geblieben. So lange waren sie früher noch nie gegangen, sie hatten ja Wagen. Wenn sie auch nur dreißig Kilometer am Tag zurücklegten, war es ein Glück, die Pferde zu lenken, für die Pferde zu sorgen, die Pferde grasen zu lassen, und wenn sie müde waren auszuruhen, am Abend den Mond zu betrachten und den Schleier der Milchstraße. Nach solchen Reisen hatten sie wieder Sehnsucht, Und es war schön, wenn Lucie auf der Schwelle wartete, wenn er sie umarmte, an seinen Körper preßte und ihr Körper nachgab, sich an seinen schmiegte, sich festklammerte.

Lampen brennen, Schornsteine rauchen, ein Rutschen und an Bahndämmen entlang. Sie weichen den Dörfern aus, wie sie ganz am Anfang ihrer Flucht der Stadt Berlin ausgewichen sind. Die Schuhe haben löchrige Sohlen. Malmende Kühe mit traumverhangenen Augen und weißen Wimpern, Hundegebell, Jaulen in der Nacht, Winseln. Die Dörfer riechen nach Torf, nach Mist, nach Holz, nach Kartoffelfeuer und Rauch, aber die Geflohenen halten sich fern von den fetten Höfen. An Bächen und kleinen Flüssen entlang, auf Landstraßen gehen sie. Fuhrwerke, beladen mit Heu, mit Runkelrüben, überholen sie, manchmal springen sie auf, manchmal werden sie daran gehindert, denn zwei Mann auf einer Fuhre machen den Wagen entschieden schwerer. Haut ab, heißt es. Alfons versteht jetzt den Begriff Landstreicher. Jemand streicht ein Land entlang, aber er dringt nicht wirklich ein. Wie der Anstreicher nur auf der Oberfläche der Wand pinselt, aber der Mauer, dem Putz kann er nichts anhaben mit seiner neuen Farbe.

In einem Dorf im Bergischen Land, das ihnen mit seinem säuberlich gekreuzten Fachwerk gut gefiel, kamen ihnen Kinder entgegengelaufen. Zigeuner, Zigeuner, riefen sie, und: Macht ihr Musik? Die Kinder meinten es nicht bös. Wir haben keine Instrumente. Laurenz und Alfons wußten nicht, ob sie es bedauern oder ob sie stolz sein sollten. Sie hatten ja ein richtiges Gewerbe, es hieß: Freude bringen, etwas in Bewegung bringen, etwas zuwege bringen. Die Schausteller stellten das Vergnügen aus. Immerzu war der Jahrmarkt ein Fest, etwas, an dem man sich festhalten konnte, wenn alles zu fade war. Die Arbeit, der Montag und weiter die ganze Woche lang Dienst, am Wochenende war frei, einmal im Jahr war Jahrmarkt, jeder wußte es und freute sich darauf. Alfons und Laurenz konnten anpacken, Pläne machen, wenn auch manche wieder zerstoben. Ich bin doch der Herr Dorn, ein angesehener Mann, Schausteller. Das Geschäft geht gut, sagte er sich und schob die Schultern zurück, es könnte natürlich besser gehen mit einem neuen Karussell. Oder hatte er eine Illusion gemästet? Das Wasser schöpften sie mit Konservenbüchsen, sie hielten Rast und zogen die Schuhe aus, kühlten die Füße und weiter, weiter.

Wieder eine Postkarte nach Trier: Wir sind aufgehalten worden. Wir kommen. Eine Adresse, an die Lucie hätte zurückschreiben können, gab es nicht. Alfons und Laurenz waren froh, daß es sie selbst noch gab, den Wald, die tiefen Maare, die Hochfläche, die schwarzen Dörfer mit den verschlossenen Toren, die Bäche, in denen die Frösche sprangen, Mückengesumm in der Luft, dann ein Platzregen, verschlammte Wege, Pfützen, die Schuhe klebten im Lehm, mit einem schmatzenden Geräusch mußte man die Füße heben. Nun, dachten sie, gibt es denn hier keine Polizei? So viele Polizisten hatten sie gesehen, ihnen waren sie ausgewichen, vor ihnen hatten sie sich in Straßengräben geduckt. Jetzt sahen sie keinen einzigen mehr. Waren die Kommissare auf einer Kirmes? Saßen die Kriminalsekretäre am Feierabend mit den Leuten auf Bänken, tranken, spielten Karten und gingen dann mit stöckrigen Beinen nach Haus? Das war ein anstrengender Tag, sagten die Polizisten. Sie hatten einen Mann mit einem Fahrrad zur Wache gebracht und das Fahrrad auseinandergenommen, die Lenkstange und das Gestell auseinandergebrochen. Darin könnte verbotenes Material verborgen sein, aber sie fanden nichts. Sie sagten auch: Die Leute tun, was sie wollen, wenn man nicht dahinter ist. Es war ein Grund, wütend zu sein und die Wut am Nächstbesten auszulassen. Alfons und Laurenz sahen ihre Feinde nicht; vielleicht waren sie abgelenkt. Oder hatten sie einfach unfaßbares Glück, daß sie nicht gesehen und nicht aufgegriffen wurden? Was sie aber sahen, als sie das Wäldchen und den Kockelsberg auf der anderen Seite des Flusses erreicht hatten, war das Panorama ihrer Stadt: den Dom und die Liebfrauenkirche eng miteinander verwachsen, wie verschwistert durch die Jahrhunderte, das schwarze Ungetüm der Porta Nigra, den spitzen Turm der Paulinkirche, das mächtige Bollwerk von St. Matthias, den Fluß, überspannt von der Römerbrücke, die Uferanlage mit den Platanen, das grüne Viereck der Alleen, die Weinberge hinter Olewig und weiter weg die abgeernteten Felder. Da gehörten sie hin, da waren sie, da atmeten sie aus.

Aus kirschendunklen Augen der Blick: Du bist ja da. Du bist da, und ich bin da. Ein umfassender Blick. Schönheit im Blick und Ruhe, aber auch Erschrecken. Die Kinder waren gewachsen, sie starrten den Vater eher unsicher an, befremdet. Nein, das war jetzt niemand, den man fragen konnte: Hast du etwas mitgebracht? Was er mitgebracht hatte, war Schweigen. Als wäre er kleiner geworden, durchscheinend und unscheinbarer. Die Karussells drehten sich wieder. Stangen waren feucht geworden, man mußte sie abbürsten, abschleifen, streichen, damit sie nicht rosteten. Die Stadt war träge, wartete auf die Weinlese, die jeden Tag beginnen konnte. Die Straßen wurden gekehrt von einem apfelgesichtigen, kleinwüchsigen Mann. Mit einer unendlichen Langsamkeit schob er die Blätterhaufen zusammen und häufte sie auf eine Schaufel, Bewegungen wie unter Wasser, Bewegungen eines schlichten Gemüts, das sich seines Tuns in jedem Augenblick versichern mußte. Alfons stand am Fenster und sah dem Straßenkehrer zu. Er stand da, angewachsen, tatenlos. Willst du nicht?, fragte Lucie. Könntest du nicht?, fragte sie. Könntest du nicht zusammen mit Laurenz? Es war merkwürdig: Alfons und Laurenz wollten einander nicht sehen. Lucie begriff es nicht und ihre Schwester auch nicht. Die Schwäger hatten sich immer gut verstanden, es schien ihr ganz natürlich, daß ihr Mann und ihr Bruder zusammen eine Geschäftsidee entwickelten. Doch sie mieden sich, sie hatten sich in der Erniedrigung gesehen. Jetzt erfuhren sie von anderen Sinti und Roma, die zur *vorbeugenden Verbrechensbekämpfung* in Konzentrationslager verschleppt worden waren. Lehrer, Nachbarn und Hobby-Genealogen waren die Zuträger und nahmen der Polizei die Arbeit ab.

Das Haus war unordentlicher als vor der Reise, aber Lucie war gleichgültig gegen die Unordnung. Sie grübelte. Sie wurde wieder schwanger und sagte es Alfons. Bald ging sie gebückt, damit die Schwangerschaft nicht so deutlich sichtbar war. Kein Autoscooter, keine Ponys vor dem Kinderkarussell, eine verregnete Saison, wenig Einnahmen. Und dann noch ein Pöbeln auf der Kirmes, die sich zufällig Säubrennerkirmes nannte, Gott weiß warum.

Eine blonde Dame kam ins Haus, strich den Kindern über den Kopf, sie konnte Romanes sprechen. Das war merkwürdig, vieles war jetzt merkwürdig. Sie stellte Fragen, so viele Fragen, nach den nahen und den entferntesten Verwandten, nach den Großeltern, nach den Urgroßeltern. Wer hatte das alles im Kopf, Geburtsorte und Geburtsnamen der Frauen, die dann hinter dem Ehenamen verschwanden? War die Ehe standesamtlich geschlossen? Oder war es eine *Zigeunerehe*, wie die Frau es nannte? Wer sollte das wissen? Und wo sollten um Himmelswillen die Papiere der Großeltern oder der Urgroßeltern sein? So viele Ecken, Schubladen und Fächer hatte das Haus nicht, daß man alles Mögliche aufbewahren konnte, Krimskrams und Papierzeug, das nur die Mäuse anknabberten. Wenn man die Schultern zuckte oder einfach nicht mehr antworten wollte, wurde die Dame böse, nicht eigentlich böse, sondern kaltschnäuzig. Auch herrisch, wenn man das von einer Dame sagen konnte. Sie müssen sich erinnern, sie wolle ein Gutachten schreiben. Es ist zu Ihrem Besten.

Dabei sah sie nicht so aus, als wüßte sie, was das Beste für Alfons und Lucie war. Süßigkeiten für die Kinder, Perlen, die aufzufädeln waren, ellenlange Formulare für die Eltern. Vera, die Neunjährige ereiferte sich später: Sie hat uns behandelt, als wären wir nicht ganz normal, eben blöde. Daß wir genau so schlau sind wie andere Kinder, paßte nicht in ihren Kopf. Ein Gutachten, das hörte sich gut an; ein Gutachten konnte eigentlich nicht schlecht sein. Sie wollte wissen, ob einer in der Großelterngeneration kein *Zigeuner* gewesen sei, ob alle nach *Zigeunerart* gelebt hätten. Ja, was war das? Meinen Sie, ob sie in einem Wagen gelebt haben? Doch, ja, vermutlich. Aber ein Wagen war doch ein Haus, ein bewegliches, geräumiges Haus, vielleicht mit einem natürlichen Gärtchen davor, viel schöner als alle künstlich angelegten Gärten mit ihren Zierblumen und Hecken, die das Eigentum eingrenzten und den Blick verstellten. Alles trug sie in ellenlange Formulare ein. Sie spitzte den Mund, wenn sie *Zigeuner* sagte. Sie flötete, aber niemand hörte ihre Flötentöne. Sie untersuchte die Ohren, die Nasen, das Haar der Kinder, schwarzbraun, fettig, und machte sich wieder Notizen. Aus schmalen Augen musterte sie die sieben Kinder.

Josef sah sie offen an, was will die denn bei uns? Kathi blickte kurz zu ihm hin, er fürchtete sich nicht, also fürchtete sie sich auch nicht. Vera spielte mit ihren Haaren und tat ganz gleichgültig. Am liebsten hätte die fremde Frau sie alle in Reih und Glied gestellt, der besseren Übersicht wegen. Michael kam gar nicht auf den Gedanken, er solle sich vor der fremden Dame mit seinen Geschwistern aufstellen, als wäre das eine Zumutung, rannte er in den Hof, brach einen Zweig vom Haselbusch und schlug damit gegen die Mauer, und Rita, die noch unsicher lief, tat es ihm nach, als hätte der Baum Prügel verdient. Der kleine Arnold strampelte, jammerte, er spürte, daß etwas Ungewöhnliches geschah; die Luft vibrierte, vielleicht roch er die Fremdheit, vielleicht roch er wie ein ängstliches Tierchen die Dame, die hier nichts verloren hatte. Sie schob den Geschwistern die Augenlider nach oben und betrachtete die Augäpfel. Als sie Konrad untersuchte, stutzte sie: Er hatte so helle, aschblonde Haare. Beiläufig fragte sie die Kinder aus nach Tanten und Onkeln und Besuchern, die ins Haus kamen. Sie fragte die Kinder auch, warum sie in einem Haus wohnten, und Josef sagte mit Stolz: Das ist unser Haus. Dann verschwand die Dame wieder. In ihr Gutachten schrieb sie, daß sich die Familie *in blutseigenen Heiratskreisen fortpflanzt*. Dies gehe aus der Ahnentafel deutlich hervor. Und weiter: *Herr Dorn wurde in Berlin auf der Straße aufgegriffen, als er vor der Bar Femina mit anderen seinesgleichen musizierte.*

Andere durchreisende Sinti, die bei den Dorns Station machten, erzählten Alfons und Lucie, bei ihnen sei sie auch gewesen, mit einem Koffer voller blanker Instrumente, die wie große Zirkel aussahen, habe die Schädel vermessen, die Nasenbreite, die Länge der Fingerglieder, und all das habe sie in die Formulare eingetragen; eine lange Zeit habe das gedauert. Sie habe die Kinder photographiert, von allen Seiten, zuerst frontal, dann das Profil von links, dann von rechts. Ja, wie kleine Verbrecher. Die Kinder waren es nicht gewöhnt, so lange stillzuhalten, das habe die Dame verärgert. Sie wollte die Kinder auch nackt photographieren, aber sie hätten sich geweigert. Sich vor Fremden nackt zu zeigen, das war etwas, was Sinti einfach nicht taten und nie tun wollten.

MEIN VATER hat solche Photographien gesehen, er muß sie gesehen haben, in Berlin, in Belzec, in Lublin, später in Birkenau, früher in Köln und in Trier, doch er muß sie gesehen haben, so stelle ich ihn mir vor, ich sehe ihn die Photographien betrachten, jetzt ohne Tschako in der Wache, im nackten Licht, entblößte Kinder, die sich schämen, die verängstigten Gesichter, das Gezwungene, Abgerungene, all das. Ich habe MEINENVATER gesehen, wie er sich selbst nicht sah, wie er sich nicht sehen durfte. Denn er war im Dienst, darauf legte er Wert, das sagte er jedenfalls. Er sagte nichts von den Photographien, von links, von rechts, geradeaus in die Kamera blickend, im hellen Licht der Verhörlampe, die den Photographierten ins Gesicht leuchtete, kein Mundwinkel zuckte, niemand blinzelte. Er muß auch andere Photographien gesehen haben, solche von stolzen dunkelhaarigen, dunkeläugigen Mädchen, Glut im Blick, so sah es jedenfalls aus, Mädchen mit Ohrringen wie hängende Tropfen. Bilder von Wohnwagen, an denen die Wäsche flatterte, ältere Frauen, die einen Fuß auf das Bänkchen gestellt hatten, mit einem fordernden Selbstbewußtsein im Gesicht und in der Körperhaltung. Er sah seinen eigenen Blick nicht, und ich mußte meinen Blick senken oder mit seinen Augen blicken. Das war das andere, das Romantische, das Klischee, *das lustige Zigeunerleben*, mit dem nun Schluß war. Bilder des Beweises, Bilder einer Beweisführung: Das waren *Leute, die auf unsere Kosten leben*. Dabei wußte Lucie nicht, woher sie das Geld für Milch und Mehl nehmen sollte, so weit war es schon gekommen. Das Geld aus dem Verkauf der Ponys schmolz, schmolz dahin, keine Woche, in der sie nicht etwas zuschießen mußten.

Das Karussell rostete weiter, Alfons störte das nicht. Ein anderer Schausteller besaß nun die schönen Blechautos, die er in Berlin bewundert hatte, bei ihm standen die Leute Schlange. An einem Stand gab es winzige Vögelchen aus bemaltem Gips, die für das Winterhilfswerk warben. Man konnte sie ans Revers anstecken, und das sah gar nicht einmal übel aus. Wenn man spendete, bekam man eines. *Keiner soll hungern / keiner soll frieren / aber die Juden sollen krepieren*, so hieß ein beliebter Spruch des Winterhilfswerks. Aber hier an der Wurfbude mußte man genau treffen, ins Schwarze. Die Papierrosen waren noch ziemlich leicht zu bekommen. Geschossen und getroffen zu haben war so gut wie eine Spende. Während ältere Leute eher spendeten, schossen junge Burschen lieber. Zimmerleute verlegten die Bohlen des Tanzbodens, es war ein Hämmern in der Luft, Zurufe schwirrten herum: Reich mir mal den Hammer rüber. Dann stand das Podest und wartete auf den Abend, Tänzer kamen, verschwitzte, aufgeregte junge Männer und herausgeputzte Mädchen in einer vorgetäuschten, eingeübten Gelassenheit.

Alfons schrieb eine Postkarte an die Familie, die ihn in Marzahn aufgenommen hatte, so unverfänglich wie möglich. Es war gut, daß eine Postkarte keinen Absender haben mußte. Aber niemand schrieb zurück, so wußte er nicht einmal, ob die Familie sie überhaupt erhalten hatte – und das war das Üble an einer Postkarte: Die Empfänger rätselten, wer sie abgeschickt hatte, und kamen zu keinem Schluß. Alfons sprach mit dem Platzmeister über die nächste Kirmes: Wo soll das Karussell stehen? An seiner üblichen Stelle? Aber der Platzmeister zuckte nur die Schultern. Als Alfons das Karussell aufbauen wollte, war der Standort schon besetzt. Den neuen Schausteller kannte er nicht, er kam von weit her. Alfons sagte sich: Er kann ja nichts dafür, daß er bevorzugt worden ist. Dann fiel ihm ein, daß der sich vielleicht vorgedrängt hatte. Und im nachhinein wurde er wütend.

MEIN VATER ging spätabends zu der Frau, die nicht meine Mutter werden sollte. Es ist ja noch früh im Erzählen, Vormittag, nicht einmal das zweite Frühstück ist gegessen. Er ging zu der Frau, die blond und helläugig war, rosig, sagte er später, wenn ich ihn nach ihr fragte, er ging also zu ihr und schüttelte den Kopf, als ich mehr von ihr wissen wollte. Er gab sich den Anschein der Seriosität, mit Uniform und ohne, lächelte die Frau an, die wahrscheinlich noch ein Mädchen war, und sie lächelte zurück. Er nahm sie um die Taille, das mochte sie gern, der Blusenstoff krumpelte unter seiner verschwitzten Hand. Seine Hand rutschte höher zum Büstenhalter – das Mädchen, oder war es doch schon eine Frau?, jedenfalls eine Person von früher, die ich mir nur so ungefähr vorstellen kann – das Mädchen richtete sich auf, drückte das Kreuz durch, da fiel die Hand MEINESVATERS von ihrem Rücken ab, fiel, schlenkerte ins Ungewisse, und er wußte in diesem Augenblick nichts anderes zu tun, als diese Hand ebenso wie die andere Hand wieder hochzuheben, das Gesicht des Mädchens oder eher das Kinn in seine Hände zu nehmen, seine Lippen auf ihre Lippen zu pressen, mit der Zunge die verschlossenen Lippen auseinanderzudrücken und die aufgewölbte Zunge in ihrem Mund zu wälzen, bis sie an die weichen Schleimhäute stieß. Da war es schon stockdunkel auf dem Weg am Bach entlang. Sein Kuß ist Verführung und gleichzeitig ein Bestreben: MEINVATER überrumpelt das Mädchen nicht, er setzt ihr Einverständnis voraus. Er suggeriert, daß sie sich wehren könnte, und indem sie das nicht tut, ist sie mit allem weiteren einverstanden. Zunächst jedenfalls, und später auch.

Sie fahren Boot auf dem kleinen Teich des Parks am nördlichen Rand der Stadt, in Nells Ländchen. MEINVATER hat das fest vertäute Boot einfach losgerissen. Sie schaukeln darin, MEINVATER rudert und lenkt es ins Schilf, das ist verboten, so steht es auf einem Schild am Ufer. Der Teich ist nicht tief, Seerosen bedecken ihn. So bleibt das Ufer, so bleibt das Schilf genau im Blick, verdeckt den Hunger der beiden aufeinander. Er gibt dem Mädchen eine Hand, sie springt aus dem Boot ans Ufer. Er knöpft ihr die Bluse auf, er hebt ihre Brüste aus dem Büstenhalter, knetet sie in den Händen, seine Hände sind kalt, sie werden warm. Er erregt sich, die Frau, die nicht meine Mutter werden sollte, stöhnt. Er zieht ihr den Schlüpfer aus, er zieht seine Hose aus, jetzt will sie ihn, daran ist kein Zweifel, er hat es doch gleich gewittert, und er will sie ohnehin. Den Rasen zu betreten, ist verboten, daran halten sie sich, also im Schilf. Die Beine, die gespreizt werden, der harte Griff, auch das Mädchen packt zu, beißt in die Schulter MEINESVATERS, um nicht zu schreien. Was sie tun, ist verboten nach ihrer Religion. Sie wissen es, aber sie müssen es tun, und deshalb ist es weder verboten noch erlaubt. Die Nachtvögel, die Schwäne, die anderen Liebespaare im Park. So war die Nacht, in der mein Bruder gezeugt wurde, so stelle ich sie mir vor. Mein Bruder, der eigentlich mein Stiefbruder ist, aber das ist jetzt gleichgültig. So hatte alles seine Ordnung, eine Ordnung, die ich vermißt hätte ohne diesen Begriff.

Lucie freute sich auf das Kindchen, das in ihr strampelte. Alfons zog mit dem Finger eine Linie von der Brust über den prall gewölbten Bauch zur Scham, eine Linie nach unten, dann eine Linie nach oben. Es gefiel ihm, mit dem Finger spazierenzugehen, und Lucie gefiel es auch. Sie warteten auf die Geburt, und die älteren Geschwister warteten mit ihnen. Die kleineren merkten die Vorbereitungen, die Unruhe, aber sie wußten nicht, was vorbereitet wurde. Als Alfons die Hebamme rief, war sie nicht da. Sie sei bei einer anderen Geburt, hieß es. Aber sie kam nicht, nicht am Nachmittag und nicht am Abend. Schließlich gebar Lucie das Kind allein. Es schrie nicht, wie es alle ihre Kinder getan hatten. Als sie es aufnahm, sich nach ihm bückte, sah sie, daß sein Gesichtchen blau angelaufen war, die Nabelschnur hatte sich um seinen Hals gelegt. Ein kleines Mädchen mit dichtem, dunklem Flaum über der Stirn. Lucie band die Nabelschnur ab und durchtrennte sie, so hatte es die Hebamme gemacht – früher. Alfons sah es, und es war das erste Mal, daß Lucie ihren Mann weinen sah. Wie es den älteren Kindern sagen, die das Geschwisterchen sehen wollten, und wie den kleinen, wie den Tod erklären? Gemeinsam wuschen Alfons und Lucie die Schmiere von seinem

Körperchen, das heiße Wasser war schon bereitet, gemeinsam legten sie es in den Korb. Doch sie schlossen die Tür, damit sich die Kinder nicht erschreckten. Auch am nächsten Tag kam die Hebamme nicht. Es gab keine Erklärung und keine Entschuldigung: Es war doch ihre Pflicht. Alfons lief zum Pfarrer und sprach von seinem toten Kind. Ist das Kind getauft?, fragte der Pfarrer. Wie sollte es getauft sein, es war doch schon tot. Ein klägliches Begräbnis, zu dem nur Babette und Laurenz, Schwester und Schwager kamen, kein Begräbnis, eher ein Verscharren. Ein totgeborenes Kind gehörte nirgendwohin. Als wäre es nicht vorhanden. Aber es war im Gedächtnis.

Kathi, das älteste der Mädchen, die bis jetzt der Mutter beim Nähen geholfen hatte, mit Eifer die Fäden in das Öhr gefädelt, die überstehenden Fäden verknotet und abgeschnitten hatte, ergriff die Initiative und kochte. Sie warf eine Handvoll Graupen in einen Topf, schmelzte sie mit Fett an und goß Milch darüber. Sie ließ sie langsam köcheln, bloß nicht zu rasch, das hatte sie bei ihrer Mutter gesehen: Bloß nicht überkochen lassen! Sie gab Salz hinein, und dann war sie unsicher, ob das richtig war, und fügte noch einen Löffel Zucker hinzu. Trotzdem schmeckte den Kleinen die Suppe, wie die Mutter sie kochte, besser. Sie ritzten mit dem Löffel die Haut auf der Suppe und schoben sie beiseite. Aber ihr Vater lobte Kathi, jetzt war sie stolz auf ihr Abendessen, und morgen würde sie wieder kochen.

Das tote Kind war nicht nur im Gedächtnis; es war auch im Körper, die Milch floß, Lucie fing sie auf und gab sie den kleinen Kindern zu trinken. Sie tranken sie gern. Dann rief sie sich ins Bewußtsein, daß sie in ihren eigenen vier Wänden war, nirgendwo anders, daß ihre Kinder um sie waren, aber es tröstete sie nicht. Nie mehr wolle sie ein Kind haben, flüsterte Lucie ihrem Mann zu. Sie lag auf dem Bett, das Gesicht zur Wand. Sie drehte sich um, sie sah sein sorgenvolles Gesicht nicht und hatte nicht bemerkt, daß Alfons eingeschlafen war, und das war vielleicht besser, als gemeinsam wach zu liegen. Sie sah den Mond an, er hatte einen bleichen Hof. Sie hörte auch ein Rascheln und Huschen draußen, als schliche jemand ums Haus, aber sie wollte es nicht hören. Vielleicht war es ein Igel. Die Hebamme war nicht gekommen, aber dafür kam ein paar Monate später eine Fürsorgerin. Sie schaute sich um, sie schaute sich zweimal um, es hätte nur noch gefehlt, daß sie eine Schranktür geöffnet hätte, sie schaute unter ein Bett, als wäre da ein Kind versteckt. Und dann begann sie: Frau Dorn, Sie haben doch schon viele Kinder. Das stimmte, Lucie hatte viele Kinder. Die Fürsorgerin sprach umständlich, gewählt, sodaß Lucie sie auf Anhieb gar nicht verstand oder verstehen wollte. Dann verstand sie. Aber der Staat will doch Kinder, platzte es aus ihr heraus. Ja, antwortete die Fürsorgerin, als spräche sie zu einer Kranken oder Irren: Der Staat will Kinder, aber solche wie Ihre will er nicht. Keine Kinder mehr, hören Sie! Wir können Ihre Kinder auch in ein Waisenhaus bringen. Und: Besprechen Sie es mit Ihrem Mann. Aber Alfons war nicht da.

Schließlich kam ein Brief, ein Brief, wie ihn die Familie Dorn noch nie bekommen hatte. Er war an Kathi gerichtet und auch wieder nicht. Ein Brief mit einem offiziellen Absender, aber Kathi war noch in der Schule, also öffnete Alfons den Brief. Er bezog sich auf den Besuch der Fürsorgerin und nannte einen Paragraphen. Kathi solle sich in der nächsten Woche bei einem Arzt in der Simeonstraße vorstellen. Da saß sie zwischen lauter Frauen und Mädchen, wartete, wartete, bis die Reihe an ihr war. Manche der Frauen rutschten nervös auf ihrem Stuhl, andere waren träge, als wäre ihnen alles rundherum gleichgültig. Als Kathi ins Sprechzimmer gerufen wurde, kramte der Arzt, ein Mann mit einem geraden Scheitel, ausrasiertem Nacken und blanken Mausaugen, in einer Kartei. Er fand eine Karte, fragte nach ihrem Namen, Katharina Dorn, fragte nach dem Geburtsdatum, fragte, ob sie Geschlechtsverkehr habe. Bei der letzten Frage verlor Kathi die Fassung. Es war eine empörende, jede Sitte verletzende Frage; eine Antwort darauf gab es nicht. Er maß ihren Kopfumfang, als sollte ihr ein Hut angepaßt werden, er klopfte auf ihre Kniescheibe und ließ sie bei geschlossenen Augen mit dem Zeigefinger auf ihre Nasenspitze zielen. Dann wies er sie an, ihren Rock und ihre Unterhose auszuziehen, einen hochgeschraubten Stuhl zu besteigen und die Beine zu spreizen. Er drängte ihre Schamlippen auseinander, führte einen kalten Gegenstand in ihre Scheide ein, sie schrie auf. Nicht so empfindlich, sagte der Arzt. Kathi war nicht empfindlich, sie war ein Kind, ein Kind mit Mutter und Vater und vielen Geschwistern. Der Arzt stellte ihr einige Fragen; manche kamen ihr dumm vor. Wie heißt die Hauptstadt von Deutschland? Wer entdeckte Amerika? Was ist ein Schaltjahr? Wie aus der Pistole geschossen antwortete sie. Warum fragte er so etwas? Andere Fragen verstand sie nicht richtig, und über ihre Familie wollte sie nicht sprechen. Was ging den Arzt ihre Tante an? Sie war doch nicht krank, so wenig krank wie Kathi.

Wieder kam ein Brief. Alfons las, seine Tochter solle sich am Montag nächster Woche im Elisabeth-Krankenhaus einfinden. Ein Nachthemd und Waschzeug seien mitzubringen, sie solle sich am Empfang melden. Er reichte Lucie den Brief. Es wurde finster vor ihren Augen, und im Finsteren forschte sie nach ihren Gedanken, aber sie fand sie nicht. Was sie fand, war blanke Wut. Die Wut vertrug keinen einzigen Gedanken; deshalb forschte sie nicht weiter. Kathi war noch so klein, ein Schulmädchen, sie hatte eben erst zu bluten begonnen. Lieber wollte sie sich selbst sterilisieren lassen. Alfons sagte: Du gehst natürlich mit und läßt Kathi keinen Augenblick aus den Augen. Das Wort *minderjährig* fiel nicht, es war ein Wort auf Papier.

Die katholischen Krankenhäuser hatten sich geweigert, Mädchen und Frauen, Jungen und Männer, die vom *Erbgesundheitsgesetz* ausgesondert worden waren, zu operieren. *Sabotageakte an der nationalsozialistischen Rassegesetzgebung* wurden geahndet. Ein Priester, der sich abfällig über die zwangsweisen Sterilisationen äußerte, wurde für sechs Monate in Schutzhaft genommen: *Heimtücke* hieß das Delikt. Ein Krankenhausseelsorger wurde wegen *Propaganda* angeklagt. Er hatte einem Mann geraten, Widerspruch gegen die Operation einzulegen, und ihn an einen Arzt verwiesen, der ihn über den Beschwerdeweg informieren könnte. Die Ehefrau des bedrohten Mannes hatte den Seelsorger denunziert. Wollte sie denn, daß ihr Mann sterilisiert wurde? Das Gerichtsverfahren mußte eingestellt werden, weil der Seelsorger sich auf das Beichtgeheimnis berief und ihm keine negativen Äußerungen über das *Erbgesundheitsgesetz* nachgewiesen werden konnten.

Die katholische Kirche verwahrte sich gegen Sterilisationen, schwieg aber bei der Tötung von Kranken und Behinderten. Sie lehnte den freiwilligen Verzicht auf Nachkommen, Verhütung, Abtreibung, Onanie ab, dementsprechend auch das *Gesetz zur Verhütung erbkranken Nachwuchses.* Die gottgewollte Zeugung von Nachwuchs war für sie ein unumstößliches Gesetz. Daß ein außerhalb der gottgewollten Ehe gezeugtes und geborenes Kind einen entschiedenen Makel hatte, daß ein solches Kind möglicherweise auf Abwege kommen würde, *sittlich ungefestigt* bei einer *sittlich ungefestigten* Mutter, daß ein Kind, das in einem katholischen Heim aufwuchs, von einer zukünftigen Weitergabe seines Erbguts ausgeschlossen sein sollte, dagegen hatte die Kirche nicht viel zu sagen. Proteste blieben kleinlaut. *Es ist eine harte Pflicht, das einzelne Kind im Sinne unserer Heiligen Kirche auf die ihm zudiktierte Operation vorzubereiten. Um die Zwangsüberführung durch die Polizei zu verhüten, begleitet Fräulein Hilfsschullehrerin Theisen die Kinder auf diesem schweren Gang und erfreut sie auch durch Krankenbesuche, die wir, die Ordensschwestern, auf ausdrücklichen Wunsch des Hochwürdigsten Herrn Bischofs nicht machen dürfen.* Wollte der Bischof die Ordensschwestern vor dem Anblick der verstümmelten Kinder bewahren? Hielt er das Mitleid, das sie fühlen könnten, für unangemessen? Wären die katholischen Ordensfrauen im verminten Gelände zu Schaden gekommen?

Lucie und Kathi waren pünktlich im Krankenhaus. Gleich am Empfang wurde das Mädchen von einer Schwester abgeholt. Kathi sollte ein Formular unterschreiben, daß es ihr *freier Wille* sei, unfruchtbar gemacht zu werden, aber Kathi tat gar nichts, starrte die Schwester an, bis die fragte: Wie alt bist du denn? Dann stutzte sie und fragte: Kannst du überhaupt schreiben? Wieder reagierte Kathi nicht. Jetzt sollte Lucie das Formular unterschreiben. Es war nicht ihr *freier Wille*, daß ihre Tochter sterilisiert wurde. Zu jung, um eine eigene Entscheidung zu treffen, nicht fähig, ein Geschäft abzuwickeln, eine Unterschrift zu leisten, aber gut genug, um verstümmelt zu werden. Die Schwester faßte Kathi um die Schulter, das sah freundlich, ja mütterlich aus, aber Kathi versteifte sich unter dem Griff und drehte sich mit einem dünnen Lächeln nach ihrer Mutter um. Nehmen Sie mich mit! Es war eher ein Befehl als eine Bitte, die Lucie aussprach. Sie können nicht mit, zischte die Schwester. Wann, wann kommt sie heraus? Ich will meine Tochter wiederhaben, sie ist doch gesund. Lucie schrie, kreischte fast, machen Sie es mit mir! Jetzt kam auch der Pförtner aus der Loge, eine kräftige Verstärkung für die Schwester. Seien Sie doch vernünftig. Gehen Sie, gehen Sie, ich kann auch die Polizei holen. Das war eine offene Drohung. Sie war zum Unterschreiben gezwungen worden, sie war gezwungen worden, ihre Tochter allein zu lassen.

Lucie ging, ging an den Barbarathermen entlang, an den römischen Mauern, die immer da waren, stumm und unerbittlich seit Urzeiten. Sie hatte von den römischen Söldnern gehört, sie hatte von der Besatzung gehört. Die Römer hatten die Trierer das Baden gelehrt, die Besetzten, die Barbaren, hatten von weitem zugesehen, wenn die Römer es erlaubten, wenn die Römer den Besetzten, den Barbaren, überhaupt Raum ließen. Sie hatten die Stadt gegründet, sie hatten sie bewehrt mit Toren und Türmen, dann war sie ihre Stadt. Und sie hatten sie wieder verloren. Sie hatten die Freude daran verloren, so kam es ihr vor. Lucie ging noch ein Stück am Flußufer entlang, vor Zorn kickte sie die Steinchen weg, die auf dem Weg lagen. Dann stieg sie den Berg hinauf und kam erschöpft in dem kleinen Haus an. Sie knallte die Töpfe auf den Herd, knallte die Teller auf den Tisch, das Besteck daneben. Ein Teller zerbrach beim Zusammenräumen des Geschirrs, und es war gleichgültig, wem das Mißgeschick passiert war.

Jeden Morgen kam Lucie zum Krankenhaus, lungerte vor dem Eingang, setzte sich auf das Mäuerchen, das einen Vorgarten begrenzte. Sie war da nicht gern gesehen, eine Frau starrte sie hinter einer Gardine an, der Pförtner nahm sie ins Visier. Nach einigen Tagen sah sie Kathi, wie sie die Stufen vor dem Eingang hinunterstieg. Ihr Gesichtchen war angespannt, sie hielt sich den Bauch und krümmte sich vor Schmerzen. Sie gab ihrer Mutter einen Zettel: Den müssen wir aufbewahren, für immer. Und immer war sehr lang. Der *erfolgreiche Eingriff* wurde bestätigt; die Patientin wurde der *ordnungsgemäßen Wundversorgung entsprechend* entlassen.

In der Saarstraße nahmen sie die Straßenbahn, stiegen nach drei Stationen aus, schlüpften in die Basilika. Lucie zog das Mädchen vor das Marienbild, und sie betete. Nein, so war Maria nicht behandelt worden und auch keine Heilige, die sie kannte. Maria hatte einen Sohn geboren, mit vollem Einverständnis der obersten Behörde, wie sie Gott jetzt nun einmal nennen mußte, das war vielleicht lästerlich, aber darauf kam es in ihrem Zorn nicht an. Und keine Macht hatte sich der Maria entgegengestellt. Erst später, viel später, hatte man das Kind töten wollen, aber Gott hatte es nicht zugelassen und sie, ihren Mann und das Kind auf die Flucht geschickt. Kathi würde nie ein Kind bekommen können. Jedes zukünftige Kind war ihr wegoperiert worden.

MEINVATER hatte eine neue Aufgabe: Wen ein Amtsarzt, ein Leiter einer Heil- und Pflegeanstalt, eine Krankenschwester, ein Masseur oder eine Hebamme anzeigte, wurde zur Untersuchung einbestellt, denn alle Angehörigen von Gesundheitsberufen waren antragsberechtigt. Wer dieser Aufforderung nicht nachkam, wurde durch MEINENVATER zwangsweise vorgeführt. In den meisten Fällen wurde die Sterilisation angeordnet: *eine sittlich stark defekte Persönlichkeit, sozial minderwertig*, mangelnde Intelligenz, die *Idiotie* genannt wurde, waren die Gründe. Auch *Nichtseßhaftigkeit, Homosexualität, Kriminalität oder sexuelle Verbindungen mit Juden oder anderen Fremdrassigen* waren Gründe. Ein Vater wandte sich an den Polizeipräsidenten und zeigte seine Tochter an. Sie sei mit einem arbeitsscheuen Mann entlaufen und müsse, weil sie sich mit jedem beliebigen Kerl abgebe, unbedingt sterilisiert werden. *Das sittlich verwahrloste Frauenzimmer*, wie der Mann die Tochter nannte, kehrte freiwillig zur Familie zurück. Ein Jahr später wurde der Mann, ein Hilfsarbeiter ohne gegenwärtige Stellung, selbst sterilisiert.

In jedem Fall wurden die familiären Verhältnisse geprüft. War ein Vater oder Bruder *Trinker*, gab es eine blinde Tochter in der Familie, kamen Selbstmorde oder versuchte Selbsttötungen in der Familie vor, reichten auch diese Gründe für eine Sterilisation. Erschien der oder die Betroffene nicht zum angegebenen Zeitpunkt im Krankenhaus, wurde die Polizei eingeschaltet. MEINVATER führte die Opfer dem Krankenhaus zu – zwangsweise, zwangsweise, er kannte keine andere Weise. Ein *schwachsinniger* Mann biß MEINENVATER in den Arm, berichtete er. Ein anderes Mal hätten ihn Zigeuner angespuckt. Als eine *Sofortsache* sollte MEINVATER die Anordnungen zur Sterilisation betrachten. Ein Verhör war zu unterbrechen. MEINVATER stöhnte, er stöhnte leise. Andererseits waren all diese Leute nutzlose Esser, die nutzlose Esser in die Welt setzten, sagte MEINVATER. MEINVATER merkte sich die Schimpfworte, die auf ihn niederprasselten. MEINVATER benutzte die Schimpfworte, die er am Morgen gehört hatte, am Abend bei einer neuen Zwangsvorführung. An anderen Tagen meldete er: *Zu Zwischenfällen ist es nicht gekommen.* Vieles in der Polizeiwache blieb währenddessen liegen. MEINVATER machte eine Eingabe beim Polizeipräsidium.

Als Josef aus der Schule entlassen wurde, ging das Schaustellergeschäft schon seit Monaten miserabel. Er sah es und dachte sich sein Teil. Er hätte seinem Vater die Hälfte der Arbeit abnehmen können, er war ja kräftig, aber auch sein Vater war kräftig. Die Hälfte der Arbeit, aber auch die Hälfte des Einkommens. Die früheren Einnahmen auf den Jahrmärkten waren einfach nicht mehr zu erreichen. Den Reibach machten andere Schausteller, sie schauten weg, wenn sie Alfons Dorn sahen, oder sie feixten. Der Sohn sah es, und er hoffte, sein Vater sähe es nicht. Josef faßte einen Entschluß, vielleicht war es der erste, den er selbständig faßte, und er war stolz darauf. Er ging zu dem Bäcker in der Nähe, bei dem die Dorns Brot kauften, er ging zu einem anderen Bäcker, wieder zu einem anderen, wieder sprach er vor, und endlich sagte einer zu. Josef kam nach Hause, saß mit den Kleinen am Tisch, knetete die Brotkrumen, richtete sich plötzlich auf und sagte so beiläufig, wie es eben ging: Übrigens, ich mache eine Bäckerlehre, eine Lehrstelle habe ich schon. Lucie und Alfons wußten sofort, was das bedeutete: Das Schaustellergeschäft würde einbrechen. Josef hatte es bemerkt, ehe seine Eltern es vor sich selbst zugeben konnten. Niemand in der Familie hatte eine Handwerkslehre gemacht. Niemand hätte eine machen können; sie reisten ja immer. Sie wußten von niemandem, der eine Lehre gemacht hatte. Lehren, Lehre, gelehrt. Ein gelehrter Bäcker, einer, der das Bäckerhandwerk gelernt hatte. Es war eine gewaltige Neuerung. Und Josef sagte in die Stille hinein: Vielleicht kann ich Brot mitbringen, vielleicht welches von gestern.

Ab September ging Josef täglich zu *seinem* Bäcker, er mochte ihn und der Bäcker ihn auch, da war nicht viel zu sagen. Josef stand auf, wenn es noch Nacht war. Er freute sich, die erste verirrte Amsel zu hören, ein Ruf wie eine Positionsbestimmung, dann schon mehrere Amseln, die sich gegenseitig zum Singen ermunterten. Er war so leise, damit er seine jüngeren Geschwister nicht weckte. Er sah ihre offenstehenden Münder, den Hauch des Atems, die verrutschten Bettdecken. Lucie stand auch auf, machte ein Frühstück für ihn, aber nach ein paar Tagen winkte er ab: Mama, ich brauch kein Frühstück. Ich esse beim Bäcker. Bleib einfach liegen, es ist ja nicht mal hell. Lucie wußte nicht, ob er wirklich noch keinen Hunger hatte oder ob er sie schonen wollte. Er ist ein Guter, sagte sie sich und blieb dann tatsächlich im Bett, umarmte ihren Mann, und er umfaßte sie ganz eng; so war es früher gewesen.

MEINVATER setzt seinen Tschako auf, knöpft seine Uniform zu, wischt sich eine imaginäre Fluse vom Arm, vielleicht ist es nur eine Nervosität, und erscheint pünktlich zur Frühschicht im Revier. Da wartet ein Kollege, die erste Aufgabe wartet, und sie gehen los. Die Kastanien fallen schon von den Bäumen, gelbe Blätter auf den Gehwegen, sie stapfen durch ein trockenes Rascheln. Sie klingeln an einer Wohnungstür in der Ostallee. Ein

Mann öffnet ihnen, es ist ein breiter und gleichzeitig hochgewachsener Mann, der eine Hornbrille trägt. Es ist ein Mann, wie sie keinen kennen. Am Hauseingang ist ein Schild angebracht: Rechtsanwalt Dr. Erich Cobler. Waren Sie schon einmal verhaftet? Nein, sagt der Mann, gewiß nicht. Er scheint weder erstaunt über diese Frage zu sein noch abweisend. Sie geben dem Mann zwanzig Minuten Zeit, ein paar Dinge zusammenzupacken (so steht es in der Vorschrift), sich von seiner Frau zu verabschieden. Sie sehen die Frau, offener Mund, geweitete Augen, einen weißen Kragen auf dem gepunkteten Kleid. Sie sehen den Mann, der Haltung zu bewahren sucht vor den beiden Polizisten, sie spüren, daß er sie insgeheim verachtet. Und indem sie es spüren, ist die Verachtung gar nicht so geheim. Die beiden warten da in der großbürgerlichen Wohnung mit den übergroßen Porzellanvasen in der Zimmerecke und dem vollgestopften Bücherregal. Wären sie nicht im Dienst, einfache Besucher bei einem angesehenen Mann, hätten sie gefragt: Haben Sie all diese Bücher gelesen? Und Cobler hätte sie mitleidig angesehen. Sie haben einen Auftrag, dementsprechend sind Fragen unangebracht. Das wird sich finden, dazu gibt es ein Verhör, dafür sind sie nicht zuständig. Bei der Geheimen Staatspolizei wird man ihm auf den Kopf zu sagen, er habe Kommunisten verteidigt, Jude und Kommunist, das paßt zusammen. Wenn er einen Kommunisten verteidigt hat, ist er selbst verdächtig, Kommunist zu sein. Der Kommunist hat auch einen Namen, sie erwähnen ihn nicht. Die Geheime Staatspolizei wird ihn aus dem Rechtsanwalt herausfragen, herausschälen, herauskratzen, herausprügeln, wenn er ihn nicht ausspricht. Sie behaupten, den Namen zu kennen, aber der Rechtsanwalt, der nur noch ein *Rechtspfleger* sein darf, soll *singen.* Sie behaupten, der Kommunist habe ausgesagt. Aber was, was kann er ausgesagt haben, oder pokern sie nur? MEINVATER und sein Kollege führen den Rechtsanwalt der Gerechtigkeit zu, und der Rechtsanwalt Cobler folgt ihnen schweigend. Jetzt sind sie die Bewacher des Rechtsanwalts, zwei Polizisten, die die Frau des Rechtsanwalts entsetzt ansieht. Sie greift zum Telephon, ein großes Mädchen kommt hinzu, die Mutter sagt Ruth zu ihr. Verschreckt steht sie im Flur, an eine Kommode gelehnt, es muß sich festhalten. Ruth, sagt die Mutter, schau nach deinem Bruder. Es ist keine Bitte, es ist eine flehentliche Aufforderung wegzugehen, das, was kommt, nicht mitanzusehen. Und da steht schon ein Junge mit nackten Füßen, er trägt einen Schlafanzug. Plötzlich beginnt der Junge zu zittern, zuerst sieht es so aus, als fröstele er, dann stößt er gurgelnde Laute aus, als würde er in der Diele auf dem Trockenen ertrinken. Er hat einen Anfall, sagt das Mädchen, ich bringe ihn ins Bett. Da stößt MEINVATER die Tür zu, in der der kleine Junge steht. Dienst ist Dienst und Schnaps ist Schnaps, sagt er später. Das Verhaften ist seine Arbeit, wie es meine Arbeit ist, die Haftung der Eltern für ihre Kinder durchzusetzen. Sie haften dafür, daß ihre Kinder regelmäßig zur Schule kommen, sie *gewährleisten* die Erziehung der Kinder, sie haften auf Spielplätzen und im Straßenverkehr. Das ist nicht zu viel verlangt. Das Rechnen bringe ich den Kindern nicht gerne bei, andere Lehrer sind begabter dafür, das Rechnen, das heute Mathematik heißt, liegt mir nicht.

Oder hatte der Rechtsanwalt Erich Cobler sich für den Möbelhändler Weiss eingesetzt, der mit seinen Söhnen an der Ecke der Paulinstraße, der Porta Nigra zugewandt, ein Geschäft führte? Schöne Sesselchen, Lampen, Betten und Doppelbetten für die Ausstattung, alles vom Besten, so hatte man in der Stadt gesagt. Weiss hatte in aller Form an den Vorsteher des Polizeireviers geschrieben; das war schon eine Weile her: *Gestatten Sie mir, meinen Dank auszusprechen, daß Sie mir einen Polizeibeamten zur Verfügung gestellt haben, in dessen Beisein ich von meinem Firmenschild am Eingang zum Geschäft den Zettel mit der Judenfrat-*

ze und der Umschrift: ›Wer vom Juden kauft, ist ein Volksverräter‹ habe entfernen lassen. Diese Gelegenheit möchte ich benutzen, Ihre Aufmerksamkeit und Ihren polizeilichen Schutz noch für eine andere Angelegenheit in Anspruch zu nehmen. An Ihrem alten Dienstgebäude, dem jetzigen Parteilokal, befindet sich ein großer weißer Tuchstreifen über die ganze Front des Hauses mit der Aufschrift ›Wir wollen die Juden nicht mehr‹. Vor dem Haus ist ein Stürmerkasten mit seinen aufreizenden Illustrationen angebracht. Der Tuchstreifen und der Stürmerkasten bedeuten eine Provokation für jeden einzelnen Juden, viel mehr noch für solche Juden, die wie wir seit Generationen in Deutschland leben, für Deutschland geblutet haben und es als ihre Heimat lieben. Die Beseitigung des Tuchstreifens liegt auch im allgemeinen Interesse, weil viele Touristen zur Porta Nigra kommen, in unserem Viertel viele Ausländer wohnen und das Ansehen des Reiches beeinträchtigt wird, wenn und weil sie in ihre Heimat berichten.

Herr Weiss schickte den Brief ab, doch dann kamen ihm Bedenken. Er sprach mit seinen Söhnen, ob es nicht ratsamer sei, zum Polizeirevier zu gehen und den Brief zurückzuziehen. Die Kinder rieten ihm unbedingt zu, er hatte sie noch nie um Rat gefragt. Aber der Reviervorsteher war nicht da, der Brief war in einer Schublade verschlossen, als er ihn las, gab er Anweisung, ihn an die Geheime Staatspolizei weiterzuleiten. Der Reviervorsteher empfand den Brief als eine Ungeheuerlichkeit, suchte nicht lange nach einem Paragraphen, gegen den der Möbelhändler verstoßen hatte. Weiss wurde mit einem Pappschild auf die Straße gejagt: *Ich werde mich nie mehr bei der Polizei beschweren.* Er war barfuß, seine Hosenbeine waren abgeschnitten, man sah seine langen weißen Unterhosen. Als Hilfspolizisten eingesetzte SS-Männer prügelten ihn und trieben ihn vorbei an den Gaffenden durch die Stadt. Und es war geschehen, ohne daß die geringste Gegenwehr oder nur eine Frage möglich gewesen wäre. MEINVATER kam nicht aus der Polizeikaserne in den Wachdienst, vom Vorurteil zum Urteil. Am anderen Morgen benutzten die Söhne den Hintereingang des Ladens, fegten Scherben, schnitten sich an Scherben, räumten die gesplitterten Holzteile zusammen, trugen sie in den hinteren Raum, säuberten und polierten die übriggebliebenen Möbel. Sie warteten, was geschah. Weiss wurde in *Schutzhaft* genommen, aber nichts schützte ihn vor den langen Appellen, der harten Arbeit mit dem Spaten, der Entwürdigung. Vielleicht war er naiv gewesen, beharrlich, zäh, und noch in der Haft versuchte er, Eingaben zu verfassen oder persönlich Protest einzulegen, und seine Mithäftlinge hinderten ihn mit Gewalt.

Und ich sah MEINENVATER schlagen. Er schlug mit dem Knüppel auf Rücken und Hände, er schlug mit der Hand in ein Gesicht, er schlug auf die Ohren; Ohrfeigen waren das nicht. Er forderte einen Mann auf, Kniebeugen zu machen, der nicht so aussah, als habe er, seit er jung war, Kniebeugen gemacht. Als der Mann zögerte, als er zu schwanken begann (war es Rechtsanwalt Cobler, war es der Möbelhändler Weiss?), sah ich MEINENVATER wieder schlagen. Ich hörte das klatschende Geräusch, aber ich wollte es nicht hören. Der Riemen malte blaue Linien auf die Haut, Riemen, Striemen, die ein Arzt später attestierte. Dann sah ich das Gesicht MEINESVATERS, den Tschako hatte er längst abgenommen und an den Haken gehängt, ich sah das wutverzerrte Gesicht. Was machte ihn so wütend? Ich hörte, wie er seine Kollegen rief. Im Nu waren sie da, bewaffnet mit Stuhlbeinen. Sie bildeten eine Gasse und schlugen auf den Mann ein, schlugen auf seinen Rücken, seine Arme, seine Hände. Ist es MEINVATER, der in die Kniekehlen schlägt, oder ist es MEINVATER, der auf den Kopf schlägt oder der, der den Mann in den Hintern tritt? Wer ist der farblose Rohling, der sein Pensum an Brutalität vorschriftsmäßig, sozusagen bürokratisch erledigt, ohne je seine Mittagspause zu versäumen? Von dem Mann sah ich kaum etwas, seinen gebeugten Rücken, der immer tiefer sackte, sich duckte unter den Schlägen. Schließlich blieb der Mann liegen, ohne einen Ton von sich zu geben. Kein Wimmern, kein Schreien, dann doch pfeifende Atemstöße. Ich hörte sie nur undeutlich, doch ich sah MEINENVATER, wie er sich den Speichel aus dem Mundwinkel wischte, wie er mit dem Unterarm über Mund und Nase wischte, den Schweiß von der Stirn, wie er die Nase hochzog, dann den Ärmel seiner Uniform bis auf den Handknöchel herunterzog. Alle sahen erschöpft aus, er auch. Er machte Ordnung, er setzte den Tschako wieder auf, schnallte das Koppel um und dann zurück an den Schreibtisch. Ich sah noch, daß er ein Papier unterzeichnete, dann sah ich ihn nicht mehr. Dann hörte ich ihn nicht mehr. Ich hörte das Nachhallen der Schläge, und die einzige Frage, die ich ihm stellen wollte, versandete. MEINVATER schlug seine Kinder nicht, vielleicht meinen Bruder, denn er war zornig, daß es meinen Bruder gab, so früh, so früh hatte er nicht mit einem Kind gerechnet. Er hatte überhaupt nicht gerechnet, und die Frau, die meine Mutter nicht wurde, auch nicht.

Josefs mehlige Hände, die nach Hefe rochen. Josefs dunkles Haar, das über der Stirn grau war, weil das Mehl stäubte. Die Wimpern, in denen Mehl klebte. Die Fingernägel, die nie mehr Trauerränder hatten wie bei der Arbeit mit dem Gestänge und den Muffen, jetzt klebte Teig darunter. Josef, der am Nachmittag müde war und ein wenig schlafen wollte, wenigstens bis zum Abendessen, und dann wieder früh ins Bett. Hunger hatte er nicht: Ich hab doch den ganzen Tag den frischen Brotgeruch in der Nase. Josef, der die Geschwister anfuhr, wenn sie Krach machten. Lucie, die die Kleinen in Schutz nahm und Josef zu beruhigen versuchte. Lucie, die es schlecht ertrug, wenn Alfons auf einem Stuhl im Zimmer saß, die Ellenbogen auf den Tisch legte und in die Luft starrte. Was gab es da zu sehen? Josef, der den Vater ansah. Lucie, die den Sohn ansah. Josef, der nicht sehen sollte, wie verbissen ihr Mund war. Lucie, die sich zusammennahm, eisern zusammennahm, es machte ihr Mühe. Kathi, die ins Freie lief und nichts und niemanden hören wollte. Josef, der manchmal nicht zum Bäcker ging, ließ sich krankschreiben, und er war auch krank und half gleichzeitig seinem Vater mit dem ächzenden Karussell. Er war krank und machte gleichzeitig den Ausrufer. Er lockte Kinder an, ja, er schwatzte so lang, bis er den Kindern das Geld aus der Tasche geredet hatte, während seine kleinen Geschwister zuhause hungrig blieben. Graupensuppe kochte Lucie jeden Tag in einem großen Topf, manchmal gab es Quark mit Kartoffeln, die Kathi und Vera in der Schürze gesammelt hatten, und manchmal fanden sie auch strotzende Sauerampferblätter auf den Wiesen und brachten sie heim.

Alfons hatte das Karussell, das nicht mehr den technischen Normen entsprach, verschrotten lassen müssen, dafür war noch zusätzliches Geld draufgegangen. Jetzt wünschte er sich die Ponys zurück, ihre genügsame Heiterkeit, die Duldsamkeit, mit der sie sich das Geschirr umlegen ließen, das Wiehern, das eines begann und das auf die anderen übersprang in einer leichten Welle, sodaß sie schließlich im Chor wieherten. Aber sie waren längst beim Abdecker. Er war unglücklich und suchte Arbeit. Er liebte die Kirmes, aber auf jeder Kirmes wurde er geschnitten. Bei einer Schießbude fand er Arbeit, er füllte die Gewehre mit Patronen, reichte die Gewehre an, eine Demütigung für einen früheren Unternehmer. Alfons war unter Menschen, unter den Leuten, die er kannte, aber als Hilfsarbeiter.

An einem Samstag kam Josef aus der Bäckerei zurück. Er hatte ein frisches Brot mitgebracht. Es duftete in der Küche. Ein noch warmes Brot hatte er noch nie mitgebracht. Der Bäcker hatte ihm gesagt: Ich kann dich einfach nicht mehr beschäftigen.

Das Brot war sein Abschiedsgeschenk, und eine Tüte Rosinen gab er ihm auch noch mit. Alle aßen von dem Brot; es schmeckte so gut, wie noch nie ein Brot geschmeckt hatte. Ein Laib, eine Kruste, ein Körnerbrot, Krumen auf dem Brett, alle wurden satt.

Laurenz und Alfons treffen sich wieder häufiger. Man geht auf die Höfe, man macht Musik. Man geht zurück. Man zählt die Einnahmen, die in eine Hosentasche passen. Man geht nicht mehr. Man verkriecht sich. Vera, Michael und Konrad sind es jetzt, die die Groschen aufeinanderhäufen. Mit Eifer zählen sie, schreiben die Beträge mit einem stumpfen Bleistift auf einen Zettel. Dann geschieht Konrad ein Mißgeschick, als er einen Turm näher an die Tischkante rücken will, damit er genau in einer Reihe mit den anderen Türmen steht. Dabei rutscht der Turm, und die Münzen fallen zu Boden. Vera drischt mit Worten auf ihn ein, wie es nur eine ältere Schwester kann, hochmütig und kalt. Arnold kommt hinzu, liest zwei, drei Münzen auf, aber er versteht ihren Wert nicht. Vera windet sie ihm aus dem Fäustchen. Er wird wütend, versucht in seiner Unterlegenheit, sie in die Seite zu stoßen. Dabei fällt ein zweiter Turm mit Münzen um. Nun beginnt Arnold zu weinen. Alles von neuem, die Münzen müssen neu aufeinandergetürmt werden. Wenn man nicht fingerfertig genug ist, stürzen sie wieder ein. Die Kinder haben alle Zeit der Welt, und am Ende vertragen sie sich wieder. Wären es mehr Münzen gewesen, hätte man sie gleich in Papier rollen müssen. So sind es kleine Türme. Michael ist der Vorsichtige, leckt sich die Lippen und möchte die Geldtürme am liebsten mit einem Zollstock richten. Aber dann kommt der Vater: Genug jetzt! Er nimmt den Zettel mit den Zahlen an sich und schiebt die ganzen, sorgsam errichteten Münztürme in eine lederne Tasche.

Josef verschwand und kam am Abend nicht wieder, auch nicht in der Nacht. Sie fanden unter seinen Sachen ein Schreiben, das er vor den Eltern versteckt hatte, eine *Gutachterliche Äußerung* –

Rassenhygienische Forschungsstelle des Reichsgesundheitsamtes Berlin, über ihren Sohn, *Dorn, Josef, »Butzi«, Sohn des »Bango«, der fälschlich den deutschen Namen Alfons Dorn führt, und der »Äpfela«, die fälschlich den deutschen Namen Lucie Dorn, geb. Schickhaus, führt*, die vernichtend war. *Obiger Zigeuner gehört einem Händlerschlag an, welcher bestimmte rassische Merkmale mit den Juden gemeinsam hat.* Alfons tröstete sich selbst und seine Frau: Einen Jungen mit einer Bäckerlehre kann man überall brauchen. Lucie war realistischer: Aber er hat die Lehre doch erst begonnen.

Ein freundlicher Regen, Tropfen, Tropfen, die auf Wellblechdächer prallten. Josef ging flußabwärts nach Westen. Er vermied Wasserbilligerbrück, die Grenzstation, an der man nur die Brücke überqueren mußte, und man war in Wasserbillig, das war schon in Luxemburg. Das Empfinden für die Grenze lag in der Luft. Jetzt wurde der Regen stärker, eine graue, undurchdringliche Masse. Er sah gleichmütige Angler, unter der Regenhaut geschützt. Er sah Blasen auf dem Wasser, die starke Strömung schien sie mitzunehmen, und neue Blasen tauchten auf. Er stellte sich unter ein Scheunendach. In eine Ausflugswirtschaft mit einer schönen Terrasse, an der er vorbeikam, einzukehren, traute er sich nicht. Die Nähe zur Mosel machte ihn unsicher, er war erst einen halben Tag von Trier weg und fühlte sich schon wie ein Landstreicher. Aufgeweichte Schleichwege, krüppelige Apfelbäume, Gärten mit Rosenkohl und Stangenbohnen, Kargheit, je weiter er sich durchschlug. Ein Stück ging er die Sauer entlang, die die Luxemburger Sûre nannten, ein Flüßchen, das in die Mosel mündete. Es war quirlig, nicht so stark geschlängelt wie die Mosel, und schwappte ans Ufer. Er sah eine Wachpatrouille und hockte sich in einen Graben. Wie tief die Atemzüge waren, wie groß die Augen, Hellhörigkeit. Er versuchte, sich totzustellen wie ein aufgescheuchtes Tier. Die Patrouille blieb stehen, einer der

Männer warf eine Zigarettenkippe weg, sie landete genau auf Josefs Schuh. Die Zeit dehnte sich, er wartete, auf allen Vieren kroch er dann auf eine Brombeerhecke zu, blieb dort. Der Regen hatte aufgehört, aber die Luft war feucht. Er wartete, bis die Patrouille wiederkam und merkte sich, wie viel Zeit vergangen war. Bevor sie zurückkommen konnte, entschloß er sich, das Versteck zu verlassen, wenig Schilf, magere Weiden, die in das Wasser tauchten, dahinter Schwarzdorn, er watete, watete, paddelte, versuchte ein paar Schwimmzüge, schwamm. Gleichzeitig fürchtete er etwas Heftiges: Flüche, Zusammenstöße, Rempeleien, eine Trillerpfeife oder, was schlimmer war: einen losgelassenen Hund, der ihn faßte. Er fürchtete sich vor seiner eigenen Angst, dem Atem wie einem Blasebalg. Dann hatte er wieder Boden unter den Füßen und kletterte über eine glitschige Böschung auf die luxemburgische Seite. Das Hemd und die Hose tropften, zum Auswringen war die Wäsche, die Schuhe wie ein Schwamm, er war ein unbeholfener Frosch. Er rannte, rannte, nur nicht wieder eine Patrouille. Josef erreichte ein Dorf, das nächste Dorf, ein drittes, immer weiter weg von der Grenze. Bruchsteinmauern, zwei schwatzende Frauen davor, er fragte im Trierer Dialekt nach einem Bäcker, und sie antworteten ihm in ihrem Moselfränkisch, das er verstand. Einen Bäcker nannten sie ihm nicht. Eine der Frauen nahm ihn mit in ihr Haus, setzte ihn an den Herd, damit er trocknen konnte. Etwas brodelte, es roch säuerlich, nach Bohnen, und eine träge Katze lag eingerollt neben dem Korb mit Brennholz, das Fenster war mit einer dichten Gardine verhängt. Die Frau hatte ein flaches Gesicht und trug eine Kittelschürze. Ein Marmeladenbrot schmierte sie ihm, bald komme ihr Mann, sie zuckte die Schultern. Sie gab ihm noch eine Scheibe Speck. Josef verstand, das war das Äußerste, das sie für ihn tun konnte. Er war jetzt draußen, er war vogelfrei, er war niemand, und es fror ihn in den immer noch feuchten Sachen. Luxemburg schien ihm jetzt sehr groß zu sein, zu groß für seine Verlorenheit. Die Geschwister fielen ihm ein, die nach ihrem Bruder fragten, bohrend fragten, und er dachte an die Ausflüchte, die seine Eltern erfinden mußten. Er hatte es geschafft, er war in Luxemburg, aber eigentlich war er nirgendwo. Er konnte die Anspannung schwer aushalten, die Angst entdeckt zu werden. Er konnte niemandem trauen, mußte es aber, sonst war er verloren und, am schlimmsten, er konnte sich selbst nicht trauen. Er könnte Fehler machen. Jeder Schritt könnte ein tödlicher Fehler sein.

Er schlich um eine Bäckerei herum, aber die Törtchen, die er im Schaufenster sah, waren so makellos, daß er beschloß, hier nicht nach Arbeit zu fragen. Ein andermal hatte er das Gefühl, ein Mann auf der anderen Straßenseite sähe ihn argwöhnisch an. Als er sich wieder in eine Bäckerei traute, machte die Frau hinter der Theke eine Bewegung, als scheuche sie eine lästige Fliege weg. Er mußte frühmorgens in eine Backstube schlüpfen, fiel ihm ein, ganz leise und unauffällig, und den Bäcker bitten, ihn ein Brot formen oder einen Teig anrühren zu lassen. Die Backstuben, die er fand, waren verschlossen. Nun war er schmutzig, er hatte auf Bänken geschlafen, und einmal hatte er sich heimlich in eine Scheune geschlichen. Die Strohsplissen staken noch im Wollstoff seiner Jacke. In diesem Aufzug war es sinnlos, nach Arbeit zu suchen. Er hoffte, eine Kirmes zu finden, sehnte sich nach der scheppernden Musik einer Kirmes-Orgel, den mechanischen Figürchen, die auf Pauken hauten. Er sehnte sich nach den Kindern, die staunend davorstanden und andächtig, selbstvergessen Zuckerwatte schleckten. Die Ponys, die Ponys. Josef versuchte immer wieder, an das falbe zu denken, an das schwarz-weiße und das braune, an ihre grenzenlose Gutmütigkeit. Sie gingen im Schritt in der angedeuteten Manege auf Sägespänen. Er hob die Kinder in den Sattel, zog die Zügel an und führte dann in der Mitte der Manege die Ponys an einer langen Leine. Er paßte höllisch auf, daß keines der Kinder vom Sattel rutschte, er fing das Strahlen der Kinder auf, hörte ihr Kreischen, sah aus den Augenwinkeln die wartenden Kinder am Rand der Manege. Manchmal stand auch kein einziges da, und niemand wußte einen Grund. Er hörte das Schnauben der Ponys, versenkte sich in ihren dunklen Blick. Mit einer Schaufel hob er die Pferdeäpfel aus den Spänen, beugte sich tief in diesen Geruch, er war mit ihm aufgewachsen. Er fühlte die weichen, warmen Nüstern in der Hand. Es war schön, für die Ponys dazusein, sein Vater und seine Mutter hatten ihm freie Hand gelassen, da war er höchstens zehn Jahre alt gewesen. Das eingenommene Geld steckte er in die Hosentasche. Wenn er danach griff, wurden die Münzen warm, und auch seine Hand wurde warm und prickelte. Er fand es lässig, wenn er am Abend die Münzen auf den Tisch schüttete. Verlier bloß nichts, mahnte Alfons. Nein, er verlor nichts. Sein Vater hatte die Ponys verkauft, und Josef half ihm beim Karussellgeschäft. Die Ponys und die helle Erinnerung an sie begleiteten ihn durch ein Waldstück bis zum nächsten Dorf, aus dem ihn Hundegebell vertrieb. Eine Bäckerei hatte er noch nicht gefunden.

Alfons hatte schon vor Jahren einige Male sein Karussell in Luxemburg aufgebaut, aber die Bestimmungen waren dort anders, und das Geld, das er einnahm, mußte penibel an der Grenze angegeben werden, ehe er es umtauschen konnte. Irgendwann war die deutsche Währung so gefallen, daß sich die kleine Reise über die Grenze gar nicht mehr lohnte. Schließlich verbot der *Festschreibungserlaß* allen Sinti und Roma, unter Androhung von KZ-Haft, ihren Wohnort zu verlassen. Wer in der Nähe einer Grenze wohnte, wurde ohnehin der Spionage verdächtigt, wenn er reiste. Wie sollte man Geld auf einer Kirmes verdienen, wenn man festsaß? Heute war hier Kirmes, morgen dort, am nächsten Wochenende wieder anderswo. Es war ganz unmöglich, Geld zu verdienen, ohne sich vom Wohnort wegzubewegen. Sollten sie betteln, um die Kinder zu ernähren? Früher hatte man ihren Leuten das Wohnen an einem Ort unmöglich gemacht. Immer wieder wurden Plätze gesperrt, auf denen die Wohnwagen gestanden hatten. Eine Gemeinde schob die Familien in die andere Gemeinde ab. Manche Plätze waren so schlecht, daß kein Mensch sich dort freiwillig aufhalten wollte. Sollten sie sehen, wo sie blieben. Es war ja nicht so, als wollten sie dauernd wandern und mit Sack und Pack herumziehen. Man hatte sie dazu gezwungen, weil niemand sie in der Nähe haben wollte. Alfons und Lucie hatten das kleine Haus am Stadtrand, ein wenig verborgen hinter Hasel- und Fliederbüschen. Sie hatten das Grundstück gekauft und bar bezahlt, als das Geschäft blühte. Und Alfons hatte zusammen mit seinem Schwager gemauert, gehämmert, gesägt. Sie waren stolz auf das Haus, wenn das Dach auch schief war, sodaß es manchmal hineinregnete.

Doch, Josef hatte eine weitsichtige Entscheidung getroffen, als er einfach verschwand. Und es war richtig, daß er seinen Eltern keinen Ton über seine Entscheidung gesagt hatte. Er hatte Deutschland verlassen vor dem Erlaß. Also war er geschützt; dieses Gesetz hatte er nicht übertreten. Daß er illegal in Luxemburg war, ging wiederum den deutschen Staat nichts an. Aber er fehlte, fehlte; das Gefühl für die Zusammengehörigkeit der Familie war so wichtig, niemand durfte fehlen. Josef erhaschte die Sprache, das Lëtzebourgesch, aber wenn er sich einer Gruppe näherte, die zusammenstand auf einem Platz oder vor einer Kirche, hatte er den Eindruck, sie wechselte ins Französische, leichthändig, leichtmündig, und er war ausgeschlossen. In Luxemburg gab es keine Arbeitserlaubnis für Ausländer. Musiker, Schriftsteller, Rentiers wurden geduldet. Allerdings mußten sie nachweisen, wie sie ihr Geld verdienten, auch was sie an Ersparnissen mitgebracht hatten, und alles wurde in Protokollen festgehalten. Ohne Arbeitserlaubnis, ohne Ausnahmeregelung kein Fremdenpaß, ohne Visum kein Grenzübertritt, ohne Visum kein Mensch. Die Aufenthaltsgenehmigung galt nur für drei bis sechs Monate und war an die Bedingung zur Weiterreise geknüpft, aber wohin?, die *Police Judiciaire* stellte Fragen, die Brigadiers am Wohnort kontrollierten. Man mußte sich vorsehen. Josef schlief in Scheunen, Fledermäuse huschten über ihm, stießen ihr seltsames nächtliches Röcheln aus; oder er hörte nur ihr dramatisches Flügelschlagen und dachte sich die Laute dazu. Am Morgen fragte er nach Arbeit, saß auf Bänken und Mäuerchen, aber in Wirklichkeit wußte er nicht weiter. Das waren die ersten Tage.

Kathi arbeitete nun in einer Fabrik. Sie war zwangsverpflichtet worden. Mit der Straßenbahn fuhr sie ans andere Ende der Stadt, manchmal wurde sie unter Beschimpfungen einfach rausgeschubst und mußte sehen, wo sie blieb, weiter mit dem Postbus, dann noch ein Fußmarsch. Weil der Weg so weit war, schlief sie manchmal in einer Ecke des Fabrikgeländes. Was geschähe, wenn einer der Obmänner sie fände oder sie denunzierte, wagte sie sich nicht auszudenken. Die Fabrik der jüdischen Besitzer war in den Ruin getrieben worden, die nationalsozialistischen Betriebsobmänner hatten die Belegschaft aufgewiegelt, Großkunden die Aufträge storniert, unmäßige Steuernachzahlungen, Kontrollen, Knebelungen, ein fingierter Konkurs. Ein früherer Geschäftsführer nahm sie in Besitz. Einer der Eigner war mit seiner Familie nach Belgien geflohen, der andere flüchtete völlig mittellos nach Palästina.

Mit anderen Mädchen und Frauen stand sie zehn, elf Stunden lang an einem großen Tisch, auf den Filzpantoffeln geschoben wurden, Berge von Pantoffeln. Eine heiße Schicht legte sich über die Schleimhäute, Fusseln und Staub waren ununterscheidbar, der Kopf schmerzte, und die Kehle war trocken. Auch viele deportierte Polinnen waren unter den Arbeiterinnen, sehr junge Mädchen, sie sangen manchmal, aber der Vorarbeiter rannte sofort herbei und verbot es ihnen. Schneller arbeiten! Als könnten sie nicht schneller und beschwingter arbeiten, wenn sie sangen. Sie klebten mit einer stinkenden Masse aus großen Eimern Gummisohlen unter die Pantoffeln, zwei Arbeiterinnen standen an einer Presse, die auf sechzig Grad erhitzt wurde. Ein Pantoffel nach dem anderen wurde hineingesteckt, ein schwerer Hebel heruntergedrückt, damit die Sohle festklebte. Der Raum war brüllend heiß. Die Frauen schwitzten, standen in Unterwäsche da und schämten sich vor dem Vorarbeiter, der so tat, als sähe er nur die Pantoffeln. Dann war Gummi kriegswichtig, und es gab keinen Gummi mehr für die Privatwirtschaft. Was unter die Pantoffeln geklebt wurde, war eine dürftige Pappe, die nicht wirklich hielt. Den Deutschen war es verboten, in der Pause mit den Zwangsarbeiterinnen zu sprechen. (Und wie sollten sie mit ihnen sprechen, wenn die einzige Sprache ein Aufseufzen war?) Sie zeigten sich ihre zerschundenen Hände.

Dem Vorarbeiter kam es seltsam vor, daß Kathi nicht pünktlich zur Arbeit gekommen war. Und was die Krönung war: nicht nur nicht pünktlich, sondern überhaupt nicht. Er meldete es an den Inhaber der Firma. Der erkundigte sich weiter nach der Leistung der Arbeiterin, und der Vorarbeiter zögerte nicht, Kathi anzuschwärzen. Er sei mit ihr einfach nicht zufrieden: zu dumm, zu langsam, um Sohlen anzukleben. Der angemaßte Inhaber schrieb einen Brief an die Polizeileitstelle Trier, daß er die *Zigeunerin Katharina Dorn* – es folgten das Geburtsdatum und die Adresse – seit gut einem Jahr beschäftige. D. habe während dieser Zeit mehr gefehlt, als daß sie gearbeitet habe. Auch jetzt sei sie wieder krankgeschrieben. Wahrscheinlich sei sie *mit Ausschlag behaftet*, was in der Fabrikationshalle zu hygienischen Problemen führe. *Für Ihren Bescheid, ob in dieser Sache etwas zu unternehmen ist, wäre ich Ihnen sehr verbunden.* Er grüßte mit *Heil Hitler!* und setzte seine großräumige Unterschrift darunter.

Als es geschah, war es nicht erwartet und nicht unerwartet. Es war anderen geschehen, es geschieht anderen, und es wird wieder anderen geschehen. Alfons und Lucie wußten, nun geschah es ihnen. Sie wurden aufgefordert, sich am 3. Mai 1940 auf dem Viehmarkt einzufinden. Es geschah. Mit Gepäck geschah es, mit den Kindern. Auch Josef hatte schon eine Aufforderung bekommen. Die Gestapo hatte ihn bei der Familie gesucht, das Haus wurde auf den Kopf gestellt, als hätte er sich in einer Schublade dünngemacht, und die Auskunft, sie wüßten nicht, wo er sei, wurde übel vermerkt. Lucie und Alfons mußten mit ihm unter einer Decke stecken. Aber Josef hatte jeden Hinweis vermieden, wo er sich aufhalten könnte; er wußte, als er aufbrach, ja selbst nicht, wo er am nächsten Tag wäre. Alle in der Familie mußten einen Fragebogen ausfüllen, auch für die größeren Kinder war einer mitgeschickt worden, und Alfons schrieb rasch und energisch.

Haben Sie in der Landwirtschaft gearbeitet?
Nein.
Haben Sie oder Ihre Eltern landwirtschaftlichen Besitz?
Nein.
In welchen Arbeiten sind Sie geübt?
Im Melken (Ja? – Nein)
Nein.
Im Mähen (Ja? – Nein?)
Nein.
Im Fahren mit Pferden (Ja? – Nein?)
Ja.
Im Ackern (Ja? – Nein?)

Nein.

Im Rüben Hacken (Ja? –Nein?)

Nein.

Können Sie landwirtschaftliche Maschinen bedienen?

Nein.

Verfügen Sie über sonstige landwirtschaftliche Kenntnisse?

Wenn ja, über welche?

Nein.

Haben Sie den Landhelferbrief erhalten?

Nein.

Besitzen Sie einen Führerschein für Kraftfahrzeuge?

Nein.

Haben Sie sonstige Berechtigungsscheine?

(z. B. Sprengkonzession, Schiffspatent, Führerschein für Lokomotiven?)

Nein.

Haben Sie gründliche Sprachkenntnisse?

(Schulkenntnisse sind nicht anzugeben.)

Hier schrieb Alfons:

Ja. Romanes.

Und Lucie tat es ihm nach. Sie hatte gründliche Sprachkenntnisse, und die Kinder hatten eine Muttersprache, auf die sie stolz waren.

Über welche Fertigkeiten und Kenntnisse, die außerhalb der beruflichen Betätigung erworben sind, verfügen Sie? (z. B. Beherrschung von Musikinstrumenten, Segelflugzeugbau, besondere Fertigkeiten im Radiobau, Basteln, Modellbau)?

Bei dieser Frage zögerte Alfons. Er konnte Geige spielen, er hatte auch eine gute Stimme. Er hatte in Berlin mit den Musikern abends vor den Restaurants gespielt und war festgenommen worden. Er war nach Marzahn verfrachtet worden. Das war das erste

Unglück, eine Warnung, eine Drohung, nein, viel schlimmer noch, der Anfang vom Ende. Also schrieb er in die letzte Zeile:

Keine.

Ging es die Polizei an, was er konnte? Was ging es sie an, daß sein Schwager ihm ein schönes, schmelzendes Vibrato auf der Geige gezeigt hatte, daß er es nachspielen konnte, nur nach Gehör. Was ging es jemanden an, wie erbittert er war? Wer wütend war, konnte nicht musizieren. Wer traurig war, konnte es, aber was gelang, war dann anders. Das Herz mußte leicht sein und die Hand locker und geschmeidig, eine sanfte Hand.

Immer wieder dachte Alfons an Marzahn, die Demütigung im Schlamm und an der Wasserstelle, das hoffnungslose Aufeinander-angewiesen-Sein. Als es geschah, waren die Dorns aufgefordert worden, sich mit ihrer *Sippe* einzufinden – frühmorgens, ehe der Markt begann. Sie hatten eine Familie wie andere Leute auch, aber keine *Sippe*. Und die Familie schmiegte sich eng aneinander. Man sagte ihnen, sie kämen auf der Reichsautobahn zu schöner, guter Arbeit. Aber warum dann die Kinder? Die Ortsgendarmerie, SS und Gestapo arbeiteten Hand in Hand. Es war die erste systematische Verschleppungsaktion im Rheinland, in der alle Polizeileitstellen im westlichen Grenzgebiet die Gemeinden durchforsteten und räumten. Wer augenscheinlich Sinti oder Roma war, wurde festgenommen. Jetzt galten nicht mehr die sogenannten *Gutachten*, die Vermessungen der Schädel und der Gliedmaßen und die Bestimmung der Verwandtschaftsverhältnisse, auch nicht die abgefragten Fertigkeiten in der Landwirtschaft. Nach Gutdünken wurden die Opfer ausgewählt, nach dem Augenschein – unter dem Vorwand, bei der bevorstehenden militärischen Offensive gegen Frankreich, Luxemburg, Belgien und die Niederlande mögliche Unruhestifter und Spione auszuschalten. Im Badischen hatte man schon zwei Jahre vorher Leute festgenommen und abgeschoben, *im Interesse der im Bau befindlichen Festungsanlagen.*

Anderswo hatte man ihre Leute als *Arbeitsscheue* festgenommen. Man nahm ihnen die Arbeit, vernichtete die Existenz und bestrafte sie dafür. Wer reiste, wer herumzog, wer Verwandte besuchte, wer seinen Aufenthalt an einem fremden Ort nicht plausibel begründen konnte, war verdächtig. Verdächtig war aber auch, wer in der Nähe der Grenze wohnte und sich gut auskannte. Verdächtig war, wer als verdächtig bezeichnet wurde.

Die Dorns hatten eine Liste der in ihrem Haus zurückgelassenen Gegenstände anfertigen müssen. Alfons, der im Schlaf den Unterbau des Karussells hätte aufstellen können, jede Schraube festziehen, die Muttern aufsetzen konnte, ohne daß ihm eine einzige durch die Finger rutschte, Alfons, der, seitdem er das Formular ausgefüllt hatte, nichts mehr hatte schreiben wollen, spürte, wie ihm die Hand zitterte. Lucie räumte die Sachen zusammen, die jetzt, in die Mitte des Raumes geschoben, kläglich aussahen. Jeden Gegenstand berührte sie noch einmal, und dann erst diktierte Alfons.

Wohnungsinventar: Dorn, Alfons und Lucie Dorn, geb. Schickhaus

2 Küchenschränke
1 Tisch
1 Herd
1 Couch
2 Stühle
5 Holzbetten
1 Eisenbett
2 Geigen gr. – davon
1 ohne Saiten

6 Eßteller
2 gr. Fleischteller
2 Schüsseln Porzellan
8 Menage-Kochtöpfe mit 3 Deckeln
1 Bratpfanne
2 Koffer mit Kleidern: 2 Mäntel, 1 Anzug, 7 Kinderkleider, 5 Kinderhosen, 6 Kinderröcke, 4 Damenröcke
alte Karnevalssachen, Gardinen
1 altes Brautkleid
1 Wintermantel

1 Kindergeige ohne Saiten	1 Sommermantel
1 Sitzbadewanne	2 Joppen
1 Wandspiegel	1 kleiner Koffer
	4 Kaffeetassen u. sonstige kl. Töpfe
1 Küchenlampe	3 Kisten mit Handwerkszeug, Schrauben, Muttern, Ersatzgestänge
1 altes Fahrrad	1 Wassereimer
	1 Waschschüssel
1 Besteckkasten mit 6 Messern und 12 Gabeln	1 Zinkbadewanne für Kinder
6 Likörgläschen	1 gr. Bierseidel
1 Wasserkanne	1 Löffelhalter mit 4 Löffeln

Die Liste las sich, als handele es sich um einen gut funktionierenden Haushalt, und ein solcher war er ja auch gewesen, ehe man ihn auseinanderrupfte und zerstreute. Das Eigentum der Dorns wurde zum *volks- und staatseigenen Vermögen* erklärt. Um ein paar Gegenstände balgten sich die Nachbarn, andere wurden verkauft, der Gewinn gehörte dem Staat. Die Dorns erfuhren es nicht mehr.

MEINVATER beachtete, daß *den Zigeunern über 14 Jahren eine laufende Nummer auf den linken Unterarm mittels Farbe anzubringen* sei, daß *Zigeuner vom 14. Lebensjahr ab photographiert* wurden (*Größe des Bildes 3,5 x 5 cm*). Sie wurden photographiert wie Sträflinge, kindliche Sträflinge, alte, kranke Sträflinge, finstere Sträflinge, zornige Sträflinge, resignierte Sträflinge, jeder auf einem Bild, das sie überlebte. Die Nummern der Bilder mußten mit den laufenden Nummern der zu fertigenden Hauptliste und den Farbnummern auf den linken Unterarmen übereinstimmen. Nummern, Verfügungsmasse, Objekte der Durchführung. MEINVATER beachtete den *Schnellbrief des Reichsführers-SS und Chefs der deutschen Polizei Heinrich Himmler bezüglich der für die Umsiedlung von Zigeunern anzuwendenden Richtlinien.* Der Transport wurde *Abschiebung* genannt. Wann er stattfand, hing von dem Zeitpunkt ab, *an dem die Transportzüge zur Verfügung standen.* Daß *bei Einlieferung in das Sammellager* von *den Ortspolizeibehörden eine ABC-lich nach Sippen geordnete Liste zu übergeben und daß im Vermerk anzugeben war, welche Zigeuner arbeitswillig sind*, machte viel Arbeit. Die Dorns kannten nicht die Verfügung, daß für jeden Transport *als Bewachung ein Offizier und 25 uniformierte Beamte* abzuordnen seien. Beamte sahen sie nicht. Daß *jeder Transport von einem SS- oder Polizeiarzt zu begleiten* sei, ahnten sie nicht. Sie sahen weder einen Arzt, noch sahen sie einen Offizier. Es wäre eine unangenehme Aufgabe gewesen, die Dorns und alle anderen, die auf den Listen gestanden hatten, zu begleiten. Es gab Gründe, sie sich selbst zu überlassen. Sie wußten nicht, daß *warme Verpflegung auf dem Transport aus technischen Gründen nicht gewährt werden konnte.* Sie vermißten sie, aber es hätte sie auch verwundert, hätte man sie verpflegt.

Nichts erinnerte Alfons an seine Reise mit Laurenz nach Berlin. Nichts von den Freuden an den Biegungen und Wendungen des Flusses war geblieben. Nichts war zu beschreiben, die Angst war zu riechen, der überfüllte Waggon roch nach Schlachttieren, Stroh auf dem Boden, ein einziges Fensterchen war zurückzuschieben. Wer konnte, drängte sich an das Fenster, schnappte Luft, schnappte sie weg, sodaß sie anderen fehlte. Wasser, Wasser, schrien die Eingeschlossenen. Köln war dunkel, Alfons sah den Dom nicht. Er hörte, daß andere im Waggon mit einem eigentümlichen Klang *Köln* aussprachen. Als hätten sie sich abgedichtet gegen die Verwunderung, daß sie erst in Köln waren oder schon in Köln.

Der Zug wurde ausgeladen, umgestülpt, damit sich nur nicht jemand darin versteckte. In einer langen Reihe mußten sie über die Rheinbrücke marschieren, manche torkelten vor Müdigkeit,

Kinder klagten. Tempo, Tempo, wurde gebrüllt. Die Kleinen wollten auf den Arm genommen werden, aber der Vater und die Mutter hatten doch Gepäck in den Händen. Alfons sah noch einmal zurück, er sah den glitzernden Fluß, die Brücke mit ihren Verstrebungen, den geschwungenen Gittern. Das war nicht das Köln, das er in Erinnerung hatte, als er mit Laurenz zur Schaustellermesse nach Berlin fuhr. Es war ein kaltes Köln, ein kaltes Herz, jetzt sah er die Domtürme, ihr steiles Aufragen, sie ritzten den Himmel.

In einer der Messehallen in Deutz war der Marsch zu Ende. Arnold quengelte, umfaßte das Bein des Vaters. Nicht, nicht, rief das Kind und warf sich auf den Boden, Konrad richtete den Kleinen auf und gab ihm einen Schubs, du mußt laufen. Die Halle war schon überfüllt mit Menschen, mit mehr als tausend Menschen. Ein riesiges Polizeiaufgebot, unterstützt von der Polizeischule Bonn, marschierte in das Lager, um die Zusammengepferchten in Empfang zu nehmen. Es geht auf den Transport nach Osten, flüsterten die einen, es hat noch ein bißchen Zeit, sprachen die anderen sich Mut zu. Aber dann in der Nacht sank der Mut ins Bodenlose. *Vor dem Abtransport aus dem Sammellager ist in Zusammenarbeit mit den zuständigen Gesundheitsbehörden eine Entlausung durchzuführen.* Alles hat einen Plan, alles war über ihren Kopf hinweg verfügt *nach laufenden Nummern, jedoch so, daß Sippen möglichst beisammenbleiben.* Ihre Köpfe waren entlaust, aber es war rätselhaft, wo die nicht vorhandenen Läuse geblieben waren.

II

PATERNOSTER

Franz Neumeister kam vom Land. Das Land war karg, Haferland, Rübenland, Kartoffeläcker, struppiges Land, Höfe mit fest verschlossenen Toren. Sie öffneten sich, wenn die Kühe heraus- und wieder hineingetrieben wurden. Sie öffneten sich für die Erntewagen. Sie öffneten sich, wenn die Familie zur Kirche ging, sie öffneten sich, wenn der Viehhändler kam. Er war Jude, das Geschäft mit ihm war schnell abgewickelt. Und im Dorf wurde getratscht, ob der Viehhändler nicht doch betrogen habe. Die Vermutung, er könne die Bauern jederzeit übers Ohr hauen (und sie ihn ebenso), machte sie mißtrauisch und feindselig. Franz Neumeister hatte den Hof verlassen, sobald er konnte. Sein Vater hatte das Geld für sein Studium zusammengespart. Franz half auf dem Hof, wenn er in den Semesterferien zurückkam. Er hatte den Misthaufen, die Kühe und die Hühner ziemlich satt. Er hatte den Neid seiner Geschwister satt. Er hatte schon früh einen Bücherschrank, ein eigenes Zimmer, im Gegensatz zu seinen Geschwistern. Die Geborgenheit des Dorfes hätte er ihnen neiden können, die Gewißheit, hier war ihr Platz, auf den Feldern, bei den Kühen, den Hühnern, dem Hausschwein, dem Speck, bei den Äpfeln und Sauerkirschen, die geerntet und eingekocht werden mußten. Sie würden heiraten, sie würden Kinder bekommen, sie würden die Felder bestellen, andere Höfe bewirtschaften, Tiere aufziehen und schlachten.

Wenn er schon studierte, als einziger im Dorf, dann sollte er Priester werden. Aber Priester war kein Beruf für ihn; er fühlte sich nicht berufen. Das kränkte die Familie, er entfernte sich von ihr, niemand sah gerne in enttäuschte Gesichter. Was sie nicht ahnen konnten: die Einsamkeit eines Studenten, der nicht wußte, wohin es ihn trieb. Da gab es die Selbstgewissen, die seit drei Generationen eine Apotheke im Rücken hatten und wieder Apotheker wurden, die Leidenschaftlichen, die sich in den Blick durch das Mikroskop versenkten, oder die Überflieger, denen das Leben etwas zuflüsterte, eine sanfte, eindringliche Stimme, eine schöne Ordnung, Blicke in die Baumkronen und darüber viel Luft, die nur leicht an die Blätterspitzen tippte. Franz Neumeister schaute von unten hinauf, und das Licht blendete ihn. Die Straßenbäume, die Bordsteinkanten, die Kioske, Werbetafeln hatten keine Mitteilung für ihn. Aber vielleicht die Kirmes: Sie war ein Bindeglied zwischen dem, was ihm zu eng und zu düster erschien, und dem Außergewöhnlichen, nach dem er Sehnsucht hatte. Er wußte, es gab das Andere, das Schräge, das Laute, Lachende, das, woran er keinen Anteil hatte, und es war doch schön anzusehen. Die Gemeinschaft der Unbeschwerten, der Zukunftsgewissen, die sich ihre Feinde ausgesucht hatten und ihre falschen Freunde. Die Selbstverständlichkeit, mit der heute heute war und morgen morgen. Bezahlt wurde später, die Augen waren groß, aber die Begierde sprang nicht über.

Er ist erhöht worden. Die Letzten werden die Ersten sein. Und wer sich anstellt in einer langen Reihe, der kommt dran. Die Erhöhung: eine Bewegung in der Vertikalen, nicht links und rechts sehen. Und doch ist die Erhöhung kein Zufall, keine Fügung. Sie ist konsequent, nur der, der nicht erhöht wird, der wartend auf seinem Platz verharrt, sieht es nicht, will es nicht sehen. Er ist blind. Neumeister hat scharfe Augen. Er ist schwindelfrei. Die Erhöhung: Jemand wird herausgehoben, jemand ist auserwählt. Jemand bleibt auf einem Platz stehen, aber der Platz bewegt sich. Ein Windzug ergreift ihn, er kommt nicht ins Trudeln. Dann weht kein Wind mehr. Für die Jahreszeit zu warm. Kein Wolkenvorhang. Überhaupt spielt das Wetter keine Rolle. Das Wetter wird Witterung genannt, aber das ist falsch. Dem Wetter setzt man sich aus, die Witterung nimmt man auf. Franz Neumeister trägt einen schweren, dunklen Mantel. Seine Beurteilungen sind gut. Er ist ein stiller, zurückgezogener Mensch. Die Gemeinschaft, die eine Volksgemeinschaft wird, fällt ihm schwer. Die Gemeinschaft weist jemandem seinen Platz an. Jemand ist an einen Platz gestellt. Er begreift: Er muß sich selbst mitteilen. Heraus aus der Höhle, er streckt die Fühler aus, hinein in die Gemeinschaft, kann doch nicht so schwer sein.

Alles spricht für ihn. Und er hat Fürsprecher. Sein Doktorvater spricht für ihn. Seine Herkunft spricht für ihn, seine Zuverlässigkeit, die auch eine politische Zuverlässigkeit ist. Er spricht leise, aber er muß auch nicht für sich selbst sprechen. Die Aussichten sind glänzend. Die Blätter sind feuerrot, maisgelb, Kastanien poltern auf das Pflaster. Man könnte noch ohne Schal gehen, den Mantel zuhause lassen, aber Neumeister braucht ihn, der Körper muß geschützt werden. War es ein Strom, ein mächtiger Strom, der aufwärts floß? Er war niemand, der sich mitreißen ließ. Jedenfalls glaubte er das. Im Wasser mußte er nicht sehen, er sah die Wassertropfen nicht, nicht die Gischt. Er sah in die Ferne. Er schwamm nicht, er wurde geschwommen. Schwimmen: eine Bewegung in der Horizontalen, Dehnung, Gleichmäßigkeit, der Körper wurde getragen. Etwas war falsch an dem Körper, der ertrank. Er war nicht ertüchtigt, er bot dem Wasser Widerstand, aber das Wasser war stärker. Vielleicht wollte der Körper sich aufbäumen, einzigartig sein, und genau das war falsch. Er hätte mit der Strömung treiben sollen, bloß keinen Widerstand, der Schwimmer bleibt oben, der Atem trägt ihn. Er hat es erfahren: Das Wasser trägt ihn, und auch die Bewegung trägt ihn, die Bewegung der Extremitäten und die Bewegung der Masse. Aber es braucht eine bestimmte Weltanschauung, um das zu begreifen. Weltanschauung, Wasseranschauung, Obacht. Jetzt scheint es Neumeister so, als wäre alles einfach. Er wird getragen, er wird gefördert, er wird befördert. Horizontal mit den vielen, Masse und Macht, vertikal allein, vertikal in eine unwägbare Einsamkeit: der Einzelne und sein Eigentum. Da will er nicht hin. Aber er ist ja schon da. Neumeister hat kalte Tage erlebt, sich gewappnet gegen Fehler, besonders gegen die eigenen. Er hat schlecht geschlafen, wohin mit ihm?, den Hof hat er verlassen, den Dialekt, den er gesprochen hat, mühsam abgelegt. Die ganze flachbrüstige Gegend ist ihm zuwider. Der Dialekt ist eine Fremdsprache geworden, und er spricht ein sorgsam formuliertes, aber auch nervöses Deutsch, eine Sprache, aus der er jederzeit auffahren kann – wie aus einem zu leichten Schlaf. Es ist gut, Ordnung in die Geschichte zu bringen.

Wo war der Paternoster, der Neumeister nach oben beförderte? Die Mechanik war einfach: zwei an Ketten befestigte Einzelkabinen im ständigen Umlauf. Ein Paternoster hob und senkte die Kabine in den jeweils anderen Aufzugschacht. Die Beförderung war gefahrlos, nicht kostenintensiv, nicht so schnell wie in einem Aufzug, aber unkomplizierter als auf einer Rolltreppe. Allerdings brauchte es ein gewisses Geschick beim Ein- und Aussteigen aus der fahrenden Kabine. Wenn die Kabine die Höhe des Geschosses noch nicht erreicht hatte oder schon weitergefahren war, konnte das Herausklettern gefährlich sein.

Alle Wege waren geebnet, alle Erlasse durchgesetzt, die Macht lag auf der Straße, und die Partei hatte sie ergriffen. In den Gauen Begeisterung, ein Erdrutsch, Jubel, der noch keine Richtung und keinen Hallraum hatte. Alles war bereitet, eine Latte von Verfügungen und Entlassungen. Die Gegner von der Linken waren erbarmungslos verfolgt worden. Die bürgerlichen Politiker ließ man weitgehend in Ruhe, aber man überwachte sie, schüchterte sie ein, zwang sie zu einer bigotten Vernunft, einem Stillhalteabkommen, das jederzeit gebrochen werden konnte. Jetzt wurde durchregiert. Aber etwas hakte: unangemessene Wartezeiten, Unsicherheiten, Zurücksetzungen, die nicht zu erklären waren. Nur keinen taktischen Fehler machen. Ein Anruf in Berlin: Wenn wir zaubern könnten. Ratlosigkeit, ein Erstarren. Die Reichsanstalt hatte das Arbeitslosenheer gesiebt und gemahlen, Staubkörner, die der Wind überallhin wehen konnte. Eine Masse, die dorthin zu transportieren war, wo man sie brauchte. Und gebraucht wurde JEDER. Wer sich verweigerte, wurde zur Ordnung gerufen, wer die Ordnung nicht verstand oder ablehnte, wurde verwarnt oder bedroht, festgesetzt, ausgesondert.

MEINVATER hatte die Stempel vor sich, den *Erledigt*-Stempel, den *Weiter an Gestapo*-Stempel, den Tagesstempel, er hatte Listen vor sich, strich einen Namen aus, fügte einen anderen hinzu. Es dauerte, ein Fehler, der ihm unterlief, kränkte ihn und war gefährlich. Also begann er von Neuem. Er machte alles sorgfältig. Schriftwechsel hin und her, Eifersüchteleien, Rangeleien zwischen SA-Leuten und Polizeidienststellen. Treten, Buckeln, Treten. Was in den Zellen geschah, die nackte Gewalt, das Prügeln zu zweit, zu dritt, das Niederbrüllen, das Erpressen von Geständnissen, das blieb *unter uns* und war doch öffentlich hinter der vorgehaltenen Hand.

Sie sangen, sie soffen, sie schlugen die Hacken zusammen, nachts grölten sie. Das war MEINEMVATER sehr unsympathisch, denn er hatte sich häufig veranlaßt gesehen, wegen nächtlicher Ruhestörung das Revier zu verlassen, in fremde Gaststätten zu gehen oder in Wohnungen, einzugreifen, Verweise zu erteilen, Protokolle anzufertigen. Es waren damals SA-Männer, jetzt grölten die Polizisten, die Gestapo-Leute, jetzt grölte die ganze Obrigkeit. SS-Männer, die nicht grölten, saßen in anderen Lokalen, und bald hatten sie das Heft in der Hand. Wer war für was zuständig, wer maßte sich Entscheidungen an? Was mußte an das Landeskriminalamt gemeldet werden? Und wer meldete es? MEINVATER schüttelte den Kopf, er schüttelte ihn so lang, daß das Revier bebte, die Schreibtische, die Schreibmaschine, auch die Bleistiftspitzmaschine und das Bild des Führers an der Wand. MEINVATER mußte vor sich selbst zugeben, daß ihm auch schwindelte. Dem *Schießerlaß*, in dem die Polizisten zur verstärkten Zusammenarbeit mit den nationalen Verbänden und zum *rücksichtslosen Gebrauch der Schußwaffe beim Vorgehen gegen politische Gegner* aufgefordert wurden, leistete MEINVATER Folge.

Hätte Dr. Franz Neumeister Aurelia Torgau kennenlernen können, als er, noch berufsunerfahren, im Arbeitsamt jungen Leuten zu einem bestimmten Beruf riet oder davon abriet? Wäre sie ihm im Gedächtnis geblieben, die Schulabgängerin mit dem ernsthaften Gesicht? Wäre sie ihm sympathisch gewesen? Und wie hätte sie bei einem Eignungstest abgeschnitten? Auffassungsgabe? Gemeinschaftsfähigkeit? Gewandtheit? Technisches Verständnis? Warum das Letztere? Weil die Begeisterung für Sport und Technik genutzt werden kann: *Der junge Deutsche will heute nicht mehr Straßenbahnschaffner und Lokomotivführer, er will Flieger werden.* Warum? Weil mit der fortschreitenden Technisierung den Lehrlingen bereits wertvolle Maschinen anvertraut seien und weil der dafür in Frage kommende Nachwuchs zahlenmäßig geringer sei, so hat er es in einem Aufsatz erklärt. Der Motor ist zuverlässig, er arbeitet exakt, enttäuscht niemals, aber er braucht die menschliche Führung. Neumeister hat die quälende Erfahrung gemacht, daß einer, der schon lange arbeitslos ist, ihm, dem Neuling im Amt, gegenübersitzt und einfach nicht weichen will. Es ist eine unlösbare Aufgabe. Der eine wirkte bedrohlich, weil er auf Unterstützung angewiesen ist, der andere bedroht den Mann durch seine Rigidität, weil er aus Angst vor den Konsequenzen seiner Entscheidung handelt. Die Paragraphen sind eindeutig. Die Gegner sehen einander an, und gleichzeitig sieht einer durch den anderen hindurch.

Da steht sie, ein dunkelhaariges, feines Mädchen, die Haare schulterlang und in der Mitte gescheitelt, das Gesicht noch ein bißchen unfertig. Sie trägt eine Bluse mit einem adretten weißen Bubikragen (vielleicht ist er nur angeheftet, damit er leichter gewaschen werden kann?), der Stoff darunter ist lappig, ein schüchternes, dunkles Rechenkaro, wie verwischt, ihre Schuhe sind abgetragen, ja, sie sind die Zeugen der kaschierten Ärmlichkeit. Es hatte sich fast von selbst ergeben, daß Aurelia Torgau Mitglied im Kommunistischen Jugendverband wurde. Zuerst spielte sie in der Theatergruppe tapfere Frauen, leuchtende Beispiele der kämpfenden Arbeiterklasse, sang und schrieb auch Texte. Sie deklamierte, instinktiv begriff sie die Verführung durch das Spiel, das Zugewandte, die Wirksamkeit. Es machte ihr Spaß; auch die Wanderungen durch die Weinberge, auf Trampelpfaden im Hochwald, das Waten durch die Bäche, die kleinen Grenzübertritte in luxemburgische Dörfer. Manchmal lagerten sie einfach auf einer Wiese, hörten insgeheim eine Zukunftsmusik und sangen: *Wohlan, wer Recht und Freiheit achtet.* Oder: *Licht im Osten aufgegangen/immer heller wird dein Strahlen.* Oder: *Haltet die roten Reihen geschlossen/denn unser Tag ist nicht weit.* Ja, sie konnten sich blind aufeinander verlassen, sich mit Liedern gemeinsam berauschen, und Blicke waren Umarmungen. Unterschätzten sie die Gefahr? Dann wurde sie Pionierin.

Warum ist sie in Frankreich geboren? War sie überhaupt eine *richtige* Deutsche, wenn ihre Mutter Französin war, allerdings eine mit einem deutschen Paß? Und was war ihre Muttersprache? Hätte Aurelia Torgau bei Dr. Neumeister vorgesprochen, ein ganzer Sack von Fragen hätte aufgedröselt werden müssen. Sie hätte den Mann hinter dem Schreibtisch schweigend angesehen, nicht verbissen, eher so, als wäre es nicht nötig, mit ihm zu sprechen. Ist das ein Verhör? Das hörte sich schnippisch an. Hatte sie Erfahrung mit Verhören? Woher kam das Mißtrauen, die Abwehr, der Versuch, die Gesprächssituation durch ihren Einwurf zu lenken? Es war ihm in Fleisch und Blut übergegangen, jeden, der ihm gegenübersaß, auf seine Eignung zu untersuchen, und sei es nur aus den Augenwinkeln; es war wie eine Anwärmphase für einen ersten Test. Er hätte Mimik und Gestik registriert, Körperhaltung und Motorik, seinem Blick wären die entzündeten Nagelhäutchen nicht entgangen. Hätte er sie einfach weitergewunken? Er hatte so viel zu tun. Aber eine Fünfzehnjährige, die von einem Verhör spricht, bleibt im Gedächtnis. Also, in Frankreich geboren, als sechstes Kind eines Maschinisten. Der Vater war ein Kindertraum, hoch oben im Führerhaus, erhaben und mit einem rußigen Gesicht. Wenn er sich abends abschrubbte, sahen die Kinder zu. Der schwarze Tagesmann und der weiße Abendmann: Die Kinder lernten frühzeitig, zweigleisig zu denken. Er war stolz darauf, an der Eisenbahnlinie Brüssel – Paris im Auftrag der Humboldt-Werke eine Maschinenfabrik aufzubauen, ein Facharbeiter auf Montage. Eisenbahner waren gelernte Internationalisten, sie fanden sich überall zurecht, wo es Schienen gab, und sie wurden überall gebraucht. Schienen, die sich im Unendlichen trafen. Der Blick auf die Schienen und das Stellwerk, das minutiös überwachte Signalwerk. Völker, hört die Signale. Eisenbahner überwanden Schwellen und Grenzen. Wenn die Grenzpolizisten und Zöllner ausgestiegen waren, pfiffen die Lokomotiven. Es war wie ein Freudenpfiff. In Nordfrankreich hatte er seine Frau kennengelernt. In welcher Sprache unterhielt sich das Paar? Welche Grammatik hatte die Herzenssprache?

Das Städtchen Maubeuge, aus dem Aurelia stammt, ist eine Festungsstadt mit Stahlindustrie, Schmieden und Gießereien, genug, um Eisenbahnern, Mechanikern, Schienenarbeitern Lohn und Brot zu geben. Am 28. August 1914 standen 60.000 deutsche Soldaten vor der Stadt und beschossen sie. Maubeuge kapitulierte nach zwei Wochen. Die Deutschen nahmen 45.000 Franzosen gefangen. Kurz nach Aurelias Geburt traf es die Familie: Die Torgaus wurden als feindliche Ausländer festgenommen und in ein Internierungslager gebracht. Alles war weg, der Spitzenlohn des Vaters, die Auslandszulage, stattdessen das elende Leben in Baracken und die ständige Sorge, was am nächsten Tag geschähe. Sein Internationalismus: eine verjährte Vorkriegsware. Zwei Jahre war die Familie in Nordfrankreich interniert. Es war unendlich schwer, sich über den Verlauf des Krieges zu informieren. Im Grunde waren überall Feinde. Ist das ein Verhör? Wer verhört wen? Hörten sie auf die eine Nachricht, war alles falsch, was sie dachten. Hörten sie auf die andere, war wieder alles falsch. Falsch war aber auch, sich die Ohren zuzuhalten. Abgeschnitten vom feindlichen Deutschland, unwillkommen im unfreundlichen Frankreich. Warum hatte Aurelias Mutter, diese arme Frau mit ihren sechs Kindern, ausgerechnet einen deutschen Mann? Ist das ein Verhör? Für die französischen Behörden ist sie ein schwieriger Fall. Mit einem französischen Lokführer oder Maschinisten stände sie ganz anders da. Die Schnellzugstrecken nach Luxemburg, nach Paris, nach Brüssel hätten sich ihr geöffnet – theoretisch jedenfalls, wenn man den Frontverlauf einmal beiseite ließ. Vielleicht wären die Züge, die ihr Mann gelenkt hätte, Nachschub-, Lazarettzüge gewesen, Züge vorbei an brachliegenden Feldern, Panoramen der Zerstörung, Toten und wieder Toten, rasch in die Gräber gescharrt, durch Landstriche falscher Beruhigung und militärischer Geheimhaltung wären sie gebraust, Züge voller befohlener Todesverachtung. Der Lokführer hätte auf die Gleise achten müssen und auf die Signale. Aus dem einen Internierungslager wird Aurelias Vater in ein anderes verschoben, denn er wäre als deutscher Soldat tauglich und könnte im Westfeldzug eingesetzt werden. Das muß von französischer Seite unbedingt verhindert werden.

Latrinen, Hunger, Schlafen auf Pritschen, Kälte und wieder Hunger. Die Rückführung nach Deutschland ist eine unwägbare Angelegenheit. Muß die Frau nicht verdächtigt werden, eine Spionin zu sein? Vielleicht nicht als eine Mutter von sechs Kindern oder doch? Die Kinderschar kann auch eine Tarnung sein. Sie wird überwacht. Als die Familie ohne den Vater nach zwei Jahren in Trier ankommt, steht sie vor dem Nichts. Die Mutter putzt bei reichen Leuten, sie stürzt sich in Heimarbeit, näht Ordensbänder, Schleifen und Litzen, bekommt kleine Zuwendungen vom Wohlfahrtsamt. Noch lange sind die Geschwister mit ihrer Mutter allein; daß sie bedauernswert sind, wissen sie nicht, und es ist niemand da, der sie bedauern wollte.

Aus dem Internierungslager kommt Torgau als überzeugter Sozialist nach Trier zurück. Es glückt ihm, eine Arbeit im Eisenbahnhauptwerk zu bekommen. Er mag die Kollegen. Er liebt die Pleuelstangen, ihre Gelenke, das unverbrüchliche Hin und Her, die Umsetzung einer linearen Kolbenbewegung in eine Drehbewegung der Kurbelwelle. Die Treibstange wirkt auf die Treibachse der Lokomotive, Kurbelwelle und Kurbelzapfen, Kolben und Kreuzkopf. Er haßt Ungerechtigkeit. Sie ist ein Dampfkessel, und der muß über kurz oder lang explodieren. Torgau wird als Rädelsführer eines wilden Streiks von der Reichsbahn entlassen. Damit ist auch das Wohnrecht in einer Eisenbahner-Siedlung verloren. Ein Notquartier in einer Kaserne wird der Familie zugewiesen. Schwere und Beharrung und zugleich ein phantasiertes Tempo, ein Weltgeschichtesausen, etwas, das ganz schwindlig macht und auch glücklich bei aller Wut und Feindseligkeit. Die

Karre ist nicht von ihnen in den Dreck gefahren worden. Aber sie waten durch den Schlamassel.

Aurelias ältere Brüder ahnen es, doch sie wollen es wissen. Und vielleicht wittert die Jüngste, Aurelia, es muß einen Kriechgang aus diesem Elendsloch geben: Alle Torgaus werden einen aufrechten Gang gehen. Die Brüder, vor allem Willi, sind überzeugt, daß es einen Weg gibt. Und dieser Weg heißt Kommunismus. Die Haltung, die ihr Vater einnimmt, genügt ihnen schon lange nicht mehr. Dabei ist er doch ein Gründungsmitglied der Kommunistischen Partei in Trier. Linksabweichler und Ultralinke bekämpfen sich. Rechtsabweichler zu sein traut sich niemand. Sozialfaschisten nennen sie die Sozialdemokraten, Gewerkschaftsheinis, die hier paktieren und dort einknicken und den Schwanz einziehen. Und Sozialisten sind nichts Halbes und nichts Ganzes. Von solchen Scharmützeln hört ihr Vater nicht gern. Er hat aufrecht im Führerhaus einer Lokomotive gestanden, und sie pfiff, pfiff, daß es einem durch Mark und Bein ging. Hast du denn nicht mitbekommen, daß ein sozialdemokratischer Polizeipräsident in Berlin auf Arbeiter schießen ließ? Reicht das nicht? Der Zug hat einen langen Bremsweg.

Nationalsozialisten und Kommunisten prügeln sich auf offener Straße; sie haben genügend Zorn und Zeit, um aufeinander loszugehen. Und zwischen ihnen ein Niemandsland, Armut, Zukunftsangst, Heilsversprechen. Fast ein Drittel der Bevölkerung der Stadt ist abhängig vom Arbeitslosengeld oder der Fürsorge. Erst im Jahr 1930 ist die französische Besatzung abgezogen. Gefeiert wird ein nationaler Triumph, das freie Rheinland. Es ist die Zeit der Kampfschriften: *Die heilige Pflicht, die eigene Ehre zu wahren, gebietet uns, die kommenden Geschlechter, die noch Milliardenschulden aufbringen müssen, zu belehren über die an uns verübte Notzucht.* Die Kaufkraft der zehntausend Franzosen, die in der Stadt stationiert waren, fehlt. Die Kneipen und die Gasthäuser, in denen sie Geld gelassen haben, bleiben leer. Doch das will niemand so recht wahrhaben: Der wirtschaftliche Einbruch nützt den Nationalsozialisten. Sie haben noch nicht viele Wähler in der Stadt, aber sie beherrschen die Straße.

Im Gasthaus *Zur Glocke* hockten die Nationalsozialisten. Der Pächter war ein Stadtrat und NSDAP-Mitglied. Innen wurde palavert und getrunken, draußen trafen sich Schlägertrupps, eine geballte Energie, die sich bei der erstbesten Gelegenheit entlud. Und die Gelegenheit konnte inszeniert werden. Versammlungen gingen unmerklich in Zusammenrottungen über. Mit Latten und Stangen stürzten sie sich auf SPD-Leute, ehemalige Kriegsteilnehmer, griffen einen Zug des katholischen Jungmännerverbandes an; viel Alkohol half dabei. Ein stadtbekannter Sozialdemokrat wurde niedergeschlagen, einen anderen überfielen sie hinterrücks. Wieder einem anderen Mann ritzten sie mit einem Messer die Glatze. Er konnte vor lauter Blut nicht mehr sehen, erzählten Aurelias Brüder zuhause. Willi griff mit den Armen in die Luft, als wollte er etwas Großes umarmen, aber die Luft bot keinen Widerstand. Und dann legte er seine Ellenbogen wieder ordentlich auf der Tischkante ab und schwieg.

Ein bissiger Wind wehte. In der Glockenstraße hing ein großes Spruchband: *Deutsche Jungens und Mädels, meidet die konfessionellen Jugendverbände.* Anderswo in einer Weinstube saßen die aus dem Semester heimgekehrten SS-Studenten mit überlegenen Gesichtern und verheilten Schmissen, die silbernen Schulterstücke glänzten, auch in der Dunkelheit. Schon in der Silvesternacht 1932 war der KPD-Vorsitzende eines Ortes bei Trier, in dem ein Eisenbahnausbesserungswerk war, niedergeschossen worden, ein paar Tage später erlag er seinen Verletzungen. Aurelias Vater war mit ihm eng befreundet. Beim Plakatekleben wurde der Sohn eines früheren kommunistischen Stadtrats von einer Polizeistreife getötet. Der Polizist behauptete, er habe sich bedroht gefühlt.

Ja, das war ein Verhör, einvernommen, in die Zange genommen, auseinandergenommen. Aurelia hörte das alles, sie kannte die Eingeschüchterten, die Verprügelten, die Verletzten; ihre Brüder waren außer sich. Es ging hoch her bei den Torgaus. Vier kommunistische Betriebszellen gab es, und acht Parteimitglieder im Städtischen Gaswerk. Die Nazis lösten den Kommunistischen Jugendverband auf, er hatte sechzig Mitglieder in Trier, und einige der Jungen steckten sie in ein Konzentrationslager.

Aurelias ältester Bruder Willi wird am 1. Februar 1933 festgenommen, zwei SA-Männer sind als Hilfspolizisten unterwegs. Er wird ins Gewerkschaftshaus geschleppt, beschimpft und nach verbotenem Material durchsucht. Aus Wut, daß sie weder in der Jackentasche noch in seiner Ausweismappe belastendes Material finden, wie sie es sich selbstbewußt und glorreich vorgestellt haben, prügeln sie auf ihn ein. Das ist nur der Auftakt zur Haft im Polizeigefängnis. Eine richterliche Entscheidung gibt es nicht. Eingeliefert wird er in die wilhelminische Backsteinkaserne in der Hornstraße, da schmort er, berät sich mit seinen Zellengenossen, aber sie sind ebenso wie er im Ungewissen, was mit ihnen geschieht. Er bürstet seinen Körper, klopft mit den Fäusten auf seine Muskeln, und seine Kniebeugen beanspruchen viel Platz in der Zelle. Er geht und geht in der überfüllten Zelle herum, das Stillhalten würde ihn ersticken. Er haßt seine Bewacher, die SA-Leute, die sich als Aufseher im Polizeigefängnis einquartiert haben, zu seiner eigenen Überraschung nicht. Manche kennt er von früher, den mit der blühenden Aknehaut, vor dem die Mädchen davonliefen, den mit den heißen Locken – Italiener nannten sie ihn –, und Erhard mit seinen großen Füßen, von dem sie immer gedacht hatten, er stolpere über sie, aber er war nicht gestolpert. Sie kannten einander aus dem Kranenviertel, aus den feuchten Wohnungen am Weberbach, aus den Armenvierteln der Stadt, aus Kneipen, wo es lustig zuging, oder aus

Kneipen, belagert, in Beschlag genommen vom politischen Gegner. Jetzt sind sie feindliches Ausland. Zusammen mit anderen Gefangenen wird er zum Bahnhof gejagt, Handschellen ketten sie aneinander. Seine Mutter sieht ihn noch, und als sie ihm zuwinkt, kann er nur nicken. In einer sechzehnstündigen Fahrt geht es nach Frankfurt / Oder und weiter nach Sonnenburg, eine Stunde hinter der Festung Küstrin. Es ist ein heruntergekommenes Zuchthaus, viel zu eng für tausend Häftlinge. Im Laufschritt müssen die Gefangenen durch den Ort, sie werden mit Gewehrkolben geschlagen und mit Fußtritten weitergetrieben in das Gebäude und dann in die Kellerräume. Robben!, heißt der gebrüllte Befehl. Die Häftlinge schleppen sich über den Koks, der hier lagert, die scharfen Kanten dringen durch die Kleidung, ritzen die Brust und den Bauch und das Geschlecht. Man muß sich den Schmerz verbeißen. Wie soll man über die schwarzen Berge kriechen, die Halden geben unter dem Gewicht immer wieder nach, die Häftlinge treten, fallen übereinander, ein menschlicher Ameisenhaufen, aber ohne Ordnungsinstinkt und Planung. Die Hände bluten, alles ist voller Kohlenstaub. Elf Häftlinge sterben in den ersten Tagen nach den Strapazen, die einen einzigen Zweck haben: die Persönlichkeit zu zerstören, und die Lagerleitung tut alles dazu. Exerzieren bis zum Gehtnichtmehr, von morgens um sieben bis abends um sechs. Die Häftlinge werden gezwungen, SA-Lieder zu singen. Bewegen sie nur die Lippen ohne Ton, trifft sie ein Fausthieb ins Gesicht. Es ist eine Tortur, bewegungslos vor den Wachleuten zu stehen. An manchen Tagen müssen sie beim Appell ihre Kleidung ablegen und sind stundenlang nackt. Sie sehen den geschundenen, blau und grün geschlagenen Rücken ihres Vordermannes, sie sehen das eigene Gesicht, das verkrustete Blut auf der Stirn, die aufgeplatzten Lippen nicht. Sonnenburg untersteht der SA, es ist ein Prügel-KZ. Sie sehen ihre Peiniger. Es ist verboten, die Augen zu schließen.

Die Arbeit in der Kiesgruppe, zu der Willi Torgau eingeteilt wird, ist unendlich schwer. Wassersuppe, in der Kohlblätter schwimmen, nährt nicht. Auf dem Weg zur Arbeit gelingt es manchmal, eine Handvoll unreifer Getreidekörner vom Halm abzustreifen und zu zerkauen. Manchmal erinnert er sich an schöne Dinge. Es ist nicht gut, besorgt zu sein und über eine Zukunft zu grübeln, die niemand kennt, den anderen Häftlingen zur Last zu fallen. Es ist gut, an die Mutter zu denken, die ihre Angst nicht gezeigt hat.

Im Lager sitzt auch ein ungewöhnlicher Mann, ein berühmter Mann, das versteht Willi Torgau sofort. Es ist der Publizist und Pazifist Carl von Ossietzky; er ist Mitte vierzig und leidet unter den Strapazen ungleich mehr als die jungen Arbeiter. Er hat glänzende Essays geschrieben, war Sekretär der Deutschen Friedensgesellschaft. In der *Weltbühne*, die er seit 1926 herausgegeben hatte, ritt er scharfe Attacken gegen die illegale Aufrüstung des Deutschen Reiches. Er druckte einen Aufsatz von Leo Trotzki, der die Politik des Reichstagspräsidenten Hindenburg scharf angriff: Es sei die *Politik der Landaristokratenspitzen, der Industriebarone und Bankfürsten.* Er war auch verantwortlich für eine 1931 erschienene Glosse von Kurt Tucholsky, in der der Satz stand: *Soldaten sind Mörder.* Der Aufsehen erregende Prozeß gegen ihn endete mit einer Verurteilung zu achtzehn Monaten Haft.

Durch eine Amnestie wurde er vorzeitig entlassen. Sofort nach seiner Haftentlassung schrieb er einen Offenen Brief: *Ich bin mir bewußt, daß in dieser unerwarteten Befreiung eine große Verpflichtung liegt, in dem Kampf gegen den Faschismus nicht schlaff zu werden.* So viel Mut, so viel Klarsicht hatte er, und es war nicht verwunderlich, daß er einen Monat später, in der Nacht des Reichstagsbrandes, wieder verhaftet wurde. Freunde hatten ihn angefleht, schleunigst Deutschland zu verlassen, das wollte

Ossietzky nicht. Alles, was er vorausgesagt hat, tritt ein, trifft zu. Im Lager Sonnenburg angekommen, zwingt man Ossietzky und Erich Mühsam, ihr eigenes Grab zu schaufeln; die beiden sollen sich nebeneinanderstellen, um erschossen zu werden. Dann brechen die SA-Männer in brüllendes Gelächter aus und lassen ihre Waffen fallen. Oder sie dringen in Ossietzkys Zelle ein, prügeln ihn und behaupten, sein Eßgeschirr sei nicht sauber genug. Sie hetzen ihn zum Brunnen, er soll in fünf Minuten mit dem sauberen Geschirr wiederkommen. Wenn er zurückwankt, behaupten sie, er habe die Zeit überschritten. Wieder muß er zum Brunnen, wieder gibt es Prügel. Erich Mühsam wird ermordet und über der Latrine aufgehängt.

Den Brand des Reichstags am 27. Februar 1933 nehmen die Nationalsozialisten zum Vorwand, um zehntausende ihrer Gegner festzunehmen, in Berlin allein eintausendfünfhundert Kommunisten. Von der Polizeidirektion Trier wird ein Versammlungsverbot für Kommunisten erlassen. Das ganze Vermögen der Partei ist eingezogen worden, das Netz zerreißt, Schlag auf Schlag, manche ducken sich. Wie gelähmt ist die Parteiführung. Abgeschnitten von der Bezirksleitung, ist jeder Unterbezirk ganz auf sich gestellt. Anfang März 1933 wird in Trier ein Arbeiter von einem SA-Mann erschossen. Im Juni wird auch die SPD verboten, die KPD war schon im März in den Untergrund gegangen, das Zentrum, das noch bei der Reichstagswahl am 31. Juli 1932 47,6 Prozent der Stimmen bekommen hat, löst sich auf. Die Christlichen Pfadfinder waren gleich zur Hitler-Jugend umgeschwenkt. Die Fuldaer Bischofskonferenz kritisierte zwar die religiösen und sittlichen Irrtümer der nationalsozialistischen Weltanschauung, mahnte die Gläubigen aber, die Obrigkeit anzuerkennen, die staatsbürgerlichen Pflichten zu erfüllen und jedes rechtswidrige Verhalten zu unterlassen. Ein Katholik opponiert nicht, weder gegen Gott noch gegen den Führer. Die Kirche war nicht grundsätzlich gegen den nationalsozialistischen Staat eingestellt. Vermittler des Vertrags zwischen der Römischen Kurie und dem Staat ist der Trierer Prälat Ludwig Kaas gewesen. Der Kirche war die Beibehaltung des Religionsunterrichts und der Bekenntnisschulen garantiert worden, die Kirche verpflichtete sich dagegen zur Loyalität. Es war eine Art Nichtangriffspakt. Franz Neumeister las mit Zustimmung, was der katholische Bischof vor einer Studentenverbindung sagte: *Es ist ein großes Verdienst der Reichsregierung, ja, es ist ein Rettungswerk am Deutschen Volk, wenn sie dem verderblichen und unwürdigen Treiben der Gottlosen ein kräftiges Halt gebietet; wenn sie mit allen ihr zu Gebote stehenden Mitteln den Bolschewismus, dieser die Völker ins Unglück stürzenden geistigen Entartung entgegentritt. Unsere Reichsregierung hat sich eine große, unsäglich schwierige Aufgabe gestellt: die Hinaufführung des deutschen Volkes zu seiner früheren Höhe durch eine geistige, sittliche und wirtschaftliche Erneuerung. Das kann sie nicht ohne das katholische Geistesgut, das wir in die Waagschale zu werfen haben.* Prälat Kaas, der das Konkordat ausgehandelt hatte, erntete viel Kritik. Der politische Katholizismus war geopfert worden, die Beibehaltung der katholischen Schulen war dagegen ein geringer Trost. Er hatte sich verspekuliert. Kaas zog sich nach Rom zurück, er wurde Freund und Berater des Generalstaatssekretärs Pacelli, des späteren Papstes Pius XII. Nach Trier kam der Prälat nicht wieder; er grub sich ein und leitete die Ausgrabungen unter dem Petersdom. Am 9. April 1933 appellierte Rabbiner Arthur Zacharias Schwarz über Pacelli an Papst Pius XI: *Wenn es Eurer Heiligkeit möglich wäre, auszusprechen, daß auch das gegen die Juden geübte Unrecht ein Unrecht bleibt, so würde ein solches Wort den Mut und die Moral von Millionen meiner jüdischen Brüder erhöhen.* Und eine deutsche Pilgergruppe reiste nach Rom, wo auf dem

Petersplatz die Menge dem Papst zujubelte; dazwischen brüllten Hunderte von jungen deutschen Katholiken *Heil!* und streckten den rechten Arm in die Höhe. Kannten sie keinen anderen Gruß mehr, oder glaubten sie, dem Papst eine Freude zu bereiten?

In einer Propagandawoche der Hitlerjugend waren die Eltern der Schulabgänger informiert worden, daß bei der Stellenvergabe in erster Linie Hitlerjungen zu berücksichtigen seien. Es liege damit im Interesse der Eltern, ihren Sohn, ihre Tochter bei der Hitlerjugend oder dem Bund Deutscher Mädel anzumelden. Neumeister prüfte die Eignung der Jungen und Mädchen; wer das Gehorchen gelernt hatte, wem das Führerprinzip in Fleisch und Blut übergegangen war, konnte für alles Weitere geeignet sein. Es kam nicht darauf an, was jemand wollte, es kam darauf an, wo er gebraucht wurde. Arbeit lag auf der Straße, der Arbeitsdienst kehrte sie auf. Keine Geschenke der Partei, Lenkung, strenge Auslese, Ausführungsbestimmungen, die auch Dr. Franz Neumeister betrafen. *Er ist ein treuer Angestellter und zeigt eine starke Verbundenheit zu seiner Behörde und zu den Mitarbeitern des Amtes. Seine Beförderung ist durchaus gerechtfertigt, weshalb ich den Antrag wärmstens unterstütze. Neumeister ist politisch zuverlässig. Neumeister gehört seit dem 1. 7. 1934 der HJ als Sozialreferent an.* Warum gehörte ein Mann seines Alters, ein Endzwanziger, der Hitlerjugend an? Ein Hitlerjunge, der das entsprechende Alter erreicht hatte, wurde unter allen Umständen in die Partei aufgenommen, selbst als die Partei nach einem riesigen Anwachsen im Mai 1933 geschlossen war. Noch mehr Karrieristen wollte man nicht, sie sollte eine Elite-Einheit bleiben, jedenfalls vorerst. Eine ganze Reihe von alten Kämpfern war sogar 1933 ausgetreten. Hatten sie sich schöne Posten erhofft, die nun andere, meist jüngere Parteimitglieder, ergatterten? Eine Position in der zweiten Reihe kränkte. Kleingeistige Eifersüchteleien, falsche Einschätzungen, Mangel an Einsicht in das Führerprinzip. Neumeister beriet Hitlerjungen und half ihnen dabei, den richtigen Platz zu finden. Was sollten sie werden? Was sie gesucht und gefunden hatten: Kontrolle, Zwang und die Zustimmung zur Ausgrenzung. Im Prinzip stand ihnen alles offen, aber doch nur das, was gebraucht wurde. Ihre Zuverlässigkeit wurde gebraucht, ihr antrainierter Gemeinschaftsgeist, ihr fragloses Handeln. Den richtigen Platz bestimmte die Partei. Arbeiter und Angestellte wurden *Soldaten der Arbeit*. Wer in der Lage war, durch die Maschen zu schlüpfen, wie Aurelia und ihre Brüder, war zu allem Möglichen imstande. War das die Vermeidung eines Verhörs?

Der Ortsgruppenleiter der NSDAP zeigte die silberne Hochzeit mit seiner Frau Mathilde an. Fünf Parteigenossen schrieben *Grüße an alle Volksgenossen in der Heimat* vom Nürnberger Parteitag. MEINVATER hatte Hilfe bekommen, oder er war sich selbst eine Hilfe, die nicht nach Hilfe gerufen hatte. Der Staat ahnte, roch, schmeckte, wußte, daß er, ein Polizist, Hilfe brauchte. *Die Wachen sollen von Ihnen gestellt werden*, hieß es. Welche Wachen? Darüber grübelte MEINVATER, aber er hatte nicht viel Zeit zum Grübeln. Das Grübeln war unerwünscht, und MEINVATER war darin auch unerfahren. Früher war der Revierleiter Hilfe und Richtmaß gewesen und über ihm der Polizeipräsident, das genügte nicht mehr. Jeder mußte sich jetzt einfügen, dazulernen, umlernen und war sich nicht mehr sicher, daß er alles richtig machte, wie er es auf der Polizeischule und später als Hilfspolizist gelernt hatte. Es hatte sich für ihn schon viel verändert, wie für jeden Polizisten, der früher im Revier seine Arbeit einigermaßen selbständig gemacht hatte. Die Veränderungen kamen nicht nur von oben, sondern von allen Seiten und wie Geschosse aus dem Hinterhalt. Manche knallten ins Revier, andere kamen ganz beiläufig, wieder andere waren aus der Luft gegriffen: Verordnungen, Runderlasse, Verfügungen. Niemand wußte so genau, woran er war. Sie kamen, wenn man sie nicht erwartete. Dann waren sie da, unerbeten, verwirrend, und sie gaben MEINEMVATER, und nicht nur ihm, das Gefühl, er sei nicht auf dem Stand der Dinge, er habe, arbeitend im Revier und draußen auf der Straße, etwas verschlafen. Er wurde hellwach, überwach, und die, die man ihm zur Seite gestellt hatte, als Hilfspolizisten oder als Vorgesetzte, das war nicht einmal klar, machten viel Durcheinander und ihre Einmischungen waren häufig lästig oder hanebüchen. Ein Wirrwarr von Zuständigkeiten oder vermeintlichen, angeeigneten Zuständigkeiten zwischen Polizei und Gestapo. Jeder an seinem Platz, und alle Plätze waren besetzt.

Willi Torgau hatte schon von Ossietzky gelesen. Nun sah er den Mann jeden Tag, er sah erbarmungswürdig aus. Die beiden wurden zusammen *auf Transport* geschickt. Ossietzky war nur noch ein Bündel Mensch, und wenn Willi ihm helfen wollte, einen Becher an den Mund zu führen oder einen Brotkanten in den Mund zu schieben, sah der ihn an, als hätte er auch vor ihm Angst, zitternde, schlotternde Angst. Das Konzentrationslager Esterwegen, in dem sie ankamen, lag im Moor, weitab von allem. Ein Damm wurde gebaut, ein Kanaldurchstich zum Dortmund-Ems-Kanal. Die Häftlinge waren zu Torfarbeiten eingeteilt, zur Schwerstarbeit. Sie gruben und schaufelten, klopften Steine, karrten Steine, sie schoben Steinkarren. Die jungen Arbeiter sahen, wie sich der zarte Mann abplagte, wie er zusammenzubrechen drohte. Wenn sie die Karren zu dritt schoben, nahmen sie ihn in ihre Mitte. So fiel es weniger auf, daß er kaum in der Lage war, körperlich zu arbeiten. Manchmal in der Nacht rückte Willi nah heran an den fiebernden Ossietzky, den er bewunderte. Das wird schon wieder, mehr wußte er nicht zu sagen. Und Ossietzky nickte, dann hauchte er: Wir spielen jetzt Kurfürstendamm. Warst du da mal? Nein, Willi war in Luxemburg gewesen, in

Frankreich, aber nie in Berlin. Wir gehen jetzt in ein Restaurant, flüsterte Ossietzky. Aber das ist viel zu fein, Ossi. Ich bestelle dir Sülze. Oder willst du Kalbsbrust und danach Kompott mit Eis, das magst du doch, oder? Willi spielte mit: Aber ich habe doch kein Geld. Ich lade dich ein, selbstverständlich. Und dann sackte er weg in einen bedürftigen Schlaf. Willi Torgau blieb wach, dösend wartete er auf den Morgenappell. So einen Mann hatte er sich nicht vorstellen können, adelig und links, warf Geld aus dem Fenster, das er nicht hatte, für ihn, einen Arbeitslosen aus der Kommunistischen Jugend.

Im Frühling erkrankte Ossietzky schwer. Ein Arzt brachte das Kunststück fertig, daß er von der Arbeit im Torf befreit wurde. Jetzt mußte er Kartoffeln schälen, ausfegen, die Zimmer der Oberen in Ordnung bringen. Wenn er dazu in der Lage war, sprach er mit den jungen Häftlingen. Die Unterdrückung kannten sie, die Schmach kannten sie, aber was war Freiheit? Und wie sähe sie aus, wenn? Willi hörte zu, saugte alle die geflüsterten Gespräche auf, behielt sie *für später*. Die Gespräche mit Ossietzky: Das war seine Universität. Während seiner Haft im Konzentrationslager Esterwegen wurde Carl von Ossietzky für den Friedensnobelpreis vorgeschlagen, aber es fehlte an einer offiziellen Eingabe. Also wurde 1935 kein Preis vergeben. Emigranten, die es in alle möglichen Länder verschlagen hatte, machten Eingaben um Eingaben. Als Ossietzky 1936 der Friedensnobelpreis zugesprochen wurde, war er längst ein Symbol: *ein Mann, der für seine Überzeugungen schwer gelitten hat.* Eine gewaltige Kampagne, internationale Proteste und Solidaritätsbekundungen zwangen die Nazis, ihn freizulassen. Sie fürchteten, der prominente Häftling könnte im KZ sterben, und die Weltöffentlichkeit würde begreifen, was ein deutsches Konzentrationslager ist. Es ist das Jahr der Olympischen Spiele, die Welt schaut auf Deutschland, und Deutschland schaut zurück: schlau, verschlagen, perfide. Das

Land will sich von seiner besten Seite zeigen und die eiserne Faust vergessen machen. Der Mann, der entlassen wird: nur noch ein Schatten seiner selbst, entlassen, um zu sterben. Er ist niedergespritzt worden in der Krankenbaracke, vermutlich hatte man ihn künstlich mit Tuberkulose infiziert.

Der Einzelgänger sucht und findet die Gemeinschaft, findet die vielen, findet sich zurecht. Alles ist jetzt ein großer Leib, ein aufgeblähter großer Leib, Knochen, Blutgefäße, Eingeweide, Hand und Fuß und Hirn. Kraftvolle Körper, geschickt ins Licht gesetzt, Männer, in einer diagonalen Linie photographiert, die ihre Schaufeln in die Erde bohren. Die Körper bleiben in der Schwebe, Sehnen und Muskeln, die langen schmalen Muskeln der Ausdauersportler und die kurzen breiten der Kraftsportler. Auch der Blick muß sich entscheiden, muß sich verlieben. Aber will er das? Die Entscheidung fällt Neumeister schwer. Er liest die Zeitschrift *Schönheit der Arbeit*, darin sind Suppentassen abgebildet, die die Mahlzeiten in deutschen Werkskantinen auf einfache Weise verschönern. Wer gerne ißt – gut, aber doch genügsam, ohne das Volksvermögen zu verschwenden –, arbeitet besser. Auch hygienisch einwandfreie und formschöne Toilettenanlagen sind abgebildet, die das Soziale des Nationalsozialismus im Blick haben. Um sich mit der Schönheit der Arbeit auseinanderzusetzen, ist ein eigenes Institut gegründet worden; zunächst hat es Alfred Rosenberg unterstanden, dann Albert Speer. Beide waren zu Höherem berufen, und das Amt wurde Teil der Bewegung *Kraft durch Freude*. Die formschönen Eßlöffel, die Kaffeekannen, Teekannen und Milchkännchen mit garantiert tropffreier Tülle: ein schwungvoller Ausdruck des Fortschritts. In hellen Kantinen hält man sich gerne auf, lange genug, damit Spitzel ihre Arbeit tun können. *Schönheit der Arbeit, Kraft durch Freude*: Der eine Slogan gibt dem anderen die Hand, potenziert ihn, ein unverbrüchliches Bündnis. Für die Arbeit und gegen den Schund. Werksabotage muß unerbittlich bekämpft und bestraft werden.

Wünscht eine Stelle als leitender Berufsberater. Er ist mit einer Versetzung einverstanden, ohne allerdings besonderen Wert auf einen bestimmten Dienstort zu legen. Neumeister sieht die arbeitenden Menschen in der Zeitschrift, Menschen an Maschinen. Die Arbeit wird in den verschiedenen Abteilungen der Ministerien erfunden. Darauf können die Mitarbeiter des Ministeriums stolz sein, deshalb werden sie befördert, deshalb macht Arbeit froh. Menschen, die körperlich arbeiten, Menschen, die den Boden hacken. Sie arbeiten freudig, die Arbeit hält sie gesund. Sie sind leistungsfähig, weil sie so freudig arbeiten. Also besser, sich von ihnen fernhalten, vielleicht ist der Akademiker ihrer Vitalität nicht gewachsen. Arbeit ist ein Tor, durch das der Arbeitende in eine andere Welt tritt. Angestellte sind nur selten in der Zeitschrift zu sehen, Kellner schon gar nicht, keine Verkäuferinnen, aber Telephonistinnen, die die Verbindungen stöpseln, Piloten, die sich in ihre Maschine schwingen und die weiche, die Kopfform betonende Lederkappe überziehen. Alles dient und dient gern. Ein einiger Leib, einer, der funktioniert, und auch Neumeister funktioniert. Die eine Seite ist dem Licht zugewandt, die andere dunkel. *Nach einem Gutachten der Kreisleitung der NSDAP bestehen gegen eine Höhergruppierung in die Vergütungsgruppe IV in politischer Hinsicht keine Einwände.* Die Schönheit der Arbeit besteht nicht im Organisieren der Arbeit, sie ist ein Produkt der Arbeitsverwaltung. Die Fäden werden hinter den Bildern der Zeitschrift gezogen. Vielleicht ist die Rückseite der Arbeit produktiver als die Vorderseite. Aber darüber gibt es keine Statistik.

Merkwürdig, es auszusprechen: Ein Mädchen, Regine, ist ihm gefolgt. Vom Dorf in die Kleinstadt, von der Kleinstadt in die Universitätsstadt, von der Universitätsstadt in die Provinzhauptstadt, wo er eine ihn befriedigende Stelle innehatte. Merkwürdig, wie treu sie war, wie ein Schatten war sie, ein beharrlicher Schatten. Aber der Mensch braucht auch Licht. Regine ist da, und sie ist nicht da. Sie bewundert ihn, sie kann sich unsichtbar machen, wenn sie spürt, daß es besser für ihn ist. Sie wünscht sich Helligkeit, aber Neumeister, den sie unbedingt heiraten will, hat keine strahlende Helligkeit. Jemand, der seinen Schatten verliert, ist sich selbst unheimlich. Er grübelt, er übersieht sie, ihre Hände eine offene Schale, sie wartet, daß er etwas hineinlegt. Was, weiß sie selbst nicht so genau, die Liebe, eine große Liebe, in die Waagschale geworfen, ist schwer. Schwerer und größer, als daß sie sie in den Händen halten könnte. Große Liebe, große Erwartungen. Manchmal frieren ihre Hände, auch im Sommer. *Ich versichere, daß ich die vorstehenden Angaben nach bestem Gewissen gemacht habe. Trotz sorgfältiger Prüfung sind mir keine Umstände bekannt, welche die Annahme rechtfertigen könnten, daß meine zukünftige Ehefrau von jüdischen Eltern oder Großeltern abstammt. Ich weiß, daß ich bei wissentlich falschen Angaben die fristlose Entlassung aus dem Dienst zu erwarten habe.*

Lange bevor sie heiraten, hat sie insgeheim geübt, den neuen Namen zu schreiben. Regine Neumeister. Herr und Frau Dr. Neumeister. Die Hand fügt sich ganz leicht, ein schöner, gleichmäßiger Schwung. Die Tinte ist hellblau, eine freundliche Farbe, die Schriftzüge so feucht, daß sie nach dem Löschblatt greifen muß. Aus der Beurteilung des Mitarbeiters: *Veranlagung im Allgemeinen: zuverlässig, fleißig, hebt sich besonders durch seine Wahrheitsliebe und Festigkeit hervor. Sicheres Auftreten, gute Umgangsformen, sein dienstliches Verhalten ist tadelsfrei.* Es versteht sich von selbst, daß er *deutschblütiger Abstammung* ist. Es ist ein langer Weg aus dem Stall mit den malmenden Kühen, aus der Scheune mit den Hühnern heraus, vorbei am quiekenden Hausschwein, der dampfenden Futterküche, dem Misthaufen, der Weg zwischen den Kartoffeläckern entlang zum Klosterinternat, zum Proseminar, zum Hauptseminar, zum Doktorandencolloquium, zur glücklichen Promotion, zum Aufatmen, zum Durchatmen, zur Gewißheit, an diesem Schreibtisch zu sitzen, auf einem nun schon angestammten Platz. Regine weiß, daß er sie liebt, nur aussprechen kann er es nicht. Er wird es noch lernen, sagt sie sich. Sie hat Geduld, während er sich aufreibt in Reihenuntersuchungen an Schulabgängern. Jungen mit rotgeschrubbten Händen stehen vor Dr. Franz Neumeister. Der Arzt hat sie schon untersucht, sie sind wieder in ihre Hosen und Hemden geschlüpft. Es wäre zu viel Aufwand, jeden der Jungen zu testen. Zunächst entscheidet sich Neumeister für Stichproben.

Willi war zurückgekehrt. Er schwieg, sein Gesicht sprach, sein Gesicht war zum Erschrecken. Aber er machte weiter, ließ sich nicht einschüchtern. Aurelia und ihre Brüder lebten auf der anderen Seite des Mondes, die andere Seite war rot, gefährlich, und sie wußten es. Arbeiterin werden wollte sie keinesfalls. Sie sah, was es bedeutete, sie sah ihre Brüder, sie sah ihre Freunde, sie sah ihren stolzen Lokomotiven-Vater, der jetzt nicht mehr stolz war. Oder nur stolz darauf, nicht gebrochen worden zu sein. Auch ihn hatte man drei Monate lang in ein Konzentrationslager gesperrt, Sicherheitsverwahrung, er hatte unterschreiben müssen, darüber keine Aussagen zu machen. Seine Arbeitsstelle war ihm in der Zwischenzeit verlorengegangen, die Brüder sorgten für die Familie. Der Vater verschorft im Gesicht, grübelnd, die Mutter voller Mitleid. Sie tat, was sie konnte, rücksichtsvoll und mit ihren Besorgnissen allein, mit dem wenigen, was sie hörte. Es hatte ihr die Sprache verschlagen, und was immer sie hätte herauspressen können, es wäre kein Trost gewesen. Sie, die Frau eines Arbeiters, die Mutter von Arbeitern, die Heimarbeiterin, da stand sie, Nackenschläge waren ihr vertraut. Einer der Brüder,

Fritz, hatte ein Zimmer im Süden der Stadt gemietet, in dem Flugblätter gedruckt wurden. *Hitler führt zum Untergang.* Wer das Flugblatt fand, hatte zwei Möglichkeiten: War er anderer Überzeugung, warf er das Blatt weg oder brachte es zur Polizei. Wenn er zustimmte und das Blatt behalten wollte, war dies eine Entscheidung, in Kauf zu nehmen, daß er kontrolliert und festgenommen wurde. Gab es Zweifler, die von einem Flugblatt aufgerüttelt wurden? Die Werkstatt flog auf. Fritz Torgau wurde zu eineinhalb Jahren Gefängnis verurteilt. Ein anderer aus der Gruppe war kurzerhand in ein Konzentrationslager gesteckt worden, nach drei Monaten *in Anbetracht seiner Jugend* entlassen. Es war eine Warnung, die nicht nur ihm galt. Sein Gesicht war grau, nichts sagte er, daß er nichts sagen durfte, durfte er auch nicht sagen. Er war schreckhaft und sah sich beim kleinsten Geräusch auf der Straße um. Aurelia bemerkte seine Schweißausbrüche, roch die Angst, von der sie dachte, sie sei übertrieben. Was auf sie überging, war die Angst vor der Angst.

Aurelia war klug, sie hatte Schulnoten, die sich sehen lassen konnten. Die typische Frauenarbeit in der Pantoffelfabrik kam für sie nicht in Frage. Ein Mädchen, das nicht Arbeiterin werden wollte: Sollte es nicht versuchen, vielleicht im Haushalt zu arbeiten? Aber mit Leuten, die sie herumkommandierten und nach Gutdünken herumschickten, in die Waschküche, in den Keller, zum Gemüsehändler, wollte sie nichts zu tun haben. Sie hatte die Beschämung ihrer Mutter gesehen, von *guten Leuten* abhängig zu sein, die sich auf ihre Freundlichkeit allerhand zugute hielten. So war sie Verkäuferin geworden und hatte sich entschieden: bloß nicht für Wäsche oder Handschuhe, bloß nicht in einem Kaffeegeschäft, bloß keine weißen Schürzen, spitzfingrige Kolleginnen und ein Schäufelchen, auf dem die Bohnen in eine spitze Tüte rasselten. Sie hatte sich für eine Genossenschaft entschieden, die eine Eisenwarenhandlung betrieb. Alles oder fast alles wurde gemeinschaftlich beschlossen, es gab keinen Chef, aber viele Auseinandersetzungen: Was sollte verkauft werden, wie hoch durften die Preise sein? Welche Kosten oder auch Verluste waren den Genossenschaftsmitgliedern zumutbar? Es war eine Lehre in Kapitalismus und seiner Überwindung durch Werkzeugkisten mit Hämmern, Kneifzangen, Rohrzangen, Schrauben, Nägeln, Dübeln, Wasserwaagen, durch Einkochtöpfe, Siebe, Türklinken, Schlösser, Mausefallen. Sie mochte das kalte Metall, es schien ihr so viel vernünftiger als die teuren Kaffeebohnen. Und sie mochte auch die Kunden, die Werkmeister mit den schweren Händen, die eifrigen Hausfrauen in der Beerenzeit, die Reisenden, die sich mit billigen Waren, die in ein Köfferchen paßten, eindeckten. Aurelia gefiel es in der Eisenwarenhandlung. Sie pulsierte vor Leben, und deshalb war es gut dort. Sie mochte die wagenradgroßen Drahtrollen ebenso wie die feinen Blumendrahtröllchen, die sich auch als improvisierte Armreifen eigneten.

MEINVATER trug einen Tschako, natürlich nicht im Innendienst. Da lag der Tschako auf der linken Seite des Schreibtisches, sehr ordentlich, da mußte er auch liegen, denn rechts stand der Ablagekorb. Der Tschako war aus schwarz glänzendem Leder, ein flacher, runder Deckel mit einem Hoheitszeichen. Bis in den Weltkrieg hinein, der dann der Erste genannt wurde, hatten noch die Jäger, die Schützen, die Maschinengewehrabteilungen, die Telegraphentruppen, die Luftschiffertruppen und die Marineinfanterie Tschakos getragen. Jetzt trug nur noch die Polizei Tschakos, und MEINVATER war stolz auf diese Kopfbedeckung. Er trug auch hohe, schwarze Stiefel, die er am Morgen wichste. Seine Kragenspiegel waren dunkel, die Doppelreihe der Knöpfe blank, der Rock reichte bis über den Stiefelschaft. Wenn ich MEINENVATER in seinem Polizistenstolz richtig verstanden hatte, fand er die Uniform eines Polizisten viel schöner und würdiger als die eines SA-Mannes. Und ob die schneidige SS-Uniform ihm gefiel oder gefallen hatte, konnte ich nicht aus ihm herausfragen.

Mein Stiefbruder war vom Tschako magisch angezogen, er probierte ihn an, was MEINENVATER in Zorn versetzte. Er schlug dem Kind die Kopfbedeckung vom Kopf, mein Bruder schrie auf, fühlte sich entsetzlich ungerecht behandelt. Er wollte doch wie MEINVATER sein, aber MEINVATER hatte es nicht bemerkt. So strich mein Bruder versonnen über die schwarze Kopfhaut des Tschako. Ob er sich vorstellte, auch einmal Polizist zu werden, weiß ich nicht. MEINVATER ein Polizist und ich ein Lehrer. MEINVATER verkörperte die Ordnung, und ich schreite als Lehrer gegen die Unordnung ein. Ich bin ein Freund des Stillsitzens, der Konzentration, ich lehre das Lernen, ich lehre die systematische Ordnung der Gegenstände, des Lehrstoffes, und teile ihn in ordentliche Portionen. Portionen, die manchmal zu groß sind, sodaß sie die Schüler und Schülerinnen überfordern, und manchmal sind sie zu mickrig, dann langweilen sich die Besten und schalten ab. Eine Mitte, eine gesunde Mitte gibt es nie.

Und wieder auf Null zurück. Ist Null der eine Punkt, und der andere heißt Unendlich? Am Nullpunkt angelangt oder mit unendlich verblendeter Hoffnung ausgestattet, daß *der Spuk* bald vorbei ist? Zuflucht zum Luxus. Die Magie der großen Zahl: der Umsatz. Der mythische Mehrwert der großen Zahl. Der Zählappell, der die Zahl größer und größer macht. Tadellose Uniformen für die Pagen, weiße Häubchen für die Frauen, keine einzige Schuppe auf den Schultern der Kellner – und Diskretion, das oberste Gebot für die Zimmermädchen. Niemand darf fehlen, sonst bricht der Dienstplan zusammen, jede Hand wird gebraucht. Als beamteter Lehrer wird meine Hand nicht gebraucht. Nicht einmal eine Autorität ist die Hand. Erzählend versuche ich, meine Hand einer jungen Frau zu reichen, einer jungen Frau mit einer gepflegten, kühlen Hand, die ich, indem ich von ihr erzähle, zu wärmen suche. Oder mißverstehe ich das? Ist Schreiben nicht immer ein Temperaturwechsel, Schock des Unerwarteten? Man öffnet eine Tür, tastet sich in ein dunkles Zimmer und dreht die Heizung auf. Oder eine Schnapptür fällt zu, Nebel umgibt einen, aus dem Nebel steigt Panik. Ist das der Kühlraum? Die junge Frau sitzt im Speisesaal eines großen Hotels in der Bäderstadt, Saison ist immer, das Personal knapp, aber effektiv; jeder ist auf jeden angewiesen, ein eingespieltes Team, und wer nicht spurt, fliegt. Der Name des Hotels tut nichts zur Sache: Ambassador, Metropol, Palace, Royal, Angleterre, Schweizerhof, Viktoria oder eine Fusion des einen mit dem anderen. Holzgetäfeltes, duftend weiß Gestärktes, Blitzblankes, höfliche Verbeugungen, Teppiche, gepolsterte Türen, dazwischen eine junge Frau, Posen, Allüren. Erzählen mit ruhiger Hand. *Bitte, danke, guten Aufenthalt.*

Und wie sie da sitzt mit übergeschlagenen Beinen – aus einem der schwarzen Spangenschuhe ist sie geschlüpft, der Fuß schmerzt–, ist sie so beinern selbstbewußt, wie ein Gast es gar nicht sein kann. Blütenträume von einem Rockefeller-Reichtum. Was kostet die Welt? Aber die Welt ist doch nicht käuflich, sie ist einem in die Wiege gelegt worden, oder man strampelt sich ab. Erwähnenswert ist nicht nur der wippende Fuß der jungen Frau, den sie jetzt im Gelenk dreht, auch die schmalen Handgelenke, die so selbstverständlich aus den hochgerutschten Blusenärmeln schauen, die Flußarme der feinen, bläulichen Adern auf dem Handrücken, die Finger, dünn und sehr biegsam (Klavierspielerinnenfinger?) sind erwähnenswert, und dann die Fingernägel mit ihren sanften Monden. Die Nägel sind knapp und kurz geschnitten, das ist überraschend, eher bei Krankenschwestern, Hebammen, Kinderpflegerinnen zu erwarten. Nein, es gelingt mir nicht, die Hände zu wärmen, aber in mir steigt eine Hitze auf, die sich mit dem Erzählen noch nicht gut verträgt. Die junge Frau im lichten, leeren Speisesaal unter dem Kronleuchter. Sie hat nicht gespeist und hat nicht vor, eine Bestellung aufzugeben, sie sitzt quasi im Wohnzimmer, wenn es auch so aussieht, als säße sie im Speisesaal eines eleganten Hotels, des Hotels der Wahl, des besten in der Bäderstadt. Hier zu sitzen, an einem der großen runden Eßtische, vorgesehen für sechs Personen, ist auch eine Provokation. Warum sitzt Grit Berghausen, die Hotelerbin (Bristol, Ambassador, Metropol, Palace, Royal, Angleterre, Schweizerhof, Viktoria oder einer Fusion des einen mit dem anderen, einer Übernahme, einer Arisierung), im Speisesaal und stört die Abläufe? Und warum kümmert sie das nicht? Die intime Kenntnis der Innereien des Hotels gibt ihr zu denken. Das Denken ist zweckgerichtetes Denken, auch das Kalkulieren ist sie gewohnt. Jahr für Jahr, Saison für Saison, aber ein Gutteil ist immer unwägbar. Das Wetter spielt nicht mit, besonders anspruchsvolle Gäste, Baumaßnahmen. Tag für Tag Anreisen und Abreisen, stornierte Buchungen, Krankheiten des Personals, Mißhelligkeiten in der Küche. Hat sie nichts Besseres zu tun als nach der Mittagszeit hier zu sitzen?

Als ein Kind, das im Hotel aufwuchs, war sie gehalten zu flüstern und zu schleichen, bitte Rücksicht auf die zahlenden Gäste. Und sie zahlten exorbitant viel. Sehr selten sah sie ihren Vater und ihre Mutter in nichtoffizieller Kleidung; die dunklen, vornehmen Stoffe und die weißen Manschetten und Krägen schienen am Körper festgewachsen zu sein. Sie stellte sich vor, daß ihre Mutter auch in der Badewanne eine Perlenkette trug. Gingen die Geschäfte schlecht, hörte ihre Mutter aus Sorge einfach zu essen auf und vibrierte nervös wie ein Rennpferd, aber der Startschuß kam nicht. Als hätte sie durch die Verweigerung die Folgen der Weltwirtschaftskrise aufhalten können. Schockierend war dieser abrupte Wechsel. Und dann in jedem Januar das gefürchtete, gähnende Loch. Kaum jemand reiste in der Kälte nach den Silvesterexzessen. Die Kinder durften sich jetzt unter die Gäste mischen, auch der Concierge, wenn er nicht im Dienst war, aß mit der Familie im Speisesaal, damit er nicht so leer wirkte. Sogar Freunde durften die Kinder mitbringen. Für die anderen Kinder war es eine Sensation – aber bitte nur ruhige Spiele, Quartett, Brettspiele –, gutes Benehmen und Höflichkeit waren die Voraussetzungen. Im Februar stand wieder der geordnete Rückzug der Familie aus den Gesellschaftsräumen an. Die Familie aß das Personalessen, und obwohl es schlicht und häufig lieblos gekocht war, aß Grit Berghausens Mutter wieder mit Appetit.

Das Hotel ist die Welt, aber auch ein Albtraum, es klebt an den Fersen, lähmt den Verstand, das Restaurant hat eine tranige Fettschicht, und die Schließungszeiten stehen in den Sternen. Die Rendite ist eine Sternschnuppe, Grit Berghausen weiß es von Kindesbeinen an. Und nun kümmert sie sich um die Finanzen; sie ist in ihren Beruf *hineingewachsen*. Wie sie da sitzt, wartet sie, daß ihr Fähigkeiten zufliegen, die sie aus dem Hotel herauskatapultieren. Ein Weg ins Offene, der aber bitte durch Flügeltüren führt. Ein Page stände an der Tür, bereit, ihr Gepäck abzunehmen, aber sie hätte kein Gepäck. Gehörte sie zur Klientel, käme sie nicht allein, käme am Arm eines Mannes, oder ein Mann erwartete sie in der Halle. So hatte sie es jedenfalls im Kino gesehen, die Schauspielerin in Schönheit erstarrt, ein Wimpernschlag, und sie war die Herrin der Leinwand. Jetzt im großen Speisesaal, während eine Kellnerin schon mit den Besteckteilen klappert, hat sie ein Zuviel an Freizeit, ja an Freiheit schlechthin. Die Tochter und Erbin des Kurhotels, des ersten Hauses am Platze, wartet auf das Leben. Da ist es ja schon, und sie erkennt es sogleich: ihr Leben. Aber es kommt dann doch nicht. Sie muß aufstehen, die gestärkte Tischdecke, auf die sie den Ellbogen gestützt hat, glattstreichen. Den Aschenbecher nimmt sie gleich mit und schüttet ihn mit professionellem Schwung aus. Die Kellnerin nickt ihr zu, gut so, jedenfalls das tut Fräulein Berghausen. Sie macht dem Personal keine zusätzliche Arbeit. Während sie da sitzt, überwacht sie das Personal. Sie hat die Bilanzen im Kopf, sie hat die Zahl der Angestellten im Kopf, ihre Fehlzeiten, die Kosten geteilt durch die Übernachtungen, die Übernachtungen multipliziert mit den ausgerichteten Tagungen. Die Tische um sie herum werden nach und nach eingedeckt. Die Kellnerin, eine aufstrebende Briefträgertochter – vorschriftsmäßig trägt sie weiße Baumwollhandschule beim Auflegen des Silbers –, merkt Grit Berghausen ihre Irritation nicht an. Gleichmütig faltet sie Servietten zu Schiffchen.

Vor einem Monat war Grit Berghausen von einer Dienstreise in eine Hotelfachschule im Schwäbischen zurückgekehrt. Zwei junge Kellner oder Kellner-Aspiranten hätte das Hotel noch gut brauchen können. Frisch von der Hotelfachschule, dann wären sie motiviert und noch unverdorben, nur Schliff fehlte ihnen. Grit Berghausen kam in dem Städtchen an, höfliches Gespräch mit der Schulleitung, Darlegung der Absichten, eine Plauderei über das Hotelwesen, Chancen und Risiken der neuen Zeit, dann wurde sie in den Übungsraum geführt. Sehen Sie selbst! Und was sah sie? Zwei Dutzend Jungen, gerade der Schule entwachsen, Jungen mit ausrasierten Nacken und wirbeligen Haarschöpfen darüber. Sie trugen Pullover oder buntkarierte Hemden mit spitzen Kragen oder weiße Hemden, die ihnen viel zu groß waren und so aussahen, als hätten sie sie von ihren Großvätern geerbt, darüber Hosenträger. Sie trugen klobige Schuhe, ohne Zweifel waren sie Bauernjungen, und es wäre gemein gewesen zu behaupten, sie röchen auch wie Bauernjungen. Der Saal mit blankem Parkettboden und hohen Fenstern sah aus wie eine Mischung zwischen einer Turnhalle und einem aufgegebenen, leeren Speisesaal. Die Jungen gingen durch den großen Saal, einer an die Fersen des anderen geheftet, im Gänsemarsch, aber das stimmte nicht, ihr Gehen war ein Stampfen, ein unterdrücktes Poltern, wie wenn jemand auf einer Tanzfläche die ersten Schritte nach einer unbekannten Musik wagt. Die Hüften sind noch steif, die Knie staksig, und die Ballen der Füße wollen nicht abrollen. Das Gehen ist (und bleibt vorerst) eine Katastrophe. Aber Grit Berghausen darf nicht auf die Füße schauen, sondern nach oben: Alle Jungen tragen auf den Fingerspitzen der rechten ausgestreckten Hand ein Tablett, sie entwickeln ein Gefühl für die Tragfähigkeit, für die Belastbarkeit ihrer Fingermuskulatur, der Sehnen und ihrer Handgelenke. Sie proben ihr Geschick und ihr Empfinden für Gleichgewicht. Kein Tablett poltert zu Boden. Sie sieht die vor Anstrengung weiß hervortretenden Fingerknöchel, sie sieht die vor Konzentration ins Leere blickenden Gesichter, sie sieht die Tabletts, so groß, daß sechs Teller darauf passen, aber sie sind leer, die Übung beginnt erst. Grit Berghausen weiß, wie der Servierkurs aufgebaut sein muß. Zuerst das große Tablett, denn es ruht besser auf den Fingern, kippt nicht so leicht. Daß es nach und nach mehr und mehr belastet wird, ist eine andere Sache. Und dann das runde kleine Tablett, mit dem die Kellner und Kellnerinnen schon fast ins Bett gehen müssen, so vertraut soll es sein, das sie, wenn sie nichts zu tun haben, leger unter den Arm klemmen können, das kleine Tablett, die Zauberwaffe der perfekten Kellnerin, des geübten Kellners. Es ist ja nicht größer als ein Hintern. Es muß so hoch gehalten werden wie das schwere Essenstablett, auf dem man sich lauter Teller mit Kalbsbraten vorstellen muß. Dagegen das kleine runde Tablett, auf dem auch zehn federleichte Champagnergläser überleben müssen, ohne daß ein einziger Tropfen überschwappt. Sie sieht die angespannten Gesichter der Jungen, schielt wieder auf die Füße, sie sieht den Lehrer an, der wie ein Ballettmeister in die

Hände klatscht und Anweisungen gibt. Sie sieht, wie einer der Jungen seinem Vordermann in die Hacken tritt, sie sieht einen Jungen stolpern, sein Tablett knallt auf den Boden, sie sieht die schadenfrohen Gesichter der anderen, und sie sieht sich selbst: ihre Bestürzung über das Ungeschick, ihr Angewidertsein, ihre nüchterne Arroganz. Sie will nicht länger bleiben, sie kann nicht mehr bleiben.

Jetzt weiß sie plötzlich: Das Hotel, das sie erben wird, das Hotel, das ihr angestammter Lebensraum ist, ist ein Hort der Servilität. *Bitte, danke* und *gerne geschehen*, lauter Peinlichkeiten, mit denen ein Geschäft geschmiert wird. Alles ist berechenbar und wird still und leise berechnet, versteckte Kosten, die in den kleinen Aufmerksamkeiten stecken. Sie kalkuliert, die Finanzen müssen stimmen, und wenn sie die Kosten drückt, um so besser. Der Gast ist König, jedenfalls soll er das glauben. Aber der Hotelier ist sein Regent (Prinzregent?), der ihn leitet und ihm das Geld aus der Tasche zieht. Der Gast ist ein gänzlich unmündiger König, aber er soll es nicht wissen, wie alle Unmündigen. Man muß ihn sanft und diplomatisch dahin dirigieren, wo man ihn haben möchte. Hier ein Extra, dort ein Service, dort eine Bequemlichkeit, und es darf sicher noch ein Dessert sein. Auch die dritte Flasche Wein wird gern serviert. Grit Berghausen wird mit keinem einzigen der Jungen ein Gespräch führen, einem Jungen, aufgestiegen aus einer dörflichen Gemeinschaft, hungrig nach Stadtluft, nach geliehener Vornehmheit, nach einem ausbaubaren Dienstverhältnis. Sie kann sie nicht mehr sehen, die geheime Renitenz, die sich mit Beflissenheit tarnt. Das häßliche Wort Bauerntölpel kommt ihr in den Sinn. Sie wird sich vom Leiter der Schule höflich verabschieden. Ihr Händedruck am Tor des Etablissements ist schon eine Flucht, der Versuch einer Flucht aus dem Hotelgewerbe, eine Flucht vor dem Erbe, das sie drückt. Auf dem Weg zurück in ihr Hotel sieht sie eine Gruppe marschierender Hitlerjungen, diszipliniert, mit Freude sind sie bei der Sache, so scheint es ihr. Aber sie tragen ja kein Tablett. Sie tragen eine Fahne, sie singen, sie sind eine Gemeinschaft, haben ein Ziel, und niemand trampelt dem anderen in die Hacken.

In der Nacht fiebert sie, das Fieber nimmt den Kopf in seine Zange. Im Nu ist das Kopfkissen verschwitzt, sie wälzt sich hin und her, das Nachthemd klebt am Leib, ein Rinnsal von Schweiß zwischen ihren Brüsten, sie schläft nicht. Gegen Morgen kommt es ihr vor, als sei das Fieber noch einmal gestiegen. In diesem schäbigen Provinzhotel mit den klapprigen Türen liegt sie, wie sie es sich nicht hätte vorstellen können, jemals zu liegen, hilflos, ausgeliefert. Sie bittet darum, einen Arzt zu rufen. Dumpfe Gesichter, blöde Blicke, das gab es hier wohl noch nie, daß ein Gast nach einem Arzt verlangt hat, in einer gemütlichen kleinen Fachwerkstadt wird niemand krank. Vielleicht hat die Dame die Krankheit schon mitgebracht. Im Bristol, Ambassador, Metropol, Palace, Royal, Angleterre, Schweizerhof, Viktoria wäre das kein Problem. Grit Berghausen weiß, daß es im elterlichen Hotel einen Kontrakt mit einem Arzt gibt, der sich viel, möglicherweise ein wenig zu viel für die Leiblichkeit der Gäste interessiert und damit sein Einkommen erhöht. So ist es in einer Bäderstadt. Aber hier: ein Gemurmel, Getuschel, als wäre doch einmal ein Arzt im Hotel gewesen, um einen Totenschein auszustellen. Grit Berghausen fiebert (oder deliriert sie schon?), sie fürchtet es. Sie schläft, als der Arzt in ihr Zimmer tritt. Es ist ein junger Arzt, der ein wenig verlegen wirkt, überrascht von dieser jungen, schönen Patientin. Vielleicht hat ihr der Schlaf gutgetan, sicher auch der Blick des Arztes, das Abklopfen des Rückens, die Fragen nach Vorerkrankungen, die Abwehr, nein, nie ernsthafte Krankheiten. Eines fügt sich zum anderen, der glanzvoll fiebrige Blick, die gänzlich unpassende Umgebung: Im Nu hat sich der Arzt in seine Patientin verliebt und sie sich in ihren Retter. Das fiebersenkende Mittel hilft, ein anderes Fieber tritt an seine Stelle. Ach, daß immer jemand gerettet werden muß, wenn sich das Erzählen erhitzt, ein Mann mit Namen Eduard, eine Dame namens Anna Karenina, ein Landvermesser. Unrettbar sind sie ja alle, das haben ihre Schöpfer klug bedacht. Und Ottilie, der Liebling ihres Schöpfers, glänzt in ihrer selbstgewissen Unrettbarkeit, die ein Programm ist, vor dem auch ihr Schöpfer kapituliert. Grit Berghausen jedoch erholt sich ziemlich schnell, noch ein Tag und noch einer. Der Arzt schaut nach ihr, er ist sorgsam, fürsorglich und bedenkt alle möglichen Krankheitsursachen, die dann aber auszuschließen sind. Und sie schaut den Arzt an. Später erinnert sie sich, zuerst seine bernsteinfarbenen Augen gesehen zu haben, die hohe Stirn, das Haar lichtet sich schon, und seine erstaunlich kleinen Ohren, als könnte er mit der empfindlichen Membran die feinsten Schwingungen in den Äußerungen seiner Patienten wahrnehmen: schmerzvolles Seufzen, rasselnden Atem, Röcheln. Nun ist sie schon frisiert, sitzt mit einem türkisfarbenen Morgenmantel (wie hat sie den aus ihrem kleinen Gepäck hervorgezaubert?) auf dem Bettrand und hat das reizendste, glockenhelle Lächeln im Gesicht, als sie dem Arzt sagt: Sie haben mir so geholfen. Aber was hat er wirklich getan?, eine Selbstverständlichkeit, ein fiebersenkendes Mittel verabreicht, sie beruhigt, es handle sich nur um einen Infekt, er hat an ihre Selbstheilungskräfte appelliert und sie geweckt. Ja, das glaubt er nun selbst: daß er noch nie einer Patientin so geholfen hat. Sie ist wieder gesund, früher als erwartet. Sie telegraphiert an ihre Eltern, ein wenig Zeit zur Rekreation braucht sie noch.

Als sie zurückreist, wirkt sie, als sei sie in einer Sommerfrische gewesen. Briefe hin und her, was für schöne Briefe er schreibt! Das hat er als Arzt nicht gelernt: Er schreibt sie aus sich selbst heraus. Besuche, Pläne, Geheimnisse. Im Hotel herrscht blankes Entsetzen. Grit Berghausen könnte jeden Hoteliersssohn haben, sagt die Mutter, wenn sie nur den kleinen Finger ausstreckte. So sagt man wohl. Und: Ein Arzt in der Provinz ist ihrem Lebensstil doch gar nicht gewachsen. Sie könnte ein Jahr in die Schweiz gehen, ihr Französisch polieren, sich internationalisieren, so deutsch, wie es jetzt ist, müsse doch nicht alles sein. Nach ein wenig fremder Luft käme Grit Berghausen um so lieber zurück. Ihr Vater ist nach dem Sprachgebrauch nicht mehr Besitzer des Hotels, er ist Betriebsführer, und wenn alles gutgeht, könnte seine Tochter einmal Betriebsführerin werden. Ein sonderbares Einverständnis aus Bevormundung und Unterdrückung. Niemand sagt: Daß du das Finanzwesen unseres Hotels übernommen hast, macht dich unentbehrlich. Für Grit ist die Liebe unentbehrlich. Im Nu ist das Paar verlobt. Szenen, Geschrei, Türenknallen, das Personal darf es nicht hören, aber es riecht die dicke Luft. In der Konditorei will die Sahne nicht steif werden, wie lang man sie auch schlägt, und wo sind die kandierten Kirschen?, das Wasserbad für die Weincreme ist noch nicht heiß genug. Deutschland ist eine einzige Gemeinschaft. Ein Volksgenosse steht für den anderen ein, bereitet sich vor auf Großes, Kommendes. Aber die Liebe ist auch eine Gemeinschaft. Die Liebenden stehen füreinander ein, große Gefühle, die gemeinsame Zukunft rückt näher, und dann liegen sie umschlungen, glücklich umschlungen.

Ein neuer Brief ihres Verlobten verwirrt sie. Er habe in einem Krankenhaus in Trier eine Stelle gefunden, es sei eine hervorragende Stelle, die Orthopädie sei doch sein Traumziel. Also Weiterbildung, mehr Praxis am geschienten Bein und am schmerzenden Rücken, Schluß mit Hustenschnupfenheiserkeit. Sie ist nicht nur verwundert, nein, sie ist verschnupft. Es ist doch noch gar nicht lange her, daß er eine Patientin behandelt hat, die in einem minderen Hotel mit einem Infekt, der sich als unbedeutend erwies, gestrandet war. Es kommt ihr vor, als wolle er seiner Kompetenz, die er dort bewiesen hat, abschwören. Knochen, Muskelzerrungen, verschlissene Bandscheiben, sie möchte keine Krankheitsbilder kritisieren, wohl ist ihr nicht dabei. Grit Berghausen hat ihren eigenen Kopf, aber ihr Verlobter überzeugt sie: Der Krieg, der unvermeidbare Krieg, stelle einem Arzt andere Aufgaben als die, die er bisher erfüllt habe. Mit Opfern, mit ungeahnten Verletzungen sei zu rechnen. An welche Krankheitsbilder denkt er? Für welche Verletzungen wappnet er sich? Er spricht vom ärztlichen Ethos, er spricht ernst. Aber die Liebe hat auch ein Ethos. Liebste, Beste, Schönste, Geliebte: Das widerspricht sich doch nicht. Du mußt dich nicht fürchten, das Band zwischen uns, das Band, danach ein langer Gedankenstrich. Wieder Briefe, schöne Sätze, so viel Liebe zwischen die Zeilen gestreut: Du wirst sehen, du wirst die Stadt liebgewinnen und die Menschen auch. Und sie schreibt zurück: Lieber, Geliebter, Allerliebster, Geliebtester.

Gemeinsam fahren sie nach Trier. Gemeinsam betrachten sie das Amphitheater, das würdige Rund. Grit stellt sich die Gladiatoren vor, das sinnlose Blutvergießen für die Schaulustigen auf den Rängen, das Grauen oder den Triumph, Mann gegen Mann, vielleicht auch das betretene Schweigen danach. So war es nicht gemeint, ein Gladiatorenkampf ist kein Stierkampf. Aber es sind doch Sklaven. Hat sie etwas falsch verstanden? Sind es Slawen? Sie studieren die Bäderanlagen, ein Plantschen und Suhlen, ein antiker Wärmestrom in den Becken und den Gängen aus Ziegelbändern, all die vernünftigen Konstruktionen, Erhitzung und Abkühlung, die Geselligkeit der Anlagen, ihre Fortschrittlichkeit, der enge Körperkontakt, das luxuriöse Raffinement, die getakteten Bewegungen. Auch im Fluß wurde geschwommen. Hochgestellte Herren hatten ihren Söhnen das Schwimmen beigebracht. Cato der Ältere hatte seinen Sohn gelehrt, Strudel und Stromschnellen zu bezwingen. Andere taten es ihm nach. Schwammen die Römer nackt? Legten sie die Toga ab? Hatten sie so etwas wie Leibtücher? Darüber sagt der Reiseführer nichts. Allen Phantasien ist Raum gegeben.

Ausonius schrieb ein Preislied auf die Mosel, das später als eine Art von Steinbruch für Hymnen auf andere Flüsse benutzt wurde. Er war auch der Zeuge der heißen Sitzthermen und großen Schwimmhallen und wirft sich ins Zeug. Die durchglühten und von der Hitze aufgelösten Benutzer der Bäder stürzten sich in die Mosel: *Gesehen habe ich, / wie manche, die vom vielen Schwitzen im Bad erschöpft waren, / die Bassins und die Kühle der Becken verschmähten, / um sich am lebendigen Wasser zu laben, und dann, durch den Strom erquickt, / mit plätscherndem Schwimmen den eiskalten Fluß zerteilten.* Ein ganzes Buch widmete der Römer der Stadt und dem Fluß, seinen Nebenflüssen, feine Hebungen und Senkungen, die an das Zeilenende schwappen, nie tritt der poetische Fluß über die Ufer, kein Sturm wühlt ihn auf.

Warum ist diese Errungenschaft, genußvoll die natürliche Anmut zu betrachten, in Germanien vergessen worden? Oder war es ein Luxus, so viel Schönheit in sich aufzunehmen, zu trinken? Die Treverer, das hatten sie im Reiseführer gelesen, als sie auf der Bettkante saßen, waren von Caesar unterworfen worden und gehörten seither zu Gallien, genauer: zu Belgica Prima. Sie waren ein aufsässiges Volk. Zweimal versuchten sie, die römische Herrschaft abzuschütteln, aber es gelang nicht. Unter den Namen der römischen Götter Minerva, Mars, Merkur verehrten sie andere Gottheiten, ihre germanischen. Götter, die Früchte und Tiere oder auch Menschenkinder im Schoß trugen. Kaiser Diokletian teilte das römische Reich auf, die Hälfte des Kuchens im Osten, die andere Hälfte im Westen, und die Stadt Trier war plötzlich die sehr geehrte Residenzstadt, ausgezeichnet wegen ihrer strategischen Lage und der milden Schönheit des Tals. Ein anderes Rom sollte entstehen. Kaiser Konstantin schlief vor der bedeutenden Schlacht, ihm erschien das Kreuz als ein christliches Symbol. In diesem Zeichen wirst du siegen. Jetzt ist das Reich groß, Konstantin hat es vereinigt zu einem großen römischen Reich. Ihm folgen andere Reiche, und heute: *ein Volk, ein Reich, ein Führer,* alles ist groß, alles ist überwältigend auf dieser kleinen Reise. Die Germanen dringen vor, die Germanen sind wild, sie wollen etwas, sie wollen Zukunft, sie wollen Macht, sie sind hungrig, sie jagen Furcht ein, genau das ist ihr Plan. Noch einmal, ein Menschenalter lang, blüht die Residenz auf, schmückt sich mit Bauten, versiegelt den Boden mit den erlesensten Mosaiken. Blütezeit, Spätzeit, Absterbezeit. Die Römer als Verteidiger des Christentums gegen die barbarischen Germanen. Nein, über die Germanen liest man hier nichts Gutes, die Großbauten verfallen, oder die neuen ungeschlachten Herren richten sich darin ein, trampeln auf den Mosaiken. Viermal erobern die Franken die römische Stadt, bis sich die Römer zurückziehen. Eine Kultur legt sich über die andere, deckt sie zu, macht sie unkenntlich.

Grit und ihr Verlobter lesen den Namen Epona, eine Göttin, die für Pferde, Esel und Maulesel zuständig ist, aber sie trägt auch Girlanden aus Früchten. War sie eine Mauleselgöttin, die eine glückliche Ernte transportierte? Eine reitende Fruchtbarkeitsgöttin? Besonders die Soldaten der römischen Besatzung verehren sie. Dann erkennen Grit und ihr Verlobter die Göttin: Auf einem Relief im Landesmuseum reitet sie hoheitsvoll im langen, faltenreichen Gewand. Sie sehen den Kopf eines feisten, bärtigen Mannes, der sich an ein Faß schmiegt und beseligt lächelt, ein Trinkerlächeln. Sie sehen ein Feld in einem Mosaikfußboden, auf dem die Muse eine Dame das Flötespielen lehrt. Sie werden sprachlos vor Bewunderung: ein Relief, auf dem eine Schlange einen Mann in die Schulter beißt, und ein Gott, größer als alle anderen Figuren, der die Schulter in Augenschein nimmt, um die Wunde zu versorgen. Das ist der Arzt Asklepios, er hat magische Fähigkeiten. Athene hat ihm das Blut der Gorgone Medusa gebracht, das hat er getrunken, und deshalb ist er *unvergleichlich*, so hat ihn Homer bezeichnet. Als er einen Toten zum Leben erweckt, ist es genug. Er hat seine Kompetenz überschritten. Zeus weist ihn in seine Schranken. Was wäre, wenn niemand mehr sterben würde? Was geschähe mit der Macht der Götter? Ein Blitz tötet Asklepios. Die Schlange ist sein Zeichen, die Schlange verletzt den Arzt, der Arzt rettet den Patienten vor der Schlange. Die Heilkunst ist selbsttätig und heilt, was sie angerichtet hat. Verletzen und heilen, eine Wunde reißen und den Wundschmerz lindern: Einen solchen Mann heiratest du, Grit. Flöte, Schlange, Verlangen, Stab, Zauberstab. Der Arzt heilt, auch Grit ist geheilt, und nun ist sie gegen die Hotelkrankheit immun.

Während der Besichtigungen bemerkt sie in seinen Augen eine sonderbare Härte. Manchmal verengen sie sich auch zu Schlitzen, dahinter Entschlossenheit, und sie spürt, wie sie selbst weich wird. Das ist ein Widerspruch, sie spürt ihn, und sie spürt sich selbst. Gehen, wo Römer gegangen sind, Gallier, Kelten, Franken und Normannen, Kohorten, Völkerstämme von allen möglichen Sorten. Alles schwirrt, Zahlen, Splitter von Geschichte, das Leuchten im Gesicht eines Fremdenführers, der das historische Durcheinander nicht entwirrt. Grit kommt sich dumm vor, aber da ist sie nicht allein. Sie reckt das Kinn, gibt sich den Anschein, als höre sie angespannt zu, und das tut sie ja auch, aber ihre Schuhe drücken. Bischof Maximus ließ im 4. Jahrhundert die heidnischen Tempelanlagen im Altbachtal zerstören. Spazieren auf mittelalterlichem Pflaster, vor gotischen Figuren stehen, den Kopf in den Nacken gelegt, um das Deckengemälde in der Barockkirche zu betrachten. Szenen aus dem Leben des Heiligen Paulinus und bewegte, hochdramatische Bilder von römischen Legionären, glutäugigen Männern mit kräftigem Bartwuchs, die aus einem Bild von El Greco herabgestiegen sein könnten, um auf ein Deckengemälde eines süddeutschen Freskanten zu klettern, den die kurfürstlichen Verbindungen nach Trier gebracht hatten. Ein Deckengemälde mit lauter aufstrebenden, schön gewandeten Heiligen, die förmlich nach dem Märtyrertum lechzen, christliche Krieger, selbsternannte Helden, denen das Paradies und die Verewigung in der Kunst sicher waren. Aber vielleicht ist die Geschichte von den Legionären, die sich weigerten, Christen zu töten und deshalb selbst getötet wurden, nur eine fromme Legende, erst über hundert Jahre nach ihrem gewaltsamen Tod entstanden und weiter und weiter kolportiert? Sie stützt die Ideologie.

Es ist leicht, sich in der Stadt zu orientieren, vom Schwarzen Tor, dem Respekt einflößenden Koloß, geht es geradeaus zum Marktplatz, rechterhand zur Mosel mit den Lauben der Fischer und der Dampferanlegestelle, von dort sieht man die Spielzeughäuschen auf der anderen Seite des Flusses, die sich an den Sandsteinfelsen drücken. Links geht es zum Bahnhof, und wenn sie zurückschaut, nein, sie will nicht zurückschauen, sie sieht ihren Bräutigam an und sieht, wie er sie ansieht. Die Kirmes wird gerade aufgebaut, ein Hämmern und Sägen, Leute wuseln herum. Und da sind die Dorns, noch sind sie da, noch geht es gut, noch geht es einigermaßen, noch halten sie sich, aber wie lange?, die Bestimmungen, die Feindseligkeiten, die Bedrohung. Die Dorns wuseln nicht, schweigsam arbeiten sie und prüfen, ob die Bodenplatte des Karussells eben ist. Alfons Dorn mit der Wasserwaage, Josef hat schon den Werkzeugkasten aufgeklappt und legt die Schrauben und Muttern bereit. Kathi malt ein Schild mit den neuen Fahrpreisen. Die Dorns sind unsicher, ob der Preis zu erzielen ist, aber sie müssen es versuchen. Es gibt weniger Möglichkeiten, an einer Kirmes teilzunehmen. Karussellfahren bei Zigeunern? Alfons weiß es doch und will es nicht wissen: Die Leute fürchten, ein Kind würde in ihre Tasche greifen, während sie warten, daß das Karussell anhält und sie einsteigen können, während Alfons die kleinen Kinder mit einem Haltegurt sichert, während andere darauf warten, daß Lucie ihnen eine Karte verkauft und der Losverkäufer mit seiner Büchse rappelt. Sie hätten gezahlt, Schlange gestanden, aber das Portemonnaie sei verschwunden. Und sie könnten nicht einmal sagen, wann es geklaut worden sei, ein ganz raffinierter Taschentrick. Sie wußten, es muß ein Zigeunerkind gewesen sein. Die Kinder sind perfekt, denken die Kirmesbesucher, perfekt abgerichtet. Wenn sie dann doch zur Kontrolle in die Tasche greifen, ist alles da, kein Pfennig fehlt, aber das Mißtrauen werden sie nicht los. Im Gegenteil: Es wächst und wächst. Hängt die Wäsche weg, die Zigeuner kommen. Grit und ihr Verlobter rümpfen die Nase: ein Kinderkarussell, all das Blech und der Tinnef, alles kleine Leutchen, sollen sie doch ihren Spaß daran haben.

Abends in der Weinstube am Markt sitzen sie im milden Schein einer Lampe. Rund um sie behäbige Leute, die sich am Stiel ihres Weinglases festhalten. Sie sind rotgesichtig, *apoplektisch*, sagt der Verlobte, das ist die Folge des Essens und Trinkens, von beidem zu viel. Die Gäste nippen am Wein, sie machen ernsthafte Gesichter, der Wein rollt über die Zunge, die Backen werden ganz schmal, die Kiefermuskeln spielen. Es läßt sich nicht anders sagen: Sie gurgeln, dann schlucken sie, vorsichtig, ehrfurchtsvoll. Aber der Wein ist doch kein Mundwasser. Die Augen schauen ins Leere. Sie halten noch einen Augenblick inne, bevor sie das Gespräch wieder aufnehmen. Holzgetäfelt ist die Stube, Stahlstiche hängen an den Wänden, darauf lauter antike Bauten, lauter Sehenswürdigkeiten, in vergoldete Rahmen gefaßt. Und die Einheimischen in der Weinstube schauen die elegante junge Frau mit den Blusenmanschetten an, der Mann ihr gegenüber verblaßt. Sie hängt an seinen Lippen, sie nickt, man hört nicht, was sie sagt. Sie runzelt die Stirn, und der Mann, ihr Gegenüber, mit dem hellen, wachen Blick, bernsteinfarben oder nicht, spricht dringlich, aber doch auch begütigend auf sie ein.

Jetzt, während er spricht, bekommt er mehr und mehr Kontur. Sie trinken einen Riesling aus dem Weingut der Hohen Domkirche, lieblich wird er auf der Weinkarte genannt. Ganz unvorschriftsmäßig hält sie den Glaskelch, als müsse sie daran die heißen Hände kühlen. Sie bewegt sie nicht, so lange der Mann spricht, sie trinkt schließlich, sie schüttelt den Kopf, dann trinkt sie wieder einen großen Schluck, sie setzt das Glas gar nicht mehr ab. Sie besinnt sich und stellt es dann doch auf den Tisch. Sie spielt mit den Fransen der Tischdecke, flicht ein Zöpfchen. Wieder ein Schluck, gleich ist das Glas leer. Sie nickt, so ruhig und sanft wirkt der Mann. Warum hat sie sich aus der Fassung bringen lassen? Jetzt kaut sie auf ihrem Daumennagel herum und betrachtet die feuchte Kuppe des Daumens, versteckt die Hand im Schoß, als fühle sie sich ertappt. Sie schluckt, nein, das ist nicht der Wein, vielleicht schluckt sie eine Träne hinunter. So etwas kommt vor, die Einheimischen in der Weinstube haben schon viel gesehen. Die Römer, die Goten, die Merowinger, die Franken, die Franzosen, immer wieder Franzosen. Und es war gar nicht so schlecht, von den Franzosen regiert zu werden, ihre Frauen waren schön, schöner als die eigenen, man durfte es nur nicht laut sagen.

Das zweite Glas Wein, das die junge Frau trinkt, hat eine kräftigere Farbe als das erste. Sonne im Glas, es ist eine Spätlese aus Klüsserath. Wo ist das? Moselschleife, sagt die Kellnerin lakonisch. Eine Riesling-Spätlese, teuer und rar, ihr Bräutigam hat sie mit Bedacht gewählt. Eine Riesling-Spätlese muß man einmal getrunken haben; er hat sich kundig gemacht. Grit Berghausen trinkt, es muß Gold sein, zartes, aber auch ein wenig öliges Gold, verflüssigtes Gold, es schmeichelt der Zunge, der Kehle. Das Trinken lockert die Zunge und die Gefühle. Wer trinkt, trinkt sich sein Gegenüber schön. Grit trinkt den bernsteinfarbenen

Blick, er paßt zur Spätlese, es ist ein Spätleseblick, die Zeit ist fortgeschritten.

Dann muß es doch sein, ein bißchen achselzuckend: Sie nimmt ihre kleine schweinslederne Handtasche und verschwindet hinter der Tür mit dem Emaille-Schild *Damen*. So ruhig wirkt der Mann, als er allein da sitzt. Er hat starke Nerven, die aufgelöste Frau ist gut bei ihm aufgehoben. Als sie wiederkommt, pochen die Absätze ihrer Spangenschuhe auf den Dielen. Ihr blondes Haar – spült sie es mit Kamillentee? – fällt auf zwischen den vielen dunklen Schöpfen. Die Römer haben Spuren hinterlassen im Schnitt der Gesichter, in der Haarfarbe. Man kann es Typ nennen (*Rasse* oder auch nicht). Er lächelt ihr entgegen: So lächelt ein Mann, der sich sehnt, kaum daß die Frau ihm den Rücken kehrt. Grit setzt sich und hält sich sehr aufrecht im hochlehnigen Stuhl. Das Glas ist rasch geleert, noch einmal die Weinkarte, das Paar entscheidet sich für eine Lage an der Untermosel, aus Lehmen. Dort sind die Weinberge flach, also eigentlich keine Weinberge, sondern breit gelagerte Felder. Grit nippt nur, der Wein schmeckt ihr überhaupt nicht. Sie verzieht das Gesicht: zu sauer. Das vergißt sie wieder schnell, das Glas halbvoll, halbleer, aber ihr Verlobter trinkt. Nun sprechen sie noch leiser als vorher, tuscheln. Es hört sie ohnehin niemand, es wird gelacht, dröhnend laut gelacht am Nachbartisch. Sie stecken die Köpfe zusammen, sie streicht ihm über die Backe und streicht zärtlich über sein Ohrläppchen, als könnte sie einen Tropfen Spätlese herausmelken. Der Mann hebt das Glas, sie tut es auch, es muß ein großes Einverständnis zwischen den beiden geben. Und jetzt hat Grit mehrmals ja gesagt, und das Wort kommt ihr erstaunlich leicht über die Lippen. Ja, sie wird nach Trier ziehen. Ja, die Hochzeit wird noch ein wenig aufgeschoben, das ist vernünftig. Ja, die Ausbildung zum Facharzt ist wichtig, und sie, das hat er klug eingefädelt, könnte sofort in der Verwaltung des Krankenhauses arbeiten. Ja, das wäre eine Perspektive, ihre wirtschaftlichen Kenntnisse im Hotelwesen sind hoch willkommen. Jetzt redet sich ihr Bräutigam in Feuer. Denn was ist ein Krankenhaus anderes als ein Hotel für Kranke, sicher unbequem, unerquicklich manchmal. Man verbringt doch nicht freiwillig seine Zeit in einem Krankenbett, aber in einem Hotel auch nicht immer. Das Weiß der spitzenbesetzten Kellnerinnenschürzchen und Häubchen, die brettsteif gestärkten Mützen der Köche, das Weiß der Servietten, die Stapel von Laken, die sich türmen auf den Wagen der Zimmermädchen, über die Flure geschoben, all das Gepflegte, rücksichtsvoll Ausgefeilte, aber auch Standardisierte, auf das ein Hotel dieser Klasse Wert legt, kommt ihr jetzt steril vor. Und was sind die Mengen der verschiedenartigen Besteckteile anderes als trivialisierte, säkularisierte Instrumente der Heilkunst? Etwas muß fixiert, etwas muß aufgespießt, etwas muß zerlegt, etwas muß geschnitten werden. Und ist das Ergebnis in der Hotelküche und im Speisesaal nicht flüchtig gegenüber der Arbeit im Operationssaal? Heilkunst, Hotelkunst, die Priorität war unzweifelhaft. Und waren Hotels nicht eigentlich schnöde, speichelleckerische Unternehmen? Häuser, die Schlössern nachempfunden waren, feudaler Protz, der der Abschaffung des Feudalismus trotzte: Hotelgewerbe. Das Wort *Heilgewerbe*, das war eine Widersinnigkeit, so kam es ihr plötzlich in den Sinn.

Schließlich, als ihr Verlobter sie anstrahlte, halb elf war schon vorbei, öffnete sich ihr eine andere Welt, in der das Weiße hoffnungsvoll war, die sorgsame Sterilität eine Bedingung der Wundheilung, Balsam für die angespannten Nerven, kein Luxus, sondern schöne Zweckmäßigkeit. Die Kranken (Verwundeten?) auf Schnee gebettet, in ein so leises Weiß, ein Schlittenweiß, daß sie darin sterben könnten. Nichts geschähe ihnen, kein Haar würde ihnen gekrümmt. Der Arzt war für sie da, sie streckten ihre verwundeten, operierten, amputierten Gliedmaßen dem Arzt entgegen. Und kein *bitte, danke*, eine selbstvergessene Notwendigkeit. Die Krankheit (Verwundung?) als Sinnstiftung, und der Sinn war: sie, Grit Berghausen, eine junge Dame, der alles offenstand, aus dem Hotelwesen loszueisen, in eine Stadt, deren Sensationen das Glockenläuten, die Wallfahrten und die Kirmes waren. Der Gletscher schmolz, Gletscherwasser rann rein von den Bergriesen, Riesling von felsigen Schieferterrassen, Spätlese, Trockenbeerenauslese, es war ein Lernprogramm, wie sie es sich nicht hätte vorstellen können, als sie sich zu der Reise nach Trier entschloß. Hinter dem Tresen der Weinstube klirrten die Gläser, die die Kellnerin auf einem Gestell zum Trocknen plazierte, dann das Geräusch von fallenden Münzen, der Besitzer der Weinstube zählte die Tageseinnahme. Der Bräutigam erinnerte daran, wie sie sich kennengelernt hatten: die fiebernde Patientin, ihre rasche Gesundung, ihr atemberaubender türkisfarbener Morgenmantel (ist er aus Seide?), ihre blanken Augen, schon fieberfrei, und dann das Glück der Rekonvaleszenz. Grit nickte, sie war einverstanden, mehr als einverstanden. Die Kellnerin brachte die Rechnung und strich ein sattes Trinkgeld ein.

Als sie die Weinstube verlassen (was für ein schönes Paar!), die Gäste schauen ihm nach, als das Paar auf dem Marktplatz steht, greift der Mann unter den Ellbogen der jungen Frau. Ihr Gang ist unsicher, aufdringlich klappern ihre Absätze auf dem Pflaster. Menschenleer ist der schön proportionierte Platz. Sie hat einen Schluckauf, aber stolpern soll sie nicht. Wie großartig: Wenn alles gut geht, könnte sie Verwaltungsdirektorin werden. Und rasch wäre er Oberarzt. Sie würden heiraten und dann und dann – ein Märchen, eine Märchenhochzeit. Ein Abschied, der weh tut. Wieder Briefe um Briefe: Liebste, die du mich glücklich machst. Du vernünftige Liebste, die du einsiehst, was uns auf Dauer verbindet. Du Tapfere, die sich wie ich auf das große Kommende vorbereitet. Allerliebste Geliebte, von der ich spüre, wie sehr du mich liebst. All das ist gewiß. Es ist vernünftig und wunderbar zugleich. Aber zuerst soll sie einen Erste-Hilfe-Kurs machen.

Hätte Grit Berghausen Aurelia Torgau kennenlernen können? Vermutlich, wenn sie ein, zwei Jahre früher nach Trier gekommen wäre, wenn sich das Rad zurückdrehen ließe. Grit Berghausen hätte in der Verwaltung des Krankenhauses eine Bestellung für zwanzig Emailleschüsseln aufgegeben, dazu Kleiderhaken und neue Schilder mit Nummern für die Krankensäle. Sie hätte mit dem Geschäftsführer der Eisenwarenhandlung verhandelt, sie hätte den Preis ein wenig gedrückt, das Wort Mengenrabatt gehaucht, der war doch selbstverständlich, ein Sympathiebeweis, das Krankhaus war ein langjähriger Kunde. Sie könnte den überraschten Mann um den Finger wickeln. Und dann hätte dieses junge Mädchen an der Pforte gestanden, beladen mit dem Emaillegeschirr, Schildern, Tüten voller Kleiderhaken. Sie hätte nach der Verwaltung gefragt, aber der Pförtner – Moment mal, Sie können hier nicht einfach, oder hatte er sie geduzt? –, der Pförtner ein strenger Zerberus. In diesem Augenblick wäre Grit Berghausen zufällig an der Pforte vorbeigekommen. Sie hätte das junge Mädchen gesehen. Daß Aurelia als Botin aus der Eisenwarenhandlung kam, wäre ihr sofort klar gewesen. Sie hätte ihr zugewinkt, komm mal mit, und dann wäre sie mit federnden Schritten auf wagemutigen Beinen so rasch gegangen, daß Aurelia mit ihrer Last nicht Schritt halten konnte. Unterwegs begegneten sie Helferinnen, die Servierwagen schoben, aus denen ein Geruch nach Kohl aufstieg, Krankenschwestern und auch einem Arzt, der sorgenvoll ins Leere schaute, aber Grit Berghausen grüßte. Aurelia hätte schnell verstanden: Die Frau neben ihr war eine Respektsperson. Sie ginge treppauf und treppab, in einem Seitenflügel hätte sie einen Lagerraum aufgeschlossen und mit einer lockeren Bewegung aus dem Handgelenk hätte sie Aurelia aufgefordert, die Pakete und die Tüten abzustellen. Ja, Grit Berghausen hätte sich bedankt. War es üblich, einem Botenmädchen ein Trinkgeld zu geben? Vielleicht ja, vielleicht nein, aus welcher Kasse, wie war der Betrag zu verbuchen? Sie hatte noch anderes im Kopf. Aurelia hätte eine Rechnung aus der Tasche gezogen und sie Grit Berghausen auffordernd hingehalten. Bezahlt wird gleich; das ist doch klar. Grit Berghausen hätte einen Blick auf die Summe geworfen, sie hätte den erstaunten, ja empörten Blick des Mädchens gesehen, ihre rauhen Hände: Ist schon in Ordnung, die Verwaltung überweist den Betrag nach Prüfung. Aurelia hat einen Auftrag: Ware nur gegen bares Geld. Das Krankenhaus, alle öffentlichen Einrichtungen sind säumige Zahler, sehenden Auges schaden sie der Volkswirtschaft. Der Betriebsführer, der die Eisenwarenhandlung leitet, nachdem die frühere Genossenschaft zerschlagen worden ist, hat es immer wieder gesagt: Laß dich nicht abweisen, Mädchen, steh den Kunden auf den Füßen. Ihren Namen nahm er selten in den Mund: Aurelia, vielleicht war er zu sperrig oder zu klangvoll für eine Eisenwarenhandlung.

Das Krankenhaus hat keinen Paternoster. Ein Mensch mit einem Herzen, das aus dem Takt geraten ist, einer mit einem Gipsbein oder einer blutenden Wunde könnte nicht im Paternoster fahren. Auch für einen Kranken, dem die Angst vor einer Operation ins Gesicht geschrieben ist, wäre der Schritt in die hölzerne Kabine ein Schritt in ein Schreckenskabinett, gefährlich, bestürzend bis zum Absturz. Benutzung auf eigene Gefahr. Die Trauernden, die gerade von einer Todesnachricht niedergeworfen sind, halten sich besser am Treppengeländer fest, breite, trittfeste Stufen, ein hölzerner Handlauf, ein Kruzifix auf jedem Treppenabsatz, nur Ruhe, ehrfürchtige Ruhe und keine umlaufende Bewegung. Kein Wunder, daß sie sich diesem Beförderungssystem nicht gewachsen fühlen. Nein, ein Paternoster ist ein gänzlich ungeeignetes Transportmittel, um in einem Krankenhaus Stockwerk für Stockwerk zu überwinden. Man denke nur an die Betten, die Krankenstühle, die Essenswagen – ein Aufzug, wie er in großstädtischen Gebäuden längst selbstverständlich ist, ein Aufzug mit einer Falttür, der häufig gewartet werden muß, kommt für ein Krankenhaus dieser Größe gar nicht in Frage.

Aurelia Torgau entschließt sich zu heiraten. Es ist ein Überfließen von Glück. In der Eisenwarenhandlung bauen ihre Kollegen aus Gießkannen ein Spalier. Sie legen Aurelia eine Augenbinde an und schlagen mit Löffeln auf Kochtöpfe. Lauf, Aurelia, lauf zu deinem Mann. Während sie sie anfeuern, tastet sie sich vor, schneller, schneller, sie beginnt zu laufen, stößt gegen eine Gießkanne, das Wasser spritzt ihr gegen die Beine. Ihre Kollegen lachen, lauf, lauf, wieder stolpert sie über eine Gießkanne, die umfällt, und Aurelias Strümpfe und Schuhe werden patschnaß. Die Kollegen nehmen ihr die Augenbinde ab, umarmen und küssen sie. Das sieht ihr Mann nicht gerne. Viel Glück, viel Glück! Ihr Mann ist Bauarbeiter, er hat breite Schultern und einen klaren Blick. Sie kennt ihn schon lange, den Freund ihres jüngsten Bruders, so ist es eine quasi brüderliche Liebe, eine Übertragungsliebe. Sie will unabhängig von ihren Eltern sein. Sich zu umarmen ist schön. Miteinander zu schlafen ist schön. Für den Mann Frühstücksbrote zu schmieren ist schön. Mit ihm zu überlegen, mit welchen Nägeln oder Schrauben aus vier Brettern ein haltbares Regal entstehen könnte, ist schön.

Paß auf, sagt er, wenn die Revolution kommt, dann bau ich uns ein Haus – mit meinen eigenen Händen. Was für eine Revolution?, fragt Aurelia. Wir hatten doch gerade eine Revolution, die ist schrecklich genug. Hitler hatte getönt, das sei *vielleicht die erste Revolution, bei der noch nicht einmal eine Fensterscheibe zertrümmert wurde*. Nein, unsere Revolution, darauf beharrt ihr

Mann. Miteinander auf die Kirmes zu gehen ist schön. Die bunten Lichter, die das Braun überstrahlen, die Sorglosigkeit beim Kauf eines Lebkuchenherzens. *Für immer dein*, in weißem Zuckerguß. Soll sie das Herz an die Wand hängen oder vor Liebe aufessen? Beides ist so richtig wie falsch. Am Rand des Kirmesplatzes stehen Mädchen, so durchsichtig wie zerknittertes Seidenpapier. Sie sind von ihren Eltern aus der Wohnung geschmissen worden oder abgehauen, weil sie es dort nicht ausgehalten haben. Kläglich sehen sie aus, gleichzeitig lächeln sie hoffnungsvoll. Sie wissen noch nicht, daß sie kleine Nutten sind oder spätestens in einer Woche sein werden. Und wenn sie länger auf der Straße stehen, werden sie festgenommen – *Gefährdung der Volksgesundheit.* Ist jemand gezwungen, mit ihnen zu schlafen? Und wer steckt sie mit einer Geschlechtskrankheit an?

Der Abendstern strahlt, die Münder sind heißgeküßt, die Generatoren dröhnen und halten die Maschinen am Laufen. Ein Quirl rührt die gebrannten Mandeln um und um, schaufelt sie von oben nach unten, drückt sie in einen Stutzen. Aurelia hat sich schön gemacht für die Kirmes, das widerspenstige Haar fällt heute in Wellen, die Lippen hat sie kirschrot gemalt und die Nase blaß gepudert. Es ist schön, wenn sie mit ihrem Aussehen zufrieden ist und ihr Mann ihr Komplimente macht und ihre Freunde ihr zuzwinkern. Sie wissen doch, sie werden alle überwacht. Und die Eisenbahnerfamilie Torgau ist besonders im Blickfeld. Es ist schön, verheiratet zu sein und es zu zeigen. Und das Wir, das Wir steht mit Leuchtbuchstaben über der Kirmes.

Ein Reservelokführer flog als Spitzel auf. Willi und Fritz hatten ihn als Kinder besuchen dürfen, auf seiner Kommode standen lauter kleine Dampfmaschinchen, die zischten und pufften, daß sie sich nicht genug daran begeistern konnten. Ja, es gab welche, die zum Gegner überliefen, alle wußten es, manche versteckten sich, bloß nicht auf die Kirmes, wo ihnen ein früherer Genosse auf die Schulter hauen könnte. Ich rede nicht mehr mit dir, aber du redest auch nicht über mich, verstanden? Aber wurde die Vereinbarung eingehalten, war sie nicht nur ein Wunsch? Schlafende Genossen, mundtot gemachte Genossen, hellwache Schläfer, eiskalte Träumer. Die Kirmes wummerte, sie war wie immer und auch wieder nicht. Rempeleien gab es, Überfälle, immer wieder einmal vermißte jemand seine Geldbörse, die eben noch in der Hosentasche gesteckt hatte. Betrunkene stolperten über die Halteseile der Zelte, knallten auf das Pflaster. Freundlich hatten sich die Männer des SA-Sturms neben handgemalte Schilder gestellt: *Wer allein muß heimwärts geh'n/Durch die dunkle, dunkle Nacht/Und sich grault, es könnt' was gescheh'n/Wird von uns nach Haus gebracht.* Die meisten Mädchen fanden das toll. Sie kreischten vor Vergnügen, winkten ihren Freundinnen zu und waren schon drei Schritte weiter. Jede wollte allein nach Hause gehen, aber unbedingt mit einem SA-Begleiter. Jugendliche durften jetzt kurz vor der Sperrstunde kostenlos an den Schießständen auf Blechdosen ballern. Es war eine Einübung in den Nahkampf. Das bunte Aufleuchten war schön, die gleichmäßige Bewegung des Riesenrads, als würde eine noch viel größere Hand daran drehen. Keine Unwucht, die Eliminierung der Unfallgefahr durch die fortschrittliche Ingenieurskunst. Es war schön, verheiratet zu sein. Die Ehe war Vertrauen, Vertrautheit, und darin war vielleicht auch das Wort Treue enthalten. Zusammen konnten sich Mann und Frau etwas zutrauen. Intrigen, Zerwürfnisse waren anderswo.

Und noch einmal auf Null. Vorschnellen und zurückdenken. Könnte Grit Berghausen Dr. Neumeister gefallen? Ihr Haar gefiele ihm, es fällt so weich, es glänzt. Im Märchen hieße es: wie gesponnenes Gold. Und auch ihre elfenbeinfarbene Bluse fällt so weich, diesmal ist es eine, die den Ellenbogen frei läßt, ein Schleifchen rafft die Weite des Ärmels zusammen. Grit Berghausen gestikuliert, aber auch nicht zu viel, und dann faßt sie sich sinnend oder auch ein bißchen schelmisch an die Nasenspitze. Wie sollte Dr. Neumeister Grit Berghausen kennenlernen? Er verkehrt nicht in solchen Hotels. Ist es möglich, daß er von einer solchen Frau träumt? Wäre es möglich, daß er wie vom Donner gerührt wäre, sähe er sie? Er hat bestimmte Theorien im Kopf: Es sind nicht der Mann und die Frau, die einander treffen, sondern ein Urbild, das Mann und Frau in sich tragen, kommt mit der Wirklichkeit in Kontakt. Animus und Anima nennt C. G. Jung diese Urbilder. Wäre es möglich, daß mehrere reale Personen Animus und Anima verkörpern? Darüber gibt C. G. Jung, den er studiert hat, keine erschöpfende Antwort. Spiralförmiges Denken, ein hochentwickeltes Instinktsystem, lange bevor so etwas wie Bewußtsein entsteht. Weiß Neumeister, was für ein Bild er in sich trägt? Ein honigfarbenes, seidiges? Und wüßte er von diesem Bild, könnte er es festhalten? Oder erschiene das Bild erst, wenn ein Gegenüber es freilegte, freischaufelte? Es wäre eine Art Archäologie der Liebe, Tontäfelchen, Reliefs, Münzen, die geschlafen haben, bis eine Forscherhand sie weckt oder entdeckt. Archäologie, Magie. Nach einer anderen Theorie (aber das tupfe ich schreibend nur hin) wäre die Liebe der Zusammenprall zweier Gestirne. Die Liebe besteht wie das Weltall zu einem großen Teil aus dunkler Materie. Die Liebe als ein schwarzes Loch, in dem das frühere Leben versinkt, aber das liegt Jahrmillionen zurück oder in einer wissenschaftlich nicht abgesicherten Zukunft. Hätte Neumeister eine Chance, Grit zu sehen, was sähe er in ihr? Und sie, würde sie ihn überhaupt wahrnehmen? Er ist ja niemand, der sich professionell über einen Menschen beugt. Er stellt keine Nähe her, im Gegenteil. Hätte sie den Arzt nicht kennengelernt, hätte sie sich vielleicht von Dr. Neumeister beraten lassen: Wie kann ich mein Leben gestalten, wenn ich dem Hotel den Rücken kehre? Wenn ich den Floskeln *bitte, danke, selbstverständlich, keine Ursache* entkommen möchte? Das Türschild mit dem Doktortitel hätte ihr Vertrauen eingeflößt. Neumeister hätte mit ihr über ihre Neigungen und Pläne gesprochen, er hätte sie um ein paar Sätze in ihrer Handschrift gebeten, ganz frei solle sie sich fühlen, bloß keine Schönschrift! Mit einem Blick erfaßte er Hang zu Posen oder Überangepaßtheit, Frische, Freigebigkeit, Einfühlungsvermögen, Organisationstalent, Hast. Er würde alle möglichen Kategorien in Ruhe analysieren: Girlanden, Arkaden, Fadenbindung, Versteifungsgrad, die vertikalen und horizontalen Lösungen der Schrift. Die Tintenstriche sind Leitfäden. Vielleicht brauchte er dafür ein halbes Wochenende. Er hält sich für gründlich, und er mag seine Gründlichkeit. Und dann bäte er sie zu einem Eignungstest, der gut eine Stunde dauert. Bitte anfangen! Sie säße vor ihm, er blätterte in seinen Aufzeichnungen, während sie Kästchen für Kästchen ausfüllte. Er sähe auf die Stoppuhr und notierte das Ergebnis, machte Notizen über die Auffassungsgabe, die Konzentrationsfähigkeit der Testperson, Originalität der Verbindungen, Ratefähigkeit, Tempo der Wahrnehmung. Während Grit Berghausen sich über die Papierbögen beugte, sähe Dr. Neumeister, wie ihre Haare die Schläfen umschmeicheln, er sähe ihre Wimpern, er sähe ihren überraschten Blick, wenn sie fühlte, wie er sie betrachtete. Aber sie konzentrierte sich doch, rechnete in den Spalten und malte die geometrischen Figuren nach. Nach der zehnten Aufgabenreihe folgten fünf Minuten Entspannungsübungen und ein auflockerndes Gespräch und dann weiter. Sie haben acht Minuten Zeit für die nächste Aufgabe. Sie streicht überflüssige Buchstaben in Wörtern, gruppiert sie nach Sinnzusammenhängen, sie rechnet wieder, ordnet Ziffernreihen. Jetzt stöhnt sie ein bißchen. Diese Übung sei dazu da, Ausdauer und Willensstärke einzuschätzen, sagt Dr. Neumeister. Aber das hätte er ihr gar nicht sagen dürfen.

Ein persönlicher Kontakt mit der Testperson ist zu vermeiden. Oder: Jeder menschliche Kontakt ist ein erweiterter Testfall. Noch einmal eine Wiederholung, um das Gedächtnis zu prüfen: Wie war die erste und die zweite Aufgabe? Und wie haben Sie sie gelöst? Prüflinge mit guten Leistungen bei den Aufgaben zehn bis zwölf dürften für manche Stellungen in der Wehrmacht geeignet sein. Das kommt für Fräulein Berghausen nicht in Frage. Und wie sind ihre Leistungen bei den Aufgaben dreizehn bis fünfzehn? Gute Leistungen sollten von Bewerbern für Büroberufe gefordert werden. Vermutlich hat sie diese Testreihen mit Bravour abgeschlossen. Dann ist der Test zu Ende. Also, bis nächste Woche, dann würde er mit ihr das Ergebnis besprechen. Die Auswertungsschablonen liegen bereit. Die Testreihen sind die Pflicht, das Schriftgutachten ist die Kür. Er hat die Kür der Pflicht vorgezogen, die Gründe dafür liegen auf der Hand.

Dr. Neumeister würde Grit Vorschläge machen. Sie könnte für etliche Berufe geeignet sein, aber wohin geht ihre Neigung? Ihre Neigung ist das eine, die Erfordernisse des Staates, der von seinen Bürgern Volksgemeinschaft genannt werden muß, ist das andere. Berufsberatung ist Berufslenkung geworden. In Trier wird eine Lehrerbildungsanstalt gegründet. Alle Jungen und Mädchen, die sie besuchen wollen, werden besonders auf Charakter, Kameradschaft, Führereignung sowie körperliche und sportliche Leistungsfähigkeit geprüft. Die Arbeit hört nicht auf. Eine Gaubräuteschule wird gegründet. Mädchen über 18 Jahren sollen sich hier auf die zukünftige Rolle als Ehefrau und Mutter vorbereiten. Vielleicht wäre das eine Lösung für Fräulein Berghausen? Neumeister ist loyal, vermutlich ist es auch Grit Berghausen oder zumindest aufgeschlossen, gläubig ohne Heilserwartung. Er wird auf sie einwirken. Ihrer Neigung entspricht es dann, ihrer eigenen Wege zu gehen, Wege, die sie in die Fachwerkstadt führen, ins bedrohliche Fieber, in die hohe Zeit der

Liebe, in ein anderes Leben. Danke, Herr Dr. Neumeister, daß Sie nicht insistiert haben. Und was hätte es genützt? Ich flog auf den Mediziner, von der Psychologie hatte ich keine Ahnung. Ich fliege, ich flog, ich bin geflogen, ich werde fliegen, immer wieder werde ich fliegen, eine Luftschaukelexistenz. Das kann man doch keinem Mitarbeiter eines Arbeitsamtes sagen. Herr Dr. Neumeister hätte den Kopf geschüttelt, aber da wäre sie schon aus der Tür. Noch einmal die Kategorien: Erlebnisgrad, mangelnde Sparsamkeit, verborgener Ehrgeiz. Dr. Neumeister wiederholt sie, er ist gut präpariert. Er wartet auf Grit Berghausens nächsten Termin, Anima, Anima, aber sie zieht es vor, das zweite Gespräch nicht abzuwarten. Sie kommt nicht, und sie entschuldigt sich nicht einmal.

Grit Berghausen und ihr Bräutigam sehen sich wieder: Jetzt ist ihr die Stadt schon fast vertraut, der Mann macht sie ihr vertraut, und sie vertraut ihm: betasten und auskosten, geflüsterte Worte und dann ein Schrei, ein knapper, hoher Laut, Stille, atmen und dann wieder glückliche Erschöpfung. Beim nächsten Besuch in Trier geht sie auf Wolken, das Glück trägt sie, auch als sie sich im Krankenhaus vorstellt. Daß eine junge Dame sich in diesem Krankenhaus bewirbt und das Terrain wechselt, verdient Respekt. Daß sie die Braut des jungen, fähigen Arztes ist, erregt Aufsehen, aber es spielt doch bei der Entscheidung für sie keine Rolle. *Fräulein Berghausen zeigt Engagement und hat vielfältige Fähigkeiten.* Auch daß sie aus dem Stand viele organisatorische Aufgaben übernehmen kann, ist ein großer Gewinn: die Beschaffung von Materialien, die Überwachung der Wäscherei und der Küche und die langen Listen der Endabrechnungen, die durch ihre Hände gehen. Sie hat nach dem ersten Erste-Hilfe-Kurs einen zweiten gemacht, einen Aufbaukurs, sie hat sich über ansteckende Krankheiten und über Mangelkrankheiten informiert, das müßte sie nicht, aber. Das Hotel, aus dem sie kommt, hat einen Ehrfurcht gebietenden Namen. Es spricht für ihr *Verantwortungsgefühl*, für *ihre menschliche Reife*, daß sie aus der gehobenen Luxusklasse in die Nähe der Heilberufe, in die Notwendigkeit und die Beschränkung einer Gemeinschaft gerückt ist. Es spricht auch für die Liebe, die Berge versetzt. Die Arbeitstage sind lang, aber die Nächte sind auch lang. Ein apfelsinenfarbener Vollmond drängt zwischen den Gardinen ins Zimmer, der Bräutigam steht am Fenster und raucht. Die Braut genießt es, vom Bett aus seine Nacktheit zu betrachten: die feine Kerbung des Rückgrats, die energischen Schultermuskeln, die Pobacken, kraftvoller männlicher Akt, heldischer Körper. Es fehlt nur ein Künstler, der ihn zeichnete, vielleicht eine Rötelskizze, jedenfalls keine Kohlezeichnung, das wäre zu düster. Die Liebe ist selbst ein Kunstwerk, und sie ist heroisch.

Am Abend geht Aurelia Torgau nicht nach Haus. Das Regal ist leergeräumt, kein belastendes Material, nur ein harmloser Roman liegt noch da. Sie trifft sich mit den Freunden, sie lachen, aber sie sind sehr ernst. Einer schließt das Fenster, zieht die Gardine vor, einer horcht ins Treppenhaus, niemand steht auf der Straße, niemand schleicht durchs Haus. Sie hüten ein Geheimnis. Es ist eine furchtbare Enttäuschung, daß die Partei ihnen auf ihre Fragen keine Antwort mehr gibt. Sie tasten nach einer wortlosen Antwort, als einer mit einem Schraubenzieher zwei Dielen des Fußbodens hochhebt, ist es ein feierlicher Augenblick. In der Höhlung liegt ein Bündel Papier, zusammengehalten mit einer Kordel. Aurelia knüpft den Knoten auf und legt vorsichtig einige Blätter auf das Bett. Sie prüfen die Beschaffenheit des Papiers, fahren über die Buchstaben, als färbten sie noch ab, als wären die Blätter druckfrisch, und dann lesen sie, es dauert eine Weile. Einer verstaut einen Stapel im Innenfutter seines Mantels, einer unter dem Hemd, direkt am Körper. Aurelia faltet Blatt für Blatt winzig klein und steckt jedes in eine leere Streichholzschachtel. Streichholzschachteln sind ganz unverdächtig. Einer schiebt die Dielen wieder an ihren Platz, Nut und Feder rasten ein. Jetzt nicken sie sich nur noch zu, keiner lacht. Einer nach dem anderen verläßt das Haus, sieht sich um, bevor er in einem Hauseingang verschwindet. Manche schlagen sich in die Dörfer moselabwärts durch und hoffen, die Arbeiter in den Weinbergen oder die herumlungernden Jugendlichen zu überzeugen. Den Winzern gehen sie aus dem Weg. Durch Gärten, auf Kellertreppen, in Scheunen verschwinden sie. Ein Hund schlägt an, und man könnte meinen, er wüßte im nächsten Augenblick selbst nicht mehr, warum. Wenn sie in die Stadt zurückkommen, schweigen sie. Es hat zu nieseln begonnen, eine sanfte Luft, in der sie tief durchatmen, erleichtert. Man darf nicht zurückschauen, man darf nicht zurückdenken. Die Jungen zünden sich Zigaretten an, ein einziges Schächtelchen mit Hölzern, die nicht naß werden dürfen, alle anderen gestopft voll mit einem Flugblatt, das sie auf einer Parkbank, in einem Hauseingang, auf einem Mäuerchen beiläufig liegen lassen.

Die Flugblätter hatten schon eine weite Reise gemacht, in Belgien waren sie von Genossen gedruckt worden. Ein Teil der Auflage war über Aachen nach Deutschland gebracht worden, ein anderer Teil nach Luxemburg. Aber kein Luxemburger Genosse wollte ins faschistische Deutschland reisen. Willi war in Luxemburg geboren, er kannte sich aus, aber er war als Kommunist in Trier gebrandmarkt. Jeden Tag konnte es wieder geschehen, daß er festgenommen wurde, und ein Verhör konnte übel enden. Sie hatten ausländische Radiosender (Moskau, Basel) gehört und am häufigsten Luxemburg. Radio Luxemburg war längst nicht so gut wie die BBC, aber es gab Nachrichten, die es in Deutschland niemals geben konnte, Nachrichten, die auf nichts anderem als Tatsachen beruhen konnten. Die Sendungen wurden ruhig und besonnen gesprochen, ohne Propaganda. So empfand es jedenfalls Aurelia, die geheime Hörerin in Trier. Ausländische Sender zu hören und die Nachrichten weiterzugeben, war gefährlich genug. Hörte ein Hitlergegner allein Feindsender, lief er Gefahr, für drei oder fünf Jahre im Gefängnis zu landen. Hörten mehrere zusammen Radio, mußten sie um ihr Leben fürchten. *Heimtücke* hieß das Delikt, das gegen solche wie sie ins Strafrecht eingefügt worden war. Auch wer Gerüchte weiterverbreitete, verschwand. Sie hatten Exemplare der illegalen *Roten Fahne* verteilt. Ein paar Monate später hatte die Gestapo den Kampfbund aufgespürt, aufgelöst und die führenden Köpfe verhaftet. So effektiv arbeitete die Gestapo, daß die meisten Widerstandsgruppen schon im Augenblick ihres Entstehens zerrieben und zerschlagen wurden.

Adenauer war kurz nach der Machtergreifung als Oberbürgermeister von Köln abgesetzt worden. Danach wich er in das Kloster Maria Laach in der Eifel aus; den Abt kannte er aus der gemeinsamen Kölner Schulzeit. Einige Tage kam er in Haft, und zwei Jahre unterlag er einer Briefkontrolle, ohne daß eine verdächtige Mitteilung oder Einschätzung zutage befördert werden konnte. Mit anderen Worten: Er verhielt sich still, haderte aber mit dem Einkommensverlust. Carl Goerdeler, der frühere Oberbürgermeister von Leipzig, ein ausgewiesener Fachmann für Finanzen, einer der angesehensten im Reich, legte sein Amt 1936 nieder, als die Nazis im Stadtrat verlangten, das Denkmal des jüdischen Komponisten Felix Mendelssohn-Bartholdy, den *Juden in Erz* zu zerstören. Auch im Reichspropagandaministerium war dieser Vorschlag nicht populär, die Olympischen Spiele standen vor der Tür, im Ausland wäre ein solcher Akt als barbarische Bilderstürmerei gebrandmarkt worden. Während Goerdeler eine Rede in Stockholm hielt, wurde das Denkmal geschleift. Adenauers Abneigung gegen ihn reichte lange in die gemeinsame

Zeit im Städtetag der Weimarer Republik zurück. Was Goerdeler tat und weiter tat, hielt Adenauer für lebensgefährlich, und damit hatte der nüchterne Pragmatiker recht. Goerdeler unternahm ausgedehnte Reisen, die als Geschäftsreisen getarnt waren, und versuchte dabei, Verständnis und Sympathie für oppositionelle Haltungen zu wecken und Bündnispartner zu finden. Adenauer verortete den Widerstand im Osten, bei den Junkern, da kannte er sich nicht so genau aus, er war Rheinländer und Preuße. Um seine Pension als Oberbürgermeister durchzusetzen, war er 1934 nach Berlin gekommen, hatte ein Jahr zur Miete im Haus eines jüdischen Kaufmanns in der Villenkolonie Neubabelsberg gewohnt, nahe der Machtzentrale, aber doch so weit weg, um mit Blick auf den silbrigen Griebnitzsee genügend Privatheit zu haben. Daß der Boden im Garten so sandig war, ganz anders als im Rheintal, beklagte er. Mit Hilfe eines befreundeten Anwalts ging sein Plan auf, er zog zurück ins Rheinland, lebte wohlhabend und zurückgezogen und ging jeden Morgen zur Messe. Von jeder Art von Widerstand hielt er sich fern. Ein Militärputsch schien Adenauer sinnlos; im Übrigen traute er dem Militär nichts zu – und versuchte, seine Söhne vor dem Militärdienst zu retten. Er war Erzzivilist und Beamter durch und durch.

Einer mußte sich um die Flugblätter kümmern, einer mußte Verantwortung übernehmen. Wenn einer der Torgau-Brüder in einen Zug gestiegen oder nur in der Nähe des Bahnhofs gesehen worden wäre, hätte er Verdacht erregt. So war es Aurelia, die mit dem Zug nach Luxemburg reiste. Für den Fall, daß sie kontrolliert würde, hatte sie immer Gegenstände aus der Eisenwarenhandlung bei sich: eine Rohrzange, eine Tüte Flügelschrauben, Deckel für Einmachgläser. Sie brachte sie angeblich einem Onkel und einer Tante, die hoch und heilig versicherten, so gute Qualität könne man in Luxemburg nicht kaufen. Das war ein Argument, das den Zöllnern einleuchtete. Brachte Aurelia die Flugblätter über die Grenze zurück – sie benutzte in der ersten Zeit Schleichwege, die ihr die Luxemburger erklärt hatten, tastend, witternd, nur nicht auffallen –, erinnerte sie sich an die Wanderungen mit den Freunden und Freundinnen, als sie noch Theater gespielt und hoffnungsvolle Lieder gesungen hatten. Ein Kahn holte sie ab und ruderte über die Mosel. Die Luxemburger hatten auch Flugblätter in Eisenbahnwaggons versteckt; aber es war unsicher, ob und wie sie gefunden wurden: entweder von den Genossen oder von der Gestapo – ein Vabanque-Spiel. Mit Aurelia reisten sie besser und sicherer. In der Buchhandlung von Lili Marx, die als Treffpunkt für Juden, Kommunisten, Sozialdemokraten, Gewerkschaftler galt, hatte sie die Flugblätter der *Roten Hilfe*, der Hilfsorganisation für politisch Verfolgte, abgeholt. Wenn sie dann mit dem Zug zurückkam, hatte sie ein Körbchen mit Obst oder einen großen Blumenstrauß bei sich, jedenfalls etwas Frisches, Verderbliches, ein Geschenk von Onkel und Tante, das vom Bündel Papier, das sie mitbrachte, ablenkte. Und sie brachte noch etwas mit: ihr unbefangenes Lächeln, das sie dem Zöllner schenkte. Aurelia war ein Glücksfall für die Genossen. Von ihrer Mutter hatte sie Französisch gelernt, und sie sprach es nicht so angestrengt wie eine Gymnasiastin, die keine Fehler machen wollte, sondern einfach so, wie es ihr über die Zunge kam. Für die Grenzpolizisten reichte es vollkommen. Ihre Tarnung war perfekt. Womit sie nicht gerechnet hatte, war die wachsende Eifersucht ihres Mannes. Was fährst du dauernd nach Luxemburg? Wen triffst du? Wer schenkt dir die gewaltigen Blumensträuße? Los, sag schon! Aurelia redete sich heraus, er zerrte an ihr, sie wehrte ihn ab. Am liebsten hätte er an ihrer Wäsche geschnüffelt.

Ihr Mann hält es nicht aus, er will nicht, daß sie mit ihren Brüdern zusammengluckt. Er mag die Brüder nicht mehr, es sind so viele, sie sind ihm unheimlich. Sie liebt ihn, aber es dauert nicht lange, bis sie selbst nicht mehr weiß, warum. Wieder fährt Aurelia weg, sie kommt zurück und ist sehr schweigsam. Und er kommt nicht weit, wenn er in sie dringt. Alles kommt ihm verdächtig vor. Sie übernachtet bei ihren Eltern, warum tut sie das? Am Morgen vor der Schicht steht ihr Mann an der Wohnungstür ihrer Eltern, heult wie ein Wolf in der Falle, fängt sie ab, wo warst du?, und schiebt ein paar Schimpfworte nach. Er droht: Wenn du so weitermachst, geh ich zur Polizei. Sie hält ihm den Mund zu, hoffentlich hat niemand ihn gehört, den Mann, der vermutet, seine Frau habe einen Liebhaber in Luxemburg, einen Liebhaber, der sie zu gefährlichen Aktionen anstiftet. Sie weiß sich keinen Rat, als ihre Brüder einzuweihen. Es war ja wahr, sie brachte nicht nur Eisenwaren nach Luxemburg, sie traf auch Menschen, die nicht Onkel und Tante waren. Sie brachte dazu ihren ganzen Mut auf, sie brachte die Ermutigung zurück nach Deutschland, sie hatte Freundinnen und Freunde, die sie herzlich aufnahmen.

Dann wurde ihr Mann von der Gestapo verhört. Aus den Ermittlungen ging hervor, daß er *von keiner illegalen Tätigkeit für die KDP-Organisation weiß* und daß er Aurelias Verbindung mit dem Funktionär (welchem Funktionär?) mißbillige. Die Gestapo verzichtete darauf, ihn in Schutzhaft zu nehmen. Vielleicht wollte sie mehr aus ihm herausquetschen, vielleicht hatte er mehr verraten, seine Drohungen unter der eigenen Bedrohung wahrgemacht, den Kopf aus der Schlinge gezogen. *Für immer dein*: Ein Kommunist ist der Bauarbeiter, dem sie ihr Lebkuchenherz geschenkt hat, nicht mehr, eher ein wilder Stier. Er läuft gegen die Wand, die er gestern mit seinem Kollegen hochgezogen hat. Nein, nicht gestern, aber es ist noch gar nicht lange her. Er stößt sich die Stirn wund. Er ist arbeitslos geworden, findet nur weiter weg in der Eifel Arbeit. Wer früher als Beamter aus Berlin in die

Eifel versetzt wurde, hatte sie Preußisch Sibirien geschimpft: frühe Wintereinbrüche, Kälte, Einsamkeit und Holzwirtschaft.

In der Novembernacht liefen fünf Genossen die Gleise entlang, sie duckten sich, damit das Lampenlicht nicht auf sie fiel. Die Luft war feucht, sie hofften auf Bodennebel, auf wabernde Waschküchenluft, aber da hatten sie sich getäuscht. Am Gasometer zogen sie die Schuhe aus, knoteten die Bändel aneinander und hängten sie sich um den Hals. Sie hätten sich die Hand geben wollen, aber das war zu pathetisch. So nickten sie sich einfach zu und kletterten. Jeder hatte einen Pack Zeitungen dabei, *Die Rote Fahne*, in Belgien gedruckt, mit einer Kordel zusammengebunden. An die Kordel knüpften sie eine Glimmschnur, das war schwierig, weil sie gleichzeitig dem Bogenlicht ausweichen mußten. Als zum Schichtbeginn die Sirene heulte, zündeten alle gleichzeitig die Glimmschnur. In vier Minuten, das hatten sie ausgerechnet, fraß sich die Glimmschnur weiter und verbrannte den Knoten um die Packen.

Die Blätter werden herunterfallen wie frischer Schnee. Die Arbeiter, die zur Frühschicht gehen, werden sie auflesen, sie werden sie lesen und wach werden, so stellen sich die Genossen das vor. Vier Minuten, um hinunterzuklettern, vier Minuten und kein Tritt daneben. Ach, hätten sie sich doch die Hände gegeben, auf Wiedersehen oder auf Nichtmehrwiedersehen, aber jetzt klammern sie sich an das kalte Metall. Vier Minuten, dann müssen sie spurlos verschwunden sein, jeder in eine andere Richtung, und dann schweigen wie ein Grab. Als hätten sie sich nie gesehen, als hätten sie keine Freunde, als hätten sie ihre Familie verloren, wären in einem Nebel versunken, als hätten sie nur die Anonymität, die sie schützte.

Emigration kam nicht in Frage; sie wäre Verrat; das war die Meinung des Kommunistischen Jugendverbandes gewesen. Sie hatten doch ihren Platz, sie waren doch *Zellen*. Zellen, die heute oder morgen zerschlagen werden konnten. Aurelia und ihre Genossen arbeiteten im Untergrund, das war ihre Aufgabe, nichts anderes erwartete die aufgelöste, zerstreute Parteiführung von ihnen. *Deserteure vom Schlachtfeld des Klassenkampfes* nannte die Komintern solche, die eigenmächtig das Land verließen. Nur wer von einer hohen Gefängnisstrafe oder vom Tod bedroht war, hatte eine Chance in der Sowjetunion. Wie sehnte sich Aurelia, nach Rußland zu kommen, sie hatte geträumt, in Rußland willkommen zu sein, wie Lenin in einem plombierten Zug zu reisen mit all den Genossen, die sich genauso in Gefahr brachten wie sie. Nach Rußland reisen und in der Sowjetunion ankommen. Als eine kämpferische Verkäuferin von Hämmern, Nägeln, Haken, Kochtöpfen, Reibeisen, Sicheln und Kaffeesieben, als eine linientreue Weinkönigin von der Mosel. Aber es hätte natürlich ein roter Wein sein müssen, der in Moskau freundlich, ja begierig in Empfang genommen worden wäre. Den gab es nicht in den Moseldörfern, hier wurde Riesling angebaut. Also keine Weinkönigin, eher eine Bittstellerin, eine Genossin aus dem weiten, weit entfernten Westen, die um Asyl bat, eine junge Frau, die an dem Platz, auf den sie gestellt war, politische Erfahrungen gesammelt hatte, deren Wert natürlich in den Sternen stand. Genossin, und das soll alles sein? Hier gibt's kein Asyl. Hier gibt es die Massen der Werktätigen, die Parteitage und die Direktiven, denen Folge zu leisten ist, es gibt die Partei, die allwissende, die lenkt, diszipliniert, säubert – und Stalin. Und sie, die ehrgeizige junge Frau abseits des großen Planes, gäbe es nicht mehr. Genossin, hast du einen Befehl deiner Bezirksleitung, hierher zu kommen? Sie hat keinen Auftrag, und es gibt niemanden, der dort, wo sie herkommt, noch Befehle geben kann. Sie ist lästig und potenziell gefährlich. Hast du das verstanden, Genossin, wie war noch der Name, Genossin Torgau? Äußere deine Zustimmung und unterschreibe das Protokoll: hier. Es folgte die Auslieferung nach Deutschland. Sie hätte es nicht glauben können, starr vor Entsetzen, in einen Schlund gestoßen, verraten. Es war doch noch nicht lange her, daß sie mit einem Buch oder eher einem *Druckwerk* der Partei treppauf und treppab gelaufen war. Es malte die glänzendsten Bilder vom neuen Rußland. Sie hatte an Türen von Arbeitslosen geklingelt und sie zu überzeugen versucht, daß es einen Weg aus dem Elend gäbe, daß sie das Buch, sie blätterte es kurz auf, zu ihrem eigenen Nutzen kaufen sollten. Drei Reichsmark für ein Buch, das war viel Geld für einen Arbeitslosen, auch einen, der auf die Partei setzte und nun alles verloren hatte, der ein Geheimnis wahren mußte: seinen Mangel an Hoffnung, die Trauer, daß ihn nichts mehr im Glauben an die Partei bestätigte.

Aurelia hätte in Luxemburg bleiben können. Zenon, Claude, seine Frau Elaine und Marcel, die Buchhändlerin Lili und eine Handvoll andere hätten ihr geholfen. Sie hätte keine Arbeit annehmen dürfen, aber insgeheim für die Kommunistische Partei in Luxemburg zu arbeiten, war Ehre und Verpflichtung zugleich. Die zwergenhaft kleine Bruderpartei hätte die kleine Schwester gut aufgenommen und ins Herz geschlossen. Aber von den deutschen Genossen wäre sie abgeschnitten gewesen. Emigrieren durfte nur, wer von der illegalen Parteiführung die Genehmigung dazu bekommen hatte. Die Genehmigung bekamen nur bekannte, verdiente Genossen, und die hatten die Verpflichtung, den Kampf von außen weiterzuführen und im Inneren zu organisieren. Die unbekannten hielten währenddessen ihren Kopf hin. Besser, eine Zelle bringt Opfer und tut sonst nichts, als eine Zelle, die etwas ohne Parteidirektive unternimmt. Der Gehorsam war wie ein Joch, und sie gaben vor, es nicht zu spüren.

Nach der Zerschlagung des Parteiapparates war der Vorstand der KPD nach Paris geflüchtet. Der Parteivorstand der SPD hatte Prag als erste Station gewählt: möglichst nahe am Reich bleiben und die Lage sondieren. Alle hofften auf Hilfe aus dem Ausland. Gewerkschaftler, Zeitungsleute und oppositionelle Katholiken waren nach Luxemburg emigriert. Als die Bürger des Saarlandes, des Völkerbundmandats, das von Frankreich verwaltet wurde, mit überwältigender Mehrheit für den Anschluß an das Deutsche Reich votierten, an einem schwarzen, schwarzen, beschämenden Tag, am 13. Januar 1935, standen die Hitler-Gegner, die sich dorthin abgesetzt hatten, mit dem Rücken zur Wand. Die Arbeiterwirtschaften gaben keinen Kredit. Gleichgeschaltet war die Mildtätigkeit. Keine Tür tat sich ihnen auf, nicht die Hintertür eines Klosters, einer Krankenhausküche. Sie waren Abschaum, Leute, die sich dahin scheren sollten, wo sie hergekommen waren. Aber wo war das? *Deutsch ist die Saar, immerdar*, so stand es auf den himmelblauen Sammeltassen, aus denen die glücklichen Saarländer tranken. Alle Warnungen vor der Gleichschaltung, vor der Infiltration und Zerschlagung aller bedeutsamen Institutionen, vor den Anfeindungen, vor Konzentrationslagern und der Kriegstreiberei waren in den Wind gesprochen. Weiter nach Frankreich oder näher nach Luxemburg – ganz schnell mußten die Emigranten, die plötzlich in der Falle saßen, entscheiden. Der Chefredakteur einer katholischen Zeitung entschied sich für Luxemburg, pachtete einen Bauernhof und züchtete Hühner, nur nicht auffallen. 1933 war die Auslegung der Fremdengesetzgebung in Luxemburg großzügig gewesen, doch als die Saar wieder zu Deutschland gehörte, machte die Regierung die Grenze dicht, kontrollierte streng. Ganze Kontingente von Flüchtlingen waren zurück über die Grenze abgeschoben worden. Durch Luxemburg kamen die Verbindungsleute aus dem westlichen Ausland und aus dem illegalen Widerstand, viele mit falschen Pässen (wo waren die Werkstätten, die sie druckten?), die Polizei war wachsam. Gerade die Linken waren ungebetene Gäste im erzkatholischen Luxemburg. Es gab Grabenkämpfe zwischen den Parteien, auch unter den Emigranten, die jede Zusammenarbeit mit den Kommunisten ablehnten. Flüchtlinge wurden in sympathisierenden Luxemburger Familien versteckt, mit Nahrung und Geld versorgt, nachts brachten Schlepper sie durch die Wälder über Audon, Hussigny, Athus nach Paris. Der junge Luxemburger Sozialist Victor Bodson ermöglichte hundert Gefährdeten die Flucht, und es war gleichgültig, warum sie flüchteten, sie hatten gute Gründe. Er holte sie mit seinem Auto ab und schmuggelte sie im Kofferraum nach Belgien. Als er selbst in den Fahndungsbüchern stand, paßte er die Flüchtlinge in den Grenzorten ab. Fluchthelfer hatten ihnen eingeschärft, auf Lichtsignale zu achten, dann wateten sie durch das Grenzflüßchen. Manche verschwanden schnellstens wieder aus dem kleinen Land. Fiel die politische Betätigung auf, mußte der Emigrant fürchten, ausgewiesen zu werden – zurück nach Deutschland in den verordneten politischen Selbstmord.

Josef Dorn war ganz allein geflüchtet, auch andere flüchteten ohne Hilfe über die grüne Grenze nach Luxemburg. Instinktiv hatte er gespürt: Öffentliche Räume mußte er meiden. Kein Herumlungern in Bahnhofshallen, kein Sitzen auf Parkbänken. Wenn er geschäftig tat, obwohl er nur wartete, daß etwas geschah, war es am besten. Er würde schon keinem Polizisten in die Arme laufen. Er schlug sich nach Norden durch, zur belgischen Grenze, möglichst weit weg von seiner Heimatstadt. Dort waren die Dörfer rauh, und es gab Arbeiter, die zwischen den Orten pendelten. Er schlüpfte in Kirchen, drückte sich in den staubigen Winkel eines Nebenaltars, betrachtete wundertätige Heilige und Madonnen aus Gips. Solange er wie ein Beter aussah und nicht wie ein Landstreicher, nahm niemand Anstoß. Bäckereien zogen ihn an, der Duft von frischem Brot, aber bloß nicht vor einer Schaufensterscheibe stehenbleiben, bloß kein hungriger Blick auf die Brezen und Brötchen und die Apfeltaschen, bloß nicht auf das Baguette schielen, das ein Mann unter den Gepäckträger seines Fahrrades klemmte, bevor er aufstieg. Am frühen Morgen, wenn die Tür einer Backstube geöffnet wurde, starrte er hinein. Der Bäcker formte einen Laib, knallte ihn auf die Waagschale, aufs Backblech und dann in den Ofen, er nahm den nächsten Teigklumpen, wieder auf die Waage, aufs Blech und wieder in den Ofen. Es sah so aus, als gäbe ein Laib dem anderen die Hand, und der Bäcker wäre durchlässig für den Teig. Nur nicht auf den Teig starren, sagte sich Josef, der die Bewegung der Hände einfach imitierte, wie der Bäcker den Teigballen formte, auf eine imaginäre Waage warf, aufhob, den nächsten Ballen und wieder den nächsten. Der Bäcker nickte ihm zu: Sieh mal an, du kannst es ja auch. Nur keine hungrigen Augen!

Am Tag darauf stand Josef wieder an der Hintertür der Bäckerei. Jetzt gab der Bäcker ihm einen Weck und lachte. Wieder formte Josef aus der Luft Ballen, jetzt waren es Brötchen, und knallte sie auf das Blech. Dann sagte der Bäcker: Komm rein! Es war warm in der Backstube, das Mehl war weiß, die Mehlsäcke aus braunem Papier, die Backbleche schwarz. Beschäftigen durfte der Bäcker den Flüchtling keinesfalls, aber er konnte einen Lehrling mit luxemburgischen Papieren gut brauchen. Wie man Papiere besorgte, wußte der Bäcker auch nicht so genau, und er wollte es auch nicht wissen. Schließlich gab es diesen verknitterten Ausweis, am besten nicht vorzeigen, am besten blieb Josef auch nachts in der Backstube. Daß ein Bäcker früh schlafen mußte und deshalb auch nicht so leicht in eine Razzia geraten konnte, war gut. Und gut war auch – aber das sagte der Bäcker erst, als er zufrieden mit seinem neuen Lehrling war–, daß er sich früher einmal in eine *Zigeunerin* verliebt hatte, ein Mädchen, das eine ältere Schwester von Josef hätte sein können oder vielleicht seine Tante. So unbändig hatte sie ihm gefallen, aber daraus war nichts geworden. Und Josef wurde der glückliche Erbe dieser Verliebtheit.

Das Paar rüstet sich. Grit und ihr Verlobter sprechen leise über Gasmasken, Frauen und Kinder in Gasmasken, sie sprechen über die verordneten Eintöpfe, Front und Heimatfront, sie sprechen über das Kommende und daß das Kommende gewiß kommt, nur wann? Gewiß ist auch, daß Grits Verlobter sofort eingezogen würde. Hat er sich freiwillig gemeldet? Er hat Lehrgänge besucht, von denen er schweigsam zurückkommt. Und dann lächelt er sein Löwenlächeln aus den bernsteinfarbenen Augen: Kein Blatt paßt zwischen uns. Kein Blatt, aber vielleicht der Wehrpaß. Orthopäden werden in jedem Lazarett gebraucht, Lungenfachärzte eher nicht, so hat er sich entschieden. Grit fragt nach seinen Eltern und seinen Geschwistern. Er winkt ab: Auf uns kommt es an. Aber er macht sie mit einem Onkel und einer Tante bekannt, die in der Nähe wohnen, einem Ort, in dem die Forellen springen und die kleinen Jungen mit einem Körbchen voll mit Fisch abends triumphierend nach Hause kommen. Die Hitlerjugend hat sie das Fischen nicht gelehrt, dort haben sie das Feuermachen, das Marschieren, das Ausharren in Nachtwachen gelernt und die Einordnung in eine fraglose Gemeinschaft. Alles gemeinsam, alles in die Zukunft gerichtet. Es gibt bei ihren Zusammenkünften keinen Raum und keine Zeit, über die Bereiche zu sprechen, die keine Gemeinsamkeit dulden. Wer Forellen mit der Hand fängt, muß allein sein – bis zu den Knien im Bach, in äußerster Anspannung, in einem Sekundenbruchteil zupacken, da hilft kein Gemeinschaftsgeist, Lieder und Marschtritte vertreiben die Fische, und zu viel Hitze beim Lagerfeuer, beim Räuchern, beim Braten verdirbt den Geschmack. Die Forellen sind nicht gemeinschaftsfähig, aber die Jungen erzählen davon, tuscheln, grienen, wenn ihr Verwandter, der junge Arzt, mit seiner Braut zu Besuch kommt. Was sie von dem Paar denken, behalten sie für sich. Was sie über den Unterschied zwischen den Freuden der Gemeinschaft und den Genüssen allein in der Natur denken, sagen sie nicht. Es ist ein Zusammenrücken in der kleinen Stadt, in den Tälern zwischen den Weinbergen. Kein Zweifel, man wird sich brauchen, wenn man die Zukunft in Betracht zieht. Jetzt hat Grit also einen Onkel und eine Tante, auf die sie sich verlassen kann, nach dem Hochzeitstermin fragen sie auch. Das Volk und wir, eine doppelte Gemeinschaft. Das holde Paar, denkt sie, aber das ist kitschig und nicht angebracht. Natürlich will sie ihrem zukünftigen Mann gefallen. Sie will sich und allem, was denkbar ist, also allem, was ihm und ihr und den vielen denkbar und fühlbar ist, gefallen. Sie glüht vor Eifer. Er denkt an die Gemeinschaft, an das deutsche Volk, das Brautpaar als Teil des Volkskörpers, der Volkskörper dehnt sich. Viele Individuen, Männer und Frauen, verschmelzen zum Volkskörper. Die Liebe ist erklärt, später wird der Krieg erklärt werden. Liebe und Krieg sind sich prinzipiell nicht feindlich gesonnen, und sie dringen in den Volkskörper, beseelen ihn.

Schau aus dem Fenster, sagt er eines Tages, und sie schaut und ist entzückt über das Auto, das dort steht. Sie haben keine gemeinsame Wohnung, das wäre unsittlich in einer kleinen Stadt, aber ein Auto mit schönen, bequemen Sitzen, mit Scheiben, die man hinauf- und hinunterkurbeln kann, ja, muß, mit einem Kofferraum, in dem man Picknick-Körbe, Decken, Weinflaschen und Bücher transportieren kann, so ein Auto ist ein Liebesgehäuse, eine angesparte Freiheit. Draußen ist das Leben, an dem teilzunehmen Pflicht und Neigung ist. Der Motor heult auf, die Scheinwerfer blinken, ja, bei aller technischen Finesse hat es doch eine reizende Schnauze. Fahrersitz, Beifahrersitz, Gasfuß, Bremsfuß, das lernt sich schnell.

Die Trierer Kommunisten mußten, wenn sie sich nicht eingestehen wollten, abgehängt zu sein, wieder Kontakt mit der im Ausland arbeitenden KP bekommen. Zwei parteilose Bürgerliche stießen zu ihnen und ein heimatlos gewordener Sozialist. Ein Schneider gehörte zur illegalen Ortsgruppe, ein Kraftfahrer, ein Zeitungsverkäufer, sieben Arbeiter, einer beim Tiefbauamt und seine Frau, ein Metzger, ein Automechaniker, ein Schlosser, alle kamen von unten. Beschimpfungen waren sie gewohnt: *dreckiger Kommunist* und *Kommunistenschwein*. Als Fritz Torgau nach eineinhalb Jahren Gefängnis entlassen wurde, schüttelte er sich wie ein Hund, der in einen Platzregen geraten war. Aber das war vielleicht nur Attitüde, er wollte an der Stelle weitermachen, an der er in seiner politischen Arbeit gestört worden war. Daß sie zerstört war, wollte er nicht einsehen. Es war ihm unmöglich, den Gedanken zuzulassen.

Schließlich bekamen sie Besuch aus Brüssel, der ihr Selbstbewußtsein hob: eine Instrukteurin der Parteiführung, eine spitznasige Dreißigjährige mit nervösem Lidflattern, und Anton, ein Funktionär, behäbig und rund, als könnte ihn nichts und niemand in der Konspiration erschüttern. Die Instrukteurin mit dem Decknamen Ella hatte den Auftrag, ihnen klarzumachen, daß nur Dreiergruppen eine Zelle bilden dürften. Der Funktionär beobachtete die Instrukteurin, er beobachtete die Trierer Genossen, sprach mit den Aufgescheuchten, die Halt suchten, machte ihnen Mut, so beiläufig, wie ein Vater oder ein freundlicher Lehrmeister es nicht besser könnte. Es waren Beschwörungsformeln, die trösteten, genau der Balsam, nach dem sie gierten. Es war eine Aufregung und ein Glück, die beiden in einer ausgekühlten Dachkammer bei sich zu haben. Und dann fügte Anton nach der Einschätzung ihrer Fähigkeiten die Dreierzellen zusammen. Keine Zelle durfte etwas von den anderen Zellen wissen. Bei einem Verhör, ja, unter der Folter könnte das Mitglied der Zelle keine weitreichenden Aussagen machen, es wüßte so gut wie nichts über andere Genossen, über die Geschwister, ja, nicht einmal über sich selbst. Der Furcht vor der eigenen Schwäche, der Anfälligkeit für den Schmerz, der entsetzlichen Scham, *gesungen* zu haben, wäre so ein Riegel vorgeschoben. Natürlich witterten sie etwas von den Plänen und Aufgaben der anderen, weil sie sich von früher gut kannten. Die Genossen hörten von Hausdurchsuchungen, die eher Durchsuchungen von Untermietzimmern waren, sie hörten von Verhören. Die vom Augenschein bekannten Kommunisten wurden manchmal Tag und Nacht beobachtet. Bei einem ungeschickten Grenzübertritt waren zwei Genossen vernommen, verprügelt worden, was fast das gleiche war, aber nichts war aus ihnen herauszubekommen, sie wußten einfach nichts. Dann wurde Ella verhaftet; jetzt halfen auch die Dreierzellen nicht mehr. Anton war kein Funktionär, sondern ein Spitzel, und Ella hatte ihn ahnungslos in alle Überlegungen und Gespräche miteinbezogen. Vierzig Mitglieder des Kommunistischen Jugendverbandes und der KP wurden kurz nacheinander verhaftet. Mit Ella wurde kurzer Prozeß gemacht. Sie wurde hingerichtet.

Aurelia ist nicht bei der Verhaftung dabei, wieder einmal ist sie in Luxemburg, ihre Mutter unterrichtet sie über die Verhaftungswelle. Aber sie kommt zurück und stellt sich der Gestapo. Im ersten Verhör sagt sie, sie sei bei einer Freundin in der Luxemburger Hüttenstadt Esch gewesen. Politische Gespräche habe sie dort nie geführt. Tagelang wird sie von der Gestapo verhört. Ihr Sitz ist das würdige, gleichschenklig an einem Platz mit einem Brunnen errichtete Gebäude der ehemaligen Reichsbahnverwaltung am Bahnhof. Als Kind hat sie ehrfürchtig davor gestanden: Hier wurde über die Züge verfügt, hier wurden die Fahrpläne entworfen, hier saßen die Herren, sie rangierten die Lokführer, Heizer, Streckenarbeiter und Stationsvorsteher. Sie waren Grafen und Fürsten, ja, beamtete Eisenbahnkönige, alle Bahnhöfe, alle Gleise, alle Stellwerke gehörten zu ihrem Reich. Die Reichsbahn hatte das Gebäude aufgegeben. Jetzt sieht es so aus, als hätte sie damit auch die Eisenbahnerfamilie Torgau aufgegeben. Faustschläge und Ohrfeigen, Gebrüll, Beschimpfungen, die sich Aurelia nicht einmal merken will. Etwas torkelt in ihr, und es ist nicht mal der Schmerz, es ist die Bestürzung, was ihr angetan wird und – so klar ist ihr Kopf – allen, mit denen sie vertraut ist. So allein, so allein gelassen war sie noch nie in ihrem Leben. Die Nächte verbringt sie in einer Einzelzelle, in der zu ihrer Überraschung ein Telephonapparat steht. Wenn es klingelt, und es klingelt oft in der Nacht, muß sie den Hörer abnehmen. Tut sie es nicht, wird sie geschlagen. Heroisch gibt sie zu Protokoll: *Ich habe heute in meiner Vernehmung gelogen und werde erst dann die Wahrheit sagen, wenn ich den Beschuldigenden, die mich belasten, gegenübergestellt werde. Sonst werde ich keine Aussagen machen.* Niemand kommt, niemand wird ihr gegenübergestellt, weitere Aussagen sind nicht erforderlich. Ein halbes Jahr dauert ihre Untersuchungshaft. Sie wird in ein größeres Gefängnis überstellt, nun hat sie die Rituale schon begriffen, die geforderte Unterwerfung hat Spuren und tiefe Kerben hinterlassen, dann wird sie zum Prozeß nach Trier zurückgebracht.

Auf ihre Brüder wartet eine Massenzelle im Keller des Gestapo-Gebäudes. Aber bevor sie die Zelle erreichen, die zu betreten sie sich niemals hätten vorstellen können, bilden die Beamten ein Spalier. Die Festgenommenen werden durchgetrieben wie eine Herde Vieh. Jeder der Beamten prügelt auf die neu Eingelieferten ein, mit Knüppeln, mit Schlagstöcken, es ist eine Prügelgasse. Die Gewalt ist übermächtig, und es kommt nicht darauf an, den Rücken, voll mit blauen Striemen, oder die blutigen Fersen zu bemerken, den Schmerz, der sich wie ein Fieber im ganzen Körper ausbreitet, sondern darauf, einen kühlen Kopf zu behalten. Das kann einer nicht allein, die Köpfe müssen zusammengesteckt werden, eine Herde, der der Hütehund fehlt. Sie müssen flüstern, sie müssen sich beraten. Es ist ein gemeinsamer Atem, dem kein Atemholen folgt, eine gemeinsame Angst zu ersticken, die keiner dem anderen mitzuteilen wagt. Die Köpfe überschätzen sich selbst, allerdings dürfen sie es sich nicht zugeben. Täten sie es, sie wären verloren. Sie haben die Konspiration gelernt. Wie in eine Haut sind sie hineingeschlüpft, eine Echsenhaut, jetzt ist sie ihnen angewachsen. Die Partei ist ihnen eine Antwort schuldig, aber wo ist die Partei?, wenn sie selbst unauffindbar sind in den Schweiß und Angst und Urin ausdünstenden Kellern. Die Zelle ist so überfüllt, daß sich der einzelne kaum zu rühren wagt. Aus dem Polizeigefängnis fordert die SS Häftlinge an; sie sollen die Kaserne renovieren. Wenn sie bei der ungewohnten Arbeit Fehler machen, werden sie getreten und verprügelt. Der Standartenadjutant ist der Schlimmste. Die Gefangenen arbeiten mit Vorschlaghämmern, reißen Wände ein, hinter denen sich ein bedeutsames Nichts auftut.

Aurelia war groß und klein zugleich in der Einzelzelle, ihren Brüdern und den anderen war jede Dimension verlorengegangen. Das erste Mal waren sie durch das Spalier gejagt worden, Stuhlbeine waren geborsten auf ihren Wirbeln. Ein anderes Mal war der ganze Keller dunkel, los, los, hieß es, lauft, lauft, und wieder wurde geschlagen. Die ersten rannten los und stießen an einer Wand aus aufeinandergetürmten Stühlen, sie fielen übereinander. Die nächsten fielen über sie, denen wiederum andere in die Hacken traten und so weiter. Ein Knäuel aus Schmerz und Wut. Was für ein dämlicher Schülerscherz, den man an ihnen exerzierte, und hinter ihnen das viehische Brüllen.

Wegen Vorbereitung zum Hochverrat hat der Fünfte Strafsenat des Oberlandesgerichts Hamm (Westf.) in der Sitzung vom 21. Dezember 1936 für Recht erkannt: Die Angeklagten sind der Vorbe-

reitung eines hochverräterischen Unternehmens schuldig. Es werden daher verurteilt:

Bermes zu 15 Jahren Zuchthaus, Faldey zu 10 Jahren Zuchthaus, Eberhard zu 8 Jahren Zuchthaus, Wilhelm und Fritz Torgau zu je 7 Jahren Zuchthaus, Jansen und Monzel zu je 6 Jahren Zuchthaus, Feiler zu 5 Jahren Zuchthaus, Ehefrau Reichert zu 4 Jahren und 6 Monaten Zuchthaus, Sauer, Fassbender, Merk und Wolff zu je 4 Jahren Zuchthaus. Und so ging die Liste weiter und weiter. Einigen Angeklagten wurden die bürgerlichen Ehrenrechte für zehn Jahre aberkannt, andere standen weiter unter Polizeiaufsicht. *Die beschlagnahmten Waffen und Rundfunkgeräte sind einzuziehen. Die beschlagnahmten staatsfeindlichen Druckschriften und die zur Herstellung bestimmten Platten sind unbrauchbar zu machen. Die Kosten des Verfahrens fallen den Angeklagten zur Last.*

Zeuge in diesem Verfahren ist Anton. Er hat Ella auf dem Gewissen und die Trierer kommunistischen Zellen zerschlagen und die, die in ihnen konspirativ arbeiteten, alle ins Zuchthaus gebracht. Was ist aus Anton geworden? Die verurteilte Ehefrau Reichert ist einmal Aurelia Torgau gewesen. Reichert: ein ungeliebter Name, den Aurelia wie eine Fessel empfindet. Ihr Mann reicht die Scheidungsklage ein: Die häusliche Gemeinschaft sei schon seit über drei Jahren aufgehoben. Obwohl sie in ihrem inneren Kern überhaupt nicht zueinander paßten, hätten sie aus einer äußeren Neigung heraus die Ehe geschlossen. In der Folge sei schon nach kurzer Zeit eine völlige Entfremdung zwischen den Ehegatten eingetreten. In der Urteilsbegründung ist ein Tremolo zu spüren: *Die Entfremdung hat sich im Laufe der Zeit naturgemäß noch dadurch vergrößert, daß die Beklagte wegen Vorbereitung zum Hochverrat verurteilt werden mußte, während der Kläger seiner heutigen Gesinnung nach sich zum Nationalsozialismus bekennt und der SA angehört.* Der Richter schreibt von *tiefgehen-*

den Meinungsverschiedenheiten – das ist noch vorsichtig formuliert – und fällt das Urteil über eine Ehe, die nach seiner Auffassung unheilbar zerrüttet ist. Der Ehemann ist die Frau los, die ihm lästig und längst gefährlich geworden ist. Aurelia wird den Ehenamen nicht mehr los. Schon mit dem Namen Reichert zu unterschreiben, läßt die Hand steif werden. Aurelia Reichert, geb. Torgau.

Das Zuchthaus war in einem Ort mit dem Namen Ziegenhain, es war ein ehemaliger Kornspeicher in einem aufgelassenen Schloß. Durch die Mauern hatte man in regelmäßigen Abständen kleine Fenster hinaus in eine milde Landschaft gebrochen. Die Zuchthäuslerinnen mußten sich auf einen Schemel stellen und recken, wenn sie nach draußen durch die Gitter sehen wollten. Satte grüne Wiesen, Wäldchen und Hügel, dazwischen Dörfer mit dem geometrischen Muster der Fachwerkständer, holpernde Erntewagen auf dem Pflaster, ein selbstbewußter Kirchturm, darüber ein Wölkchenhimmel gespannt. Immer war es feucht hinter den dicken Mauern, und nur für ein paar Minuten am Fenster zu stehen, war Atemholen und ein wärmendes Glück. Sonntags trugen die Frauen aus Ziegenhain ausladende Trachten: manchmal ein ganzes Dutzend Röcke, die unter dem dunklen obersten Rock hervorblitzten, als hätten sie unter ihren Röcken viel mehr zu verbergen als andere Frauen. Ein Häubchen, nicht viel höher als eine umgestülpte Kaffeetasse, saß über der Stirn auf einem Haarknoten. Die Frauen im Zuchthaus starrten nach draußen, und die ehrbaren Frauen draußen sahen die weit aufgerissenen Gesichter hinter den Gitterstäben. Auf der Straße schnatterten Gänse, die ein Mädchen nach Hause trieb. Es gab viele Gänse im Ort. Eine Landschaft, als wären die Brüder Grimm darin lebendig geblieben. Es war einmal, aber es war nicht wahr.

Ein Vermerk der Gestapo auf der Strafakte weist darauf hin: Aurelia muß eine Einzelzelle zugewiesen bekommen und darf nur bei der Arbeit mit anderen Häftlingen in Kontakt kommen. Der Kommunismus ist ein gefährliches Virus, das sich leicht überträgt. Die Kommunistin muß nur husten. Sind denn die Richter so furchtsam? Sind die Zuchthäuslerinnen so leicht zu beeinflussen? Die Vereinzelte sitzt in ihrer Zelle, die Wände schreien, ein kalter Mund ist der Kübel, und sie bleibt ganz ruhig. Das Zuschlagen der Zellentür ist eine Betäubung. In der Nacht spürt ein heller Lichtkegel Aurelias Gesicht auf. Und immer wieder muß sie sich vorsagen: Es ist nicht nur mein Gesicht, es ist das Gesicht von vielen. Ihre Backe ist geschwollen, ein Zahn hat sich gelockert, ein anderer ist ihr ausgeschlagen worden. Die Feuchtigkeit kriecht in die Glieder.

Am Morgen führt die Schließerin sie in eine Scheune, in der es so stinkt, daß sie zurückweicht. Auf Bänken sitzen ihre Mitgefangenen, und dann wird die Arbeit hineingetrieben: lauter Federvieh im aufgeschreckten, watschelnden Gänsemarsch. Die Gänse schnattern nicht, sie brüllen. Es sind Angstschreie, Todesschreie, Aurelia hört es sofort. Schau, wie die anderen es machen, ruft die Schließerin der neuen Gefangenen zu. Mit hartem Griff hebt sie eine Gans am Hals hoch, drückt Aurelias Knie auseinander und setzt die Gans zwischen ihnen ab, ohne daß Aurelia sich's versehen kann. Die Gans kreischt, alle Gänse in der Scheune kreischen grell. Knie zusammen, so hältst du das Viech fest, eine gespreizte Hand unter den Flügeln, und die andere Hand rupft, rupft. Feder nach Feder, alle schön in den Korb, und zwar so schnell, daß die Gans sich nicht wehren kann. Zuerst die großen Federn vom Schwanz und den Flügeln in einen Korb, dann weiter vor zu den feinen Federn, den zarten Daunen, immer näher an die Haut, *federleicht*, das sind die kostbaren Bettfedern. Sie stecken fest in der Hautschicht, so fest, als wolle die Gans sie keinesfalls loslassen. Ein zweiter Korb steht neben jeder Gefangenen. Er ist ungleich wichtiger als der erste. In ihm werden die

Daunen gesammelt, und bloß nicht niesen und husten, sonst fliegt alles durch die Scheune. Eine der Aufpasserinnen in der Scheune heißt Frau Holle, sie wird gefürchtet, und das Weiß wirbelt um sie. In einem Berg von Federn thront sie. Bei jedem ausgerupften Federchen zuckt die Kreatur wie unter einem Stromstoß. Ganze Fetzen Haut gehen ab, und die Wunde blutet. Manche der Tiere versuchen sich loszureißen, andere senken den Kopf, so tief sie können, als könnten sie so der Qual entgehen. Schwarz und wäßrig ist die Spur des Kots, der aus den Gänsen rinnt. Wenn die Frauen nicht aufpassen, rinnt er ihre Beine entlang. Eine Gefangene, die das Pensum nicht schafft oder die Gans nicht so festhält, daß kein Kot die Federn verdreckt, wird bestraft. Rasch muß der Korb gefüllt werden. Die Erfahrenen haben noch eine Gans zwischen ihren Knien, erst ist der Hals nackt, rupfen, rupfen, wieder Schreie, helle, angstvolle Schreie, Verzweiflungsschreie, aber der geübte Blick schweift schon und sucht nach dem nächsten Opfer. Es ist so laut, daß es nicht möglich ist, sich der Nachbarin nur mit einem Satz verständlich zu machen. Ein Kopfnicken, ein Augenverdrehen, verbissene Lippen, die das eigene Schreien verbieten. Manche sehen weg. Obwohl die Häftlinge sich vorsehen, stieben Daunen auf wie Schneeflocken. Der feine Flaum durchdringt alles, Federchen setzen sich in den Nasenschleimhäuten fest, jucken in den Ohrmuscheln und im Nacken. Die Wunden der Tiere werden mit einfachem Zwirn zusammengeflickt. Warum die Frauen hier sind, ob es *normale* Zuchthäuslerinnen sind, wenn es die überhaupt gibt – es dauert lange, bis Aurelia das herausfindet. Da sitzt die Politische, wittert und schaut, ob sie eine Frau sieht, die so wirkt, als könnte sie auch ein politischer Häftling sein, aber sie tut es nur verstohlen, ein Augenblick der Unaufmerksamkeit, und die Gans würde ihr entwischen. Häftlinge, die nicht zum Rupfen eingeteilt sind, breiten Säcke aus und schieben paßgenau zugeschnittene Bretter auf die Körbe, um sie zu verschließen. Abends werden die Federn abgeholt. Immer neue Gänse werden in die Scheune getrieben oder die, die schon einmal gerupft worden sind, wieder und wieder. Viermal im Jahr werden die Tiere so gequält. Je häufiger gerupft wird, um so feiner die Daunen, um so größer der Gewinn beim Verkauf. Aurelia wird abends in ihre Einzelzelle gebracht. Sie hatte sich eine Arbeit wie das Tütenkleben vorgestellt, vom Säckeflicken hatte sie auch schon flüstern gehört. Arbeiten, Arbeiten, das Zuchthaus ist ein Arbeitshaus.

Jeden Tag von neuem die nackten Gänse zu sehen, ist schrecklich. Sobald die Hand sie losläßt, hauen sie ab. Das Flattern gelingt nicht mehr, sie finden die Balance nicht, schreien, auf ihre eigene Weise verstehen sie die Beraubung, spüren die ungewohnte Kälte. Sie watscheln zu einem Strohballen, als suchten sie dort Schutz vor den rupfenden Händen oder als schämten sie sich ihrer häßlichen Gänsehaut. Manchen sind die Beine gebrochen worden, sie schieben sich auf dem Bauch über den Fußboden, torkeln, bleiben vor Erschöpfung und Schmerz liegen. Es kommt den Frauen so vor, als hätten die Tiere die Erinnerung an den Schmerz gespeichert. Nur die faltigen, bleichen Leiber anzusehen, schneidet durchs Herz, aber da hat die Zuchthäuslerin schon das nächste Tier zwischen ihre Knie gepreßt. Später das Einfangen der frierenden, kläglichen Gänse, die Fußfesseln, das Aufhängen an den Beinen, das Strömen des Blutes in den Kopf, die Verbesserung des Geschmacks durch das Kopfüberhängen, das Schlachten der Gänse, die Festtagsbraten. Das Hungern der Häftlinge, die sie gerupft haben.

Im nächsten Jahr müssen die Frauen Matten flechten. Andere sind dazu eingeteilt, Peitschenschnüre zu drehen, auf welche Rücken werden sie knallen?, dann heißt es: Knöpfe an die Planen für die Wehrmacht nähen. Das harte Material sperrt sich, die

Nähnadeln sind viel zu dick, die kalten Finger zu ungeschickt. Dann schafft man ganze Stoffballen für die Planen nach Ziegenhain, die Arbeit ist elend schwer und kaum zu bewältigen. Nun heißt es: Zuschneiden und nähen, zunächst mit der Hand. Als sich erweist, daß dieses Vorgehen vollkommen unproduktiv ist, werden Nähmaschinen in den Arbeitssaal gebracht. Sieben Planen am Tag, das ist das Soll. Aurelia schafft meistens nur fünf Planen. Die Essensrationen werden gekürzt. Ohnehin sind Hülsenfrüchte und Mehl knapp, frisches Gemüse gibt es gar nicht mehr. Karge Ernährung und ein auf zwölf Stunden verlängerter Arbeitstag. Die Häftlinge sind geschwächt, anfällig für alle möglichen Krankheiten, und nachts träumt Aurelia von einer heißen, dickflüssigen Linsensuppe mit fetten Würsten.

Neumeister arbeitet, genauer gesagt: Er arbeitet daran, Arbeitskraft und spezifische Eignungen sinnvoll zu nutzen, den rechten Mann an den richtigen Platz zu stellen. Dies gilt allerdings nur für Herrenmenschen und ihre Anhänger. Gibt es Damenmenschen? Objektive Maßstäbe der Beurteilung müssen gefunden, Parameter und eine Reihe von Testsätzen entwickelt werden. Eine Entwicklung, die der eigenen Entwicklung dient. Ihr Vorteil leuchtet unmittelbar ein. Welchen Platz hätte er sich für Grit Berghausen vorgestellt? Das ist schwer vorauszusagen. Was er sich vorstellt, ist vergleichsweise bescheiden. Die Tests sind standardisiert, mit anderen Worten: Nur die Menge der Probanden schafft Sicherheit. Im einzelnen Fall können alle Prognosen unsicher sein, das gilt auch für das Privatleben.

Regine und Dr. Franz Neumeister: Der Berater ist unsicher, dem Lebensweg ist mit Testbatterien nicht beizukommen. Woran soll sich die junge Frau noch halten? Regine ist sich selbst eine Haltestange. Sie klammert sich daran, steigt aus, steigt um, und zwischen zwei Zügen wartet sie auf die Straßenbahn. Da beginnt es zu regnen. Es ist ein sanfter Sommerregen, das gestrige Blau hat sich verzogen. Über Nacht sind Wolken da, lappig hängen sie herunter, beim Stapfen durch die Pfützen bis auf die Knie. Gut, gut, das kommt vor, aber der Regen hört nicht mehr auf: Zuerst sind es nur Fäden gewesen, die der Wind vor sich hertrieb, aber die Fäden sind überlang, ein ganzes Knäuel von Regenfäden. Das Wasser steht in den Straßen, die Gullies sind verstopft. Es gibt jetzt andere öffentliche Aufgaben, als für den Wasserabfluß zu sorgen. Regine Neumeister sieht aus dem Fenster, lehnt sich an die Fensterbank. Sie muß heute das Haus nicht mehr verlassen, und das gefällt ihr. Der Regen ist ein Haus. Das Fenster in der Wohnung gehört ihr nicht, das Fensterbrett gehört ihr nicht, der Fußboden gehört ihr nicht, die Badewanne mit ihren abgeblätterten Stellen gehört ihr nicht, die altmodisch kannelierten Türen gehören ihr nicht. Ihr gehören die Gardinen im milden Taubenblau mit eselsgrauen Streifen. In einem eigenen Haus wäre sie die Frau des Hauses, eine vornehme Rolle. Die Hausfrau hütet das Haus, sie füllt es mit Leben, Mann und Kindern, sie füllt es mit ihrem Eheleben, mit Gästen. Ein eigenes Leben, ein eigenes Haus. Sie weiß, es ist nicht so leicht zu erreichen. Es gibt jetzt andere Ziele, das Zukünftige, die großen Aufgaben, der Krieg, der die Kräfte bindet. Sie werden sparen müssen, sie werden jeden Monat einen Teil des Gehalts abzweigen, das tut weh, aber es macht hoffnungsvoll glücklich. Sie blickt durch den Regenschleier, sie wartet, daß es licht wird, aber es wird nicht heller. Auf der Straße springen Leute durch die Pfützen. Sie sieht nur Schuhe und Hosenbeine, der Rest ist unter Schirmen verborgen. Am Abend wird sie ihrem Mann den Prospekt der Bausparkasse zeigen. Sie wird ihn erwartungsvoll ansehen, es rührt ihn. Er will, daß Regine glücklich ist an seiner Seite; das fordert Einsatz und in diesem Fall ein wenig Überwindung. Er braucht kein Haus. Er braucht sehr wenig. Er hat mehr, als er jemals zu hoffen wagte. Er ist aufgestiegen in ein Arbeitsamt in der Provinz, dann in die Provinzhauptstadt, in die Reichsanstalt für Arbeitsvermittlung und Arbeitslosenversicherung und von dort in die Reichshauptstadt. Er hat eine Stellung in einem Ministerium; er ist gerufen worden, berufen, er ist gebraucht worden, seine Fähigkeiten werden gebraucht. Braucht er Regine? Gemeinsam unterschreiben sie den Vertrag. Nach fünfzehn Jahren wäre eine hübsche Summe fällig. Das Haus ist näher gerückt, es könnte überall stehen, das Haus ist ein Wert, es läuft nicht weg. Und da steht es schon, spitzgieblig und freundlich – in der Phantasie. Regine studiert die Unterlagen der Bausparkasse, studiert Zeitschriften. Sie betrachtet die Bilder, sie werden Wünsche und machen fast süchtig: Jetzt weiß sie, wie Filmschauspielerinnen wohnen. Neumeister ist unsicher, ob er von sich selbst überzeugt sein kann oder ob ihm das Zweifeln näherliegt. Das Zweifeln ist nicht opportun. Die Vereinheitlichung und die Entwicklung von Eignungstests, vorwiegend für die akademische Berufsberatung, ist sein Metier. An seiner fachlichen Kompetenz zweifelt er nicht.

Der Paternoster des Ministeriums bewegt sich, er ruckelt ein wenig, Angestellte und Beamte steigen aus. Dann erreicht er die nächste Etage, Neumeister macht einen großen Schritt und steigt ein. In Hamburger Kontorhäusern werden vorwiegend Lasten mit einem Paternoster transportiert, Säcke, Pakete, und die, die sie ausliefern und stapeln. *Proletenbagger* nennt man hier die Paternoster, und in einem anderen Teil des Kontorhauses befindet sich ein geschlossener Aufzug, der *Bonzenheber*. Im Ministerium ist der Paternoster beliebt. Vermeintlich verbindet er alles mit allem, aber die Krümmungen der langen Korridore, ihre Verästelungen, Ausbuchtungen, Abseiten bleiben unübersichtlich. Über die Korridore werden Rollwagen mit Aktenordnern geschoben. Ein System der verschlossenen Türen, hinter denen Großes erdacht wird. Der Paternoster stiftet Gemeinschaft. Er erhöht den Beamten, ganz ohne Beförderung. Und wer ihn auf der Abwärtsfahrt besteigt, fährt in den Feierabend.

Der Minister: eine schillernde Gestalt, ein Wellenreiter, dem es gelingt, unter allen Umständen oben zu bleiben. Breites Gesicht, eine randlose, starke Brille, die er nie absetzt, ein Schmiß am Kinn, ein anderer an der linken Backe, nah am Jochbein. Franz Seldte hat als Reserve-Offizier im Ersten Weltkrieg seinen linken Arm eingebüßt. Er leidet auch an den Folgen innerer Verletzungen. Das Eiserne Kreuz zweiter Klasse und dann das erster Klasse waren ihm sicher. Dafür erwartete er Respekt. Aber unter den alten Kämpfern in der Partei verlangte jeder für sich Respekt, und zu denen gehörte er nicht. Er blieb dem Militarismus treu, betrieb einen nationalkonservativen Verlag, in dem auch Ernst Jünger veröffentlichte. In unermüdlicher Wühlarbeit gründete er den Bund der Frontsoldaten, den *Stahlhelm*, den verlängerten Arm der Deutschnationalen Volkspartei. Ihn versuchte er zu einer paramilitärischen Organisation auszubauen. Mit anderen Worten: Franz Seldte wollte die Republik, die auf wackligen Beinen stand, mit Waffengewalt untergraben. Für alle körperlich tauglichen Mitglieder des *Stahlhelm* führte er eine Dienstpflicht im Wehrsport ein. Den Aufstieg der nationalsozialistischen Partei hatte er unterschätzt. Hitler wollte eine Revolution, während er mit all seinen Aktivitäten für die Ausschaltung des Parlaments kämpfte. Der *Stahlhelm* wurde in die SA überführt, Seldte selbst wurde SA-Obergruppenführer. Darüber verlor er zeitweise im Machtgefüge in Berlin an Einfluß. Am 27. März 1933 war der *Stahlhelm* in Braunschweig überraschend entwaffnet worden. Später sprach man vom *Stahlhelm-Putsch*.

Doch was tun mit dem Leiter? Die ideologische Schnittmenge mit der NSDAP im völkischen Gedanken, im Antisemitismus, im Kampf für den Lebensraum im Osten war groß genug. Minister war er zu seiner eigenen Überraschung geworden. Seit seiner Ernennung war er eine Figur auf dem Schachbrett, damit war ein anderer Ehrgeizling schachmatt gesetzt. Als hätte er es verschlafen, trat er erst im April 1933 in die NSDAP ein. Er hatte einen *deutschen Sozialismus unter dem schaffenden Volk* propagiert, das ging wohl entschieden zu weit. Als er mit seinen Vorstellungen auf Granit biß, bat er 1935 Hitler um die Entbindung von all seinen Ämtern. Hitler lehnte ab. Die schwere Kriegsverletzung verlieh Seldte einen Nimbus. Hahnenkämpfe, Rangeleien um die Nähe zum Führer, Hervorhebung der eigenen Bedeutsamkeit, was ihm mißlang, und dann ein dickfelliger Pragmatismus: *In der Politik muß man manchmal selbst eine Klobürste hinunterwürgen.*

In seinem Ministerium arbeiten lauter Fachkräfte, und je länger, um so mehr werden es: Die meisten sind Juristen, immer mehr Arbeitsrechtler sind darunter, dann Fachleute für die Rentenversicherung, den Arbeitsmarkt, die Sozialpolitik, die Volkswohlfahrt und das Siedlungswesen bis hin zur Familienpolitik. Versicherungsmathematiker werden gebraucht, Ärzte arbeiten an der Krankenkassengesetzgebung, und neuerdings finden auch Psychologen eine lohnende Aufgabe. Alle lesen das Fachblatt für *Arbeitseinsatz und Lohnpolitik, Arbeitsvermittlung, Berufsberatung und wertschaffende Arbeitsbeschaffung*; es ist eine lohnende Lektüre. Das Ministerium wächst und wächst, es ist das Ministerium, das sich am meisten aufbläht. Es schluckt Behörden und spreizt sich. Straßen werden nach dem Minister benannt, nicht nur in seiner Heimatstadt Magdeburg, in der die Kaiser-Wilhelm-Straße zu seinen Ehren umbenannt wird, sondern auch in Leverkusen, in Calbe an der Saale, in Sayna im Erzgebirge: überall Franz-Seldte-Straßen. Plätze in Oberhausen, Cuxhaven, Breslau, Eisenach und Celle tragen seinen Namen und auch ein Stadion, in dem die Hürdenläufer trainieren und Staffelläufer ihr Holz kameradschaftlich von Hand zu Hand geben. Lauter Sportkameraden, aus denen heldische Menschen werden sollen, und dazu der schmetternden Franz-Seldte-Marsch, viel Blech und viele Bläser, aus der Stahlhelm-Zeit herübergerettet.

Seldte hat einen mächtigen Gegner: Robert Ley. Er ist der Leiter der Deutschen Arbeitsfront, die sich die Funktion der freien Gewerkschaften nach deren Zerschlagung anmaßt. Den Akademikern ist Ley zuwider, zwischen Seldte und Ley eine andauernde Fehde: das Ministerium, das die Arbeit verwaltet, die Deutsche Arbeitsfront, die die Arbeitenden agitiert, kujoniert, überwacht. Beide Männer sind schwer kriegsverletzt. Ein amputierter Arm gegen ein lädiertes Hirn. Ley, das ist nicht zu verheimlichen, ist ein Trinker, vielleicht trinkt er den dauernden Kopfschmerz weg. *Reichstrunkenbold* nennt man ihn hinter der vorgehaltenen Hand. Programmatisch schreibt er: *Arbeit ist für uns Nationalsozialisten nicht nur ein wirtschaftlicher Begriff, sondern eine zutiefst weltanschauliche These.* Wer nicht zur Arbeit fähig ist, ist schädlich und wird der Euthanasie zum Opfer fallen. Wer nicht arbeiten will, wird wie Vieh eingefangen, vor einen Wagen gespannt, unter Zwang wird er ihn schon ziehen. Arbeitssklaven werden kaserniert. Dann verliert der Kopf der Deutschen Arbeitsfront an Einfluß, das stärkt das Arbeitsministerium. Ley ist jetzt als Reichswohnungskommissar für das Siedlungswesen verantwortlich. Jedem Deutschen ein Häuschen, ein Gärtchen, ein Zaun davor gegen feindliche Übergriffe. Das sind Trauben, die zu hoch hängen, eine schöne Ablenkung von der täglichen Gewalt. Eine eigene Haustür, die aber leicht einzuschlagen ist.

Es gibt Parameter, um den heldischen Menschen, den durchgeistigten Menschen, den Draufgänger, den Aufschneider, den Streber, den Empfindsamen, den Prahlhans, den Grundsatzmenschen deutlich voneinander abzugrenzen. Das Personalprüfwesen des Heeres ist an einer solchen Typologie brennend interessiert. Der Offiziersanwärter als heldischer Mensch, als Fanatiker, als Betriebsamer, als Unzuverlässiger, vieles ist möglich, und man muß alle Eventualitäten der Charakterkunde in Betracht ziehen. Welchen Anforderungen ist der Anwärter gewachsen, wo wächst er über sich hinaus, welche Defizite kann er ausgleichen? Oder der Typus des Dünnbrettbohrers, der erfahrungsgemäß in drei Unterformen vorkommt: 1. der Dünnbrettbohrer aus Instinkt. 2. der Dünnbrettbohrer aus Überlegung und Berechnung (Fassadenmensch). 3. der Dünnbettbohrer aus Verwöhnung (der Liebling der Kompanie). Die Anforderungen für einen Piloten sind nicht mit denen eines Mannschaftsoffiziers zu vergleichen. Seine Verbundenheit mit der Volksgemeinschaft ist besonders zu prüfen. Tendenziell kann der Pilot ein Einzelgänger sein oder ein Draufgänger. Körperfreude und Körperliebe erhöhen das Lebensgefühl des draufgängerischen Menschen. Instruktionen, Aufgaben und ihr Bezug auf die eigenen Pläne werden schnell verstanden. In diesem Zusammenhang kann von einer Beschwingtheit, einer Edelform des Leichtsinns, gesprochen werden. Leichtsinn dieser Art schließt den Ernst, wo er nötig und angebracht ist, nicht aus. Der Ruck-Zuck-Stil ist eine bei diesem Typus häufig beobachtete Handlungsweise. Der Tag ist organisiert, und wenn Zeit da ist, versenkt er sich nicht in sich selbst oder in mutmaßliche Probleme, sondern haut sich aufs Ohr und schläft. Zum Einzelgänger nur beiläufig: Dieser Typus findet sich eher selten unter den Offiziersanwärtern. Der Weltkrieg ist die Geburtsstunde der Eignungsuntersuchung.

Gibt es eine Typologie der Anhänger verschiedener Weltanschauungen oder gar Parteien? Gibt es einen Eignungstest für Regimegegner? Charakteristische Eigenschaften der Handschrift eines Kommunisten? Fanatismus, Festigkeit, Kaltblütigkeit, Verschlagenheit, robuste Konstitution? Ändert sich die Handschrift nach Unterdrückung, Gewaltausübung, durch Entbehrung, Haft und durch Folter? Aber könnte diese und jene Eigenschaft, die den Gegnern zugeschrieben werden muß, besonders Festigkeit und robuste Konstitution, nur hypothetisch gedacht, auch bei einem Offiziersanwärter zu finden sein? Dieser Gedanke muß schleunigst niedergehalten werden. Neumeister studiert die Fachliteratur und notiert Bemerkungen. Er hat einen praktischen Verstand, aber jetzt kommt es darauf an, Lösungen für Probleme zu entdecken, wo anderen noch nicht einmal aufgefallen ist, daß ein Problem einer Lösung harrt. Neumeister muß sich nicht mehr profilieren. Er ist profiliert unter den vielen profilierten Fachkräften.

Notiz an Abteilung I im Hause:

Ich wurde am 1. 10. 1939 in die NSDAP aufgenommen. Mitgliedsnummer ist 7.219.818.

Grit Berghausen vermißt ihren Verlobten, tapfer sein, sie ist nicht allein. Was für schöne Briefe er schreibt, schnörkellos, realitätsbezogen, die ihren scheinen ihr dagegen von allzu entschlossener Vernünftigkeit. Nur nicht weich werden. Er wird wiederkommen, der Krieg kann nicht lange dauern. Sie bestellt Betten und Notbetten für das Krankenhaus, sie macht einen dritten Erste-Hilfe-Kurs, sie ist aufgeschlossen, und ihre Haltung ist untadelig. Sie hat ein Auto, nein, das ist eine Anmaßung, ihr Verlobter hat ein Auto, und bis sie heiraten, später, nicht solange er eingezogen ist, wenn der Krieg vorbei ist, also bald, hütet sie das Auto, das gemeinsame Unterpfand. Was ist bald? Bis dahin ist es noch lange hin. Über seine Kotflügel kann man streichen, den Schaltknüppel in die Hand nehmen, ein fester Stock, ein fester und beweglicher Stock, ein schönes Teil, das gut in der Hand liegt. Türen fallen mit einem kräftigen Ruck ins Schloß, sattes Geräusch, sicheres Gefühl, die Hupe ein nicht unangenehmer Bariton, ein stolzer Ton jedenfalls.

Grit Berghausen tat das Vernünftigste, wenn sie schon das Auto hatte. Sie machte einen Führerschein, der erfüllte sie mit Stolz. Und sie fuhr mit dem Auto, vorsichtig, damit sie nirgendwo anstieß. Daß es ihr ohne viel Aufhebens gelang, machte sie noch stolzer. Verärgern wollte sie ihren Verlobten keinesfalls. Insgeheim nannte sie das Auto Gnu, neben ihrem Verlobten war es ein wirklicher Freund geworden. Auch das gestand sie sich nur insgeheim ein. Ihren Verlobten sah sie lange nicht, hoffentlich im nächsten Heimaturlaub, das Auto sah sie jeden Tag. Als es für Privatautos kein Benzin mehr gab, als sie fürchtete, man konfisziere das Auto, versteckte sie es in der Scheune, die dem Onkel ihres Verlobten gehörte, hinter Strohballen und dem Öltank. Der Onkel riet ihr, das Auto müsse aufgebockt werden: Die Reifen müßten weg, die Reifen seien kostbar. Man müsse sie an einem anderen Ort aufbewahren, nicht in der Scheune. Ein Auto ohne Räder ist nichts. Räder ohne Auto sind auch nichts, sagte er. Der Onkel wippte auf den Fußspitzen, stülpte die Unterlippe um, schließlich hatte er eine Idee: Die Reifen werden in den Kleiderschränken verteilt, hinter den Mänteln, da sucht sie niemand. Grit hielt es für ganz unmöglich, auch die Tante zeterte. Laß mich mal machen, sagte der Onkel. Es beruhigte sie, aber ganz auf ihn angewiesen zu sein, machte sie auch argwöhnisch, und sein Entgegenkommen würde eines Tages zu einer Verpflichtung: Ich habe dir geholfen, nun mußt du mir helfen. Aber *eines Tages* war sehr fern und jetzt unvorstellbar. Man rückte zusammen, zu viele fehlten schon. Manchmal schlüpfte sie spätabends in das Versteck, betastete wieder die Kotflügel, die strammen Schenkel, öffnete eine Tür, befühlte den Sitz und setzte sich einfach in das Auto. Es war ein theatralisches Alleinsein, ein königliches Gefühl, etwas, das sie ganz ausfüllte, nur wollte sie dabei nicht gesehen werden, von niemandem. Ich und das Gnu, das Gnu und du, so sprach sie im Kopf mit ihrem Verlobten. Und dann ordnete sie die Ballen wie vorher, damit das Auto dahinter nicht mehr sichtbar war. Mund halten und genießen, sagte sie sich, als sie die Scheune verließ. Das war eine schöne Devise fürs Allgemeine.

Vorsorglich wird am 16. April 1940 vom Reichsarbeitsministerium der Antrag gestellt, Neumeisters u.k.-Stellung zu veranlassen. Es befriedigt ihn, daß das Ministerium für ihn eintritt. Er ist unabkömmlich, aber darf er sich als unabkömmlich ansehen?, für Regine ist er unabkömmlich. Das Ministerium stellt einen weiteren Antrag. *Nach der Entscheidung des Wehrbezirkskommandos vom 28. 6. 1940 ist Dr. Neumeister bis zum 30. 9. 1940 unabkömmlich gestellt.* Noch einmal wird er am 25. 10. bis auf Weiteres vom Wehrdienst befreit, aber es erfolgt nichts Weiteres. Vorsorglich – für den Fall, der jederzeit zu erwarten ist – unterschreibt er ein Revers: *Mir ist bekannt, daß die Pflicht zur Geheimhaltung auch nach meinem Ausscheiden aus dem Dienst weiter besteht. 5. Mai 1941.* Seine Unterschrift ist klein und zaghaft, das feste und sichere Auftreten, das in seiner früheren Beurteilung gelobt wurde, ist daraus nicht ersichtlich. Er leimt die Buchstaben aneinander, und der Leim, der den Alltag zusammenhält, ist schon ein Ersatzstoff. Seine Stellung wird noch einmal großzügig verlängert: *6. Dezember 1941. Dr. Neumeister ist für das Reichsarbeitsministerium unentbehrlich und als unersetzbar anerkannt worden.* Er und seine Frau sprechen jetzt hinter den taubenblauen Gardinen sehr leise. Sie schieben die schweren Sessel, die ihnen nicht gehören, nahe aneinander. Alle sprechen jetzt leise, es könnte etwas Falsches sein, es könnte etwas sein, das falsch aufgefaßt werden könnte, es könnte ihnen schaden, oder sie könnten sich gegenseitig gefährlich werden.

Jetzt wurden in den Ministerien die Entschlüsse zermalmt und auf kleiner Flamme geköchelt. Dabei war unendlich viel zu tun. Eine Notmenge von Mitarbeitern, Notbesetzung des Ministeriums. Der Paternoster hatte nicht gelitten, er glitt hinauf und hinunter, aber häufig war sein Gehäuse leer. Wurde der eine Mitarbeiter unabkömmlich gestellt, hatte ein anderer nicht dasselbe Glück. Warum der eine, warum ein anderer nicht? Die mögliche Bevorzugung trieb einen Keil zwischen sie, spornte an zu besonderen Leistungen, jeder für sich, jeder mit Blick auf den Abteilungsleiter, den Staatssekretär und auf den Minister. Zweifellos, es gab Abteilungen, die um jeden Preis funktionsfähig bleiben mußten. Die *Arbeitsschlacht* war geschlagen, jetzt standen neue Aufgaben an. Ein Kompetenzgerangel, Hin und Her, Auf und Ab, das Ministerium riß Aufgaben an sich. Es war ein Krake, er umarmte unzählige Bereiche des Alltagslebens und strangulierte sie. Sechzehn Abteilungen, ein Rädchen mußte in das andere greifen, sie durften sich nicht gegenseitig torpedieren. Zwischen den einzelnen Dienststellen herrschte ein frostiger Ton. Keine Umstände machen, zur Sache kommen, bei der Sache bleiben, es ging ausschließlich um die Sache. Viel Papier wurde von Referat zu Referat geschoben, nur liegen bleiben durfte es nicht. Wußte denn das Arbeitsamt in Riga, was das Arbeitsamt in Regensburg tat? Und waren beide auf dem letzten Stand der Verordnungen? Wer sollte da den Durchblick behalten? Mitarbeiter des Ministeriums arbeiteten in den besetzten Gebieten, hinter der Front. Sie kontrollierten die polnischen, litauischen, ungarischen, ukrainischen Zuarbeiter, einzig und allein auf ihre Arbeitskraft kam es an. Die deutschen Arbeitsämter in den besetzten Gebieten waren verhaßt. Andere selektierten an der Rampe, sie dagegen experimentierten mit der Massenware Arbeit. Sie kostete nichts, und wenn sie verschlissen war, importierte man neue, eine bisher nie dagewesene Weltanschauung. Sie hätte früher erfunden werden können.

In der Zentrale eine vertikale Bewegung, in den besetzten Gebieten eine horizontale, ein Schaufelbagger gräbt sich vor, wer jung und arbeitsfähig ist, gerät in seine Fangarme. Müßten sich nicht auch die Mitarbeiter des Ministeriums einer psychologischen Eignungsuntersuchung unterziehen? Oder sollte sie ihnen empfohlen werden? Das ist ein kühner, in die Zukunft weisender Gedanke. *Würde Neumeister im Falle seiner Verwendung bei einer Außendienststelle später für eine Beamtung infrage kommen? Ist beabsichtigt, Dr. Neumeister in absehbarer Zeit nach Einweisung in die Vergütungsgruppe III und bei weiterer Bewährung zur Ernennung zum Beamten (Reg.-Rat) in Vorschlag zu bringen?* Eine solche Ernennung muß sorgsam erwogen werden.

Die Beamten sind müde, sie sind unendlich müde, sie schlagen sich mit der dauernden Unterbesetzung herum. Es bleibt nicht aus, daß dieser und jener schlapp macht, aber man darf es nicht so nennen, auch nicht Überforderung oder mangelnde Eignung für diesen ihm neu zugeteilten Bereich. Niemand kann einen Versicherungsmathematiker ersetzen, niemand die Logistiker für den Komplex Arbeit und Freizeit. *Wie ich höre, wird Dr. Neumeister im Ref II. B. 8 dringend gebraucht. Er hat eine einheitliche Untersuchungsserie für das ganze Reich erstellt. Diese Untersuchungsserie liegt nunmehr druckfertig vor.* Mangel an Kapazitäten oder Papiermangel sind dafür verantwortlich, daß sie nicht längst gedruckt ist. Niemand spricht darüber. *Während des Krieges hat Dr. Neumeister darüber hinaus die Aufgabe des zur Wehrmacht eingezogenen Angestellten Zimmer übernommen. Sobald Zimmer zurückkehrt, wird Dr. Neumeister sich wieder den zahlreichen Aufgaben der Eignungsuntersuchungen widmen.*

Die Fabriken, die Bauernhöfe, die Weingüter an der Mosel schreien nach Zwangsarbeitern, es war so einfach zu schreien. Zuerst das Brüllen auf den Straßen, dann das Brüllen auf den

Exerzierplätzen, in den Schulen wurde schon lange gebrüllt, nie hatte das Brüllen ein Ende. Und nun der hungrige, gierige Schrei nach Nachschub, Nachschub. Ein Arbeiter wurde Soldat, ein Zwangsarbeiter mußte her. Alle Industrieunternehmen, auch kleine Zulieferer, forderten Arbeitskräfte, besonders die Rüstungsbetriebe. Die Betriebsführer konnten formlos im entsprechenden Arbeitsamt einen Antrag stellen und sich darauf verlassen: Soweit möglich, wurden ihnen Arbeitskräfte zugeteilt. Und daran, es möglich zu machen, wurde ohne Unterlaß gearbeitet. Ein Heer von ungelernten Arbeitern, die das Arbeiten unter Zeitdruck und unter härtesten Bedingungen lernen mußten, wurde zusammengetrommelt, zusammengekarrt. Es war, als würde das Heer der fremden Arbeiter und Arbeiterinnen aus dem Boden gestampft. Man brauchte sie, da waren sie und basta. Jeder deutsche Arbeiter war plötzlich Vorarbeiter, das stärkte sein Selbstbewußtsein: Unter ihm arbeiteten Ostarbeiter, Zwangsarbeiter, Kriegsgefangene, Deutsche, die nicht *wehrwürdig* waren. Die Krankenhäuser forderten Zwangsarbeiter, die Weingüter des bischöflichen Konvikts und des Priesterseminars in Trier. Die Zöglinge des Konvikts waren nach Hause geschickt worden, das Gebäude des Priesterseminars war requiriert worden, die Theologiestudenten zu Sanitätsgefreiten gepreßt worden. Jetzt traf es auch die Kirche: Der Dienst in der Hitlerjugend wurde so festgesetzt, daß der Besuch eines Gottesdienstes nicht mehr möglich war. Aus den Schulräumen wurden die Kruzifixe entfernt. Spitzel saßen in den Kirchen, die über die Predigten berichteten. Das Bistumsblatt wurde verboten. An der Wand des bischöflichen Palais fand sich eines Morgens eine Schmiererei: *Lump.* Die Benediktinerabtei wurde geschlossen, angeblich hätten Mönche mit Feinden Deutschlands im Ausland engen Kontakt gehabt und gegen das Reich intrigiert. Von Hetzschriften aus dem Ausland war die Rede, die bei einer Durchsuchung sichergestellt worden seien. Abmachungen, die im Konkordat zwischen dem Reich und Rom ausgehandelt worden waren, wurden vom Tisch gewischt. Jetzt rächte es sich: Die Kirche hatte den Gehorsam gepredigt, sie hatte allzu viel Vertrauen gehabt und die täglichen Verbrechen nicht sehen wollen. Oder: Sie sah nur sich selbst, taub für das Wüten gegen alle, die der Staat als seine Gegner ansah.

Die Weingüter waren nützlich. Wein wurde unter allen Umständen getrunken. Weinwirtschaft: ein goldenes Aushängeschild. Zwangsarbeiter und Kriegswirtschaft, in die so viele Hände hineingriffen, in der jede Hand gebraucht wurde, in der die Hände in die Räder faßten. Schwere Arbeitsunfälle waren an der Tagesordnung. Die Maschinen hatten hungrige Mäuler. Krankheit galt nicht, sie war eine Vorstufe zur Drückebergerei. Dazu gab es Erlasse, die umgesetzt werden mußten, über die Umsetzung mußte gewacht werden. Die Mitarbeiter des Ministeriums verwalteten, reisten, kontrollierten. Einerseits war es sinnvoll, wenig Spuren zu hinterlassen, andererseits mußte jeder Akt sorgsam dokumentiert werden. Und das Reisen war beschwerlich geworden, häufig auch gefährlich. Züge fielen aus, wurden umgeleitet, waren von der Wehrmacht requiriert worden. Wurde einer der Mitarbeiter des Ministeriums von der Wehrmacht eingezogen, durfte keine Lücke entstehen. Neumeister ist zufrieden, daß er bis jetzt nicht eingezogen worden ist, aber jeden Tag kann es geschehen. Er wandert mit Regine durch die Kiefernwälder, sie vergraben die nackten Füße im märkischen Sand. *Dein ist mein ganzes Herz.* Aber wo ist das Reimwort? Das Reimwort ist wehrwillig, es hat sich freiwillig zu einem Offizierslehrgang angemeldet. Aber man braucht Sanitäter. Jetzt schreibt es seinen ersten Feldpostbrief. Ich liebe dich, die Worte fliegen aufs Papier, der Brief ist ein Leichtgewicht.

Noch vor Kriegsbeginn hat Aurelias Mutter ein Gnadengesuch für ihre Tochter an den Oberstaatsanwalt des Oberlandesgerichts in Hamm gerichtet. Es wird abgelehnt. Ein halbes Jahr später stellt Aurelias Vater wieder ein Gnadengesuch. Er führt an, seine Tochter habe drei Viertel ihrer Strafe abgebüßt, ihr Gesundheitszustand sei sehr schlecht, und er hoffe, daß sie ihrer kranken Mutter zur Hand gehen könne. Auch in der Strafanstalt Ziegenhain ist man mit einer bedingten Aussetzung der Strafe einverstanden. Jetzt legt die Gestapo Trier Widerspruch ein und begründet ihn mit der Bedeutung der ganzen Familie Torgau für die kommunistische Bewegung in Trier. Sie gefährde *durch ihr Verhalten den Bestand und die Sicherheit des Volkes und des Staates*. Die Sache geht bis nach Berlin zum Reichssicherheitshauptamt, dem die Gestapo eingegliedert worden ist. Als letzte Instanz lehnt das Reichsjustizministerium am 26. Januar 1940 ein Gnadengesuch ab. Scheinbar unbeeindruckt bittet Aurelia selbst noch einmal drei Monate später in einer Eingabe um *einen kleinen Straferlaß*. Im Dezember 1940 würde ihre Haftzeit enden. Die Leitung des Zuchthauses bestätigt ihre tadellose Führung: die Gänse, die Daunen, die Knöpfe, die Zeltplanen und dann wieder die Gänse. Auch dieses Mal ist die Eingabe erfolglos. Seit Beginn des Krieges wird kaum jemand aus der Haft entlassen. Am 28. Dezember 1940 trifft sie in Ravensbrück ein. Von Ravensbrück werden am 25. März 1942 etwa tausend weibliche Häftlinge nach Auschwitz transportiert. Aurelia ist unter ihnen.

III

UNTER DEM KUGELIGEN MOND EIN WOLF

Frankreich, Luxemburg, Belgien und die Niederlande waren überfallen worden. Alles ging so schnell, daß man es sich kaum versehen konnte. Die Deutschen waren überall, eine triumphale Gegenwart, eine mörderische Anwesenheit. Sie hatten Manöver an der Grenze zu Frankreich und der Schweiz abgehalten. Die Schweiz war bereit, ihre Grenzen unter allen Umständen zu verteidigen. Die Deutschen hatten spioniert, getäuscht, den Angriff auf die Nachbarländer immer wieder verschoben, ein geordneter Ameisenhaufen, eine inszenierte Wirrnis, unter der Hand und furchterregend deutlich. Ideologisch hatte der *Volksbund des Deutschtums im Ausland, Gauverband Köln-Aachen* vorgearbeitet: Dr. Röder schrieb eine Handlungsanweisung für den Überfall auf Luxemburg: Der größte Teil der Luxemburger Bevölkerung *habe politisch nichts zu sagen*, er sei *der französischen Propaganda vollkommen hilflos ausgeliefert.* Das Schimpfwort hieß *Verwelschung.*

Die Deutschen eröffneten den Westfeldzug schließlich nicht am Oberrhein, wie man es erwartet hatte, sondern in Belgien, in den waldreichen, einsamen Ardennen, wo am wenigsten Widerstand zu erwarten war. Einer der früheren Besitzer der Schuhfabrik, in der Kathi Pantoffeln zusammengeleimt hatte, war nach Belgien geflüchtet und nahm sich beim Einmarsch der Deutschen das Leben. Die Deutschen setzten sich über die Neutralitätserklärungen Belgiens, Luxemburgs und der Niederlande hinweg: ein Aufschrei, eine Fassungslosigkeit. Der Angriff war immer wieder verschoben worden, neunundzwanzig Mal. Und jedes Mal Spekulationen, umgeworfene Pläne, neue Pläne, Fehlalarm. Ja, das Großherzogtum war neutral, aber die Bevölkerung sympathisierte mit den Alliierten, ein schwer auszutarierendes Gleichgewicht. Mit Kriegsbeginn hatte Luxemburg seine Radiosendungen eingestellt, Meinungen konnten falsch oder richtig sein, Nachrichten waren verräterisch. Also lieber den Ton abdrehen, kein Wort mehr, diplomatisches Stillhalten. Im Frühjahr 1940 wurden an der deutschen Grenze und ebenso an der Grenze zu Frankreich Barrikaden errichtet: Stahltüren an schweren Betonpfosten. Sie konnten die Truppen nicht aufhalten, allerdings den Vormarsch erschweren. Zur Landesverteidigung waren sie ungeeignet. Die Bevölkerung sollte durch die Maßnahmen beruhigt werden. Luxemburg besaß kein Heer, keine Luftwaffe, nur ein Freiwilligenkorps. Es war wehrlos. Das nationalsozialistische Deutschland hatte lange Zeit versucht, das kleine Land zu erpressen. Luxemburg exportierte Stahl nach Belgien und nach Großbritannien, dazu brauchte es Kohle, die vorwiegend aus dem Saargebiet geliefert worden war. Plötzlich wurden die Lieferungen eingestellt. Luxemburg sollte wirtschaftlich ausgehungert werden und seine Neutralität aufgeben. Die Neutralität, das war für die Nationalsozialisten *eine politische Phantasterei*. Der *Volksbund für das Deutschtum im Ausland* verhöhnte das *kitschige Nationalgefühl* des kleinen Landes.

Beim Angriff auf die westlichen Nachbarländer unterstützte die Luftwaffe die Bodentruppen. Sonderkommandos in Zivil hatten in Luxemburg schon Vorbereitungen getroffen, die Funkverbindungen gekappt, das Sprengen von Brücken verhindert und die Stahltüren an der Grenze manipuliert. Reichsdeutsche, die in Luxemburg lebten, halfen dabei. Die Angehörigen des Freiwilligenkorps blieben in den Kasernen; jeder militärische Widerstand wäre zwecklos gewesen. Die Kompanie bestand aus sechs Offizieren und 170 Mann, und es gab auch eine Kompanie Gendarmen mit elf Offizieren und 225 Mann. So hatten es jedenfalls die Späher berichtet; vielleicht hatten sie ein bißchen untertrieben, oder aber das kleine Großherzogtum hatte im Angesicht der Bedrohung aufgerüstet, und das war den Spähern entgangen.

Am 10. Mai 1940 um 3:15 Uhr wurden die Stahltüren geschlossen. Truppenbewegungen an der Mosel und der Our waren unheimlich; um 4:35 Uhr überfielen deutsche Truppen das Land, am Abend desselben Tages war Luxemburg eingenommen. Ein Großteil der Bevölkerung floh ins Landesinnere oder nach Frankreich; 90.000 allein aus dem Kanton Esch-Alzette im Osten, nahe der deutschen Grenze. Die Nachricht von den brennenden Städten und Dörfern verfolgte sie. Wo war die Großherzogin, wo war die Regierung? Die großherzogliche Familie hatte sich bei der Nachricht vom Angriff sofort aus der Residenz Schloß Berg ins Großherzogliche Palais in der Stadt Luxemburg begeben. Nach Krisensitzungen flüchteten die Großherzogin und die Regierung über Frankreich nach Portugal und weiter nach Großbritannien, später, als auch Großbritannien bedroht war, nach Kanada. Die großherzogliche Familie im Exil: Die Bürger fühlten sich im Stich gelassen. Aber eine Regentin wird keine Gefangene, keine Geisel in der Hand der Besatzungsmacht. Nur der Generalsekretär und 41 Abgeordnete blieben. Was heißt nur? Es waren viele für ein kleines Land.

Belgien kapitulierte am 28. Mai 1940 mit 500.000 Mann. Rotterdam wurde bombardiert, nach zehn Tagen waren alle alliierten Truppen nördlich des *Sichelschnitts* abgeschnitten. Am Anfang sah es so aus, als wollten sich die Luxemburger wie im letzten Krieg mit den Deutschen arrangieren. Doch wie sollte das geschehen, wenn die Deutschen mit dem Beamtenapparat, mit den Ortsbürgermeistern und allen gewohnten Strukturen aufräumten? Die politischen Parteien, der Staatsrat und die Abgeordnetenkammer wurden aufgelöst. Nach einer kurzen Militärverwaltung übernahm Gauleiter Gustav Simon das besetzte Land, ein ehrgeiziger Mann, er unterstand allein Adolf Hitler.

Hier ist er, der ehemalige Diplomhandelslehrer, der sich hochgearbeitet hat und höher, eine ziemlich mickrige Figur. Er steht in einer großen Tradition oder: Er versucht, sich in eine große Tradition zu stellen. Seine Haare trägt er mit einem Zipfel über der Stirn, wie Napoleon auf allen Abbildungen. So rückt er den Herrschern aus dem Luxemburgischen und dem Kaiser des Heiligen Römischen Reiches Deutscher Nation nahe: Heinrich VII., der durch eine geschickt eingefädelte Heirat seines Sohnes Böhmen an das Luxemburgische Haus band; Johann der Blinde, der Sohn, der Luxemburg mit Burgund vereinigte und, so wird es bezeugt, auch den Jahrmarkt in Luxemburg begründete; Karl I., Wenzel IV., Sigismund und Karl IV. Hoffnungsvoll inszenierte Simon die Nähe zu Karl IV., der von Luxemburg bis Prag herrschte, von der Nordsee bis zum Mittelmeer, dem weitsichtigen Kaiser, dem Europäer, dem Gründer der Universität Prag, der die erste Herrscher-Autobiographie verfaßte, der auf Unabhängigkeit vom ohnehin geschwächten Papsttum pochte und den Staat nicht durch Gottesgnadentum als gegeben betrachtete, sondern eher als ein Kunstwerk, an dem weiter und weiter gebaut werden mußte. Karl IV. hatte nur einen Tick: Er sammelte Reliquien, wo immer sie zu finden waren. Einmal, so heißt es, habe er einem Heiligen einen Finger abschneiden lassen – oder nur ein Glied? –, aber als der Finger zu bluten begann, gab er seinen Plan, ihn zur Reliquie zu erklären, auf. Gekrönte Häupter, gesalbt, verehrt, Männer, deren Gebeine in Sarkophagen ruhen, Denkmäler einer zukünftigen Geschichte. Gustav Simon hatte sich kundig gemacht, gelesen und gelesen und ein wenig geträumt, Zukunftsträume, Zukunftswirklichkeit: Er war aus Trier gekommen, als Leiter des Gaus Koblenz-Trier, jetzt wurde er Chef der Zivilverwaltung Luxemburgs und plusterte sich auf. In Trier die Römer, ihre Tempel, ihre Bäder, ihre Residenzen mit den prachtvollen Mosaiken, und in Luxemburg der Kaiser und die Könige. Ja, er sieht sich am richtigen Platz: Ein Neuerer, Statthalter des Dritten Reichs, der den Herrschern des Heiligen Römischen Reichs Deutscher Nation die Hand reicht, die Hand zum Gruß erhebt, gegebenenfalls die Stirn bietet und Unterwerfung verlangt. Heinrich, Karl, Johann, Wenzel, Sigismund und er, Gustav Simon, eine lange Reihe, und er fühlt sich seinen Vorgängern gewachsen. Die dunklen Jahre, in denen Luxemburg nicht zu Deutschland gehörte, hin und her geworfen, sind ausgelöscht. Er, Gustav Simon, hat sie überwunden, und die Wehrmacht hat ihm den Boden bereitet.

Germanisierung und *Heim ins Reich* hießen die Parolen der Politik, und sein ausgedehnter Einflußbereich wurde umbenannt in Gau Moselland. Darin war der souveräne Staat sang- und klanglos aufgegangen. Innerhalb von zwei Wochen hörte Luxemburg auf zu existieren. Teile des großherzoglichen Palais wurden als Konzertsaal und als Taverne genutzt. Alles *Nicht-Deutsche* sollte verbannt werden, Wörter französischen Ursprungs und alle Namen wurden germanisiert. Wer *Marchand* hieß, mußte sich *Kaufmann* nennen. *Merci, bonjour, pommes frites* und *pommes de vapeur* gab es nicht mehr, *die französische Tünche* mußte weggeätzt werden. Auch das Tragen einer Baskenmütze war plötzlich verboten. Die Parteien wurden aufgelöst, die deutsche Rechtsprechung, die Sondergerichte, die Nürnberger Gesetze waren gültig, ja, auch die Sammlungen für das Winterhilfswerk blieben nicht aus. In einer zentralen Kartei wurde die persönliche Einstellung jedes Luxemburgers zum Nationalsozialismus festgehalten. Alle Beamten mußten sich einer politischen Beurteilung stellen. Wer entlassen wurde, dessen Name wurde in den Zeitungen veröffentlicht. Die Presse stand unter der Kontrolle des Gauleiters. Simon stellte die Entlassenen an den Pranger. Wer sich nicht einschüchtern ließ, wurde in ein Konzentrationslager deportiert. Die Juden aus Luxemburg waren die ersten aus einem besetzten westeuropäischen Land, die deportiert wurden. Sie hatten sich vor der Deportation bei der Meldebehörde und beim Ernährungsamt abzumelden, die Wohnungsschlüssel waren abzugeben. Damit keine Schmuckstücke, Goldmünzen, Sparkassenbücher und Wertpapiere mitgenommen werden konnten, bestanden die Zollbeamten auf Leibesvisitationen, grabschten alte Frauen und halbe Kinder an. Aus eigenem Antrieb lieferten manche Luxemburger jüdische Kinder an die Nazis aus. Im Antisemitismus traf sich eine konservative katholische Fraktion mit national gemeinten populistischen Bestrebungen. Nur ein Viertel aller Juden aus Luxemburg überlebte.

Sobald es möglich war, hielt Großherzogin Charlotte über BBC Reden an ihr Volk, jetzt war sie ein Symbol der Freiheit und Unabhängigkeit geworden. Es war gut, daß Josef Deutsch konnte. Tadellos war auch seine Aussprache, wenn er *danke, Stäbchenkartoffeln* und *gekochte Kartoffeln* sagte. An einen *guten Tag* war ohnehin nicht mehr zu denken. Aber weil er Deutsch konnte, als wäre es seine Muttersprache, mußte er sich auch sehr in Acht nehmen. Ein Teil der Bevölkerung war mit der Annexion ganz einverstanden; es gab eine *Volksdeutsche Bewegung*, die aus Überzeugung kollaborierte, und dann gab es noch genügend Leute, die aus Opportunismus oder wegen äußerer Vorteile mit den Nazis zusammenarbeiteten. Sie hatten Listen von Juden, unerwünschten *Zigeunern, Asozialen und Kriminellen* erstellt. Es gab flammenden Widerstand in verschiedenen Gruppen, bei der Freiwilligenkompanie, bei Kommunisten, Freiheitskämpfern, und es gab junge Luxemburger, die sich der französischen und belgischen Widerstandsbewegung anschlossen. Von heute auf morgen waren sie verschwunden. Josef bemerkte das, man raunte es sich zu, wenn man mit Freunden auf der Straße stand und rauchte. Er überlegte, ob er mit ihnen die Grenze passieren sollte, aber er wußte nicht, ob er seine Herkunft geheimhalten konnte, ob sie ihn von sich stießen, weil er Sinto und Deutscher war. Die Deutschen waren überall. Lieber duckte er sich, schaute nicht nach links und rechts, schob Brote in den Ofen und knetete Hefeteig und rührte Zuckerguß an. Weil er so früh aufstand und früh schlafen mußte, war er selten auf der Straße, lebte am täglichen Leben vorbei und hoffte, daß niemand in der Bäckerei mißtrauisch nach seiner Herkunft forschte. Und in der Bäckerei redete niemand darüber, solange Josef in der Backstube blieb und sich nicht bleich und bemehlt im Verkaufsraum zeigte. Der Bäcker hielt große Stücke auf ihn.

Am 31. August 1942 stand alles still, die Bahnen, die Post. Arbeiter waren nicht in den Fabriken erschienen, sondern versammelten sich auf den Plätzen, auch die Geschäfte hinter ihren metallenen Scherengittern blieben geschlossen. Es war ein Generalstreik gegen die deutsche Besatzungsmacht. Einen Tag vorher, ausgerechnet am Sonntag der großen Kirmes auf dem Glacisfeld, hatte Simon bekanntgegeben, daß fünf Jahrgänge zum Militärdienst einberufen würden. Alle Festfreude war zunichte. Stürmisch wurde dagegen protestiert, der Hitlergruß verweigert, die *Volksdeutsche Bewegung* verlor Mitglieder. Es war so ungeheuerlich, daß sich die Luxemburger selbst wunderten, was in ihrem Land möglich war. Es war ein Tag, auf den sie stolz waren, aber der Streik wurde mit aller Härte niedergeschlagen. Gauleiter Simon ließ den Ausnahmezustand verhängen und richtete ein Standgericht ein. Wahllos wurden einundzwanzig der Streikenden zusammengetrieben, verhaftet, über die Grenze, die keine mehr war, ins Konzentrationslager Hinzert gebracht. In der Nähe des Lagers wurden sie hingerichtet – eine Warnung an alle, die noch aufmucken wollten.

Kurz nach dem Streik hatte die Frau des Bäckers, vor Aufregung vier Wochen zu früh, einen kleinen Jungen geboren, und Josef freute sich mit dem Ehepaar. Der Bäcker hatte eine stolze Anzeige in der *Luxemburger Landeszeitung* veröffentlicht: *Am 24. Juni ist mir ein Sohn geboren. Ich habe ihn Tom genannt.* Der Bäcker wurde zum Kreisleiter zitiert, dort wurde er durchgeprügelt und gezwungen, eine Richtigstellung zu veröffentlichen: *In Nr. 101 der Luxemburger Landeszeitung hatte ich die Geburt eines Sohnes Tom angezeigt. Ich habe damit meine Ahnen beleidigt. Der Knabe soll nunmehr Baldur heißen.*

Am 6. April 1943 wurde Josef in seinem Dorf im Norden Luxemburgs aufgegriffen. Er sah verdächtig aus; er hatte falsche Papiere, großartige falsche Papiere, wasserdicht, solange man nicht in eine Sturzflut kam. Josef, der nun Émile Rocher hieß, hatte sich in Emil Fels umbenennen müssen. Der Name ging ihm geläufig über die Lippen. Emil sprach kein Französisch, aber einigermaßen gut Lëtzebourgesch; er mußte nur seinen moselfränkischen Dialekt etwas übertreiben. Aber das prüften die Besatzer nicht, als er verhaftet wurde; sein Aussehen war verdächtig. *Der zur Personenfeststellung Daktyloskopierte, der angebliche Emil Fels, macht über seine Person zweifelhafte Angaben.* Dem Protokoll ist zu entnehmen, daß er keinen Widerstand leistete. Man hätte ihm gleich wegen Urkundenfälschung einen Prozeß machen können, jedenfalls noch vor ein paar Monaten, aber darauf kam es jetzt nicht mehr an. Seit dem 1. März 1943 waren Deportationen der verbliebenen Sinti und Roma aus dem Reichsgebiet und aus allen von den Deutschen besetzten Ländern angeordnet worden. Was Josef arbeitete, wer ihn kannte, wen er kannte, wer er war, war gleichgültig: Seine Fingerabdrücke wurden in einer Kartei verglichen, sie stimmten mit denen des flüchtigen Josef Dorn aus Trier überein. *Der festgenommene Zigeuner Josef Dorn ist im*

Deutschen Fahndungsbuch v. 25. 9. 1942 von der KPL.-Stelle Trier zum Aktenzeichen A. 11/42 zur Festnahme ausgeschrieben.

Er wurde in ein Lazarett gebracht, seine Fingerabdrücke wurden noch einmal kontrolliert, ja, er war wirklich Josef Dorn. Leugnen war sinnlos, seine Luxemburger Existenz war zusammengebrochen. Er mußte sich ausziehen, er wurde untersucht. Er mußte sich auf eine Liege legen und wurde betäubt. Die Zeit blieb stehen, so lang, wie es ihm schien, und als er aufwachte und sich an seine schmerzenden, geschwollenen Hoden faßte, wußte er, er war verstümmelt worden. Jetzt fühlte er sich seiner Schwester Kathi in der Ferne so nah wie nie. Und er dachte, wie schrecklich es wäre, wenn er seinen Eltern und später einem Mädchen, das er liebte, sagen müßte, er könne kein Kind zeugen. Kinder zu haben, eine große Familie, sie um den Tisch zu versammeln, wie seine Eltern es getan hatten, wie alle Sinti es taten, war ein großes Glück. Für drei Tage wurde er ins Konzentrationslager Hinzert, nah bei Trier, gesperrt. Hinzert galt als Durchgangslager, vorwiegend für die luxemburgischen, belgischen, französischen und niederländischen Häftlinge auf ihrem Weg nach Buchenwald, Natzweiler oder Dachau. Und so war es dann auch: *Index Zig.: austragen. Vorseitige Person ist in der Zwischenzeit dem KL Buchenwald zugeführt worden. Da bisher eine Nachricht von Abtlg. II nicht eingegangen ist, wird von hier aus nichts weiter veranlaßt.*

Die, die mit ihm auf die Reise geschickt worden waren, Sinti und Roma aus Frankreich, hatten mit ihren eigenen Sorgen und Verlusten genug zu tun. Und sie gaben ihm zu spüren, daß er Deutscher war. Deutscher für die Franzosen und Zigeuner für die Deutschen, so war er zweifach gezeichnet. Er hoffte, es wären noch mehr Sinti aus seiner Gegend im Transport. Andererseits wünschte er niemandem, er hätte ihn begleiten müssen. Vieles war in der Backstube an ihm vorbeigegangen, aber er hatte Zeit gewonnen. Gustav Simon hatte schon am 17. Oktober 1941 verkündet, Luxemburg sei *judenrein*. Von jenseits der Grenze wurden auch Frauen, Kinder und Greise aus Trier, vorwiegend jüdische, in anderen Waggons desselben Zuges transportiert. Und es gab auch Waggons, in die französische Zwangsarbeiter gepfercht worden waren. Aber die Wachmannschaften erlaubten keinen Kontakt. Er war allein im Gedränge.

Am Tag von Josefs Verhaftung schrieb der ehemalige Oberbürgermeister von Köln, Konrad Adenauer, an den Stabsarzt Dr. Jaeger. Adenauer hatte nie verwunden, daß er abgesetzt worden war. Er haderte mit seiner Partei, dem Zentrum, die dem Ermächtigungsgesetz zugestimmt und ihn fallen gelassen hatte, eben so wie mit den Nationalsozialisten, die ihn verjagt hatten. Er litt an seiner erzwungenen Untätigkeit und bereitete sich auf eine zukünftige Aufgabe vor.

Sehr geehrter Herr Stabsarzt!

Mein Sohn, Ihr Untergebener, Soldat Adenauer, hat mir bei meinem Besuche in Butzweiler Hof wiederum so dankbar von der wohlwollenden Behandlung gesprochen, die Sie Ihren Untergebenen, also auch ihm, zuteil werden lassen, daß es mich drängt, Ihnen als Vater hierfür herzlich zu danken.

Ihr sehr ergebener Adenauer.

Butzweiler Hof war ein ehemaliger Zivilflughafen: *Luftkreuz des Westens* wurde der Militärflughafen auf halber Strecke zwischen Berlin und Paris genannt. Er war im Eigentum der Stadt Köln, bei Kriegsbeginn war der Flughafen von der Wehrmacht beschlagnahmt worden. Zwangsarbeiter, Männer und Frauen, und Kriegsgefangene waren zu den gefährlichsten Arbeiten eingeteilt worden. Sie entschärften Bomben, füllten Bombentrichter, in denen Blindgänger liegen konnten, mit Schutt. Sie waren für das Öffnen der Kanister mit den hochgiftigen Chemikalien zuständig; künstlicher Nebel hüllte alles ein, um den Flughafen für die britischen Bomber unsichtbar zu machen. Die Luxemburger Zwangsarbeiter wurden besser behandelt als die russischen Kriegsgefangenen; sie sahen die Flugzeuge und sehnten sich – nach Hause zu ihren Kindern, zu Frau oder Mann, zu ihren Freunden, in ein besetztes Luxemburg oder, unfaßbares Glück, in ein freies. In Trier kannte man den Flughafen nur vom Hörensagen. Flugzeuge waren in der Luft, man reckte die Hälse nach ihnen, und die Leute standen mit beiden Beinen auf dem Boden. Kaum hatte man die Maschinen gesehen, waren sie weg: in den Wolken, auf dem Balkan, in Tunis, ein Punkt auf einer Landkarte, ein Pfeil auf einem Angriffsplan. Und alle Angriffe waren siegreich, so hieß es in den Tagesberichten.

Für den Nachschub nach Frankreich war Trier ein wichtiger Eisenbahnknotenpunkt, und in umgekehrter Richtung ein Ort, durch den Luxusgüter, Kunstwerke aus Raubzügen nach Deutschland gebracht wurden. Juden wurden deportiert, Gefangene, Widerstandskämpfer, Zwangsarbeiter für die deutsche Industrie: die Menschen zuerst, ohne daß jemand an der Bahnlinie auf sie aufmerksam werden wollte. Seit 1941 waren drei Hochbunker gebaut, Bunker und Stollen in die umliegenden Berge hineingetrieben worden, ein Tiefbunker in St. Barbara, nahe an den römischen Thermen und den Ausgrabungsfeldern. Fünfunddreißig Häuser wurden in der Stadt abgerissen, als vorbeugende Maßnahme gegen die giftige Rauchentwicklung bei Bränden. Die örtlichen Feuerwehren wären bei einem Angriff hilflos. Nun war deutlich, daß die Luftwaffe nicht in der Lage war, die deutschen Städte zu schützen; sie war anderswo tätig, griff an, griff weiter an oder *hielt die Stellung.* Eine angemessene Entschädigung der Hausbesitzer, deren Eigentum vor ihren Augen zertrümmert wurde, war nicht zu erwarten.

Die ersten Luftangriffe der britischen Bomber, die Trier überflogen, richteten nur wenig Schaden an. Erst 1943, am Nachmittag des 1. April, erreichten Tiefflieger die Stadt, bombardierten das Eisenbahnausbesserungswerk, das Herzstück des Nachschubs nach Westen. Die Stadt Trier und die Kreisleitung der NSDAP ließen die Särge der 27 Toten mit Hakenkreuzfahnen und Kränzen bedecken. In den Trauerreden schworen der Oberbürgermeister und der Kreisleiter die Hinterbliebenen darauf ein, daß das Gesetz des Krieges nicht nur an der Front gelte, sondern auch für die Heimat. Niemand könne sich ihm entziehen, ob Greis oder Kind, ob Mann oder Frau. Männer waren kaum mehr in der Stadt. Die Frontkämpfer waren unsichtbar wie alle mythologischen Gestalten, nur aus der Ferne zum Mythos tauglich. Und noch eine Gestalt wuchs über sich hinaus: Dem Bischof von Trier war am 4. Januar 1944 der Ehrentitel eines Erzbischofs verliehen worden. Der Papst hatte an die Menschen in Trier gedacht, so schien es ihnen. Er mußte in Gedanken bei ihnen sein. Man war stolz, übermäßig stolz.

Ungleich schlimmer als der Angriff vom 1. April 1943 war der vom 14. April 1944. Innerhalb weniger Minuten wurden elftausend Stabbrandbomben über der Stadt abgeworfen. Als die Flugzeuge abdrehten, schlugen Säulen von Flammen und Rauch aus dem Dom, der Liebfrauenkirche, dem Bischofssitz, dem Palais Kesselstatt, der Basilika, dem Kurfürstlichen Palais, dem Generalvikariat, der Ursulinenschule. Fromme Leute raunten, das sei eine Gottesstrafe, andere fragten: Wofür? Vom brennenden Domturm stürzte ganz unmelodisch mit einem dumpfen Aufprall eine Glocke herunter, von der gotischen Kirche St. Gervasius blieb nur die Fassade stehen. Am Morgen rückten endlose Züge von Kriegsgefangenen, Zwangsarbeitern, bleichen Strafgefangenen und zum Arbeitseinsatz gezwungenen Deutschen an. Unter strenger Aufsicht marschierten sie in die Innenstadt, räumten die Trümmer, schichteten die Steine so, daß Fluchtgassen blieben. Es war eine elende Arbeit ohne richtiges Werkzeug, ohne den geringsten Schutz. Baufällige Mauern konnten einstürzen und die Helfer unter sich begraben. Nur der Verdacht, jemand aus der Kolonne habe einen Gegenstand aus den Trümmern an sich genommen – vom Plündern keine Rede –, zog schwere Strafen für alle nach sich.

Grit Berghausen bekam einen Brief ihres Verlobten, von dem sie nicht recht wußte, was sie von ihm halten sollte. *Ein Ukrainer aus dem Saal ist plötzlich gestorben und kurz darauf ein Amputierter mit Gasbrand. Der Gasbrandbazillus aus der russischen Erde hat bei unseren Verwundeten verheerende Wirkung. Wenn nicht sofort bei der Verwundung ein Sanitäter mit dem Gasbrandserum zur Stelle ist, gibt es keine Hoffnung, mit der Infektion fertig zu werden. Es sei denn, man kann amputieren. Gasbrand für die Chirurgie und Fleckfieber für die Innere, das sind neben der Kälte die Feinde, mit denen unsere Kriegsführung wohl nicht gerechnet hat.*

Und wieder ein Brief ihres Verlobten in seiner sorgsamen Sütterlinschrift. Sie wollte darüber glücklich sein, es gelang Grit Berghausen nicht ganz. *Am 12. Mai haben wir das Lazarett geräumt und unsere Verwundeten und Kranken übergeben. In wenigen Tagen werden wir diesen Ort, von dem ich Dir jetzt zum dritten Mal schreibe, verlassen. Es geht westwärts.* Postwendend schrieb sie zurück: *Ich wünsche Dir von Herzen alles Gute und vor allen Dingen natürlich eine baldige, siegreiche Heimkehr und daß Du die Anstrengungen des Krieges ohne dauernde Schädigung an Gesundheit und Herzen überstehst. Alles andre wird sich dann von selbst ergeben, wo wir hingehen, welche Spezialisierung du anstrebst, welchen Beruf ich weiter ausübe, das sind Sorgen zweiter Linie, die Hauptsache ist der Sieg fürs Vaterland und die Gesundheit meines Liebsten.*

Sie wartete. Ungeduldig fieberte sie nach einer Antwort, schrieb wieder einen Brief, seine Einheit konnte einen neuen Standort haben, oder ein Brief konnte verlorengegangen sein. Sie schrieb noch einmal, wieder keine Antwort. Jetzt schrieb sie keinen persönlichen Brief, sondern einen formellen an die Sanitätseinheit, schrieb und schrieb wieder. Dann wußte sie es, ohne daß sie es erfahren hatte. Oder sie wußte es nicht: Ihr Empfinden sagte es ihr, lange bevor der Brief kam.

Grit Berghausen war eine Braut gewesen, eine glückliche Braut; eine Witwe wurde sie nicht. Sie war. Sie war. In den ersten Wochen kam es ihr vor, als wäre sie nichts. Es nützte niemandem, am wenigsten ihr selbst, wenn sie nichts war. Sie mußte in der Gegenwart ankommen, helfende Hände, willkommen in der Gemeinschaft der Tapferen, der Hoffenden, der Bangenden. Ich bin. Wir sind. Eine Gemeinschaft, eine Volksgemeinschaft. Aus dem Radio kannte sie das Wort *Schicksalsgemeinschaft.*

Um der Stadt Trier das Los von Aachen zu ersparen, die nahezu vollkommene Zerstörung und Opfer ohne Zahl, war die *rechtzeitige Evakuierung* der Bevölkerung in den Gau Thüringen vorgesehen. Was hieß das neue Wort *Evakuierung*, das alle lernen mußten? Leermachen, ausräumen, hinauskomplimentieren, herauspumpen, herauseitern, immunisieren, wie die Pocken durch Impfung zunichte gemacht wurden. Man mußte Latein gelernt haben, um von dem neuen Wort nicht betäubt zu sein. Kaum einer der Trierer hatte jemals Thüringen gesehen, aber da war ein feiner Klang, wenn man ihn hören wollte. Tür, Thür, Thüringen, wenn man gutwillig war, klang es wie eine Steigerung. Weimar, diese historisch bedeutsame Stadt, und Trier, deren Bewohner ihre Stadt für ungleich bedeutsamer hielten. Deshalb reisten sie ungern; ihre Stadt war ihnen genug. Das *Nationalblatt* meldete am 14. September 1944, welcher Personenkreis die Stadt *ultimativ* zu verlassen habe:

a) Mütter, die nicht im Kriegsarbeitseinsatz stünden und ein oder mehrere Kinder hätten, und zwar Knaben bis zum vollendeten 15., Mädchen bis zum vollendeten 16. Lebensjahr.

b) Alle Trierer, die infolge von Alter, Krankheit, Invalidität usw. arbeitsunfähig seien.

Die Evakuierung der Bevölkerung war mit Zügen der Deutschen Reichsbahn vorgesehen, und zwar *innerhalb der Ortsgruppe der Partei, damit die Evakuierten in den neuen Aufnahmeorten sofort Bekannte vorfänden.* Das war eine tröstliche Aussicht.

Jeder Volksgenosse (Volksgenossin) des obigen Personenkreises ist zur Abreise verpflichtet. Im Weigerungsfalle muß die Abreise polizeilich erzwungen werden. Aufmerken ließ auch ein Kommentar im *Nationalblatt*: Man dürfe nicht an das Ende des Krieges denken, sondern nur an den Krieg. *Dies heißt: sich so einstellen, als ob unsere ganze Lebenszeit kriegerisch sein würde und Friede erst für die Künftigen.* Schon am 14. September fuhren die ersten Sonderzüge vom Bahnhof Trier West ab.

Im Berliner Ministerium wird weitergearbeitet, jeder an seinem Platz, manche der Mitarbeiter müssen drei oder vier Plätze ausfüllen. Auch an die Abwesenden, die *im Felde*, wird gedacht. Die Macht des Reichsarbeitsministeriums dehnt sich bis in die annektierten Gebiete, bis nach Polen und die Sowjetunion. Das Ministerium arbeitet unfaßbar effektiv. Es braucht dauernd detaillierte Berichte über die Arbeitskräfte in Deutschland, in den besetzten Gebieten und hinter der Front. Jetzt heißt Arbeitsbeschaffung Verschleppung. Die Verschleppten werden in die Zwangsarbeit gejagt, vorwiegend in der Rüstungsindustrie. Sie werden von Fritz Sauckel, dem Generalbevollmächtigten für den Arbeitseinsatz in den besetzten Gebieten, wo immer man ihrer habhaft werden kann, in Lager gesperrt und durch die Arbeitsämter verschoben. Der typische Zwangsarbeiter ist Ukrainerin, eine junge Frau von zwanzig Jahren. Jeder Betrieb möchte Arbeitskräfte, die nichts kosten, die man ausnutzen, ausbeuten, ausleeren, aussaugen, auswringen, ausbluten kann. Jeder Betrieb fordert sie an, auch die Bauern, die ihre Höfe auf Kriegswirtschaft umgestellt haben. Der *Reichsnährstand* will sich selber mästen.

Seldte: nun keineswegs mehr eine schillernde Gestalt. Er hat einen Arm verloren, aber ungeheure Macht gewonnen: ein Heer von Zwangsarbeitern, Divisionen von Einpeitschern, Antreibern, Ausbeutern, Bataillone von Profiteuren. Den Kontakt zu Hitler allerdings hat Seldte, ebenso wie die anderen Fachminister, längst verloren. Das Verwalten, das Organisieren, das Austarieren von Kräften interessiert Hitler nicht, hat ihn nie interessiert. Akten zeichnet er en bloc ab, ebenso Ernennungen. Er hat sich zum Oberbefehlshaber des Heeres ernannt und damit die Generäle degradiert.

Der Paternoster funktioniert einwandfrei; er transportiert Karrieren, Beförderungen werden ausgesprochen und auch in Abwesenheit wirksam. *Durch die in beglaubigter Abschrift beiliegende Ernennungsurkunde vom 14. 9. 1944 ist der Angestellte Dr. Franz Neumeister zum Regierungsrat ernannt worden. Nach Rückkehr aus dem Wehrdienst müßte Dr. Neumeister bei einem Landesamt oder Landesarbeitsamt verwendet werden. Nach den geltenden Grundsätzen soll ein Angestellter nicht unmittelbar im Hause zum Regierungsrat befördert werden. Deshalb wäre die Verwendung in einem Arbeitsamt oder einer entsprechenden Verwaltung angebracht. Allerdings ist der Einkommensverlust auf dem Weg vom Angestellten zum Beamten zu bedenken.*

So viel ist nicht mehr zu bedenken. Es verbietet sich, manche Gedanken zu denken. Das Denken ist gefährlich, aber auch unerläßlich. Zu einem früheren Zeitpunkt hätte gedacht werden können: Ein Angestellter, auch der in einem Ministerium, ist kündbar, allerdings hat er die Freiheit, sich seinen Arbeitgeber selbst zu wählen oder keine entsprechende Arbeit zu finden. Es hätte aber auch gedacht werden können: Der Beamte nimmt zunächst eine Gehaltseinbuße hin, doch der Staat bietet ihm Sicherheit, Versorgung lebenslänglich, und am Ende winkt eine gute Pension. Vermutlich hat Dr. Franz Neumeister so gedacht.

Urkunde zur Berufung in das Beamtenverhältnis
Ich vollziehe diese Urkunde in der Erwartung, daß der Ernannte getreu seinem Diensteide seine Amtspflichten gewissenhaft erfüllt und das Vertrauen rechtfertigt, das ihm durch diese Ernennung bewiesen wird. Zugleich sichere ich ihm meinen besonderen Schutz zu.
Führerhauptquartier, den 14. 9. 1944
Gez. Adolf Hitler
Zur Zeit seiner Ernennung wurde Trier nun auch von amerikanischer Artillerie beschossen: Die erste Granate schlug in die Paulinkirche ein, aber niemand hatte Zeit, das Deckengemälde mit der Gloriole der Märtyrer zu betrauern. Alle 15 Minuten feuerte ein 150-mm-Kaliber. Die Gegend um St. Paulin wurde zerstört, das Kloster zum Guten Hirten getroffen; das Empfangsgebäude des Hauptbahnhofs und die Hallen des Güterbahnhofs waren nahezu vollständig in Trümmern. Auch der Gasometer in der Nähe des Hauptbahnhofs wurde durch Bombensplitter stark beschädigt. Einen Monat später traf es die südlichen Teile der Stadt: Feyen, St. Medard, Heiligkreuz und wieder eine Bahnlinie.

Neumeister kämpft nicht, er ist Teil einer Sanitätseinheit. Die Amerikaner rücken vor, jeder Tag ist ein Entscheidungstag. In Berlin wartet Regine, wartet die Ernennungsurkunde, die Entscheidung, an welchen Ort Neumeister nach der *Rückkehr aus dem Wehrdienst* einzusetzen sei.

Dringende Personalakte
Die Ernennungsurkunde habe ich zunächst in Verwahrung genommen und bitte Sie, sich anläßlich Ihrer nächsten Anwesenheit in Berlin bei Herrn Staatsrat Prof. Bürger zur Entgegennahme der Urkunde und zur Vereidigung einzufinden.
25. 10. 1944

Vom 26. Oktober bis zum 21. November fuhren wieder neun Sonderzüge nach Thüringen. Die Züge waren überfüllt, die Gleise beschädigt, die Reisenden und ihre Kinder panisch. Weinkrämpfe, Asthmaanfälle, Herzbeklemmungen, Durchfälle, Wehen, dabei Zugbegleiter, die diese menschlichen Zwischenfälle in einer so ernstzunehmenden Situation unangemessen fanden. Reißt euch zusammen! Von vielen der Reisenden hat man lange nichts mehr gehört, es hatte sie *verschlagen*. Nach anderen Reisen, die Deportationen genannt werden mußten, später, fragte niemand mehr.

Ende Oktober setzte der Artilleriebeschuß der Amerikaner wieder ein. Am 5. November geschah etwas, das die Zurückgebliebenen verwunderte. In der Krypta des Doms, im Verborgenen, Kühlen, aber auch Bombensicheren, wurde ein Weihbischof ernannt. Der Erzbischof war sehr alt; vielleicht fürchtete das Domkapitel, daß die Herde der Katholiken plötzlich ohne einen Hirten dastände.

Neumeister hatte Fronturlaub, er besuchte Regine, er saß mit ihr im Bunker, er half ihr bei der Auflösung der Wohnung. Jetzt war es gut, daß so wenig darin ihnen gehörte. Regine schlug sich durch nach Westen in ihren Heimatort. Wer nicht das Glück hatte, einen solchen zu haben, wurde evakuiert oder blieb und zitterte vor dem Einmarsch der Russen. *Da mein Aufenthalt in Berlin in die Tage der Terrorangriffe auf die Reichshauptstadt fiel, sah ich mich nicht in der Lage, die Ernennungsurkunde in Empfang zu nehmen.*

Mitte November wurde der Beschuß durch die Artillerie in Trier zu einem Dauerzustand. Immer noch gab es Leute in der Stadt, die sich wunderten, daß keine deutschen Flugzeuge die amerikanischen Artilleriestände angriffen. Andere schwiegen, taktisch oder nicht, das merkte man dem Schweigen nicht an. Das *Nationalblatt* kündigte am 23. November *die eventuelle Evakuierung der Stadt mittels Fußmarsch* an. Jedermann habe sein Gepäck bereitzuhalten. *Der Abmarsch wird planmäßig ortsgruppenweise auf den vorgesehenen Straßen in die Auffanggebiete erfolgen. Von da an geht der weitere Abtransport nach Möglichkeit mit Bahn und Kraftwagen.* Allerdings: Weder mit Bahn noch Kraftwagen gab es eine solche Möglichkeit, und man mußte die Augen fest verschließen, um dies nicht zu sehen. Und wie sollten Alte, Kranke, Invalide, Mütter und Kinder den Fußmarsch mit Gepäck durchstehen, wenn gleichzeitig aus dem Osten Massen vor den Russen in weniger gefährdete Gebiete Deutschlands flohen? Der Erzbischof betete für sie. Ein Zusammenstoß der Flüchtlingsströme vor der vorrückenden Ostfront einerseits und vor der vorrückenden Westfront andererseits war unvermeidlich. Ein Gedränge in Mitteldeutschland, eine volle Mitte, deren Ränder verlorengegangen waren. Niemand war mehr für etwas verantwortlich oder erklärte sich für etwas verantwortlich. Alles konnte falsch sein oder nur halbwegs richtig, aber auch das war letzten Endes falsch.

In Trier plante man die *totale Freimachung von Zivilpersonen*: Aber die Zivilpersonen waren nicht so leicht zu bewegen, ihre Stadt, ihre vertraute Umgebung, ihre Wohnungen aufzugeben, so unvertraut sie auch durch die Zerstörungen geworden waren. Sie fühlten sich beim *Freimachen* nicht frei, im Gegenteil: Sie fühlten sich genötigt und waren es auch. Von Mitte November bis Mitte Dezember schlugen dreihundert Granaten in der Stadt ein; am 5. Dezember wurde die *totale Zwangsfreimachung* der

Stadt von Zivilisten angeordnet. Eine Art von Vertreibung der Bürger durch die Behörden, wie sollte man es anders nennen? Aber niemand hatte mehr Zeit, nach einer anderen Benennung zu suchen. In den Straßen wurde ein Flugblatt verteilt:

An die Bevölkerung der Ortsgruppe Trier-Süd

Für den Fall einer totalen Räumung werden sämtliche Verkehrsmittel fehlen.

Die Volksgenossen der Ortsgruppe Trier-Süd benutzen folgenden Rückmarschweg: Trier=Olewig=Irsch=Pluwig=Reinsfeld=Hermeskeil

Der Ortsgruppenleiter.

Nur Inhaber einer roten Kennkarte durften in der Stadt bleiben; es waren etwa 5.000: Vertreter der Partei und der Behörden, der Stadtwerke, der Post und Bahn, Feuerwehr, Ärzte und Krankenschwestern, Nonnen und katholische Geistliche, Fürsorgerinnen, die im Dienst der Caritas standen, oder Fachleute, die die antiken Stätten und die kirchlichen Denkmäler betreuten, die Archivalien in Blechkisten verpackten, in ausgefeilter Logistik fortschafften, in Steinbrüche und Basaltgruben senkten. Auch Grit Berghausen war dabei: sie war Krankenschwester, jedenfalls auf dem Papier, und ein Arzt, der sie kannte, hatte es bestätigt. Seine Gründe blieben im Dunkeln, im Wirrwarr fragte niemand. Eine Maulwurfgesellschaft hockte in der unterhöhlten Stadt aufeinander, nebeneinander. Am besten hielt jeder mit seiner Meinung hinter dem Berg. Die Gestapo hauste in einem Bunker auf der anderen Moselseite. Um die Brücken mußte man fürchten. Wenn sie zerstört wurden, war der Kontakt unmöglich. Aber was heißt hier Kontakt? Überwachung? Befehl?

Kurz vor Weihnachten, am 19. Dezember, erschütterte ein heftiges Brausen die Luft, eine atemlose Befürchtung in den Kellern und Stollen. Die Bomber warfen vierhundert Sprengbomben über der Stadt ab. Wieder brannten Kirchen, ganze Straßenzüge waren im Nu Trümmerfelder, ein unerträglicher Anblick. Jetzt wurden auch die Außenbezirke auf der linken Moselseite getroffen. Am gleichen Tag verließ der Erzbischof die Stadt und fand im Haus der Barmherzigen Brüder in einer Gemeinde am Rhein Unterkunft. Die Herde hatte keinen Pferch, sie war ohne Hirte sich selbst überlassen. Im Bürgerhospital St. Irminen durchschlugen Bomben das Gewölbe des Kellers. Ihnen fielen zweiundachtzig Personen zum Opfer: achtzehn Nonnen, dreiunddreißig Hausangestellte, die anderen von der herabstürzenden Kellerdecke Erschlagenen waren Helfer und Kranke. Jetzt wurden keine Fahnen mehr auf die Särge gelegt. Gab es überhaupt noch so viele Fahnen? Gab es nicht nur Überreste, Verbrannte, Verstümmelte, Kranke und Nonnen ununterscheidbar? Der nächste Angriff mit Minen, Spreng- und Flüssigbomben am 23. Dezember war der schwerste, den die Stadt bisher erlebt hatte.

Sechs Wochen nach ihrer Ausgabe wurden die roten Kennkarten schon wieder ungültig. Grüne wurden ausgegeben, jetzt aber nur noch an einen kleineren Kreis. Man schätzte, daß noch zweitausend Menschen in der Stadt lebten, tausendsechshundertfünfzig davon besaßen die grüne Kennkarte. Wieder war die Feuerwehr am wichtigsten, aber auch medizinisches Personal und fünf Priester hatten die Scheine bekommen. Ob man von ihnen Beistand erwartete, wenn gar nichts mehr half? Oder ob bei allem, was in Trier wichtig war, Geistliche zugegen waren, zugegen sein mußten, darüber war jetzt nicht nachzudenken. Sie lebten in Bunkern, in Stollen oder Kellern, jedes Hin und Her, jeder Kontakt von Bunker zu Bunker, von Stollen zu Kellern war ein gefährliches Abenteuer. Schätzungsweise dreihundertfünfzig Menschen lebten illegal in der Stadt; sie wollten sich überrollen lassen, wobei die tiefen Weinkeller mit ihren Gewölben die sichersten Orte waren.

Nach der Befreiung von Paris war unter den Nazis in Luxemburg Panik ausgebrochen. Zusammen mit dreitausendfünfhundert Kollaborateuren verließen sie das Land in der bizarren Hoffnung, hinter dem Westwall Schutz zu finden. Auflösung, Chaos und Schrecken. Doch Gauleiter Gustav Simon wurde auf Befehl des Oberkommandos der Wehrmacht nach Luxemburg zurückbeordert, um *die öffentliche Ordnung aufrechtzuerhalten*, die durch ihn mit Füßen getreten und gröblichst verletzt wurde: Luxemburger Geiseln wurden nach Deutschland gebracht, Brücken und Eisenbahnanlagen gesprengt.

Am 10. September 1944 waren die Amerikaner in die Hauptstadt eingezogen. Mit den Truppen kam Prinz Félix, der Prinzgemahl der Großherzogin, er kam als Brigadier der Britischen Armee. Jungen russischen Zwangsarbeitern gelang es, nach Luxemburg zu flüchten; sie hatten den Alliierten entgegengefiebert. Sie waren aus der Pantoffelfabrik geflüchtet, andere, die in den Weinbergen gearbeitet hatten, schlossen sich ihnen an. Nun gab der luxemburgische Sender lange Listen von Nazis bekannt, eine gewaltige, monotone Litanei, und wer seinen Namen hörte oder informiert wurde, daß sein Name genannt worden war, saß in der Klemme. Einige flehten die amerikanischen Besatzer an, sie mitzunehmen, nur weg von dort, wo man sie kannte. Manche gaben sich als Sozialdemokraten aus, überschlugen sich in ihrem plötzlich erwachten Eifer, redeten in Floskeln, die fremd in ihrem Mund klangen, während ihnen der Angstschweiß auf der Stirn stand.

Der Kreisleiter der NSDAP verließ den Bunker und dann die Stadt, nachdem Trier am 24. Januar 1945 zum *festen Platz* erklärt worden war: Flucht oder Sicherheitsmaßnahme, damit er nicht *dem Feind* in die Hände fiel. Sollte am *festen Platz* alles so bleiben, wie es war? Oder hieß es: Der feste Platz war eine Illusion, deshalb mußte man an ihm festhalten? Nur die Protestanten sangen: Eine feste Burg ist unser Gott. Daß er sie verschonte, war zweifelhaft, jedweder Scharfsinn und alles theologische Wissen sprachen dagegen. Noch ein schwerer Angriff am 3. Februar auf die Bahnanlagen konnte in der zerstörten Stadt nicht mehr allzu viel Schaden anrichten. In den Gewölbekellern, in der feuchten, eisigen Luft saß eine bunt zusammengewürfelte Gesellschaft. Nein, bunt war sie nicht, eher grau, bleich, verhärmt, die versprengten Reste der Volksgemeinschaft. Kondenswasser tropfte von der Decke. Man mußte eine Kerze anzünden, nicht wegen der Feierlichkeit oder zum Gedenken, die Kerze war lebenswichtig: Blakte das Licht oder erlosch die Flamme, bedeutete das, schleunigst den Keller zu verlassen, der Gehalt des Kohlenstoffmonoxids war zu hoch. Mattigkeit, Bewußtlosigkeit, Atemstillstand, schlimmstenfalls der Tod, ein kollektiver Tod im Weinkeller, den niemand bemerken würde. Der Tod der Letzten in der Stadt. Und es war nicht sicher, was der bessere Tod war: sich im Weinkeller einer Vergiftung auszusetzen oder außerhalb des Kellers zwischen den Häusern zu sterben. Es mangelte an Nahrung, es mangelte an warmer Kleidung, es mangelte an Wasser, an allem, nur Wein stand in jeder gewünschten Menge zur Verfügung. Riesling von den umliegenden Weingütern, Riesling vom Weingut der Hohen Domkirche, Riesling vom Weingut des Priesterseminars und vom Weingut der Vereinigten Hospitien, Wein vom Besten, ein herber, stahliger Geschmack, kellerkühl, aus den Fässern. Nein, es gab keine Abfüllanlage, kein Ausspülen mit viel Wasser, keine Sterilisation mit heißem Dampf, ohne Kerzenfilter, ohne Unterdruck, mit dem der Wein in die Flasche hineingezogen wird. Nur ein kleiner Schlauch zum Ansetzen und Ziehen wie bei einem Strohhalm, ein Probierschlauch, ein Glas, in das der Schlauch hineingehalten wurde, vieles ging daneben, ein herber Verlust. Man mußte im Halbdunkel tasten und suchen, ob es abgefüllte Flaschen gab, Flaschen noch ohne Etikett. Man mußte ahnen, was man trank, und je mehr man trank, um so gleichgültiger war es, was man trank, und das Gläschen oder die Flasche wurde weitergegeben von Mund zu Mund. Allerdings gab es besonders gekennzeichneten Meßwein, Fässer, auf die die Kirche schon eine segnende Hand gelegt hatte, Meßwein, den vor unvorstellbar kurzer Zeit niemand anzutasten gewagt hätte. Gaben jetzt die Priester ihren Segen dazu? Oder überhörte man ihre Mißbilligung? Und der Wein tat seine Wirkung: Er ließ den Hunger vergessen, umspülte, unterspülte das Eingeschlossensein, ja, er machte in gewisser Weise auch glücklich, wenn man es nicht so genau nahm. Er milderte die Angst, vernebelte die Verstörung, er lockerte die Zunge, die schwer geworden war. Nur aufpassen mußte man, daß man nicht zu vertraulich wurde. Die weniger nüchternen Augen sahen nicht, was die weniger Betrunkenen sahen. Und in die Hirne sah ohnehin niemand, angesäuselt oder schwer betrunken. Was sahen die Nonnen, was sahen die Krankenschwestern, die Brandschutzleute, was sahen die Geistlichen, und wer beobachtete sie aus den Winkeln kalter Augen? Wie löschten sie den brennenden Durst? Die Nonnen hatten eine Aufgabe und waren unersetzlich: Sie wuschen die Wäsche *der in Amt und Pflicht Zurückgebliebenen.* Gehörte Grit Berghausen dazu? Ignorierten die Nonnen die junge Frau? War das überhaupt möglich? Sie verwahrten Flüchtlingsgut und *sorgten für Speisung,* so gut es ging. Alles war sichtbar im Halbdunkel, nur von Kerzen erhellt, Schatten an den Wänden.

Ein Priester traute sich in einer Pause zwischen den Angriffen ungeschützt auf das, was einmal eine Geschäftsstraße gewesen war. Er wollte erkunden, ob seine Pfarrkirche noch stand. In einem Kleidergeschäft waren alle Schaufensterpuppen umgefallen, sie lagen mit abgewinkelten Armen in einem grotesken Haufen übereinander. Der Priester kam nicht zurück. Auch MEINVATER wagte sich in einer Feuerpause heraus. Als er den Bunker verließ: *Totenstille. Kein Mensch zu sehen, nur ab und zu das Pfeifen der Granaten und die darauffolgende Explosion, mal ferner, mal wieder näher. Und dann die beklemmende Stille. All dies verstärkte noch den Eindruck, in einer weltfernen, »toten« Stadt zu sein.* Hatte MEINVATER so geschrieben? *Abends war der Eindruck am stärksten. Da und dort flammte es auf und beleuchtete unheimlich die Ruinen. Einen schaurig-schönen Eindruck boten die brennende Brot-, Fahr- und Jüdemerstraße und das brennende Stadttheater. Es war Nacht, als im Theater die Mauern und Decken einstürzten. Myriaden von Funken stoben durch die Luft, die ganze Umgebung in ein Funkenmeer einhüllend.* Nein, so hätte MEINVATER nicht geschrieben, er war nicht auf Eindrücke aus: So schrieb eher ein Lehrer, der ein zukünftiger Heimatforscher wurde. So hätte ich schreiben können, vielleicht. Er versuchte, in der Zerstörung *schön* zu schreiben, oder, später die Zerstörung zu inszenieren wie eine dramatisch schaurige Schönheit. Es war Nacht, und die Zeit stand still.

Luxemburg war befreit. Überall wurde gefeiert, mit patriotischen Spruchbändern, Fähnchen in den Landesfarben und dem Luxemburger Wappentier, dem roten Löwen. *LËTZEBUERG ASS FREI* stand in roten Buchstaben auf Hauswänden und *MIR WOLLEN BLEIWE, WAT MIR SIN.* Aber die Schaufenster waren leer – bis auf die Bilder der großherzoglichen Familie, die Herrscherin mit dem glitzernden Diadem. *Keng Revolution'n, ké Staatsstrêch, ma Gebraucg vun onsem Recht LËTZEBUERG nei opzebauen*, das war die Devise in der wiedergewonnenen Sprache. Die Deutschen hatten das Land so gründlich geplündert, daß nichts mehr übrig war. Der Gauleiter Gustav Simon war mit einem falschen Paß geflüchtet; er hatte sich sorgsam auf den Zusammenbruch vorbereitet. Sein Haar färbte er, nun war er grau, und zum Ergrauen gab es einen triftigen Grund. Er ließ sich auch einen Schnurrbart wachsen und trug eine auffallende Brille. Keinem Alliierten lebend in die Hände zu fallen, das hatte er sich geschworen. Es gab Gerüchte: Vielleicht war er bei seiner geschiedenen Frau und deren Familie untergetaucht, oder er hielt sich in der Kölner Gegend auf.

Am 8. Februar wurde *der Hochwürdigste Herr Erzbischof* bei einem Fliegerangriff leicht im Gesicht verletzt, sein Zimmer war zerstört. Jetzt fand er im Kloster der Benediktiner in Maria Laach Unterkunft, weiter von der Front entfernt. Die in ihren Trierer Ruinen und Löchern Gebliebenen erwarteten täglich die Amerikaner. Man erwartete sie von Westen, also von der Grenze zu Luxemburg, aber überraschenderweise kamen sie von der Saar. Mit achtzig Panzern aus dem Süden, auf Sträßchen und steinigen Weinbergwegen umkreisten sie die Stadt in einer Schleife und drangen in der Nacht zum 2. März von Kürenz, von Südosten her, in die Stadt ein. Kampflos, wie der Bericht sagt. Am frühen Morgen durchkämmten sie Trier in kleinen Spürtrupps. Nur aus der SS-Kaserne wurde gefeuert, bis es an Munition fehlte. Schon am Nachmittag war die Stadt restlos in amerikanischer Hand. Aus den Kellern und den Stollen krochen die Übriggebliebenen. Abends um zehn Uhr hißten die Amerikaner das Sternenbanner auf dem Dach des Hotels Porta Nigra, das stehengeblieben war.

Im März wollte auch der Erzbischof von Köln, der nach den Zerstörungen zusammen mit dem Generalvikar in Honnef am Rhein Unterkunft gefunden hatte, in die Domstadt zurückkehren und beantragte Pässe. Die Amerikaner waren nicht abgeneigt, knüpften aber an die Erfüllung des Wunsches die Bedingung, daß die Paßinhaber eng mit der Militärregierung zusammenarbeiten. Dazu sah der Erzbischof keine Veranlassung. Die Reichsregierung mit dem Führer bestehe noch, und das Reich unterhalte durch das Konkordat gültige diplomatische Beziehungen mit dem Vatikan. Die Treuepflicht der Kirche konnte nach Auffassung des Erzbischofs nicht dadurch erschüttert werden, daß die westlichen

Teile Deutschlands von fremden Truppen besetzt worden waren. Schließlich wurde der Erzbischof aus Honnef abgeholt. Adenauer fuhr mit einem amerikanischen Wagen nach Honnef voraus, ein Domkapitular folgte in einem deutschen Wagen. Aber Adenauer kam nicht, wie vorgesehen, um dem Erzbischof seine Aufwartung zu machen. Es war eine bittere Enttäuschung, ja eine Täuschung. Er ließ sich nach Rhöndorf, nach Hause bringen. Sein Wagen fuhr leer nach Köln zurück. Der Empfang, den sich kirchliche Kreise gewünscht hatten, die triumphale Heimholung blieb aus. Es war der 20. April 1945, Hitlers letzter Geburtstag.

Der Bischof von Trier hatte noch abgewartet; zu Ostern kam er zurück. Ende Juni hatte die Stadt schon wieder zweiunddreißigtausend Bürger, zurückgekehrt aus den Hunsrücktälern, den Eifelhöhen, aus dem Unterschlupf bei Verwandten. Wie die Ameisen waren sie zurückgekrochen. Sie suchten Angehörige, sie suchten ihre Wohnung, waren mit sich, dem zurückgebliebenen Hab und Gut, ihren Verlusten beschäftigt. Sie kamen nicht zur Messe, die der Bischof in der Krypta feierte. Die Krypta war auch sehr klein, und ihre Not war groß, immer größer als die Not aller anderen, so schien es ihnen eben.

Am 10. Juli rückten an Stelle der amerikanischen französische Truppen in die Stadt Trier ein. Da waren die Leute schon die Fremdheit gewöhnt, sie erwarteten nichts, sie fürchteten nichts, eine grenzenlose Apathie. General Billotte, der die Truppen befehligte, fand zu seiner Überraschung das Umland nahezu intakt, Schaf- und Rinderherden auf den Weiden, Behäbigkeit, Dauer, die Scheunen sind gut gefüllt. Auf den Straßen fahren zu seiner Verwunderung Privatwagen. Wie sind sie dem Requirieren entgangen, wo und mit welcher Hilfe versteckt worden? Und woher haben ihre Besitzer Benzin bezogen? Haben sie es gehortet? Er sieht hübsche Häuser, große Misthaufen, Hunde und Katzen, die gefüttert werden wollen, knorrige Oleanderbüsche, in ausrangierte Fässer gepflanzt, Pflaumenbäume und Apfelbäume, die schon wurmstichige Klaräpfel abwerfen. Ein Knacken, Rollen in der Dunkelheit, immerzu hätte man sich bücken können, um eine Frucht aufzulesen. Und später im Jahr würden die Nüsse poltern. Kaum jemand tritt aus der Haustür; nur Kinder laufen ein Stück hinter den Soldaten her, bis es ihnen langweilig wird. Die Franzosen kommen mit ganzen Truppenteilen, das ist unheimlich und unerwartet. Was Billotte gleich auffällt, ist das Ungleichgewicht zwischen Stadt und Land, die Spannungen zwischen den Bauern und den Städtern. Wer ist vertrauenswürdig? Wer könnte wieder eine Verwaltung in Gang setzen? Auf Listen, wie sie die amerikanischen Behörden schon während des Krieges anfertigen ließen, kann er sich nicht stützen. Die Amerikaner hatten Emigranten zur Mitarbeit eingeladen; aus Frankreich waren die Emigranten deportiert worden, über die Pyrenäen geflohen, wenn es ihnen denn gelang. Billotte fragt nach Gewerkschaftlern, er fragt nach Sozialdemokraten, er fragt nach Kommunisten, die versteckt überlebt hatten: erfolglos.

Andere kamen, für die Familie kamen sie *wie ein Wunder*. Franz Neumeister kam sehr schnell. Beim Zurückfluten der deutschen Truppen wurde seine Einheit gestellt und in ein rechtsrheinisches Lager gebracht. Im Gefangenenlager begann er zu schreiben. Papier war knapp, aber hier war es vorhanden, französisches Papier, auf dessen Rückseite Verordnungen gedruckt waren, die längst keine Gültigkeit mehr hatten. Neumeister hatte es fertiggebracht, einen Posten in der Registratur zu ergattern. Sein Titel half. Er führte die Kartei, an seiner Seite saß ein Übersetzer, er schrieb, was der Übersetzer ihm zu schreiben aufgab. Er schrieb Krankenberichte, Erlasse, ab und zu Entlassungsscheine für einzelne Gefangene. Entlassungsscheine, das merkte er sofort, waren das

Wichtigste. Er schrieb, und es war ihm selbst nicht klar, ob er zu seiner eigenen Orientierung schrieb oder zu seiner Rechtfertigung, wenn man sie von ihm forderte. Er schrieb einen Lebensbericht, durchsetzt von Grübeleien über die Weltanschauung, die ihm gemäß wäre, von der Beängstigung, den Zweifeln, vor anderen den Mund aufzumachen. Weltuntergangsstimmung und müder Defätismus, er holte weit aus. Er sei als Fünfjähriger hintüber von einer Bank gefallen, habe das Bewußtsein verloren, seine Erinnerung setzte wieder ein, als er später auf einen Operationsstuhl gehoben wurde, eine Sprechstundenhilfe versuchte, ihn mit einem Bilderbuch zu beruhigen. Eine Hinterkopfwunde und ein Platz auf dem Operationsstuhl? Deckt diese Erinnerung eine andere? Übertrieb er seine Verwundung? Beinahe hätte ich *seine Verwunderung* geschrieben, seine Verwunderung über sich selbst, meine Verwunderung über den Mann, der sich in einer Ausnahmesituation ausdauernd über seine Kindheit beugte. Um was zu vermeiden? Er fuhr fort: *Eine andere Narbe auf der Stirn habe ich mir beim Spielen im Garten zugezogen. Ich weiß, daß man mich blutend über die Straße geleitet und mir einen Verband gemacht hat. Ich war als Kind immer stolz, wenn ich irgendwo einen Verband hatte. Es war etwas Besonderes, das bedauert oder auch bewundert sein wollte, weil man etwas geleistet hatte.* In den vier Jahren seines Kriegsdienstes war er nicht verletzt worden. Er schrieb auch einen Traum auf: *Ich muß im Hof des Elternhauses Briketts aufeinanderstapeln. Ich stapele und stapele, wie man es mir aufgetragen hat, aber als die schwarze Wand schon ziemlich hoch ist, stürzt der Aufbau zu Boden.* Er bezog diesen Traum auf die Vernichtung seiner Existenz nach der Kapitulation. Neumeister erinnerte sich auch an seinen ersten Lehrer: Von ganz besonderer Art sei sein Bibelunterricht gewesen, eine religiöse Schwärmerei, die sich mit Gott in intimster Weise auf Du und Du stellte und keinen Mittler brauchte. *Sein religiöses Schwärmertum zeigte sich, wenn er die Leidensgeschichte Jesu in der Schule durchnahm. Ich erinnere mich, daß Lehrer Monreal, als er uns die Geißelung erklärte, den Rock auszog, einen steifen, für die Schule viel zu vornehmen, und uns Kinder aufforderte, ihn an die Tafel zu binden. Dann mußten wir ihn mit Stricken, die er mitgebracht hatte, geißeln. Wir führten ihn dann gebunden durch den Klassenraum, und wirklich, so stellten wir uns den Gottessohn vor. Uns Kindern war es dabei ernst, jedenfalls lachte niemand.* Neumeisters Lebensbericht endete mit dem Entschluß zu promovieren und der glücklichen Wahl eines Themas, das sein Professor billigte. Eine abgeschlossene Periode.

Lauter Schreiber, eine Reihe von Schreibern, die einen schrieben über ihre Stadt, die anderen schrieben sich in sie hinein, wieder andere von ihr weg, zumindest in einer Selbstrechtfertigung, die dann in Vergessenheit geriet. Neumeister spürte die Anspannung und das Nachlassen der Anspannung, den Rhythmus, in dem die Formulare einliefen und ausgefüllt werden mußten. Vorlauf und Rücklauf. Und er genoß die ruhigen Zeiten, die Mittagsflauten, Zufälle, Pausen, wenn die Offiziere abgelöst wurden. Faßte er einen Plan, oder stieß er einfach vor in eine leere, bedeutungslose Zeit? Er war allein in der Registratur, griff eines der Formulare, stellte sich in wilder Hast einen Entlassungsschein aus, malte die nervös gespannte Unterschrift des diensthabenden Offiziers dazu. Nicht umsonst hatte er sich mit Graphologie beschäftigt. Und ehe jemand in die Registratur trat, hatte er schon den Stempel daruntergesetzt. Sein kostbares Papier, kostbarer als alles in der Welt – er hielt den Kopf gesenkt, als er es bei dem Wachposten vorzeigte. Er wurde durchgewunken, mit leichter Hand durchgewedelt, da war er draußen. Lerchen gellten und rasten tief über die Büsche, bald würde es regnen, und er wäre zuhause. Sehr bald.

Kaum einen Monat war die französische Militärregierung in Trier, da schrieb der Landrat eines nahen Kreisstädtchens an den Regierungspräsidenten: *Eine aktive Bekämpfung des Nationalsozialismus ist im Kreise nicht mehr erforderlich. Wenn auch vielleicht noch Einzelne, die sich früher politisch betätigt haben, dieses noch nicht verschmerzen können, so stehen sie doch isoliert da, ohne daß sie etwas auszurichten vermöchten.* Er schrieb – und er mußte sich seiner Sache vollkommen sicher gewesen sein – ein wenig später wieder an das Regierungspräsidium, erleichtert, daß die französischen Maßnahmen zur Entnazifizierung milder waren als erwartet, jedenfalls milder als die, von denen er aus der amerikanischen Zone gehört hatte. *Es mag dies wohl darauf zurückzuführen sein, daß in Frankreich das Judentum nicht die Stellung einnimmt wie in den USA.* So schrieb der Landrat, ungerührt, unberührt von den Verbrechen.

Wo sind andere, geeignete Persönlichkeiten für die Zivilverwaltung?, der General insistiert. Billotte fragt nach dem Bischof. In allen Institutionen müssen die Hauptverantwortlichen und schwer Belasteten unter den Nationalsozialisten dingfest gemacht und gegebenenfalls bestraft und von allen Ämtern ferngehalten werden. Eine Kommission muß eingesetzt werden, drei Mitglieder, die die Militärverwaltung benennt, und drei Mitglieder, die die Kirche benennt. Mit den Protestanten hatte Billotte schon Erfahrungen gemacht, nun also der Bischof. Eine *Audienz* wird ihm gewährt; er hatte eher an ein Informationsgespräch gedacht.

Der Fahrer fuhr ihn vor das, was vom bischöflichen Palais übriggeblieben war; ein Bretterverschlag schützte den Eingang. Während Billotte in seiner Generalsuniform in einem Vorzimmer wartete, räumten Seminaristen in der Bibliothek auf. Die jungen Männer im angestaubten schwarzen Habit schleppten Kiste für Kiste, einer stieg auf eine knarzende Leiter, hämmerte, brachte mit einem Befreiungsschlag, so mußte man es nennen, ein armlanges Kreuz über der Tür an, faßte es sanft auf der Höhe des Brustkorbs des Gekreuzigten und schob den Querbalken zurecht. Endlich hing das Kreuz gerade, und er sah zufrieden aus. Er bekreuzigte sich und verließ den Raum. Billotte war allein mit seinem Dolmetscher, einem diskreten Mann, den er kaum an seiner Seite spürte. Im ganzen Gebäude roch es nach einer säuerlichen Suppe, die die Nonnen auf einem provisorischen Herd bereiteten. Immer noch gab es keinen Strom, immer noch schippten Freiwillige – wie freiwillig? – auf dem Domfreihof Schutt in Eimer, der dann in hochgetürmten Haufen mit kleinen Transportwagen weggefahren wurde. Der ganze Platz war in eine Staubwolke gehüllt; der Staub drang in die Nasenlöcher, in die Ohren, er war überall. Dann öffnete sich die Tür, der Sekretär grüßte, der greise Bischof saß im Sessel, der General schritt auf ihn zu, wollte ihm die Hand geben. Der Bischof hielt seine Hände locker, aber doch ruhig auf den Sessellehnen, an der einen Hand den aufreizend großen Ring mit einem veilchenblauen Stein. Er erwartet doch nicht etwa, daß ich den Ring küsse? Nein, diesen Gedanken verscheuchte der General sogleich wieder. Bei den britischen Besatzungstruppen war ernsthaft und förmlich diskutiert worden, ob der Besatzer einem Vertreter der Besiegten die Hand geben dürfe oder ob das die Würde des Britischen Empires verletze. Eine Minderheit war der Auffassung, gerade eine solche Geste würde von den Besiegten verstanden: als Großmütigkeit, die andere harte Maßnahmen weniger fühlbar machte. Die Meinungen divergierten; es setzten sich die Verfechter der Ansicht durch, eine Hand reiche man nur Gleichrangigen.

Der Bischof hob die Hand mit dem Ring und wies Billotte einen Platz zu. Keinen Sessel, sondern einen hochlehnigen Polsterstuhl, möglicherweise Barock. Der Dolmetscher suchte einen Platz, aber es gab keine weitere Sitzgelegenheit in dem Raum, so kam er sich vor wie ein Adjutant. Er war doch Deutschlehrer in Dijon und wünschte sich nichts mehr, als Gymnasiasten wieder Gedichtzeilen vorzulesen und sie zu ermutigen, sie auswendig zu lernen. *Korf erhält vom Polizeibüro, / ein geharnischt Formular, / wer er sei und wie und wo ...* Ja, ein wenig Morgenstern täte gut und nichts Erhabenes, Sechshebiges, Verdunkeltes. Der Bischof trug seine violette Schärpe so, als verliehe sie ihm die Kraft zum aufrechten Sitzen, und die kleine Kappe so selbstverständlich auf dem Hinterkopf, als wäre sie dort angewachsen. Nur das große Bischofskreuz an einer aufwendigen goldenen Kette, die in zwei regelmäßig gekurvten Schwüngen auf seinem Habit befestigt war, schien dem General ungewöhnlich dekorativ, ja, eigentlich für den Anlaß unangemessen. Der Bischof lächelte sanft, hielt dabei den Kopf ein wenig schief, als höre er so besser. Billotte begann ohne Verzug mit einer Frage: Er brauche unbescholtene Leute, wo waren die zu finden? Doch das Wichtigste war: Er brauche eine Persönlichkeit, der die Leitung der Zivilverwaltung anzuvertrauen sei, einen kommissarischen Oberbürgermeister. Der Bischof überlegte eine Weile, darauf war er nicht vorbereitet. Er versprach, sich umzuhören – im bischöflichen Ordinariat, im Generalvikariat, seine Mitarbeiter hätten eine bessere Personenkenntnis als er. Ein wenig schien es ihn zu genieren. Billotte erinnerte sich, daß er ein Dossier in der Hand gehabt hatte, in dem es hieß, der Bischof sei betagt, weit über achtzig, mit seinem Ableben müsse gerechnet werden, und das Bistum sei dringend auf einen Hirten angewiesen. In diesem Gespräch spielte das Alter keine Rolle. Der Bischof behielt das Heft in der Hand und spielte seine Rolle perfekt, wenn es denn eine Rolle war und nicht seine zweite Natur. Er war Bischof mit Leib und Seele, und die Seele schwebte im Unerreichbaren.

Der Bischof klingelte, ein junger Priester mit kahl geschorenem Kopf und einer wulstigen Narbe an der Stirn kam so rasch, als habe er nur hinter der Tür gestanden, und der Bischof übermittelte den Auftrag. Und dann fragte Billotte den Bischof, was er brauche, außer Baumaterial für die zerstörten Kirchen, das war selbstverständlich. Der Bischof zählte auf: Es war eine lange Liste, als habe er sie schon fertig im Kopf, als habe er nur auf einen Adressaten gewartet. Medikamente für die kirchlichen Krankenhäuser, Meßwein, möglicherweise aus Frankreich, denn der Meßwein aus den kirchlichen Kellern war ausgetrunken worden, der noch übrige von den Besatzern requiriert, sowohl von den Amerikanern als auch den Franzosen; darin war ein bitterer Vorwurf verborgen. Er brauchte Nahrung für die kirchlichen Waisenhäuser und die Kindergärten, das war eine Menge, er brauchte und brauchte: Restauratoren, Maurer, Tischler, Glaser für die Kirchenfenster, viele wären noch interniert oder in Kriegsgefangenschaft. Billotte wandte ein, daß auch in Frankreich keine Bäume in den Himmel wüchsen, daß gehungert und gedarbt werde, daß auch französische Städte und in ihnen die Kathedralen und Kirchen zerstört seien. Der Bischof hörte das alles und vielleicht auch nicht. Er fügte Forderungen hinzu, die General Billotte unangemessen fand – bei der ersten Begegnung mit der Besatzungsmacht, ja bei jeder Unterredung.

Dann lächelte der Bischof sanft, machte eine Pause, in der er ausatmete, und sagte: Und Gottes Segen! Billotte war nicht klar, ob der Bischof auch Gottes Segen, vermittelt durch die Besatzungsmacht, brauche, fordere oder ob dies eine Formel war, die ihn und seinen Mitarbeiter verabschieden sollte. Er entschied sich für einen Kompromiß: Wann kann ich die Liste erwarten? Spätestens übermorgen früh. Und dann war Billotte wirklich verabschiedet. Für seinen Wunsch, der Bischof möge mit seinem Einfluß auf den größten Teil der Bevölkerung dafür sorgen, daß die Bauern sich gegenüber den Städtern sozialer verhielten, war jetzt kein Raum mehr. Er machte sich, seit er nach Deutschland gekommen war, keine Illusionen: schwarz fühlen, schwarz sehen, schwarz schlachten, die eigene Geschichte schwärzen und dann warten, bis sie wieder weiß zu waschen war. Billotte hatte an Predigten, Verkündigungen von der Kanzel herab, an einen Hirtenbrief gedacht, nun würde er eine Verfügung erlassen. Die Bauern mußten Lebensmittel abgeben, insbesondere Milch und Eier, keine Freundlichkeiten als milde Gaben, sondern als Pflichtabgabe.

Dem Stadtkommandanten von Köln, dem Abgesandten der englischen Besatzungsmacht, erging es übler. Er hatte Erzbischof Frings, den späteren Kardinal, zu einem Gespräch gebeten. Frings protestierte heftig und verbat es sich, heranzitiert zu werden. Ein Vertreter einer Kulturnation, also auch der Stadtkommandant, habe seinen Rang zu respektieren und den Erzbischof aufzusuchen, denn auf Grund seiner Stellung gebührten ihm die Ehren eines Generals. Aber der Kölner Erzbischof leistete sich noch mehr Eigenheiten: Während seiner Audienzen saß ein eisblauer Papagei mit dottergelber Brust und grünen Schwanzspitzen auf seiner Stange, funkelte den Gast mit blanken Augen an. Bleiben Sie bloß nicht zu lange, mußte der diesen Blick deuten. Jemand, ein Scherzbold im hohen Haushalt, hatte den Vogel auch das Sprechen gelehrt. Ex-zel-lenz, krächzte er, Ex-zel-lenz, und wer sich bei diesem Geplärr getroffen fühlte, empfand auch die kränkende Verwandtschaft jeder Kreatur mit der menschlichen Existenz. Ein aufflammendes Gefühl der Demut, das schnell wieder verflog. An ruhigeren Tagen begnügte sich der Vogel mit A-men, A-men und wiederholte das Gelernte so hartnäckig, daß der Erzbischof einschreiten und ihm den Schnabel verbieten mußte. Es sah so aus, als müsse der Vogel Buße tun; tagelang durfte er seinen Käfig nicht verlassen.

Dem Papst hingegen leistete ein Kanarienvogel Gesellschaft. Es gab ein Bild von ihm, da streckte er den Arm aus, ein Vogel saß auf seiner Hand und pickte Körner. Das sah hübsch aus, und der hoheitsvolle, einschüchternde Mann im weißen Gewand wirkte locker, fast zärtlich. Lasset die Kindlein zu mir kommen, lasset die Vögel zu mir kommen. Der heilige Franziskus predigte den Vögeln, und der Papst fütterte sie. Man wußte nicht, was besser war. Jedenfalls war das Füttern vernünftiger; der Kanarienvogel auf dem Bild schien es zu genießen. Und die hohe Hand, die sich ihm entgegenstreckte, war eine Segenshand. Betrachtet die Vögel des Himmels, sie säen nicht, sie ernten nicht, und der himmlische Vater ernährt sie doch. Und der Papst tut es auch.

Die Amerikaner hatten in der kurzen Zeit, in der sie für die Stadt Trier verantwortlich waren, schon nach einem Oberbürgermeister Ausschau gehalten. Ihr Blick fiel auf den Direktor der Caritas. In den letzten Wochen vor der Kapitulation war er einer der wenigen, der eine legale Existenz hatte. Er gehörte zu den in den Kellern Gebliebenen, denen mit dem richtigen Ausweis, dem grünen Schein, denen, die über ihre Tage und Nächte in den Kellern schwiegen. Und so war er ein gefragter Mann nach der Befreiung; er kannte die Stadt mit ihren Scherben und Splittern. Wo es etwas zu organisieren gab, sprang der Monsignore in die Bresche, aber er lehnte es ab, Oberbürgermeister zu werden. Er berief sich auf das Kirchenrecht, das ihm kein weltliches Amt erlaube. (Schob er das Argument vor? Verschanzte er sich hinter einem archaischen Recht?) Immerhin übernahm er es, für die Unterbringung der Evakuierten und der in die Stadt Zurückflutenden Sorge zu tragen und das Krankenhaus der Borromäerinnen, das in ein Kriegslazarett umgewandelt worden war und viele Zwangsarbeiter aus Frankreich und Polen beschäftigt hatte, in ein Krankenhaus für die Bevölkerung zurückzuverwandeln. Brücken und Bahngleise waren zerstört, die Stadt ausgeräumt und nahezu ganz von der Außenwelt abgeschlossen. Ja, der Monsignore wäre ihr Mann gewesen, die Amerikaner trauerten ihm nach. Aber als Mann der Franzosen wäre er nie in Frage gekommen. Sie waren überzeugte Laizisten.

Als Billotte die Liste aus dem bischöflichen Ordinariat erhielt, stand darauf ein Name aus der Zentrumspartei, der Name eines Rechtsanwalts, der für die Kirche tätig war, und Vater des bischöflichen Sekretärs, und der des früheren Bürgermeisters, den der Bischof für unbescholten hielt. Billotte legte die Liste beiseite, der Posten blieb noch eine Zeitlang vakant. Der Besuch beim Bischof blieb die einzige Begegnung des Generals mit einem geistlichen Würdenträger. Später verkehrte die Militärverwaltung nur schriftlich mit den Kirchen. Billotte fand einen Sozialdemokraten, der eine Zeitung gründen wollte. Unversehens gaben ihm die Besatzer eine Konzession; um das Papier mußte er sich allerdings selbst kümmern. General Billotte hatte auch noch andere Sorgen. Zu seinen Aufgaben gehörte die Verantwortlichkeit für die Lager, die die Franzosen beim Abzug der US-Armee übernommen hatten. Eines der Lager befand sich oberhalb von Trier auf dem Petrisberg. In diesem Lager saßen: 2 Regierungspräsidenten, 18 Oberbürgermeister, 72 Stadt- und Amtsbürgermeister, 81 Ärzte, 105 Diplom-Ingenieure, 140 Kaufleute, 200 Handwerker, 140 Winzer, 55 Reichsbahnbeamte, 220 Gestapo-Männer und Polizisten (niemals sprach MEINVATER über das Lager), 225 SS-Männer, 6 Kreisleiter, 70 Parteibeamte und 118 Lehrer, aber auch Frauen und Kinder. Ein Domkapitular, der die Lagerinsassen betreute, hatte die Liste aufbewahrt. Neumeister war hier nicht.

Viele der Gefangenen waren unterernährt, sie waren in einem beunruhigenden Zustand. Vor Typhus wurde gewarnt. Als eine größere Zahl der Inhaftierten mit unbestimmten Magen- und Darmbeschwerden krank wurde und der Arzt keinen Rat wußte, kam im Lager das Gerücht auf, das Brot sei vergiftet. Jemand habe das Brot, als es warm und knusprig aus der Bäckerei gekommen war, mit einer Arsen-Lösung bestrichen, er wollte sie alle vergiften. Ein Jude vermutlich, natürlich ein Jude, wer sonst? Kein Wunder, daß der Arzt nichts begriff. Wer hatte schon Erfahrung mit Giftmischern? Die französische Militärpolizei begann ihre Nachforschungen: keine Spur von Arsen, keine Spur von einem Attentat. Der Brechdurchfall mußte simple Gründe haben, und in ein paar Tagen war die Anschuldigung widerlegt.

Später, da war der Staat Israel schon längst gegründet, wurde der Mythos vom Brot noch einmal aufgewärmt. Ein Geheimdienstoffizier erzählte von Überlebenden aus den Ghettos, die von der Idee besessen waren, sich an den Deutschen zu rächen. Am liebsten hätten sie mit einer Art Postwurfsendung massenhaft Menschen vergiftet. Der Mann vom Geheimdienst brüstete sich damit, die Männer mit britischen Soldbüchern, Uniformen und Fahrzeugen ausgestattet zu haben – und mit Gold, der Universalwährung. Das ließ seine Erzählung märchenhaft erscheinen. Der Anführer der Gruppe habe in Palästina Gift besorgt, angeblich bei einem Wissenschaftler, der später Mitbegründer der geheimgehaltenen oder vermuteten israelischen Atomindustrie wurde. In der Uniform eines Brigade-Soldaten sei er mit dem Schiff nach Europa gereist, es sollte so wirken, als kehre er zu seiner Einheit zurück. Ein Offizier begleitete ihn, *gab ihm Deckung*. Dann lief etwas aus dem Ruder, er flog auf und schaffte es gerade noch, seinem Reisebegleiter eine Dose zuzustecken, eine Art Campbell-Suppendose aus Palästina, die das Gift enthielt. Sein Begleiter kippte das Zeug in die Toilette und warf die Dose ins Meer. Das Gold behielt er, so liest man es in allen Märchen. Das Kommando *Tochnit Aleph* war damit erledigt. Doch dann setzte der mysteriöse Mann vom Geheimdienst noch eins drauf: Er habe den Plan *Tochnit Beth* ausgearbeitet. Möglichst viele SS-Leute in den Internierungslagern sollten getötet werden. Man müsse nur in der Bäckerei, die das Lager beliefere, das Brot vergiften, natürlich das

Roggenbrot, das Wachpersonal aß nur Weißbrot. Ein Überlebender, der heute ein bekannter Anwalt in Paris sei, habe eine Dose mit Arsen gebracht und sei dann verschwunden. Der Anschlag auf Stalag 13, ein Lager nahe bei Nürnberg in der amerikanischen Zone, sei vorbereitet worden – allerdings so dilettantisch, daß es kaum zu begreifen war. In der Bäckerei war eine Falltür, die in den Keller führte, dort lagerte das Brot, das die Attentäter mit dem Gift bestreichen wollten. Der Bäcker hörte ein Geräusch, wurde mißtrauisch, befürchtete einen Einbruch. Die Militärpolizei sei gerufen worden, sie leuchtete mit Taschenlampen in den Keller und entdeckte nichts Auffälliges. Da verloren *unsere Leute* die Nerven, berichtete der Mann vom Geheimdienst, sie hauten ab, als sie nicht einmal ein Drittel der Brote präpariert hatten. Alles hätten sie stehen und liegen gelassen, die Dosen, ihr Werkzeug und in der Hast auch eine Jacke, in der der Ausweis steckte. Mythos des Brotes, Mythos der Vergiftung, Helden, die an der Rache scheiterten oder nicht wirklich Rache üben konnten, etwas in ihnen verbot es.

Auch in der *New York Times* vom 20. April 1946 wurde von einer Massenvergiftung in einem deutschen Internierungslager berichtet. Der Regimentskommandant sagte aus, das Arsen sei wahrscheinlich gegen Küchenschaben in die Regale gespritzt worden und so auf das Brot gelangt. Drei Tage später gab es zu diesem Vorfall wieder eine Meldung in der *New York Times*: Vier mit Arsen gefüllte und zwei leere Flaschen seien unter dem Fußboden der Bäckerei gefunden worden. Jetzt war die Rede von einem mysteriösen Anschlag auf fünfzehntausend Angehörige einer Nazi-Elite-Einheit; von den Tätern fehle jede Spur. Die Besatzer hätten vorsorglich die Zivilbevölkerung davor gewarnt, in der besagten Bäckerei Brot zu kaufen.

Billotte entließ die Kinder und eine ganze Reihe Frauen aus dem Lager, trennte die Kriegsgefangenen von den aus politischen

Gründen Inhaftierten. Im Dezember 1945 waren in der gesamten französischen Zone elftausend Menschen in Haft, in seinem Bereich genau 3.761 Deutsche, darunter Jugendliche, die wegen Waffenbesitzes festgenommen worden waren, Kriegsgefangene, Aufgegriffene, die sich nicht ausweisen konnten, oder solche, die den Erlassen der Besatzungsmacht zuwiderhandelten. Freilassungen waren nicht vorgesehen. Jeder Schriftverkehr und der Empfang von Paketen war verboten. Die Gefangenen mußten menschenwürdig untergebracht, ernährt, verwaltet und betreut werden. In vielen Fällen fehlten Unterlagen; die Amerikaner hatten sie mitgenommen, als Beute, aus Nachlässigkeit oder um keinen Keil zwischen die zukünftigen Bewacher und die Häftlinge zu treiben, oder sie waren verbrannt. Es fehlte auch an geeignetem Personal in den Schreibstuben. Ein Vertreter des Roten Kreuzes inspizierte die Lager und hatte nichts zu beanstanden. Ein deutscher Arzt versorgte die Inhaftierten, aber als Mittler zwischen Häftlingen, Aufsehern und Lagerkommandanten kam er nicht in Frage. Nun sollte für jeden Gefangenen eine eigene Personalakte angelegt werden. Und parallel dazu hatte jeder *Commissionaire* den Auftrag, in seinem Bereich eine Liste mit den Namen der hohen Funktionsträger der NSDAP und ihrer Gliederungen zu erstellen, um sie rasch aufzuspüren und zu verhaften.

Der Generalvikar schrieb aufmunternd an einen Landpfarrer: Erfahrungsgemäß habe ein *Gesuch um die Freilassung* eines politischen Gefangenen kaum Aussicht auf Erfolg, aber sehr häufig hätten Pfarrer, die sich *persönlich* beim Lagerkommandanten für die Entlassung eines Pfarrkindes einsetzten, ihr Ziel wirklich erreicht. Der Generalvikar mußte es wissen. Einem Lehrer, der seit 1933 NSDAP-Mitglied und stellvertretender Ortsgruppenleiter war und behauptete, das Amt habe man ihm förmlich aufgedrängt, schrieb er: *Verzagen Sie bitte nicht. Es wird auch für Sie der Tag kommen, an dem Sie Ihre Stellung einnehmen können.*

Im Lager Diez an der Lahn lebten viertausend Personen, vorwiegend ehemalige hohe Parteibeamte. In der Kaserne Landau und im Lager Wörth, das tief im Wald lag, waren die Baracken im guten Zustand; sie waren bis Kriegsende vom deutschen Arbeitsdienst genutzt worden. Anderswo waren die hygienischen Bedingungen schlecht. Aber Billotte und seine Leute hatten auch andere Lager gesehen, Lager, die mit diesen nicht zu vergleichen waren, und sie hatten sie nicht vergessen. Billotte war neununddreißig Jahre alt und für eine solche politische und organisatorische Aufgabe nicht wirklich ausgebildet. Er war Sohn eines Generals, hatte das Militärische quasi mit der Muttermilch aufgesogen, er war Berufssoldat, Kämpfer, Untergrundkämpfer, Unterhändler, 1941 bis 1942 de Gaulles Repräsentant in Moskau gewesen, danach Chef des Stabes in London, Kommandant der 10. Infanterie-Division, schließlich Kommandant der französischen Zone des Rheinlands und von Hessen-Nassau. Er hatte gekämpft, nicht verwaltet.

Der Körper hatte nicht gelitten, der Körper war straff und jung und die Augen blitzblau. Die Augen hatten schon viel gesehen. Am Morgen das abgehäutete rosa Kaninchen auf dem Küchentisch, daneben das braunweiße Fell, blutbefleckt, und auf einem Teller mit abgesprungenem Rand die Innereien: feucht glänzend das Herz, ein praller Gegenstand, die Nieren wie Bohnen, die Leber war ein qualliger Lappen. Grit Berghausen wußte, daß dieses Kaninchen für neun Personen reichen mußte: für die Hausgemeinschaft, die nicht zusammengerückt war, sondern sich beharrlich bekriegte. Vielleicht bekam sie ein Stück vom knochigen Rücken ab. Es fehlte ein Handtuch auf der Leine. Jemand mußte es abgenommen haben. Jemand hatte sich die Papierschere ausgeliehen, um Lebensmittelmarken zuzuschneiden, hatte dann aber hoch und heilig versichert, er habe sie doch dem Besitzer in die kalte Hand gedrückt. Es waren Tage, als ginge man in einem Labyrinth spazieren, halbblind und mit bloßen Füßen. Die Frauen waren groß in diesem Kleinkrieg, ihre Worte grob, verroht. Fast immer waren sie gereizt. Unverhohlene Gier, unverhohlene Vorfreude. 710 Kalorien standen jedem Bewohner der Stadt zu. Es gab drei Lebensmittelgeschäfte; in der Stadt waren fünf Bäckereien und fünf Metzgereien übriggeblieben. 1944 hatte die Molkereigenossenschaft jährlich 65.000 Liter Milch abgegeben; jetzt waren es nur noch 20.000 Liter.

Es fehlte auch an Brennholz, es fehlte an Männern, nicht nur zum Brennholzschlagen, für vieles fehlten sie. Hilfsgüter kamen an, Hilfszüge aus der Schweiz, milde Gaben, erwartete Gaben. Aber es fehlte ein Teil der überschaubaren Welt, und wenn Männer auftauchten, waren es ausgemergelte, blinde, verletzte, amputierte, die auf einem Wägelchen saßen, halb aufgerichtet, halb auf Kissen gebettet. Sie waren so kläglich, daß man sie als Bettler kaum ansehen konnte, Schaubilder des Elends, kraftlose Ankläger einer Welt, die halbwegs ganz geblieben war und sie nicht brauchte. Jedenfalls starrten sie die jungen Frauen, die schöne Strickjacken und einen warmen Mantel behalten und ein Paar alte, aber noch ordentliche Schuhe hatten, entgeistert an. Vielleicht auch auf beschämte Weise lüstern, denn es war ja mit Händen zu greifen, eine Chance hatten sie nicht. Als Grit eine Zahnbürste ergatterte, war es das Versprechen einer neuen Zivilisation. Doch es fehlte die Zahnpasta; sie wäre ein Gewinn wie im Lotto.

Captain Hanns Alexander, ein beharrlicher junger Mann aus England, Mitglied des *War Crimes Investigation Team* in Belsen, nimmt die Spur von Gauleiter Gustav Simon auf. Er will den Peiniger der Luxemburger, den Satrapen von der Mosel finden. *Operation Haystack* heißt bei der Armee die Strategie, die er anwendet. Er hat allen erdenklichen Rückhalt bei seinen Vorgesetzten und ist ein Mann mit Kombinationsgeist. Er verhandelt mit den Amerikanern, den Franzosen, ohne Passierschein kann er jetzt von Zone zu Zone reisen. Er rennt offene Türen ein, aber die Nachrichtenoffiziere können ihm beim Unternehmen Heuhaufen nicht helfen. Eine Spur führt nach Koblenz, an Simons früheren Tat- und Wirkungsort, aber sie verläuft im Sande. In Wiesbaden treibt Alexander Photos auf, die Simon mit verändertem Aussehen zeigen. Es waren verschiedene Photos, aber auch wenn man sie in der Vorstellung übereinanderkopierte, ergaben sie kein erkennbares Bild. Mitten in Alexanders Recherchen platzte die Zeitungsnachricht, Gustav Simon sei verhaftet worden. Alexander ging der Nachricht nach und wurde enttäuscht. Die Journalisten bezogen sich auf eine Nachricht aus einem anderen Blatt, das wiederum einer anderen Zeitung vertraut hatte. Also eine trübe Quelle, die vor seinen Augen vertrocknet war. Alexander machte Simons Mutter und seine Schwester ausfindig und verhörte sie. Die Mutter schwieg, die Schwester gab zu, daß Simon bei ihr gewesen und am 27. März abgereist sei. Und daß ihr Bruder geschworen habe, er falle niemandem lebendig in die Hände. Nun fürchtete sie um ihre Töchter. Warum waren sie mit dem Onkel geflüchtet, was hatten sie ihr verschwiegen? Sie stand da, winselte vor dem jungen Captain, der sich Mühe geben mußte, seine Verachtung nicht zu zeigen. Mit den Nichten war auch Simons vierzehnjähriger Sohn Gustav Adolf verschwunden, der sich jetzt nach dem Mädchenamen seiner Mutter Gustav Henning nannte. Nach der Scheidung seiner Eltern war er beim Vater geblieben, den Vornamen Adolf hatte er vorsichtshalber in die Ecke gestellt, die Anspielung auf den schwedischen Königsnamen war ohnehin verblaßt. Die Nichten stöberte Alexander in einem Quartier in Marburg auf. Gesprächig waren sie nicht, aber Alexanders natürliche Autorität schüchterte sie ein. Sie wunderten sich auch über sein gutes Deutsch, in dem nur ein paar Eigenheiten oder ungebräuchliche Wendungen auffielen. Woher konnte er so gut Deutsch? Das Bürschchen, der kleine Gustav Henning, war vermutlich in Einbeck, aber wo war Einbeck? Zwischen Weser und Leine, ein Fachwerkstädtchen an einer zerstörten Bahnlinie, das fanden die Logistiker in der British Army für Alexander heraus. Deutschland war ein in sich zusammengefallener Heuhaufen, in dem er keine Stecknadel, sondern einen Verbrecher und seinen Sohn Gustav Adolf suchte, der ihn auf eine Fährte bringen könnte. Der Hitlerjunge hatte sich durchgeschlagen, seine Kennkarte und seine Erinnerungsbilder vergraben, er wollte heimatlos und bedauernswert wirken, ein Junge, der seine Familie verloren hatte, eine Waise wie aus dem Bilderbuch, und war weitergezogen, gut dreizehn Kilometer nach Westen, nach Dassel. In diesem Städtchen stieß Alexander auf einen Verwandten und Simons ehemalige Haushälterin, beide wußten von nichts, und er mußte ihnen wohl oder übel glauben. Er fuhr zurück nach Marburg, verhörte die Nichten ein zweites Mal, jetzt faßte er sie härter an. Wegen Verdunklungsgefahr arretierte er die eine, die andere weinte, sie hatte sich gründlich in Widersprüche verwickelt. Aus Angst, ebenfalls in einer Untersuchungszelle zu landen, nannte sie schließlich Plettenberg im Westfälischen. Es war ein harmloses Städtchen, von Wald umgeben. Hier fand Alexander den Jungen, der hielt dicht, kaute auf seiner Unterlippe herum. Ein Engländer habe ihm überhaupt nichts zu sagen – in diese Verkennung der Tatsachen hatte er sich hineingesteigert. Im Gegensatz zu der Nichte konnte Alexander den Minderjährigen nicht in Beugehaft nehmen. Mit dem Jungen fuhr er zu einer Gegenüberstellung. Als die Frau Gustav Adolf sah, zerlumpt, verbittert, trotzig, zuckte sie zusammen. Endlich sprach sie, ja, Simon sei wie der Junge in Plettenberg gewesen, hier und da habe er in Hotels übernachtet. Also zurück nach Plettenberg, durch plattes, sattes Land, deftiges Grün, Bauernland, so ruhig, als hätte es nie einen Krieg gegeben, als lastete die Zerstörung allein auf den Städten. Die Hotelregister, die Alexander durchsah, wiesen für die von der Nichte angegebenen Tage jeweils einen Hans Wölffler aus, mit einer Adresse in der Nähe. Warum übernachtete ein Mann in verschiedenen Hotels, wenn er in der Nähe wohnte? Ein Hans Wölffler war an der angegebenen Adresse nicht auszumachen, aber die Wirtsleute meinten zu wissen, daß ein Wölffler in einer Gärtnerei in Paderborn arbeite. Noch eine Reise, noch ein Mosaikstück in seiner kriminalistischen Recherche. Er hatte das Ermitteln nicht gelernt, er war der Sohn eines Arztes, der 1936 nach England emigriert war. Sobald er erwachsen war, hatte er sich zur Armee gemeldet. Fallschirmjäger wollte er werden, aber er wurde als einfacher Soldat eingezogen. Weil er deutscher Emigrant war und erst seit ein paar Jahren die britische Staatsbürgerschaft besaß? Die Vermutung lag nahe. Auf sein Drängen wurde er 1943 zum Official Training zugelassen und hatte sich für besondere Aufgaben qualifiziert. Im Vorfeld der Nürnberger Prozesse war er Dolmetscher geworden, das hatte ihn aus der Bahn geworfen. Er wollte keine Verbrecher mehr übersetzen, er wollte sie in einen Bereich des Rechts, der Gerichtsbarkeit herüberholen, er wollte die, die sich entzogen hatten, ihrer verdienten Strafe zuführen. So wurde er Ermittler, ein Beruf, der in der Army nicht vorgesehen war. Aber das ganze Zeitalter mit seinen Verstörungen, seinen Verletzungen, mit seinen zusammengeklaubten Vernünftigkeiten war nicht vorgesehen.

Alexander entdeckt die Gärtnerei, die er sucht, in einem Vorort von Paderborn. Zerschossene Glashäuser, ein schwelendes Feuer aus Gartenabfällen im Hof, servile Leute, die nicht wissen, ob sie dem Captain als einer Autorität oder einem Feind begegnen sollen. Er läßt sich die Kennkarten der Angestellten zeigen. Großes Hin und Her, eine gewaltige Aufregung, niemand hat seinen Ausweis dabei, nur ein schmächtiger, kleiner Mann: Hans

Wölffler. Er trägt keine Brille. Captain Alexander prüft den Ausweis, fixiert sein Gegenüber und fragt betont beiläufig: Tragen Sie immer eine Brille? Der Befragte gibt sich einen Ruck, greift in seine Jackentasche und zieht eine Brille hervor. Natürlich, immer. Alexander stellt fest, daß Wölffler sich in Einbeck nicht abgemeldet hat und fragt nach. Aus welchen Gründen? Wölffler bestreitet, jemals in Einbeck gemeldet gewesen zu sein. Das müsse nachgeprüft werden. Ob Herr Wölffler ihn für einige Stunden nach Paderborn begleiten wolle?

Wölffler steigt ein, der Chauffeur startet den Wagen, Alexander läßt nichts von seiner Anspannung merken, und Wölffler dreht sich eine Zigarette. Seine Finger zittern, erst als er den Rauch nach dem ersten Zug ausstößt, wird er ruhiger. Er versucht sogar eine Konversation auf Englisch mit dem Fahrer und Alexander, aber der Captain antwortet immer auf Deutsch. Jetzt möchte Wölffler eine englische Zigarette kaufen, nimmt aber auch eine geschenkte an. Willig läßt er sich in das Gefängnis einliefern. Dann wird der Haftbefehl ausgestellt. Dabei fragt Alexander, welchen Dienstgrad er bekleidet habe. Der kleine Mann wird stutzig, und es bricht aus ihm heraus: Ich bin Hans Wölffler. Ja, antwortet Alexander so ruhig, wie es ihm nur möglich ist, und Gustav Simon, der Gauleiter. Jetzt weiß er, daß die Falle zugeschnappt ist. Simon wird in eine Zelle geführt. Alexander ordnet alle möglichen Maßnahmen an, um einen Selbstmord zu verhindern. Trotzdem gelingt es Simon, sich die Pulsadern aufzuritzen, aber es wird rechtzeitig entdeckt. Alexander hat den Plan, Simon so schnell wie möglich nach Luxemburg zu bringen. Das ist aber erst möglich, wenn die Auslieferungspapiere im britischen Headquarter vorliegen.

Sobald er kann, reist Alexander nach Paderborn zurück. Aber er kommt zu spät. Trotz der Wachsamkeit der Gefängnisbeamten hat Simon aus Fäden seines Strohsacks einen Strick gedreht und sich aufgehängt. Das Protokoll verzeichnet den Tod am 18. Dezember 1945, etwa 12 Uhr. Der Leichnam wird in Decken gehüllt und auf der Kofferbrücke des Militärautos festgeschnallt. Am 20. Dezember gibt der Justizminister von Luxemburg, Victor Bodson, eine Pressekonferenz; die Journalisten drängen sich. Drei Beweise werden genannt, daß Hans Wölffel tatsächlich Gustav Simon ist. Erstens: Sein Sohn hat nach dem Bild auf der Kennkarte seinen Vater erkannt. Zweitens: In einer Jacke fand sich ein eingenähter Taschenstreifen mit dem Namen Simon. Drittens: Vor der Auslieferung nach Luxemburg hatte er darum gebeten, seine Familie in Ruhe zu lassen. Dann ist Weihnachten, ein bitterkaltes Friedensfest, als der Leichnam in Luxemburg eintrifft: In der Morgue des Gefängnisses auf dem Grund, dem düsteren, engen Stadtteil zwischen den Festungsmauern, in das er so viele Unschuldige hat einliefern lassen, endet seine Reise. Niemand erhebt Anspruch auf die Leiche.

In Trier stand auf fast jeder der stehengebliebenen Fassaden in deutscher und französischer Sprache: *Nicht abreißen, historisches Bauwerk*. Das war vielleicht übertrieben, schützte aber auch Wohnhäuser. Oder umgekehrt: Die historischen Bauwerke waren so zerschunden, daß man sie von den weniger wertvollen nicht mehr unterscheiden konnte. An den Mauern und an Kirchentüren hingen auch Zettel mit Nachrichten. Eine Frau hatte ein Photo, auf dem ein Soldat abgebildet war, in der Hand, mit der anderen umklammerte sie den Griff eines Kinderwagens. Im Kinderwagen war kein Kind, sondern gestapelter Hausrat, ein Pfannenstiel ragte heraus. Und da war Josef Dorn, ein magerer, zäher Kerl im zerlumpten Rest einer Uniformjacke, die Knöpfe waren abgerissen, darunter seine nackte Brust. Die Hose des toten Soldaten hatte er weggeworfen, als er in einem ausgebrannten Haus eine Hose fand, die ihm viel zu kurz war. Er stand zwischen den Suchenden vor dem Kirchentor, er sah sie finster an, besonders die Frau mit dem Kinderwagen. Er war *befreit* worden, das war ein Schrecken, er wußte nicht genau, was es bedeutete: Er hatte *überlebt.* Auf dem Weg nach Westen hatte er sich von unreifen Äpfeln ernährt, von Haferkörnern, die er aus den Ähren puhlte, von Sauerampfer auf den Wiesen. Ihm fiel nichts anderes ein, als nach Trier zu gehen; kein Zug mehr, nie mehr in einem Zug. Zuerst traute er sich nur auf Feldwege, Feldwege und Waldwege, so eingeschüchtert war er. Er glaubte, nicht mehr richtig denken zu können, nie mehr denken zu wollen. Dann traute er sich in der Dämmerung auch in Straßengräben; wenn ihm jemand entgegenkäme, würde er sich einfach hinwerfen, bis die Gefahr vorüber war. Also konnte er doch denken, denken und einen Entschluß fassen. Ich werde auch Gras essen, sagte er sich, und in einem Straßengraben sterben, wenn ich noch nicht gestorben bin. Das erstaunte ihn. Wenn er zu schwach zum Laufen war, legte er sich unter Büsche. Er lag da wie eine Leiche, die erste, die er im *Frieden* gefunden hatte. Eher wäre er schon über sie gestolpert. Wenn er nicht mehr weiter wußte, ging er in ein Haus, stand einfach da und blieb so lange, bis ihm jemand etwas Eßbares gab. Hinausjagen ließ er sich nicht. Dann traute er sich schon zu fordern: Brot! Brot! Und später ein Butterbrot, noch später ein Butterbrot mit Marmelade drauf. Man hätte ihn erschießen oder totprügeln müssen. Er sprach nicht, zu niemandem. Vielleicht mal: Los! Los!, wie er es aus dem Lager kannte. Oder: Los! Aufmachen!, wenn sich in den Häusern nichts rührte. Er hatte einen Instinkt dafür entwickelt, ob jemand in der Nähe war. Er roch den Atem, er roch die Atemlosigkeit, die Angst vor dem Eindringling, der er war. Er hatte im Außenlager Mittelbau-Dora geschuftet, immer unter der Erde, wie ein Maulwurf, er hatte eine Schaufel und sonst nichts. Josef hatte Steine geschleppt, Steine, eine Chinesische Mauer aus lauter deutschen Steinen.

Ein Brot, ein Brot. Mit dem Brot war es so eine Sache. Viele der Befreiten hatten von den Amerikanern Brot und auch Konserven bekommen. Ausgehungert wie sie waren, stopften sie alles in sich hinein. Nur wieder satt werden, nur einmal wieder das Gefühl haben: Es gibt genug zu essen. Ihre Organe waren aber nicht an das Essen gewöhnt, ihre Mägen, ihre Därme konnten die Portionen, die sie heißhungrig zu sich nahmen, nicht ertragen. Sie starben, und ihr Tod war beschämend. Es konnte doch nicht sein, daß sie Buchenwald überlebt hatten und sich am weichen Brot, an Brotkanten, an Brotkrumen überfraßen. Wieder ging ein Gerücht um: Jemand habe das Brot vergiftet, ein verstockter, deutscher Bäcker, der im Auftrag der Amerikaner gebacken und sie getäuscht hatte. Jemand, der der Überzeugung war, sie alle hätten doch krepieren sollen, und der jetzt gründlich nachhalf.

Die Frau eines französischen Häftlings war vorausschauender gewesen. Als sie die Nachricht erreichte, ihr Mann habe das Lager überlebt und als er schließlich als elendes, krankes Bündel Mensch in Paris ankam, hatte ein befreundeter Arzt sie aufgeklärt, ihr Mann dürfe eine Woche oder länger keinesfalls feste Nahrung zu sich nehmen. Aber was sollte sie tun, damit er nicht vor ihren Augen verhungerte? Mit guten Beziehungen und dem Respekt, der ihm galt, half ihr ein geachteter Kämpfer der Résistance, François Mitterand, unter der Hand, Fleisch zu besorgen. Sie lieh sich eine Kartoffelpresse, legte das kostbare Fleisch hinein, preßte den Saft aus; nur den erhitzten Fleischsaft flößte sie ihrem Mann ein, Löffel für Löffel, so sehr er auch bettelte. Als er ein wenig zu Kräften gekommen war, fütterte sie ihn mit Bröckchen vom gekochten Fleisch, und er genas. Dann trennte sie sich von ihm. Sie wurde Schriftstellerin und schrieb ein Buch über ihren schamvollen Schmerz, den gänzlich unbegreiflichen. Und er schrieb über seinen Schmerz, die Erniedrigung, die Folter in Buchenwald.

Josef kam nicht in Versuchung, zu viel zu essen. Seine kleinen Raubzüge waren nicht sehr erfolgreich, oft wurde ihm die Tür vor der Nase zugeschlagen. Er war immer noch nicht fordernd genug aufgetreten. Nun war die Zeit zusammengeschnurrt, ein harter Kloß, der ihm in der Kehle steckte. Sprach er deshalb nicht? Oder waren die Leute, vor denen er wie ein Geist stand, ihm so fern, so fremd, daß er kein Wort herausbrachte, weil jedes Wort an ihnen abgeprallt wäre? Später dachte Josef selbst, man habe ihm die Zunge abgeschnitten, aber nein, daran lag es nicht. Die Sprache war ihm aus dem Kopf gefallen. Oder er hatte sie abgestreift, als er einem toten Wehrmachtsoldaten die Uniform vom Leib riß und in dessen Hose stieg. Wie gefährlich das war, davon machte er sich keine Vorstellung. Die falsche Hose, der richtige Überlebende. In seiner Hast hatte er nicht einmal nach einer Waffe bei dem Toten gesucht, die ihn jetzt sicherer gemacht hätte. Er floh den Toten, er hatte genug Tote gesehen. Einmal war ihm eine Wagenkolonne mit amerikanischen Soldaten entgegengekommen. Sie verlangten seine Papiere, jeder hatte Papiere zu haben, Entlassungspapiere, die hatte er nicht. Er war ins Lager verschleppt worden, er war aus dem Lager gejagt worden, als die Lagerverwaltung fürchtete, die Alliierten kämen. Sie sahen ihm ins Gesicht, forschend, tasteten ihn ab, nein, eine Waffe hatte er nicht. Daß jeder Wehrmachtssoldat sich schleunigst seiner Uniform entledigt hatte, wußten sie. Also war es merkwürdig, was dieser junge, fahl aussehende Mann trug, zu tragen wagte. Dann besann sich einer der Männer und streifte Josef Dorns Jackenärmel energisch nach oben. Er winkte seinen Kameraden, auch sie betrachteten die tätowierte Nummer auf seinem Arm. Ihre Gesichter sahen jetzt anders aus als vorher, erschrocken, ja, vielleicht fassungslos. Sie traten zurück, berieten, dann schrieb einer auf einem Formular, füllte Spalten aus, sah in die Luft, als suche er auch da ein Zeichen, und gab Josef das Papier. Seine Geste hieß: Bloß nicht verlieren! Josef steckte das Papier ein. Der Soldat – war es ein Sergeant oder einer mit einem höheren Rang? – nickte ihm zu, sagte etwas wie *Good luck!*, ließ sich auf den Autositz plumpsen, der Fahrer startete das Auto, und in einer Staubwolke bretterte es weiter auf dem Feldweg.

Josef steht da, ein Hemd im Wind, eine magere Salzsäule, er steht unter der Wölbung des gewaltigen Stadttores, der Porta Nigra. Vor einer Kirchentür will er nicht mehr stehen, so stehen Bettler, Einbeinige und klägliche alte Frauen. Er steht im Schatten, aber von dort sieht er alles: die Bahnhofstraße, aus der seine Eltern und seine Geschwister kommen könnten. Er sieht die Simeonstraße, die einmal eine Prachtstraße gewesen ist, er sieht bis zum Marktplatz, jedenfalls bildet er sich das ein, er sieht den Brunnen, er sieht das Marktkreuz. Er sieht die Trümmer, unter denen das gotische Haus begraben ist; darin war ein feines Café, in das sich niemand von seinen Leuten hineingetraut hat, auch wenn sie gerade eine Menge Geld auf einer Kirmes eingenommen hatten. Durch das Tor sind Hunnen gezogen, Goten, Franken, Merowinger; es war ihnen gleichgültig, daß Römer es gebaut hatten, diese mächtige Pforte in die Stadt, ein Bollwerk gegen Germanen, Teutonen und anderes Gesindel. im Mittelalter hatte ein Erzbischof das Tor in eine Stiftskirche umgewandelt. Später wurde die Kirche ausgeraubt, zerstört, sie verfiel, man hatte sie vergessen.

Er steht da und steht. Als Kind hat er die Legende von Simeon, dem Säulensteher, gehört. Das war ein Eremit, der weltabgewandt lebte, die Augen zum Himmel gerichtet. Erzbischof Poppo von Babenberg hatte mit ihm im Gefolge der Kreuzritter eine Reise ins Heilige Land gemacht. Zwei Legenden kursierten über den Erzbischof. Erstens: Poppo wird von den Armen der Stadt umringt, unter ihm, zwischen seinen Schenkeln, das Pferd. Mit Messern greifen die Armen das Pferd an, säbeln Batzen Fleisch aus seinen Flanken und rennen mit der Beute in die Gassen. Zweitens: Poppo, der in die gesegnete Stadt reitet, sieht die Armen, und sie dauern ihn. Vor ihren Augen steigt er ab, nimmt ein Messer, schlachtet sein Pferd und gibt den Armen zu essen. Seht, das ist mein Leib, der für euch. Seht, das ist mein Pferd, das für euch und die Euren. Gehet hin und esset davon. In Ewigkeit, Amen. Und alle wurden satt, dankten Gott und dem Erzbischof.

Der Eremit Simeon blieb in Trier unter dem Schutz Poppos. Menschen suchten ihn auf, damit etwas von seiner Heiligkeit auf sie strahlte, vielleicht auch aus Sensationsgier. Vielleicht fiel Simeon vor ihren Augen einfach von der Säule, oder eine Wolke verhüllte ihn, legte sich wie ein kalter Kragen um die Säule. Es begann zu regnen, die Menschen duckten sich in Nischen und unter Türstürze. Sie warteten auf ein Unglück oder auf ein Wunder, eines so gut oder schlecht wie das andere. Einfühlsame Leute hatten dem Eremiten auf einer Stange Essen und Getränke hinaufgereicht. Er aß im Stehen, er schlief im Stehen und alles zur Ehre Gottes. Simeon fror in seiner Einsamkeit hoch oben. Pilger schenkten ihm eine Mütze. Sie war rund wie ein Bienenkorb und aus einem gedrehten Hanfstrang spiralig genäht, eine haltbare Mütze, die ein Jahrtausend überlebte, vielleicht auch eine Wundermütze oder eine, die zur zukünftigen Reliquie taugte. Um die kostbare Hinterlassenschaft zu schützen, wurde im 14. Jahrhundert eine Schutzhülle aus orientalischer grüner Seide angefertigt. Wieder drei Jahrhunderte später wurde zum Schutz der Schutzhülle, deren Stoff mürbe zu werden drohte, eine dritte Mütze genäht, diesmal aus rotem Samt, verziert mit goldenen Litzen. Unbeschadet haben alle drei Mützen überlebt.

Unter der Säule stehen andere Eremiten, eine Versammlung von Eremiten, eher schon ein Volksauflauf. Eremiten, die durch Jahrtausende gewandert sind, durch sumpfiges Gelände, räudige Eremiten mit härenen Gewändern, knotigen Stöcken, kantigen

Körpern. Ihre Bärte sind verfilzt, ihre Fingernägel überlang, einer gleicht dem anderen aufs Haar. Ihr Blick weit in die Ferne gerichtet, als sähen sie Simeon nicht, über ihnen, unter ihnen. Sie sehen aber, was die, die ihnen Brot und Wasser, Datteln und Dörrfleisch bringen und ab und zu einen Krug Wein, nicht sehen. Sie sehen keine Notwendigkeit. Sie murmeln Gebete zum Lobe Gottes, aber man hört sie nicht. Sie bewegen die Lippen, sie müssen durstig sein vom jahrelangen Aufenthalt in der Wüste. Ja, das muß gesagt werden: Es ist kein Gebet, sondern ein Mundbefeuchten, ein trockenes Schlucken, eine Sehnsucht nach einem Essigschwamm, wenigstens. In einer anderen Version war Simeon in einer Salzwüste auf eine Palme geklettert, die einzige weit und breit. Dementsprechend gering war seine Chance zu überleben, ein voraussehbarer Tod und eine paradiesische Heiligkeit danach. Als Kind hatte Josef sich gefragt: Ist es dem Heiligen nicht langweilig oben in der Höhe? Weht ihm der Wind nicht so sehr um die Ohren, daß er fürchtet, herunterzufallen in die Menge der Gläubigen oder auf den Kopf eines Einzelnen. Fürchtet er nicht, dabei jemanden zu verletzen? Muß der Heilige nicht scheißen oder pinkeln? Oder besteht die Heiligkeit eben darin, nicht essen, scheißen oder pinkeln zu müssen? So ungefähr, anders ausgedrückt, weniger fragend, eher staunend. Besteht Heiligkeit aus Menschenferne? Aus Mangel an Wirklichkeit? Aus Staunen? Aus Kopfschütteln? Aber solche Fragen konnte man keinem Lehrer stellen, und seine Eltern interessierten sich nicht für so einen seltsamen Heiligen. (Wie jeder Realismus an den einfachen Fragen der Realität scheitert.) Andere Legenden waren nicht weniger märchenhaft. Simeon ließ sich in einer Zelle in der Porta Nigra einmauern. Simeon stand in der Mitte eines Bienenschwarms. Die Bienen stachen ihn nicht, sie brachten ihm Honig, der ihn nährte. Sie labten ihn, ja, das war das richtige Wort. Sein Leichnam verweste nicht. Sein langer Bart wurde geschoren und nach Rom gebracht und dort aufbewahrt. Seine Gebeine standen aufrecht im Grab. Zu Ehren des Einsiedlers wurde die Porta Nigra in eine Kirche verwandelt. Davon war jetzt nichts mehr zu sehen. Napoleon hatte fast alle nicht-römischen Hinzufügungen abreißen lassen, nur die Apsis blieb.

Josef steht da, nicht weit von der Eremitenversammlung, und er ist für sich selbst unsichtbar. Am Abend weiß er nicht, wohin er sein Haupt betten soll. Es hat eine Zeit gegeben, in der Juden vor dem Stadttor übernachten mußten, es gab eine Zeit, in der man Sinti und Roma von ihren Lagerplätzen vertrieb, weg zum nächsten Ort, wo man sie auch vertrieb. Josef glaubt nicht an die segensreiche Wirkung des Stehens, er hat auf dem Appellplatz gestanden, bevor er geschuftet und nachdem er geschuftet hat, zum Umfallen müde. Er hat sich gewünscht, einfach umzufallen. Aber er wußte, was es bedeutete, einfach umzufallen. Niemand fiel *einfach* um, das Umfallen war der Tod. Und jetzt steht er im bergenden Schatten des Torbaus. Was sagen die Treppen dazu, die Fensterhöhlen, die von der Hitze krumm gewordenen Abfalltonnen, die Regenfluten, die plötzlich auf das Pflaster stürzen? Was sagen die dümmlich lächelnden Rokokofiguren aus Sandstein im Park? Die Götterboten? Die Tritonen? Die Putti? Schauen sie auf Josef Dorn herab? Und die Trauerweiden am Ufer der Mosel und die langsam ihr Leben entlanggleitenden Schwäne? Was Josef denkt, weiß niemand.

Er steht da und wird nicht gefunden. Und er kennt auch den Grund: Niemand sucht ihn. Er fehlt nicht. Er fehlt niemandem. Er sagt nichts, er sagt auch nicht, daß er nichts denkt. Niemand kommt und bringt ihm Essen. Kommt jemand vorbei, mit einem auf Marken gekauften Brot, macht Josef eine blitzschnelle Bewegung, und das Brot ist seines. Er rennt ein Stück die Allee entlang, hört das Gezeter hinter sich, aber er bleibt verschwunden. Als er gerade ein Loch in die Kruste gepult, den Finger tief in das noch lauwarme Brot gebohrt hat und den ersten Bissen andächtig kaut – bei diesem unerwarteten Genuß hat er die Augen geschlossen –, rempelt ihn von hinten ein semmelblondes Bürschchen an, gut einen Kopf kleiner als er, schlägt ihm das Brot aus der Hand. Scheiß Zigeuner, hau ab!, und dann haut der Junge selbst ab, klettert über den Schutt. Josef ist viel zu schwach, ihm nachzurennen. So steht er ohne das Brot da, das ist er schon gewohnt. Am nächsten Tag steht er wieder in der schattigen Höhlung des Schwarzen Tores.

Grit Berghausen kommt vorbei. Sie trägt ein flammend gemustertes Kleid; sie hat es selbst aus einer Gardine genäht. Es hat eine enge Taille, ihr Rock wippt bei jedem Schritt, und der Halsausschnitt ist ein breites Oval – ein U-Boot. Er läßt ihre Schlüsselbeine sehen, sie sind wie Querflöten, man könnte ihnen Töne entlocken, die gespitzten Lippen auf einem der dünnen Knochen. Und Grit Berghausen sähe verwundert aus. Was fällt dir ein?, würde sie sagen. Sie schaut ihr Gegenüber an, ein wenig belustigt, nicht böse. Sie versteht die Annäherung, und nun ist sie allein, kein Verlobter, kein Auto, nur der Onkel, der seine großmütige Hilfe vergolten haben möchte, und sie ahnt, wie. Und der, der sich vorstellt, auf einem ihrer Schlüsselbeine Flöte zu spielen, perlende Töne, schaut sie an mit offenem Mund, ja, vielleicht ein wenig blöde, wie jedes Begehren in eine frühere Kulturstufe reicht. Da flattert Grit Berghausens rechte Hand in die Höhe, fährt rasch in das stoppelige Haar, zerrt daran, als könnte sie es dadurch verlängern. Warum sind ihre Haare so zerrupft?

Sie hat eine große Schimpfkanonade losgelassen, hat geschmettert und gewettert, als ein französischer Trupp ihren Wagen in der Scheune aufstöberte und konfiszieren wollte. Daß der Ortsgruppenleiter oder einer seiner Vasallen ihr das Auto wegnehmen würde, hatte sie befürchtet, aber nun nach dem Ende des Krieges: Sie war in Sicherheit, das Auto war in Sicherheit, sie wiegte sich in Sicherheit. Ein schönes Auto, ein beneidenswertes Auto und eine beneidenswerte Besitzerin. Die Soldaten sahen mit einem Blick, daß ein Wagen ohne Räder nutzlos war. Wo waren die Räder? Obwohl Grit in einem kalten Schulfranzösisch schimpfen konnte, zuckte sie jetzt die Schultern. Sie war nicht *responsable*. Es war auch nicht ihr Auto, das konnte sie beweisen. Und wo der Besitzer des Autos war, in einem Grab in der Ukraine, verscharrt in einer Mulde, die nicht tief genug war, um den Körper oder was von ihm übriggeblieben war, zu bedecken, das wußten nicht einmal die Götter. Fromm war ihr Augenaufschlag nicht bei dieser Auskunft. Die Autopapiere waren eindeutig, das Auto war nicht auf ihren Namen zugelassen; es war das Auto ihres Verlobten. Und eine offizielle Benachrichtigung über seinen Tod hatte sie nicht? Nein, denn sie war ja nicht die Witwe. Seine Eltern mußten die Benachrichtigung bekommen haben, aber die hatten nichts mit dem Auto zu tun. Und ihr Verlobter habe leider noch nicht die Gelegenheit gehabt, sie seinen Eltern vorzustellen. Das Auto war hier, und sie war hier und warf sich in die Bresche. Offenkundig hatte sie ein Gewohnheitsrecht, es zu nutzen. Das war eine Auslegungssache. Gefunden wurde das Auto, das schöne, immer noch chromglänzende Gnu, das nur ein wenig gelitten hatte, in der Scheune des Onkels des Verlobten. Wie kam es dahin? Auch da mußte sie die Schultern zucken. Aber ihr Mund sah schnippisch aus. Ebenso konnte sie nicht wissen, wo das Zubehör eines ihr nicht gehörenden Wagens war. Dann flatterten ihre Hände in der Luft, langstielig wie auf der Suche nach einer passenden Vase, bis sie sie fallen ließ in schlecht gespielter Resignation.

Die Franzosen nahmen sie fest; sie hatte nicht direkt eine Aussage verweigert – ob sie falsch oder richtig war, stand nicht zur Debatte. Das Delikt hieß *arrogance*, dagegen war nicht viel zu sagen. Es war eine Damen-*arrogance* den Besatzern gegenüber. In ein Lager, in ein Gefängnis zu lauter Kriminellen oder Nazi-Oberen konnte man sie nicht sperren. So wies man ihr einen dürftigen Raum zu, in dem sie über ihre Anmaßung nachdenken konnte, immerhin mit Aussicht in die Weinberge, dem Exerzierplatz abgewandt. Erst als der Divisionsfriseur ihr die Haare abschnitt, heulte sie. Aber das Heulen war weit vom Bereuen entfernt. Ihre Wärter brachten ihr ein Stück Baguette, sie fragte frech nach Butter dazu. Die gab es nicht, weder für die Franzosen noch für ihre Gefangene, aber einen Wortschwall, der ihr den Kopf zurechtrückte. Ein paar Tage später brachte ihr einer der Wärter ein Glas *Rouge ordinaire*, und davon wurde ihr Französisch mutiger, ja, beim dritten Glas Wein hatte es sich schon sehr gebessert. Daß er ihr Wein gebracht hatte, *wiederholt, wider besseres Wissen*, war dem Wärter klar, aber es war so eine reizende Frau, sagte er sich. Ein anderer an seiner Stelle hätte ohne Zeugen ebenso gehandelt, augenzwinkernd vermutlich. Als Grit nach vier Wochen ihre Strafe abgesessen hatte, war die Division schon an sie gewöhnt, und es mußte ein Gespräch beim Kommandanten über sie gegeben haben: Es sei doch eigentlich schade, eine offenbar intelligente, durchsetzungsfähige und auch schöne Frau wieder gehen zu lassen, nachdem man sie während ihrer Haft kennen und auch schätzen gelernt hatte. Belastet war sie offenbar nicht, nichts Negatives außer ihrer Arroganz war über sie bekannt. Nun ja, es mußten ja auch nicht alle Deutschen im Büßergewand vor den Besatzern erscheinen. Grit Berghausen hätte auch ein Büßergewand mit Würde getragen.

Die Reifen wurden nicht gefunden, und in kürzester Zeit war Grit Berghausen Sekretärin bei den Franzosen, führte Karteien, dolmetschte, war für die Ausgabe von Lebensmittelmarken verantwortlich. Nie und nimmer hätte sie sich bei dieser Arbeit etwas zuschulden kommen lassen: Sie hätte den Ast abgesägt, auf dem sie saß. Die Haare wuchsen wieder, honigfarben und ein wenig wellig, und aus irgendeinem liegengebliebenen Täschchen kramte sie Ohrringe hervor, die an den Ohrläppchen kniffen, kornblumenblaue Knöpfe in einer metallenen Fassung. Sie klapperten gegen den Hörer, wenn sie im Auftrag der Offiziere telephonierte. Ihre Arbeitgeber waren mit ihr zufrieden. Sie hatte Glück gehabt, aber auch Verstand. Jemand brachte ihr ein Flacon Parfum mit und behauptete unschuldig, es sei von seiner Mutter, die für den Duft zu alt sei. Ein anderer schenkte ihr ein Stück himmelblauen Stoff, ein bißchen durchsichtig, und sie nähte sich eine Bluse daraus. Ein Offizier nahm sie zum Essen mit in die Offiziersmesse. Und so weiter. Und so fort.

Jetzt traten der Onkel und die Tante auf den Plan. Das war schon lange zu erwarten gewesen. Aber ich hatte sie aufgehalten: Bitte noch nicht! Ich wurde mir der Macht des Erzählens bewußt, mit einem kleinen Rippenstoß konnte ich jemanden an eine bestimmte Stelle schieben oder wieder hinauskatapultieren. Der Onkel und die Tante hatten Grit geholfen, als sie unbedingt das Auto retten wollte, das Auto, das ihrem verstorbenen Neffen gehörte, ein bewundernswerter Mann, ein so tüchtiger Arzt, der eine so flatterhafte Frau, wie sie es war, gar nicht verdient hatte. Es war eindeutig, was sie dachten, aber nicht auszusprechen wagten: Er würde sich im Grabe umdrehen, wenn er wüßte, wie unwürdig seine Verlobte sich in den letzten Monaten des Krieges und jetzt, vor ihren Augen, betragen hätte, sich den Franzosen an den Hals, in die Arme werfen, das Angedenken des Verlobten nicht hochhalten, eine lange Litanei und überhaupt. Schließlich änderte sich die Tonart. Sie hätten ihr geholfen, der unbekannten jungen Frau, die sich in der Stadt und ihren Gegebenheiten nicht auskannte, sie hätten ihr geholfen, und sie hätte sich der Hilfe nicht würdig erwiesen. Wo sind die Räder des Autos?, nichts anderes wollte Grit wissen. Der Onkel hatte sie eingetauscht gegen eine Gans, ein halbes Schwein, gegen Speck und eine ganze Batterie Eier. Du wirst doch bei den Franzosen vollgestopft, das fand Grit unverschämt, und sie sagte es auch. Nein, vollgestopft wurde sie nicht, der Onkel zog eine Linie durch die Luft, die Grits elegante Körperlichkeit andeutete. Aber die Franzosen badeten doch im Luxus, sie requirierten alles Mögliche, sie hätten Benzin für ihre Wagen, mit denen sie herumflitzten, sie mischten sich in alles Mögliche ein, das sei demütigend. Sie seien doch keine richtigen Sieger, sondern hätten sich an die Rockschöße der Amerikaner gehängt, und so redete er sich in Rage, und am Ende, als Grit schon von einem Fuß auf den anderen trippelte, fragte sie: Was willst du denn? Eine Flasche Cognac, der Onkel sah sie fordernd an. Und die Tante hatte auch einen Wunsch: ein seidenes Kopftuch, so etwas gebe es doch in Frankreich, mit einem kräftigen Muster, vielleicht auch mit Pferdeköpfen. Pferdeköpfe, nachdem die Reifen des Autos futsch und so bald keine neuen aufzutreiben waren. Grit wußte nicht, ob sie schreien oder heulen sollte über so viel gierige Unverschämtheit. Sie entschied sich für etwas anderes; wie in ein Kleid schlüpfte sie in ihre Damenhaftigkeit, streckte sich: Mein Verlobter ist tot, damit ist die Beziehung zu seiner Familie wohl erloschen.

Der Weg zum Torbogen fällt ein wenig ab, um dann auf der Stadtinnenseite wieder anzusteigen. Meterhoch hat der Schutt der Jahrhunderte das Bodenniveau angehoben. Darüber türmt sich jetzt der neue Schutt. Grit Berghausen taucht ein in die dämmrige Kühle der Porta Nigra, da sieht sie Josef stehen, diesen dünnen, dunklen Mann mit dem unbewegten Gesicht. Sie winkt ihm einfach zu und geht weiter, sie hat ja Dienst, sie hat keine Zeit, auch die Franzosen verlangen Pünktlichkeit. Sie ist angestellt und deshalb vergnügt. Und etwas geschieht in Josefs Kopf, als würde eine Blase platzen, in der er unbeweglich gesessen hat für eine lange Zeit. Er lächelt. Er sieht ihr nach, sieht ihren wippenden, weiten Rock mit den Schlangenlinien. Er sieht, daß sie schön ist, aber er mißversteht diese Schönheit. Seine Mutter trug solche Röcke und auch seine Schwester Kathi, aber ihre Röcke hatten ein Blumenmuster mit Margeriten, Rosen, übergroßen Veilchen. Er sieht der jungen Frau nach, wie sie an den Schutthalden vorbeigeht, sie gefällt ihm, und dann sieht er sie nicht mehr. Als Grit Berghausen an ihrem Schreibtisch sitzt, links das Wörterbuch, rechts die Ablagekörbe, ist sie zufrieden, sogar sehr zufrieden. Es ist ein Aufatmen, das den ganzen Körper dehnt, auch glücklich macht. Bald spannt das schöne flammenfeurige Gardinenkleid. Bald trägt Grit ein anderes Kleid, wieder aus einer Gardine, diesmal mit braunen und eierschalenfarbenen Streifen, ein sperriger Leinenstoff, aus dem sie ein weites Kleid genäht hat, ein Kleid wie eine Glocke. Es ist ein Gerücht, daß vertikale Streifen schlank machen. Deutlich ist zu sehen: Grit ist schwanger.

Zusammen mit Josef Dorn war Heinz Cobler, der Sohn des Rechtsanwalts Dr. Erich Cobler, aus Buchenwald gekommen. Sie hatten sich getroffen, sie hatten sich wieder aus den Augen verloren. Eine Gemeinschaft gab es nicht; im Lager hatten sie sich kaum gesehen, sie waren Trierer, aber das verband nicht sonderlich. Sie waren in verschiedenen Abschnitten untergebracht, die Baracken glichen einander, das war alles. Verschiedene Baracken, verschiedene Peitschen, dieselben Hunde und Stiefel, blank geputzt bis zum Arsch. Sie hatten sich durchgeschlagen, getrieben von der Hoffnung, doch noch einen überlebenden Verwandten zu finden oder mit irgendjemandem auf der Welt eine Bindung herzustellen, nicht allein zu sein, schmerzend allein. Nahrung und Unterkunft würden sich schon finden.

Als Heinz Cobler das Haus betrat, in dem er mit seinen Eltern und seiner Schwester gewohnt hatte, fand er einen anderen Namen an der Tür. Er klingelte, aber niemand öffnete ihm. Er drückte eine zweite Klingel, er kannte die Nachbarin, und sie mußte ihn auch noch kennen. Nachdem sie geöffnet hatte, wich sie einen Schritt zurück. Bist du der Heinz? Sie sah ihn an wie einen Geist. Er nickte. Bevor sie die Tür schließen konnte, drängte er in die Wohnung. Sofort erkannte er seine Kinderzimmerkommode in der Diele. Er betrat das Wohnzimmer, dessen Tür offenstand. Da war das Sofa mit seinem unverwüstlichen Bezug, auf dessen Lehnen er als Kind geturnt hatte. Er sah den Tisch, den er benutzt hatte, um Hausaufgaben zu machen, den Ledersessel seines Vaters, einen Kupferstich vom alten Trier, den er als Kind gerne angesehen hatte. Er fühlte sich elend. Er sah die Nachbarin an, die peinlich berührt dastand, die Hände um eine Stuhllehne gekrampft. Die Wohnung kam ihm stickig vor. Egal, was die Frau dachte: Weg! Und dann, als er schon an der Wohnungstür war, sagte die Frau: Wir haben doch nicht gedacht, daß ihr wiederkommt. Sie verbesserte sich: Wie hätten wir sowas denken können? Nichts, keine Entschuldigung, keine Erklärung, und beinahe hätte sie Recht gehabt. Etwas durchflutete Heinz Cobler, seine Glieder gehorchten ihm nicht mehr. Er war sich nicht sicher, ob er wirklich die Kinderzimmerkommode gesehen hatte, aber was er jetzt sah, war ungeheuerlich: Die Nachbarin schüttelte ein Staubtuch aus, und daraus fielen lauter kleine Messer, Taschenmesser, Federmesser, Puppenmesser. Dann schloß die Frau das Fenster wieder.

Er setzte sich auf ein Vorgartenmäuerchen in der Nähe, saß da und atmete, zu nichts anderem war er fähig. Und daß er atmete, war schon viel. Er atmete aus und ein, und die Luft, die er einatmete, konnte nichts dafür, daß er sie verbrauchte. Sie war einfach da, wie der Forsythienstrauch mit seinen gelben Blüten im Vorgarten. Und dann sah er ein Kind mit seinem Schulranzen, das die Straße entlanghüpfte. Luft, Spatzengeschrei, ein Strauch, ein Kind, ein Mäuerchen, das war alles. Ein Anfall hatte ihn überwältigt, wie er als Kind Anfälle erlitten hatte und später nicht mehr. Die Gewaltsamkeit, in die er hineingerissen worden war, hatte seine Krankheit zum Stehen gebracht. Die Messer waren in seinem Kopf, nicht in der Luft. Später meinte er, an einem Fenster hinter einer Gardine einen Schatten gesehen zu haben. Er merkte sehr wohl: Wenn er vorne in die Straßenbahn gestiegen war, stiegen hinten zwei Leute aus.

Heinz Cobler dachte nach. Es dauerte lange, bis er genügend nachgedacht hatte. Nicht daß er langsam war, im Gegenteil, aber er wollte nichts Falsches denken; und das Falsche wegzudrängen, wenn es den Kopf fast schon beherrschte, war schwer. Er dachte so lange, bis sein Handeln ohne Überlegung auskam. Er handelte spontan, aber nicht gedankenlos. Das Denken war in eine Vorvergangenheit gerutscht. Er ging zu dem Amt, das man ihm als zuständig genannt hatte, als er aus dem Lager in seine Stadt zurückgekommen war. Er fragte einfach, ob er allein sei, das hatte er bei seinem ersten Vorsprechen nicht gewagt. Er fragte so, daß sein Gegenüber sofort wußte, was er meinte. Nein, er war nicht der einzige jüdische Überlebende. Er erfuhr Namen, er fragte sich durch, manche kannte er, manche nicht. Die Namen waren auffindbar, nach zähem Fragen und Suchen auch die Adressen. Er zählte Überlebende, fragte auch nach Juden in den Eifelstädtchen rundherum, sie mußten doch registriert worden sein. Junge Emigranten waren aus Amerika zurück nach Deutschland gekommen und halfen den Überlebenden, Suchbriefe zu schreiben. An wen, an welche Adresse? UNRRA hieß die Organisation, für die sie arbeiteten: *United Nations Relief and Rehabilitation Administration.* Sie war dem Roten Kreuz gegenüber weisungsberechtigt. Die UNRRA half ihm mit ihren Karteien, aus allen Lagern hatte sie Berichte. Ihr folgte die *International Refugee Organisation*, die kein Mensch so nannte, sondern einfach IRO. Sie war nun für ihn zuständig. Das Rote Kreuz, das ein Braunes Kreuz geworden war, national organisiert und noch nicht reingewaschen, ohne Kontakt ins Ausland, hatte mit Vermißten, mit Flüchtlingen genug zu tun. Als Heinz Cobler sieben Überlebende gefunden hatte, gründeten sie zusammen eine Jüdische Gemeinde, belebten die vernichtete. Heinz Cobler war zufrieden. Von den dreiundzwanzig Thorarollen waren zwei übriggeblieben. Eine war in einem hohen Bonbonglas im Hinterraum eines Lebensmittelgeschäfts versteckt gewesen. Er suchte seinen Vater, seine Mutter, seine Schwester. Er erinnerte sich auch an den Möbelhändler und dessen Söhne, die versucht hatten, den Vater vor Unüberlegtheiten abzuhalten. Er fand eine Schwester seines Vaters und zwei Cousinen in Haifa und einen anderen Cousin in Minnesota, oder besser gesagt: Sie fanden ihn und stellten Fragen. Er ließ den Brief aus Haifa liegen, sehr lange liegen (wo liegen?) und beantwortete ihn am 7. Januar 1946.

Meine Lieben,
muß ich Euch zu meinem tiefsten Bedauern mitteilen, daß nur noch ich von unserer Verwandtschaft übriggeblieben bin. Ich hege zwar immer noch die stille Hoffnung, daß der Eine oder der Andere auftaucht, doch nach dieser langen Zeitspanne ist es wohl ziemlich aussichtslos.

Und dann schrieb er wieder, dieses Mal nach Minnesota:
Von meiner lb. Schwester, den lb. Eltern und den übrigen lb. Angehörigen habe ich leider auch gar nichts mehr gehört und muß nun annehmen, so traurig es ist, daß sie leider alle ums Leben gekommen sind.

Zwei Monate später schrieb er noch einmal:
Und so schwer es auch fällt, werden wir uns mit dem Gedanken

vertraut machen müssen, wer sich bis jetzt noch nicht gemeldet hat, leider nicht mehr am Leben ist.

Über sich selbst schrieb er nur das Nötigste:
Es geht mir zeitentsprechend, habe viel Arbeit und wenig Zeit, an meine persönlichen Angelegenheiten zu denken.

Dann schrieb er nicht mehr. Was gab es noch mitzuteilen? Er wollte studieren, rasch das Abitur nachholen, um jeden Preis hatte er studieren wollen. Er studierte Jura, wie sein Vater, und es fiel ihm leicht. Solange er studierte, war er sein Vater. Hörte er auf zu pauken, überfiel ihn die Trauer. Also stürzte er sich in die Arbeit.

Furtwängler dirigiert wieder! So stand es in einer Reportage, die in Schweden erschien. Einer, dem seine Muttersprache verlorengegangen war, schrieb auf Schwedisch für die Zeitung *Stockholms-Tidningen* sechs Reportagen aus dem zerstörten Berlin. *Furtwängler dirigiert wieder! Noch einmal wird der große Dirigent in eine Rolle hineingezwungen, die ihm eigentlich fern liegt. Er, der einmal mangels politischen Urteilsvermögens im Dritten Reich zum deutschen Kulturträger ernannt wurde, verkörpert heute – gegen seinen Willen – von neuem eine nationalistische Idee.* Furtwängler war 1945, als der *Alliierte Kontrollrat* ihn all seiner Ämter enthoben hatte, an den Genfer See übersiedelt. Da lebte es sich unbehelligt, da konnte er sich auf neue Konzerte vorbereiten. Die jüdischen Musiker, die in die USA geflüchtet waren und dort Fuß gefaßt hatten, verhinderten allerdings, daß er nach 1945 in den USA dirigieren durfte. Das war bitter, aber seine Erfolge in Deutschland entschädigten ihn. Er hatte sich doch für den verfemten Paul Hindemith eingesetzt, und die Welt war nicht schwarzweiß. Einerseits: Was hatte er als Repräsentant für das Regime getan? Andererseits: Das Regime brauchte dringend Repräsentanten, gerade in der Kunst. So milde schrieb der Emigrant für die schwedischen Leser, vielleicht verkrampfte sich dabei seine Hand.

In den einzelnen Besatzungszonen waren die Methoden der Entnazifizierung ganz unterschiedlich. Die Amerikaner entschieden, alle Parteimitglieder mit Beitritt seit 1937 zu untersuchen, während sie anfangs nur den harten Kern vorluden: Parteimitglieder mit einer niedrigen Nummer, die vor 1933 eingetreten waren. Zwischen der Machtergreifung und dem Jahr 1937 hatte faktisch eine Eintrittssperre bestanden; die NSDAP war zu diesem Zeitpunkt nicht an Glücksrittern, Opportunisten, Karrieristen interessiert, sie wollte eine Kader-Partei bleiben. Nur wenige der Hitlerjugend Entwachsene und umworbene Spezialisten kamen als Parteimitglieder in Frage. Also leiteten die Amerikaner gegen die Parteimitglieder, die nach dem Entschluß zur Öffnung der NSDAP, also ab dem Eintrittsjahr 1937, eingetreten waren, ungleich mehr Verfahren ein.

Die Amerikaner hatten den Verdacht, die Franzosen sähen im Nationalsozialismus nur ein gesteigertes Preußentum, mit dem sie bittere Erfahrungen gemacht hatten. Auch warfen sie ihnen vor, eher an der *Entpreußung des Saargebiets* interessiert zu sein als am Wiederaufbau der französischen Zone. De Gaulle wiederum sah in Hitler einen Schüler Bismarcks, aber so tief wollten die Amerikaner nicht in die Geschichte eintauchen. Die Engländer hatten gegen ein solches Preußentum nicht viel auszusetzen; die Königshäuser waren auf verwickelte Weise miteinander verwandt, sie hatten dasselbe Blut. Die Franzosen setzten auf Kultur und Bildung. André Gide kam nach Deutschland und hielt Vorträge. An eine Umerziehung der Deutschen wurde nicht ernsthaft gedacht. Es war ein achselzuckender Fatalismus: Sie würde nicht gelingen. Zwischen Baden-Baden, dem Sitz der französischen Militärregierung, und Berlin, dem Sitz des *Alliierten Kontrollrats*, gingen Briefe und Dokumente verloren. Die Franzosen empfanden die Direktiven aus Berlin als rückständig und verzichteten auf ihr Vetorecht. Berlin war weit, Paris war näher. Die Amerikaner betrachteten die französischen Methoden als verderbliche Improvisationen oder eher als liebenswerte, aber konsequente romanische Schlamperei.

Die Briten wiederum, so wurde gewitzelt, behandelten die Deutschen wie einen besonders intelligenten Beduinenstamm. Sie kehrten ihre reichen Erfahrungen in den Kolonien heraus, die ihnen aber am Niederrhein und in Westfalen nichts nützten. In der sowjetisch besetzten Zone konzentrierten sich die Säuberungen auf die Verwaltung, die Justiz und andere wichtige Bereiche. *Volksrichter* und *Neulehrer* ohne juristische oder pädagogische Ausbildung, allerdings gründlich politisch geschult, wurden eingesetzt. Nach entsprechenden *Sühnemaßnahmen* stand es allen nominellen Parteigenossen und schließlich allen ehemaligen Nazis und Offizieren, soweit sie nicht verurteilt worden waren, frei, am *demokratischen Aufbau* mitzuwirken. Das bedeutete nicht, die gleiche Position und den gleichen Einfluß wiederzuerlangen. Viele zogen es vor, die *Umgestaltung der Gesellschaft*, wie es hieß, anderen zu überlassen und wechselten in eine der westlichen Zonen, wenn ihnen die Enteignung drohte. Die bisherigen Beamtenregelungen wurden von den Russen außer Kraft gesetzt; sie zerschlugen das Berufsbeamtentum.

Der *Service Épuration*, wie die Franzosen die Entnazifizierung nannten, schien ihnen selbst streng und gerecht. Gemeinsame Richtlinien der vier Siegermächte waren nie zustande gekommen. Das hatte zur Folge, daß entlassene Beamte und Angestellte oder solche, deren Dienststellen mit der Kapitulation vernichtet worden waren, nun in der französischen Zone nach Arbeitsmöglichkeiten suchten. *Zonenwanderung* nannte man dies. Weil er nicht bereit war, sich dem Entnazifizierungsverfahren zu stellen, hätte Ernst Jünger in der britischen Zone Schreibverbot erhalten, was ihn empörte. Tagelang war er verhört worden. Deshalb wechselte er in die französische Zone, zuerst nach Ravensburg, aus dem Haus mit vierzehn Zimmern in eine Wohnung mit nur drei Zimmern, doch nur vorläufig; dann nach Wilfingen, zuerst ins Schloß, schließlich in die vielzimmrige Oberförsterei, die ihm die Familie des Grafen Stauffenberg zur Verfügung stellte, ein Haus mit viel Platz für seine Sammlungen.

Die kalkulierte *Zonenwanderung* rief bis in die USA öffentliches Aufsehen hervor. Plötzlich schien die französische Zone ein Dorado für politisch belastete Fachkräfte zu sein. Den Luxus, weite Kreise der Bevölkerung vom Wiederaufbau auszuschließen, könne man sich nicht leisten. Planstellen wurden von den deutschen Verwaltungen einfach nicht besetzt, bis der frühere Amtsinhaber nach Verbüßung seiner Strafe, nach einer Zurückstufung oder seinem verordneten Aussetzen in der Berufstätigkeit wieder zur Verfügung stand. Ein Beschäftigungsverbot für Parteigenossen der Jahre vor 1937 gab es nicht bei den Franzosen, wie auch in der sowjetisch besetzten Zone; jeder Fall wurde individuell begutachtet und beurteilt. Das dauerte und wuchs den Mitgliedern der Spruchkammern rasch über den Kopf. Die Franzosen priesen ihr eigenes, kleinteiliges System gegenüber dem schematischen, nach Rastern arbeitenden Modell der Amerikaner. Jeder ein Mosaikstein unter vielen. Man mußte einen mit den vielen anderen zu einem Bild zusammenfügen, erst so entstand ein Eindruck und daraus folgend eine Einschätzung. Die Entnazifizierung, die mit riesigen Fragebögen begann, war einfach nicht zu bewältigen. Von der Überprüfung ausgenommen waren Personen, die in der Zeit der Herrschaft des Nationalsozialismus in Deutschland keinen Wohnsitz hatten. Dazu gehörten die nach Auschwitz Deportierten.

Furtwängler dirigiert wieder! Furtwängler war groß. Furtwängler war ein Dirigent, an den kein zweiter heranreichte. Viele Jahre lang hatten die Deutschen keinen anderen Dirigenten gehört. Furtwängler dirigierte Beethoven und Brahms, Franz Schubert und Richard Strauss und wieder Beethoven, immer wieder Beethoven. Ein Heroe gab dem anderen die Hand. Furtwängler war 1933 zum Ersten Kapellmeister, 1934 zum Direktor der Berliner Staatsoper ernannt worden. Er war Preußischer Staatsrat und Vizepräsident der Reichsmusikkammer. Er setzte sich für jüdische Orchestermitglieder ein, er brauchte die besten Musiker, wollte *die Kunst von allem Niederen freihalten.* Nur einen Trennungsstrich wollte er *letzten Endes* anerkennen, *den zwischen guter und schlechter Kunst.* Unaufhaltsam war seine Karriere; er nahm Schallplatten auf und bekannte sich in einem Aufruf *zu des Führers Gefolgschaft.* Er gab Konzerte zu Hitlers Geburtstag und zum Weihnachtsempfang und zum fünften Jahrestag des Überfalls auf die Tschechoslowakei. Mit Billigung der Nazis lebte er seit 1944 in Luzern. Der milde See lappte ans Ufer, die Stadt umarmte die Wasserfläche, eine strenge Diagonale dazwischen, die mittelalterliche Holzbrücke, eine unfaßbare Schönheit, der gegenüber jede kriegerische Handlung ein Augenreiben war, ein bestürztes Kopfschütteln, ein Einbruch in die Harmonie von Natur und Kunst. Es wäre ein großer Verlust gewesen, hätte Furtwängler bei einem Bombenangriff Schaden genommen. Auch Kriegsteilnehmer durfte er nicht werden, *Hitlers gehätschelter Maestro,* schrieb der Emigrant aus Schweden. Furtwänglers Name stand auf der *Gottbegnadeten-Liste,* und rutschte weiter und höher – auf eine Sonderliste mit den drei wichtigsten Musikern der *Gottbegnadeten.* Höher konnte kaum ein Irdischer stehen, und ein *Gottbegnadeter* fiel nicht, fiel nur mit dem Führer, wenn dieser fiel, gefallen war, sich selbst zu Fall gebracht hatte. Zwischen guter und schlechter Kunst ein Abgrund. Furtwängler in der Schweiz, fast mit

Blickkontakt nach Deutschland. Es konnte ihm nichts geschehen, es würde ihm nichts geschehen. Es geschah nichts. Das Wort Opportunist war noch nicht geläufig.

Nachdem die französische Militärregierung den Deutschen, die sich für die Arbeit in den Spruchkammern eigneten, die Entnazifizierung weitgehend überlassen hatte – eine Vorbereitung auf eine demokratische Selbstverwaltung –, blieben die Bescheide wochenlang in den Ministerien liegen, bis sie unterzeichnet wurden. Die Bestimmungen hätten sich ja in der Zwischenzeit zugunsten der Belasteten ändern können. Trotzdem waren nach einem Jahr von 438.000 Beamten oder Angestellten im öffentlichen Dienst 120.000 begutachtet. Ende 1946 war ein Zehntel der gesamten Bevölkerung in Rheinland-Pfalz überprüft, immerhin so viele oder viel zu wenige – wie man es nahm. Gut ein Drittel der Bescheide verfügten die Belassung im oder die Wiederzulassung zum öffentlichen Dienst. Die Hälfte der Bescheide endete mit ganz verschiedenen Sanktionen: Entlassung, Pensionierung, Berufsverbot in schweren Fällen, Geldbußen oder Konfiszierung eines Teils des Vermögens oder dem Verbot, für eine gewisse Zeit im früheren Beruf zu arbeiten. Eine Jugendamnestie erließ *einfachen* NSDAP-Mitgliedern und den der Partei nahestehenden Organisationen, die nach dem 1. Januar 1919 geboren waren, alle weiteren Sühnemaßnahmen.

Trotzdem verstieg sich der Abgeordnete Peter Altmeier in der Beratenden Landesversammlung von Rheinland-Pfalz, der Vorform des Landtags, zu der Äußerung, daß die *Épuration* oft den *Charakter einer politischen Christenverfolgung habe.* Die *Épuration* sei zu einem *Tummelplatz persönlicher Mißgunst, anonymer Verdächtigungen und übler Postenjägerei* geworden. Altmeier selbst wurde im Juli 1947 Ministerpräsident des Landes und blieb es über zwanzig Jahre. Ein anderer Abgeordneter sprach von der *verzweifelten Ähnlichkeit* der Verfahren mit den Revolutionstribunalen von 1792. Wieder ein anderer sah in der Entnazifizierung *die Verfolgung aus irgendeinem Grunde unbequemer Volksschichten. Nicht nur die Pferde, sondern auch die Kutscher sind zu wechseln*, bekundete er. Eine der Zeitungen, mit Lizenz der Militärregierung begründet, kommentierte: Die Amnestie würde Tausenden *Lebensmut und Schaffensfreude* zurückgeben. Nur der Abgeordnete Baumann, ein Mitglied der KPD, kritisierte den Verlauf der Debatte. Kein einziges Wort des Gedenkens sei für die vielen Opfer gesprochen worden. Im Gegenteil, es gehe gar nicht um eine gerechte Entnazifizierung, sondern es finde *ein Wettrennen um die Parteigenossen* statt. Keinen einzigen habe es gegeben, der in einer jovialen Minute vor einem Juden nicht gleich ausgespuckt habe und deshalb glaube, ihm stehe eine Bescheinigung zu, daß er immer die Nürnberger Gesetze abgelehnt habe. Alle diese Redebeiträge wurden der Militärregierung vorgelegt; auch einzelne Augen- und Ohrenzeugen berichteten darüber.

Der Unmut richtete sich im Besonderen gegen den Oberregierungsvizepräsidenten, den Verantwortlichen für die Entnazifizierung in Neustadt an der Weinstraße, Dr. Carl Felix Koch. Er paßte einfach nicht in die Gesellschaft, über die er urteilte. Also verurteilte man ihn, schwärzte ihn an, wo man konnte. Koch war im Elsässischen geboren; das war suspekt. Er hatte Rechtswissenschaft und Kunstgeschichte in Zürich und in München studiert und war aktives Mitglied im pazifistischen Studentenbund gewesen. 1933 wurde er für vier Monate in *Schutzhaft* genommen. Ein zweites Mal wurde er 1937 vor Gericht gestellt. 1943 wurde er einer Bewährungseinheit der Marine zugeteilt. Kaum war er dort, stand er wieder vor Gericht und wurde wegen Wehrkraftzersetzung und Heimtücke zu eineinhalb Jahren Gefängnis verurteilt. Die französische Übergangsregierung hatte sich schon im Oktober 1945 seiner Mitarbeit versichert. Koch war parteilos, mit anderen Worten: Er handelte in Absprache mit den Franzosen nach seinem Gewissen. Und er baute eine strenge und gleichzeitig schlanke Organisation auf. Auch das gefiel den meisten nicht, die mit Recht fürchteten, sich in den Maschen der Entnazifizierung zu verstricken. Man warf ihm Selbstherrlichkeit vor, *abgebrühte und ausgekochte Unverfrorenheit* und daß er sich durch Reden und Handeln selbst untragbar gemacht habe. Auch der neu gegründete *Spiegel* mischte sich ein, goß Öl ins Feuer und beschrieb Koch als einen Mann, der mit weißer Tennishose, kaffeebraunem Sakko und einer roten Krawatte zu feierlichen Veranstaltungen erscheine und zu Verhandlungen Pullover und eine Trainingshose trage. Auch daß er manchmal in der Weinstube seiner Mutter hinter dem Tresen stehe, war eine Nachricht wert. Während er im Gefängnis saß, hingen bei den Vorgeladenen die schwarzen Anzüge im Schrank und warteten auf eine Gelegenheit, von ihren Besitzern wieder getragen zu werden. Doch die französische Militärregierung schätzte, trotz einiger Differenzen, Kochs Arbeit und hatte auch eine Begründung für die Feindschaft gegen ihn: Er sei frankophil, und dies werde gern als eine Vorstufe zum Separatismus angesehen. In einem Dossier hieß es zu seiner politischen Einstellung: d*e tendance socialisant et très francophile.* Und zu seiner Arbeitsweise: *Dans son travail il est bohème et dans ses méthodes quelque peu anarchique.* Andere Vorwürfe gab es nicht. Trotzdem versuchten die Franzosen, ihn aus der Schußlinie zu ziehen. Sie schalteten den Universitätsoffizier ein: Koch sollte einen Lehrstuhl für Kunstgeschichte an der Mainzer Universität bekommen. Als das unter den Studenten bekannt wurde, drohten sie mit Streik.

Die Kirchen wurden durchforstet. Dabei fiel auf, daß ein Pfarrer der Diözese Speyer förderndes Mitglied der SS gewesen war; ihm wurde eine Kürzung seiner Pension um zehn Prozent auferlegt. Fünf Pfarrer waren erwiesenermaßen NSDAP-Mitglieder gewesen, ein anderer leugnete seine Mitgliedschaft seit dem Jahr 1935, der Ortsbürgermeister und der Kirchenvorstand bezeugten allerdings, daß er kein *Aktivist* gewesen sei. Schließlich gestand der Pfarrer, seit 1937 in der NSDAP gewesen zu sein. Der Weihbischof sagte der Militärbehörde zu, Maßnahmen zu ergreifen, ruderte dann aber zurück: Er könne den Pfarrer nach kanonischem Recht nicht zwingen, eine andere Stelle anzutreten. Nach weiteren Anfragen war klar: Gar nichts war geschehen. Schon im Januar 1947 teilte der Bischof der Militärregierung mit: *Ich betrachte die Entnazifizierung der Geistlichkeit meines Bistums für abgeschlossen.*

MEINVATER und MEINVATER und zwei andere Polizeibeamte werden beschuldigt, durch Drohung die Unterschriften zum Einverständnis mit der geplanten Sterilisation erpreßt zu haben. Ein Zeuge beeidet den Satz: Unterschreiben oder ab ins KZ. MEINVATER und MEINVATER und zwei andere Polizeibeamte beteuern, einen solchen Satz hätten sie nie gesagt, und es wurde ihnen geglaubt. Andere *Vorfälle* standen nicht zur Debatte.

Geh du doch in die Kommission! Vielleicht kannst du das Schlimmste verhindern. Wer soll es sonst tun, wenn nicht du?, fragten die Genossen, die sich wieder zusammengefunden hatten. Wer, wenn nicht du?, darauf beharrten sie. Sie waren geschlagen, zertreten, zersplittert, Fäden waren abgerissen und mußten mühsam zusammengeflickt werden, das spürte Willi Torgau, das wußte er.

Vorsitzender der ersten Spruchkammer in Trier: Buchholz
Öffentlicher Kläger: Torgau
Vorsitzender der zweiten Spruchkammer in Trier: König
Öffentlicher Kläger: Schilling

Willi Torgau fiel die Arbeit in der Spruchkammer schwer. Seine Haft hatte es ihm unmöglich gemacht, einen Beruf zu erlernen. Als kommunistischer Lehrling im Ausbesserungswerk der Reichsbahn war er entlassen worden. 1936 war er *wegen Vorbereitung eines hochverräterischen Unternehmens* zu sieben Jahren Zuchthaus verurteilt worden. Viereinhalb Jahre hatte er in Einzelhaft verbracht, den Rest im KZ Sonnenburg und im Moor-KZ Esterwegen. Als er im Mai 1943 entlassen wurde, verpflichtete ihn die Gestapo zur Arbeit in einer Kohlenhandlung. Dann rückten die Amerikaner vor, und er, der doch als wehrunwürdig gegolten hatte, mußte zusammen mit ausländischen Zwangsarbeitern bis zur Erschöpfung Schanzarbeit leisten. Und schließlich wurde er zum Volkssturm einberufen: Er, der Kommunist, der Zuchthäusler sollte das zusammenbrechende Regime verteidigen. Nun saß er zu Gericht, nie im Traum wäre ihm das eingefallen.

Wo war seine Schwester Aurelia? War sie, hatte sie, könnte sie, müßte sie? Er wußte, daß sie nach Auschwitz deportiert worden war. Aber sie war doch Genossin, jemand hätte sie schützen, ihr beistehen müssen, dachte er. Hatte ihr die Partei keinen Auftrag gegeben? Oder einen, von dem er nichts wissen sollte, wissen durfte? Hatte sie ihn zur Zufriedenheit erfüllt, nicht erfüllt? Sein Horizont war im Gefängnis geschrumpft, in der Kohlenhandlung angeschwärzt worden, im Volkssturm ausgebrannt. Seine Fragen waren keine Parteifragen, wurden immer privater, zuwendend, sorgend, Geschwisterfragen, dafür gab es keine Vorgaben. Die Partei kannte keine Geschwister, nur Bruder- und Schwestergenossen. War sie tot, und wie war sie zu Tode gekommen? Durch Entkräftung, durch Totschlag oder durch Gas? Dann nur eine einzige düstere Frage, die alles beherrschte: Lebt sie?

Nach Monaten kam eine Postkarte mit einer Adresse aus der sowjetischen Zone. Sie lebte, Aurelia war mit heiler Haut aus Auschwitz zurückgekommen. Was bedeutete die Haut, pergamentdünn, wenn das, was sie umspannte, Trostlosigkeit war? *Lieber Willi,* schrieb sie, *lieber, lieber Willi,* sie fragte nach der Mutter, dem Vater, den Geschwistern. Und schrieb, daß sie nicht ganz gesund sei, aber es ginge schon. Andere seien schlimmer dran. Sie habe viele politische Schulungen und vielleicht eine Perspektive: Sie könne als Journalistin oder doch als Mitarbeiterin einer Zeitung in Ost-Berlin arbeiten, eine Frauen- und eine Jugendzeitschrift seien in Vorbereitung. Willi schrieb zurück, er war nicht gewohnt zu schreiben, und das Papier war knapp. Er schrieb über das Glück des Wiederfindens und die Hoffnung, die vor ihnen lag. Was brauche man denn für den Wiederaufbau außer einer klaren Perspektive? Darauf antwortete Aurelia nicht, schickte aber eine Erzählung oder etwas Ähnliches, jedenfalls etwas, das nicht im aktuellen Teil der Zeitung erschienen war, sondern in der Wochenendbeilage. Der Brief zwischen der sowjetisch besetzten und der französischen Zone war wochenlang unterwegs gewesen; er war geöffnet, also zensiert worden. Daß Aurelia Artikel für die Zeitung schreiben konnte, die eigentlich Erzählungen aus dem Unfaßbaren waren, erleichterte sie, machte ihr sogar Freude, und gleichzeitig regte es sie furchtbar auf. Sie hatte immer gern geschrieben, zuerst ein Agitationsstück für die Kommunistische Jugend und Lieder, die sie niemandem zeigte. Ein zweites Stück hatte sie begonnen, aber dann war sie verhaftet worden. Ihr Zeitungsartikel handelte von einer endlosen Reihe Kinderwagen, die in Fünferreihen die Straße entlangrollten. Die Straße führte zu einem Bahnhof. Dieselben Wagen waren schon einmal auf der Straße zu sehen gewesen, da fuhren sie in die umgekehrte Richtung, und sie waren vorsichtig geschoben worden, damit keine Erschütterung auf dem unebenen Pflaster die Kinder störte. Eine weite Reise hatten die Kinderwagen gemacht, aus Paris, Budapest, Brüssel, Prag, Wien, Belgrad. Jetzt, als sie vom Bahnhof zurückkamen, waren sie leer. Statt der Mütter schoben

Männer in Uniformen, verdrossen und mürrisch schoben sie, als wäre es eine lästige Pflicht. Eine endlose Reihe leerer Kinderwagen, und die Männer, die sie schoben, waren die Mörder der Mütter und der Kinder. So hätten die Märchen der Mütter geklungen, die das Glück hatten, ihre Kinderwagen nicht in der langen Reihe zu schieben. Aber wenn eines der Kinder, ein wenig älter geworden, gefragt hätte: Mutter, es ist doch wohl nur ein Märchen?, hätte sie beschämt antworten müssen. Nein, Kind, es ist kein Märchen, und es ist noch gar nicht lange her. Was hätte das Kind sagen sollen, und was hätte die Erzählerin hinzufügen können?

Viele Grüße, schrieb Aurelia und daß es ihr besser ginge, aber sie fiebere, mal weniger, mal viel, und lobte die gute Luft auf dem Land. Sie sei in einem Sanatorium untergebracht, viel Essen, viel Schlaf, alles gepflegt, eine strenge Krankenordnung, und bald wäre sie wieder in Berlin, wo sie hingehöre, im sowjetisch besetzten Sektor. Und sie unterschrieb mit: Orli. In Auschwitz war aus Aurelia Orli geworden, ein Name, den alle Kameradinnen aussprechen konnten, die Polinnen, die Ungarinnen, die Französinnen. Der sanfte, melodische Klang ihres Geburtsnamens war gestorben. Und das Sanatorium Dr. Stein war umbenannt worden in Carl-von-Ossietzky-Sanatorium.

Geh doch in die Kommission, hatten die verstreuten Genossen zu Willi Torgau gesagt. Und dann: Bleib doch in der Kommission. Es fehlte an den einfachsten Dingen, Mobiliar, Heizmöglichkeiten, Schreibmaschinen. Da saß er mit einem Schulrat, zwei Lehrern, einem früheren Mitglied des Zentrums an zusammengestellten Holztischen auf einer Bank, andere auf zusammengewürfelten Stühlen in einem Vereinslokal neben einer zerstörten Schule. Ein Pappschild wies den Weg zu dem Raum. Hilfslehrer, Lehrer, Oberlehrer, Schulleiter, Rektoren, alle waren vorgeladen, nachdem sie einen Fragebogen ausgefüllt hatten. Die Kommissionsmitglieder brüteten über den Papieren. Eine Ehefrau ergriff die Gelegenheit gleich beim Schopf und bat, die Entlassung ihres Mannes, des Lehrers Otto Diebold, aus russischer Gefangenschaft in die Wege zu leiten. Aus dem beigefügten Lebenslauf ging hervor, daß er seit Ende 1937 Parteimitglied war. Torgau wußte zu viel, und sein Wissen machte ihn hochmütig.

Alle Lehrer in der französischen Zone waren mit dem Kriegsende entlassen worden. Die Schulen waren geschlossen. Daß deutsche Beamte auf der Straße saßen, weil die Militärverwaltung es so verfügt hatte, schien ihnen, und nicht nur ihnen, eine Ungeheuerlichkeit. Wie würde es weitergehen? Schließlich veröffentlichte das Oberregierungspräsidium einen Erlaß: *Nach dem Befehl der französischen Militärregierung hat der Unterricht am 1. Okt. 1945 zu beginnen. Es dürfen dazu zunächst nur Lehrkräfte eingesetzt werden, die nicht Mitglieder der NSDAP und ihrer Gliederungen waren. Die Lehrer, die suspendiert oder entlassen sind, müssen ein kurzes Gesuch um Wiederaufnahme an den Oberregierungspräsidenten richten, das vom Schulrat und einer entsprechenden Kommission zu begutachten ist. Jeder Lehrer, auch der Nicht-PG, unterschreibt vor der Aufnahme seiner Unterrichtstätigkeit folgende Erklärung: Ich verpflichte mich, im Unterricht keine nationalsozialistischen oder militaristischen Gedanken zu vertreten und keine feindselige Haltung gegen die Besatzungsmacht einzunehmen oder zu fördern.*

Es war drückend heiß im Raum, eine müde Fliege summte um die Kugellampe. Der Anhänger eines Fahrrads ohne Gummibereifung rumpelte auf der Straße, eine Glocke bimmelte, Mittagszeit, kein Schatten, noch eine nervöse Zigarette vor dem Lokal; die Kippe war zu kostbar, um sie auf den Boden zu schnippen. Die Lehrer, die im Halbstundentakt vorgeladen worden waren, schwitzten. Sie waren überpünktlich, die meisten hatten ihre beste Kleidung angezogen, durchgedrückter Rücken, kein Wimpernzucken. Bloß jetzt nichts falsch machen! Die Frauen waren gut frisiert, von sich selbst und von einer neu zu findenden Mission überzeugt, selbstbewußt und gleichzeitig servil. Unbedingt wollten sie weiter Lehrer und Lehrerinnen sein, jenseits der Schulpflicht gähnte ein Abgrund. Denn was konnten sie sonst, und was könntest du, Bernhard Blank, wenn du jemals in eine solche Lage kommen würdest? Sei ehrlich. Torgau hatte Berge von Fragebögen gelesen, Abwiegelungen, kalte Lügen, Phrasen und Absurditäten.

Warum sind Sie in die Partei eingetreten? *Ende 1933 wurde ich durch die Ortsgruppenleitung unter gleichzeitiger Zusendung eines Aufnahmeformulars aufgefordert, in die NSDAP einzutreten. Eine Weigerung meinerseits hätte zwangsläufig die üblichen nationalsozialistischen Druck- und Strafmaßnahmen zur Folge gehabt.*

Oder: *1933 wurden in Trier zwangsweise alle Gesangsvereine aufgelöst. Da die Gefahr der sogenannten Gleichschaltung bestand, wurde von den Sängern der dringende Wunsch laut, der Dirigent, ich also, solle Parteimitglied werden, um allen Angriffen besser entgegentreten zu können. Hierzu kam die allgemeine Psychose dieser Zeit und eine gewisse Ängstlichkeit und Besorgnis meinerseits um Existenz und Fortkommen.*

Oder: *Durch einen Hausbau 1927 finanziell sehr stark belastet, hatte ich 18.000 RM Schulden.*

Oder: *Solange sich die Politik der Partei auf Innenpolitik bezog, war ich damit einverstanden. Als sie aber außenpolitisch aggressiv und unbesonnen wurde und die kirchenfeindliche Politik einsetzte, hätte ich mich am liebsten zurückgezogen.*

Warum sind Sie in die NS-Frauenschaft eingetreten? *Um meine Ruhe zu haben.*

Oder: *Vom Ortsgruppenleiter bekam ich durch den Blockleiter das Aufnahmeformular ins Haus gebracht zur Ausfüllung und*

Unterzeichnung. Mir sagte die damalige Politik der Partei nur innenpolitisch und sozial gesehen zu.

Torgau geriet beim Lesen des Formulars in helle Wut. Innenpolitisch war die Ausschaltung aller Gegner, innenpolitisch war die Unterstellung von hochverräterischen Aktivitäten, innenpolitisch waren Prügel, Erniedrigung, Haft, systematische Vernichtung durch Arbeit, Mord.

Wie war Ihre Einstellung zur Partei? *Ablehnend. Politische Beeinflussung der geistesschwachen Kinder unmöglich.*

Oder: *Immer ablehnender mit der Zeit. Dienstlich tat ich nur, was unbedingt gefordert war.*

Oder: *Ich stand der Partei innerlich nie nahe. Als die kirchenfeindliche Politik einsetzte, hätte ich mich am liebsten zurückgezogen. Mein Beitritt erfolgte auf wiederholtes Drängen der Parteibehörde, des Nationalsozialistischen Lehrerbundes und des Rektors an der Schule, bei der ich Hilfslehrer war.*

Oder: *Weder politisches Interesse noch politisches Urteil. Ich wußte nur, daß ich, um mir keine beruflichen Schwierigkeiten aufzuladen, Mitglied der NSDAP werden müßte.*

Oder wie eine Handarbeitshilfslehrerin behauptete: *Ich lehnte die Parteigrundsätze ab. Und die Frauenschaft deswegen, weil nach meiner Ansicht die Frau in den Haushalt gehört. War durch meinen Handarbeitsunterricht nicht gebunden, mein Unterricht war neutral.* Und nun war diese Lehrerin mit ihren verbogenen Ansichten der Auffassung, sie gehöre unbedingt in eine Schule.

Oder: *Dienstliches und außerdienstliches Verhalten: nicht eine einzige Stunde nationalpolitischen Unterrichts.*

Oder: *In meinem Unterricht hatte ich für politische Exkursionen, Kindereien keine Zeit. Auch keine Zeit, um Zeitungsartikel und Wehrmachtsberichte zu lesen und zu besprechen. Außerdienstlich habe ich für die Partei nie etwas getan. Keine Flaggenhissung, keine Morgenfeiern.*

Ein Schulrektor schrieb: *Ich war gegen jedermann loyal und tolerant. Habe geholfen, wo ich konnte, gesellschaftlicher Verkehr mit Juden durch Kartenspiel im öffentlichen Lokal bis kurze Zeit vor deren Wegkommen. Es ist mir bekannt, daß in bestimmten Kreisen das Gerücht umgeht, ich sei ein Freund des Gauleiters Simon gewesen. Hierzu erkläre ich ehrenwörtlich und auf Diensteid Folgendes: Ich war kein Freund des Gauleiters Gustav Simon.*

Welche Erkenntnis haben Sie jetzt gewonnen? *Daß jede diktatorische Staatsform für uns nicht in Frage kommt. Mein bisheriges Leben Pflicht, Arbeit und Sitte. So wird es auch bleiben. In diesem Sinne will ich weiterhin Lehrer und Erzieher sein.*

Oder: *Das wahre Gesicht des Nationalsozialismus habe ich bald erkannt. Ein Austritt aus der Partei hätte sozusagen den Tod bedeutet. Das Parteimitglied war Staatsgefangener Nummer eins geworden. Die Gründe für meine Amtsenthebung kann ich nicht begreifen, da ich mich politisch vollkommen passiv verhalten habe. Als grundanständiger Mensch bin ich bekannt. Um so furchtbarer hat mich die Entlassung getroffen, eine Maßnahme von unausdenkbarer Tragweite für mich.*

Ein Lehrer antwortete auf die letzte Frage in Großbuchstaben, als handele es sich um einen Lehrsatz, den er sogleich an eine imaginäre Schultafel schreiben wollte: *Der Nationalsozialismus war der größte Volksbetrug, den es je gegeben hat in der deutschen Geschichte.*

Ein anderer Lehrer antwortete auf die Frage, welche Erkenntnis er gewonnen habe: *Nie mehr etwas unterschreiben, ohne mir genau die Tragweite des Schrittes zu überlegen.* Als wäre der Lehrer einem Staubsaugervertreter auf den Leim gegangen.

Manchmal mußte Torgau aufstehen, einfach aufrecht stehen und sich recken, nachdem er stundenlang mit den anderen Kommissionsmitgliedern auf der Wirtshausbank gesessen hatte. Er trank ein Glas Wasser, bräunlich war es aus dem Hahn getröpfelt, die Bleileitung war undicht. Er dachte an die erste Zelle im Gestapo-Gefängnis, die er mit acht anderen Häftlingen geteilt hatte. Er dachte an die Enge, die Ausdünstungen, das Aufsperren der Tür, wenn einer von ihnen zum Verhör gerufen oder wenn einer von ihnen blau und blutig geschlagen nach einem Verhör in die Zelle zurückgestoßen wurde, und mußte sich nun anhören: *Ich komme gerade aus russischer Kriegsgefangenschaft zurück und habe noch vollauf zu tun, mein körperliches Siechtum zu überwinden. Ich habe den Zusammenbruch des Staates längst kommen sehen und seine Folgen am eigenen Leibe grauenvoll gespürt. Der Krieg war für mich ein Gottesgericht. Das war meine Überzeugung von jeher. Doch fühlte ich mich meinem geleisteten Fahneneid verpflichtet, auszuhalten bis zum Ende.*

Torgau hatte zu viel gesehen, um diese winselnden Leute zu ertragen. Niemand hatte ein Amt bekleidet, niemand hatte eine Funktion gehabt, niemand war fördernd oder werbend tätig gewesen, niemand hatte Kinder Andersdenkender zurückgesetzt, verhetzt oder verfolgt. Außerdienstlich hatte niemand jemanden gefährdet oder vernichtet. Torgau schwankte zwischen grenzenloser Verachtung und dem Wunsch, Schluß zu machen mit dieser unwürdigen Veranstaltung, einfach aus dem Fenster zu springen, wenn der Saal des Vereinslokals nicht ebenerdig gelegen wäre. Manchen Genossen war es so gelungen, der Gestapo-Haft zu entkommen. Aber er war unendlich diszipliniert, die Disziplin war wie ein Narbengewebe, daß seine Unterhaut verklumpt und verhärtet hatte.

Und dann die Gutachten: Der Schulrat formulierte sie, meistens wurden die Ausflüchte der Lehrer wortwörtlich übernommen, und alle Kommissionsmitglieder unterzeichneten das Schriftstück. *Lehrer Karl Ochsner fiel einer pompösen Propaganda zum Opfer, er sieht seinen Fehler ein und soll in Reih und Glied hier am Ort als Lehrer weiter Dienst tun.*

Oder beim Leiter des Gesangvereins: *Als junger intelligenter Idealist ließ er seine geistigen und musikalischen Fähigkeiten propagandistisch ausnutzen. Er soll wieder in den Schuldienst geläutert zurückkehren, aber nicht hier, sondern an einem Ort wirken, an dem er nicht aufgefallen ist.*

Ab und zu setzte Torgau mit dem Kommissionsmitglied, das früher dem Zentrum angehörte, ein Sondervotum durch: *Lehrer Wilhelm Grüttner ist seit 1933 Parteimitglied, er war Redner bei der SA und ist einem Großteil der Bevölkerung in Trier nur in Uniform und Stiefeln bekannt. Wir beantragen seine Entlassung. Derartige Männer lehnen wir als Erzieher unserer Kinder ab.*

Der Schulrat diktierte, ein Kommissionsmitglied bat um einen Zusatz, ein anderer schlug eine kleine Korrektur vor: *Rektor Alois Weber ist der allgemeinen Psychose von 1933 zum Opfer gefallen und hat bald seinen Irrtum erkannt. Auf diese wertvolle Kraft – Hilfsschullehrer mit beruflicher Weiterbildung – kann nicht verzichtet werden. Als Rektor ist er abzulehnen.*

Alle am Tisch schwitzten. Torgau sah heimlich auf seine Uhr, noch ein Kandidat stand an diesem Nachmittag aus. Fünf Kommissionsmitglieder unterschrieben, Torgau und der Mann vom Zentrum erstritten einen Zusatz zum Protokoll: *Wir sind der Auffassung, daß Herr Weber in Trier abgelehnt werden muß. Gegen eine Verwendung an einem anderen Ort erheben wir keine Einwendungen.* Eine knappe Verabschiedung, das Protokoll vermerkte: Ende der Sitzung um 17:43 Uhr.

Das Wetter war blendend schön in diesem Frühjahr, verführerisch. Spaziergehwetter, Wetter, bei dem die Wäsche auf der Leine flatterte. Die Kinder wurden dazu verdonnert aufzupassen, daß kein Wäschestück gestohlen wurde. Es könnten ja *Zigeuner* kommen. Die Kinder sahen keinen einzigen Scherenschleifer, keine Korbflechter, keine Musiker und kein einziges Pferdchen. Kinder waren seltsam: Sie blieben stehen, sie schauten zu, wo es nichts zu sehen gab. Sie hatten schon zu viel gesehen. *Die Volksgemeinschaft* bröckelte. Nur wenn Aussagen vor den Spruchkammern gegen frühere Parteimitglieder gemacht werden mußten, hielten die früheren Nachbarn wie Pech und Schwefel zusammen. Dann konnte Willi Torgau nicht mehr weiter. Täglich Phrasen, täglich Ausreden, kleinlaut, treuherzig oder großsprecherisch, täglich rasch hingekritzelte Unschuldsbeteuerungen von früheren Nachbarn, Arbeitgebern; am schlimmsten die der Pfarrer, die sich für jedes ihrer Schäfchen in die Bresche warfen, gleichgültig wie schwarz die Schafe geworden waren. Torgau wollte die Arbeit hinschmeißen, und die anderen Mitglieder der Spruchkammer waren bestürzt. Er hatte Namen im Kopf, er erinnerte sich an viele, er wußte, wer ein Heer von Zwangsarbeitern befehligt hatte, er kannte Kriegsgewinnler und Denunzianten, aber die dicken Fische waren untergetaucht im Trüben. Er fand keine Arbeit, und jetzt saß er als Kommunist zwischen allen Stühlen.

In diesem Juni wurde ich geboren. Ich stelle mir das Neugeborene rotgesichtig vor, die Schmiere klebte auf meinem Körper. Es dauerte, bis das Wasser erwärmt war für mein erstes Bad. Ich habe keine Phantasie über meine Geburt: leicht, schwer, tränenreich, aufatmend? Schon eher über mein Entstehen in einem abgetrennten Verschlag der ehemaligen Schrebergartenkolonie, einer Idylle, die umgegraben, kahl gefressen war. Salate, Kohlköpfe, Kartoffeln, die Rosenstöcke waren herausgerissen, die Pfirsichbäume abgeholzt, man brauchte Heizmaterial für den Herd. Mein Stiefbruder im Park, im Ruderboot, im Schwanenweißen, ich im Stachligen, in den Brombeerranken, hinter Brettern. Verletzte Hintern, verschrammte Ellenbogen, die Münder blutig gebissen, eine energische, wilde Jagd zwischen einem Mann und einer Frau, Stoßen und Gestoßenwerden, Keuchen und Gekeuchtwerden, etwas wird, etwas nimmt seinen Anfang, Erde in den Haaren, hochgehoben von einer Welle und fallengelassen von einer Welle, Zuckungen. Es wurde schon kühl, aber was machte das? Die Hitze war in den Körpern, verströmte sich, spülte die Säfte heraus, und dann lagen sie da, der Mann und die Frau, stolz, ja, das war getan, und es war gut getan. Die feuchte Erde klebte am Rücken, Blätter im Genick, wimmelnde Käferchen in den Kniekehlen, die Furcht der Frau, daß die Tiere auch in sie drängen. Glühwürmchen? Nein, das war noch nicht ihre Zeit. Fruchtfliegen? Ameisen? Spinnen? Ich muß es mir zusammenphantasieren. Meine Geburt scheint mir wortlos. Oder hatte sie meine Mutter sprachlos gemacht? So häufig sprach meine Mutter über das Flicken von Vorkriegskleidung, über das Einwecken, die ersten Marmeladentöpfchen nach dem Krieg, die Tauschobjekte, Früchte gegen Milch, Stecklinge gegen Brennholz, Silberbesteck gegen Speck, fette Komposterde, Stangenbohnen, Staudensellerie gegen Wein, Vertrauen gegen Vertrauen. Ja, Wein war eine gültige Währung und blieb es. Ich habe keine Phantasie über die Empfindungen meiner Mutter und MEINESVATERS, über ihren neugeborenen Sohn, über Bernhard, über mich. Wem teilten sie die Geburt mit? Eine Anzeige gab es nicht, eine Kopie der standesamtlichen Eintragung liegt bei meinen Papieren in der Schublade *Privat*. Wer zeigte Interesse an dem kleinen Kind? Stattdessen begegne ich dem Mangel an Phantasie mit einem Bericht aus dem Konzertsaal. *Furtwängler dirigiert wieder!*

Immer wieder kehre ich an den Ort, in die Zeit des Verbrechens zurück, die Zeit des Wirrwarrs, einer von den Besatzern mühsam gezähmten Anarchie. Als wäre es meine Schuld, geboren zu werden, hier geboren worden zu sein, von diesen Eltern abzustammen, als wäre es ein Verbrechen, sich aus einer Mutter herauszuarbeiten, sie einfach zu verlassen auf gut Glück. Und so ist es ja auch. Ich tilge das Verlassen durch mein Dableiben. Ja, weggehen, sich wegstehlen wäre jederzeit möglich gewesen, nur ein wenig Mut und Initiative. Und auch jetzt noch: Den Hintern hoch, Bernhard! Zackzack und los und kein Blick zurück, kein Blick, der ja doch im Nebligen versumpft. Und du versumpfst auch zwischen den Fotokopien, den Papieren, den Zeugnisunterlagen, du fällst auf jede Elterninitiative rein, du bist zu nachgiebig und gleichzeitig zu mimosenhaft. Naja, eben lehrerhaft, eben altlehrerhaft, ohne Dynamik, aber laß das bloß nicht deine Kollegen wissen, die sind genauso. Und auch jetzt noch wäre es möglich: das Haus verkaufen, Kisten packen, den Möbelwagen bestellen, vorher die Frühpensionierung beantragen, der stattgegeben wird mit einer kleinen finanziellen Einbuße. Warum nicht? Als wäre das Dableiben eine Art von Sühne für das Hiergeborenwerden, die Verweigerung, dem keinen Widerstand entgegengesetzt zu haben. Totgeburt, Phantasie von Ungezeugtheit, Abwehr der väterlichen Spermien, des Mißmuts, sich in der Gebärmutter einzunisten? Dies nur als vage Frage, eine Frage, die sofort wieder zu streichen wäre bei genauerer Überlegung. Oh, wie peinlich du bist, Bernhard, vergiß es!

Der große politische Hexenkessel brodelt in Berlin, wo in einem Kino Furtwänglers erstes Symphoniekonzert nach seiner Rehabilitierung stattfindet. Das Ganze ist eine politische Begegnung, erklärte der Emigrant seinen schwedischen Lesern. *Da sitzen die Amerikaner, stolz darüber, daß es ihnen glückte, Furtwängler nach einem hitzigen Tauziehen mit den Russen in ihren Sektor zu bekommen. Da sind die Franzosen und die Engländer, und da sind die Deutschen, gespannt, hungrig, in einer grauen Eleganz. Ihre orkanartige Ovation ist eine Entladung, sie ist Protest gegen die Entnazifizierungsmethoden und ein Ausdruck eines überwältigenden Gefühls: Wir leben noch! Es manifestiert einen Neo-Na-*

tionalismus, der immer stärker um sich greift und der auf dem allzu harten Druck der Okkupationsregierung gegenüber jeder deutschen Lebensäußerung beruht.

Im Juli wird Aurelia geboren, ein zartes Kind mit viel Flaum auf dem Kopf. Maria und Willi Torgau haben keine Wahl: Ihr Kind muß Aurelia heißen. Die jungen Eltern wollen die Tante ehren. Im selben Monat bei einer Gewitterschwüle besucht der Emigrant eine Kinderpsychologin im Norden von Berlin. Er bewundert sie, sie strahlt Ruhe und Kraft aus. Die Kinder, die der Emigrant sieht, kommen aus Kinderlagern, wo sie für ihr Bettnässen oder ihre Gesichtszuckungen Schläge erhielten. Sie sind elternlos, oder der Vater ist tot, vermißt, in Gefangenschaft, oder die Mutter ist Prostituierte. Sie kamen mit Flüchtlingszügen ins Unbekannte. Ein achtjähriges Mädchen sah nach einem Bombenangriff seine entstellte kleine Schwester, und später sagte man ihm, seine Schwester sei ein Engel geworden. Es träumte immer wieder von einem Engel, einem weiß schimmernden Engel mit den schon in Fäulnis übergegangenen Händen der Schwester und konnte sich nicht von diesem Bild lösen. Man bestrafte das Mädchen, sperrte es ein, man ließ es hungern, bis die Kinderpsychologin es fand. Jetzt formte es aus Ton eine Puppe, ein Mädchen mit Flügeln. Das Mädchen bandagierte die Arme, dann spielte es Beerdigung mit der Tonfigur.

Der Emigrant sieht in einer Notunterkunft eine Flüchtlingsmutter, die ihre zweijährige Tochter in eine Ecke stellt. Dort darf sie schreien, bis sie wieder *artig* ist. All dies sieht der Emigrant, und sein Bericht bezeugt es. Ein Junge hat einen schweren Schock erlitten, als er unter einem zusammenstürzenden Haus begraben wurde. Er baut mit Klötzen einen dichten Ring aus Spielzeughäusern. Jede Tür wird von einem Hund bewacht. In der Mitte des Kreises stehen ein Baum und einige kleine Eisenbahnen. Der Emigrant fragt: Warum läßt du den Zug nicht losfahren?, und er beschreibt den scheuen Blick des Jungen. Die Tür ist verschlossen. Und wenn du sie öffnest? Jetzt verbarrikadiert der Junge den Ausgang noch dichter, legt auch einen Pappdeckel über die Häuser. Ein Häuserkäfig. Eines Tages, so zitiert der Emigrant die Psychologin, werden wir den Zug herausbekommen. Mit einem Warnsignal oder ohne. Das ist eine schöne Hoffnung, mit der die Reportage endet.

Wie fühlte sich der Autor, der kein Journalist war und vermutlich keiner werden wollte? Und was er werden wollte und mußte, stand noch in den Sternen. Was dachte er, als er den deutschen Zuhörer beschrieb mit seinem Leid, den Ruinen und dem gewaltigen Einbruch der Musik, dem Orkan an Musik? *Sein hungriger Magen übertönt das Larghetto, seine Hand erstarrt im Krampf in der des Nachbarn, über sein Gesicht rinnen Tränen und in seinem unklaren Gefühlsüberschwang denkt er: Die deutsche Musik siegt zu guter Letzt – alles können sie uns nicht nehmen!* Solche Sätze wollten die schwedischen Auftraggeber nicht lesen, nicht von einem, der in Deutschland geboren war, der die Deutschen nicht nur mit Zorn, sondern auch mit unverhohlener Neugier ansah, sich in ihre verbohrten Köpfe hineindachte. Und nach fünf Reportagen war Schluß, und ihr Autor wurde nach Schweden zurückberufen. Er war als Flüchtling, als Gast nach Schweden gekommen; er hatte Rechte als Gast, der ein Bürger wurde; er hatte Pflichten als Bürger. Dankbarkeit, Rücksicht auf die Gefühle der Schweden und Taktgefühl wurden erwartet. Seine Gefühle sollten mit den Gefühlen der Schweden übereinstimmen. Keine Sensibilitäten, kein unangebrachtes Mitleid mit den Feinden der Freunde und seinen Feinden. So bald kam er nicht mehr nach Deutschland zurück. Viel später erst, mehr als fünfundzwanzig Jahre später, als der Tiger seine Zähne verloren hatte, wurden seine Reportagen übersetzt. Da war sein Werk machtvoll angeschwollen. Jetzt waren die Reportagen historisch, und es war bewundernswert, wie er in die Geschichte hineingestiegen war, in einen dunklen Schacht.

Josef steht da und steht. Bei einem Regenguß geht er drei Schritte in die Höhlung des Tores zurück, betrachtet die riesigen Steinblöcke, die in der Römerzeit ganz ohne Mörtel aufeinandergetürmt worden sind. Jahrhunderte später, vielleicht im Mittelalter, wurden sie mit eisernen Klammern verbunden. Später wurden die Klammern wieder herausgerissen, das Eisen war begehrt. Das Torgebäude wankt nicht. Er steht da und sieht durch die Passanten hindurch, er ist der Türsteher, der Eckensteher, einer, der wacht und nicht schläft. Er möchte Heinz Cobler fragen: Schläfst du? Heinz, der ihm erzählt hat von dem geräumigen Haus in der Ostallee, in dem er mit seinen Eltern und seiner älteren Schwester gewohnt hatte, bis sie abgeholt worden waren. Heinz Cobler würde ihn bestimmt mitnehmen in die angestammte Wohnung, aber Heinz Cobler ist unterwegs, er sucht Glaubensgenossen, er sucht die Übriggebliebenen, und er sucht lang und weit und breit. Sie haben nicht viel miteinander zu tun; sie teilen den Verlust, aber sie teilen sich nicht mit.

Kaum jemanden gibt es in der Stadt, der nicht einmal an der Porta Nigra vorbeikommt. Die Passanten sehen Josef und sehen durch ihn hindurch. Josef sieht sie und sieht sie nicht. Ja, Grit Berghausen hat ihn gesehen. Josef steht da und sieht einen Mann, der ein Bein nachschleift, einen Entlassenen, zerlumpt, kahl, blicklos. Daneben eine Frau, die eine Pferdedecke wie eine Stola um die Schultern trägt, sie versucht, Würde zu bewahren: Und zwei Schritte hinter ihnen eine junge Frau mit Haaren wie Pinsel, die ein Bündel trägt: Kathi. Die Geschwister erkennen sich sofort. Und das sind die Eltern, sehr alt sind sie geworden. Aus dem Bündel dringt ein jämmerliches Wimmern. Kathi hat ein Kind. Sie ist sterilisiert worden und hat trotzdem ein Kind, wie geht das? Lucie macht ihn sprachlos, als sie Kathi das Kind abnimmt und ihm zeigt: Du hast im Lager einen Bruder bekommen. Hier ist Ignaz. Als du klein warst, hast du genauso ausgesehen, Josef. Sie sagt es so leise, alles an ihr ist leise, ihre Stimme, ihre Augen, ihre Hände. Während sie das Kind hält, steht ein Finger merkwürdig von der Hand ab, sie kann ihn nicht krümmen. Es ist ein Drohfinger, ein Finger, der sprachlos macht. Die Augen seines Vaters sind müde, und trotzdem versucht er zu lächeln. Josef, wir werden wieder ein Karussell haben. Josef wagt nicht nach den jüngeren Geschwistern zu fragen, nach Vera, nach Michael, nach Konrad, nach Rita, nach Arnold. Als Josef den Kleinen zuletzt gesehen hat, war er nicht einmal zwei Jahre alt. Wäßrige Augen hat seine Mutter, und die Lider sind geschwollen. Jetzt ist auch das Kind still. Als Lucie es ihrer Tochter wieder in die Arme legt, sieht er die Narben auf ihren Handrücken, brandige, rote Narbenwülste. Lucie merkt, daß er ihre Hände anschaut. Jetzt verbirgt sie sie hinter ihrem Rücken – wie vor einem Fremden. Sie möchten nur noch ein kleines Stück gehen nach dem langen Marsch, nach dem Torkeln, nach der Bewußtlosigkeit, aus der sie langsam erwachen. In ihr Haus am Stadtrand unter den Bäumen wollen sie. Wie hat sein Vater mit seinem steifen Bein den Weg nach Trier geschafft? In unser Haus wollte ich auch zuerst, sagt Josef ohne zu zögern. Das Haus ist abgerissen. Die Nachbarn, von denen wir das Grundstück gekauft haben, haben einen Fischteich angelegt und einen Kaninchenstall im Schatten. Jetzt haben sie immer zu essen. Josefs Sätze sind offene Messer.

Es war ein Tippeln, ein Sich-Durchfragen nach einer Zuständigkeit. Wohnraum gab es nicht, das Grundstück war nun einmal anders genutzt. Sie könnten vielleicht in die Ziegelei einziehen und vielleicht dort arbeiten, hieß es auf dem Amt. Die Ziegelei war ein dreistöckiges Gebäude, über dem Eingang ein

Medaillon: eine lächelnde Madonna, die ihr Kind fest in den Armen hielt. Das Kind hatte wohl eine segnende Hand gehoben, aber die Hand war abgebrochen. Zum Trocknen wurden die Ziegel auf Holzgestelle gehoben, da lagen sie in der Sonne, der Wind fuhr über sie hinweg. Ein hartnäckiger Geruch nach Feuchtigkeit und Staub legte sich über die Ziegelei, wenn ein Regen herunterpladderte. Zwischen der unteren Kante eines Ziegels und dem darunter liegenden Ziegel ein fingerdicker Spalt, immer blies der Wind, immer zog es. Die Arbeit in der Ziegelei war schwer, ein Heben und Recken, Schieben und Schichten, sie war staubig und machte durstig. Man mußte eine Menge trinken, um sie danach zu vergessen. Die Ziegelleute hatten rote Hände, sie hatten rote Haare. Der rote Staub drang überallhin; wusch man ihn ab, liefen schlammige Bäche den Körper hinab, setzen sich fest in der Höhlung des Bauchnabels, in den Ohrmuscheln, unter den Nagelhäuten, zwischen den Zehen. Die Ziegelleute waren schlecht angesehen, aber Ziegel wurden dringend benötigt, überall wurde gebaut. Stell den Fuß auf den Ziegelstein, richte eine Mauer auf, sieh zu, daß sie nicht umfällt! Eine schützende Mauer, eine Mauer, die Schatten wirft. Und halt dich an den Brennesseln fest! Josef und Kathi hatten von Rothäuten gelesen, von tapferen, federgeschmückten Männern auf Pferden, ohne Sattel ritten sie durch die Steppe, eine Staubwolke hinter sich, aber es war kein Ziegelstaub, und der Wind war ein heiterer Wind im Rücken, ein befeuernder Wind, nicht der kalte auf dem Hügel hinter Trier. Nur auf den Weinbergen, nach Süden ausgerichtet, war es warm. Die Indianer schlugen ein Zelt auf, zündeten ein Feuer an, brieten Fleisch, wo immer sie waren. Rothäute, die wilde, glückliche Schreie ausstießen. Kathi hatte im Konzentrationslager das Lesen verlernt, aber sie erinnerte sich gut, was sie gelesen hatte, früher. Und sie hätte gerne wieder gelesen. Damals hatte sie das Indianerbuch aus der Pfarrbibliothek geliehen, in die es eigentlich wegen seines Inhalts nicht hingehörte. Aber was sollte sie jetzt in der Pfarrbibliothek, wenn sie nicht einmal einen Leihschein ausfüllen konnte? Sie starrte vor sich hin, wiegte den kleinen Ignaz. Alles an ihm war zart, bis auf die Haare, ein kräftiges und dunkles Schöpfchen.

In Trier bekamen die Opfer des Faschismus nach ihrer Rückkehr aus den Konzentrationslagern hundert Mark und zehn Flaschen Wein. Fürs Erste, hieß es. Ob es ein Zweites gab, wußte niemand. Der Wein konnte ausgetrunken werden zum Trost für jedes ermordete Familienmitglied, und je nach Größe der Familie war es nur eine halbe Flasche Wein. Im Wein konnte der Schmerz ertränkt werden, wenn es denn gelang. Die Kiste Wein diente außerdem als Tauschobjekt: für eine Flasche Wein einen Kochtopf, für zwei Flaschen Wein ein Plumeau. Das Tauschen war auch eine Maßnahme gegen die zu erwartende Trunkenheit, so war es jedenfalls von den Behörden gedacht. Nachdem Alfons Dorn sein Paket bei der Stadtverwaltung abgeholt hatte – es war schwer für den abgemagerten Mann –, schleppte er es auf den Domplatz, besah es und schaute sich um. Er sah nicht aus wie ein wütender Mann. Er sah gar nicht aus wie *jemand*, denn *jemand* wäre doch auf dem Domplatz zwischen den Gläubigen, die zur Messe eilten, aufgefallen. Aber er wurde übersehen. Er schleppte das Paket in die Ziegelei, dort war es kühl. Er hätte den Wein lagern können zwischen den Ziegelreihen, die Ruhe hätte dem Wein gutgetan, und ihm, Alfons Dorn, hätte vielleicht die Gewißheit gutgetan: Ich besitze etwas, das einen Wert hat und ihn behält. Ich habe ein Geschenk bekommen. Aber er konnte nicht anders, riß eine Flasche aus dem Paket, schlug sie gegen die aufgeschichteten Ziegel. Die Flasche splitterte, der Wein näßte den roten Staub, eine große Lache. Alfons stand mit den Füßen im roten Matsch, er knallte eine zweite Flasche auf die Ziegel, die Ziegel rutschten, einer zerbrach, splitterte vor Alfons' Füße. Sofort kam Lucie, sofort rannte Josef herbei. Das darfst du nicht, das ist unser Besitz. Aber Alfons schrie: Damit speist man uns ab. Fürs Erste, fürs Erste. Ich habe fünf Kinder verloren fürs Erste. Und was kommt noch? Als hätte er die verschüttete Flasche Wein getrunken, torkelte er in den halbdunklen Raum.

Aber es ging ihnen nicht so schlecht, oder besser: Es hätte noch schlimmer kommen können. Sie waren allein für sich, Lucie, Alfons, Josef und Kathi und der kleine Junge, der jetzt schon eine Menge Zähne hatte. In der Hornkaserne, der früheren SS-Kaserne auf der linken Moselseite, lebten 391 Familien: Deportierte, Flüchtlinge, Ausgebombte waren dorthin eingewiesen worden, eine Gesellschaft mit einer Hierarchie wie in den Lagern. Sie hausten in den ehemaligen Mannschaftsräumen, dicht an dicht, die Wäscheleinen quer durch die Räume. Es stank noch nach SS, nach Kampfstieren, es stank nach Verbrechen. Manche Bewohner hatten das Glück, nach einiger Zeit in Holzbaracken umziehen zu dürfen.

Auch Lucie, Josef und Kathi bekamen zehn Flaschen Wein und jeweils hundert Mark. Das war eine schöne Summe; aber es gab nicht viel dafür zu kaufen. Lieber tauschten sie den Wein gegen Betten, Geschirr, einen Tisch, Mäntel, Hosen und Schuhe. Schuhe waren kaum zu bekommen. Wer gute Schuhe hatte, tauschte sie nicht, sondern behielt sie, bis sie eben schlechte Schuhe geworden waren. Niemand hatte ihnen bis jetzt Kleidung gegeben, Kleidung, die ihnen die Erinnerung an das Furchtbare nahm. So viele Röcke hatte Lucie genäht; die Verletzung ihrer Hand machte es unmöglich. Und das sah Lucie doch mit einem einzigen Blick, wenn sie neben den Hausfrauen im Metzgerladen stand und der Metzger seinen Stammkundinnen ein schönes Stück für den Braten absäbelte: Mit der verbrannten Hand hielt sie die Einkaufstasche, und dabei sah sie, daß eine

Frau auf ihre Hand starrte und von ihr abrückte, als wäre ihre Verletzung ansteckend. Und sie sah auch die verächtlichen Mundwinkel der selbstgewissen Frauen, die ihre Taschen fest an sich preßten. Als wäre sie, Lucie Dorn, schon von weitem als Diebin zu erkennen. Und wie wütend sie war, wenn der Metzger, als sie endlich an die Reihe kam, lakonisch sagte: Fleisch ist aus, nur noch Blutwurst. Ihr steifer, abgespreizter Zeigefinger stand aufgereckt in der Luft, wie zum Protest gegen die schlechte Behandlung, und dann ging sie den weiten Weg den Berg hinauf zurück zur Ziegelei. Kathi konnte ihrer Mutter das Einkaufen nicht abnehmen. Es fiel ihr schwer, in geschlossenen Räumen mit fremden Menschen zu sein. Ihr Instinkt befahl ihr, einfach wegzulaufen, ins Freie, aber was war frei in der belebten Geschäftsstraße? Auch das Fahren mit der Straßenbahn vermied sie. Allein zu sein, mit der Familie zu sein, sich anzuschmiegen oder den kleinen Bruder an sich zu drücken, das war es, was ihr Freude machte. Manchmal starrte sie nur in die Luft und sah zu, wie die Zeit verging.

Im Wiedergutmachungsamt meldeten sich Menschen, die verfolgt worden waren und hofften, für das ihnen Angetane Hilfe, Zuwendung zu bekommen. Alles mußte geprüft werden. Es wurden Listen geführt, in denen der Name, das Geburtsdatum, die Adresse und der Beruf standen. Die Verfolgungsgründe glichen einander. Die Angestellte, die die Listen führte, konnte sie schon fast blind in die Schreibmaschine hacken: politisch (KPD-Mitglied), politisch (KPD-Funktionär), politisch (illegale Tätigkeit für die KPD, 1943 Strafbataillon), KPD-Mitglied (Staatsfeind), KPD-Mitglied und illegale Tätigkeit, Emigration nach Frankreich, KPD-Mitglied (vier Monate im KZ Osthofen wegen Verdachts illegaler Tätigkeit), KPD-Mitglied und Fremdenlegionär, Mitglied der Roten Hilfe und KPD-Mitgliedschaft der

Ehefrau (mehrmals festgenommen, Bruder im KZ Dachau getötet), aktives KPD-Mitglied (Anklage wegen Zersetzung der Wehrkraft und Vorbereitung zum Hochverrat), KPD-Mitglied und gewerkschaftlich organisiert (drei Jahre Haft in Buchenwald), Mitglied der internationalen Arbeiterhilfe (sieben Wochen im KZ Osthofen, mehrere Hausdurchsuchungen, Haft im Polizeigefängnis Trier und KZ Dachau wegen Arbeitsverweigerung), KPD-Mitglied und Mitglied des Kampfbundes gegen den Faschismus, Anhänger der KPD (Gestapo-Haft wegen politischer Propaganda, Haft im Konzentrationslager Hinzert bei Trier, Flucht und vier Jahre Haft in Buchenwald), politisch (*habe ein halbes Dutzend Konzentrationslager überlebt*). Hier machte die Angestellte mit einem blauen Kopierstift eigenmächtig ein Fragezeichen am Ende der Zeile. Funktionär der KPD und der Roten Hilfe (Vorbereitung zum Hochverrat), politisch (Mitglied der Jugendorganisation der KPD), KPD-Stadträtin, KPD-Mitglied (beteiligt am Budenheimer Sprengstoffprozeß, im KZ Mauthausen gestorben). Die Mutter stellte diesen Antrag: Der Sohn war der Haupternährer gewesen, sie war krank, krank geworden aus Sorge um den Sohn. Der Angestellten verkrampften sich die Finger, ihr Nacken wurde steif. Und dann überflog sie, ehe sie die Liste abschloß, noch einmal die Spalte *Beruf*: ein Küfer, ein Schlosser, eine Hausfrau, ein Dachdecker, ein Stukkateur, zwei Heizer, ein Kassierer, ein Kraftfahrer, viele, viele Arbeiter und ein einziger Landwirt, ein Kunstmaler, ein sozialdemokratischer Architekt und eine kommunistische Stadträtin. Lauter Leute, die sie nicht kannte, nicht kennen wollte und vor wenigen Jahren nicht hätte kennen dürfen, das glaubte sie jedenfalls. Und nun waren sie fortlaufende Nummern in ihrer langen Liste, und das Papier war knapp. Und das war nur *eine* Liste; die Listen der rassisch Verfolgten und der übrigen Verfolgten wurden von anderen Angestellten geführt. Für Heinz Cobler zum

Beispiel (KZ Buchenwald, Vater, Mutter und Schwester in Majdanek *gestorben*). Was hieß: *mit einer Häftlingsnummer gestorben*, war das Herrschaftsdeutsch oder Sklavendeutsch? Oder war eines wie das andere?

Der Oberbürgermeister verbreitete aus gegebenem Anlaß einen Aufruf: *Nicht jeder aus einem Konzentrationslager entlassene Häftling ist des Mitleids der Bevölkerung würdig. Außer den rein politischen Häftlingen waren in den Konzentrationslagern auch solche Personen untergebracht, die von ordentlichen Gerichten zur Sicherheitsverwahrung verurteilt waren oder die als asoziale Elemente einen Teil ihrer Strafen im Konzentrationslager verbüßten. Mit diesen Elementen wollen auch die ehemaligen politischen Häftlinge nichts zu tun haben. Daher wird die Bevölkerung davor gewarnt, jeden ehemaligen Insassen eines Konzentrationslagers als politischen Häftling anzusehen. Darüber hinaus gibt es Personen, die sich wahrheitswidrig als ehemalige KZ-Häftlinge ausgeben und dadurch Vorteile für sich zu erzielen versuchen.* Alfons las den Aufruf, Lucie las ihn, Josef las ihn und zerknüllte das Papier, und es war fast eine Erleichterung, daß Kathi ihn nicht lesen konnte.

Die Ziegelei als ein Ort der Scham. Die Röte der Ziegel, die Schamröte, die ziegelrote Schamröte, eine Schamröte, die unter die Haut ging. Die Dorns richteten sich in der Ziegelei ein. Man sah den Gebäudekomplex schon von weitem, sah den hohen Schornstein, der alles überstanden hatte. Die Dorns versuchten, unsichtbar zu bleiben. Nur nicht auffallen, aber gerade das Nicht-Auffallenwollen fiel auf. Der kleine Junge schrie, schrie, aber die Geschwister und die Eltern verkrochen sich, waren so ängstlich, so leise, als könnte jederzeit ein Hund auf sie losgelassen werden. Es gab Matten und Matratzen für die Ziegelarbeiter, auch ein paar Kisten, die Lucie umstülpte, damit man darauf sitzen konnte.

Empfangsbestätigung: Betreuungsstelle f. Opfer des Faschismus.
21. 1. 1947
Frau Lucie Dorn, geb. Schickhaus, wohnhaft in Trier, An der Ziegelei 8 hat heute als Betreute – rassisch Verfolgte – kostenlos erhalten: eine Bluse.
Das Kleidungsstück darf weder verkauft noch vertauscht werden.
(Unterschrift) Lucie Dorn

Furtwängler dirigiert wieder! Tosender Beifall – und nun eine eisige Atmosphäre, ja ein Boykott. Im Herbst 1947 war Yehudi Menuhin nach Berlin gekommen, um ein Violinkonzert zu geben. Er hatte sich bereit erklärt, unter der Leitung von Wilhelm Furtwängler zusammen mit den Berliner Philharmonikern aufzutreten. Das war als eine Geste der Versöhnung gedacht. Nahmen es die Konzertgänger Furtwängler übel, daß er mit dem jüdischen Geiger auftrat? Protestierten die wenigen aus den Verstecken gekrochenen Überlebenden, daß der große jüdische Musiker mit einem Profiteur des Regimes, das sie geschunden hatte, auftrat? Yehudi Menuhin hatte schon als Zwölfjähriger mit den Berliner Philharmonikern unter Bruno Walter einen Triumph gefeiert und keine Mühe gescheut, kurz nach der Befreiung von Bergen-Belsen dort im ehemaligen Offizierskasino aufzutreten, und die Zuhörer verstanden, daß zu ihrem Leben nicht nur Verfolgung, Erniedrigung und Vernichtung gehörte, sondern auch ihre Empfindsamkeit, sich dem Glück der Musik hinzugeben. War immer einer zu viel im Raum, entweder der deutsche Dirigent oder der internationale Geiger, in den USA geboren, eng dem Judentum verbunden? Löste Menuhin Scham aus? Wollte niemand ihn hören– aus Unkenntnis, aus Arroganz, aus Stumpfheit? Hätte er das Deutsche, die deutsche Musik, die deutschen Musiker in den Schatten gestellt? Hieß Versöhnung: Ein Jude kam nach Berlin und bedankte sich, daß die Deutschen nicht mehr Juden ermordet hatten? Daß die Endlösung endlich war? Eisiges Schweigen.

Franz Neumeister kommt in die Stadt, die er nicht kennt. Er hat sich die Stadt ausgesucht mit klarem Verstand. Er hätte andere Städte erreichen können, weniger zerstörte Städte, die er kennt, in denen er studiert hat, in denen er gearbeitet hat. Er wählt diese. Er kommt in der Abenddämmerung, er vermeidet es, ins Zentrum zu gehen. Er hört das Glockenläuten, es zieht ihn zum Glockenläuten. Die Porta Nigra, das Tor, das jeder durchschritten hat, der die Stadt erobert, der Zuflucht gesucht hat, meidet er. Er kommt mit wenig Gepäck, einem Rucksack, an dem ein Körbchen baumelt. Ein Körbchen wie ein Ostereierkörbchen, aber es ist doch Herbst. Er schlüpft in die Stadt, in der er niemanden kennt, er nimmt Witterung auf, von Kirche zu Kirche, nun schon im Halbdunkel, aber die Kirchen sind verschlossen. An Wohnungslose, an Obdachlose wird bei aller christlichen Mildtätigkeit nicht gedacht. In ein Pfarrhaus will er nicht gehen, er würde in langwierige Gespräche verwickelt, Begründungsgespräche, Rechtfertigungsgespräche, und genau das will er nicht. Er klingelt an einem unscheinbaren Tor. Er klingelt zweimal, er klingelt dreimal, das macht ihm nichts aus. Obwohl sein Rucksack schwer ist, nimmt er ihn nicht ab. Er wartet, er konzentriert sich. Das Körbchen an seinem Rucksack schaukelt. Da öffnet sich ein kleines Fenster neben dem Tor. Eine Nonne schaut ihn an, und er antwortet mit einem festen Blick zurück. Wie ein Bettler sieht er nicht aus. Ehe sie noch fragen kann, was er möchte, grüßt er: Gelobt sei Jesus Christus, und sie antwortet mechanisch: In Ewigkeit Amen. Es ist, als hätten sie einen gemeinsamen Code. Dann stellt er sich vor und betont den Titel: Dóktór Neumeister. Jetzt öffnet die Nonne das Tor. Er steht in einem kleinen Raum, ausgestattet mit einem Tisch und zwei Stühlen, sehr klein, sehr karg, an der Wand ein großes

Kreuz und daneben ein Abreißkalender. Franz Neumeister nimmt seinen Rucksack ab, er ist Kriegsheimkehrer, er war in französischer Gefangenschaft, sagt er. Seine Frau und sein Kind sind bei seiner Familie auf dem Land, er kann seiner Familie nicht weiter auf der Tasche liegen. Und: Er möchte sich und seine Arbeitskraft der Kirche zur Verfügung stellen. Die Nonne hört ihm zu. So etwas hat sie noch nie gehört, deshalb muß sie die Schwester Oberin holen. Es dauert eine Weile.

Franz Neumeister steht da und betrachtet den Abreißkalender, der noch aus dem Jahr 1945 stammt, ein Abreißkalender wie eine stehengebliebene Uhr. Er hat den Rucksack auf den einen Stuhl gestellt und sich auf den anderen Stuhl gesetzt. Vom Rucksack bindet er das Körbchen ab, öffnet es, darin ist ein Paket Butter, in Pergamentpapier und rundherum mit mehreren Lagen Zeitungspapier eingewickelt. Für das Kloster, sagt er einfach, aber es ist nicht einfach so gemeint: Das Buttergeschenk hat einen Zweck, und dieser Zweck ist offensichtlich. Es liegt auf dem Tisch zwischen ihnen, das Papier ist noch nicht durchgeweicht, auf der Zeitung ist deutlich das Wort *Besatzungszone* zu lesen, und was Franz Neumeister hier in dem Zimmer hinter der Klosterpforte tut, ist auch eine Art von Besatzung. War dem General Billotte nicht beim ersten Augenschein das Ungleichgewicht zwischen Stadt und Land aufgefallen? Und hatte er nicht alle Kräfte aufgeboten, um es zu ändern? Bescheiden sitzt Franz Neumeister auf dem Stuhl und wartet. Er macht sich nicht breit, aber der Rucksack nimmt viel Raum ein. Der akademische Titel ist von ihm abgefallen. Schließlich geht die Tür auf, und die Schwester Oberin kommt. Er sagt ein zweites Mal, was er der Nonne gesagt hat, aber jetzt mit festerer Stimme, er hat es ja schon geübt; und er fügt noch hinzu: Um in kirchliche Dienste zu treten, brauche er eine Unterkunft, er wolle morgen im bischöflichen Palais vorsprechen, er habe natürlich eine Empfehlung des Pfarrers seiner Heimatpfarrei bei sich, allerdings im Rucksack. Die Oberin hebt eine Hand, ob es abwehrend oder nur als milde Geste gemeint ist, ist nicht ganz klar. Sie hat es nicht nötig, sich ein Blatt Papier zeigen zu lassen, sie hat doch Menschenkenntnis. Im Übrigen müsse sie ihre Lesebrille holen. Beide verlassen den Raum, die Nonne nimmt vorher noch rasch das Butterpaket an sich, das kostbare Unterpfand. Ein Geschenk Gottes, vermittelt durch diesen Mann, der ihnen einerseits als *einer vom Land* wie gerufen kommt. Andererseits ist er höchst sonderbar: ein Doktor als Bittsteller an der Pforte. Die Nonne kommt zurück, sie winkt Franz Neumeister zu, nun schon fast vertraulich. Na, dann wollen wir mal. Sie führt ihn in ein kleines schmales Zimmer, es ist keine Zelle, aber fast genauso karg. Das Zimmer ist höher als breit, man könnte im Stehen darin schlafen. Hier können Sie heute Nacht bleiben. Er bedankt sich überschwenglich für die Güte, die sie und die Oberin ihm entgegenbringen. Und dann fragt er noch: Und wann beginnt morgen die Heilige Messe?

Die Nonne bringt eine Waschschüssel und ein Handtuch, das Bett ist mit weißem Leinen bezogen, ein schönes Bett mit einer harten, asketischen Matratze. Er dankt Gott für seine Hilfe, Gott hat es gut mit ihm gemeint. Er betrachtet die große milchige Kugellampe an einem langen Stab; ein Mond im Zimmer, ein milder Schein über ihm. In der Nacht wundert er sich: Wie ist es gelungen, daß das Zimmer nicht requiriert worden ist? Hat das Kloster es aus Taktik beim Wohnungsamt nicht angegeben? Hat man dort vergessen, hier nach Platz für Flüchtlinge zu fragen? Für katholische Flüchtlinge aus Schlesien? Oder wollte man das Kloster vor den Einquartierungen verschonen? Er ist der Erste am Morgen in der Kapelle und kniet sich in die erste Reihe. Als die Nonnen kommen, legt sich ihm eine vogelleichte Hand auf die Schulter: Die vordere Reihe ist der Oberin vorbehalten. Er dreht sich nicht nach der Sprecherin um, rückt einfach nach hinten. Auf einen Blick, wie er es sich vorgestellt hat, wird er jetzt nicht mehr gesehen. Die Kapelle ist mit einem riesigen Asternstrauß geschmückt. Astern gibt es in Hülle und Fülle, aber sonst fast nichts. Später steht ein Teller mit zwei Brotscheiben und einem Töpfchen Quittenmarmelade für ihn bereit. Er denkt an die Butter, die er mitgebracht hat. Dann macht er sich auf zum bischöflichen Palais. Bereitwillig wird ihm der Weg beschrieben.

Ein anderer Reisender kommt aus England. Er ist einmal in Deutschland gewesen, am Ende der leuchtenden Zwanziger Jahre. Damals interessierte er sich für junge Arbeiter, kräftige Kerle, und es erregte ihn, wie grob sie ihn anfaßten, wie sie ihn links liegen ließen oder auch auf ganz triviale Weise ausbeuteten. War er nicht auch deshalb nach Deutschland gekommen, um sich sein hochmütiges *upper-class*-Bewußtsein zertrümmern zu lassen? Nur sein Nasenbein schützte er. Und dann war er schockiert nach England zurückgefahren, als er begriff, die meisten von ihnen waren Nationalsozialisten geworden oder teilten jedenfalls viele Ansichten von Nationalsozialisten. Mit ihnen und erst recht mit SA-Schlägern wollte er nichts zu tun haben.

Der Engländer ist ein hünenhafter Mann, der in Oxford Politik, Philosophie und Ökonomie studiert hat. Seine Familie hat deutsch-jüdische Wurzeln. Nach einer Reise durch das vom Bürgerkrieg zerrissene Spanien und seiner Teilnahme am Internationalen Schriftstellerkongress in Madrid ließ er sich überzeugen, Mitglied der Kommunistischen Partei Englands zu werden – und trat fluchtartig wieder aus unter dem Schock der stalinistischen Säuberungen. Damit wollte er nichts zu tun haben. Aber er hatte Glück: Die Nachrichtenlage über die Greuel in der Sowjetunion war mit der in Deutschland nicht zu vergleichen. Weniger Gläubige, weniger Idealisten, mehr isolierte Verstörte, britische Nüchternheit, er war informiert, desillusioniert. Während der deutschen Luftangriffe auf England meldete er sich als Feuerwehrmann. Jetzt kommt er als Offizier und erhält den Auftrag, die Bibliotheken zu inspizieren. Er listet Verluste und Beschädigungen auf. Er ist nicht für die Begutachtung des Zustandes der Bibliotheksgebäude zuständig. Er spricht mit den Bibliothekarinnen und Bibliothekaren und hält alles akribisch fest. Bevor er eine Bibliothek besucht, setzt er sich dem Geruch der Stadt aus, in die er kommt. Keine Stadt riecht wie früher. Er schreibt über den Modergeruch, die Fäulnis und das Verbrannte, den Geruch von nassem, verkohlten Holz.

Auf der Fahrt zwischen Bonn und Köln bleibt sein Jeep plötzlich stehen. Der Fahrer tippt darauf, die Benzinpumpe sei kaputt, und steigt aus, um sie zu reparieren. Als er sie wieder montiert hat, fließt kein Benzin mehr aus dem Tank durch den Schlauch. Unvorsichtigerweise schraubt er den Tankdeckel ab und bläst in die Öffnung. Ein Schwall Benzin spritzt ihm ins Gesicht. Für zehn Minuten sieht er gar nichts mehr und hat höllische Schmerzen. Drei kleine Jungen beobachten das Unglück und kringeln sich vor Lachen. Sie wälzen sich auf dem Boden und äffen den Gesichtsausdruck des Fahrers nach, der rücklings auf die Straße gefallen ist. Der Jeep muß abgeschleppt werden.

In Deutschland ist es seine Aufgabe, Fragen zu stellen, kurz gesagt: zu verstehen. Das ist eine gänzlich unmilitärische Aufgabe, obwohl er auf das Hauptquartier der 21. Armeegruppe, ihre Fahrer und ihre Transportmittel angewiesen ist. Er durchforstet den Bücherbestand nach nationalsozialistischen Werken. Dazu hat er – es ist noch die Zeit des Fraternisierungsverbots – ein Ausweispapier, das ihn berechtigt, uneingeschränkt mit deutschen Zivilpersonen Kontakt aufzunehmen. Die Alliierten haben die Auffassung, daß die Bibliotheken, ihr Personal und ihr Bestand ganz und gar *nazifiziert* seien, und sie gleich nach der Kapitulation geschlossen. Dann, im strengen Winter 1946/47, ist die Vorstellung aufgekommen, sie wieder zu öffnen, um den Deutschen Gelegenheit zu geben, sich mit etwas anderem zu beschäftigen als mit ihren Lebensumständen. Er hört, daß die meisten Bibliotheken schon gesäubert seien. Er hört auch zu seiner Verwunderung, daß in den wissenschaftlichen Zeitschriften die wichtigen Aufsätze und die wertlose Propaganda so miteinander verzahnt seien, daß es unmöglich sei, die einen von der anderen zu trennen. Er hört das ungern.

Er beschreibt den feuchten, schweren, widerlichen Geruch, der aus einem Schutthaufen steigt. Wasser tropft auf die Bücher, das Dach ist undicht in der Düsseldorfer Stadt- und Landesbibliothek. Eine Büste von Heinrich Heine steht in einem leeren, abgetrennten Kellerraum. Der Engländer spricht mit Bibliothekaren, die mit Gleichmut die inkriminierten Bücher herausgeben. Genau so hätten sie 1933 mißliebige Bücher aus den Regalen reißen müssen, auch auf Befehl, sagen sie. Sie sind apathisch, sie zucken die Schultern, sie sind bereit, jedem Befehl zu gehorchen, wenn man ihnen nur einen gibt. Etwas ist seltsam: Die Bibliothekare fühlen sich jetzt gezwungen, endlich die unlesbare Naziliteratur zu lesen, um zu entscheiden, ob sie weggeschlossen werden muß. Betreiben die Engländer nur Schaufensterpolitik ohne jegliche Wirkung? Er spricht mit einem Mann, der sich ihm fast devot nähert, er ist einer, der sich als Sozialdemokrat bezeichnet. Und während sie sprechen, treten andere Männer hinzu und schimpfen auf Hitler. Ob sie etwas gegen Hitler unternommen hätten? Nein, nein, sie reagieren empört. Der Gast solle nicht glauben, sie hätten etwas mit Aufrührern oder solchem Gesindel zu tun. Aber wie wollten sie dann jemals die Nazis loswerden? Der Sozialdemokrat denkt angestrengt nach: Wir müssen nur den richtigen Mann finden, hätten sie gedacht.

Bei einer Fahrzeugpanne – wieder einmal streikt der Jeep – unterhält er sich mit einer Frau, die in einer Nissenhütte lebt und ihn mit Leichenbittermiene anstarrt. Armes Deutschland, sagt sie. Er antwortet ihr: Armes Holland, armes Belgien, armes Griechenland, armes Norwegen und Dänemark! Er fängt ihren stumpfen Blick auf, als sie sagt: Ich kann mir ja denken, daß es all denen schlecht geht, aber unser armes Deutschland trifft es immer am schlimmsten. Manchmal möchte er den dauernden Klagen die Sätze entgegenschleudern: Sie haben doch den Krieg verloren, oder etwa nicht? Wie kommen Sie dazu, sich als Angehörige eines schuldigen Volkes zu beklagen? Aber der Oxford-Absolvent diszipliniert sich.

Er ist unerbittlich in seiner Aufmerksamkeit für das kleinste Detail. Unter den englischen Militärs gilt er als heilloser Idealist. Er ist einer, der bekundet: Auch wenn wir nichts tun können, sollten wir doch unser Bestes geben. Seine Gesprächspartner in der 21. Armeegruppe, bei der er gelandet oder je nach Blickwinkel gestrandet ist, halten ihm entgegen, daß seine Sichtweise oberflächlich sei, weil er ausschließlich von der Idee eines freien Willens ausgehe. Das wiederum bedeute, daß er seine innersten Kräfte unterdrücke, die Kräfte von Chaos und Zerstörung. Endlich gelingt es einem in der Runde, die Unterhaltung weg von diesen Abgründen auf ein anderes Thema zu lenken. Dazu wird Alkohol gereicht, und er hilft, wärmt und schafft eine Art von Gemeinschaft. Die 21. Armeegruppe ist doch nicht so übel.

Furtwängler dirigiert wieder! Aber der Gast aus England geht in keines der Konzerte. Er möchte nicht mit so vielen Deutschen in einem abgedunkelten Raum sitzen. Aber er möchte wissen, was Schriftsteller in Deutschland schreiben, und das Wissen entmutigt ihn. Er will es wieder vergessen. Beethovens Handschriften aus Blitz und Donner und Tintenstürmen findet er bemerkenswerter als das ganze Museum. Furtwängler dirigiert Beethovens dritte Sinfonie in Es-Dur, die Eroica, und ist selbst ein Heroe, der von den Zumutungen der Besatzer ungebrochen ist. Er füllt Säle; immer wird man sich an ihn erinnern. Der Gast aus England ist ein den englischen Militärs assoziierter Intellektueller, der sich gut mit ihnen stellen muß. Sie denken anders als er, sie handeln anders als er, denn ihre Erfahrungen sind die der kämpfenden Truppe, seine die eines intellektuellen Feuerwehrmanns. Eines Tages besucht er den ehemaligen Oberbürgermeister von Köln. Der war im März 1933 abgesetzt worden; ihm wurden Amtsmißbrauch und Korruption vorgeworfen, Vorwürfe, die nie bestätigt worden sind. Straßendemonstrationen waren gegen ihn inszeniert worden. Kurz nach ihm, im Mai 1933, waren dann siebzig Oberbürgermeister ihres Amtes enthoben worden, zwölf Großstädte hatten ihr oberstes Verwaltungspersonal verloren. Das geschah in Städten, in denen auch die Gauleiter ihren Sitz hatten. Der Rivalität war damit der Boden entzogen.

Nun ist Adenauer wieder Oberbürgermeister und spricht über seine Stadt, die *wie ein Tablett voller Geschirr zerbrach.* Der Gast beschreibt die energische Erscheinung des Siebzigjährigen, sein langes, mageres Gesicht, die kleinen, lebendigen Augen, Fuchsaugen. Ein tatkräftiger, höflicher Mann, dieser Doktor Konrad Adenauer, der ihm imponiert. Ihm ist beides gleich wichtig: der Wiederaufbau der Stadt und die Arbeit an einem neuen geistigen Leben in der Wüste, in der inneren Verheerung. Er hat große Pläne für Köln: die besten Schulen, die besten Zeitungen, die besten Bücher, die beste Musik. Ob er Furtwängler in seine Stadt einladen will? Er wirkt nicht wie jemand, dem die Musik am Herzen liegt. Eher träumt er von einer Zeitung in Köln, ähnlich der *Frankfurter Zeitung*, und er hat den Herausgeber eines kleinen Blattes zu dem Gespräch hinzugezogen. *Unsere jungen Leute sind wie trockene Schwämme und warten darauf, in Wissen getaucht zu werden.* Beim Wiederaufbau hat Adenauer den nicht ungewöhnlichen Plan, um die Altstadt herum einen Ring von Satellitenstädten zu errichten, das Zentrum abzureißen und Schritt für Schritt wiederaufzubauen. *Die Phantasie braucht Nahrung*, sagt der alte Herr zum Abschied. Von den Alliierten scheint er diese nicht unmittelbar zu erwarten.

Schon Mitte März 1945 hatten ihn die vorrückenden Amerikaner gebeten, Oberbürgermeister von Köln zu werden. Er hatte die Delegation korrekt im schwarzen Anzug empfangen, auch Kaffee war für die Gäste herbeigezaubert worden, aber er lehnte ab. Seine drei Söhne dienten noch in der Wehrmacht, sie würden Repressalien ausgesetzt. Das war der praktische Grund, aber eigentlich fühlte sich Adenauer, der sich sorgfältig auf die Begegnung vorbereitet hatte, zu Größerem berufen. Er hatte die Zeit der erzwungenen Untätigkeit genutzt, um über die zukünftige nationale Politik nachzudenken. Am Tag der Kapitulation war sein Argument hinfällig geworden, aber er lehnte zum zweiten Mal ab. Adenauer wurde gebeten, niemand befahl ihm etwas oder ordnete an. Er war wohl der einzige Deutsche, der von den Vertretern der Siegermacht umworben wurde. Oberst Patterson überzeugte ihn schließlich, das Amt doch anzunehmen. Auch er würde lieber auf seine Farm in Kalifornien zurückkehren, als in Deutschland in Uniform herumzulaufen; das war das Argument, das den alten Herrn überzeugte. Adenauer sagte zu, aber nur unter dem Vorbehalt, *jederzeit nach eigenem Ermessen das Amt niederlegen zu können*. Dazu kam es nicht; die Engländer, die von den Amerikanern die Verantwortung für das Rheinland übernommen hatten, setzten ihn ab. Sie verdächtigten ihn, insgeheim mit dem Separatismus zu liebäugeln, wie viele, die im Linksrheinischen lebten.

Franz Neumeister hat es geschafft. Er ist zäh, er ist energisch, er hat den Doktor in sich selbst wiederentdeckt oder an sich selbst herausgekehrt. Er braucht den Titel wie eine Hülle, einen Anzug aus festem Stoff mit dem breiten, steifen Revers. Er sieht die Stadt, übersieht ihre Zerstörungen; etwas ist in ihm zerstört, und gleichzeitig ist er hellwach, als er frühmorgens seinen Bittgang antritt. Er spricht im bischöflichen Palais vor. Von General Billotte, der seine Forderungen nur schwer durchsetzen konnte, aber Ansprüche erfüllen sollte, weiß er nichts. Neumeister hat keine Ansprüche, offensichtlich–, er bietet sich an. Er wird weiter verwiesen, hierhin und dorthin. Zwischendurch besucht er eine Kirche, die ein notdürftiges Dach hat, aber von Weihrauchgeruch getränkt ist. Wie ein Nebel liegt der vertraute Geruch über den Bänken. Nun bittet Neumeister nicht mehr. Er hat einen Schein in der Hand, eine Empfehlung. Auf dem Schein ist ein Kreuz gedruckt und darunter eine Adresse. Neumeister hütet diesen Schein, er ist ein Unterpfand. Der Schein öffnet Türen. Deutschland ist ein Scheinland, nichts ohne einen Schein. Jeder glaubt, es sei notwendig, dem anderen ein Dokument vor die Nase zu halten. Wer einen Schein hat, ist auf der sicheren Seite. Jedes Stück Papier, zumal wenn es gestempelt ist, beweist, daß alles in Ordnung ist. Dem englischen Reisenden fällt das auf, und es macht ihn zornig. Aus Autoritätshörigkeit klammern sich die Deutschen an Formulare, Ausweise, an Geburtsurkunden, Entlassungspapiere, Wehrpässe, Ariernachweise, Arbeitsbescheinigungen, Impfpässe, Gehaltsbescheinigungen, Passierscheine, lauter Papiere, die beweisen sollten, daß sie am Leben sind und das Recht erworben haben, am Leben zu sein. Auch Totenscheine sind lebensnotwenig. Sie berechtigen die Witwe, eine Rente zu beantragen. Zuerst amüsiert den englischen Reisenden diese Schein-Heiligkeit, bis er begreift, daß es das Verhalten von Sklaven ist, die Bürokratie anzubeten. Das Wort *Karteileichen*, das er aus seinem Leben in Hamburg während der zwanziger Jahre kennt, hat eine bestürzende neue Bedeutung bekommen. Einen Schein über Neumeisters Entnazifizierung gibt es nicht.

Neumeister spricht wieder vor. Wie ein Diplomat überreicht er den Schein, das kirchliche Dokument. Der Schein wird studiert, weitergereicht. Der Schein hat Gewicht. Neumeister hat jetzt Erfahrung im Vorsprechen. Er spricht energisch, mit gestrafftem Körper, und zweifelt nicht, daß er es schafft. Grundzüge der psychologischen Gesprächsführung, Einfühlung und Aussagekraft, Blickkontakt. Seine angebotene Hilfe wird angenommen. Angenommen, angekommen. Seine angebotene Hilfe ist willkommen, allerdings nur gegen ein kleines Salär. Gotteslohn. Besser wäre es, er wäre ein Priester, ein Mönch aus einem bescheidenen Orden, aber man kann jetzt nicht wählerisch sein. Man fragt nicht. Er hat als Akademiker ein gutes Gesicht, jedenfalls keine Schmisse. Er wird dem Caritas-Verband zugeteilt. Der Caritas-Verband lindert Not, er hat einen Etat, um Not zu lindern, Not am Mann, am besten am katholischen Mann, und wo der Mann fehlt, an Frauen und Kindern. Doch die Caritas ist selbst in Not. Sie braucht Mitarbeiter mit Überblick, Leute, die mit Großzügigkeit übersehen, was *ist*, die aber wissen, was *wird*; es kann nur besser werden. Für Kleidung, soweit es sie gibt, sind Frauen zuständig, für die Speisung in einem großen, kahlen Saal sind wiederum andere Frauen zuständig. Sie sind tüchtig, sie krempeln die Ärmel auf, sie tragen Kittelschürzen und dampfen vor Eifer, wenn sie mit der großen Kelle Suppe austeilen. Dr. Franz Neumeister sitzt jetzt in einem Büro, er prüft Listen, er prüft Anträge. In einem anderen Raum stapeln sich Pakete, freundliche Gaben aus der Schweiz und aus den USA, Care-Pakete. Ja, es gibt staunenswert viele Menschen, die die Deutschen nicht darben, nicht weiter verrohen lassen wollen. Großmütige Spender, die an die deutschen Kinder denken, die nichts dafür können, auch nichts für ihre Eltern. Doch später begriff ich, diese Vorstellung war ganz falsch, aus purer Sentimentalität geboren. Jeder stellte sich eine amerikanische Familie im Mittleren

Westen vor, Teil für Teil wurde verpackt und verstaut für die darbenden Deutschen, und die Pakete mußten doch mit Liebe, mit guten Wünschen gepackt worden sein, wie Weihnachtspakete, so stellten es sich die Empfänger vor. Aber die Pakete kamen von der *Cooperative of American Remittances to Europe.* CARE, die Abkürzung wurde nur nicht richtig verstanden und nach Belieben romantisiert. Einmal kommt ein Paket voll mit Zahnbürsten und Zahnpastatuben an. Neumeister sieht Frauen und Kinder, er sieht Krüppel und Greisinnen. Neumeister sieht Lucie Dorn mit dem kleinen Ignaz an der Hand, sie steht da unter den Wartenden, steht da, als ginge das alles sie nichts an. Er verteilt Pakete, aber die Gaben sollen in die richtigen Hände kommen, in bittend erhobene Hände. Und damit er zügig arbeiten kann, muß er erhobenen Hauptes an den Bittstellern vorbeigehen, steifer Anzug, breites Revers. Er muß aufpassen, daß niemand unberechtigterweise ein zweites Paket bekommt. Und er paßt auf, daß kein Paket verschwindet, veruntreut wird in einem unbeaufsichtigten Moment. Man muß auch den Mitarbeitern, dem Pförtner, den Suppenfrauen, den Kleiderfrauen auf die Finger sehen. Die Finger sind lang. Franz Neumeister verschwendet keinen Gedanken daran, er könnte auch, er könnte mit Leichtigkeit. Es wäre unmoralisch und schlimmer noch: Gott sähe es. Er wohnt immer noch bei den Nonnen in der kleinen Kammer. Für seine Wäsche, seine Strümpfe, seine Hemden haben ihm die Nonnen in seiner Abwesenheit ein Regal aufgestellt. Er fühlt das rohe Holz, es könnte splittern und einen Strumpf zerreißen, wenn er zu rasch in das Regal greift. Die Pakete, die Pakete, die armen Leute, wie er sie für sich nennt. Die armen Leute sagen Herr Doktor zu ihm, das tut ihm gut. Er ist selbst arm, in seiner Vorstellung *verarmt.* Aber solange er Pakete verteilt, spürt er die Armut nicht so sehr.

Wenn er will, kann er auch nach Hause fahren, in sein Dorf. Die Familie erwartet, daß er etwas mitbringt, aber eine Zahnbürste kann es doch nicht sein. Etwas abzuzweigen ist gegen alle Regeln. Also erträgt er die fragenden Blicke. Sie haben doch Milch und Butter und schlachten von Zeit zu Zeit ein Huhn. Im Dorf wissen sie nicht, wie es den Städtern geht, und sie wollen es nicht wissen. Sie warten auf Regen, sie fürchten den Hagel, sie ernten. Sie klagen, etwas ist nie genug. Ja, früher, früher. Sie vertrauen auf den natürlichen Kreislauf, dabei soll sie niemand stören. Bauernstand, Bauernland, schwarze Hand, braunes Band. In der sowjetisch besetzten Zone heißt es schon: Junkerland in Bauernhand. Das kann sich jedes Kind merken, aber im Westen kann man es nicht verstehen. Junker, Junker, die gibt's doch nicht. Kleinadel, vielleicht im weiten Osten. Vielleicht bei Tolstoi. Daß er nicht kommt, daß Franz Neumeister, wenn er kommt, nichts mitbringt, Regine versteht es nicht und weint. Auch seine Mutter versteht es nicht, nicht seine Geschwister, nicht die Nachbarn. Er ist hartherzig, erbarmungslos, verständnislos. Er könnte doch einmal fünf gerade sein lassen. Er sieht seine Frau weinen und will es übersehen. Er sei doch der Ernährer der Familie, sagt sie. Ja, das ist er, und doch zuckt er die Schultern. Breite Schultern, breites Revers. Er fährt wieder nach Trier zurück.

Manchmal bringt jemand ein fieberndes Kind mit oder zeigt auf seine Schläfen und verzerrt das Gesicht: Hier dröhnt es so. Manchmal streckt jemand ihm einen blutig gekratzten Arm entgegen: Schuppenflechte. Oder einer zeigt auf den Bauch, der aufgeblasen ist wie ein Ballon. Können Sie nicht helfen, Herr Doktor? Er blickt in die erwartungsvollen Augen, nein, ein solcher Doktor ist er nicht. Er stellt die Gaben zur Verfügung, stellt Bescheinigungen aus, die die Empfänger quittieren müssen. Aber er stellt keine Diagnosen, viel weniger noch kann er behandeln. Er handelt. An manchen Abenden will er nicht ins Kloster zurück. Er ist unruhig, die Augen der Bittenden strahlen auf ihn zurück, bohren Löcher.

Er sieht nicht die Kastanien in der Allee, hört nicht das Poltern der Früchte. Er könnte weit gehen, mit ausgreifenden Schritten. Ein Stück die Mosel entlang in der Parkanlage und weiter noch, bis aus dem Spazierweg ein Treidelpfad wird. Hier sind die Bäume zersplittert, die Stämme verkohlt, schwärzliche Stümpfe. Nahe am Boden drängen dünne Schößlinge ans Licht. Der verkohlte, ausgemergelte Leichnam der Stadt. Der Fluß ist träge, wie ermüdet. Daß er einmal silberhell genannt wurde, ist kaum in die Gegenwart zu übersetzen. Es wäre jetzt gut, ein Glas Bier oder ein Glas Wein zu trinken. Jeder täte das, denn gerade am Wein fehlt es nicht. Aber Neumeister trinkt nicht; er ist es nicht gewohnt, er will es nicht, aber manchmal zu Feierlichkeiten eben doch. Er geht weiter, in einem Gastgarten steht ein Kinderkarussell still. Es beginnt zu nieseln, grau in grau, schwarz in der Nacht. Seine Füße tragen ihn weit. Er möchte noch weiter gehen, aber die Klosterpforte könnte dann verschlossen sein. Also kehrt er um, im Glockenbimbam, zuerst eine helle Glocke, dann eine tiefe, die Schläge zählt er nicht, er geht rasch. Er hat einen langen Atem, er ist schon viel gegangen, fast gelaufen. Er läutet einmal, ein zweites Mal, es ist einfach schon zu spät. Der Schreck fährt ihm bis in die Knie, der Schreck bannt ihn. Als er sich wieder faßt, umrundet er die Mauer. Es ist sehr leis, kein Mensch unterwegs, hier die Klostermauer, gegenüber das Gemäuer, das von der Straße übriggeblieben ist. Eine Hauswand mit leeren Fensterhöhlen, schwarz in schwarz, nur die Fensterlaibung aus Sandstein setzt sich ab. Schönheit des Grauens, für die Franz Neumeister jetzt keinen Blick hat. An einer Stelle sind Bombensplitter in die Mauer gedrungen: Krater, Mitesser und Schürfwunden im Stein. Er zieht seine Anzughose aus, die darf ihm nicht zerreißen. Was dächte man von ihm, Dr. Neumeister, mit einer zerrissenen Hose? Man zeigte mit dem Finger auf ihn (die Frauen), man runzelte die Stirn (die Geistlichen).

Er setzt einen Fuß in die kleine Höhlung, die ein Splitter gelassen hat, tastet mit der Fußspitze nach einer anderen Höhlung, jetzt die Fingerspitzen und ein Strecken und Recken, bis er den Sims erreicht, er hangelt sich hoch. So war er als Kind in der Bauernscheune geklettert, hoch hinauf zum duftenden Heu, wo niemand das Kind suchte, wo er träumte, sich kühne Heldentaten ausdachte. Er befreite Witwen und Waisen aus der Gewalt der Ungläubigen, und sie dankten ihm inbrünstig, ja, manche Frauen küßten ihm die Hand. Gestört wurden die Träume durch ein mächtiges Hungergefühl. Er kletterte hinab, bloß nicht runterspringen. Andere Bauernkinder waren gesprungen, es war ein selbstvergessener Sprung. Mutig fanden das die Kinder, die unten in der Scheune standen, leichtsinnig, sagten die Erwachsenen. Ein Sprung, bei dem sich einer das Genick gebrochen hatte. So erzählte man es den Kindern im Dorf zur Warnung. Das Essen am großen Tisch schmeckte ihm. Seine Träume sah man ihm nicht an.

Er ist der einzige Mann im Nonnenkloster, er muß vorsichtig sein, darf sich nicht wie ein Bub beim Kirschenklauen erwischen lassen. Das ganze Gewicht hängt jetzt an den Fingergliedern, die Knöchel sind weiß in der Nacht. Ein Bein und dann das andere Bein, er ist ein Matterhorn-Bezwinger und unten im Tal die singenden Nonnen, die für seine glückliche Rückkehr beten. Und da ist er wieder, er hat die Mauer erklommen, ruht aus, betrachtet, befühlt die Finger in der Dunkelheit und klettert vorsichtig. Den weichen Boden spürt er eher, als daß er ihn sieht. Dann ist es nur ein kleiner Sprung, ein Katzensprung. Er schleicht, tastet sich an die hintere Pforte, die Küchenpforte, findet seine Kammer. Erst jetzt nimmt er seine Hose ab, er hat sie einfach um die Schultern gelegt wie einen lässigen Schal. Sorgfältig streicht er die Bügelfalten entlang und hängt die Hose über den Stuhl. Er betrachtet die Hände, sie schmerzen, aber sie bluten nicht. Beide

Knie haben Schürfwunden, und die Haut an einem Schienbein ist aufgerissen und brennt. Am Morgen ist er sehr früh in der Heiligen Messe. Längst weiß er, sein Platz ist hinten in der Kapelle, vorne die Oberin, dann die Nonnen und die Novizinnen, dann die Gläubigen. Häufig ist er der einzige Mann in der Kapelle. Und erlöse uns von allem Übel. Als er die Kapelle verläßt, auf dem langen Flur, hört er ein Wispern: Unser Doktor ist über die Mauer geklettert, und dann ein helles, perlendes Lachen, wie er es nie bei einer Nonne vermutet hätte.

Die Arbeit bei der Caritas ist immer die gleiche. Die Listen mit Namen, die hungrigen Augen, die zupackenden Hände, der gemurmelte Dank, das Abhaken der Listen. Zorn in der Reihe der Wartenden, wenn es nicht weitergeht, kalte Ruhe bei denen, die den Zorn professionell übersehen. Gespräche mit den Geistlichen, die Rangordnung ist klar, sie sprechen mit ihm, dem Laien, und er spricht mit den Fürsorgerinnen und den Helferinnen in der Küche und in der Kleiderkammer. So ist die Ordnung.

Nach einigen Wochen spürt der englische Reisende die Zeichen einer seltsamen Krankheit an sich, die ihn niederwirft. Er hat heftiges Heimweh und gleichzeitig panische Angst, nie mehr aus Deutschland wegzukommen. Er hat die Lager gesehen und die sorgfältig bewahrten Unterlagen über die Eingesperrten. Und ihm dämmert, daß es eine Eigentümlichkeit der Deutschen ist, Menschen zu verbrennen, aber Dokumente, die für ihre Transporte in die Todeslager angefertigt worden sind, werden nicht verbrannt. Es nützt nichts, wenn er seinen Verstand einsetzt, um den Ekel zu überwinden. Er kämpft mit dem Wunsch, einfach blind und taub zu sein und so zu tun, als gäbe es die Realität nicht mehr. Er bleibt auf dem Bett liegen und liest André Gide; das tut ihm gut, aber es ist doch kein Zustand auf Dauer. Er reist ab, sobald er kann. Seine Aufzeichnungen erscheinen sehr bald nach seiner Reise in London. In Deutschland will niemand das Buch veröffentlichen, es ist ein blanker Spiegel; erst vierzig Jahre später erscheint es.

Am Abend geht Neumeister nicht gleich von der Arbeit ins Kloster. Er läuft die Bruchhausenstraße entlang mit ihren finsteren Hausburgen aus dem Wilhelminismus, Burgen für eingesessene Bürger, hochaufgeschossene Wandschränke, Bücherschränke, schwere Messinglampen an den Decken, Arzt- und Rechtsanwaltsschilder an den Eingangstüren und Hinweise: *Betteln und Hausieren verboten*. Er durchquert den Brunnenhof mit seiner schönen Säulengalerie im ersten Stock, er vermeidet die Simeonstraße, am Markt hält er sich nur kurz auf. Da stehen Leute und palavern, palavern. Warum stehen sie da in der Abenddämmerung? Was haben sie zu bereden? Als hätten sie alle Zeit der Welt. Neumeisters ausladende Schritte täuschen eine Zielgerichtetheit vor. Er könnte im Kreis gehen, einfach um des Gehens willen. Bewegung, Bewegung. So ist er als kleiner Junge aus dem Dorf in die Kleinstadt zum Gymnasium gegangen, und der Rückweg war ein Stromern, ein Schauen in die Landschaft, mit dem Blick folgte er den Wolken. Und dann sieht er den Mond, einen runden, geäderten Mond mit Tälern und Flüssen, einen Mond wie einen fremden, ersehnten, kugeligen Planeten. Aber Franz Neumeister reist ja nicht, er hat nie das Bedürfnis gehabt zu reisen. Jetzt sieht er die unendliche Distanz zum Mond, und diese Distanz bringt ihn zu sich selbst zurück. Zu einem Mann, der einen Weg hinter sich hat, ein Auf und Ab, und nun geht er durch eine Talsohle. Er ist hungrig, erlebnishungrig, aber zivilisiert, diszipliniert, er heult diesen großen, wäßrigen Mond nicht an. Mit Leichtigkeit findet er den Großen Wagen, auch die Milchstraße, und dann erscheint ihm die Venus, strahlend hell, einsam, aber nicht kalt, ein schöner, fremder Stern. Eine ziehende Sehnsucht ist in ihm.

Ob er noch pünktlich ins Kloster kommt oder die Mauer überklettern muß, ist ihm gleichgültig. Und wenn er das offene Küchenfester erreicht, wieder einmal, hat er die Vermutung, die Küchenschwester läßt es seinetwegen offen, damit er eine Freiheit hat. Eine Freiheit, die sie die eigene Abgeschlossenheit nicht so sehr spüren läßt. Eine Freiheit, etwas zu tun oder zu lassen, etwas, das die Nonne nicht darf. Er hat ja kein Gelübde zum Gehorsam abgelegt. Schlaflos liegt er da in seinem kargen Zimmer unter dem Kreuz des Herrn, der ihm nicht zur Hilfe kommt. Und erlöse uns von allem Übel. Hat er das getan? Wird er es tun? Wo war das Übel? Innen, außen, überall? Messerscharf läßt sich nicht denken; die Kategorien verschwimmen. Deshalb ist auch das Denken verschwommen.

Die Sterne faszinieren ihn, nicht nur die Sterne am Himmel. Sie haben eine Bedeutung von alters her, sie bewegen sich, manche rasch wie der Mond, andere langsam wie Pluto. Er besitzt ein Buch mit Tabellen, Seite für Seite Tabellen: Ephemeriden. Sie beginnen kurz vor seiner Geburt und reichen bis ins Jahr 1960, unvorstellbar lang, bis in eine vage Zukunft, eine Zukunft, die in den Sternen steht. Was aber tröstlich ist: Wenn man schon nichts von dieser Zukunft weiß, so weiß man doch, wie und wo die Sterne stehen. Er malt Kreise und teilt sie in Segmente, er beschriftet sie mit kryptischen Zeichen. Sein Finger fährt die Tabellen entlang: harmonische und störende Konjunktionen, sympathische Sextile, quälende Quadrate, Positionen der Gestirne und Tierkreiszeichen. Wo ist der Wolf, wenn Löwe, Widder und Stier feste Größen in der Astrologie sind? Doch ein Fisch glitscht zwischen den Händen durch, schwimmt ihm davon. Ein Steinbock klettert auf einer Felsnase. Neumeister hört ein Knirschen, trockenes Holz bricht, während er den Stand der Planeten in die Kreise einträgt. Er studiert Geburtsorte und Geburtszeiten, er spürt die Mondknoten auf. Manche Planeten schieben sich auf ihrer Bahn übereinander, andere mißachten sich gegenseitig, wieder andere stehen in einem unheilvollen Winkel zueinander, andere beflügeln sich. Er bedenkt die Sommerzeit und glaubt auch Todeszeiten zu erkennen. Das ist ein gewagtes Unternehmen, von dem er zu niemandem sprechen will. Eine Geheimwissenschaft wie das Goldmachen, Sterndeuterei, Glaube an ewige Abläufe. Er kniet morgens in der Kirche, und abends beugt er sich über die Tabellen, zeichnet Kreis um Kreis und befragt das Buch. Das Papier ist knapp, er zeichnet und rechnet, beachtet Transite und rückläufige Bewegungen.

Am Wochenende besucht er seine Frau. Seine Tochter, die geboren wurde, als Luxemburg die Befreiung feierte, wendet den Kopf, wenn er kommt. Sie flüchtet zur Mutter, er sieht das nicht gern, es macht ihn hilflos, und hilflos will er nicht sein. Er kann sein eigenes Kind nicht anfassen, ohne daß es zu weinen beginnt. Laß sie doch, sagt Regine, sie kennt dich doch kaum. Die Tochter soll ihn kennenlernen, sie soll sich an ihn gewöhnen, aber sie tut es einfach nicht. Ihr Blick weicht aus, wenn er sie ansieht. Er lächelt das Kind an, dann vergeht ihm das Lächeln. Seine Tochter flüchtet zur Mutter, immer wieder, und es kommt ihm vor, als mache Regine die Sicherheit, die sie dem Kind vor ihm bieten kann, froh, als setze sie ihn ins Unrecht.

Er reist in die Stadt zurück, kriecht unter bei den Nonnen. Er versucht, Frau und Kind zu vergessen. Er betet zu Gott, aber Gott antwortet nicht. Vielleicht hat Franz Neumeister die falschen Fragen gestellt. Oder dem falschen Adressaten die richtigen Fragen. Die Nonnen haben sich an den Hausgenossen gewöhnt, das spürt er, vielleicht sind sie sogar stolz, ihn zu beherbergen. Er eilt ins Büro, er tut seinen Dienst, schließt das Büro, er sitzt wieder über den Tabellen. Es wird ihm heiß, plötzlich hat er eine Entdeckung gemacht, eine Entdeckung, die in die Zukunft weist. Er fährt kurz entschlossen aufs Dorf zu Regine, sieht über das Kind hinweg, und es weicht ihm wieder aus. Sanfte Stimme, Hände, die er in seine Hände nimmt, Seufzen, Atmen, er legt Regines zögernde, kühle Hand auf seine Hand, auf seine Hose, seine heiße Hand schlüpft zwischen Regines Beine. Immer noch scheint er eine Entdeckung für seine Frau zu sein. Ein fiepsender Ton aus Regines Mund, wie ein Vogel, erstaunt, aber trockener, dann fließt der Samen, und Regine liegt ganz starr vor Staunen da und flüstert: Mein lieber Mann. Und auch am nächsten Abend schlafen sie miteinander, und am Morgen, die Frau ist weicher, spürt er, empfängnisbereiter. Er spricht sanft, lächelt sie an; er hat sie zur Komplizin gemacht. Er will ein Kind, er will einen Sohn zeugen, ein Kind, das ihn vom ersten Tag an kennt. Jetzt ist der günstigste Zeitpunkt.

Er fährt nach Trier zurück, er geht zur Caritas. Er kennt den Unterschied zwischen *amor concupiscentiae* und *amor benevolentiae*. Begehrt er? Darüber gibt er sich keine Rechenschaft. Regine ist seine Frau geworden, ohne daß er es recht gemerkt hat. Nicht daß er sie vergißt. Sie drängt sich ihm nicht auf. Ja, er ist auch wohlwollend und mild seiner Frau gegenüber, er versucht es jedenfalls, wenn sie weint, *benevolens*, aber zu viel ist zu viel. Als sie von ihrer zweiten Schwangerschaft spricht, nüchtern und sehr zweifelnd, ist seine Freude grenzenlos. Was er erhofft, ist gelungen, eine *Qualitätszeugung*. Diesen Terminus hat er in seinen astrologischen Büchern gelesen und sich eingeprägt.

Sein Sohn soll unter einem besonderen Stern in einer Konjunktion von Sonne und Jupiter geboren werden, unter einem Glückszeichen, unter zwei lebens- und kraftspendenden Planeten. Und Neumeister ist stolz über das Gelingen. Dann, als das Kind da ist, nicht mehr so sehr, die Entscheidung ist ihm auf natürliche Weise aus der Hand geglitten. Es ist eine leichte Geburt, er ist nicht anwesend, weder beim errechneten Geburtstermin noch beim tatsächlichen, früher, aber auch nicht verfrüht. Ein ungeduldiges, frühreifes Kind. Es ist ein Mädchen, ein zweites Mädchen, und es ist sehr zart. Franz und Regine, die einen männlichen Namen ausgesucht haben, müssen rasch umdenken, und er schlägt den Namen Cecilia vor. So heißt die Oberin des Klosters, in dem er nun schon mehr als ein Jahr lebt. Regine hat keine Einwände gegen den Namen; sie ist einverstanden, wie sie mit vielem einverstanden ist.

Die Hebamme hat schon Grit Berghausen getröstet, daß die Neugeborenen jetzt alle mickrig seien, nicht zu vergleichen mit einem Siegfried oder einem Hartmut, einer Gudrun, einer Heidemarie vor ein paar Jahren. Grit Berghausen hat diesen Kommentar achselzuckend gehört, sie hatte noch andere Sorgen. Vater unbekannt, steht in Iris' Geburtsurkunde, aber der Vater ist der Mutter bekannt. Ein französischer Offizier, ein attraktiver Mann, wie ihr Verlobter ein attraktiver Mann gewesen ist. Das kleine Mädchen, das sie auf dem Arm hält, paßt nicht ganz ins Bild. Eine Frau wie Grit Berghausen hat kein Kind, nicht wenn der Vater des Kindes aus der besetzten Stadt abberufen wird. Nicht, wenn sie unverheiratet ist. Besetzte Stadt, versetzte Frau. Und es paßt nicht ins Bild, daß er im Département Pas-de-Calais eine Frau und drei Töchter hat, die sich nach ihm sehnen. Er hat Grit ein Photo gezeigt, und sie mußte insgeheim zugeben, daß die Frau und die Kinder zu ihm passen. Grit und die kleine Iris sind mutterseelenallein. Daß man über sie tuschelt, ist das Wenigste. Es gab Ausgabeschalter, an denen stillende Mütter Muttermilch abholen konnten. Aber die Wege waren weit, und wer hatte jetzt überschüssige Milch? Das blieb im Dunkeln, und es war auch unheimlich: Muttermilch, die nicht die Milch der Mutter ist. Es erinnerte an die Volksgemeinschaft, Müttergemeinschaft, an Frauenschaft, an Säuglingsfürsorge, die die Mütter versorgt und dabei kontrolliert. Muttergewicht minus Geburtsgewicht plus abgepumpter Milchmenge. Also doch keine Muttermilch, das Kind schrie, wenn die Milch ausblieb. Matte Drüsen, müde Milchgänge, und irgendwie ging es auch.

Orli meldet sich an, sie möchte nach Trier kommen. Was sie braucht: die Nähe des Bruders, und sie sucht die früheren Genossen. Sich selbst findet sie nicht mehr. Sie braucht auch ihre Scheidungsurkunde, weil sie in Abwesenheit, während sie im Zuchthaus Ziegenhain war, geschieden worden ist – von dem Mann, der sie denunziert hat, dessen Namen sie noch immer trägt. Acht Jahre und zehn Monate war sie eingesperrt, durchatmen kann sie noch nicht, sie staunt die Fliederbüsche an, saugt den Geruch der Lindenblüten ein. Sie bleibt stehen, niemand jagt sie, niemand zählt sie beim Appell. Sie sitzt auf einer steinernen Bank, sie sitzt da, so lange sie dort sitzen mag. Sie atmet ein, sie atmet aus. Sie möchte wieder heiraten. Alle Vögel fliegen hoch, und sie sitzt ganz nah an der Sonne.

Sie reist an, aber nicht aus dem sowjetisch besetzten Sektor Berlins, wo sie einen Arzt gefunden hat, der sie gründlich untersucht, und ein Gesundheitsamt, das ihr eine Kur verschafft, damit sie zu Kräften kommt, nicht aus der Nähe von Funktionären, die im weitgehend unzerstörten Pankow leben, wo man sie zusammen mit einer Kameradin in einem Zimmer untergebracht hat, wie sie eine Überlebende des Todesmarsches, wo sie Arbeit gefunden hat und veröffentlichen darf, was in die Zeitschrift paßt, vielleicht. Wenn sie sich bewährt, wird sie Redakteurin, jedenfalls hat sie gute Chancen. (Weil sie keine Bürgerliche ist, weil sie schon als Mädchen Kommunistin war, weil schon ihr Vater Sozialist und Internationalist war und ihre Brüder wie sie Kommunisten, weil sie gelitten hat.) Nein, nicht aus Berlin, wohin die Emigranten aus Moskau, nach kommunistischen Vorgaben geschult, eingeflogen worden sind, um eine Verwaltung des Magistrats von Groß-Berlin aufzubauen, kommt sie, nicht als Botin des Aufbaus, sondern einfach aus Hannover. Was macht Orli in Hannover? Ist das eine Stadt für eine Frau, die aus der ältesten Stadt Deutschlands stammt? Eine Stadt für eine Frau, die aus Auschwitz gekommen ist, ein Opfer des Faschismus? Hannover gegen Ost-Berlin, wo sie umstandslos Mitglied der SED geworden ist. Hannover gegen Luxemburg, das Land, nach dem sie Sehnsucht hat, in das sie als Kurierin gekommen ist, in dem sie vielleicht Unterschlupf, doch kein Exil hätte finden können. Zenon, ihr Kontaktmann zur luxemburgischen kommunistischen Partei, ist in einem deutschen Gefängnis zu Tode gekommen. Aber wie, wie ist Zenon gestorben? Ist er ermordet worden, oder was bedeutet es, wenn ein Luxemburger Kommunist in einem deutschen Gefängnis 1940 starb? Wer weiß etwas? Und Lili Marx, Claude, seine Frau, die alle eine helfende Hand ausgestreckt haben: Orli möchte sie so gerne wiedersehen, sie ist elektrisiert. Der Mann, den sie heiraten will, den sie im Sanatorium kennengelernt hat, stammt aus Hannover, ist neun Jahre älter als sie. Hannover ist auch eine Art von Exil. Die Stadt hat eine Zuzugssperre, wie überall ist der Wohnraum knapp. Nur als Ehefrau hat Orli das Recht, nach Hannover zuzuziehen.

Schließlich ist sie da: Zuerst auf der Wartebank, das Standesamt ist noch eine Baracke, sie ist beharrlich, sie ist zäh, sie hat so viel überlebt. Und sie überlebt den Schock, warum sie geschieden wurde – *wegen Ehebruchs der Beklagten und ihrer kommunistischen Tätigkeit.* Der Verrat, die Gemeinheit scheidet sie. Das gab es ja, Männer, die einen Verrat begingen für dreißig Silberlinge oder ihren Bruder verraten hatten für ein Linsengericht, die ihre Frau verraten hatten, um ihren Kopf aus der Schlinge zu ziehen, und Frauen, die ihren Mann verrieten aus Feigheit, aus Willfährigkeit oder für einen vermeintlichen Vorteil.

Und da ist Aurelia, ihre Nichte, mit bläulich durchbrechenden Zähnchen im Oberkiefer, der helle Flaum auf ihrem Kopf ist haselnußfarben geworden. Orli fliegt auf das kleine Mädchen, sie möchte es sofort in ihre Arme schließen und gar nicht mehr loslassen. Was der Arzt in Berlin festgestellt hat, ahnen Willi und Maria sofort: fiebern und nicht fiebern, ein Sanatorium in guter Luft. Aber das geht nicht, Orli, du könntest das Kind anstecken und was dann? Du hast doch Tuberkulose. Aurelia kräht, lacht die Tante an, strampelt und spielt mit ihren weichen Marzipanfüßchen. Orli zuckt zusammen, wie ertappt, schlägt die Hände vors Gesicht. Sie soll sich von ihrer Nichte fernhalten. Sie darf kein Kind bekommen, sie kann kein Kind bekommen, der Arzt hat es verboten. Sechs Monate ist sie im Sanatorium gewesen, so lange hat es gedauert, so lange hat man sie vertröstet, gefüttert, festgehalten, und immer wieder heftige Fieberschübe.

Endlich hatte man es ihr erklärt: Zuerst einige verdächtige Schatten, dann Verschattung, dann Dunkelheit, ein Sog, ein Loch. Am Ende des Aufenthalts im Sanatorium ist sie kränker als zu Beginn. Vermutlich hat sie sich bei einem Mitpatienten, der an einer offenen Tuberkulose litt, während der Liegekur oder im Wachraum angesteckt. Kavernen waren im linken Lungenflügel gefunden worden, die nicht heilten, schlechte Aussichten und immer diese Schwäche. Die Krankheit war eine Front, die gehalten werden mußte, allenfalls begradigt. Draußen auf dem Flur klapperte ein Wagen mit den Putzmitteln. Über Orli beugten sich abgehärtete Gesichter, Offiziersgesichter, zackige Leutnantsgesichter, Gesichter von Oberschwestern, die schon viele Amputierte in einem Lazarett knapp hinter der Front gepflegt hatten. Und wenn einmal eine milde Hand über ihre Bettdecke strich, war darin eine Schönheit, die stumm und dankbar machte. Aber sie wollte so gerne ein Kind, nur ein einziges. Jetzt bricht es aus ihr heraus: Sie sei vor kurzem schwanger gewesen und habe das Kind im vierten Monat verloren, es habe so weh getan, unendlich weh. Daß noch etwas weh tun konnte nach Auschwitz.

Die erste Punktion: das Durchstechen des Brustkorbs. Die Punktionsnadel war über ein Glasröhrchen und einen Kolben mit einem Gummischlauch verbunden. Die gelbgraue Flüssigkeit, die aus ihrem Brustkorb abgelassen wurde, floß in eine Emailleschüssel mit abgestoßenem Rand. Die Schwester habe die Schüssel mit ausgestreckten Armen aus dem Ordinationsraum hinausgetragen, natürlich habe sie sich geekelt und nicht den geringsten Versuch gemacht, den Ekel vor der Patientin zu verbergen. Sie sei zu den Punktionen auf einer Bahre über lange, kalte Gänge geschoben worden, die Gummirollen quietschten. Wenn sie zurückgebracht wurde, habe sie sich nicht mehr zurechtfinden können im Krankensaal. Wo war das Fenster? Es war nicht mehr an seinem Platz, nur die bleiche Kugellampe blieb zur Orientierung, erschöpfte Benommenheit. Jedes Mal habe sie das Gefühl gehabt, ausgesaugt zu sein, aber nicht erleichtert. Ausgesaugt, ausgelaugt. Zehn Kilo sollte sie zunehmen, aber das gelang nicht. Ein Brei, der nach nichts schmeckte oder doch, nach Pappkarton schmeckte er, wurde ihr eingeflößt. Sie hatte die Lippen aufeinandergepreßt. Unerbittlich drückte die Schwester mit der Breitseite des Löffels gegen ihre Unterlippe, bis sie den Mund öffnete. Als keiner der Behandlungsschritte anschlug, seien ihr sieben Rippen entfernt worden, damit der kranke Lungenflügel mehr Platz hätte, um sich zu entfalten. Immer habe sie sich gewünscht, schwanger zu werden, nein, mit ihrem ersten Mann nicht, bei dem Verräter glücklicherweise nicht. Immer habe sie Schmerzen in der Brust, die Rippen fehlten, immer niedergedrückt. In der Nacht pochten Träume gegen ihren Schädel. Immer wache ich in Auschwitz auf, immer bin ich krank in der Krankenbaracke, dabei bin ich doch Revierälteste mit einer Binde am Arm, taste auf der engen, vierfach belegten Pritsche neben mich. Da liegt eine Tote, schon kalt, und morgen wird sie von der Pritsche gezerrt. Ich helfe dabei, wenn sie zu den anderen Toten der Nacht auf den Boden neben der Tür geworfen wird, im Zugigen, ein ganzer Stapel jede Nacht. Bolus alba, bolus alba, das Allheilmittel in der Krankenbaracke, ein weißes Pulver wie Scheuersand. Die Ärztinnen gaben es gegen Durchfall, streuten es bei Mundfäule auf die Schleimhäute, bei Krätze wurde die Haut damit gepudert. Und wenn etwas übrig war, wurden die dreckverschmierten Kojen in der Krankenbaracke damit geweißelt.

Die sieben Rippen: dürre Zweige, die Rippen gegen die Röhrenknochen, die schlenkernden Glieder der Toten, die sie gesehen hat, halbe Kinder, Freundinnen, Kameradinnen, Genossinnen. Orli beginnt zu weinen, und Maria, die sie kennt, seit sie junge Mädchen waren, kann sie nicht beruhigen. Als würde auch das kleine Mädchen die Anspannung spüren, jammert es. Es wäre gut, Aurelia zu stillen, und dann ins Bett mit ihr, denkt Willi Torgau, der auf glühenden Kohlen dabeisitzt. Er will die Frauen nicht allein lassen, es wäre feig, aber er muß wieder pünktlich in der Spruchkammer sein. Plötzlich riecht es brenzlig aus der Küche. Der Kuchen, den Maria Torgau für den Besuch backt, hat eine schwarze Kruste.

Im März 1948 war Orli Torgau, immer noch verheiratete Reichert, endlich aus dem Sanatorium im Harz zur *Fortführung eines kurgemäßen Lebens* entlassen worden. Aber was sollte ein kurgemäßes Leben sein, wenn nicht einmal das Überwechseln von der sowjetischen Zone in die britische vorgesehen war? Der Wechsel, wenn er für ein Mitglied der SED keine Flucht wäre, gelänge nur durch Heirat. Deshalb die Scheidungsurkunde, sie ist ein bedeutsames Unterpfand, der Schlüssel zu einem neuen Leben. Was tut dein zukünftiger Mann, Orli? Er war Kommunist wie du und ich, Willi, und Mitherausgeber einer kommunistischen Zeitung. Er ist dann über den Graben zwischen Kommunisten und Sozialdemokraten gesprungen, das blieb nicht ohne Folgen. Als *Versöhnler* war er isoliert worden. Und 1934, die Partei und er arbeiteten im Untergrund, hatte die KPD in seiner Heimatstadt Hannover nichts Besseres zu tun, als ihn aus der Partei auszuschließen. Es nutzte der Partei nichts, diesen unsicheren Kandidaten loszuwerden. Ebenso wie die Kommunisten, die ihm das Parteibuch abgenommen hatten, wurde er verfolgt. Und seinen Peinigern war es gleichgültig, welche Differenzen wer mit wem hatte. Zu fünfzehn Jahren Zuchthaus verurteilt, war er bis 1945 in Sonnenburg und Brandenburg-Görden. Dort standen die zum Tode Verurteilten förmlich in einer Warteschlange. An manchen Tagen wurden fünf bis zehn von ihnen mit dem Fallbeil hingerichtet. Sobald es möglich war, trat er wieder in die Kommunistische Partei ein. Aber selbstbewußt geworden, verlangte er von ihr Bewährung. Kann sich eine Partei bewähren? Nur wenn sie sich zu einem Bündnis mit den Sozialdemokraten entschließen und demokratische Strukturen akzeptieren würde, wollte er bleiben. War er so naiv, oder suchte er einen handfesten Grund, um wieder auszutreten? Er blieb nicht, Orli und er diskutierten immer wieder. Wie sollte das Land aussehen, in dem Leben kein Gefängnis war, in dem man zurückschaute in den Abgrund und vorwärts, aber nicht kopflos? Orli fieberte wieder, schlief nicht, und nach vielen Gesprächen mit dem Mann, den sie liebte, der sie verstand, löste sie sich abrupt von der SED.

Als ihr Bruder um sechs ausgelaugt nach Hause kommt, streitet sie mit ihm, erregt sich über den engstirnigen Versuch, den Kommunismus zwischen Pankow und Treptow aufzubauen, eine Diktatur im Kopf. Er wirft ihr vor, die Parteilinie aufs Geratewohl verlassen zu haben. Darauf antwortet sie nicht, sie hat sich schon zu weit entfernt. Er erschrickt über den Verlust des Glaubens (wofür haben wir gelitten?), den Verlust, den er als Verrat bezeichnet. Seine Schwester und er – dazwischen ein politischer Abgrund. Sie weint und schreit: Schau dir eine Parteiversammlung in Ost-Berlin an!

Abends nimmt sie mit spitzen Fingern drei kalkige Tabletten aus einem Röhrchen, schüttet Pulver in ein Glas Wasser, trinkt in hastigen Zügen und schluckt. Dann wird sie ruhiger, torkelt ins Bett, das nur ein Sofa ist. Die Tabletten, das Pulver, das Weinen und Schreien: Man hat sie kaputtgemacht im Lager, man muß kein Arzt sein, um es zu bemerken. Ihr Bruder und ihre Schwägerin sind bestürzt. Beim Frühstück spricht Willi von der Solidarität der Genossen, von Esterwegen, von der geheimen Lagerleitung in Buchenwald, von einem Sieg, der auch ein Sieg der Humanität gewesen sei. Orli hört ihm zu, dann spricht sie von Leichenbergen, von der Krankenbaracke mit den wimmernden Zigeunerkindern, ihren eingefallenen Gesichtern, der Hilflosigkeit, mit der sie dem Sterben zusah. Aber Orli, du hast doch in der Krankenbaracke sicher auch Nummern vertauscht, immer wieder jemanden, den du mochtest, geschützt? Du hattest doch Verantwortung und Macht. Ja, ich habe eine Ungarin in der Weberei untergebracht, da war die Arbeit ein bißchen leichter; eine andere Frau ist an ihrer Stelle ermordet worden. Ich habe Lena mit den Hungerödemen auf die Pritsche einer Toten gemogelt. Die Häftlingsärztinnen feilschten mit den Lagerärzten um einen Hauch von Leben, redeten von der baldigen Arbeitsfähigkeit. Dazwischen ich, versteinert, zerfressen von Krätze, mit der Verantwortung für alle in der Baracke. Es ist nicht das Erlebte, das sie peinigt, sie ist ein Teil davon. Sie sieht sich von sich selbst entfernt, einmal regennaß im Matsch, dann in sengender Hitze, im Nebel, unfaßbar zwischen Toten und Halbtoten. Jetzt hat sie das Bedürfnis, den geschundenen Körper zu pflegen, eine zarte Creme auf der Haut, Puder auf der Nase, der Lippenstift azaleenrot, ein burschikoser Haarschnitt, sie bindet sich ein keckes Halstuch um. Sie hat Pläne, sie ist doch erst Anfang dreißig und hat noch viel vor. Und die Schmerztabletten, die Schlaftabletten, die man ihr verschreibt und die sie schluckt, schluckt, dämpfen das Halbtotsein – einerseits. Andererseits ist sie eine Kämpferin.

Sie kennt das Mädchen, das Flugblätter und Aufklärungsmaterial geschmuggelt hat, sie kennt die Gläubige, die wußte, daß der Kommunismus siegen würde, daß die Phase der Prüfung irgendwann zu Ende ginge. Sie hat sie abgeschlossen. Es gelingt ihr nicht, ins nahe Luxemburg zu reisen. Sie hätte an den Justizminister schreiben müssen, der auch für die Entnazifizierung zuständig war, an Victor Bodson, der als junger Parlamentsabgeordneter deutschen Flüchtlingen geholfen hatte, über das Grenzflüßchen zu kommen. Er hatte die großherzogliche Familie ins Exil begleitet, während sie im Zuchthaus Ziegenhain Gänsefedern rupfte. Aber keiner ihrer alten Trierer Freunde hat Kontakt zu einer so hochgestellten Persönlichkeit. Sie weiß es doch: Wir sind Arbeiter, wir sind ein Teil der Arbeiterbewegung, wir haben uns bewegt, aber die anderen nicht. Bodson ist Sozialdemokrat, Jurist, hat in Straßburg, Algier, Montpellier studiert. Einen solchen Mann kann sie sich gar nicht vorstellen.

Am Nachmittag reist sie ab, ohne viel zu sagen. Das ist aus meiner Schwester geworden, ein kopfschüttelndes Urteil. Und Maria: Aber denk doch, sie ist von Russen vergewaltigt worden, von sowjetischen Soldaten, das mußt du dir einmal vorstellen, von Genossen. Sie hat es mir gesagt, als du bei der Spruchkammer warst. Er antwortet: Maria, das ist kein politisches Argument, du weißt es selbst.

Jetzt hatte die Militärregierung auf vieles, was geschah, keinen Einfluß mehr. Jetzt mußten ihr nur noch Ernennungen führender Beamter zur Genehmigung vorgelegt werden, Ernennungen von Abteilungsleitern in den Ministerien, Landräten, Oberbürgermeistern. Ein Kommen und Gehen in Baden-Baden, die Offiziere wurden ausgetauscht, die französischen Stellen resignierten. Billottes Dolmetscher, der Deutschlehrer, hatte längst den Antrag gestellt, wieder in seinem Beruf arbeiten zu dürfen. Französische

Kinder, französische Lehrbücher, ja, auch deutsche Literatur, aber nicht mehr diese Windungen, Verklausulierungen, die verborgene Resistenz, die er wortwörtlich übersetzen mußte. Nicht mehr der eigene niedergehaltene Zorn, nicht mehr in verstockte Gesichter sehen, nicht mehr *des affaires intérieures de l'Allemagne.* Billotte hatte ihn nach Dijon verabschiedet, und er hatte einen Teil von sich selbst verabschiedet. Ja, auch Billotte wollte nach Paris zurück. Später las er, daß die Entnazifizierung ihren höchsten Wirkungsgrad im Winter 1946 erreicht hatte. Das war auch sein Werk, doch es hatte nur drei Jahre Bestand. Anfang 1950 waren 37,7 Prozent ehemalige Nationalsozialisten im öffentlichen Dienst beschäftigt, im Vegleich zu 66,3 Prozent Parteimitgliedern im Jahr 1939. Was sollte man dazu sagen? Hatte er Deutschland verlassen oder die Deutschen sich selbst überlassen?

Josef war es gelungen, in einer Backstube eine Stelle zu finden. Aber er war ja nicht einmal Geselle. Er war erfahren, hatte die kompliziertesten Teige, Brandteige, Schwarzbrotteige anzurühren und zu kneten gelernt, aber er fühlte sich nicht wohl unter den so viel jüngeren Lehrlingen, litt unter den Spötteleien, den abfälligen Bemerkungen. Sie redeten, als wäre er ein Blöder, und der Inhaber der Bäckerei verteidigte ihn nicht. Josef hielt es nur seinen Eltern und Geschwistern zuliebe aus. Aber sie verstanden ihn nicht, hielten es für selbstverständlich, daß Josef, soweit er konnte, für sie sorgte. Hitze, trostloses Mehlweiß, Nebel, der ihm den Atem beschwerte. Alle in der Backstube arbeiteten im Unterhemd oder mit nacktem Oberkörper. Der Bäcker zuckte die Schultern, hygienisch war das nicht, aber wann kam jemand vom Gewerbeaufsichtsamt?, egal, Josefs Nummer am Unterarm war sichtbar. Was hast du da?

Und dann geschah etwas, das Unfaßbare ereignete sich so leise und unauffällig, daß niemand außerhalb der Ziegelei es merkte.

Lucie gebar ein kleines Mädchen. Sie war erschöpft danach, und sie war krank seit Wochen, aber die Geburt, ihre zehnte, war leicht. Andere würden es Wunder nennen, aber ein Wunder und eine Wunde sind so nah miteinander verwandt, daß es ein Wunder wäre, wenn der Schmerz, den eine Wunde verursacht, einfach zwischen zwei Zeilen fallengelassen würde. Das Kind fiel fast aus Lucie heraus, das Blut trocknete, die Nachgeburt wirkte ausgedörrt, wie geschrumpft. Wie Ignaz in Lublin überlebt hatte, wußte sie selbst nicht, Lublin mit seinen vielen Lagern, Majdanek, Radom, Bliżyn, Budzyń, Lipowastraße, Trawniki, Izbica. Und die Toten sprachen nicht. Immer wieder hatte ihr jemand etwas zugesteckt, und jeder Bissen, der dem einen Häftling zukam, fehlte, fehlte einem anderen. Sie speichelten Bröckchen ein, Steckrüben und Brot, kauten es zu einem weichen Klumpen und gaben es dem Kind wie einem Vögelchen. Es aß alles, was man ihm in den Mund schob, auch auf einem Finger biß es kräftig herum, als wollte es ihn bis auf den Knochen abnagen. Aber alle liebten das Kind; es war das Kind der Zigeunerbaracke, manchmal versteckt, manchmal im Krankenrevier, ein jüdischer Häftlingsarzt half. Ignaz hatte eine Nummer auf den Oberschenkel tätowiert bekommen, die dehnte sich, als er größer wurde, die Ziffern krümmten sich. Lucie übersah es. Sie sah nur den Mund des Kindes, den aufgesperrten Mund, den hungrigen Mund, den faltigen Greisenmund des Kindes. Das Kind mußte überleben.

Nein, keine Hebamme, das Vertrauen war zerbrochen, das Vertrauen zu jeder Person außerhalb der Familie war zerbrochen. Kein Krankenhaus, keine Schwestern und Tanten; die Tochter, die kein Kind bekommen würde, half. Wer fehlte? Häufig schrie Lucie jetzt in der Nacht, und niemand wußte, ob sie wach war oder schlief. Rita, rief sie, komm sofort da runter, du fällst sonst. Oder: Michael, wart noch ein bißchen, gleich, gleich gibt es Essen. Oder sie jammerte: Wo ist denn Vera? Sie war doch eben noch da. Ach, so, sie ist mit Konrad weggegangen, dann ist es ja gut.

Lucie, beruhigte Alfons sie dann, wir sind doch da, wir alle sind da. Schlaf wieder. War sie wach, oder sprach sie im Schlaf? Er nahm ihr Gesicht in seine Hände, sie sah ihn an, als sähe sie ihn nicht. Sie fuhr wieder auf: Wer ist denn da? Niemand ist da. Kathi hörte es, Josef hörte es, die Ziegelarbeiter mußten es hören. Sei still, sei still, beruhigte Alfons seine Frau. Und dann weinte sie in hellen Tönen wie ein Kind; sie atmete flach und tastete in der Dunkelheit nach ihrem Mann. Ignaz wurde wach und schrie, drängte ins Bett der Mutter, und es war gut, das Kind im Arm zu halten, jedes Kind, und schließlich schlief Ignaz, schliefen Lucie und Alfons. Am Morgen war Lucie zerschlagen und konnte sich kaum orientieren.

Auch tagsüber hatte Lucie keine Kraft, alle Namen aufzuzählen. Vera, Michael, Konrad, Rita, Arnold, alle im schönen Haus unter dem Fliederbusch und das totgeborene Kind zwischen ihren Beinen. Wie alt wäre es jetzt? Und wie alt wären Vera und Konrad, Michael, Rita und Arnold? Die Zahlen verknäuelten sich ihr. Lucies Schwester und Laurenz waren nicht mehr da, und ihre Nichten und Neffen, Henni, über den sie immer ungern geredet hatte, war tot, ihre Tanten und Onkel, ihre alten Eltern ohnehin, der Großvater, der noch alles über den Bären gewußt hatte. Manchmal sieht sie die Kinder vor sich, sie trotten, sie schleifen die Füße über das Pflaster. Sie bleiben stehen, große, hungrige Augen, schmutzige Gesichter, unkindlicher Ernst. Sie erkennen ihre Mutter nicht, und sie ist schockiert, daß sie sie nicht erkennen. Sie wünscht sich so sehr, Vera stürmte vor, die lebhafte Vera, und dann hört sie die Tochter: Josef, Josef, ruft sie und wirft sich dem Bruder entgegen. Konrad und Michael kommen dazu; sie sind sehr scheu, es schmerzt Lucie. Es ist, als begrüßten sie eine fremde Tante. Dann ist das Bild verschwunden. Auch Alfons zögerte, die Verlorenen aufzulisten. Und weil er die Leere in seinem Kopf nicht aushielt, versuchte er an sein früheres Karussell zu denken. Und er fragte Lucie, Josef und Kathi: Erinnert ihr euch noch an das Karussell? Lucie fragte zurück: Welches Karussell? Wir hatten doch mehrere. Das war eine tröstliche Schönfärbung.

Das Neugeborene erinnerte sie so sehr an das totgeborene Kind, an die Beschämung und Erbitterung, daß niemand ihnen geholfen hatte. Nun also Annchen: Kathi nahm das Kind sofort in Beschlag, und Alfons war froh, daß es Lucie besser ging, wenn das kleine Mädchen in Kathis Obhut war. Es war ein schönes Kind mit kirschendunklen Augen, Augen, wie Lucie sie hatte. Ignaz schenkte ihm Ziegelbröckchen, die er im roten Staub gefunden hatte. Und wenn man ihn nicht daran hinderte, baute er aus den zerbrochenen Ziegeln etwas Langgestrecktes, Gebilde, die er Baracken nannte. Und er wollte der kleinen Schwester auch Ziegelbröckchen in die Wiege legen, die ein Wäschekorb war. Kathi wiegte das Kind, flüsterte ihm Worte zu, die niemand verstand. Während sie Annchen wiegte, wiegte sie sich selbst, und das Kind war zufrieden. Sie spielte mit ihm, herzte es und brachte es zum Lachen. Nur manchmal weinte Kathi, weinte auf das Jäckchen des Kindes, das sie bei der Caritas bekommen hatte, auch Milchpulver und eine Zahnbürste für das noch zahnlose Kind, die drängte man ihr förmlich auf. Dabei hätte Ignaz Schuhe gebraucht. Nein, sie weinte nicht wirklich, sie schrie grell auf und dabei badete sie in einem Tränenstrom. Sie fuhr mit der Hand unter den Rock, griff sich selbst an, zornig, drängend, wild, als habe sie eine berechtigte Forderung an ihren Körper, als sei er ihr Schuldner, suchte tief, tief in ihrem nassen Geschlecht nach einer Antwort auf ihren Mangel. Den fand sie nicht, aber doch eine Art von Beruhigung, Erschöpfung, Sanftheit, die ihr Weinen aufhören ließ, und das Kind neben ihr, das von ihrem gewaltigen inneren Aufwand nichts spürte, schlief.

IV

KLEINE KÖRPER

Jetzt waren wir schon in der zweiten Klasse. Wir waren sieben Jahre alt, die Milchzähne waren uns ausgefallen und wuchsen in kleinen Zacken nach, bläulich noch. Es hatte geschmerzt, als die Milchzähne ausfielen und eine blutige Grube hinterließen. Und es hatte geschmerzt, als die neuen Zähne den Kiefer durchbrachen. Sie wuchsen und wuchsen; das machte uns stolz. Wir fühlten sie wachsen, wenn wir mit der Zunge über den Kiefer strichen. Es waren die erwachsenen Zähne, wir würden sie unser Leben lang behalten, so sagte man uns. Und ganz unabhängig von den Zähnen wuchsen wir; man sah es am Türrahmen, an den feinen Bleistiftstrichen darauf. Wir wuchsen im Schlaf, und man merkte es nicht einmal am Morgen. Wir wuchsen auch, weil es einen Vergleich gab: die Kinder der ersten Klasse, die hilflos und noch ein wenig ratlos auf dem Schulhof herumstanden. Sie lachten, aber ihr Lachen schien nicht echt zu sein. Denn eigentlich gab es nichts zu lachen. Vielleicht lachten sie, weil alles doch nicht so schlimm war, wie sie es sich vorgestellt hatten. Sie lachten, wenn man sie fragte: Wie geht's in der Schule? Schmeckt sie dir? Darauf gab es aus Höflichkeit keine andere Antwort als: Gut, es gefällt mir. Das ist gut so, sagten der Onkel oder die Tante, mit der Antwort zufrieden. Wenn's dem Kind gefällt, kann man zur Tagesordnung der Erwachsenen übergehen.

Daß es schrecklich war auf dem Schulhof, zu laut, zu übermächtig, zu rücksichtslos, daß es nur eine Handvoll Kinder gab, zu denen man Zutrauen haben konnte, hätte kein sechsjähriges

Kind über die Lippen gebracht. Es sei denn, eine ganze Clique wäre zusammen aus dem Kindergarten in die Schule gewechselt. Und diese Clique hatte mit sich selbst zu tun, nahm so schnell kein neues Kind auf. Lachte das von Onkel oder Tante befragte Kind aus Verlegenheit? Um den bohrenden Fragen auszuweichen? Das Gerenne der Großen, das Geschubse, das Schlangestehen beim Hausmeister, der Milch und Kakao verkaufte, die Aufsicht, die jeden anwies, auch nur das kleinste Fitzelchen Papier aufzuheben. Egal, wer das Papier fallen gelassen hatte. Ein Kind, das zufällig in der Nähe stand, hatte es aufzulesen. Und dann: Wohin damit?, der Papierkorb war überfüllt, das Kind stand verloren da mit dem zerknüllten, schmutzigen Papier, Schadenfreude rundum. Und irgendwo, ganz am Rand des Schulhofes, fand sich ein zweiter Papierkorb. Ein Spießrutenlauf. Nur wenn man möglichst schnell lief, war es auszuhalten. Erleichterung und schließlich die Hoffnung, die Mitschüler hätten den demütigenden Auftrag nicht bemerkt. Zum Händewaschen war keine Zeit.

Das Gehen im Gänsemarsch kannten nur die Kindergartenkinder. Aber es waren Kinder und kein Geflügel. Ja, auch das Stillsitzen war schwer, aber nicht so schwer, wenn man draußen getobt hatte, bis die Klingel schrillte. Die Sechsjährigen tobten noch nicht, aber sie rangelten, knufften, balgten sich. Es ging nicht nur um Rangordnungen, eher darum, sich an die Nähe so vieler Kinder im Klassenraum zu gewöhnen. Und wir, die schon Siebenjährigen, erinnerten uns kaum noch an das Empfinden vor einem Jahr. Wir wurden aufgefordert, jeweils zu zweit zu gehen, und rasch mußten wir entscheiden, wem wir die Hand gaben. Wir waren wieder gewachsen, wir waren routinierte Schulkinder, und so würde es weitergehen. Nachdenken, der Zeit vor der Schule nachhängen, als wir noch klein waren, war verschwendete Zeit. Auch die Zeit vor den Sommerferien und die nach den Sommerferien waren andere Zeitalter.

Wenn eines der früheren Kindergartenkinder lachte, lachten alle Kindergartenkinder, und wir, die wir nicht im Kindergarten gewesen waren, wußten nicht, warum sie lachten. Lachen sie über mich?, fragte sich jedes Kind automatisch. Man sagte uns: Uns fehlten Fähigkeiten, die die Kindergartenkinder erworben hätten. Wir seien nicht gewohnt zu teilen. Wir seien nicht gewohnt, uns in eine Gemeinschaft einzuordnen. Wir seien Eigenbrötler. Aber wir mochten den Pulk der Kindergartenkinder nicht. Ihr Zusammenglucken, ihre Treuherzigkeit, mit der sie dem Lehrer alles glaubten, so wie sie der Kindergärtnerin alles von den Lippen abgelesen hatten. Sie wären allein gar nicht lebensfähig, dachten wir. Aber die Wörter fehlten, also dachten wir vielleicht doch nicht. Und heimlich lachten wir über sie, aber jeder nur für sich. Einmal lachten wir alle, die ganze Klasse. Nach den Ferien war Kurt mit einem Gips in die Schule gekommen. Der Lehrer fragte ihn: Wie hast du dir den Arm gebrochen? Und sein Erstaunen sprang sofort auf uns über. War auch Mitleid in seiner Frage? Diesmal ist es die Elle, glatt durch, er sagte es so, als wäre ein Fußball glatt durchs Tor gegangen, den nicht einmal der beste Torwart hätte halten können. Er setzte sich ein schiefes Lächeln ins Gesicht, als wäre es eine Leistung, keinen Splitter- oder Trümmerbruch zu haben. Als der Lehrer gar nichts mehr sagte, verschwand sein Lächeln. Aber wie denn, Kurt, wie? Kurt erzählte von einem Baumstamm, auf den er geklettert war und dann weiter den Baum hinauf, dann sei er gefallen; stockend erzählte er. Daß er Kirschen gegessen hatte, vermutlich in einem fremden Garten, sagte er nicht. Wir lachten, lachten unbändig, denn auch im letzten Jahr war Kurt mit einem Gips aus den Ferien gekommen. Er war über eine Wurzel gestolpert und dabei so unglücklich gefallen, daß er den Fußknöchel gebrochen hatte. Später lernte ich das Wort halsbrecherisch, und wenn ich es auf Kurt beziehen wollte, graute es mir.

Wir waren Vordenker, malten uns aus, dass wir die Zehnjährigen wären, die großen Mädchen und Jungen, die uns nicht sahen, sie lebten selbstherrlich über unsere Köpfe hinweg. Kroppzeug waren wir, das gaben sie uns zu verstehen. Manche von uns hatten Geschwister, deren Überlegenheit, Bevormundung, Gewalt versetzte uns in helle Wut. So wären wir bestimmt nicht, wenn wir so alt wie sie wären. Wir würden auf Bäume klettern und uns ein Baumhaus bauen, verschanzt, uneinnehmbar für unsere Feinde. Das nahmen wir automatisch an: Je älter, um so mehr Feinde. Unsere Eltern sahen die Feinde nicht mehr. Sie hatten sich verschanzt hinter ihren Verteidigungslinien, oder die Feinde waren in die Flucht geschlagen. Die letzte Lösung wäre die beste, dachten wir. Feind hört mit!, sagte MEINVATER manchmal, und ich glaubte ihm. Wir sind von Feinden umgeben, sagte er. Man mußte sich wappnen.

Wir wären nett zu kleineren Kindern. Und wir würden mit dem Fahrrad fahren bis ans Ende der Stadt. Wir würden uns verfahren. Unsere Eltern würden sich Sorgen machen, aber das nähmen wir in Kauf. Wir würden allein auf den Jahrmarkt gehen, nein, nicht allein, sondern zusammen mit unseren Freunden und Freundinnen, jedenfalls ohne die Eltern. Wir hätten genug Taschengeld. Wir schleckten Zuckerwatte und gebrannte Mandeln bis zum Gehtnichtmehr, führen mit den wildesten Karussells, bis uns schwindlig würde. So groß wären wir dann, unvorstellbar. Was wir alles könnten, was wir aus dem Ärmel schüttelten; darin war auch ein Geheimnis. Natürlich fänden wir den Weg zurück, aber schön war der Kitzel, sich beinahe zu verirren. Jetzt mußten wir warten, aber wir warteten nicht den lieben langen Tag.

Da saßen wir, die Jungen links am Fenster, die Mädchen rechts an der Tür. Wir schauten geradeaus, aber auch nicht immer. Wir hatten die Namen der anderen gelernt, und der Lehrer hatte sie mit uns gelernt oder vor uns oder nach uns. Manchmal sagte er einfach: Du! Ich? Nein, ich, sagte das Kind, das eine Reihe vor mir saß, und ich war froh, wenn ich nicht gemeint war. Wir spinxten auf die Tafel neben uns, wir drehten uns um, weil wir einen Bleistiftspitzer leihen wollten, wir schauten zur Seite, wenn ein Kind etwas sagte und der Lehrer es lobte.

Wir tasteten nach den wackelnden Zähnen, tauchten in Buchstaben und Wörter und ihre offenen Geheimnisse, während wir als Sechsjährige nur Buchstaben abgemalt hatten. Wir schlugen die Hefte auf, wir saugten an unseren Stiften. An der Bleistiftspitze zu lecken, war verboten, sie sei giftig. Wir waren viele, aber wir waren allein, wenn wir auf den Zeilen im Heft balancierten. Wir waren allein mit der monotonen Stimme des Lehrers, und als ich Kurt neben mir sah, seine linke Hand, die den oberen Rand des Heftes festhielt, als ich seinen dünnen linken Arm sah, verpaßte ich, was der Lehrer diktierte. Ich verpaßte nur einen Augenblick, und jetzt, in diesem Augenblick, sah ich die Härchen auf Kurts Arm, und sie zitterten, ich sah sie zittern. Der rechte Arm war ein schweres Trampeltier, ein schmutziger Eisbär, der Arm in Gips, manche Kinder hatten schon ihre Namen darauf geschrieben.

Wir schrieben, und wir lasen das Geschriebene. Viele Wörter waren wie Züge, und sie fuhren alle in eine Richtung. Der große Buchstabe am Anfang zog die kleinen mit: Topf, Laterne, Himmel, Name, Butterbrot, Apfel. Alle diese Wörter, die uns geläufig waren, wenn wir sie aussprachen, waren jetzt Stückwerk geworden, zerlegt in einzelne Buchstaben, und diese Buchstaben mußten wieder mühsam zusammengeleimt, zusammengereimt werden. Wir hörten auch unbekannte Wörter und sollten sie nach Gehör schreiben, aber das Gehör war trügerisch. Was wir deutlich gehört hatten, sollte falsch sein, wenn wir es auf die Tafel schrieben. Die Züge, die der Anfangsbuchstabe hinter sich herzog, entgleisten. Wir hörten ein K, aber der Lehrer sagte: G! G! Wie: Guten Tag! Habt ihr nicht gehört? Nein, wir hatten es nicht gehört. Wir hörten *Klas*, aber als der Lehrer das Wort dreimal wiederholte, immer deutlicher, immer weiter weg von der Sprechweise, die uns natürlich erschien, hörten wir es: *Glas*. In der Mundart spricht man G und K gleich, aber wir schreiben keine Mundart. Die Mundart sitzt im Mund, ihr redet, wie euch der Schnabel gewachsen ist. Mundart wird gesprochen, nicht geschrieben. Ins Heft gehört die geschriebene Sprache, die richtig geschriebene. Wir mußten uns die richtige Schreibweise einbleuen, unsere Ohren waren Organe, die nicht richtig hörten. Aber dem richtigen Hören folgte nicht immer das richtige Schreiben. Wir waren gezwungen, hellhörig zu werden, Buchstaben verfolgten uns.

Manche Mädchen trugen eine Schürze, die meisten der Jungen Lederhosen. Was für ein Kampf, die Mutter zu überzeugen, daß es warm genug war, Kniestrümpfe zu tragen. Weg mit den Leibchen, den Gummihaltern, an denen die langen Strümpfe befestigt wurden. Freiheit für die Knie! Iris war älter als wir, aber nicht wesentlich größer. Vielleicht hatte man sie ein Jahr von der Schulpflicht befreit, zurückgestellt, wie man einen Gegenstand in einen Schrank *zurückstellt*. Sie saß in der letzten Bank, dort hatte man einen Überblick, um den sie manche beneideten. Ihr fehlten schon mehrere Zähne, während den meisten von uns erst die oberen zwei fehlten. Es war gut, durch die vorderen zu spucken, auch einen Zahn auszuspucken wie einen Kirschkern. Daß man sich einen Tadel einfing, daß Erwachsene sich ekelten vor dem milchweißen, harten Geschoß, war selbstverständlich. Aber es war auch ein Vergnügen, man konnte immer noch behaupten, der Zahn habe sich gelockert und sei einfach aus dem Mund geflogen. Natürlich war das lächerlich; niemand glaubte es. Und um so eifriger das Maulfechten: Der Speichel war's gewesen, nur ein bißchen gesaugt, geschmatzt, schon habe der Zahn nur noch an einem Faden gehangen. Es war doch nur ein Spaß. Ja, das Ausspucken eines Milchzahns war keine gezielte Aktion, aber genau deshalb rückte es in ein Zwischenreich, von keinem Kind auf Zehenspitzen zu betreten, aber trotzdem überaus deutlich. Denken, Schreiben und die Wirkung des Gedachten und Geschriebenen genießen, fielen keinesfalls zusammen.

Wir lernten lesen, wir sollten *lernen*, der Lehrer war dazu da, es uns beizubringen. Der Lehrer war für das Lesenlernen verantwortlich, nicht für das Lesenkönnen. Manche von uns konnten schon gut lesen, so behaupteten sie. Aber niemand sollte sie auf die Probe stellen, niemand wollte es, niemand wollte wissen, was sie schon konnten oder was sie sich heimlich angeeignet hatten im Rücken der Schule, und uns, die wir noch nicht flüssig lesen konnten, war es unheimlich. Woher konnten sie es, wenn sie es nicht gelernt hatten? Der Lehrer hatte ein Kind nach dem anderen mit seinem Lesebuch nach vorne gerufen. Wir kamen erwartungsvoll, Schlange standen wir nicht, ein wenig bang war uns schon. Er saß da mit einer schmalen Rolle Packpapier, daneben ein Topf mit Klebstoff. In jedem Lesebuch klebte er die Seiten, aus denen wir noch nichts gelernt hatten, mit dem Packpapier zusammen, ein festes Seitenpaket. Es durfte erst geöffnet werden, wenn die nächste Leseübung anstand. Nur nicht nach vorne blättern, keine Eile. Er war der Lehrer, er gab den Takt vor, er rollte den Lehrstoff vor uns auf. Cecilia öffnete das Band heimlich, vorsichtig zog sie die nächsten Blätter aus der Ummantelung, sah sie lange an, dann verstand sie die Wörter. Und es machte ihr Freude. Vorsichtig schob sie die Seiten des Lesebuchs wieder unter das Packpapier; die Seiten hatten nur kleine Knicke, die man fast nicht sah. Sie las und war stolz darauf.

Iris hatte viele Sommersprossen, die Punkte tanzten auf ihrem Handrücken, auf den Armen, auf ihrer Stirn, kleine rote Käferchen, aber sie kribbelten und krabbelten nicht. Sie saßen ganz still auf ihrer Haut, und ich beobachtete sie. Auch Iris schaute sie manchmal an, das Gewimmel, je nach der Jahreszeit unzählbar viele, und wo an ihrem Körper auch noch Sommersprossen waren, das war ein Gedanke, der mir in der ersten Klasse nicht kam, später aber doch, und jetzt erst recht, während ich darüber schreibe. Auf den Ohrmuscheln hatte sie keine Sommersprossen, und an ihre Beine kann ich mich nicht erinnern. Sie schaute sehr wach, manchmal ein bißchen lauernd, sie sprach auch laut und deutlich, wenn sie vorlesen mußte. Das konnte sie gut. Und wenn der Lehrer uns zum Singen aufforderte, freute sie sich. Wir mochten sie, wurden aber nicht ganz schlau aus ihr.

Cecilia saß weit weg von mir in der vorletzten Bank, sie besaß einen grünen Griffelkasten, grasgrün, nein, eher wie das Grün der Blätter von Schlüsselblumen, ein Frühjahrsgrün, ein Ostergrün. Sie hatte eine Ponyfrisur und zog die Nase manchmal kraus. Das gefiel mir, und sie gefiel mir. Vielleicht ist es dumm oder verräterisch, zunächst ihren Griffelkasten zu erwähnen, als wäre der Griffelkasten ein neutraler Austragungsort für meine Neigung. Ein Austragungsort, aber auch ein Aufbewahrungsort. Ja, zwischen den Griffeln, die auf den Schiefertafeln kratzten, lagen auch Bleistifte, ein Bleistiftspitzer und ein Radiergummi. Die Zeit der Buntstifte war noch nicht gekommen. Wir waren noch im Schwarz-Weiß-Zeitalter, und die Buntstifte, bald, bald, wären in einem eigenen Mäppchen aufgehoben. Ein Mäppchen, weich und zart wie ein Windelpaket. Dagegen stießen die Griffel im Holzkasten hart aneinander, manchmal brach einer einfach ab.

Drei Bänke vor Cecilia saß Annchen; der Lehrer hatte sie dahin gesetzt, und ein Mädchen, an das ich mich nicht mehr erinnere, neben sie. Andere Kinder hatten ihren Platz selbst gewählt und die Kindergartenkinder gleich ihren Nachbarn dazu. Die Kindergartenkinder kamen im Doppelpack, immer zwei und zwei, die schon durch dick und dünn gegangen waren. Sie hatten gesungen, waren von Mäuerchen gesprungen, sie waren zum Spielplatz gebracht worden, zur Holzkiste mit Sand, zur Wippe, geleitet von der *Tante*. Sie hatten im Kreis auf Stühlchen gesessen, sie hatten sich die Hände gegeben. Jeder faßt seine Nachbarn an der Hand: Wir bilden eine Kette. Wir haben uns lieb. Sie hatten Geburtstage miteinander gefeiert, Kerzen ausgepustet, Bastfäden aneinandergeknüpft und überhaupt gebastelt, und sie kannten die Klos, die Schüsselchen, die Wasserhähne, die niedriger als sonst angebracht waren, die *Tante*, die sich zu ihnen hinunterneigte. Die kinderliebe Tante und Marion, die noch ganz jung war, der Tante half, aber die Tante war mit ihr nicht zufrieden. Bald, bald würde sie heiraten und selbst Kinder bekommen, das war ja klar. Die Kindergartenkinder waren eine Vorhut, eine Einübung in das Gewünschte und gleichzeitig Unvermeidliche, ein Experimentierfeld: Das Kinderkriegen. Die Kindergartenkinder waren schon da; sie waren von anderen Frauen *gekriegt* worden. Frauen, die nicht so ein Tamtam gemacht hatten, die hatten es nicht gelernt, wie sie Kinder anfassen sollten, sie machten es einfach, und so ging's ja auch. Irgendwann verschwand Marion, dann auch die Tante, als wären sie nur ein Hauch gewesen. Sie waren dicker und dicker geworden, vielleicht flogen sie einfach weg wie Engel, und deswegen mußten sie rasch, rasch aufbrechen, bloß weg, ehe sie zu schwer wurden, erdenschwer von einem neuen Kind, und aus dem Blickfeld, damit die Kindergartenkinder nicht daran dachten, was dann geschah. Was dann geschah: eine Formel aus dem Märchen. Die Tante und Marion würden die Kindergartenkinder vergessen, haushoch den anderen überlegen. Händchenhalten, still sitzen, tun, was alle tun. Was dann geschah: Und sie lebten glücklich bis ans Ende ihrer Tage. Was für ein Gedankenblödsinn, den jemand in die Märchenbücher hineingezaubert hatte. Das glaubt doch kein

Mensch. Immer gab es Zoff. Wir, die wir nicht im Kindergarten gewesen waren, waren harte Brocken, alles Einzelgänger und Einzelgängerinnen, Wald- und Wiesengänger, Steinchenkicker, wir badeten in Wolken und stapften durch Pfützen, Straßenkinder oder Stubenkinder, Stubenküken oder Nesthocker oder Angsthasen, die einfach nicht wollten: nicht im Kreis sitzen, keinem Nachbarn die Hand geben, keine Tante anhimmeln.

Annchen war sehr dünn. Sie hatte auch dünne, schwarze Zöpfe, die bis zu den Schulterblättern reichten, das fransige Ende war mit einem Bindfaden zusammengehalten. Annchen hatte dunkle Augen wie niemand sonst. Sie war sehr schüchtern, verhuscht, beim Zuhören und dem lauten Lesen hielt sie den Kopf schief, es war ihre Art, sich zu konzentrieren.

Aurelia saß in der ersten Bank, ganz rechts an der Tür. Sie kniff beim Lesen die Augen zusammen. Vielleicht hätte sie eine Brille gebraucht, aber niemand kam auf den Gedanken, ihre Augen zu prüfen. Sie saß einfach in der ersten Bank, und dabei blieb es. Von hinten sah ich ihre Haare, haselnußfarben, sie fielen ihr bis auf die Schultern, ein kräftiger Schwung auf dem Blusenkragen, ein Schwung auf dem Rücken. Schillerlocken nannte man eine solche Haarpracht. Aber es konnte doch nicht sein, daß ihre Mutter ihr täglich die Haare lockte – mit einer Brennschere vielleicht? Eine Brennschere für ein Kind. Manchmal, beim Nachdenken, schob Aurelia ihren linken Zeigefinger ins Haar, drehte und drehte gedankenverloren. Wenn sie den Finger herauszog, ringelte sich ihr Haar an dieser Stelle, wippte über dem Ohr. Ich sah von meinem Platz aus nur das linke Ohr, aber es war schön, Aurelia zuzuschauen, und es war schön, das Ergebnis ihrer Fingerfertigkeit zu sehen. Vermutlich drehte sie auch an der rechten Schläfe eine Strähne. Manchmal riß sie sich ein Haar aus, das Haar segelte auf die Bank, Aurelia betrachtete es, und ich beobachtete, wie sie, versonnen und tatkräftig zugleich, das lange

Haar mit den Fingerspitzen aufhob und zu Boden fallen ließ. Aurelia räusperte sich oft. Räusperte sie sich, weil sie die Zeit hinauszögern wollte, wenn sie etwas gefragt wurde? Sie sprach mit einer näselnden Stimme, nicht nur die Augen waren schlecht, auch die Polypen mußten vielleicht entfernt werden. Der Lehrer hätte den Eltern einen Hinweis geben können, aber daran dachte er nicht.

Wir verstanden nicht wirklich, warum er sich häufig an Gottfried wandte. Gottfried, was meinst du? Aber Gottfried muckste sich nicht. Er hatte einen wuscheligen Lockenkopf und eine gerötete, nervöse Haut. Manchmal wirkte er, als wäre er gerade einer häuslichen Katastrophe entronnen. Er entwischte. Daß er als einziges Kind in der Klasse von einem Bauernhof kam, merkte man ihm nicht an, keine rauhen Hände, keine Derbheit. Wir kannten den Bauernhof, weil er hinter dem Hügel lag, auf dem wir alle Schlitten fuhren, eigentlich war es ein Gutshof. Nach dem Bauernhof sahen seine Pausenbrote aus, dick mit Wurstscheiben belegt, so daß manchmal eine Scheibe auf den Boden fiel. Wir äfften den Lehrer nach. Gottfried, was meinst du? Gottfried, schenkst du mir die Hälfte von deinem Leberwurstbrot? Er war freigebig. Er hatte schon genug Würste gegessen, das mußte als Begründung reichen. Manche sagten, Gottfried sei das Liebchen vom Lehrer, und das machte ihn nicht beliebt. Andere glaubten zu wissen, die Frau vom Lehrer sei mit Gottfrieds Mutter verwandt, aber wie, das könne man nicht sagen, zu kompliziert.

Und da war Gerwin. Er war pausbäckig wie ein Cherub, der zum Jüngsten Tag eine Posaune an die Lippen setzte. Weil er keine Posaune blies, griente er ersatzweise, als würde ihn alles belustigen, das Stillsitzen, das Schreiben, das Lesen, wir, die anderen Kinder, als wäre alles ein Spiel, bei dem man ihn mitzumachen aufgefordert hatte. Ein Grienen, das um den Mund herum stehenblieb und seine Augen nicht erreichte. Aber niemand fragte ihn: Was gibt's denn dauernd zu grienen? Denn wir wußten ja, es gibt nichts zu lachen. Gerwin trug einen Janker mit blanken Knöpfen, die wie Münzen aussahen, etwas Graues, Kragenloses mit grüner Paspelierung, während alle anderen Pullover trugen, und merkwürdigerweise zog er die Jacke selten aus. Fror er, oder vergaß er es einfach? Gerwin hatte die Ruhe weg und griente.

Auf der anderen Seite des Gangs gleich hinter Gerwin saß ein Mädchen mit geradem Rücken, und häufig trug sie einen schön geringelten Pullover, vanillepuddinggelb mit schokoladenbraunen Streifen. Sie hatte blonde Löckchen, die bis zu den Schultern reichten, ab und zu trug sie Haarspangen mit Marienkäferchen, sonst blies sie die fedrigen Haare einfach aus der Stirn, mit einem Mund, als würde sie gleich pfeifen. Kein Zweifel, sie war ein feines Kind, ein Mädchen aus gutem Haus. Jemand in der Klasse wußte, ihr Vater war der Museumsdirektor, und ich, obwohl ich mir einbilde, ein gutes Gedächtnis zu haben, habe ihren Namen vergessen – im Gegensatz zu den Haarspangen. Es ist nicht nett, wenn ich sie einfach das Museumsmädchen nenne, aber besser so, als einen unkleidsamen Namen für sie erfinden.

Da saßen wir und zeichneten. Der Lehrer ging auf und ab, er war stumm, während wir zeichneten. Es gab nicht viel zu verbessern, anders als beim Schreiben. Ich zeichnete eine Giraffe, vier Beine, sie waren gespreizt. Ich zeichnete das fleckige Fell, die vielen einzelnen Flecken, unregelmäßige Rundungen und versuchte, den Bleistift niemals abzusetzen, was mir natürlich nicht gelang. Also flickte ich die Linie vorsichtig. Jetzt war aus dem Strich auf dem Körper des Tiers ein Labyrinth geworden. Ich zeichnete den langen Hals, mein Blatt war nicht groß genug, um den Hals zu zeichnen. Ich brauchte ein zweites Blatt, darauf malte ich noch ein Stück Hals, aufrecht und schlank, und dann den Kopf. Darauf war ich stolz. Später füllte ich die Flecken mit braunem Buntstift aus; das Buntstiftzeitalter hatte gerade begonnen.

Da lagen die langen Stifte Seite an Seite, manche zu sechst, manche zu zwölft. Die Welt auf dem Papier änderte sich, man mußte nur in die Mäppchen greifen und sich entscheiden. Willst du der Giraffe noch etwas zu fressen geben?, fragte der Lehrer. Wie denn? Den Vorschlag ließ ich mir noch einmal durch den Kopf gehen. Ich hatte doch keinen Platz. Dann zeichnete ich auf dem linken Blatt einen hochgewachsenen Baum, den Stamm auf dem unteren Blatt so schmal wie einen Giraffenhals, aber ein bißchen windschief in der Eile, und auf dem oberen Blatt eine grasgrüne Krone, die auch nicht ausladend war, aber groß genug, daß die Giraffe sich davon nährte. Nun mußte sie ihren Hals ein wenig vorschieben, eine gedachte schräge Linie zwischen dem hungrigen Maul und der Baumkrone. Aber die beiden Blätter verschoben sich leicht, der Hunger der Giraffe und die Unversehrtheit des Baumes standen im krassen Gegensatz zueinander. Ich habe die beiden unverbundenen Blätter aufgehoben, deshalb kann ich sie so genau beschreiben. Heute weiß ich, daß ich eine Netzgiraffe gezeichnet habe. Netzgiraffen gibt es im Zoo; erst als Erwachsener habe ich den ersten Zoo gesehen. Netzgiraffen werden älter als ein Vierteljahrhundert. Wäre meine Giraffe lebendig gewesen, hätte ich sie als ein altes Tier noch kennenlernen können.

Cecilia zeichnete eine Folge von Figuren nebeneinander, wie Buchstaben in einer Linie geschrieben wurden, und keine Figur durfte hinunterpurzeln. Was sie bis zum rechten Blattrand zeichnete, wurde immer winziger, das war überraschend. Der Lehrer sagte nichts dazu. Ich weiß nicht mehr, wie ihre Tiere aussahen, vielleicht waren es Fische oder Lurche oder Vögel im Flug. Aber ich weiß noch, daß sie den Stift viel früher beiseitelegte als wir alle. Cecilia, fällt dir gar nichts mehr ein?, fragte der Lehrer. Nein, es fiel ihr nichts ein, aber das schien sie nicht zu bekümmern.

Später in der Pause fragte sie: Weiß jemand, wie man kleine Eulen malt? Die Frage schien niemanden zu interessieren – nur mich. Ja, wie denn? Man malt zuerst eine große Eule, dann eine, die ein bißchen kleiner ist, und wieder eine kleinere, noch einmal eine kleinere, bis die Eule ganz klein ist, so klein, daß man sie kaum noch sieht. Cecilia biß die Lippen zusammen; mehr wollte sie nicht sagen. Aber etwas in ihr triumphierte, und ich war sprachlos.

Jetzt schnitten wir die Tiere aus, manche wollten sie in eine Landschaft stellen, aber das war keine gute Idee, die Umrisse wären nicht mehr deutlich zu sehen. Unter den Tatzen, Klauen, Pfoten, Hufen mußte ein Papierstreifen stehenbleiben, den wir kniffen. Und wenn wir Glück hatten, standen die Tiere von selbst. Cecilia hatte die Schere in die Hand genommen, als wäre es eine Kohlenzange, ein bißchen angewidert, mißmutig, ungeschickt. Der Lehrer, der zwischen den Bänken hin- und hergegangen war, stellte einige unserer Tiere in die Rinne vor der Tafel, auf der die Kreidestücke lagen. Wir durften aufstehen und uns die Zeichnungen der anderen ansehen. Es war eine Auszeichnung für diejenigen, deren Arbeit ausgewählt worden war. Gescheckte Tiere, braune, schwarze, auch wollige Schafe darunter, aber niemals eine Herde. Herden waren langweilig. Und die Tiere brauchten einen Unterstand oder einen Stall; eine Herde brauchte keinen Stall. Zuhause bastelten wir weiter, malten Wiesen, Zäune, bastelten Häuser, in die wir gebastelte Tiere stellten. Häuser mit großen Fenstern, mit blauen Schieferdächern, denn Scheunen und Ställe waren viel schwieriger zu basteln. Häuser wie die, in denen wir wohnten, ein wenig niedriger vielleicht. Kein Schaf wollte in den dritten Stock unters Dach steigen; ich hätte es schön gefunden, mit einem Schaf unter einem Dach zu leben. Meine Giraffe hatte ein Haus, in dem sie sich bücken mußte, dafür aber viel Himmel. Am Ende knetete ich aus Papierkügelchen Pferdeäpfel, und wenn ich sie wieder in die Breite zog, waren es Fladen von Kuhscheiße. Was meine Giraffe in Wirklichkeit unter sich ließ, wußte ich nicht. Ich war nicht sicher, ob ich den Himmel, das Haus, ihren Mist mit in die Schule nehmen sollte. Das Haus vielleicht, ja, aber die Teilchen, die Krümel, all das Kleinzeugs? Das Basteln hatte mir unendliche Freude gemacht, aber gerade der freudigste Teil am Nachmittag zuhause war geheim.

Meine Mutter fragte: Hast du deine Schulaufgaben gemacht? Nein, ich hatte sie nicht gemacht, aber ich log. Dann zeig mal! Ich zeigte das leere Heft. Das, was ich gebastelt hatte, zeigte ich nicht. Ohrfeigen, Heulen, Türenschlagen, Ohrfeigen, Heulen usw. Dann wurde die Tür langsam wieder geöffnet, meine Mutter steckte den Kopf hinein: Ich werd's DEINEMVATER sagen, wenn er heimkommt. Aber MEINVATER war müde, von Schularbeiten wollte er nichts wissen, und die Drohung am Nachmittag war in den Wind geschrieben.

Während ich schreibe, sage ich mir: Bloß nicht naiv werden, Bernhard, bloß keinen kindlichen Blick, bloß keine Fälschung. Dann falle ich mir schreibend ins Wort: Aber die Didaktik der Grundschule, das Lehrer-Jahrbuch, Strukturprobleme des Erziehens heute, Psychologie des Kindesalters, *das schwierige Kind*: Stimmt schon, die Kinder blinkern mit den Augendeckeln, schauen treuherzig, schwierig sind sie alle auf ihre Weise und auch wieder nicht. Herr Blank, Herr Blank, aber mein Papa hat gesagt. Meiner auch, aber meine Oma. Was soll ich dann tun? Den Papa ins Unrecht setzen (da sitzt er ja schon, insgeheim) oder meine eigene Autorität untergraben? Den Papa noch einmal fragen lassen und auch die Mama und die Oma? Einig sind die ja nie, wenn's ums Kind geht. Einer will es ein bißchen lockerer, das Kind soll Freude daran haben, der andere wird schnell nervös: Die lernen ja viel zu wenig bei dem Herrn Blank. Natürlich sagen sie zuhause *der Blank*, das Kind soll auch wissen, was sie, Mama und Papa, von ihm halten, *dem Blank*. Der läßt den lieben Gott einen guten Mann sein, wer nicht heute kommt, der kommt morgen, kommt Zeit, kommt Rat. Wie sollen die Kinder denn jemals – wenn sie es jetzt nicht lernen? Am Elternsprechtag ist dann Jüngstes Gericht. Über den Lehrer soll geurteilt werden, und es finden sich immer ein paar Mütter und Väter – es sind die Nervösen –, die sich zusammenrotten, die schmallippig argumentieren, stöhnen, die Augen verdrehen, den Herrn Blank in die Enge treiben, dann drohen: Es muß doch etwas geschehen. Sie müßten doch. Hätten Sie nicht gleich. Und unsere Katharina, wie toll. Und unser Maximilian sitzt da und knabbert am Stift, ich seh's ihm an, am liebsten würde er heulen. Das kann doch nicht wahr sein, ein Kind in einer zweiten Klasse, ein sonst so fröhliches, begabtes Kind, und gleich beginnt es zu heulen. Das ist doch nicht zu fassen. Ein paar andere melden sich zu Wort – es sind die mit den besseren Nerven –, man könne doch mal locker lassen, es dreht sich doch nicht alles um das Lernen. Sie hätten doch selbst in diesem Alter, was hätten sie alle in diesem Alter für einen Blödsinn im Kopf gehabt, und im nachhinein, und dann wieder eine besorgte Mutter: Also das, was die Mutter von Helene gesagt hat, kann ich nur bestätigen. Die Kinder lernen nix, wohin soll das denn führen? Die spielen ja die ganze Zeit, und Sie kümmern sich um die Migranten. Unser Tim hat zwei-, dreimal einen Jungen mit nach Hause gebracht, ein hübsches Kerlchen. Der stürzte sich auf Tims Tablet, ich hatte schon Angst, er macht es kaputt, aber Tim war sehr geduldig. Als ich den Kindern geschabte Möhren brachte, da hatte der noch nie eine Möhre in der Hand gehabt. Wie hieß er doch gleich, der Junge?, so ein schwieriger Name, den kein Mensch sich merken kann.

Ich bitte um Ruhe. Ich will auch etwas sagen, ich habe hier Hausrecht. Nach der neuesten Forschung, wir bemühen uns, gerade an dieser Schule, alle Optionen offenzuhalten. Dabei schaue ich auf die Hände von Maximilians Mutter. Kurz geschnittene Fingernägel und ein riesiger Silberring am Zeigefinger, praktische Nägel, aber ein bei jeder Arbeit hinderlicher Schmuck, kein Ehering, der paßt nicht zum Silberring, oder sind Maximilians Eltern längst auseinander? Ich bitte Ahmeds Vater um das Wort, ich habe ihn persönlich eingeladen: Alle freuen sich, wenn Sie kommen. Ahmeds Vater sagt: Schule gut, glaub ich, und du, Herr Blank, auch gut. Katharinas Vater verzieht den Mund, aber so heimlich, daß ich es nicht sehen soll, und ich sehe es auch eigentlich nicht. Da triumphiert Gregorys Mutter, oder besser: Sie läßt raushängen, daß sie mit klassischer Überlegenheit doch ein bißchen nachdenkt über den Vater eines Jungen, der mit ihrem Sohn in dieselbe Klasse geht: Sagen Sie mal, Herr Itami, hat denn der Ahmed überhaupt genug Ruhe, um seine Hausaufgaben zu machen bei so vielen Geschwistern? Sie sieht ihn an, *mit aufrichtigem Interesse*, hieße es in anderen Büchern. Da nimmt ihr Ahmeds Vater den Wind aus den Segeln: Ahmed froh, daß Schule. Ahmed froh, immer Schule. Da schauen Sie, Frau Schweifen-Cook, was wollen Sie da noch sagen? Maximilians Mutter kratzt sich am Arm, ihr Silberring blinkt. Ahmeds Vater hat es auf den Punkt gebracht. Ist denn Katharina froh, sind denn Maximilian, Helene, Tim froh? Gregory hat einen amerikanischen Vater, wohl ein wichtiger Mann, da ist das Frohsein (der Frohsinn?) nicht so wichtig. Offene Lernsituationen im Grundschulunterricht. Didaktik der Grundschule. 2. Teil. verb. Auflage. Ästhetische Alphabetisierung, Konzepte für das Lernen im Vor- und Grundschulalter. Individuell lernen, kooperativ arbeiten. Stärken entdecken, Können entwickeln. Wenn's nicht klappt, schreibe ich eine Empfehlung für den Schulpsychologen. Dann entschuldigt sich Tims Mutter, sie muß weg, aber schleunigst, schwarze Strumpfhose, violette Ballerinas, ich schaue ihr nach, ich bin unaufmerksam, ich schaue auf die Uhr, spät ist es nicht, aber anstrengend, ein bißchen Geplänkel noch, der Elternsprechtag ist zu Ende. Wie schön, daß Sie da waren.

Ich verließ die Schule, schon mit dem Autoschlüssel in der Hand, wartete an der Umgehungsstraße, daß die Fußgängerampel endlich auf Grün sprang. Der Parkplatz war jenseits der Straße, von einer Buchenhecke verdeckt. In der Mitte der Fahrbahn neben den schnellen Autos trippelte eine Krähe. Sie kam mir vor wie ein unbekümmertes, selbstbewußtes Tier, das Kopf und Schnabel hoch trug. Ein solches Menschentier war ich nicht, ich hatte Zeit, und da stand ich staunend. Ein Vogel, der im Verkehr waghalsig Schritt halten will. Ein Auto erfaßte die Krähe, der Fahrer des Wagens hatte den Aufprall wohl nicht einmal bemerkt. Sie richtete sich auf, torkelte, fiel wieder hin, all das in wenigen Augenblicken, während ich schreibend viel zu viel Zeit brauche. Ich stand noch da, als eine zweite Krähe aus einem Straßenbaum flatterte, an einem Flügel der verletzten Krähe zerrte, sie ein Stück hochhob, wieder fallen ließ. Die Last war zu schwer, der Flügel, den sie im Schnabel hielt, gab nach. Ein zweites Auto überfuhr die verletzte Krähe, die andere rettete sich auf den Baum zurück, schrie, krächzte, klagend, jammervoll, wie ich nie eine Krähe schreien gehört hatte. Inzwischen waren mehrere Autos über das Tier gefahren, nun war es nur noch eine blutige Masse, aus der Federn stachen. Ich sah nicht mehr hin, sah in den Straßenbaum, aber ich entdeckte die andere Krähe nicht mehr. Sie war jetzt wieder eine Krähe unter Krähen, ein dunkler Stadtvogel, ein Vogel, der Zeuge war, der den Tod gesehen hatte, ihm entgegengetreten, - gestürzt, - geflattert war. Mehr war nicht zu sagen, ich behielt den gellenden Aufschrei im Ohr. Zuhause duschte ich, viel heißes Wasser, ein eisiger Guß, dann die zähe Vorbereitung für den nächsten Tag.

Am anderen Morgen brachten wir alle unsere Tiere mit. Manche hatten krumme Beine, waren zu klotzig, mit knorpeligen Verdickungen, oder die Beine waren nicht gleich lang. Die Beine, die

Kurt seinem Zebra ausgeschnitten hatte, wurden bewundert. Dünne Stelzen, schöne, gleichmäßige Ringelstrümpfe hatte er ihm gemalt. Manchen Kindern waren ihre Tiere auf dem Schulweg geknickt. Gerwin war auf den Gedanken gekommen, das Papier auf ein Stück Pappe zu kleben, das machte die Figur stabil, aber das Futter, das Gerwin seinem Schaf gegeben hatte, konnte nicht mit Pappe ausgesteift werden. Das hatte Gerwin nicht bedacht. Pferdeäpfel, Kuhscheiße, Schafsmist und die Scheiße der Giraffe, für die ich keinen Namen hatte, konnten mit Karton nicht fester gemacht werden. Cecilia saß stumm da, beugte sich über ihre winzigen Eulen, die sie ausgeschnitten und auf festes Papier geklebt hatte, schaute unser Bastelzeugs an und sagte gar nichts.

Der Lehrer schrieb Wörter auf die Tafel, ein breites Band unverbundener Wörter. Mit dem Zeigestock berührte er ein Wort, und wir sprachen es im Chor nach, manche Kinder lauter, manche leiser. Einfache Wörter schrien wir im Chor; das machte Spaß. In unregelmäßigen Abständen wanderte der Stock über die Tafel, Wörter wie Flecken, Wörter wie verknotete Schnüre, Wörter, die sich kringelten, Wörter mit Dächern und Fenstern. Wir hatten viele Wörter im Kopf, sie mußten nur in den Mund geschoben, zermalmt werden, herausplatzen, und dafür bekamen wir Noten. Wenn ein Kind nicht mitsprach, fiel es nicht weiter auf. Es mußte nur den Mund öffnen und rechtzeitig wie die anderen wieder schließen. Manche Wörter konnten wir nicht im Chor lesen, nur dünne Stimmen, drei, vier Kinder, waren zu hören, und wir alle mußten wiederholen, was die anderen vor uns gesagt hatten. Der Chor, das hohle Klacken des Stocks auf der Tafel, der Chor, der Stock, der Chor, dann wieder ein Wort, aber es war still. Angestrengt schauten wir es an, aber es blieb rätselhaft. Es sagte uns nichts. Vielleicht hatten wir es noch gar nicht gelernt, und es war ein Test, ob wir es einfach so lesen könnten. Die Augen fuhren die Bögen entlang, blieben am T-Strich hängen, tasteten nach dem Punkt. Die Lippen bewegten sich, suchend, fordernd, jemand schluckte vor Aufregung zu viel Luft, hustete, schluckte, hustete. Draußen stürmten Kinder in die Turnhalle, aber es blieb still im Raum. Dann sagte jemand in die Stille NICHT. Wir drehten uns um, es war Cecilia, kein bißchen angestrengt wirkte sie, obwohl sie lange buchstabiert hatte. Gut, sagte der Lehrer, sehr gut. Cecilia sagte nichts. Später dachte ich noch häufig nach, wie schwer, ja fast unmöglich es war, das Wort NICHT zu begreifen. Es war etwas vollkommen anderes als das kopfschüttelnde NEIN, das wir schon im Trotzalter ausprobiert hatten. Etwas war da, unsere Bewunderung für Cecilia oder besser: meine Bewunderung für die Leserin, die sich anstrengt und sich dann die Anstrengung nicht anmerken läßt, die das Lob des Lehrers gar nicht zu hören scheint. NICHT. Jetzt spricht der Lehrer. Ich habe NICHT gelernt, ich merkte es mir. Ich habe viele Kinder NICHT gemocht. Im Grunde genommen war NICHT ein Zauberwort. Wenn man ein NICHT in einen Satz schob, war plötzlich alles anders.

Wir sangen auch. Der Lehrer sang, ganz ohne Liederbuch. Er sang uns ein Lied vor, und wir fielen ein. Manchmal schrieb er eine Strophe an die Tafel, aber wir konnten sie nicht lesen, zu viele schwierige Wörter. Dann machte er eine abwehrende Handbewegung: Es nützte ja nichts. Wir sollten singen. Wir sangen Wanderlieder, Frühlingslieder, wir sangen Kirchenlieder. Iris konnte alles singen. Sehr gut, Iris, sing's noch einmal vor, damit alle es kapieren. Der Ton saß irgendwo im Kopf, nicht im Mund wie die Wörter, man konnte sich ihn nicht merken – wie das Wort NICHT–, man mußte ihn treffen. Aber nicht wie auf einer Zielscheibe in einer Jahrmarktsbude. Wo saß der Ton, wenn er nicht herauskam? Vielleicht in einem Vogelkäfig hinter den Stäben, In einer Klausur, auch hinter Gittern, hinter düsteren, kalten Mauern. Vielleicht saß er im Gefängnis, saß eine jahrelange Strafe ab – als Kinderschänder, als Mörder eines Liedes, als Dieb eines fremden Tons. Und er leugnete. Es gab die glücklichen, vogelleichten Sänger und Sängerinnen, die auf jedem Ast saßen und ihre Stimme erhoben, im Frühling, im Sommer, im Herbst und im Winter. Nie flogen sie davon, nie wurden sie heiser, und alle lobten sie: Oh, wie schön, wie rührend, glockenhell, zu Herzen gehend. Und es gab die Brummer, wie düstere Fliegen tappten wir gegen die Fensterscheiben, wir machten alle nervös. Wenn der Lehrer horchte und dann fragte: Wer brummt denn hier so?, waren wir still. Am besten waren wir überhaupt immer still, doch das war nicht erlaubt. Wir lernten das Wort Wohlklang, es war nicht so schwierig wie das Wort NICHT, aber es war nicht so nützlich. Iris stand aufrecht, eine geborene Sängerin, die Töne perlten, sie hatte die Liedtexte im Nu gelernt. Ihre Haare wippten, die feinen Härchen auf ihren Unterarmen richteten sich auf und sangen mit, ihr Mund öffnete und schloß sich automatisch. Sie atmete, sie atmete ein, sie atmete aus, sie stand aufrecht, den Kopf in den Nacken geworfen. In Trier gab es keinen Kinderchor, keine Sängerknaben, sie wäre der beste Sängerknabe gewesen mit funkelnden Sommersprossen bis hinter die Ohren. Von Sängermädchen hatten wir noch nie etwas gehört. Ich brummte, ich merkte es ja, ich gab mir Mühe, nicht zu brummen, aber es gelang nicht. Eine Reihung von Tönen erzeugte Gestalten im Gehörsinn, einfach durch das, was sie waren, ohne etwas darzustellen und ohne etwas zu bedeuten. Doch der Gehörsinn blieb stumm. Alle Gefühle würden eines Tages in die Töne münden, in einen Strom von Tönen, der uns forttrug, so hatte uns der Lehrer erklärt, und seine Augen glänzten, er machte eine weite Bewegung aus dem Schultergelenk heraus, die bedeutend sein sollte. Ein Strom, der ins Meer mündete, ein Strom, in dem unser Singen ein Rauschen, Gurgeln, Strudeln wäre, eine Wassermusik, und der Gesang sänge sich wie von selbst. Ihr müßt nur üben. Ich sah auf Iris' Mund, sah die Zacken ihrer Zähne, ich hörte zu singen auf, ich hörte zu brummen auf, nur die Lippen bewegte ich. Der Lehrer war zufrieden.

Schöne Lieder sangen wir: *Meerstern, ich dich grüße/oh Maria hilf/Gottesmutter süße,/oh Maria hilf!/Maria, hilf uns allen/aus unsrer tiefen Not.* Wir sangen schleppend, als würden wir auf müden Füßen gehen. Wir lernten die Reime; sie waren ganz einfach zu lernen. *Dich als Mutter zeige/gnädig uns zuneige/hoch auf deinem Throne/aller Jungfrauen Krone.* Wir sangen nicht gerne, aber gerade das Schleppende, Schlurfende, Getragene war schön. *Tod und böse Seuche/weit von uns verscheuche/oh Maria schirm uns all/hier in diesem Jammertal!* Wir sollten freudig grüßen, wir freuten uns doch über die Erscheinung, oder nicht?, mahnte der Lehrer. Vor dem Fenster klingelte der Eismann, blitzblauer Himmel, blitzblau wie der Mantel der Marienstatue am rechten Nebenaltar der Kirche und nur ein wenig heller als der Schriftzug auf dem Wägelchen, das der Eismann vor sich herschob. Es war ihm nicht direkt verboten, die Schüler und Schülerinnen vor der Schule abzufangen, es wurde nur sehr, sehr ungern gesehen. Aber es war gut, ihn zu hören, gut zu wissen, die Schulstunde dauerte nicht mehr lange *hier in diesem Jammertal.* Den Eismann begrüßten wir freudig, aber es gab kein Lied: *Eismann,/wir dich grüßen/Va-ha-nille-eis/lecken dir die Füße/Scho-ko-laden-eis.* Es war gut, sich vorzustellen, wie das Lied im Fliedergeruch der Kirche von den Wänden hallte, die Frauen sangen es hingebungsvoll (so viele Männer waren nicht in der Kirche, daß sie zu hören gewesen wären), in den vorderen Bänken sangen wir *aus unsrer tiefen Not.* Der Gesang brach sich an den Kirchenfenstern, die Heiligen auf den Nebenaltären neigten sich. Wer singt denn, wer singt von was? Meerstern, Meerstern. *Rose ohne Dornen/oh Maria hilf!/Du von Gott Erkorne/oh Maria hilf!* Jetzt schmetterten die meisten von uns; die Frauen zogen uns mit. Die Frauen sangen ein bißchen wie Iris, oder Iris sang wie die Frauen *hier in diesem Jammertal.* Aber es war schön, der Flieder duftete, manchmal strich eine Katze um unsere Waden, die durch die offene Tür hineingeschlüpft war. Das Museumsmädchen streichelte sie, und wir lachten. Maiandacht, Fliederpracht, gute Nacht. Der blaue Mantel der Maria wehte, sie stand da ohne ihr Kind, wo hatte sie es gelassen?, und wir waren schon ziemlich große Kinder, wir sangen *aus unsrer tiefen Not.* Wir mußten wieder im Musikunterricht singen, wir hörten auf zu singen, wenn es klingelte. Im Schulraum legte sich der Gesang wie Kreidestaub auf unsere Lungen, die Zunge war belegt. Obwohl Kurt gefragt hatte, ob er das Fenster öffnen dürfe, und der Lehrer ja gesagt hatte, roch es immer noch muffig im Klassenraum. Wir wußten nicht genau, was ein Meerstern war, und wir wußten auch nicht genau, was eine Jungfrau war. Der Meerstern war ins Wasser gefallen, er glänzte unter der Wasseroberfläche, er war spitz und scharf und golden. Aber wenn er im Meer lag, war es schlecht möglich, daß wir ihm zu Füßen lagen. Wir sähen ihn nicht, könnten ihn auch nicht grüßen. Alles war geheimnisvoll. Und die Auskunft des Lehrers – Meerstern, so hat man früher Maria genannt – war unzureichend. Oder war der Mantel der Maria ins Wasser gefallen, eine große blaue Lache im Wasser? Tinte, die sich ausgebreitet hatte? War er ein Teppich mit sternförmigem Muster? Der Wind blähte ihn. Golden, vielleicht mit wallendem Haar, stieg Maria aus dem Wasser, triefnaß, überraschend, vielleicht war sie ans Ufer geschwemmt worden, und wir warfen uns ihr im Sand zu Füßen. Vielleicht war das ganze Lied in leuchtende Helligkeit getaucht, und wir im Dunkeln unter dem blauen Mantel berührten ihre Waden und ihre Füße. Helligkeit, Heiligkeit, grüßten wir die Füße zuerst, krochen wir unter dem Mantel hervor? Wir könnten auch Seesterne sammeln am Strand. All das war schön, träumerisch schön. Das fiel uns ein, als Kurt das Fenster geöffnet hatte, als der Eismann klingelte. Dreimal wiederholten wir die erste Strophe, immer wieder sangen wir falsch. Wie sollte der Lehrer es überhören? Dann die Strophe: *Quelle aller Freuden / oh Maria hilf! / Trösterin in Leiden / oh Maria hilf! Maria, hilf uns allen / aus unsrer tiefen Not.*

Unsere Not war das Singen. Wir standen beim Singen. Damit sich die Stimmen besser entfalten könnten, sagte der Lehrer, aber wir hörten die Entfaltung nicht. Weil wir stehen mußten, sangen wir aus vollen Kehlen, Rotkehlchen waren wir, Wald- und Wiesenpieper, Singvögel ohne Federn mit aufgesperrten Schnäbeln. Iris' Stimme war hell, vogelleicht, nie zitterte sie. Iris sah die runden, weißen Lampenkugeln an, die toten Fliegen darin. So hoch trug sie den Kopf, so froh machte sie das Singen, den Hals gestreckt, die Schultern gerade.

Während wir sangen, wurde im Wald geschossen. Ein ganzes Areal war militärisches Sperrgebiet. Schilder und Warnungen und ein französischer Soldat am Eingangstor. Bellende Schüsse, unser Gesang, Stille, dann wieder Schüsse, dann *oh Maria hilf.* Auch Iris hörte vor Schreck zu singen auf. Die Franzosen, so hatte man es uns gesagt, schossen, um uns einzuschüchtern, aber wir waren ja schon eingeschüchtert. Wir mußten singen, wir mußten zuhören, um nicht falsch zu singen, wir mußten auf die anderen hören, jeder auf jeden, ein feingliedriges Instrument ist ein Chor, und ist er auch so ungeformt wie unserer. Wir mußten so tun, als ob wir das Klingeln des Eismanns noch nicht gehört hätten, wir mußten singen, wir mußten uns vorstellen, daß die Soldaten übten, auf uns zu schießen. Ja, aber warum? Nein, doch nicht auf uns, auf Feinde. *Oh Maria hilf.* Wir kannten keine Feinde. Russen sind Feinde, sagte MEINVATER. Aber wie sollten die französischen Soldaten aus dem Wäldchen über unsere Köpfe hinweg auf Russen schießen? Wie weit konnten sie schießen? Rußland war weit, das militärische Sperrgebiet begann gleich hinter dem Hügel. Wir mußten dem Schießen zuhören, wir mußten den Instinkt unterdrücken, uns, als das erste Mal geschossen wurde, auf den Boden unter die Schulbank zu werfen. In Deckung gehen, hatte MEINVATER diesen Vorgang genannt. Den Kopf so tief, als wolltest du Scheiße fressen, hatte MEINVATER gesagt. Ein Teppich von Kindern auf dem rohen Holzfußboden, der blaue Mantel der Maria ein Teppich, ausgerollt für den Meerstern, eine ganze Teppichhandlung. Wir Kinder, die Arme um die Stuhlbeine geschlungen, Augen zu und die Ohren überwach, hellhörig, Kugeln, aus dem Wald, Soldaten, die das Recht und die Pflicht hatten, schießen zu üben. Sie übten, aber was war der Ernstfall? Der Lehrer zuckte die Schultern, singt weiter, laßt euch nicht stören, also sangen wir: *Tod und böse Seuche/weit von uns verscheuche/oh Maria hilf.* Aber wir waren gestört, aufgestört wie das Wild im Wald, das französisch besetzte Wild im Sperrgebiet, scheu gemacht, aber immer noch aufrecht stehend sangen wir. Sie schossen, wir sangen. Iris räusperte sich und sagte: Wir singen noch mal, die Strophe ist so schön. Hatte sie denn die Schüsse nicht gehört? Ja, sagte der Lehrer, singt noch mal. Da klingelte der Eismann, dann wieder die Schüsse. *Aus unsrer tiefen Not.* Und wir sangen noch einmal. Gut, Iris, und ihr anderen lernt es noch, sagte der Lehrer. Dann stürmten wir los auf den Schulhof, der Eismann hatte auf uns gewartet, auf jeden einzelnen, wir drängelten. Einer nach dem anderen, sagte der Eismann und zog die Schublade auf. Er war eher ein Eismännchen, gebückt, mit schrumpeligem Gesicht. Fast demütig bot er uns das Eis an, das wir ihm dann am liebsten aus der Hand gerissen hätten. Langsam, Kinder, langsam! Er schnitt das in flache Formen gepreßte Eis mit dem Messer in Scheiben, rosafarbenes Eis, dunkles Eis, helles Eis, Erdbeere, Schokolade, Vanille, da lag es appetitlich, und der Eismann schob die Schnitten zwischen zwei Waffeln. Nicht alle von uns hatten zehn Pfennige, um Eis zu kaufen. Wer kein Geld hatte, schaute, schaute die anderen an, wie die Zungen sich wölbten, wie sie andächtig leckten, wie das Eis schmolz und die Waffel krachend zermalmt wurde, und auch die Finger wurden abgeschleckt. Ein anderes Mal, morgen, würden wir auch zuhause Geld erbetteln. Ein Zehner, und wir wären glücklich. Der Meerstern war auf die Erde gefallen.

Und es gab unendlich traurige Lieder, die eigentlich niemand von uns singen wollte. Eines hieß: *Wohin soll ich mich wenden, / wenn Gram und Schmerz mich drücken? / Wem künd ich mein Entzücken, / wenn freudig pocht mein Herz?/ Zu dir, zu dir, oh Vater, / komm ich in Freud und Leiden, / du sendest ja die Freuden, / du heilest jeden Schmerz. / Ach, wenn ich dich nicht hätte, / was wär mir Erd und Himmel?/ Ein Bannort jede Stätte / ich selbst in Zufalls Hand./ Du bists, der meinen Wegen /ein sichres Ziel verleihet, / und Erd und Himmel weinet / zu süßem Heimatland.*

Das konnten wir nicht singen, wir wollten es auch nicht singen. Wir verstehen es nicht, sagten wir dem Lehrer. Den Meerstern hatten wir auch nicht verstanden, aber wir hatten uns einen Reim auf ihn gemacht. Wir jammerten: Aber dieses Lied verstehen wir überhaupt nicht. Die Melodie ist doch ganz einfach. Was versteht ihr nicht? *Gram* zum Beispiel. Das war ein schrecklich klingendes Wort. Wir kannten *Kram.* Räum deinen Kram weg, ehe DEINVATER kommt, drohte meine Mutter. Wir kannten auch das *Gramm*: hundert Gramm Krachmandeln auf dem Jahrmarkt, das war ein schönes Tütchen voll, so viel, daß man jemandem großzügig ein, zwei Mandeln abgeben konnte. Es waren immer noch genug, um sich die Zähne daran auszubeißen. Aber Gram, Gram, jetzt mußten wir lernen, was uns drückte.

Zuerst sangen wir zaghaft, schleppend, wir leierten den Gesang herunter. *Wohin soll ich mich wenden, / wenn Gram und Schmerz mich drücken?* Der Lehrer schloß die Fenster, das quälend schneckenlahme Singen war niemanden zuzumuten. Tempo, Tempo, rief der Lehrer, man schläft ja ein, wenn man euch hört. Das ist ein Choral aus Schuberts *Deutscher Messe.* Und er sprach mit Nachdruck: *Deutsche Messe.* Wir kannten Messen: Die katholische Messe, die apostolische Messe, was wohl das Gleiche war, die Messe am Sonntag, die Schulmesse am Donnerstag, die Abendmesse für Leute, die die Morgenmesse verpaßt hatten, dann gab es noch die Frühmesse und das Hochamt. Und in anderen Orten, das hatten wir auch gehört, sagte man zur Kirmes auch Messe oder Mess. Und nun die *Deutsche Messe.* Das machte für uns das Singen nicht leichter. Die deutsche Sprache, sagte der Lehrer, nicht die lateinische, die ja nur der Priester konnte und deren Floskeln die Ministranten auswendig lernten, das war das Neue. Deutsch, das war schlicht und eingängig, Deutsch bewegte das Gemüt. Das Lied, das wir lernten, wird zum Beginn der Messe gesungen. Der Beginn der Messe heißt *Introitus*, sagte er und schrieb den Begriff an die Tafel, und wir lernten das Wort ganz beiläufig, es war auch einfach zu buchstabieren. *Deutsche Messe*, das ist ein Werk, ein Denkmal der deutschen Kultur, der Lehrer hatte fast eine Rede darüber gehalten, und er begann zu dirigieren. Es war ein heilloses Gefuchtel; einige von uns begannen zu kichern. Dann faßten sich die ersten Sänger und Sängerinnen ein Herz, vielleicht war es am Anfang ein komisches Herz, nur Iris sang mit Inbrunst, aber mehr und mehr Kinder folgten ihr. Und mein Brummen störte nicht. Die Musik ist ein Strom, Worte schwimmen darin, Schwärme von Fischen sind die Worte, rasch entgleiten sie, entwischen. Man kann sie nicht festhalten. Wir sind ein Körper. Eher ein Körperchen, ein Schulklassenkörperchen auf harten Bänken, atmend, sprechend, aufmerksam. Wir sind Bleistifte, Griffel, Kreidestücke, wir sind Bleistiftspitzer, Radiergummis, Tafelschwämme. Wir sind Bücher und linierte Hefte und Hefte mit Rechenkästchen, wir sind betende Hände und Kniebankrutscher, wir sind ein Chor, ein ungeübter Kinderchor. Wir sind aufgeweckt, wir erschrecken uns leicht, wir sind wütend, aber wir zeigen unsere Wut nicht. Wir sind ein Takt. Wir sind ein Auftakt. Wir singen.

Es war schön, sich in die Traurigkeit hineinzuschmiegen, schön, wie sie einen trug, schön, wie sie die Schulklasse einte. Jetzt sangen wir auch, was wir nicht verstanden. Wir verstanden die Verlorenheit. Vom Schmerz zu singen, war doch nicht schmerzhaft. Niemand glaubte an ein süßes Heimatland. Süß waren die Krachmandeln auf dem Jahrmarkt, süß war das Eis. Deutschland war Weltmeister, aber das war nicht süß, sondern großartig. Wir atmeten tief ein. Wir waren ein großer Blasebalg. Und das Wort *Bannort* nahmen wir einfach in Kauf. Niemand fragte danach. Die Wände wackelten, wenn wir sangen. Vielleicht hat die Musik uns gebannt.

Auch die Erwachsenen sangen, und meistens hörte es sich traurig an. Sie sangen vom guten Kameraden, mit dem sie Seit an Seit im selben Schritt und Tritt marschiert waren. Sie sangen von der Loreley, die den Fischer bezaubert hatte, sodaß er nur noch Augen für sie hatte und die Gefährlichkeit des Flusses mißachtete. Sie sangen mit Macht, und was sie sangen und wie sie es sangen, war traurig. Die Kinder von Hameln folgten den süßen Tönen des Rattenfängers aus der Stadt hinaus bis in den Tod. Er hatte doch bisher Tiere gefangen und nun das –. Nur ein blindes und ein stummes Kind kamen zurück, und beide konnten keine Auskunft über den Verbleib der anderen Kinder geben. Bei solchen Gelegenheiten war die Schmerzensreiche willkommen, sie durfte versuchen, Trost zu spenden in der Untröstlichkeit. Die Aufschwünge waren in der Erinnerung weniger lebendig als die,

die zu Zerstörung und Tod führten. Und selbst wenn ein Männerchor *Auf, auf zum fröhlichen Jagen* sang, lockte im Hintergrund das Wild, das zum Getötetwerden da war. Opferbereitschaft, Todesbereitschaft. Der heroische Tod war die Konsequenz des Glaubens an eine Sache, die deutsch zu nennen am unverfänglichsten war.

Aber wo war Aurelia? Meistens war sie da, wie wir alle da waren, aber dann verließ sie die Klasse, der Lehrer nickte ihr zu, aufmunternd, ja, geh nur, Aurelia. Sie hatte schon ihre Sachen gepackt, den Griffelkasten, die Hefte, das Lesebuch. Ihr Platz war aufgeräumt, niemand nahm ihn ein, und nach einer Stunde kam sie wieder. Wo warst du denn, Aurelia? Draußen, sagte sie. Auffallen wollte sie nicht, sie war ein stilles Mädchen. Zu den Schreihälsen gehörte ich auch nicht, aber Kurt wurde vorlaut genannt, obwohl er nur schnell war, schnell dachte und schnelle Antworten gab. Cecilia gab auch schnelle Antworten, aber sie waren im Gegensatz zu denen von Kurt meistens richtig. Wo war Aurelia? Sie konnte doch nicht eine Stunde auf dem Gang hocken oder auf dem Schulhof herumlaufen. Und warum gab der Lehrer ihr frei – regelmäßig? Auch wir hätten gerne ab und zu eine freie Stunde. Es regnete, regnete in Strömen, ein lauwarmer Mairegen. Aurelia fehlte in den Religionsstunden. Also war sie nicht katholisch. Unsere Schule war doch katholisch. Wir fragten sie, aber ihre Antwort war nichtssagend. Aurelia sprach eben nicht gern.

Schließlich fragte Cecilia ihren Vater: Was ist denn, wenn jemand nicht katholisch ist? Daß es schlimm war, dachte sie sich selbst. Und sie erzählte von Aurelia, wie der Lehrer sie verabschiedete, wie sie wiederkam, als wäre nichts gewesen, und wo sie in der Zwischenzeit war, wußte niemand. Wenn sie evangelisch wäre, ginge sie in eine evangelische Schule, sagte Herr Neumeister. Vielleicht gehört sie zu einer Sekte. Und ein bißchen später fragte er zerstreut: Wie heißt denn das Mädchen? Cecilia merkte, er hatte einfach nicht zugehört. Aurelia, so ein schöner Name. Aurelia Torgau. Aurelia war schweigsam, aber ihr Name sang. Cecilia war sehr unzufrieden mit dem, was ihr Vater gesagt hatte, und die Auskunft, die sie uns geben konnte, war dürftig. Ja, es gab Saalbauten wie Kinos, flache Bauten, schnell hochgezogen und mit einem Kreuz auf dem Dach. Wir sahen nicht, daß Leute hineingingen. Wir hörten auch kein Glockengeläut. Vielleicht gingen sie in ihre Kirche, während wir in unserer knieten. Das sind nur ganz wenige Leute. Eine Sekte ist eine Abspaltung, vom wahren Glauben abgefallen, Abfall, berichtete Cecilia, mein Vater hat es gesagt. Also mußten wir Aurelia bedauern, sie gehörte zu uns, aber sie gehörte auch nicht zu uns. Bist du in einer Sekte? Aurelia schüttelte den Kopf, und ihre braunen Locken wippten. Ich weiß nicht, was eine Sekte ist, antwortete sie schließlich. Und obwohl es Cecilia erklärt hatte, hatten wir es auch nicht richtig verstanden.

Aurelia fehlte im Religionsunterricht; der war im Stundenplan verzeichnet. Aber manchmal paßte es eben besser, wenn eine Stunde vorgezogen oder Stunden getauscht wurden. Religion statt Sport, Rechnen statt Religion und umgekehrt. Dann verpaßte Aurelia den Rechenunterricht. Wenn sie aufgerufen wurde, hatte sie Lücken. Ich hätte sie von meinem Heft abschreiben lassen, das wollte sie nicht. Ich will es verstehen, sagte sie, ich will es doch verstehen. Wenn sie den Satz wiederholte, klang er kläglich. Wir kamen verschwitzt vom Völkerball zurück, wir hatten rote Backen, wir hatten gesiegt, aber Aurelia war nicht dabei gewesen. Allmählich begriffen wir: Aurelia wurde bestraft, weil sie nicht am Religionsunterricht teilnahm. Es war ein einfacher Trick, die Stunden zu vertauschen.

Einmal nahm der Pfarrer Aurelia beiseite, er kannte sie doch nicht, dachten wir, sie war doch nie in seinem Unterricht. Aber er kannte sie sehr wohl: Aurelia, hast du mit deinen Eltern gesprochen? Du solltest in eine andere Schule gehen, nicht in eine katholische. Aurelia sagte gar nichts. Wir hörten den Pfarrer, wir hörten Aurelias lautes, trotziges Schweigen, ein imponierendes Schweigen, weil wir es nicht verstanden. Wir hörten es alle, wir paßten auf. Meine Eltern wollen aber, daß ich hier bin, in dieser Schule, sagte Aurelia. Sie sagte es dem Pfarrer einfach so ins Gesicht. Deine Eltern, antwortete der Pfarrer, deine Eltern, und es hörte sich mißbilligend an. Er sprach nicht weiter, aber wir hätten sehr gerne gewußt, was er weiter sagen wollte über Aurelias Eltern oder als Nachricht an sie. Er wollte nicht mit Willi und Maria Torgau sprechen, das hatten wir gleich gemerkt. Neugierig waren wir nicht, wir wollten es wirklich wissen. Was sagte der Pfarrer, und wollte Aurelia nicht sagen, warum ihre Eltern es wollten? Er wandte sich ab und schaute noch einmal zurück. Sag deinen Eltern: Wer keine Religion hat, hat auch kein Gewissen. Und merk es dir auch. Fürs Leben.

Wieder einmal lernten wir ein Lied. Der Lehrer sang es vor. Er schrieb die Zeilen der ersten Strophe an die Tafel: *Drei Zigeuner fand ich einmal / liegen an einer Weide / als mein Fuhrwerk mit müder Qual / schlich durch die sandige Heide.* Es war ein romantisches Lied, erklärte er uns, und so ungefähr erklärte er uns auch, was romantisch war. Und wir begriffen, daß nichts, was wir kannten, *romantisch* war. Nicht das Klassenzimmer, nicht der Bahndamm, an dem wir spielten, nicht die Essigfabrik, nicht die Lederfabrik, nicht die Brauerei, nicht der Bauernhof neben der Pfarrkirche, die Schule und wir selbst auch nicht. Nicht im Geringsten. Aber wir sangen, singend lernten wir. Singend lernten wir Disziplin. Während des Singens war es nicht möglich, mit dem Nachbarn, der Nachbarin zu schwätzen; die Ohren waren gespitzt. Jetzt wußten wir: Die Töne werden nicht im Mund erzeugt, aber wo, wo?, irgendwo tief im Hals oder im Gaumen, der Kehle oder tief im Körper, wo es dunkel war. Die Ohren hielten still. Vielleicht hörten wir mit dem ganzen Kopf, einem Musikkopf, einem Kunstkopf.

Es war ein Lied wie Sirup. Iris hatte die Melodie gleich im Griff, zwischen den Lippen, im Kehlkopf, beachtete die Pausen, die Tonlage, jetzt sang sie zusammen mit dem Lehrer – eine neue Strophe. Immer noch war ich ein Brummer und schwieg vorsichtshalber hinter dem Rücken meines Vordermannes. Ich hörte die Worte und die Reime am Ende der Zeile. Ja, von drei Zigeunern handelte das Lied. Der eine spielte auf einem Instrument, der Abend glühte, er mußte sich keine Mühe geben, er konnte spielen, und das Lied fing Feuer, loderte, und damit war die Strophe zu Ende. Niemand löschte, und die Musik hing in den Bäumen. Der zweite Zigeuner rauchte und war zufrieden, Kringel in der Luft, Duft, die Pfeif in seinem Mund gab den Reim vor: *Pfeif im Mund/Erdenrund.* Und was tat der dritte? Er tat gar nichts, schlief und träumte, er tat also doch etwas. Der Traum erscheint ja nicht, er wird gemacht, im Kopf, im Bauch, im Schlaf, in der Nacht, und über ihm am Baum hing seine Harfe. Es mußte ein großer Baum sein oder eine sehr kleine Harfe. *Verschläft, vergeigt, verstand, Unverstand*, ich hatte gerade begonnen, über die Wörter nachzudenken, da wurde mein Nachdenken unterbrochen.

Der Lehrer erzählte uns vom Dichter, dem Adeligen aus Ungarn. Vom Komponisten erzählte er nicht. Naja, er verblaßte neben dem Dichter, komponierte erst zwei Menschenalter nach der Veröffentlichung des Gedichts. Das Gedicht ist frei. Die Gedanken sind frei. Die Melodie schmiegte sich dem frei Gefundenen an. Auch von den Kirchenliedern wußten wir nicht, wer sie komponiert hatte, – auch die Dichter blieben im Dunkel, vielleicht gehörten sie genau dahin. Nun also dieser Dichter, der Zigeunerdichter, adlig, früh verwaist, schwierige Verhältnisse, alles unter die Decke stecken: Unstetigkeit. Wechsel von Studienfächern, Landwirtschaft, Medizin, Jura, Philosophie, ein wildes Durcheinander in seinem Kopf, in dem Verse entstehen. Singt er?, er zieht nach Stuttgart, weit weg ins Geordnete, singt er nicht, dichtet er. Er fürchtet die Zensur. Im Schwäbischen ist alles überschaubar im Gegensatz zur Weite der Puszta, zu Österreich-Ungarn. Er hat Dichterfreunde, gemütvoll, gastfreundlich, die nie gereist sind, es ist schön bei ihnen, Wiesen, Wälder, aber in Ungarn war es auch sehr schön. Vielleicht fehlte es dort nur an Dichterfreunden, an Kreisen von Liebhabern der Dichtung, an Verehrerinnen und Verehrern, an Achtung vor der Dichtung, natürlich der deutschsprachigen, an einem Verlag. Eine erste Liebe: die Nichte eines befreundeten Dichters, so war das nicht geplant. Er will sie nicht unglücklich machen, besser weit weg, sofortige Flucht oder Aufbruch später. Der Ruhelose, immerfort Reisende, jetzt spukt ihm Amerika im Kopf. Als er Medizin studierte, hoffte er, als Cholera-Arzt in der Welt herumzureisen auf dem einen oder anderen Kontinent. Er reist nach Amerika, Amerika enttäuscht ihn, *als mein Fuhrwerk mit müder Qual*, es war aber doch ein Schiff, ein mit Auswanderern vollgestopftes Schiff, Geruch von Armut, Geruch von Hoffnung, Heilserwartung, Hysterie, das gelobte Land. Gemach, gemach, Ballast abwerfen, Seelenverkäufer, *mit müder Qual*. Mayflower, ein Bauer werden, ein anderer Mensch auf dem anderen Kontinent. Die Schiffsreise dauert zehn Wochen, Süßwassermangel, Seenot, Skorbut. Dann donnern die Niagarafälle. Er pachtete eine Farm in Ohio, wo viele Deutsche siedelten, der Edle aus Ungarn, wie sprach er schön, wie gepflegt zwischen dem nach Amerika mitgeschleppten hessischen Dialekt, dem württembergischen, da, wo er hinwollte und bleiben wollte. In Ohio herrschte Sittlichkeit, steife Hüte, viele Kinder, mit dem Fuhrwerk zur Kirche, zur Kirchweih ein spöttischer Mond über dem Kirchendach, ein zaghaft bimmelndes Glöckchen, der dunkle, faltenreiche Mantel der Religion. Aber er war kein Bauer, sondern ein Dichter, das Graben, das Säen, das Düngen, das Ernten ein Fluch, eine enttäuschende Ernte. Die sich aufplusternde Provinz, die Gewißheit, das Stetige, all das lag ihm nicht, lag an einer Weide. Wer kommt schon zurück aus Amerika, dem Land der Freiheit, der ungeahnten Möglichkeiten, der sonnigen Heide *mit müder Qual*? Nein, kein Kornfeld, nie wogende Ähren, Erdengeschick, kein Glück. Drei Zigeuner und ein enttäuschter Adeliger, *nach den Zigeunern lange noch schaun*, als hätten sie auf ihn gewartet, gewartet, *verachtet*, in Amerika oder Europa verschwunden, vielleicht vor die Hunde gegangen im Weiterfahren oder wie das Reh aus seinem Gesichtsfeld gesprungen. Weg, weg mit Schreck.

Reiß dich zusammen, Bernhard, was brummst du denn wieder? Jetzt ist der Dichter in Wien, bleibt bei Sophie, er hatte sich in die Frau seines besten Freundes verliebt oder in die Schwester der Frau oder in beide vermutlich, ein gemustertes Durcheinander, glückseliges Durcheinander oder eine ideale Ordnung, die noch in keinen Büchern steht. Aber die Bücher warten, die fatal glückliche Ordnung will beschrieben werden. Er kennt doch wohl Lucinde, oder ist er zu jung, um Schlegel gelesen zu haben, zu österreichisch-ungarisch?, das wäre schade. Nicht daß er sich eine leidvolle Erfahrung hätte ersparen können, aber die Uhr tickt, Geschichte jagt und überstürzt sich. Nichts besteht, vieles vergeht, und irgendwann ist auch die Schwindsucht verschwunden. Bleibt er bei Sophie, bleibt er bei seinem Freund, eine großmütige Geste, romantische Zusammenkunft, ein Ideal von freier Liebe, *das Zimbal am Baum*, ein klingender Raum, ein blaues Band am Baum, in tausend Rinden schnitt ich mich, verliebte mich, das Rad an MEINESVATERS Mühle rauschte und brauste, reiß dich zusammen, Bernhard, es geht um Nikolaus Lenau, und erholt sich nie mehr von der unglücklichen Liebe. Er hat seinen

Freund enttäuscht, etwas muß geschehen, die Frau, die Frau, die geliebte Frau des Freundes, so geht es *doch* nicht, kein Drumherumreden, keine Abbitte, kein Adieu, Adieu, ein Gedicht vielleicht. Was heißt da unglücklich, *die Pfeif im Mund*, Erdenrund, Geschick und Glück vielleicht, Verlobung mit einer anderen, sehr jung noch, ihm von der Mutter hingeschoben, fast verkuppelt. Er sagt ja, ein schütteres Ja, keines mit fliegenden Fahnen. Die Freundin, die Geliebte, die Frau des Freundes rät ihm ab. Traurigkeit, dichten, an die Wände des eigenen Gefühls schlagen, es klingt hohl, dürftig, da sind wohl nur Verse im Kopf und klappernde Nüsse vom vorigen Jahr. Sich die eine wie die andere Frau aus dem Kopf schlagen, Marie heißt sie und brummt nicht. Er schreibt ein Drama über Don Juan, ist weder mit Don Juan verwandt oder verschwägert, nur ein Protokollant, der Verse türmt, hochmütiges Empfinden, ein Blutsbruder, Seelenverwandte gibt's ja wohl nicht. Alles nun in die richtigen Bahnen lenken, das württembergische Ländchen, ungarische Lieder, ungarische Landschaft, Pferdchen, Hitze, Zigeunerleute, Sehnsucht nach einer Zukunft und nach Vergangenheit. Heftiger Wunsch nach Glück, wie auch immer, leidvoll geteilt mit vielen Unglücklichen. Während der Hochzeitsvorbereitungen Blutleere in einer Großhirnhemisphäre, Schwindelgefühle, dann eine Verklumpung, Schlaganfall, ein Schlag ins Gesicht, nasser Lappen, ein helles Sirren im Kopf, Lichtblitze. Dann zittert das Sehen, die Sprache zittert und will nicht aus dem Mund, ein Rehkitz springt durchs Gesichtsfeld von rechts nach links. Der Dichter versucht, es mit dem Zeigefinger zu berühren, nur mit der Kuppe, ganz zart, es gelingt nicht, er kann die ganze Hand nicht mehr bewegen, er kann seinen Verstand nicht, nur so ungefähr fühlen, das Reh ist weg, ein Watteverstand und eine gelähmte Hand. Sirren im Kopf, er sagt nichts dazu, er spricht überhaupt nicht mehr, kein Klagen über seinen Zustand, trockene Lippen. Ein Sirren wie Sophie, Sophie. Können Sie mich hören?, fragt der Arzt. Wieder der helle Ton im Kopf, rechte Stirnseite, Temporallappen, sagt der Arzt und tippt ihm an die Stirn, hier, hier, er denkt mit seinem mühsamen Restverstand: Der Arzt meint, er sei schwachsinnig geworden. Das ist er nicht, weder für den Arzt noch für ihn selbst. Der Dichter zuckt zurück, es tut ihm weh, obwohl der Schädel das Empfinden dämpft. Er will dem flüchtenden Reh nach, aber seine Beine versagen. Sophie, Sophie, er hört den Arzt nicht, aber der Arzt, er hört ihn, diagnostiziert, klassifiziert. Ein heller Ton, der plötzlich abbricht. Hört er Iris singen? Mehr Musik, mehr Sommersprossen unter der sengenden Sonne. Er schreit und schreit, er hat's vergeigt. Marie, Sophie, Iris, Isis, Stern auf der Stirn, Hirn hingerissen. Der Arzt weiß keinen Rat mehr, er konsultiert andere Ärzte, ein Konsilium wird abgehalten. Der Patient ist kein Geringer, er ist adlig, die Ärzte nicht. Wer zahlt die Rechnungen?, das muß geklärt werden, wird geklärt vor der zwangsweisen Einweisung in die Irrenanstalt. Der Patient, infiziert mit Sehnsucht, und die rätselhaften Lichtblitze im Augenwinkel, nach denen er haschen möchte. Jetzt schreit er nicht mehr Sophie, Sophie, Iris, Isis, sondern Sirius, Plinius, Luftikus, bunte Flicken, Konsilium, Delirium. Auch das Wort Syphilis kann man erkennen, wenn man sich Mühe gibt, undeutlich nur. Wer hat das Kreuz erhoben zum Schutz für jedes Herz? Infiziert mit dem einen Land, nicht geheilt in dem anderen Land. Infiziert mit Liebe zu der einen Frau, nicht geheilt von der Liebe zu einer anderen Frau. Ein Engel sieht dich wieder. Warst du auf einer Heide so allein, saßest zwischen allen Stühlen, gabst dir Mühe, schütteltest deine goldenen Ketten. Die Kunst singt, sie schreit nicht, auf kleinen Pferden durch die Puszta reiten, Sand spritzt auf. So oft der Mond mag scheinen, er will reimen, eine Verpflichtung zur Gesundheit gibt es nicht. Was hilft dagegen? In Stuttgart schneit es schon. Ist er sich seiner traurigen Lage bewußt? Die Ärzte sind nicht ratlos, es gehört zur ärztlichen Kunst, nie ratlos zu sein, dazu haben sie Fachwörter. Der Dichter wird in eine andere Anstalt verlegt, Oberdöbling, Wien, er schreit, schreit, wie schrecklich er schreit, wie ein angeschossener Wolf, der nicht verenden kann. Er erkennt den Kaiser zur Verwunderung der Ärzte, woher kennt er ihn?, der angeschossene Wolf auf einer Jagd, die Jagdgesellschaft würdig, adlig, der Wolf heult, heult über die Puszta, über den Wienerwald hinweg in den Schwarzwald, grenzüberschreitend. Der Kaiser grüßt ihn grundgütig, ehrerbietig, woher kennt er ihn?, die Ärzte wissen es nicht. Dann ein Therapievorschlag, der allgemeine Billigung findet: Abreibungen mit eisigem Wasser wie aus einer tiefen Quelle, Dichten und keine Zwangsjacke mehr. Sie geben dem Patienten Papier, Federn und Tinte. Er betrachtet das Papier, als hätte er noch nie Papier gesehen, bogenweise bringen sie es ihm, nur ein Versuch, einen Versuch ist es wert, der Patient taucht es in den Wasserbottich und sieht den schwimmenden Blättern zu. Versuch gescheitert, kein Konsilium mehr. Er verdämmert, umnachtet, *wie man es dreifach verachtet.* Breit gelagert der Mond, dann schmal, schmäler, sichelförmig. Da stehen die Zigeuner um ihn herum, dreifach, betreten, Hut in der Hand, so haben sie sich den Dichter, der ihnen verbunden ist, nicht vorgestellt, und er sieht sie *dreifach* im grellen Licht, und durch das Zimbal weht ein Lied. Sirren, Klingen, Singen, trotzig und frei, *wie man es dreifach verachtet,* Spott den Erdengeschicken, ringsum keine feurigen Blicke, kein Reh, kein Schnee, keine Blitze, nichts. Brumm nicht, Bernhard, bis die Schulglocke läutet, ist es noch lang.

Plötzlich, mitten im Singen, fuchtelte Kurt mit seinem Gipsarm in der Luft, spreizte den Finger ab, aber der Lehrer sang weiter, blickte nicht in die Klasse, hörte in sich hinein, in sein eigenes Singen, und war zufrieden mit sich und der Welt. Schließlich sagte Kurt: Annchen weint. Kurt störte mit seinem Dazwischenreden. Die Stimme von Iris war herauszuhören; sie hätte den ganzen Raum füllen können. Jetzt sprach Kurt lauter, in eine Pause das Gesangs hinein: Herr Lehrer, Annchen weint. Cecilia drehte sich nach Annchen um, dann andere Kinder. Wer sich umdrehte, hörte zu singen auf. Iris sang weiter, sie wischte sich mit der Hand über die Nase, sie hatte kein Taschentuch, Schnodder auf der Hand, aber ihre Sommersprossen leuchteten. Sie sang weiter, der Lehrer sang weiter, ein Duett mit einem mageren Kinderchor im Hintergrund, mit uns, und ich brummte. *An den Kleidern trugen die drei/Löcher und bunte Flicken. Drei* reimte sich in dieser Strophe auf *trotzig und frei.* Was war dagegen zu sagen, daß Zigeuner an einer Weide lagerten, rauchten, schliefen, träumten, Musik machten? Das war doch schön, so hätten wir auch leben wollen unter einem Sichelmond, Brunnen rauschten, ein Hund bellte, keine Mutter beharrte darauf, daß wir uns wuschen. Und unsere Strümpfe stopfte sie auch nicht. Ich dachte an ein Feuerchen, satte Weiden, sonnenverbrannte Felder, aber das denke ich jetzt beim Schreiben. Hatte ich auch als Kind eine Sehnsucht nach dem Unbürgerlichen, eine Sehnsucht nach einer Wald-, Wiesen- und Wälderexistenz gespürt? Aber das Singen stockte, mitten in der Strophe vertrocknete es. Annchen, warum weinst du denn? Jetzt schluchzte sie. Und noch mal in einem schärferen, dringlicheren Ton: Warum weinst du? Wir waren ratlos. So heftig hatte ein Kind, das so alt war wie wir, noch nie vor unseren Augen geweint. Kleine Kinder, die heulten, die schnieften, Rotz und Wasser aus Augen und Nase, kleine Kinder waren häufig wütend, wenn sie weinten. Aber Annnchen war nicht wütend, sie war sehr, sehr traurig, das spürten wir. Wir warteten, wir duckten uns, wir warteten, was der Lehrer sagte. Der Lehrer sagte nichts, der Text des Liedes stand auf der Tafel. Annchen hatte, wie Iris, kein Taschentuch. Dann hatte Annchen genug geweint, nun schniefte sie nur noch und gab sich einen Ruck: Mir sinn net solche Zigeuner wie die.

Niemand hatte Annchen oder ihre Eltern und Geschwister jemals an einer Weide gesehen. Sie wohnten in einem kleinen Haus, Aurelia im Nachbarhaus, rasch hochgezogen, aber solid, und die Gärten waren groß, Selbstversorgergärten für die, die so lange nicht für sich selbst sorgen durften, die Eingekerkerten, die Eingesperrten, die Überlebenden. (Verfolgte des Naziregimes war ein fremder Begriff.) Nie hatten Annchens Vater oder ihr ältester Bruder eine Pfeife im Mund, nie rauschte ein Brunnen, nie ein Lindenbaum, nie hatten sie etwas vergeigt, nie, nie. Ja, die Haare ihrer Brüder waren schwarz und lockten sich über der Stirn, Josef sahen wir nur von weitem, Ignaz fast jeden Tag in der Schule. Annchens Haare waren glatt, die beiden Zöpfchen hatte sie jetzt im Nacken zusammengebunden, ein Ende wie ein Pinsel. Keine Weide, keine Harfe, kein Verachten, kein Umnachten, kein Rauschen, die kalten Winde bliesen, und die Liste der Verneinung war lang, endlos lang. Die kalten Winde bliesen. Nie war Wäsche weggekommen, nie war ein räudiger Hund herumgelaufen, nie hatte Annchens Mutter irgendwo getanzt, mit Ohrringen und Armreifen geklimpert, nie hatte sie den Rock gehoben, nie hatte ihre Schwester Kathi getanzt, nie ihre dunklen Augen verführerisch aufgeschlagen und dann kokett den Blick gesenkt, für wen, für wen?, sie verließ kaum das Haus. Nie, nie hatte jemand ihren Bruder fiedeln gehört, der eine Bruder war Bäcker, und der andere Bruder war Schüler, nur drei Klassen über uns. Das ganze Lied war falsch, es war romantisch und falsch, vielleicht war vieles falsch, was wir lernten oder lernen sollten. Der Dichter war überhaupt kein Dichter, er war ein Lügner, ein Falschmünzer, ein Schwätzer. Wenn das romantisch war, hatten wir es verstanden. Dann war es furchtbar: ein Lindenbaum, der die Blätter verloren hatte, ein Lindenbaum, der mitten im Sommer verkümmerte. Und der Lehrer war einer, der ein Kind weinen machte. Wenn er Ohrfeigen verteilte, war es eine Ohrensache, wenn er den Stock nahm, war es eine Ehrensache. Bloß nicht heulen! Die Strafe, so ungerecht sie war – und alle Strafen waren ungerecht in den Augen des Bestraften –, mußte, ohne mit der Wimper zu zucken, ertragen werden. Bloß nicht zeigen, wie weh es tat. Bloß nicht. Sich bloß keine Blöße geben, sagte der Instinkt. Manchmal zuckte die Hand, wenn der Stock auf sie niedersauste.

Annchen weinte. Es war ungeheuerlich, und wir hatten verstanden, warum. Sie war beleidigt worden, ihre Eltern, ihre Geschwister, ihre ganze Familie, das Volk, dem sie angehörte, alle waren gekränkt worden, weil wir ein Lied sangen, weil der Lehrer uns dieses Lied beibringen wollte, weil ein Dichter dieses Lied geschrieben hatte und es in unserem Liederbuch stand. Puszta, Puszta. Qual, Brunnenrand und Erdenrund, wer ist da? Über Annchens Familie wußten wir nichts, aber wir wußten, daß sie *Zigeuner* waren. Wer hatte uns das gesagt? Sie sahen aus wie *Zigeuner*, aber wir kannten keine außer den Dorns. Wir wußten, daß viele Leute sie nicht mochten. Wir waren befangen, wir mochten Annchen. Cecilia tauschte manchmal mit der Nachbarin die Bank, setzte sich neben Annchen und half ihr beim Rechnen. Das ist doch ganz einfach, Annchen. Sie nahm die Finger oder auch mal Farbstifte aus ihrem schönen Kasten, legte sie nebeneinander, nahm zwei weg oder legte sie untereinander, und jetzt mußte nur noch abgezählt werden. Das ist doch ganz einfach, Annchen. Ich hatte es immer wieder gehört, mit halbem Ohr, während ich mich auf meine Aufgaben konzentrierte. Ich hab's verstanden. Wenn du es mir erklärst, versteh ich es, sagte Annchen.

Als Annchen zu weinen aufgehört hatte, ging Kurt zu ihr: Wir singen das Lied nie wieder. Alle waren still. Iris drehte sich um, sie hätte gerne weiter gesungen, sie sah Kurt an, sah Gerwin an, sah Annchen an. Sie sang doch so gern, alle Lieder ohne Unterschied. Aurelia räusperte sich, bald begann der Religionsunterricht, und sie mußte ihren Ranzen packen und ging. Der Unterricht war gestört, dem Lehrer war es unangenehm. Weiter erinnere ich mich nicht. Wenn danach eine gnädige Pausenklingel schrillte, war es gut. Oder: Ich lasse sie an dieser Stelle bimmeln. Der Eismann kam nicht, aber das stelle ich mir jetzt beim Schreiben vor.

Es stimmt nicht, daß wir über Annchens Familie nichts wußten. Alfons Dorn hatte den Wein und das Geld, das Lucie, Kathi, Josef und er *fürs Erste* bekommen hatten, getauscht, Wein gegen Zigaretten, Zigaretten gegen Geld, Wein gegen Winterkleider, Winterkleider im Frühjahr gegen eine Geige, Wein gegen Betten, gegen Kochtöpfe, immer weiter. Dann hatte es eine neue Währung gegeben, eine neue Währung, wer ein bißchen Geld hatte, fühlte sich gut. Aber wer ein Haus hatte, in dem Mieter wohnten, wer ein Geschäft hatte oder eine Glaserei oder eine Essigfabrik, ein Weingut, auch eine Autovertretung, dem ging es gut. Alfons Dorn wollte arbeiten, unbedingt. Er hatte im Garten gearbeitet, er hatte Lauch und Kohlrabi gesetzt, die Pflanzen gedüngt, den Kompost angesetzt, bis er sich fragte: Warum eigentlich? Er ging aufs Amt, er bekam Unterstützung. Fragen: Ihre Frau arbeitet doch. Hat sie überhaupt einen Gewerbeschein? Und wie alt ist Ihr Sohn? Antwort: Mein Sohn ist Bäcker. Aha. Nächste Frage: Und Ihre Tochter? Antwort: Sie ist krank. Frage: Kann sie ein Attest vorlegen? Antwort: Nein. Keine Frage: Also ist sie nicht krank. Keine Antwort. Und ich kann mich schlecht bewegen. Und meiner Frau haben sie die Hand kaputt geschlagen. Ein Finger läßt sich nicht mehr krümmen. Antwort: Schulterzucken. Und das war's. Daß er arbeiten wollte, wie er früher gearbeitet hatte, zählte nicht. Eine geregelte Arbeit, Herr Dorn, ich habe es Ihnen doch erklärt. Er wollte wieder auf die Kirmes, die Kirmes war seine Heimat, eine Heimat, die einmal hier und dann dort war.

In seinem Kopf spukte der Gedanke: Wenn ich nicht arbeite, töten sie mich. Ich habe Lublin überstanden, wir haben das Lager überstanden. Trotzdem hatte er immer noch Angst, wenn er nicht arbeitete, holten sie ihn ab. Seine Sorge war nicht unberechtigt. Das Saarland hatte eine neue *Polizeiverordnung zur Bekämpfung der Zigeunerplage* eingeführt. Die gab es schon einmal: Als Alfons und Laurenz ins Lager Marzahn verfrachtet worden waren, war davon die Rede. In Baden-Württemberg war ein neuer *Leitfaden zur Bekämpfung des Zigeunerunwesens* herausgekommen, der gültig bleiben sollte, bis *eine endgültige Lösung des Zigeunerproblems* gefunden worden sei. Und in der Zeitschrift *Polizeipraxis* hatte ein Artikel gestanden: *Die Zigeuner vom Standpunkt der Polizei betrachtet.* Die Polizei solle keine Hemmungen zeigen, *selbst wenn sich Zigeuner bei Kontrollen auf ihre Verfolgung berufen, um den Polizeibeamten von einem Einschreiten abzuhalten.* Die Angst lag in der Luft.

Die letzte Flasche Wein hatte Alfons gegen einen Handwerkskasten getauscht; dem konnte man die Schraubenschlüssel entnehmen und den nicht mehr ganz vollständigen Handwerkskasten wieder eintauschen. Mit einer Rohrzange und ein wenig Hanf konnte man eine Leitung reparieren, was heißt *man*?, Alfons konnte sie reparieren. Ignaz stand neben ihm und hielt die Schraubenschlüssel, die Kombizange, die Kneifzange, die Rohrzange, zuerst die große, dann die kleinere. Und Ignaz räumte den Handwerkskasten auf. Geld locker machen, etwas aufkaufen und dann Sachen verschachern, einen Karton Glühbirnen, einen Volksempfänger mit ein paar Schrammen. Er trieb auch ein Schweißgerät auf, leihweise, verlieh es weiter, verlangte dafür Geld. Er bekam Geld, widerwillig, murrend, dann brachte er das Gerät seinem Besitzer zurück. Als der erfuhr, daß Alfons das geliehene Gerät weiter verliehen und Geld kassiert hatte, beschimpfte er ihn. Ignaz und Annchen standen dabei: *Zigeunerpack.*

Erst recht stimmt es nicht, daß wir über Annchens Mutter nichts wußten. Eine kleine, düstere Gestalt stand am Rand des Schulhofs, in ihren Haaren weiße Fäden, dunkle Augen, sie hielt den Kopf schief. Sie schaute so, als blendete sie das Licht, als blendete der ganze asphaltierte Schulhof sie. Ein weiter Rock, der bis über die Waden reichte, so einen trugen unsere Mütter nicht und die Lehrerinnen erst recht nicht. Knielang, knielang, aber das Knie muß bedeckt sein, hieß die Regel. Sie trug ein gehäkeltes Schultertuch, das sie so eng um sich geschlungen hatte, als fröre sie. Sie zwinkerte, als sie die Kinder sah, die sich aus der Schule trollten. Andere stürmten heraus, den Schulranzen vor die Brust geschnallt wie einen Panzer. Sie sah uns Kinder streng und mißmutig an, nein, nicht mißmutig, eher mißtrauisch, als wären wir alle ihre Feinde. Aber das waren wir doch nicht, vielmehr machte uns die düstere Frau Angst, sie wartete, wartete und sagte kein Wort. Der Eismann kam, sie übersah ihn, überhörte sein aufdringliches Bimmeln. Dann kam Annchen, und sie umschlang sie einfach, umschlang sie mit kräftigen, weichen, dunklen Armen, Armen, die sich aus dem Schultertuch herausarbeiteten. Sie hielt Annchen fest und küßte sie, so etwas hatten wir noch nie gesehen. Eine Mutter, die ihr Kind nach der Schule abholte, umschlang und küßte. Unsere Mütter kochten in derselben Zeit, schnipselten die Kohlrabiknollen in Würfel oder schälten Möhren, das Wasser brodelte, sie standen im Dampf, schwitzten, panierten ein Schnitzel für den Mann, der vermutlich zu spät zum Essen kam. Und was machte Annchens Mutter? Sie hatte am Mittag Zeit. Oder sie nahm sich Zeit. So sehe ich es heute. Zeit gab es in Hülle und Fülle, jeden Tag, sie konnte stehenbleiben, wenn man auf sie wartete. Aber ich gaffte nur. Es wäre mir peinlich gewesen, hätte meine Mutter am Schulhof gestanden, als wäre ich den Vormittag über geschrumpft, als wäre ich wieder ein kleines Kind. Oder als wäre etwas Entsetzliches passiert, das sie mir nur selbst sagen konnte, ohne Verzug. Ob Annchen mich sah, weiß ich nicht, vermutlich nicht. Aber ich sah sie sehnsüchtig an, in der festen Umarmung ihrer Mutter. Ob sie sich an den Bauch ihrer Mutter schmiegte oder ob die Mutter das Kind fest an sich drückte, – ich erinnere mich nicht mehr. Bei mir wird dir nichts geschehen, so sah es aus. Warum stand sie so lange, so reglos lange, während unsere Mütter die Kartoffeln abschütteten, Petersilie hackten, um sie in ihrem grundsätzlichen Verschönerungswillen über die dampfenden Kartoffeln zu streuen?

Lucie Dorn hatte alle Zeit der Welt, während sie Annchen umschlungen hielt, und Annchen rührte sich nicht. Ganz selbstverständlich schien es ihr, sich an ihre Mutter zu schmiegen. Es stimmte überhaupt nicht, daß wir Annchens Mutter vorher nie gesehen hatten. Die magere, strenge, kleine, dunkle Frau: Sie übersah uns und sah nur ihr Kind. Wir hatten Annchen zum Weinen gebracht, aber die Mutter –. Dann kam unser Lehrer aus dem Schulgebäude, er war eilig, trug seine Aktentasche unter dem Arm. Da ließ die Frau ihr Kind los, stürmte auf den Lehrer zu, faßte ihn am Ärmel und sah ihn an: stechender Blick, durchdringender, dunkel sprühender Blick. Unser Lehrer schaute auf Annchens Mutter herunter, ja, er war wirklich in Eile, auch auf ihn wartete ein Mittagessen, eine Frau, die es gekocht hatte, hungrige Kinder, was wußten wir. Lucie Dorn hielt ihn am Ärmel fest, mit einer starken Hand. Das machen Sie nie wieder. Das machen Sie nie wieder. Mein Kind beleidigen. Sie nicht. Uns alle beleidigen. Unser Volk.

Der Lehrer sah sie an und sah durch sie hindurch. Augenscheinlich brauchte er Zeit, um diese düstere, glühende Frau unter dem wärmenden Schultertuch zu erkennen, Annchens Mutter. Und als Lucie merkte, wie schwer er von Begriff war, daß er einfach nicht begreifen wollte, wurde sie wütend, wurde immer wütender, daß er sie einfach nicht begriff, als spräche sie in einer fremden Sprache. Ihre Stimme überschlug sich, und jetzt wurde sie sehr laut: Das machen Sie nie wieder, verstanden? Die hellen Vokale klirrten, Messer waren sie: Sie-nie-wie-der, Sie-nie-wie-der. Sie schnitten durch die Luft, und wir hörten ihr Sirren. Sie prallten nicht auf. Das R rollte, ein Ball auf dem Asphalt, rollte einfach aus, ergebnislos. Oder ins Aus, so hätten wir Jungen gesagt, aber wir sagten gar nichts, glotzten. Nie-wie-derrr-un-serrr Volkkk. Aber ich stand nicht allein da, Kurt war noch da, Gerwin, vielleicht auch Iris, die alle Zeit der Welt hatte, ihre Mutter erwartete sie mittags nicht, und Gottfried vom Bauernhof, dem verpachteten Bauernhof, also war er kein richtiges Bauernkind, ein Pächterkind. Als unser Lehrer verständnislos schaute, immer noch hatte er seine Aktentasche unter den Arm geklemmt, knuffte sie ihn in die Rippen, so schnell, daß man es kaum sah. Aber wir spürten es, spürten, wie perplex er war, daß eine Frau, die er nicht kennen wollte, einfach ihren Ellenbogen als Waffe benutzte, und weil sie dünn und klein war, mußte es ein spitzer, harter Ellenbogen gewesen sein. Und hätte er Lucies Geschichte gekannt, hätten ihn dieser Ellenbogen und seine Kraft nicht verwundert, er hätte sich überhaupt nicht gewundert.

Annchen stand da, zwischen ihrer Mutter und dem Lehrer, starrte den Lehrer an wie einen fremden Mann. Ihre Mutter hatte sie losgelassen, sie war zwischen die Fronten geraten, und das war ich ja auch, weil ich am Rand des Schulhofes trödelte, weil ich Luft haben wollte, einen Puffer Zeit, bevor ich nach Hause kam. Das machen Sie nie wieder. Und noch einmal ein Knuffen, ein heftiger Rippenstoß. Jetzt nahm sie ihr Kind wieder an die Hand, das stumme Annchen, das mit zwei Fingern eines ihrer Zöpfchen zwirbelte und das dünne Ende wie eine Süßigkeit leckte, und dann ging sie einfach weg. Und während sie ging, schien sie plötzlich größer geworden zu sein. Sie trug den Kopf hoch, und ihr Rock war nicht mehr so steif und plustrig wie das Federkleid einer Henne, er bewegte sich, er schwang, und die ganze Frau, Lucie, sah aus, als wäre sie früher eine Schönheit gewesen. Keine Schönheit, die ihre Haut abgestreift hatte; sondern eine, der man die Haut abgezogen hatte, darunter war wenig neue gewachsen, dünnhäutig war sie jetzt. Und ihr dunkler Rock war ein Schutz, sie trug nicht irgendein Oberteil und hatte das Schultertuch nicht zufällig über sich geworfen. Sie war eine, die sich schämte, so nackt, so entblößt, so ausgesetzt zu sein in ihrem Zorn. Und dann das Kind, ihr jüngstes Kind, eine Siebenjährige, und sie war schon eine ältere Frau mit weißen Fäden im schwarzen Haar. Annchen, die sie einfach mitzog, als säße das Kind auf einem Schlitten, als wäre es viel kleiner, schutzloser, kein Schulkind, sondern – ach. Und dann der sprachlose, regungslose Lehrer, der ihr nachstarrte, was sollte er tun?, er wischte sich über den Ärmel und sonst nichts.

Am Sonntag nach der Kirche standen die Frauen herum, die Männer hatten sich schon verdrückt. Sie gingen weg und rauchten, sprachen unter Männern oder sagten gar nichts, was fast dasselbe war, und das genügte. Die Frauen wisperten: So ein Weib, das muß man sich mal vorstellen. Zieht ihn einfach an den Ohren, droht ihm, wird hysterisch. Andere hatten falsch gehört und kolportierten: Zieht ihn an den Haaren, reißt ihm ein ganzes Büschel aus. Wie wild geworden. Das Kind dabei. Ohne Respekt vor dem Lehrer. Stößt ihn in die Rippen, das freche Weib. Als die Frauen auseinandergingen, großes Einverständnis, Befriedigung: genug geklatscht. Am nächsten Sonntag war nicht mehr vom Rippenstoß die Rede, sondern vom Kreischen, von der Befürchtung des Hausmeisters, etwas Schreckliches geschähe, von der Angst der kleinen Kinder, die so etwas ja noch nie.

Jetzt stand Lucie Dorn häufig vor der Schule und wartete auf Annchen. Sie stand da, als hätte sie alle Zeit der Welt. Wenn

Annchen kam, küßten sie sich, nur manchmal umarmte sie sie. Hatte sie sie aus Angst umschlungen, als sie zum ersten Mal gekommen war? Aber sie zog ihre Tochter auch nicht mehr hinter sich her. Annchen trottete neben ihr, wie jedes Kind neben seiner Mutter gegangen wäre. Und manchmal hörten wir die beiden sprechen. Die Mutter stellte Fragen, und Annchen antwortete, so leise, wie sie auch in der Schule sprach. Sprichst du mit deiner Mutter eine andere Sprache?, fragte Gerwin in einer Schulpause. Ja, wir haben eine eigene Sprache. Jetzt kam auch Iris dazu: Sag doch mal was in eurer Sprache. Annchen schüttelte den Kopf. Warum denn nicht? Das ist einfach unsere Sprache, für andere ist sie nicht bestimmt. Ist es denn eine Geheimsprache? Das hätte alle aufgeregt. Sie schüttelte den Kopf. Unsere Sprache, die geht andere Leute nichts an. Aber Iris ließ nicht locker: Warum trägt deine Mutter so komische Röcke? Annchen hatte keine Lust mehr zu antworten. Sie zuckte die Schultern. Aber die sind doch viel schöner, platzte Gerwin heraus. Und jetzt wieder Iris: Finde ich nicht. Und dabei blieb es. Cecilia fragte ihren Vater, der ja alles wußte oder zu wissen vorgab – über das Verhalten, über das Seelenleben und was das eine und das andere bedeutete – nach der Sprache, die Frau Dorn und Annchen gesprochen hatten. Das wird wohl eine Art von Gaunersprache gewesen sein, sagte er. Kein Wunder, daß ihr sie nicht hören durftet.

Lucie Dorn stieg wieder in den Bus, sie hatte einen kleinen Koffer mit Kurzwaren: Nadeln, Zwirn, Stickscheren, Hemdenknöpfen, Reißverschlüssen, Sicherheitsnadeln und kleine Dosen mit Stecknadeln, Gummilitzen, die in rutschende Schlafanzughosen eingenäht wurden, sie hatte Wäscheklammern dabei, Gardinenröllchen und Gardinenweiß, Pflaster, Klebstoff, Topfkratzer und Schwämmchen. Die Gegenstände mußten nur klein genug sein, daß sie in einen Handkoffer paßten, den sie tragen konnte, aufklappte wie einen Bauchladen. Handkoffer, handlich, sie schleppte ihn von Haus zu Haus, handelte. Sie war zäh, aber nicht aufdringlich, versuchte zu handeln, das mußte man können, vielleicht gelernt haben. Sie kam mit allem, was eine Hausfrau brauchte oder brauchen konnte. Sie war eine Hausiererin, fuhr auf die Dörfer, dorthin, wo es keinen Kurzwarenladen und kein Haushaltswarengeschäft gab, klingelte an Türen, viele blieben verschlossen, sie ging von Tür zu Tür. Sie sprach Bauersfrauen in den Gärten an, immer wieder wischte sich eine die Hände ab, nahm die Sicherheitsnadeln aus der Packung, ja, die konnte sie gut brauchen. Aber Gummiringe für Einmachgläser haben Sie nicht? Nein, die hatte Lucie nicht, aber sie konnte sie besorgen. Naja, ich bekomme sie auch anderswo, die Frau winkte ab, so blieb's bei den Sicherheitsnadeln. Es war ein mühsames, aber kein ganz schlechtes Geschäft. Lucie Dorn war keine, die den Fuß in die Tür stellte. Nein hieß nein. Eine geschlossene Tür blieb geschlossen. Aber es gab auch Frauen, denen sie schon einmal etwas verkauft hatte, die sie kannten und fragten: Haben Sie wieder rosafarbene Gummilitze? Und hätten Sie vielleicht auch Kamillenseife? Lucie versprach, Kamillenseife zu besorgen. Wann kommen Sie denn? Das konnte Lucie nicht genau sagen. Es war ein ungeduldiges, hochfahrendes Fragen. Sie mußte neue Waren besorgen, alte zurückbringen, das war schwer genug – und abrechnen, das war das Schlimmste. Die Angst, betrogen zu werden, war schlimmer als das Schlimmste. Ja, natürlich, Kamillenseife brächte sie ganz bestimmt. Und manchmal bedankte Lucie sich und sagte einfach: Vergelt's Gott. Und die freundliche Frau, die ihr etwas abgekauft hatte, ohne einen Preisvergleich natürlich, nickte beifällig, sie hörte den Ausdruck gerne. Bettlerinnen dankten so für eine milde Gabe. Ein Polizist stellte sich Lucie entgegen: Haben Sie einen Gewerbeschein? Ja, sie hatte einen Gewerbeschein, aber wo? MEINVATER fauchte sie an: Sind

Sie schon einmal verhaftet worden? Antwort: Nein. Jetzt brüllte mein MEINVATER: Ich frage Sie noch mal: Sind Sie schon einmal verhaftet worden? Nein. Vorgeladen, deportiert, ja, aber nicht verhaftet. Sie dachte noch einmal gründlich nach: Nicht daß ich wüßte. Das genügte vorerst.

Es kamen auch andere Hausierer und hausierende Frauen an die Wohnungstüren oder Vertreter, die Lexika oder Staubsauger oder Bausparverträge verkaufen wollten. Manche schwatzten einem die Hucke voll, wedelten mit Gemüsehobeln oder Schälmessern in der Luft. Öffnete ein Kind die Tür, blickten sie gleich über es hinweg: Ist deine Mutter da? Ja? Dann hol sie mal. Manche kamen demütig und ehrerbietig, und das war vielleicht auch ein Trick. Zu Regine Neumeister kam regelmäßig ein Bettler, er hatte langes Haar wie ein Künstler oder wie sich die Neumeisters einen Künstler vorstellten, arm, verhärmt, nicht recht tauglich zum Leben. Er schnaufte und hustete und schleppte sich mühsam die Treppe hinauf. *Vorsicht, frisch gebohnert!* Solche Treppenhäuser waren Gift, die Lunge zerschossen und die Frau krank. Er balancierte am Rand der Treppenstufen, als wäre es verboten, fest aufzutreten. Für die Gaben hatte er eine abgewetzte Tasche. Ein Sack über der Schulter wäre praktischer gewesen, aber auch beschämender. In anderen Häusern hing im Flur ein Schild: *Betteln nur freitags erlaubt!* Da stand der arme Mensch am Dienstag. Sollte er Wurzeln schlagen, ein Zelt aufschlagen, randalieren? Dann riefe jemand die Polizei und schaffte ihn fort, buchtete ihn ein – vielleicht. Immer kam er unpassend, aber er war mitleiderregend, blieb einfach auf dem Treppenabsatz stehen und sagte gar nichts. Haben Sie Kinder?, fragte Frau Neumeister. Ja, nickte er, er hatte Kinder. Wie viele? Das war schon der sanfte Beginn einer Inquisition. Sie rief Cecilia, sie solle an der Tür stehenbleiben, *Wache schieben*. Ob der Bettler wirklich ein Bettler war oder ein gut getarnter Dieb, konnte niemand wissen. Cecilia stand dem fremden Mann gegenüber, starrte ihn unverhohlen an, sein langes Haar, seine Jacke, die Ärmel waren zu kurz, sie starrte das leere Hosenbein an; es war mit einer Sicherheitsnadel zusammengerafft und auf die Hälfte verkürzt. Es graute ihr, ihn anzusehen, der Bettler schaute zu Boden. Frau Neumeister kam mit einer Handvoll Äpfel an die Tür zurück, das kam ihr vernünftig vor, karitativ und gleichzeitig vernünftig, er hielt seine Tasche auf: Für die Kinder, sagte sie. Geld gab sie grundsätzlich nicht. Geld konnte vertrunken, verspielt, verloren werden. Äpfel waren eine andere Währung, allerdings war ihr Kurs nicht sonderlich hoch.

Lucie Dorn kam nie in die Häuser des Wohnviertels, Nonnen kamen, aber was sie taten, wurde nicht Betteln genannt, sie baten um eine Spende. Lucie hielt sich fern von den Leuten, die sie kennen konnten, oder denen, die Ignaz oder Annchen kennen konnten. Sie fuhr mit dem Bus hinaus auf die Höhen, schleppte den Handkoffer und kam abends erschöpft nach Hause. Kathi hatte das Haus besorgt, Kathi hatte gekocht und war müde davon, auch Lucie war erschöpft, Alfons kam oder kam nicht, das war immer unsicher, Ignaz und Annchen waren überhaupt nicht müde, sie wollten sein wie andere Kinder, herumrennen, Ball spielen, tun und lassen, was sie wollten. Aber Rücksicht, ihr versteht doch. Ja, sie verstanden, das Verstehen war ein dunkler Vorhang, der vor ihnen fiel, und sie hätten doch gerne durch ein winziges Loch geschaut. Geschaut, was auf der anderen Seite war, auf der hellen Seite. Oder waren sie auf der hellen Seite?, alles, was zu sehen war, war Düsternis, Schrecken, Angst, etwas, das unbedingt vor den Kindern verborgen werden mußte.

Dunkelheit, frühe Dunkelheit, ohrenbetäubende Dunkelheit. *Wie ist die Welt so stille und in der Dämmrung Hülle.* In der Dunkelheit sitzen die Dorns zusammen und erzählen. Annchen bettelt: Erzählt doch, wie es früher war. Früher mußte etwas geschehen sein, das sie nicht verstanden, etwas Gigantisches, etwas, das Vater und Mutter die Sprache verschlagen hat. Aber wenn sie erzählen, ist es nichts Großes, eher etwas Komisches, vom Bären aus den Karpaten, von dem Fliederbusch neben ihrem früheren Haus, den Igeln, die durch die Herbstabende tappten und husteten. Und es sind auch keine Geschichten, wie Annchen sie hören will, es sind Schnipsel von Geschichten, kein Anfang und kein Ende. Aber was ist denn mit dem Haus? Warum seid ihr nicht dageblieben? Und sie fragt auch nach den Kindern, den anderen Kindern, von denen Kathi einmal gesprochen hat, als sie allein waren. Kinder, ja, Kinder, sagt Lucie, steht auf und verläßt das Zimmer. Annchen weiß nicht, was sie falsch gemacht hat. Sie hat doch nur gefragt. Dann ist der Abend zerbrochen, die Stille tost.

Manchmal sprach Kathi, fast flüsternd, sie wiegte dabei ihren Körper hin und her, vor und zurück, und während sie sich schaukelte, wünschte sie sich, ein Kind zu schaukeln. Annchen kam herbei und hörte ihr zu, Ignaz hatte schon öfters gehört, was sie erzählte oder was aus ihr herausplatzte. Einmal kam ein Transport, da waren auch zwei junge Frauen dabei, sehr schön und elegant gekleidet waren sie. Die SS-Leute haben sie sofort beiseite genommen in ihre Unterkünfte. Die wurden nie wieder gesehen. Bloß keine Spuren hinterlassen, es war gar nicht gewesen. Aber auch anderen Frauen ist Schreckliches passiert. Und die Kinder? Annchen ließ nicht locker. Zuerst starben die Kinder. Das Einzige, was die SS bei Neugeborenen gekümmert hat, war ihre ordnungsgemäße Tätowierung. Eine blaue Nummer für Kinder, die vielleicht nur ein paar Tage lebten oder nicht einmal den Eingriff überlebten. (Von der Ermordung sprach Kathi nicht.) Es gab keine Milch, kein warmes Wasser, geschweige denn Windeln oder Puder. Fünf Personen bekamen täglich ein Kommißbrot, jeder einen Viertelliter Wasser, in dem Steckrüben schwammen, und einen Viertelliter Tee. Die meisten Kinder starben wenige Tage nach der Geburt. Nur Ignaz war so widerständig, niemand weiß warum. Wenn Kathi erzählte, wollte sie nicht mehr aufhören. Oder sie war so erschöpft, daß sich ihre Sätze verknäulten, unfreiwillig hörte sie auf, sie hatte den Faden verloren. Alfons schickte die Kinder ins Bett, aber sie schliefen nicht.

Was Kathi nicht kann:
In eine Straßenbahn steigen. Geschlossene Fahrzeuge, in denen sie mit fremden Menschen zusammen ist, versetzen sie in Panik.
Schwangere Frauen ansehen. Sie beginnt zu weinen.
Langsam essen. Sie verschlingt ihr Essen, als könnte es ihr jemand vom Teller stibitzen.
Schlange stehen. Sie schwankt, verliert das Bewußtsein. Oder sie klammert sich an jemanden, der neben ihr steht. Wen sie anfaßt, der schüttelt ihren Arm ab. Sie ist lästig, peinlich oder vielleicht krank.
Lesen, jedenfalls flüssig lesen.

Sie buchstabiert Wörter wie Sitzung, Kirchenvorstand, Dankbarkeit, Würde, aber sie ergeben für sie keinen wirklichen Sinn. Sie erkennt jeden Buchstaben. Was ist Würde?, fragt sie. Schulterzucken, alle kauen weiter, niemand kann oder will ihr den Begriff erklären. Erst zusammen mit Annchen lernt Kathi wieder lesen, und es macht ihr Freude. Alles liest sie, und jetzt liest sie auch Annchen vor, oder sie lesen gemeinsam vom Schweinehirten, der die Prinzessin heiratet, vom armen Mädchen, das seine Schürze aufhält, und lauter Sterne fallen hinein. Was macht das Mädchen dann mit den vielen Sternen?, fragt Annchen, doch das weiß Kathi auch nicht. Annchen hat eine Idee: Sie bringt die

Sterne zur Sparkasse und wechselt sie in Geld. Das viele Geld bringt sie nach Hause, und ihr Vater kauft dafür ein neues Karussell. Es ist eine Luftschaukel.

Es stimmt nicht, daß wir empört waren. Es stimmt nicht, daß wir ungern sangen, manchmal grölten wir, schrien, überschrien uns gegenseitig. Wir waren auch stark und würden stärker und stärker, wir wuchsen ohnehin, das war eine ausgemachte Sache. Wir kannten doch Annchens älteren Bruder Ignaz, er imponierte uns. Viele von uns wünschten sich einen älteren Bruder, einen Bruder, der einem dies und das erklärte, der einen mitnahm zu Abenteuern und Ausflügen, der einen mitspielen ließ bei einer Schnitzeljagd, einer, dem wir beweisen konnten, wie mutig wir waren und auch wie groß, jedenfalls ziemlich groß, und bald, bald würden wir mit ihm gleichziehen. Ich hatte einen großen Bruder, einen Stiefbruder, aber das war etwas ganz anderes. Ich hatte kleine Brüder, und ich hatte keine Ahnung, ob sie mich bewunderten, fürchteten oder haßten, wie mir mein großer Bruder zuwider war. Manchmal lauerte er mir nach der Schule auf. Er schaute böse, und ich sah ein Feuer in seinen Augen, später dachte ich, es war ein Feuer, angefacht von Haß. Er hielt mich am Arm fest: Sag deinem Vadder, meine Mudder braucht Geld. Sag's ihm! Ich hatte Angst vor ihm. Als er zum ersten Mal vor dem Schulhof auftauchte, riß ich mich los, lief weg. Er holte mich ein: Sag's deinem Vadder! Dann, meine Angst war immer noch groß, traute ich mich, ihm zu antworten: Warum sagst du es ihm nicht selbst? Ist doch auch dein Vadder. Er stieß mich, er war groß und stark. Du weißt, warum. Ich wußte es nicht und sagte es ihm auch: Weiß ich doch nicht. MEINEMVATER sagte ich, daß mein Stiefbruder mich vor der Schule abgefangen hatte. Kurz danach war mein Stiefbruder wieder da. Hast du es deinem Vadder gesagt? Ja, log ich und lief so schnell ich konnte und versteckte mich hinter der Scheune des Küsters. Ich hatte noch immer Angst vor ihm, ich hatte auch Angst vor MEINEMVATER, als ich ihm wiederholen mußte, was mein Stiefbruder mir aufgetragen hatte. Ich hatte Angst vor meiner Mutter, wenn sie hörte, was ich MEINEMVATER im Auftrag des großen Bruders zu sagen hätte, Angst vor ihrer nie verheilten Erbitterung. Ignaz wäre ein ganz anderer Bruder, der nähme mich in Schutz, der wartete auf Annchen in der Pause, der winkte ihr von weitem zu.

Ich bummelte herum, kickte Steine aus dem Weg, nach Hause wollte ich nicht. Und da merkte ich es: Ich heule ja. Unterwegs traf ich Aurelia. Is was?, fragte sie. Sie war ein maulfaules Kind, aber sie verstand, daß ich nicht antworten wollte, und sie verstand, daß ich verletzt war. Mach dir nichts draus. An diesem Tag hatte Gerwin den Haarreif, den Aurelia manchmal trug, hinterrücks aus ihrem Haar gerissen und war davongelaufen. Er hatte den Reif jemandem zugeworfen, der hatte ihn geschnappt und ihn wieder jemandem zugeworfen. Aurelia rannte hinter ihm her, rannte, gib her! los!, gib her! Irgendwann war das Spiel langweilig geworden, und der Haarreif blieb in einer Pfütze liegen. Jemand trat in die Pfütze, hüpfte, es spritzte. Klack, der Haarreif aus Zelluloid war zerbrochen. Niemand wollte es sehen. Mach dir nichts draus.

Ein Kind kennt keine Melancholie. Es kennt etwas anderes, die dramatische Traurigkeit, die es in sich einschließt. Später, später wird es andere Empfindungen kennenlernen, düstere und glückliche, mehr wird nach seinen Wünschen geschehen, anderes wird ihm schlankweg verweigert. Man schenkt ihm Gehör, es muß nicht mehr schreien, um Aufmerksamkeit betteln. Jetzt ist die Traurigkeit ein dunkler, schmutziger Sack, der sich über das Kind stülpt, in dem es vor Panik strampelt. Angst im Bauch, Angst vor einem Polizisten, der MEINVATER ist, Angst vor Schäferhunden, Angst, die nicht aufhört. Doch beim Spielen im

Garten, beim Räubern der Johannisbeersträucher, beim Spielen mit meinen Indianerfiguren, beim Spielen mit Kurt, wenn er seine Indianerfiguren mitbringt und wir sie zu einem großen Stamm vereinigen, großes Vergnügen. So könnte es sein. So könnte es immer sein. Alles Blutsbrüder, wir hocken im Garten, wir schlagen uns den Bauch voll mit Beeren. Die Indianer stellen Fallen, sie sind edel und gerecht. Ihr Kampf ist gerecht. Kurts Arm ist dünn und bleich, seit ihm der Gips abgenommen wurde.

Kurt und ich waren Unten-Kinder. Oben waren die Schule und die Kirche und rund um die Kirche kleine Läden. Oben wohnten Leute, die noch ein Huhn schlachten konnten. Daß oben Hühner gackerten, darüber wunderte sich niemand. Oben wohnte der Küster, der nicht nur Pferde hatte, schnaubende, dampfende Pferde und einen Wagen, Pferde mit breiten Ärschen, die einen Wagen voll mit Heu zogen, ein Fuhrwerk wie in dem mißglückten Lied. Oben konnten die Kinder mit einer Kehrschaufel und einem Putzeimer die Pferdeäpfel vom Pflaster schaben. Sie konnten es nicht nur, sie mußten es. Die großen Gärten, die Selbstversorgergärten, die Gärten, in denen Rhabarber und Stangenbohnen wuchsen, mit unseren Gärten gar nicht zu vergleichen. Oben waren auch der Kindergarten und die Bücherei. Oben wurden Häuser gebaut, Siedlungshäuser in langen Reihen mit schmalen Vorgärten, davor der Zaun. Das Grundstück war in Erbpacht übergeben worden, die Familie konnte es sich *leisten*, darauf war sie stolz. Wenn die Kinder erwachsen waren, wäre auch das Haus abbezahlt. Es wäre ein Eigentum, ob's schön war, ob es solid gebaut war oder ob's bald reinregnete, man würde es ja sehen, vorher war es eine in Benutzung genommene Illusion. Das war der Preis des Siedelns. Auch Regine Neumeister wünscht sich ein solches Haus, sie liest *Die Kunst und das schöne Heim*, läßt die Zeitschrift auffällig auf dem Tisch liegen, aber ihr Mann übersieht sie. Neubauten, ganze Straßenzüge, Straßennamen, die im Stadtrat rasch aus dem Ärmel geschüttelt werden. Weiter oben dehnt sich die Landschaft: Feldwege, bebuschte Hänge, Getreidefelder, nein, keine Weinberge. Die Weinberge sind anderswo, die Weinberge brauchen Sonne.

Die Oben-Kinder sind viele, wir, die Unten-Kinder, sind nicht so viele. Wir haben keine Wahl, wir müssen nach oben gehen, nicht nur zur Schule, zur Kirche, zu allem. Annchen und Aurelia sind Oben-Kinder, und auch das Museumsmädchen ist ein Oben-Kind. Sie wohnt in einem großen Haus mit kurz gestutztem Rasen, ein Rasensprenger darauf, der tucktucktuck macht, und wenn man unter dem Strahl durchläuft, kann man sich kringeln vor Lachen. Gerwin war ein Unten-Kind. Iris war ein Unten-Kind, sie wohnte mit ihrer Mutter drei Häuser von mir entfernt. Ich sah, wann Licht in der Wohnung war und wann es dunkel war; dunkel war es ziemlich oft. Saß denn Iris im Dunkeln? Leider war ihre Mutter selten zuhause, sie mußte viel arbeiten, hieß es, und nun ist Iris ein Oben-Kind geworden. Sie wohnt jetzt bei ihrer Großmutter in einem windschiefen Haus. Und deine Mutter?, fragen wir. Die kommt zum Essen, und dann nimmt sie mich mit in unsere Wohnung.

Cecilia und ich waren und blieben Unten-Kinder, andere zogen in die Siedlungshäuser oder in andere Stadtviertel. Wir haben ein Haus gebaut, sagten sie stolz und: Ich hab ein großes Zimmer bekommen. Pff, sagte Iris, ich hab ein Kaninchen. Unten-Kinder, Oben-Kinder, Wechsel-Kinder, Verschwinde-Kinder. Die Oben-Kinder kommen herunter, wenn sie in die Stadt wollen. Sie können zu Fuß in die Stadt gehen, oder sie können bei uns unten in einen Zug steigen und in die Stadt fahren. Es ist nur eine Station, eine lächerlich kurze Fahrt, aber es macht Spaß. In der Bahnhofshalle steht eine große Waage, das Feld mit dem Zeiger ist so hoch angebracht, daß wir uns recken müssen, um das Gewicht abzulesen. Fährt man in die der Stadt entgegengesetzte Richtung, kommt man nach Paris. Das hat einen vornehmen Klang. Täglich sehen wir Unten-Kinder die Züge nach Paris; sie halten nicht am Bahnhof und fahren sehr schnell. Wir müssen schnell schauen, um die Reisenden zu sehen. Manche Züge sind voll mit französischen Soldaten, sie lachen, weil sie nach Hause fahren. Wir winken ihnen zu, und sie winken zurück. Wir wollen auch nach Paris fahren, später einmal. Andere Züge fahren nach Luxemburg, es sind nur kleine, bescheidene Züge, rote Triebwagen. Wir wundern uns über das Wort Triebwagen. Die Oben-Kinder wohnen entweder in alten Häusern, an den Hang geduckt, oder in den neuen Siedlungshäusern mit spitzen Giebeln. Die meisten von uns Unten-Kindern wohnen in dreistöckigen Häusern, wir wohnen zur Miete. Hinter den Häusern Gärten, abschüssige Wiesen, dann ein Bach und wieder Gärten, in denen Brombeerranken und Himbeerhecken durch den Zaun wuchern. Man muß nur eine Hand durch das Gitter des Maschendrahts schieben, eine dünne Kinderhand schlüpft überall durch und kann ein paar Beeren pflücken. Cecilia tut das. Im Garten hinter ihrem Haus stehen keine Beerensträucher, sondern Blumen und Schnittlauch und Borretsch und Petersilie. Ein Beet für die Neumeisters im zweiten Stock, ein Beet für die Nachbarn unten und eines für die alte Frau im ersten Stock, große Wohnung und ein kläffender Hund. Deshalb nascht Cecilia die Beeren aus fremden Gärten. Wir haben breite Bürgersteige, auf denen wir spielen.

Ja, wir sind auch langsam, langsam aus Ereignislosigkeit oder weil wir die wirklichen Ereignisse übersehen. Wir haben ausgetretene Wege, auf denen die Pfützen lange stehenbleiben. Es ist schön, über die Pfützen zu springen. Wir haben keine Gummistiefel, deshalb dürfen wir nicht in die Pfützen springen. Wir vermissen die Gummistiefel nicht, denn wir haben nie welche gesehen. Gab es überhaupt Gummistiefel für Kinder? Für meine jüngeren Zwillingsbrüder bestimmt. Vielleicht für Fischer oder Feuerwehrleute: professionelle Gummistiefel. Gummi ist ein kriegswichtiges Material gewesen, vor allem brauchte die Flugzeugindustrie Gummi, und es dauerte sehr lange, bis die Nachkriegsproduktion wieder einsetzte. Unsere Schuhe werden naß, wir tapsen durch den Schlamm, lehmige Schuhe, wir sind schmutzig und tragen den Dreck in die Wohnungen hinein. Nicht durch die Pfützen, die Schuhe leiden, so reden Mütter. Hast du nasse Füße bekommen? Später, später stellt die Pantoffelfabrik Gummistiefel her.

Wir haben alle Zeit der Welt, vor und zurück, die Wege sind nicht lang, wir verlängern sie, indem wir uns gegenseitig nach Hause bringen, zwischendurch bleiben wir stehen. Wir schellen an fremden Klingeln, schellen Sturm, es macht Spaß, wenn sich ein Fenster öffnet, ein erschrecktes Gesicht, und dann hören wir hinter uns her ein mächtiges Geschimpfe. Hinter ihrem Rücken äffen wir Leute nach, den Watschelgang eines alten Mannes, das Stöckeln eines großen Mädchens, eines Fräuleins schon, die grenzenlose Langeweile, mit der Männer vor der Baustelle an der Zementmischmaschine lehnen. Noch mehr Spaß macht ein dumpfes Dahinhumpeln, oder wir imitieren jemanden, der so fett ist, daß er beim Gehen keucht. Kurt kann das gut, und er sieht dabei Gerwin hinterhältig an. Es müssen aber ziemlich breite Rücken sein, denn wir wollen nicht gesehen werden, wenn wir Grimassen schneiden. Wir bringen Kurt nach Hause, wir hören noch seine Mutter, kommst du endlich?, wir gehen zu Iris, bohren mit dem Finger im Schlüsselloch, ziehen ihn heraus und lachen uns kaputt. Tschüss, Iris, sie will noch nicht nach Hause und kommt wieder mit. Ihre Sommersprossen springen von den Armen wie kleine Leuchtkäfer, aber auf ihrer Nase bleiben sie unbeweglich, wie festgeklebt. Wir balancieren auf dem Mäuerchen vor Cecilias Haus, das ist ziemlich einfach, kinderleicht, auch meine kleinen Brüder stolpern nicht. Mir sind sie lästig, aber die Mädchen sind nett zu ihnen. Deine kleinen Brüder, nie werde ich lernen, sie zu unterscheiden; ich weiß nicht, wer das sagt. Doch, ich konnte sie von Anfang an unterscheiden, sagt Aurelia. Ich bin das Gerede über die Zwillinge gründlich satt, aber meine Brüder genießen es. Es ist, als strichen sie eine Art Genugtuungshonorar ein, von dem sie überhaupt nie genug kriegen können. Nie, nie mehr nehme ich sie zum Spielen mit.

Jemand hopst zur Eingangstür hoch und buchstabiert die Namen an den Klingeln. Namen wie alle Namen, nur wenn man sie liest, die Namen auf diesen Klingelschildern, werden sie zu besonderen Namen. Iris liest und stutzt: Dr. Neumeister. Ist dein Vadder Doktor? Ja, sagt Cecilia, aber nicht so einer, wie du denkst. Iris hat gar nichts gedacht, wir hatten alle nichts gedacht, wir denken häufig gar nichts, und gerade das ist schön. Es wird im Kopf licht, klick macht es, das ist das Nichtdenken. Wenn wir auch nicht denken, so stellen wir uns viel vor: Ein Doktor ist jemand, der in den Hals guckt. Ein Doktor ist jemand, der impft, jemand, der *der Nächste bitte* ruft oder *Bitte, Frau Blank.* Frau Blank nimmt nicht die Zwillinge, sondern ihren Sohn Bernhard an die Hand, der will das nicht, nicht wie ein kleiner Junge, entwindet ihr die Hand, ein kleines Gerangel, sie richtet sich auf und betritt das Sprechzimmer. Der Doktor schließt die Tür, wäscht sich die Hände an einem kleinen Becken im großen Zimmer, sprüht eine durchsichtige Flüssigkeit aus einer Flasche auf die sauberen Hände. Jetzt ist er bereit. Wenn meine Mutter genug geredet hat, bin ich dran, ich, der Patient, der hechelnde, nach Luft schnappende. Er wiegt mich, er läßt mich durchatmen, tief ein- und ausatmen, er tastet mit dem Stethoskop meine Lunge ab, er setzt sich, stellt ein Rezept aus. Es ist Asthma, Asthma.

Das hört sich eher wie ein Hundename an, aber daß ich immer wieder nach Luft schnappe, daß mir die Luft im Hals stecken bleibt, macht mir Angst. Was er weiter zu meiner Mutter und mir sagt, habe ich vergessen. Das ist ein Doktor. Am Ende lacht er: Wird schon wieder. Es wird aber nicht besser. Was für ein Doktor ist dein Vadder, Cecilia? Keiner für solche Krankheiten. Der Vater des Museumsmädchens ist auch ein Doktor. Ja, aber er ist ein Doktor für lauter Scherben und kaputte Vasen.

Am Bahndamm entlang Büsche und Goldregen, der sich selbst ausgesät hat. Der Bahndamm ist mit einem Zaun gesichert. Es ist verboten, die Gleise zu betreten, auch nur den Schotterrand des Gleisbetts. Streng verboten ist es, den Zaun zu überklettern, wird uns eingeschärft. Was könnte euch passieren! Das ist eine Drohung und eine Warnung zugleich. Güterzüge rattern vorbei, Schnellzüge und immer wieder die roten Triebwagen. Morgens sitzen wir da, sitzen in den Schulbänken, dann den Berg hinunter, laufen, weglaufen, fallen, die Knie aufschürfen, weiterlaufen. Am Nachmittag sehen wir uns wieder am Bahndamm. Wenn es regnet, erobern wir die Speicher. An manchen Tagen hängen dort frisch gewaschene Bettlaken, daneben baumelt der Klammersack. Einmal springt die Marmorplatte eines Nachttischs, als wir uns fest darauf stützen und an ihr hochziehen. Dann fällt sie, bloß nicht auf die Füße, und man muß geistesgegenwärtig beiseite springen. Der Speicher riecht nach Staub, wir fassen in Spinnweben, wir sperren die Spinnen in die Nachttischschubladen, aber es werden nicht weniger Spinnen. Manchmal haben die Bettlaken am Abend dunkle Fingerabdrücke. Niemand will es gewesen sein, niemand hat die Bettlaken angefaßt, und nie, nie wieder werden wir die Laken von Frau Neumeister anfassen. Wir versprechen es hoch und heilig.

Mit alten Stühlen, Körben, ausrangierten Nachttischen, vergessenem Plunder spielen wir. Wir steigen in Schränke, und zum

Spaß dreht jemand den Schlüssel um, wir schreien: Mach auf, los, mach auf! Jemand dreht den Lichtschalter, es ist dunkel. Jetzt ruft niemand: Mach an! Es ist aufregend im Dunklen, wir tasten, wir sind blind, aber wir haben Finger, die krabbeln wie Ameisen, sie fühlen. Wir hören unseren Atem, wir hören die anderen atmen, wir halten uns fest, und wenn es nur an einem Ärmelzipfel ist, tasten, wer es ist und wer es sein könnte. Wir schlüpfen mit den Händen unter die Röcke und in die Hosen, und weiter fingern wir, rubbeln, das ist schön. Ich finde Cecilia im Dunkeln und küsse sie einfach auf den Mund. Dann finde ich Iris, sie ist ihrer Oben-Oma entwischt und zum Spielen zu uns gekommen. Ich erkenne sie an ihrer Strickjacke, und jetzt, mutig geworden, küsse ich sie auch, aber mein Kuß verrutscht. Als ich es noch einmal versuchen will, kann ich sie nicht mehr ertasten. Jetzt wird es heiß auf dem Speicher, uns wird es heiß beim Spielen, es ist gut, daß jemand des Licht ausgeknipst hat. Dann ruft Cecilia plötzlich: Du Schwein! Und sie stürmt vor und findet sofort den Lichtschalter, es ist ja das Haus, in dem sie wohnt. Wir nesteln an unseren Sachen, knöpfen die Hosenschlitze wieder zu. Kurt kommt aus dem Kleiderschrank, das bringt uns zum Lachen. Wer das Schwein ist, sagt Cecilia nicht, also war niemand das Schwein. Vielleicht hat sie es nur zum Spaß gerufen.

Oft spielte eine ganze Horde von Kindern in der Bahnunterführung. Die Züge donnerten über uns, manchmal verstand man sein eigenes Wort nicht, wir brüllten uns an, aber es war nicht böse gemeint. Einer trieb eine Trillerpfeife auf, und wir spielten Schaffner und Bahnreisende, ein Lokomotivführer fehlte uns. Es roch nicht gut in der Unterführung, Wasser tropfte von der Decke. Manche behaupteten, es wäre Pisse, die aus dem Schotter am Bahndamm tropfte, aber das glaubten wir nicht. Wir sahen Männer vor der ersten Treppenstufe am Ende der Unterführung pissen. Wenn wir zuhause davon erzählten, hieß es:

Schaut weg! Cecilia hatte vermutlich ein anderes Wort für Pissen gelernt, aber sie sagte es nicht.

Aurelia klatschte einmal, sie habe, als sie zum Spielen mit Cecilia verabredet war, eine Puppe gesehen, eine große rosafarbene Puppe, man konnte ihr zu trinken geben, und ein bißchen später pißte sie. Sie hatte ein Spitzenkleid an, man mußte es hochheben, damit es nicht naß wurde. Woher hast du die Puppe? Es ist eine amerikanische Puppe, sagte Cecilia, mein Vater hat sie mitgebracht von seiner Arbeit. Es war eine Caritas-Puppe, von anonymen Leuten aus Amerika einem unbekannten deutschen Kind geschenkt: Die Puppe käme schon in die richtigen Hände. Und als Aurelia wieder zum Spielen kam – die große amerikanische Puppe lockte –, sagte Cecilia: Die Puppe ist weg. Aurelia hatte es messerscharf verstanden, und sie erzählte es in der Klasse: Cecilias Mama kann es nicht leiden, daß die Puppe pißt.

Und noch etwas wußte Aurelia zu erzählen. Als die beiden Mädchen in die Küche kamen, saß Frau Neumeister am Tisch, ein Handtuch über den Schoß gebreitet, darüber eine Zeitung, sie schälte Kartoffeln. Wie schnell sie die Kartoffeln drehte und wendete, wie die spiraligen Schalen in ihren Schoß fielen, vor ihr die Knollen, die schon Keime trieben, auf der anderen Seite eine Schüssel mit Wasser, in die sie die Kartoffeln plumpsen ließ. Es waren sehr viele Kartoffeln. Frau Neumeister sah auf: Na, ihr, spielt ihr schön? Ja, sie spielten schön. Aber was, was? Frau Neumeister hatte die Füße auf einen Schemel gestellt, Aurelias Mutter dagegen stand hinter dem Tisch, wenn sie Kartoffeln schälte. Und Aurelia sah, was sie noch nie gesehen hatte: Frau Neumeister trug Gummihandschuhe, türkisfarbene Gummihandschuhe, Gummihandschuhe wie übergroße Frösche. Das Wasser spritzte auf, kleine Kreise, das stumpfe Braun der Knollen gegen die grelle, künstlich wirkende Farbe. Aurelia konnte sich nicht sattsehen. Ihre Mutter hatte keine Gummihandschuhe, weder beim Putzen, beim Heizen der Öfen noch beim Auswringen der Wäsche und erst recht nicht in der Heißmangel. Trägt deine Mutter immer Gummihandschuhe, Cecilia? Wenn es schmutzig ist, schon. Frau Neumeister wollte sich nicht schmutzig machen; allerdings waren schmutzige Arbeiten nötig, niemand sollte sehen, daß sie sie tat. Frau Neumeister wollte gepflegte Hände haben, und vielleicht hatte sie unter den türkisfarbenen Gummihandschuhen auch gepflegte Hände.

Zuhause schlüpfte Aurelia in den feuchten Urwalddampf der Mangelstube. Im Urwald waren Gummistiefel ganz unpassend. Schlangen züngelten und zischten um die Zehen, bissen den Gummi durch, und da waren sie, spritzten Gift und Galle. Vorsicht, rief die Mutter, da liegt Wäsche auf dem Boden. Hast du schon jemand mit Gummihandschuhen Kartoffeln schälen gesehen? Wozu soll das gut sein, fragte ihre Mutter zurück, für eine Dame? Eine wirklich feine Dame schält keine Kartoffeln, die hat ein Dienstmädchen. Eine wirklich feine Dame hat einen feinen Mann, feines Geld, ein feines Haus. Und das Dienstmädchen heißt Hausgehilfin oder Hildegard oder Karin und muß noch viel lernen im Haushalt. Aber das gelingt nicht ganz, eigentlich nie. Und keine Seufzer, der Blick geradeaus, optimistisch, selbstbewußt von jeher. Ein feiner Geruch nach Dame. Oder ein Duft.

Regine Neumeister hat ihren Wunsch nicht aufgegeben, ihn in ein anderes Leben gerettet: ein Haus, ein Oben-Haus. Manchmal schleifen Franz und Regine Neumeister ihre Tochter mit, um oben Baustellen zu besichtigen, die Werbetafeln und die Pläne für die Siedlung zu studieren. Ein Haus mit Heizung, einer Terrasse, einem kleinen Schutzdach über der Eingangstür – endlich ein Einfamilienhaus. Schluß mit den Kohleöfen, dem Bahndamm und den primitiven Nachbarn, wie Regine sie insgeheim nennt. Das Geld, das sie und ihr Mann in die Bausparkasse eingezahlt haben, damals in Berlin, ist futsch. Sie hätten reisen sollen, an die Ostsee, an die Nordsee, nach Prag, nach Breslau. Regine hätte sich schöne Kleider kaufen können, Bücher, Klassikerausgaben, vielleicht auch einen Pelz. Silberbesteck hatte sie schon, ein Garde Kuchengabeln, nur das Fischbesteck fehlte. Nur ein bißchen Geld aus dem Bausparvertrag hätten sie abzweigen müssen, ein Fischbesteck wäre etwas Bleibendes. Jetzt reicht das Geld hinten und vorn nicht. Es kränkt sie. Gummihandschuhe, eine Handcreme und keine Kartoffelfinger.

Schlagen und Geschlagenwerden, Kopf in den Schwitzkasten, Atemnot und Geschrei. Woher kommt die anarchische Wut in den kleinen Geschöpfen? Aus dem Knuffen, dem Balgen entsteht etwas Unbegreifliches: alle auf einen, einer gegen alle, alle gegen alle, jeder gegen jeden. Am Ende weiß niemand mehr, was den Streit ausgelöst hat, wer ihn angefangen hat oder wer ihn angeblich angefangen hat. Es ist sinnlos, nach Hause zu kommen und zu sagen: Ich bin verprügelt worden. Die Antwort hieße: Du mußt dich wehren. Der Stärkere teilt aus, der Klügere gibt nach. Und ich möchte doch stark und klug sein – und beliebt. Wer beliebt ist, wird nicht unmittelbar geliebt. Er hat sich Respekt verschafft, aber wie. Schmerzlich sind nicht nur der harte Griff, die Umklammerung, die Faust, der in der Wut geschwollene Hals, sondern die Blicke, das Wissen der anderen. Und jeder weiß, es wird wieder und wieder geschehen. Kein Streit konnte geschlichtet werden. Vertragt euch! – was für eine blöde, hilflose Erwachsenenformel. Immer weiß jemand, wer angeblich angefangen hat, und der Angegriffene weiß: Das ist nicht wahr. Weder dem einen noch dem anderen wird geglaubt. Eine Rechnung ist offen. Am schlimmsten war es, wenn sich um den einen und den anderen Parteien bildeten, das war offener Krieg auf dem Schulweg. Wie Straßenköter verbissen wir uns ineinander und ließen nicht los. Bei Hunden half es, wenn man einen Eimer Wasser über sie schüttete. Betreten schlichen die Hunde davon und leckten ihre Wunden. Nicht auszudenken, was wir in pudelnassem Zustand getan hätten.

Zuerst das Gebet, dann der Unterricht, dann die Unterbrechung des Unterrichts, der Pfarrer holte weit aus und schlug zu, einmal, zweimal, wieder und wieder. Wir duckten uns unter den Schlägen, rutschten unter die Kirchenbank, Hände über dem Kopf. Aber er schlug weiter, zerrte jemanden aus der Bank, der Geifer tropfte auf sein Kinn. Aufhören, aufhören. Jeden von uns hätte es treffen können, wenn er nur ein wenig schwatzte oder es wagte, in der Kirche zu lachen. Die blauen Flecken verblaßten. Nur Jungen wurden geschlagen. Die anderen Kinder waren starr vor Schreck. Indem der Pfarrer die Jungen schlug, bestrafte er auch die Mädchen, die zusehen mußten. Das Schlagen prägte sich messerscharf ein, es war unerträglich zuzuschauen. Wir waren Kinder, die den Großen nie sagten, was sie wußten. Wir wußten, was Mitwisserschaft war.

Auch der Lehrer schlug, aber nicht so dramatisch. Er hatte einen anderen Stil, er schlug klatschklatsch, links eine Ohrfeige, rechts eine Ohrfeige. Die Ohren brannten, der Kopf war gewendet worden von den Ohrfeigen, der Schmerz verging. Nur manchmal nahm der Lehrer den Zeigestock. Der Stock schnitt durch die Luft, zitterte, traf eine ausgestreckte Hand, die zuckte zurück, und das geschlagene Kind setzte sich wieder kleinlaut in die Bank. Übereifrige Kinder brachten von den Sonntagsausflügen dem Lehrer kleine Haselnuß- oder Weidenruten mit; man konnte sie durch die Luft sausen lassen wie eine Peitsche. Die Luft sirrte, der Lehrer bedankte sich, und die Kinder, die die Ruten mitgebracht hatten, waren zufrieden. Andere Kinder brachten Feldblumensträuße von den Ausflügen mit. Es waren Angebote zu einem Nichtangriffspakt, vorausschauende Stillhalteabkommen, bis die Blumen welkten.

Cecilia stand am Jägerzaun, der den Schulhof an einer Seite abschloß. Dahinter der Sportplatz, der Garten des Pfarrhauses, die Scheune des Bauernhofs, die Pferde wieherten. Es roch auf dem Schulhof, es roch nach dem Bauernhof, es roch nach den Kindern. Wir ärgerten Gottfried, der schnell laufen konnte, rannten ihm hinterher, äfften den Lehrer nach, es klang blödsinnig affektiert: Gottfried, was meinst du? Jemand rief: Muh. Wenn Gottfried rannte, lief der ganze Stall hinter ihm her, die Hühner, die Schweine, die Kühe brüllten, und Gottfried rannte vor allen davon. Und wir muhten, lachten uns halbtot: Gottfried, was meinst du? Muh. Wir waren so gemein, daß ich es mir heute kaum vorstellen kann, ein Teil dieser Gemeinheit gewesen zu sein. Wir tobten, knufften uns, eine wilde Horde, rissen uns gegenseitig die Mützen vom Kopf, liefen damit weg, warfen sie wie einen Ball einem anderen Kind zu, und derjenige, dem die Mütze geklaut worden war, rannte, rannte, rempelte den an, der sie gerade in der Hand hielt, und nahm sie ihm aus der Hand. Und wenn er sie gerade aufgesetzt hatte, riß wieder jemand die Mütze weg und warf sie einem anderen zu. Cecilia kam, wartete, daß jemand ihr die Mütze zuwarf, fast ein Reflex, etwas aufzufangen und weiterzuwerfen, aber dann verschwand sie wieder, niemand hatte sie ihr zugeworfen. Es machte Spaß, jemandem die Mütze vom Kopf zu schlagen, es machte Spaß, damit herumzurennen und sie wie einen Staffelstab weiterzureichen, und wir hatten genügend Verstand, um zu wissen, daß jedes Kind wütend und verzweifelt war, wenn ihm die Mütze geklaut wurde, nicht weil sie fehlte, sondern weil es erniedrigend war. Wir kannten das Wort noch nicht, ich habe es später eingefügt. Gottfried, was meinst du? Muh.

Cecilia lief zum Zaun zurück. Am Zaun stand ein Mädchen aus der ersten Klasse, und sie trug keine Mütze. Mit beiden Händen an die Rhomben des Jägerzauns geklammert, sehr fest stand sie da mit ihren blauen Schuhen, ganz allein, und schaute. Es sah aus, als wollte sie sich einfach nicht ins Getümmel stürzen – wie am Rand eines Schwimmbeckens, als wären wir alle Haie. Sie kannte niemanden, sie war noch so neu, vielleicht fürchtete sie sich, jemand könnte sie umrennen auf der Jagd nach einer Mütze oder einem Haarreif. Das Mädchen hatte einen Bubikopf und eine gebräunte Haut. War sie noch vom letzten Sommer braun oder einfach dunkler als die Haut der anderen? Auch Annchens Haut war dunkler, daran hatten wir uns gewöhnt, sahen sie gar nicht mehr. Cecilia stellte sich ruhig neben das kleine Mädchen, auch sie hielt sich am Zaun fest, aber dann traute sie sich etwas. Mit der rechten Hand streichelte sie die Hand der Erstklässlerin, streichelte immer weiter, immer weiter. Sie wußte noch nicht, wie es war: sich zu verlieben. Sie wußte nur, daß sie mit ihr am Zaun stehen wollte, neben ihr, ganz ruhig. Und ihr gefiel es unbändig gut, die Hand des Mädchens zu streicheln, die warme kleine Hand. Daß sie klein war, war ihr vielleicht nur so vorgekommen. Sie hatte eine Entdeckung gemacht.

Sie hatte mit anderen Kindern auf dem Speicher gespielt, Gespenster waren sie zwischen den frisch gewaschenen Laken und tappten im Dunkeln, Staubigen. Sie hatte mit Aurelia gespielt, mit dem Museumsmädchen, sie hatten die Puppen in einen Kochtopf gesteckt, weil sie keine Puppenbadewanne hatten, sie gewaschen, ins Bett gebracht, und da lagen sie, und ihre Puppenmütter wußten nicht mehr, was sie danach spielen sollten. Mit anderen Kindern hatte sie auf der Straße gespielt, ihre Bälle aufgefangen und zurückgeworfen, sie hatte im Frühjahr auf dem schon warmen Boden gekniet, und die Klicker, die anderswo Murmeln hießen, in die Kuhle geschoben. Viel Geschick und eine ruhige Hand mußte man haben, wie beim Billard, wie beim Boule. Sie sortierte die Tonkügelchen in Ostereierfarben und die großen aus Glas, in die farbige Schlieren eingelassen waren, in verschiedene Beutelchen. Sie hatte sich mit Iris gestritten, dann war Friede, und sie gingen Arm in Arm und teilten die Klicker, wenn eine von ihnen zu wenig hatte.

Jetzt stand sie da, auf dem lauten Schulhof war es ganz still. Kein Wind, kein Glockenläuten. Auch das Mädchen stand regungslos. Es blinzelte in die Sonne. Den Blick eines kleinen Kindes muß man bannen, erwischen, und dann geht eine Sonne auf. Jedes kleine Kind lächelt, es erkennt die Freundlichkeit im Gesicht gegenüber, vielleicht die entspannten Mundwinkel, vielleicht die hochgeschobenen Augenbrauen, vielleicht ein Blitzen in den Augen, aber das wußte Cecilia noch nicht. Sie wußte nur, daß ihr heiß wurde, während sie die Finger des Mädchens streichelte, den kleinen Finger und den Ringfinger, weiter kam sie nicht. Unsterblich verliebt. Ein Gefühl, das jemand mit sich herumtragen konnte, wenn die Züge vorbeidonnerten, in einem Schulranzen, zwischen den Büchern, in der Dose für den Tafelschwamm, zwischen den Zeilen, die wir zu schreiben gelernt hatten. Unsterblich, wie kein Tintenfleck war. Unsterblich, wie die Katzen, die nachts herumstrichen und von denen meine Mutter sagte: Die Katzen gehören ins Haus. Die Katzen machen nachts nur Blödsinn und kommen mit zerrissenen Ohren zurück. Daß sie sich geprügelt hatten, jedenfalls die Kater, das war schon wahr, aber die nächtlichen Abenteuer umwehten sie, wenn sie sich in der Morgenfrühe nach Hause trollten. Andere Katzen, die neugeborenen, waren ertränkt worden in einer Wasserschüssel. Sie paddelten, die erwachsene Hand hielt sie, bis sie sich nicht mehr rührten, und ab in den Müll.

Immer hätte Cecilia so stehenbleiben wollen, ihre Hand auf der Hand des Mädchens, bis die Schulglocke tönte und die Kinder sich wieder in einer Reihe aufstellen mußten und vom Lehrer in die Klassen gebracht wurden. Das Mädchen hatte seine Hand nicht zurückgezogen. Sich zu verlieben war etwas Leises, Geheimnisvolles. Die Linden dufteten, und wir würden wieder am Bahndamm spielen, wenn die Züge rasten. Güterzüge mit Kohlen, Kühlwagen, Personenzüge, vollgestopft mit französischen Besatzungssoldaten; so leichtsinnig waren sie, sie fuhren nach Paris. Die Unterführung war mit einem Geländer gegen die Straße gesichert. Die Bahnlinie nach Paris oben, die Unterführung mit ihrem Geruch unten. Wenn die Züge rumpelten, mußte man schreien, um sein eigenes Wort zu verstehen, ein kalter Wind, ein Hui. Wenn sie aus Paris kamen, dachten wir, fahren die Züge langsamer. Nach Trier zu fahren, war eine lästige Pflicht. Sie trödelten, sie hatten Verspätung, sie wollten immer nach Paris fahren und nie mehr zurück.

Das Geländer bestand aus zwei Stangen, eine in Kniehöhe, die andere auf Brusthöhe. Auf der oberen Stange zu balancieren, traute sich niemand. Man wäre drei Meter tief gefallen. Aber wir stemmten uns hoch auf die obere Stange, wir ritten darauf. Die großen Kinder machten es vor, sie hielten sich an der oberen Geländerstange fest, gaben sich einen Schwung, bogen den Rücken katzenhaft. Ein Überschlag, und dann standen sie wieder fest auf dem Boden. Wir saßen auf dem Geländer, so lange, bis sich der Rost in unsere siebenjährigen Hände fraß. Vor uns die Unterführung, das stinkende Loch, Plakate klebten an der Treppenwand. Links ein Plakat mit einem Männergesicht, einem strahlenden, vertrauenswürdigen alterslosen Gesicht, schmal, aber nicht zu schmal, Schultern, ganz normale Schultern und eine Hand, eine kräftige, zupackende Hand, die Fingerknöchel traten hervor, eine Hand, die festhalten konnte, eine Hand, der man gerne die Hand gab, und was sie festhielt, wurde nicht fallengelassen. Fiele etwas unter den Rand des Plakates, fiele es auf die schmuddelige Treppe und zerschellte. Das Gesicht bürgte für die Hand. Der Plakatmann umfaßte ein Bierglas, die Schaumkrone frisch und üppig, verführerisch sah das Bier aus. Gleich, gleich wird der Mann das Bierglas an die Lippen setzen, gleich, gleich wird er trinken. Aber nicht so gierig, wie man es erwarten könnte, sondern mit Genuß und Freude, nicht wie ein Kneipentrinker, sondern so, wie jeder Mann gezeigt werden möchte, wenn er trinkt, jedenfalls in der Öffentlichkeit. Ein musterhafter, vorbildlicher Trinker. Trank MEINVATER so, oder kippte er einfach rasch ein Bier runter? Ein verführerisches Plakat an der Treppe zur Unterführung. Man steigt in die Kühle, ins Verpißte, gibt es dort ein Bier?, man steigt aus der Dämmerung nach oben, Sonnenlicht, ein Bier und darüber wir, die spielenden Kinder. Neben der Werbung ein zweites Plakat: An den linken Rand gerückt ein alter Herr mit einem hohen Pferdeschädel, wenig Haare darauf, ein ernster, prüfender Blick, viele Falten auf der Stirn, ein Faltenfeld, und eine scharfe Falte an der Nasenwurzel. Ein schmaler Mund, nicht eigentlich verkniffen, eher diszipliniert: kein falsches Wort. Der alte Herr trägt ein schwarzes Sakko und ein weißes Hemd, dazu eine helle, diagonal gestreifte Krawatte. Er wirkt unbeweglich, statuarisch, ein Kopf wie gemeißelt. Neben ihm, halb von der Schulter verdeckt, zurücktretend, ein zweiter Herr, viel jünger, viel breiter, mit einem fleischigen Gesicht, tiefliegenden Augen und mit Mundwinkeln, die optimistisch nach oben weisen. Aber es ist kein heiteres Gesicht. Die Augen sind auf den Betrachter gerichtet: konzentriert und gleichzeitig gelassen. Sein Haar, graumeliert, ist schräg nach hinten gekämmt, dünn sieht es aus auf dem dicken Mann. Er lächelt, er lächelt mit geschlossenen Lippen, die Mundwinkel nur um eine Winzigkeit angehoben. Die Augen lächeln nicht. Sein Anzug ist hell, seine Krawatte dunkel, das Revers überbreit. Die beiden Männer könnten unterschiedlicher nicht sein: der Kanzler und sein Wirtschaftsminister. *Erfolg und Erfahrung* ist unter dem Doppelportrait zu lesen, in schlanken Buchstaben und in einer ungewöhnlich modernen Schrift, keine Schatten, keine Schnörkel. Und rechts oben auf dem Plakat in riesigen Buchstaben, fett und rabenschwarz: *CDU.*

Wir sehen den Biermann, und wir sehen die Politiker, wir turnen. Trinken die Politiker Bier? Und könnten sie für ein Bier werben? Könnte der Mann, der das Bier anpreist, Politiker sein? Erstens: Ja, unbedingt. Zweitens: Vielleicht. Gereifte, erfolgreiche, erfahrungsgesättigte Männer, Steuermänner regieren uns. Sie wollen uns weiter regieren. Niemand ist bis jetzt ins Wasser gefallen. Der Mann aus der Bierwerbung hilft ihnen. Er konsumiert, er kurbelt durch Biertrinken die Wirtschaft an. Er gehört zur großen Mehrheit der Biertrinker, die von der Minderheit der Nicht-Biertrinker, der Weintrinker oder Antialkoholiker, nicht angefochten wird. Die große parlamentarische Biertrinkerdemokratie. Auch morgen keine Experimente, das Raffinement der Ruhe weckt Vertrauen. Zugluft an der Bahnlinie, Zugkraft der großen Männer, kein Kurswechsel.

Gerwin kam manchmal zum Bahndamm. Er trug ein schönes rotkariertes Hemd und eine Lederhose. Na klar, mach mit! Aber er stellte sich ungeschickt an, hing wie ein Mehlsack an der oberen Stange, aber was jetzt?, der Mehlsack mußte sich doch bewegen, Gerwin müßte sich leicht machen, vielleicht die Gewißheit abwerfen: Hier der Bahndamm mit dem Abgrund von Pisse und Schmutz, über mir die Reklamebilder und im Rücken die Essigfabrik. Die Essigfabrik stärkt mir den Rücken. Ich bin träge, nun ja, zu langsam beim Fußball, die anderen turnen auch besser, aber das geht mich nichts an. Dagegen verblaßte sein Ungeschick am Bahndamm. Zugegeben: Es roch dort immer eklig.

Wir Unten-Kinder waren geübte Turner, und auch das kleine Mädchen aus der ersten Klasse war vermutlich ein Unten-Kind. Wir wußten nicht, wo es wohnte, aber es kam zum Spielen an den Bahndamm. Man mußte sich gut festhalten beim Turnen, zuerst mit der einen Hand, dann mit der anderen, eine Hand löste sich wieder, wir winkten den Zügen zu. Wir winkten, wir winkten, es war schön zu winken. Reisende winkten zurück, schau mal, die

Kinder. Dann war der Zug weg. Wir saßen auf dem Geländer, spuckten in das stinkende Loch. Wenn jemand die Treppe heraufkam, während die Spucke noch durch die Luft segelte, giggelten wir, kicherten, lachten unbändig und wußten einen Augenblick später nicht mehr, warum wir gelacht hatten. Wie Schwalben auf einer Telegraphenleitung, sagte Frau Neumeister, als sie mit einem Einkaufsnetz vorüberkam. Paßt bloß auf, daß ihr nicht herunterfallt! Wir fielen nicht. Wir stießen uns ab, sprangen runter. Wieder die Hände an der Geländerstange, wieder ein Überschlag, wieder flog Cecilias Rock, wieder flog der Rock des kleinen Mädchens, ein karierter Faltenrock mit Trägerlatz. Noch einmal: Paßt bloß auf, daß ihr nicht herunterfallt! Kurt könnte sich den Arm brechen. Aber jetzt doch nicht – das war im vorigen Sommer. Schwalben auf einer Telegraphenleitung. Wir könnten davonfliegen, winken, winken, ins Bahnhofsgebäude gehen, hoch erhobenen Kopfes vorbei am Schalter, wir könnten in den nächsten Zug einsteigen. Wo wollt ihr denn hin? Eine Reise machen. Dann steigt mal wieder schön aus. Macht nix, aber aufregend war es doch. Keine Vögel auf einer Telegraphenleitung, Hühner auf einer Stange waren wir, krallten uns fest, einträchtig saßen wir da. Die Lindenblüten dufteten, die geflügelten kleinen Nasen fielen ab, wir setzen sie auf unsere Nasen, hängten uns die Blüten wie Ohrgehänge um. Die Zeit dehnte sich, als hätten wir den ganzen Mai am Bahndamm gespielt. Es begann zu tröpfeln, aber nur ganz leise und weich. Wo war das kleine Mädchen? Es stand nicht mehr am Zaun, es saß nicht mehr auf dem Geländer. Cecilia wartete, wartete, und niemand von uns wußte, wo das Mädchen wohnte. Wir waren Bahndamm-Kinder und erzählten auch nicht gern, wo wir spielten, und wenn wir spielten, nicht wo wir wohnten. Vorsicht! Tut nicht! Laßt das! Lauter Imperative. Die Imperative waren Zäune, ein Geländer, auf dem man nicht sitzen konnte. Das Mädchen aus der ersten Klasse war nicht da, nicht in der Schule, nicht am Jägerzaun, nicht wenn wir spielten, nie mehr. Vielleicht war das Kind einfach umgezogen, ohne daß wir es bemerkt hatten. Auch andere Kinder waren umgezogen; die hatten wir nicht vermißt.

Und wo war ich? Ein Hasenfuß. Ein Hasenfuß, der das Wort nicht richtig verstanden hatte. Erst als MEINVATER es auf mich bezog, verachtungsvoll ausgesprochen hatte, begriff ich es. Hasenfuß. Dabei waren wir gemeinsam stark, Kurt und ich, wenn wir auf der Geländerstange saßen und pfiffen und auf die anderen Unten-Kinder warteten. Wir waren stark, und wir wollten stärker sein. Stark und mutig, aber dazu gab es wenig Gelegenheit. Mein Stiefbruder sah nicht, daß ich stundenlang mit Kurt auf dem Geländer herumturnte. Schon ein ganzes Jahr lang hatte sich Kurt keinen Knochen mehr gebrochen. Das war kein Grund, stolz zu sein, es fiel niemandem auf, nur: Mit einem Gipsarm hätte er sich nicht auf das Geländer schwingen, nicht festhalten können, mit einem Gipsfuß hätte er nicht die Beine baumeln lassen können. Heute ist die Stadt still, wir spucken wieder in die Unterführung, wir lachen, wenn jemand die Treppe hinuntergeht. Wir sammeln die Spucke in der Backentasche, wir feixen und prusten los. Scheißkerle, hören wir, Doofköppe, Gören, kleine Mistkerle, Schweine, blöde Affen, ihr Arschlöcher. Eine solche Serie von Beschimpfungen haben wir noch nie gehört. Es ist eine Dusche, kalt, aber auch erfrischend. Wir verdrehen die Augen. Ich stellte mir vor, mein Stiefbruder träte aus der Unterführung, und wir spuckten ihm gemeinsam auf den Kopf. Gemeinsam sind wir stark. Und wir hielten uns die Bäuche vor Lachen. Jetzt denke ich eher, es wäre ein hinterhältiges Grinsen gewesen. Mein Stiefbruder hätte verdutzt geschaut, sprachlos.

In der Unterführung hing jetzt ein anderes Plakat: Drei Kinder strahlten, in der Mitte ein goldlockiges kleines Mädchen, pausbäckiges Gesicht, speckige Arme, die Patschhändchen auf einen Holzzaun gelegt, ein Holzzaun, wie er unseren Schulhof begrenzte. Es trug ein Sommerkleid mit einem weißen Bubikragen und lehnte sich an einen Jungen, dunkelhaarig, großohrig, ein Kind im Kindergartenalter, verständiger, kritischer als das Mädchen, den Kopf ein wenig geneigt. Etwas sah er, aber was? Er sah nicht, daß wir ihn keines Blickes würdigten. Er hielt die Hände locker und nahe beieinander, vielleicht hatte er in die Hände geklatscht, bevor das Bild aufgenommen worden war. Auf der rechten Seite war ein größerer Junge zu sehen, er zeigte lachend seine schönen Zähne, den Kopf reckte er selbstbewußt ins Ungefähre, kurze Hose, simples Hemdchen. Er war wohl auf den Zaun geklettert, er lachte, als hätte er das große Glückslos gezogen. Keines der Kinder schaute den Betrachter an, doch, es ging ihnen unbändig gut. Für Zwieback hätten die Kinder werben können, für Limonade, aber sie warben für die CDU, schauten in die Zukunft: *Auch morgen in Frieden leben.* Und ihre Eltern würden das Richtige wählen.

Und wo war ich? Im Finstern, an einem Ort, zu dem ich keinen Schlüssel hatte. Cecilia brauchte keinen Schlüssel zum Speicher, auf dem wir spielten, die Tür stand immer offen. Ich trottete zur Schule, wir spielten, wir pfiffen, wir warteten auf die anderen, und im Nu waren wir sehr viele Kinder, Kinderschar war wohl das entsprechende Wort. Wir lernten Jonglieren. Zuerst warfen wir einen Apfel in die Luft, fingen ihn auf, warfen ihn hin und her, jeder konnte ihn auffangen. Wir begannen dann, zwei Äpfel in die Luft zu werfen, nicht mehr hin und her, sondern jeder für sich. Es war ein konzentriertes Spiel, linke Hand, rechte Hand, ein Rhythmus mußte gefunden werden. Die Augen, die den Äpfel folgten, die Hände, die den Äpfeln folgten. Dann waren wir soweit: Kein einziger Apfel fiel. Wir nahmen Aprikosen dazu, wir jonglierten mit verschiedenen Gewichten, aber die Aprikose war viel leichter als ein Apfel. Drei, vier Äpfel, das war gut; drei, vier Aprikosen, das klappte nicht. Schließlich jonglierten wir mit Tomaten. Unsere Kunst zog Zuschauer an. Wir stellten einen Teller auf, Münzen polterten auf das Porzellan. Aber wir hofften, daß niemand, den wir kannten, uns sah. Der Sohn vom Polizisten, die Tochter des Psychologen, der Junge aus der Essigfabrik. Wir waren so gut in unserer Kunst, daß die Leute klatschten. Das war ein schönes Geräusch; es tat den Ohren gut. Wir versuchten, auch Rad zu schlagen. Das ist schwer, mit durchgedrücktem Rücken, mit durchgedrückten Knien, nicht so ein Gerumpel und Gehampel, das jeder einmal versuchen kann. Kurt konnte auch auf den Händen gehen, und er ging wie ein Storch, langsam, bedächtig, als hätte er sich nie einen Knochen gebrochen. Hatten Störche Knochen oder nur dürre verknorpelte Beine und Sehnen, zähe Sehnen? Aber die Flügel, nein, der Vergleich hinkte, wie Kurt mit dem Gips gehinkt hatte, nachdem er vom Kirschbaum gefallen war und wie Annchens Vater hinkte. Wir nahmen eine Menge Geld ein, hier und da ein französischer Soldat, zwei oder drei französische Soldaten, die Ausgang hatten. Sie lachten uns an; es gefiel uns, und wir lachten auch. Aber etwas war seltsam: Ich röchelte, ich schnappte nach Luft, zog sie tief in die Nasenlöcher, schaufelte die Luft in mich hinein, das tat der Hase bestimmt nicht. Ich sperrte Mund und Augen auf, und manchmal zitterte ich. Hasenfuß. Angsthase.

Dann wieder die Frauen beim Kirchgang, die Frauen, an denen Lucie Dorn vorbeiging, ohne sie anzuschauen. Unter den Frauen waren vielleicht unsere Mütter. In der Kirche sangen sie, *großer Gott, wir loben dich*, draußen wisperten sie. Und zuhause befragten sie uns: Wo ist denn Iris' Vater? Und was arbeitet denn ihre Mutter? So, Krankenschwester? Nein, nicht Krankenschwester, die ist Sekretärin im Krankenhaus. In der Verwaltung? Nein, vom Direktor. Du meinst, vom Chefarzt? Weiß nicht, kann sein. Aber der Vater muß doch. Die hat keinen Vater. Aber Iris muß doch einen Vater haben. Der ist gefallen, glaub ich. Schweigen. Pikiertes Schweigen. Da war etwas falsch gelaufen. Großer Gott, daß sie das Kind zur Oma abschiebt. Und was sie für Kleider trägt. Was denn für Kleider? Teure.

An einem anderen Sonntag wieder ein Tuscheln, Abwenden, zur Seite Sehen, jetzt waren auch die Bibliothekarin dabei und die Frau des Küsters, von der wir dachten, daß sie noch nach Pferden riecht. Vom Geländer gestürzt, zuerst sah's nach einer Gehirnerschütterung aus, Blutungen, Spezialklinik in Mainz, noch operiert, das arme Kind. Ganz schnell gestorben. Die armen Eltern. Am besten nicht, nicht vor den Kindern. Großer Gott, sie wußten doch, daß es verboten war. Ich hab's tausendendmal. So niedlich war sie, wie hieß sie noch?, donnert da runter. Warum gab es keine Beerdigung? Warum gab es kein Grab? Warum blieb der Tod eine Lücke? Eine Fallgrube? Ein Ausstand?

Sie war jetzt ein Kind voller Namen. Cecilia hütete die Namen, die alle falsch waren oder so richtig wie jeder einzelne Name, wenn man ihn nur beharrlich vor sich hinsprach. Kein Name paßte. Es gab eine Sprache mit vielen Namen, bestimmte Namen waren Schlüssel, aber Verliebtsein war kein Schlüssel, eher ein verborgenes Schloß. Ein Name ist nur eine Möglichkeit, aber Verliebtsein ist eine ganz und gar andere Möglichkeit, mehr als ein mögliches Versprechen. Verliebtsein ist die Person, in die man sich verlieben kann. Eine Person *ist* verliebt. Ist *verliebt* ein Name? Das kleine Mädchen war namenreich, unnennbar in der Sprache, die Cecilia zur Verfügung stand. Sie hätte sich eine Sprache erfinden müssen. Und weil sie sich verliebt hatte und weil das kleine Mädchen tot war, stand ihm ein Name zu, und die Namenlosigkeit war eine Höhle, in die sie die Hand steckte, eine mutige Hand, mit der sie die Namenlose berührte. Sie hörte

Namen klingen, viele Namen, und am Ende, ja, das war das Ende, hielt sie sich die Ohren zu. Ich habe dich bei deinem Namen gerufen, aber du hast nicht geantwortet. Konntest nicht antworten, wolltest nicht antworten? Stummheit, Leere, jeder Name war gleich schlecht. Kein Name deckte das Kind zu. Oder erinnere ich mich nicht, fälsche ich meine Erinnerung? Cecilia mußte sich doch erinnern. Die Sechsjährige: eine Liebe der Siebenjährigen, ein Abseitsstehen, ein Streicheln, ein Nichtwissen, wie es weitergehen könnte, ob überhaupt, ob jemals.

Kathi las jetzt begierig – alles, was ihr in die Hände kam. Sie las nicht nur, sie verschlang, fraß die Wörter. Mit Wörtern hatte es angefangen, die Wörter verlängerten sich zu Schlangen, aus den Schlangen wurden Girlanden, Girlanden aus Buchsbaum wie an den Türen und Gartenzäunen bei der Fronleichnamsprozession. Da saß Kathi und entsteinte Pflaumen, die Fingerspitzen waren schon braun. Sie legte das Messer hin, vor ihr auf dem Tisch lag *Der Komet, das Fachblatt für Wandergewerbe und Warenhandel.* Schöne Hefte, die Dorns hatten ein Abonnement. *Licht lockt Leute! Erst wenn Licht und Farben wetteifern, ist das Fahrgeschäft das A und O jedes Jahrmarkts.* Aber wie viel Strom die bunte Beleuchtung kostete. Im *Komet* fanden sich weitere Vorschläge: *Feuerwerke beleben unsere Volksfeste und locken immer viele Menschen auf den Festplatz.* Sie las von *Sicherheitslosen, gesetzlich geschützt für Verlosungshallen*, und von *Peterle*, der seit vielen Jahren beliebtesten Nürnberger Qualitätswundertüte, und vom *Rad, auf das Sie warten: extra starke Spiralreifen für Schausteller. Unverwüstlich! Tragfähigkeit 1500 kg bei 20 km/h pro Rad mit Zwillingsfelge, passende Achse hierzu vorrätig.* Und wenn sie weiterblätterte: *Elektrische Eismaschine an schnell Entschlossene abzugeben. Kunstblumen. Großer Posten Abschußblumen weit unter Preis.* Kunstblumen kamen nicht in Frage. *Achtung! Repe-*

tiergewehr, das neue Spezialgewehr für Schießbuden. Selbst am Steuer – der Traum aller Kinder.

Zuerst hatte Kathi nur die Anzeigen überflogen, dann vertiefte sie sich in die Wörter, die Wortgirlanden hatten sich überlappt, ab und zu hing ein Stück schlaff herunter, baumelte, als wäre es nicht sorgsam genug befestigt worden. *Neue Entwicklungen auch nur zurückdrängen zu wollen, ist Selbstopferung, töricht und aussichtslos. Also seid mutig, seid klug!* Sie las Annchen die Sätze vor, Annchen hatte nicht wirklich zugehört – oder hatte Kathi sich verlesen? Die kleine Schwester schaute selbst in die Zeitschrift, doch, Kathi hatte richtig gelesen. Mutig, klug. Beides wollten die beiden ja sein, aber wie? Wie man es anstellte, so zu sein, wußten sie nicht. Dann tun wir einfach so, als wären wir's, beschloß Annchen, und damit war die Schwester einverstanden. Und die kleine klaute eine entsteinte Pflaume und verschwand. Der *Komet* war eine Offenbarung. Alfons las ihn, aber eben nicht so gründlich wie Kathi.

Verkaufe:
1 Kettenflieger 36 Sitze 18 m Ausflug
1 Schrägkarussell »Der Falter« 15 mal 17 m
18 schwenkbare Gondeln
William Louis Oederweg 115, Frankfurt am Main

Das Lesen machte Kathi froh, auch das Anstreichen im Gelesenen machte sie froh. Das Anstreichen gab ihr das Gefühl, daß es in ihrer Macht stand zu entscheiden, was wichtig war. Und sie legte die Zeitschrift so auf den Tisch, daß ihr Vater sie sehen mußte. Wäre das nicht was für uns?, fragte sie, und Alfons fragte die ganze Familie. Aber Josef winkte ab. Viel zu teuer, viel zu aufwendig, das schaffen wir nicht mehr. Warum noch ein Karussell? Vielleicht weil Josef recht hatte, machte Alfons die Antwort wütend. Es war nicht schön, wenn der Sohn häufiger recht hatte als der Vater. Alfons erinnerte sich nicht, daß er seinem Vater widersprochen hatte; nicht vor der Mutter, nicht vor den Geschwistern, vielleicht in Gedanken oder bei Entscheidungen im Alltag, ja, möglich.

Also ein kleines billiges Karussell. Und wer ein Karussell hatte, der hatte Chancen. Sie besichtigten es gemeinsam. Lucie zog die Nase kraus, als müßte sie das Karussell riechen, und es roch nicht schlecht. Annchen war enttäuscht. Warum kaufen wir keine Geisterbahn? Furchtbar aufregend und schön mußte es sein, darin zu fahren, Berg und Tal, hell und dunkel, Hände, die nach einem greifen, ein kalter Wind, ein klapperndes Gerippe. Die Fahrt beginnt zögernd, das Abteil ruckelt, dann hebt sich der Sitz, alles hebt sich, auch die Laune, ein hydraulisches Wunder. Die Kinder sind angeschnallt, und trotzdem erheben sie sich. Sie sind Sieger, wenn sie wieder im Tageslicht auftauchen, sie sind glücklich, sie haben Schreckliches erlebt und überwunden. Geisterbahn, Geisterbahn, wies sie ihr Vater zurecht, du weißt nicht, was du redest, Geister haben wir schon genug.

Der Besitzer des Karussells hatte im Krieg ein Bein verloren. Mit Krücken war die Arbeit auf dem Jahrmarkt viel zu schwer, Krücken verdarben auch die Festfreude, Kinder fürchteten sich. Und das Holzbein, zu dem der Arzt ihn überredet hatte, scheuerte am Beinstumpf. Lieber war ihm das Zeichen: Ich habe mein Bein *geopfert*, ich verdiene Respekt. Er sprach auch von seiner Kriegsversehrtenrente, sie sei gar nicht schlecht: Ich komme über die Runden. Alfons, der erschöpft und immer wieder krank war nach den Jahren im Konzentrationslager, bekam keine Rente. Aber er war glücklich, wieder ein Karussell zu haben, obwohl er insgeheim fürchtete, der Mann habe ihn betrogen. Es gab Schweinchen, Pferde waren dabei, Schlitten, eine Gondel, eine Kutsche, ein Feuerwehrauto, ein Straßenbahnwagen. Alles mußte abgeschliffen, neu lackiert werden, die Mechanik eierte, die Haltegriffe waren defekt. Immer wieder hatte Alfons den düsteren Gedanken, er hätte seine eigenen Kinder gegen ein ausrangiertes Karussell getauscht. Er könnte das ausrangierte Karussell vielleicht durch ein besseres ersetzen. Wenn er das ausrangierte Karussell ein bißchen auf Trab gebracht hätte und wenn er geschickt wäre, könnte er seine toten Kinder zurücktauschen. Aber so wie früher war es nicht.

Und während er die neue Farbe auftrug, den Schweinchen rosa Backen malte und die Kutsche feuerrot mit abgesetzten goldenen Leisten strich, pfiff er. *Farben stimmen froh*, so stand es in der Zeitschrift, *und Frohsinn braucht der Schausteller, wenn der Rubel auf dem Festplatz rollen soll. Darum lackiert er Schiffschaukeln und Karussells, Riesenrad und Achterbahn, Autoscooter und Trecker farbfreudig mit Ducolux*. Nun lief das Karussell, lief wieder wie geschmiert, ja, die Farben stimmten froh. Die Arbeiter aus der Ziegelei kamen vorbei, sie hatten Feierabend. Was hatte der Zigeuner zu pfeifen? Was war das für eine Arbeit? So war Alfons wieder Schausteller geworden.

Trauben von Luftballons, an dünnen Drähten festgehalten. Ein künstlicher Baum ist aufgerichtet worden. Wer sich traut, kann den eingeseiften Baum erklettern und dabei einen Preis gewinnen. Der Duft von gebrannten Mandeln, der Duft von Kräuterbonbons, die in spitze Tütchen geschaufelt werden. Das kennen wir, davon kriegen wir nie genug. Die Angst auf der Luftschaukel, der Kitzel, zwischen Himmel und Erde zu schweben, wenn die Gondeln an den stählernen Seilen in Schwung kommen, die Hände um die Seile gekrampft, hoch hinaus mit aller Kraft in den Beinen, ein Gefühl, als wäre man in den Lüften zuhause, himmelwärts, auf der Höhe der Fenster im ersten Stock, schaulustig, verwegen, atemlos, als hörte es nie auf. Aber jedes Kind weiß doch, daß Glück endlich ist, daß man wieder aussteigen muß, mit wackligen Knien, schummrig im Kopf, bis zum nächsten Mal. Daß die Karussells sich gegen den Uhrzeigersinn drehten, war gewiß. Ein kleiner Reiter bestieg das Karussellpferd von der rechten Seite, anders als im wahren Leben, Steigbügel, Zügel, und dann mit einem Ruck das andere Bein über den Pferderücken. Auf das Kirmespferdchen kam jedes Kind; und wenn es noch zu klein war, bemühte sich eine hilfreiche Hand und setzte das Kind in den Sattel. Jetzt war es schon so, daß die Kinder viel später groß wurden, es fehlte ihnen an Wachstumsenergie. Sie konnten Kind sein, sie sollten Kind sein, so war es gedacht. Und sie wollten Kind sein. Die Eltern hielten, was sie hätten wissen wollen, sorgsam von ihnen fern. Das Karussell drehte sich, die Musik füllte die Luft, über vielen der Buden baumelten Girlanden mit farbigen Glühbirnen, sie schaukelten im Wind. Bratwurstgeruch, Wolken von Zuckerwatte, der Mann mit der Flüstertüte an der Losbude hatte, was den Andrang betraf, das große Los gezogen. Oder den Vogel abgeschossen? Ja, die Dorns hatten wieder ein Karussell.

Und am Abend füllte Alfons Dorn Formulare aus; er mußte einen Rechtsanwalt beschäftigen, der hatte viel zu tun und nicht gerade auf ihn gewartet. Ohne Rechtsanwalt keine Anträge, ohne Anträge keine Bewilligungen. Geburts-, Heirats- und Abstammungsurkunden mußten vorgelegt werden. Wer hatte die schon, wer hatte sie im Deportationsgepäck, im kniehohen Matsch des Lagers, unter dem verlausten Strohsack? War die Geburt von Ignaz registriert worden, und wenn ja: Wo waren die Papiere nach der Auflösung des Lagers hingekommen? Zu den russischen Befreiern? Den Polen? Waren sie in der Stadt Lublin, zu der das Lager gehörte? Eine Straßenbahn fuhr vom Bahnhof nach Majdanek. Jüdische Zwangsarbeiter, aus Polen zusammengetrieben, und zweitausend russische Kriegsgefangene hatten das Lager bauen müssen. Von den Russen waren nach einem knappen Jahr nur noch fünfhundert am Leben. Von diesen Überlebenden war ein Drittel halbtot oder arbeitsunfähig. Im Lager wurden Fensterrahmen, Munitionskisten, Dachpappe und Schuhe hergestellt. Das Lager mit hundert Baracken war ein Provisorium, dauernd wurde es erweitert. Kommen, Gehen, Töten, Getötetwerden. Ende 1943 bestand das Lagerpersonal aus 1.258 Personen, allein im Stab der Kommandatur waren 261 Leute beschäftigt. Hatten diese noch Papiere über ihre Einstellungsvoraussetzungen, Beförderungen, Bescheinigungen der Krankenkassen? Drei der Kommandanten waren wegen Veruntreuung und Unterschlagung vorbestraft. Was ging es die Häftlinge an, was die Dorns, die in den Gräben schufteten? In Polen wollte man nach dem Krieg glauben machen, im Lager wären lauter Polen gewesen, polnische Kommunisten und polnische Nationalisten, die einen von den anderen streng geschieden. Die Geschichte umzuschreiben und zu säubern, war schwierig und schmerzhaft genug. Opferzahlen wurden hin und her gerechnet, herauf und herunter. Von Juden, Sinti und Roma wußte man angeblich nichts, Juden, Sinti und Roma gab es nicht. Sie waren in keiner Direktive vorgesehen. Es lebe die polnische Kommunistische Partei. Alfons Dorn brütete über einem Formular:

Wohnsitz am 1. 1. 1943?
Beschreibung der vom Deutschen Reich oder gleichgestellten Rechtsträgern entzogenen feststellbaren Vermögensgegenstände:

Bankguthaben ./.
Art des Kontos / Sparguthaben oder laufendes Konto? ./.
Anschrift der Bank oder Depositenkasse? ./.
Letzer Saldo? ./.
Ist Kontoauszug vorhanden? ./.

Vorwärts, immer geradeaus schauen und nicht aus den Augenwinkeln. Trotzdem: Rechtsanwalt Cobler war unerbittlich. Die Urkunden mußten beschafft werden, wenigstens in einer beglaubigten Kopie. Das war die allererste Voraussetzung. Wenn Alfons Dorn zum Amt ging, auf dem langen Gang wartete, die Bänke waren von anderen Bittstellern besetzt, wurde ihm elend. Angstschweiß, Herzrasen. Er konnte den Geruch nicht ertragen, er schneuzte sich. Er stand Männern gegenüber, von denen er glaubte, daß er sie im Lager Marzahn gesehen hatte, daß er sie später wieder beim Abtransport in Trier gesehen hatte, in den Messehallen in Köln, auf den Bahnhöfen während des Transports und in Lublin, jeden Tag in Lublin. Alle, alle kannte er, davon war er nicht abzubringen. Er kannte den Geruch der Männer, es roch nach Lager. Vielleicht roch er, während er darauf wartete, aufgerufen zu werden, auch nach Lager. Wann immer er konnte, nahm er Ignaz mit, und er nahm einen Stock mit. Vorsichtig trat er auf, als hätte er ein Ei im Schuh. Als er nicht schnell genug zu einem Appell gerannt war, wurde er so in die Kniekehlen geschlagen, daß eine Sehne riß. Vielleicht hätte man sein Bein später noch operieren können, vielleicht. Schmerzen und Sorgen und ein Stock, der sie nicht vertreiben konnte. Auf den Stock gestützt, tastende Schritte und eine riesige Anspannung. Wenn der Beamte in der Behörde seinen Stock sah, rief er einen Zeugen ins Zimmer. Angst in den Augen, flackernde Angst und Verachtung, Alfons sah es genau. Zwei Männer standen sich gegenüber, und jeder hatte Angst vor dem anderen. Einen Beamten im Dienst zu schlagen, das war ungeheuerlich. Ignaz war sein Zeuge, daß er es nicht tat, daß er nicht die Absicht hatte, es zu tun, Ignaz fiele ihm sofort in den Arm, wenn er den Stock erheben würde, wenn sein Temperament mit ihm durchginge. Er wußte doch selbst, was ihm blühte. Zuerst ein Aufbrausen, Gebrüll, Gezeter, Zuschlagen, Polizei, Gericht und dann eine saftige Vorstrafe. Oft wurde er schon an der Tür abgefertigt, oder jemand machte einen Strich durch seinen Antrag, und dann sollte er wieder gehen. Aber dalli!

Alfons wußte es genau: Ihm stand eine Entschädigung zu, Geld, Wiedergutmachungsgeld, und Lucie, Kathi, Josef und Ignaz, allen stand eine Entschädigung zu. Aber die ließ auf sich warten. Sie waren Bittsteller. Zunächst war die Fürsorge für sie zuständig gewesen, aber das Kindergeld war auch nicht richtig berechnet worden; der Rechtsanwalt hatte es gesagt. Vielleicht stand der Familie auch eine Kleidungszulage für den Winter zu und eine Beihilfe für die Zahnarztkosten und Massagen für Alfons' Bein. Darum müssen Sie sich schon selbst kümmern, sagte der Rechtsanwalt achselzuckend, ich habe mit Ihren Anträgen genug zu tun. *Eine höhere Beihilfe scheint aus dem Grunde nicht angebracht, weil der Antragsteller nicht die Gewähr für die zweckmäßige Verausgabung des Geldes bietet. Eine mehrmalige Beihilfe im Verlauf eines Jahres halte ich für angebracht. Es ist dann eher die Gewähr gegeben, daß der Antragsteller diese Beträge auch wirklich zur Deckung des notwendigen Bedarfs verwendet.* Der Rechtsanwalt grummelte noch etwas wie: Vorsicht, Vorsicht, wenn Ihrem Wiedergutmachungsantrag stattgegeben wird, versprechen Sie sich nicht zu viel davon. Alle Leistungen, die Sie bis jetzt bezogen haben, werden dabei berücksichtigt, jede Beihilfe, jeder Zuschuß. Das habe er schon in einigen Fällen erlebt: Das Geld schmilzt wie Butter unter der Sonne.

Lucie hatte dem Rechtsanwalt nur einen einzigen Verlust angezeigt: die Kleidung ihrer fünf toten Kinder. Cobler hatte sie durchdringend angesehen. Frau Dorn, dafür schreibe ich keinen Antrag. Was wollen Sie mit den Kleidern? Gedacht hatte er: Was will sie mit den Lumpen? Sie braucht doch Geld. Er besann sich aber und fragte höflich: Vermissen Sie sonst nichts? Die Kinder und die Kinder meiner Schwester und meine Schwester und –. Haben Sie denn keine Wertgegenstände gehabt, keinen Schmuck? Hatte Ihre Schwester Schmuck? Zuerst ein Achselzucken, dann: Ach ja, den habe ich vollkommen vergessen. Babettes goldene Ohrringe, das Armband mit einem Goldstück. Und noch mehr? Lucie strengte sich an. Dr. Cobler nickte, erweiterte die Liste und atmete auf, den Antrag reichte er weiter an die Behörde. Als der Antrag zurückkam, das dauerte nervenaufreibende Monate, hatte ein Beamter mit feiner Bleistiftschrift daneben geschrieben: *Erbberechtigt? Eigener Anspruch?* Im Grunde war Lucie anspruchslos.

Ihr Fall erinnerte Cobler an einen anderen, von dem ihm ein Kollege erzählt hatte. Ein Schlosser, der KPD-Mitglied war, hatte einen Antrag für die Aufnahme in den Kreis der politisch Verfolgten gestellt. Der Rechtsanwalt hatte ihm Mut gemacht, denn er zweifelte nicht an der Berechtigung. Der Schlosser war im Februar 1933 von Nazis angeschossen und lebensgefährlich verletzt worden: ein Steckschuß zwischen den Samensträngen. Dafür gab es Zeugen, einen Gastwirt, den Kriminalbeamten Ruppert und die Akten des Krankenhauses. Im März wurde er nach einer Prügeltortur im Braunen Haus als Schutzhäftling im Konzentrationslager Osthofen festgesetzt. Weil er noch Jugendlicher war, wurde er entlassen, er tauschte das Konzentrationslager gegen eine Gefängnisstrafe mit Einzelhaft ein. Auch hierfür gab er Zeugen an. Von Mai bis zum November 1933 wurde er noch einige Male interniert. *Freiwillig* folgte der Arbeitsdienst, allerdings nur für einige Tage. Wieder wurde er festgenommen und im Rathaus von Biblis schwer mißhandelt. Ein SS-Mann rettete ihn vor der *lynchwütigen Masse*, so nannte der Schlosser sie im nachhinein. Woher kannte er den Ausdruck? Von Biblis wurde er nach Worms gebracht und tagelang so geprügelt, daß er *halbirrsinnig* entlassen wurde. Trotzdem hatte er den Namen des Schutzmannes, der sich dabei besonders hervorgetan hatte, behalten: Schwarzenberg. Nachdem er einigermaßen zu Kräften gekommen war, nahm er unverdrossen die illegale Tätigkeit für die KP wieder auf. Als die Gruppe aufflog, wurde er festgenommen. Wie die Geschwister Torgau wegen Vorbereitung zum Hochverrat angeklagt, hatte er zum ersten Mal Glück und wurde mangels Beweisen freigesprochen. Auch für die weiteren Verhaftungen direkt von der Arbeitsstelle hatte er Zeugen, den Vorarbeiter Trapp vom städtischen Tiefbauamt und den Bauunternehmer Hartenbach. Zum letzten Mal war er 1938 für einige Wochen festgesetzt worden, dabei wurde sein Radio beschlagnahmt und nicht zurückerstattet. Als seine Existenz untragbar geworden war, verließ er die Stadt und suchte in Kassel Arbeit. Obwohl er von Anfang an ein Gegner des Regimes gewesen war, wurde er zur Wehrmacht einberufen; jeder wehrfähige Mann wurde gebraucht. Über seine Kriegserlebnisse sprach er nicht. Sein Antrag endete ohne Schnörkel: *Durch die andauernde Verfolgung in den Nazijahren und die dabei öfters erlittenen Mißhandlungen habe ich mir ein nervöses Magenleiden zugezogen, das chronisch geworden ist. Auch meine Familie hat ebenso unter diesen Verfolgungen gelitten. Ich beantrage deshalb für mich und meine beiden Kinder eine Erholungskur. Außerdem als Wiedergutmachung für mein von den Nazis beschlagnahmtes Radio ein anderes Gerät. Sonstige Wiedergutmachungsansprüche stelle ich nicht.*

Daß der Rechtsanwalt mit den Anträgen für die Dorns kaum Geld verdiente, ließ er nicht gerade taktvoll durchblicken. Dann stellte sich heraus, Josefs Antrag war schon im Vorfeld als unzulässig abgelehnt worden. Er habe Deutschland *illegal* verlassen. Er hätte nicht einmal seinen Wohnort verlassen dürfen, einfach dort bleiben müssen, bis er in ein Strafkommando hineinkommandiert, bis er deportiert worden wäre. Er sei wehrdienstpflichtig gewesen, habe sich dem Wehrdienst entzogen; das sei ein Verbrechen. Es sei unwahrscheinlich, daß seine Ausweispapiere in Luxemburg verlorengegangen seien, vielmehr habe er sie selbst vernichtet. Seine Verschleppung in das Lager Buchenwald wurde mit der Verurteilung wegen Paßvergehens und Urkundenfälschung begründet. Seine Verfolgung aus rassischen Gründen wurde nicht anerkannt. Eine Haftentschädigung wurde verweigert. Ausgegrenzt, entrechtet, aber wehrdienstpflichtig. Vielleicht wäre er schon viel früher sterilisiert worden, wenn er seinen Wohnort nicht verlassen hätte. Hätte er seinen Wohnort nicht verlassen, wäre seine *zigeunerische Herkunft* der Grund für seine Verfolgung gewesen. Wäre er nicht emigriert, wäre er als Soldat eingezogen worden. Wäre er eingezogen worden, wäre er nach einer Anordnung des Oberkommandos der Wehrmacht am 10. 7. 1942 wie alle Sinti aus rassepolitischen Gründen aus der Wehrmacht entlassen worden. Während er sich in Luxemburg durchschlug, war ihm die Staatsbürgerschaft entzogen worden. Nach der Gründung der Bundesrepublik hatte er es verabsäumt, sich um die Wiedererlangung der deutschen Staatsbürgerschaft zu kümmern. Unwissenheit schützt nicht vor Strafe. Im Grunde genommen war er ein Fremder, ein Staatenloser in der Stadt, in der er geboren war. Kein Pfennig stand ihm zu. Ich bedauere, sagte Dr. Cobler, so ist die Gesetzeslage.

Daß er Josef kannte, daß sie Kameraden im Unglück gewesen waren, spielte jetzt keine Rolle. Nie mehr würde Heinz Cobler über seine Vergangenheit sprechen, über die Ermordung seiner Familie, und mit einem Mandanten schon gar nicht; die Sintifamilie gehörte nun mal zu seinen Mandanten. Daß er selbst *antragsberechtigt* war und ebenso wie Josef Dorn auf die Entschädigung zur Wiedergutmachung wartete, das ging nur ihn als Juden etwas an. Ihn ging das Recht an, das ihm zusetzte. Seinen Verwandten in Minnesota hatte er geschrieben: *Verzichtet darauf. Was nützt euch die elende Beweislage? Das Haus in der Kochstraße ist zerstört, die Trümmer abgeräumt, die Akten des Grundbuchamtes verbrannt. Macht euch nicht unglücklich, der Prozeß wird Jahre dauern. Denkt an die Gegenwart, denkt an die Zukunft.* Und die Kusine, die er seit Kinderzeiten nicht mehr gesehen hatte, befolgte seinen Rat. Den Verwandten in Haifa schrieb er einen ähnlichen Brief. Aber sie wollten ihr Recht, *koste es, was es wolle*, schrieben sie. Als Cobler erfuhr, daß sie sich einen anderen Anwalt gesucht hatten, wußte er nicht, ob er gekränkt oder erleichtert sein sollte. Manchmal fiel er einfach um, auch in der Kanzlei, glücklicherweise noch nicht im Gericht, verletzte sich, blaue Flecken, Schnittwunden. Aber seine Krankheit sei *anlagebedingt, habe sich durch die Haft nicht verschlimmert.* Gutachten brachte er nicht bei. *Anlagebedingt*, wie sein Judentum *anlagebedingt* war. Bevor er umfiel, hatte er manchmal Halluzinationen. Er hörte eine Gewehrsalve ganz nah hinter sich, oder es knackte, knisterte, es wurde ihm heiß, und dann spürte er das Feuer, rundherum Feuer.

Entschädigungswürdigkeit hieß das Schlüsselwort. Josef Dorn merkte es sich; Annchen schrieb es in großen Buchstaben auf ein Blatt Papier. Alfons schleppte das Bein nach, humpelte am Stock, die schleppende Behandlung der Anträge zermürbte. Ihm war häufig übel, er vertrug nichts Gebratenes, er vertrug kein Fett. Als wäre alles, was gut schmeckt, nicht mehr verträglich, als müßte er am besten denselben Fraß wie im Lager essen. Der Arzt ließ ihn warten, besonders lange, so kam es ihm vor. Alfons wunderte sich, daß er ihn nicht richtig untersuchte. Fragen stellte er, Rezepte stellte er aus, aber die Tabletten nützten nichts. Warum sollte er sie nehmen? Der Arzt hatte ihm eine Depression bescheinigt, *apathisch, fahrig, reizbar, ängstlich*, hatte er zusätzlich notiert. Alfons mußte nach Koblenz reisen, fragte sich durch, wieder ein Arzt, diesmal ein Psychiater, ein Gutachter für die Landesrentenbehörde. Der befand, daß er noch nie gehört habe, daß man eine Depression mit Geld behandeln könne. Also nur eine Minderung der Erwerbstätigkeit, in Prozentzahlen ausgedrückt. Mit wieviel Prozent der Arbeitsfähigkeit konnte man einen Karusselbetrieb unterhalten? Keine Rente, keine Entschädigung für die gerissene Sehne, keine Begutachtung des immer wieder revoltierenden Magens. Die Aktenzeichen verwirrten sich, Zahlendreher, jeweils ein neues Zeichen, für jeden Antrag ein neues Formular. Josef interessierte sich nicht mehr dafür. Es wird ja doch nichts daraus, Vater. Kathi und Josef, Ignaz und Annchen: der Torso einer großen Familie. Vera, Michael, Konrad, Rita, Michael und Arnold und Lucies Schwester Babette, Laurenz, die Kinder der Schwester, Henni und seine Braut, der Bruder des Großvaters, dessen Frau und ihre Kinder, alle, alle. Die Dorns waren eine Insel in einem Meer von Traurigkeit, aber die durfte niemand sehen. *Farben stimmen froh, und Frohsinn braucht der Schausteller.*

Lucie fuhr jetzt nicht mehr über die Dörfer. Der Handkoffer verstaubte, die Sicherheitsnadeln und die Gummilitzen hatte sie vergessen, und wenn Alfons fragte, ganz vorsichtig nur: Willst du nicht wieder in die Häuser gehen?, winkte sie ab, nein, nicht mehr. Das Wort Hausieren vermied er. Aber warum saß Lucie im Dunkeln herum? Sie nähte nicht wie früher, mit dem steifen Zeigefinger war es kaum möglich, und wenn sie abends nicht nähte, brauchte sie kein Licht, sagte sie. Sie saß im Dunkeln, aber manchmal war es ihr nicht dunkel genug. Sie band sich ihr Schultertuch um den Kopf, nichts wollte sie sehen, nichts, und sie wollte beim Nichtsehen auch nicht gestört werden. Und wenn die Kinder fragten: Warum tust du das?, sagte sie einfach: Es tut mir gut. Sie will blind sein nach der Helligkeit des Tages. Angst ist hier, auch unter dem kratzenden Tuch. Sie grübelt über ihre kleinen Kinder, die wenigen Kinder, die vielen Kinder, sie zählt sie, aber die Zahlen verwirren sich. Sie beginnt immer wieder zu zählen, denkt an die Geburtstage, sie rechnet, sie sagt die Namen ihrer Kinder auf, Josef, Kathi, Vera, Konrad, Rita, Arnold, Ignaz, alle brauchen sie, alle sind klein, nein, Josef und Kathi sind längst erwachsen. Jetzt hat sie Michael vergessen. Sie riecht den Duft des Kinderhaars, denkt an die sommerwarmen Körper, die Biegsamkeit der Körper, die knochigen Knie, die schmutzigen Strümpfe, an die Löcher in den Strümpfen. Etwas stimmt nicht. Nein, noch ein Kind fehlt. Obwohl sie nur noch verschwommen sieht, sieht sie das blaue Gesichtchen, das Kind, das sie aus sich herausgepreßt hat, das Kind, das nicht gesegnet wurde, das Kind, nach dessen Tod sie nie wieder ein Kind haben wollte. Sie sieht das Neugeborene, seine starren Glieder. Sie sieht, und sie sieht nicht. Wann ist das Kind geboren und gestorben? Sie weiß es nicht. Aber sie hat auch Annchen bei der Aufzählung vergessen und weiß, daß sie Abbitte leisten muß.

Sie starrte in den Raum, jetzt saß sie neben ihrem Mann im Dunkeln. Warum umschlang sie ihn nicht? Er dachte nach, je mehr er nachdachte, um so unsicherer wurde er. Lucie hielt sich den Kopf, zog den Kopf tief auf die Brust, hob die angewinkelten Arme und preßte sie auf ihre Ohren. Was hast du denn, Lucie? Sie sprach nicht, sie blieb im Haus, wippte auf der Kante eines Küchenstuhls, als wäre es unangemessen, die ganze Sitzfläche einzunehmen. Und dann schleppte sie sich am nächsten Morgen bei trübem Wetter hinaus; wieder einmal wollte sie Annchen abholen, sie nahm Brote mit. Sie hatte noch einmal versucht, auf der anderen Moselseite Geld zu verdienen, ganz wenig, nur mit Knöpfen und Heftpflaster, ein Taschengeld, ja, wirklich nur so wenig, daß sie es in die Schürzentasche stecken konnte, Klimpergeld. Zu den verschatteten Häusern unter den roten Sandsteinfelsen wollte sie, weiter nicht.

Alfons versuchte sie zu locken: Komm doch mit auf den Jahrmarkt. Dem Jahrmarkt traute sie nicht: zu laut, zu unsicher,

Angst, jemand zeigte verächtlich auf sie, beleidigte sie. Sie sah nicht aus wie die Frauen, von denen sie geschnitten wurde, sie trug immer noch lange Röcke, dunkle Röcke, nichts Fliederfarbenes im Frühjahr, kein Lindgrün, keine weißen Tupfen auf Azurblau und Schuhe aus Krokodilleder und schlenkernde Handtaschen dazu. Gerwins Mutter trug so etwas, Kurts Mutter, meine Mutter, Cecilias Mutter, die Mutter des Museumsmädchens, die Mutter von Iris wieder etwas anderes, sicher etwas Fließendes, Wippendes. Die Mutter des gestorbenen Mädchens kannten wir nicht. Und die Lehrerinnen, die vor allem, glänzten in Himbeerrot oder in frischen Streifen. Auch Kurts Großmutter zog sich von Zeit zu Zeit gut an, dann aber eher in Tannengrün oder in einem gedeckten Brombeerton, ein sonntägliches Geschwader aufgeputzter Frauen. Aurelias Mutter sahen wir nicht am Sonntag. Was tat sie am Sonntag? Las sie die Nachrichten aus dem Verband der Verfolgten des Naziregimes? Bügelte sie die Wäsche der Familie, nachdem die Arbeit an der Heißmangel sie jeden Wochentag erschöpft und erhitzt hatte? Freute sie sich, mit Willi zusammen zu sein, ehe er am nächsten Tag wieder in ein fremdes Auto stieg? Als Fahrer war er nur unregelmäßig zuhause, sein Heimkommen war ungewiß. Die, die mit ihm im Zuchthaus gesessen hatten, hätte er gerne häufiger getroffen, sie hätten sich gegenseitig ermuntert, diskutiert, politisiert.

Nein, auf die Kirmes wollte Lucie nicht mehr, nie mehr. Auch wenn es für ihren Mann einfacher gewesen wäre, wenn sie Fahrscheine verkauft hätte. Sie konnte es viel besser als Kathi. Mann und Frau immer zusammen, den ganzen Tag, die ganze Nacht, eine schöne Ordnung, die die angetane Unordnung glättete und besänftigte. Lucie hatte am Karussell immer ein bißchen geschmeichelt, ganz leise gesprochen, als wäre die Karte ein Versprechen, das dem Kind gegeben wurde. Und so war es ja auch. Wenn sie sich anzog und die Knöpfe schließen wollte, fiel es ihr schwer, der steife Finger störte, sperrte sich, und sie mußte Alfons bitten, ihr zu helfen. Er war nicht da. Wo war er? Josef und er bauten das Karussell in Saarburg auf. Sie bat Kathi um Hilfe. Kathi hatte schmutzige Hände, sie hatte Lauchstangen geputzt, die voller Erde waren. Etwas stimmte nicht.

Alles stimmte, wenn sie am Rand des Schulhofs stand, die Brote in der Tasche, keine Leberwurst, kein Schmierkäse, aber war es denn Butter?, doch wohl Margarine. Alles stimmte, wenn sie wartete und mit durchdringendem Blick die fremden Kinder ansah, bis ihre Tochter aus der Schultür kam; verdrossen trottete Annchen mit dem schweren Ranzen. Sie sah eine der Lehrerinnen, ob sie sie gleichzeitig mit ihrer Mutter erblickte, einen Augenblick später oder früher, darauf kam es nicht an. Eine breithüftige, stolze Person mit einer zusammengenestelten Hochfrisur und straff über der Stirn und den Ohren, Annchens Handarbeitslehrerin, von der die Kinder erzählten, daß sie mit einer ganz dünnen Häkelnadel vor ihnen herumfuchtelte. Sie sticht uns noch die Augen aus, behauptete Cecilia, und die Kinder schauderten. Lucie erkannte die Lehrerin, stürmte auf sie zu: Mein Kind stechen Sie nicht mehr mit der Nadel! Jetzt war die Häkelnadel ein medizinisches Instrument geworden, sie konnte eingeführt werden ins Auge, ins Ohr, in alle Körperöffnungen, und wer weiß, was sie zutage förderte. Sie war gefährlich, und Lucie mußte die Tochter davor schützen, vor dem Stich mit der Nadel, dem Ritzen der Haut, vor der Gewißheit, gezeichnet zu werden. Es sprach sich herum, auch bei den Müttern, wer hatte es erzählt, oder hatte jemand es erfunden?, das Feuer in den Augen der Frau, das Glimmen, das Glosen. Sie hatte ja schon den Lehrer angefallen. Sie war gefährlich, gemeingefährlich. Ob Annchen nicht beschämt war, so häufig von ihrer Mutter abgeholt zu werden wie ein ganz kleines Kind? Vielleicht verstand sie, warum ihre Mutter kam. Vielleicht kam sie nicht nur, um ihr Kind zu schützen, sondern weil Annchen auch sie schützte, solange sie ein Kind war, solange die eine die andere brauchte, solange beide das Gebrauchtwerden brauchten.

Was Annchen kann:
Sie kann zuhören.
Sie kann fragen (besser als antworten) und hält den Kopf dabei schief.
Sie kann beim Fragen ganz vorsichtig sein, als balanciere sie ein Glas Himbeersaft auf dem Kopf, dabei sind es Wörter.
Sie kann sich unsichtbar machen hinter dem Rücken der anderen.
Sie kann Rücksicht nehmen.

Jetzt hatte Annchen auch Freude am Singen bekommen. Sie sang leise, nicht so selbstbewußt wie Iris, aber sie traf alle Töne mit Leichtigkeit. Wir sangen auch nicht mehr das Zigeunerlied, sondern Wanderlieder, die einmal Marschlieder für Infanteristen gewesen waren. Hatten die Flieger keine Lieder? Wir sangen auch wieder Kirchenlieder, für Kinderlieder waren wir schon zu groß. Einmal, nicht lange nach dem Singen, meldete sie sich und sagte, sie habe eine fremde Frau in einem weißen Kleid gesehen. Die Frau – oder sagte sie: die Dame? – habe vorsichtig die Klassentür geöffnet und hineingeschaut, als würde sie jemanden suchen. Niemand außer Annchen hatte die Frau gesehen, aber es war doch unheimlich. Sah denn Annchen Geister?

Wir wußten, daß die Gottesmutter schon häufig Kindern erschienen war, armen Kindern, Hirtenkindern mit bloßen Füßen, und ihnen eine Botschaft überbracht hatte. Eine Botschaft, die sie vor dem Pfarrer und später dem Bischof wiederholen mußten. Vermutlich waren sie verschreckt, wie hätten sie sich vorstellen können, würdig zu sein, also auserwählt. Warum ausgerechnet sie? Der Bischof meldete die Botschaft an den Kardinal, der meldete sie nach Rom, bis zum Papst drang die Botschaft, und die Kinder wurden vorgeladen. Wort für Wort mußten sie wiederholen, kein Wort durfte verlorengehen – wie Milch, die in einer Kanne getragen wird, kein Tropfen darf verschüttet werden. Und es machte doch Angst, als Übermittler einer heiligen Botschaft plötzlich so ernst genommen zu werden. Der Lehrer kümmerte sich nicht besonders um Annchens Beobachtung, er kümmerte sich überhaupt nicht viel um sie. Eigentlich war sie Luft für ihn nach dem Zusammenstoß mit ihrer Mutter. Aber wir waren elektrisiert. Wenn die Gottesmutter Kindern in abgelegenen Schluchten erschien, auf sumpfigen Wiesen, wo Schafe weideten, warum nicht im Klassenzimmer? Und nur Annchen hatte sie gesehen. Oder war es gar keine Erscheinung? Hatte Frau Berghausen in einem weißen Kleid den Kopf in die Tür gesteckt, und Annchen hatte sie nicht erkannt? Iris hätte es doch merken müssen, ein Kind spürt die Nähe seiner Mutter, dachten wir, obwohl wir es nicht so genau wußten. Iris sagte mit Bestimmtheit, niemals käme ihre Mutter in die Schule, sie hätte anderes zu tun. Das war logisch. Nach langem Nachdenken meldete sich ein besonderer Schlaumeier: Es muß die Heilige Cäcilie gewesen sein, sie hat unser Singen gehört. Vielleicht hat es ihr nicht gefallen. Sie ist doch die Patronin der Musik; der Kirchenchor heißt auch Cäcilienchor. Aurelia platzte heraus mit einem Lachen, sie konnte sich nicht mehr halten, wir sahen sie verblüfft an. Und dann Cecilia: Sie sah aus, als wollte sie unter den Tisch kriechen. Still, still, nicht lachen, nicht glauben, staunen und vergessen. Annchen, du mußt dich getäuscht haben.

Gerwin lud uns ein; sein Geburtstag war im Juli, kurz vor den Sommerferien. Wir grübelten, was wir ihm mitbringen sollten, tuschelten miteinander, und ich weiß nicht, ob Gerwin uns hörte oder auch bewußt überhörte. Bringt eure Badehosen mit!, sagte er. Das erleichterte, kein Geschenk, er hat doch alles, sagte Kurt, alle möglichen Spielsachen. Also ein Geburtstag ohne Geschenke, heimliche oder übergroße, die uns Gäste hätten beschämen können. Wie Rosinen hatte er einige aus der Klasse herausgepickt. Kurt war sein bester Freund, und weil mein bester Freund wiederum Kurt war, wurde ich auch eingeladen. Kaum Mädchen waren dabei, das war nicht ungewöhnlich. Aber schließlich waren wir sehr viele: die meisten wirklich ohne Geschenke, aber mit wassergekämmten Haaren, sauberen Fingernägeln und der Badehose, einem Handtuch in einer stramm gerollten Wurst. Gerwins Vater hatte einen Pool im großen Garten bauen lassen. Die Essigfabrik, die schon dem Großvater und Gott weiß wem gehört hatte, war aus dem Jahr 1889. So stand es in dunklen Großbuchstaben auf dem roten Sandsteingiebel. Die Essigfabrik und der Pool: Das Wort Pool war ein unendliches Vergnügen, man mußte es sich auf der Zunge zergehen lassen. Vom neuen Pool hatte Gerwin schon häufiger erzählt, da wußten wir noch nicht, was ein Puhl war, wir pulten in der Nase, aber er hatte wohl etwas mit Wasser zu tun, also ein Pfuhl? Nein, ein Pool. Vielleicht war es ein Geheimwort, ein Sesamöffnedich.

Zum Haus hinter der Haselhecke führte ein Schieferweg. Kaum hatte uns die Hausangestellte mit dem Kaninchenblick die Haustür geöffnet und uns allen die Hand gegeben, tauchte Gerwin auf. Zeitgemäßer wäre zu sagen: Er kam seitwärts aus der Tiefe des Raumes und verschwand wieder. Er kam ein zweites Mal und fixierte uns. Wir kannten nicht alle Kinder, die Gerwin eingeladen hatte. Vielleicht war er selbst verwundert, wie viele wir waren. Als hätten wir ihn eingekreist, schien das Geburtstagskind zu lauern; er war überfordert. Und dann sah ich auf der Treppe Gerwins Mutter, ihr Auftritt, der sich mit vielen anderen Auftritten, die ich später im Kino sah, mischte, war glanzvoll:

wie sie die Treppe hinunterschritt; Flur oder Diele konnte man den Raum schlecht nennen, Halle?, das klingt nach einem öffentlichen Raum, ja, er war groß, wir standen, ohne uns zu drängen. Sie wartete, bis alle zusammengekommen waren, eine hungrige, erlebnishungrige, aber zivilisierte Masse, sie sprach ein paar milde Sätze des Willkommens. Was Gerwin dabei machte, ob er wieder griente, ob er die Augen verdrehte, weiß ich nicht. Wir sollten alle viel Spaß haben, und – jetzt erinnere ich mich wieder – er stand gar nicht in der Nähe seiner Mutter. Er hatte sich gefaßt. Aus dem oberen Stockwerk rief er mit rauher Stimme: Toll, daß ihr da seid! Aber so toll war es nicht, eher klamm. Die Hausangestellte und die Mutter gaben uns Saft und Limonade zu trinken. Ein Tisch mit belegten Brötchen, Gürkchen und Tomatenvierteln, ein anderer Tisch mit Kuchen, daneben ein großer Stapel mit Papierservietten, auf denen *Guten Appetit* stand. Ein Glas mit Luftballons, eines mit Karamellbonbons und ein Aquariumglas mit Tischtennisbällen fiel mir auf; in einem Regal lagerten Brettspiele und Geduldspiele. An meinen Appetit kann ich mich nicht mehr erinnern, aber an die Rolle mit Handtuch und Badehose, unbedingt wollte ich den Pool sehen, unbedingt schwimmen.

Vom Blumenfenster aus sah man ihn, sein Wasser schimmerte azurfarben. Oder waren es die Fliesen, die ihm seine Farbe verliehen? Er war groß, aber nicht so groß, daß wir alle zur gleichen Zeit darin hätten planschen können. Plötzlich begann es zu donnern, das Blitzen hatten wir nicht gesehen, ein häßlicher Regen knallte auf den Beckenrand, in großen Blasen sprangen die Tropfen auf das Wasser . Es schien so, als würden einem selbst im Wohnzimmer die Füße naß. Also kein Swimming Pool, das Badezeug war überflüssig, überall die Handtuchrollen und die Sportbeutel und eine verstörte Ratlosigkeit. Was konnten so viele Kinder miteinander spielen? Die Tischtennisplatte reichte nicht.

Die elektrische Eisenbahn war zu kostbar, als daß wir uns alle um sie drängen durften. Wie ich Gerwin kannte, hätte er ohnehin die Züge allein dirigiert und das Schaltgerät nicht aus der Hand gegeben. Und keiner kam auf die Idee, im ganzen Haus Versteck zu spielen, die Vornehmheit, der Blick von Gerwins Mutter verboten es. Der Regen wusch die Scheiben, Gerwin schaute unglücklich (oder wütend?), ein angefangener Nachmittag, der wie ein Film gerissen war und in der Zeit schlenkerte. Wir hatten genug Limonade, hatten uns gemerkt, wo die Toilette war, die Gästetoilette hieß.

Gerwins Vater stand in der Tür, ein ziemlich großer und breiter, kahlköpfiger Mann. Wenn ihr wollt, zeige ich euch die Essigfabrik, nur zu, keine Müdigkeit vorschützen. Wie man Essig herstellt, ist eigentlich ein Geheimnis, aber ausnahmsweise zeige ich es mal. Damit ihr nicht durch den Regen enttäuscht seid. Wir wußten nicht genau, ob wir eine Fabrik sehen wollten, und dann noch eine saure Fabrik, aber er hatte schon einladend, ja, zuvorkommend eine Tür geöffnet, die in einen überdachten Gang führte. Der Regen prasselte auf das Glasdach, Bäche rannen über die seitlichen Scheiben. Jetzt waren wir die Gäste des Unternehmers, nicht mehr Gerwins Gäste. Daß unsere Mütter den Salat mit Essig anmachten, daß wir gerne Essiggurken aßen und sauer eingelegten Braten, setzte er voraus.

Wir sahen von einem Fenster aus den Lagerplatz für die Paketgebirge mit den Essigflaschen, einen Anbau mit dem Wiegeraum und den Kesseln zum Ausdämpfen der Fässer. Peinliche Reinlichkeit, sagte Gerwins Vater, ist das A und O bei der Essigproduktion, er verliert sonst an Aroma und Geschmack oder noch schlimmer: Er kippt um. Jetzt geleitete er uns über eine Treppe in den Fabrikationsraum, in dem ein Riesenbottich stand, darin ruhten alter Essig, Wein und Spiritus und eine stinkende, halbvergorene Masse von Weintrauben. Spiritus wird mit

Essig und Wasser vergällt, damit wird er für andere Getränke unbrauchbar, erklärte Gerwins Vater, heimlich kann also niemand Schnaps daraus machen. Und dann lachte er, der Scherz war nicht für Kinder bestimmt, sondern für allgemeine Führungen in der Fabrik. Es sind Trauben aus schlechten Lagen, Trauben, auf die es zu lange geregnet hat oder zu saure Trauben in einem schlechten Jahrgang. Der Wein daraus wäre für den Verkauf nicht gut genug. Für unseren Essig sind mindestens zwanzig Prozent Wein erforderlich, er macht später das Aroma aus. Er zeigte uns, wie die Masse aus einem riesigen Bottich mit einem Siebboden durch ein Rohr im Fußboden floß. In dieser gewaltigen Halle im Erdgeschoß standen riesige Mengen von Bottichen mit Deckeln – Gerwins Vater nannte sie Bildner –, übermannshoch, sie waren mit spiralig gerollten Buchenspänen angefüllt. Bildnerabteilung: ein Wort, das wir nicht kannten und nie wieder hörten, es hätte in ein Museum gepaßt. Mit Schwung ging Gerwins Vater voraus, er war stolz auf die Fabrik, die seit drei Generationen im Familienbesitz war. In seinem Rücken konnten wir uns auch die Nasen zuhalten; der dumpfe Geruch war betäubend. An der Saaldecke entlang zeigte er uns ein Röhrensystem, das die Maische aus der ersten Etage auffing und zu den Bildnern weiterleitete. Dort, sagte er, fließt das Gemisch mit Hilfe einer Heberflasche jeweils in das Innere eines Bottichs, aber nicht direkt auf die Späne, sondern es wird durch ein kompliziert angeordnetes und sich drehendes System von Glasröhrchen, in denen sich Löcher befinden, ausgespritzt, damit die Späne gleichmäßig durchfeuchtet werden. Die Flüssigkeit sickert langsam durch die Späne, erklärte Gerwins Vater, die Essigbakterien, die in den Buchenholzspänen leben, verwandeln im Bottich den von außen strömenden Sauerstoff mit dem Alkohol in Essigsäure, er oxydiert. Und jetzt, er hob die Stimme und hörte sich an wie ein Märchenonkel, sage ich euch noch, was eine Essigmutter ist. Er machte eine Pause, vielleicht erwartete er, daß wir lachten: Die Essigmutter, das sind die Bakterien, die in den Spänen leben. Das Aroma des Buchenholzes teilt sich dem beigegebenen Wein mit. Jeweils am Fuß eines Bottichs, er zeigte es uns, war eine Öffnung, durch die die verflüssigte Maische in ein Rohr floß, von dem sie in die unterirdisch gelegenen Sammelbottiche geleitet wurde. Gerwins Vater klatschte in die Hände: Das sieht alles ziemlich einfach aus, Kinder, aber die Kunst liegt in der Zusammensetzung der Bestandteile, der Regulierung des Luftstroms und in der ständigen Kontrolle der richtigen Temperatur. Die Essigbildung funktioniert nur bei 15 Grad – ich wiederhole: zu jeder Jahreszeit bei 15 Grad. Wir hörten das helle Gluckern der Flüssigkeit in den Rohren und Röhrchen, es war, als würde der Raum vibrieren. Die Augen fingen an zu tränen, die schwere Luft legte sich wie ein Kissen auf die Brust, Atmen und Sprechen fielen schwer. Ich wartete, erwartete einen Asthmaanfall, aber er blieb aus. Jetzt schleunigst wieder ins Freie, sagte Gerwins Vater, eigentlich ist das kein Aufenthaltsraum für Kinder. Er sagte das, als wäre es ihm jetzt im Augenblick eingefallen, aber wir hatten es schon früher gemerkt. Die Arbeiter könnt ihr bewundern, die mehrmals am Tag von Bottich zu Bottich wandern und alles kontrollieren. Es sind mehr als hundert Bottiche. Meine Firma verbraucht jeden Tag 370 Liter reinen Alkohol, so viel könnt ihr euch in Flaschen aufgezogen gar nicht vorstellen. In jedem Bildner entstehen täglich etwa zwanzig Liter Essigsprit zu zwanzig Prozent Essigsäure. Für den Gebrauch wird er verdünnt: Unser Weinessig enthält nur fünf bis sechs Prozent Essigsäure. Damit ihr es behaltet, sage ich es noch einmal: Das Befeuchten über den Buchenspänen ist eine Kunst, die gleichmäßige Temperatur – im Winter gewärmt, im Sommer heruntergekühlt –, und ohne die zuverlässigen Arbeiter geht gar nichts. Gerwins Vater gab einem Mann die Hand, der war etwas verdutzt, vor uns allen mit Handschlag begrüßt zu werden. Der neu gewonnene Weinessig wird filtriert und kommt mit Hilfe von Pumpen in die Lagerfässer. Dort ruht er, ein Jahr oder zwei Jahre, je länger er ruht, um so besser. Bevor er schließlich in Flaschen zum Versand gefüllt wird, muß er pasteurisiert werden. Ihr wißt vermutlich nicht, was das ist: Er wird auf 90 bis 100 Grad erhitzt, damit werden die letzten Keime abgetötet. Unser Weinessig ist berühmt; wir vertreiben ihn in ganz Deutschland, bis nach Dänemark und Schweden verkaufen wir ihn.

Und jetzt zeige ich euch auch noch das Laboratorium. Deutlich war, daß Gerwins Vater auf diesen blitzblanken und hellen Raum besonders stolz war. Er öffnete die Tür, zwei Männer hantierten mit Glaskolben und Meßgeräten und sahen erst auf, als sie merkten, wie viele wir waren, die mit neugierigen Augen in der Tür standen. Sie prüfen den Säuregehalt, die Reinheit und das Bukett des Essigs. So macht man es auch beim Wein, erklärte Gerwins Vater. Und was wir im nächsten Jahr in Angriff nehmen, könnt ihr auch schon sehen: Wir bauen einen acht Meter langen und fünf Meter breiten Eisenbetonbehälter, ja, wie ein großer gedeckelter Pool. Aber er wird mit säurefesten Platten ausgekleidet. Wenn ihr wiederkommt, ist er wahrscheinlich fertig, dann ist es aus mit dem durchdringenden Säuregeruch. Ob jemand von uns Fragen habe? Nein, niemand hatte Fragen, wir waren froh, wieder im Freien zu sein, das Gluckern, Glucksen und Tröpfeln wie einen Nachhall in den Ohren. Ich hatte während der Besichtigung gar nicht auf Gerwin geachtet, er mußte den Vorgang schon hundertmal erklärt bekommen haben. Jetzt trottete er neben mir ins Haus und nahm sich noch ein Stück Apfeltorte vom Tisch. Es tropft, tropft von den Bäumen, das Gras im Garten knallgrün, und die Luft riecht wie frische Wäsche. Das ist der Tag, an dem Gerwin acht Jahre alt geworden ist. Er sieht müde aus, grient nicht, als wir uns verabschieden. Sein Vater steht neben ihm. Bis zum nächsten Jahr, sagt er, und: Jetzt ist der Geburtstag ins Wasser gefallen, aber Essig ist er nicht geworden. Dann lacht er und legt Gerwin eine Hand auf die Schulter.

Noch eine Woche lang knallte der Regen auf die Dächer, wir trugen unsere neuen Regencapes. Etwas fehlte, nicht nur der Sonnenschein, Optimismus oder das Spielen draußen. Bei Regen gingen viele Geschäfte schlecht, die Schausteller hatten Verluste, die Gartenlokale, und der Eismann meldete sich beim Schulrektor. Die Kinder hätten am letzten heißen Tag in Trauben um seinen Wagen gestanden und gedrängelt, aber er habe ja nur zwei Hände. Anderswo hatte es auch ein Knuffen und Schubsen gegeben, das ihn ablenkte. Am Abend, als er im Schublädchen Kassensturz machte, fehlte Geld. Die Summe könne er verschmerzen, aber er müßte doch den Rektor informieren. Kinder, die den Eismann bestehlen, das sei doch – er habe keine Worte dafür. Der Rektor hörte ihm zu, er hatte wenig Zeit, er mußte den Stundenplan umstellen, aber hier mußte er eingreifen. Jedem Verdacht mußte nachgegangen werden. Wie häufig war dem Eismann verboten worden, die Kinder gleich an der Schule abzufangen. Wie alt waren die Kinder denn? Vermutlich sieben oder acht Jahre alt. Erinnern Sie sich an Gesichter? Nein, nicht an Gesichter, aber an Hände, die sich ihm mit ihren Münzen entgegenstreckten. Hände?, fragte der Rektor. Nicht eigentlich Hände, sondern eine Hand. Eine Hand sei sehr sommersprossig gewesen. Das konnte nur die Hand von Iris sein. Der Rektor fragte nach dem Verlust, dann wiegte er den Kopf. Unser Lehrer wurde zu Rate gezogen, und in der Stunde, die eigentlich für Musik vorgesehen war, begann er mit Grabesstimme vom Verlust in der Kasse des Eisverkäufers zu reden und daß der Verdacht auf ein sieben-, achtjähriges Kind falle, ein Kind aus unserer Klasse. Er sah so ernst aus, daß jeder von uns wußte, der Verdacht war furchtbar. Ich warte, sagte der Lehrer, ich warte, daß sich der Täter oder die Täterin bei mir meldet. Der Regen rann in feinen Bächen die Scheibe hinunter, ich sah aus dem Fenster, niemanden wollte ich ansehen, und ich vermute, auch die anderen wollten niemanden ansehen. Wer angesehen wurde, war verdächtig. Und dann begannen wir wieder zu singen: *Meerstern, wir dich grüßen.* Aber gegen den Verdacht half Maria, die bei vielem half, nicht. Iris' Stimme war herauszuhören, wir orientierten uns an ihr, sie gab das Tempo vor, sie war unser Schrittmacher. Der Lehrer hatte irgendwann aufgehört, Iris im Musikunterricht zu loben.

So vergingen Tage, an denen der Verdacht auf uns allen lastete. Hat jemand mir etwas zu sagen? Niemand hatte dem Lehrer etwas zu sagen. Nur Gottfried sagte einmal in die spröde Stille hinein: Ich vermisse meinen Radiergummi. Naja, einen Radiergummi. Du hast ihn zuhause liegengelassen. Er ist aus deinem Mäppchen gefallen. So vergingen Tage, an denen wir die Frage des Lehrers wieder vergaßen. Es klarte auf, die Sonne hatte die Tropfen weggeleckt. Bald brannte die Sonne, Schwimmbadzeit, Eiszeit. Der Eismann stand wieder vor der Schultür, bimmelte, und wir stürzten aus dem Tor. Wieder ein paar Tage später sagte jemand: Iris war's. Und noch jemand: Iris war's, der Eismann hat sie wiedererkannt. Der Lehrer erfuhr es, der Rektor erfuhr es, ihre Mutter erfuhr es. Und Iris empörte sich wieder und wieder: Ich klaue doch nicht. Ich doch nicht! Meine Mutter gibt mir genügend Taschengeld, sie ist doch die einzige Mutter weit und breit, die Geld verdient. Soll doch der Eismann richtig zählen, wie viele Portionen er verkauft. Ein Radiergummi, der findet sich wieder, klar. Und wirklich, ein paar Tage später fand ihn Annchen hinter der Tafel und legte ihn vor unser aller Augen auf Gottfrieds Bank. Kann es sein, daß er dir auf den Boden gefallen ist, Gottfried? Was meinst du, Gottfried? Kann sein, kann nicht sein.

Irgendwann schrie Lucie auf: Ich seh nicht wirklich, was ich seh. Das bist doch du, Alfons, und sie griff nach seiner Hand. Aber wo bist du? Und wo ist Arnold? Er saß doch eben noch am Tisch und hat seinen Brei gegessen, mit dem Löffel, das kann er schon selbst. Und wo haben sich Michael und Konrad versteckt? Die büchsen immer aus und machen Blödsinn. Rita war nicht da, als ich sie von der Schule abholen wollte. Du wolltest Annchen abholen, und du hast sie abgeholt. Das stimmt nicht, Rita war nicht da. Ja, Rita war nicht da, aber Annchen war da, da ist sie doch. Annchen, geh zu deiner Mutter. Da bin ich doch. Als Lucie Annchens Stimme hörte, beruhigte sie sich.

Manchmal stolperte Lucie, holte sich blaue Flecken, torkelte, unverständlich für ihren Mann und ihre Kinder, als hätte sie zu viel Wein getrunken. Aber sie trank Pfefferminztee; die Minze wuchs in einem Beet hinter dem Haus, war gesund, jedenfalls sagte man das. Lucie schmierte Salbe auf die blauen Flecken, sie heilten nicht ab, oder wenn sie blasser geworden waren, stieß sie sich wieder am Tisch oder am Waschbecken und hatte neue blaue Flecken. Sie wimmerte wie ein kleines Kind, das den Grund seiner Traurigkeit vergessen hatte und aus Gewohnheit und Mangel an anderen Möglichkeiten langgezogene Töne von sich gab. Was ist denn mit ihr?, Annchen fragte Ignaz, er hatte keine Antwort. Sie fragte Kathi, die zuckte die Schultern: Ich sag's dir später. Sag's doch gleich. Nein, erst wenn die Mutter schläft. Und dann sagte sie es doch: Die Mutter hat Lager. Wir alle haben Lager. Der Vater, wenn er nichts ißt, Josef, wenn er wütend ist. Und ich – das merkst du ja selbst. Lager ist eine schlimme Krankheit.

Lucie schlief nicht, sie geisterte herum, nahm Äpfel in die Hand, so vorsichtig, als wären es Glaskugeln. Manchmal stellte sie sich selbst Fragen, aber bevor sie sie beantworten konnte, stolperte sie. Kathi räumte die Scherben weg, wenn sie einen Teller auf den Tisch stellen wollte und so nah an die Tischkante rückte, daß er fiel. Sie griff in die Schublade und wollte einen Löffel hervorholen, hatte aber dann das Brotmesser in der Hand. Man muß geduldig sein mit ihr. Das sagt Alfons, und manchmal verdreht er die Augen. Josef sagt nichts, er geht aus dem Haus, türenknallend, und kommt erst spät in der Nacht wieder, leise, beunruhigend leise. Er hat ein Mädchen gefunden. Er hat sich verliebt. Es ist kein Mädchen, sondern eine junge Frau mit zwei Kindern, die Witwe geworden ist. Sie ist bei Verwandten zu Besuch, entfernten Verwandten. Beim Tanzen hat er sie kennengelernt. Sie ist schön, sagt Josef, er sagt es zweimal, bis alle es verstanden haben. Sie will ihn als Mann, und daß er keine Kinder zeugen kann, ist ihr nicht unlieb. Und er will sie, unbedingt, denn wen sollte er wollen außer einer Frau, die ihn will, so wie er ist, genauso. Es ist ein schlechter Augenblick, das sagen zu müssen, den Sorgen der Familie eine neue zuzufügen oder eher schon eine Enttäuschung. Er will kein Karussell mehr aufbauen, er will keine Karten verkaufen, nicht mehr auf dem Jahrmarkt herumstehen im Zugigen, als großer Kinderfreund oder als Verführer, mißtrauisch beäugt von den Eltern der Kinder. Er will nicht, daß Kinder auf seine Arme schauen. Während andere ihre Ärmel aufkrempeln, trägt er häufig, auch wenn es heiß ist, Jacken mit Ärmeln bis zum Handgelenk. Nicht daß er all die Männer, die anders sind als er, beneidet. Er will ein Leben wie alle, ist das nicht verständlich?, er hat das Leben lange versäumt. Du willst kein Sinto mehr sein, sein Vater spricht es aus. Das stimmt nicht, alle wissen es. Aber er will leben wie ein Mann, das ist doch nicht zu viel verlangt. Wo wohnt die Frau?, nicht hier, ganz nahe an der Grenze zu Holland, bei Krefeld. Wieder eine Grenze. Und was macht sie?, fragen Vater und Mutter gleichzeitig. Und noch einmal: Was macht sie? Sie wartet auf mich. Er wird heiraten, er wird weggehen, schon bald. Du läßt uns allein, sagt Alfons, und sonst sagt er wenig. Lucie knetet ein Taschentuch, sie ist ganz aufmerksam, die Sätze knirschen in ihrem Kopf. Sie hört ihm zu, als hätte sie sich nicht vorstellen können, solche Sätze einmal zu hören: Ich will kein Karussell mehr aufbauen. Was willst du? Die Frau lieben, ihre Kinder lieben, die meine Kinder werden. Eigentlich sind sie es ja schon. Die Kinder sind ihm zugewachsen. Und dann wie ein Trumpf: Sie hat eine große Familie. Der Trumpf knallt auf den Tisch, seine Eltern und seine Geschwister haben schlechte Karten. Sie sind keine große Familie mehr, sie scharen sich zusammen um einen Krater. Insgeheim spürt er den Vorwurf seines Vaters, daß er keine Kinder zeugen könne, daß mit ihm die Tradition abbreche. Sein Vater würde es niemals aussprechen, niemals, aber Josef glaubt es zu spüren, und er denkt, sein Gespür habe ihn noch nie getäuscht.

Die Frau ist keine von uns. Die Kinder sind keine von uns. Und wo bleiben unsere Traditionen?, wütet Alfons, und er weiß, alles kommt daher, daß Josef nicht mit der Familie in Lublin war, daß er nach Buchenwald deportiert worden ist. Und daß er in Buchenwald war, kommt daher, daß er in Luxemburg war. Schon einmal hat er die Familie verlassen. Und Alfons weiß auch, daß er vielleicht wie die kleineren Kinder nicht überlebt hätte. Erschossen, totgeprügelt, an Auszehrung gestorben. Die schwerste Arbeit im Lager hat man den jungen Männern aufgebürdet. Nun tut es ihm leid, daß er Josef angeschrien hat, seinen großen Sohn, den übriggebliebenen erwachsenen Sohn, auf den er stolz ist. Josef wird ihn nicht trösten. Niemand wird ihn trösten. Er hat Josef bis ins Mark verletzt.

Lucie wickelt das Taschentuch um ihren steifen Finger. Und da sitzt sie, die Beine gespreizt unter ihrem schwarzen Rock, unter ihrem Trauerrock. Wie wirst du sie ernähren? Ich backe wieder, in einer Brotfabrik, die Familie hat sich darum gekümmert. Ja, sagt Alfons, die Familie. Und wir? Es wird nur eine kleine Hochzeit, ganz bescheiden, tröstet Josef. Und er sagt auch, er möchte ihnen seine Braut bald vorstellen. Annchen ist die einzige, die die Braut furchtbar gerne sehen will: ein weißes Kleid, weißer Schleier, blitzender Schmuck, Armreifengeklapper, Ohrringgeschaukel, eine schwarze Haarkrone und Löckchen im Nacken, sehr aufrecht und groß und ein bißchen heilig. Ein großer Tag, der schönste im Leben, leuchtende Augen, kleine, feine Schuhe mit hauchdünnen Sohlen, und ihr großer Bruder neben ihr, ernst, entschlossen und ein großes Ja. Und alle Gäste sind andächtig vor Rührung. Aber die unbekannte Braut hat schon einmal einen schönsten Tag gehabt. Kathi schaut ihren Bruder mit offenem Mund an, als hätte sie ihn noch nie gesehen, dann wendet sie sich ab. Lucie hat immer noch das Taschentuch in der Hand, aber sie führt es nicht an die Augen, es ist ein Wundverband für den Finger, dessen Nerven im Lager gestorben sind. Aber sie kann sich die Kinder der Braut nicht vorstellen, keine Braut, wie man sie sich vorstellt, eine Witwe. Jetzt ist viel Schweigen im Haus, tagelang. Alfons sagt: Wir hätten nie getrennt sein dürfen, wir hätten uns nie trennen lassen dürfen. Und denkt: Es gibt also eine Welt, die gegen Veränderung gefeit ist. Vielleicht nördlicher, vielleicht an der Grenze, hinter der Grenze, aber er kann sich auch täuschen, und die Veränderung ist so umfassend, daß man sie gar nicht mehr merkt. Josef nennt ein Datum, schon bald, bedenklich bald. Er packt seine Sachen, ihm ist klamm zumute, glücklich ist er nicht. Er denkt an seinen Aufbruch nach Luxemburg, er denkt an seine schöne Braut, und dann ist er weg.

Kathi setzt sich auf die Knie eines Mannes, der einarmig ist. Seine hölzerne Hand steckt in einem Lederhandschuh. Sie umarmt ihn, er umarmt sie nicht, das verwundert sie. Es liegt an seinem Holzarm, denkt sie sich, aber das ist falsch; sie merkt es zu spät. Er gibt ihr einen Klaps auf den Hintern. Geh wieder! Sie trollt sich. Josef ist weggegangen, aber Kathi kommt in der Nacht wieder und ist sehr leise, damit sie niemanden aufweckt. Sie liest, sie liest inzwischen wie eine Weltmeisterin, aber im Stillen, wenn die anderen schlafen. Das Lesen macht nicht glücklich: *Schaustellerin*, das ist eine Anzeige, *Schaustellerin, 54 Jahre, dunkel, 1,65 m, schlank, mit Geschäft, wünscht anständigen Schausteller kennenzulernen zw. Zusammenarbeit. Bei Zuneigung Heirat nicht ausgeschlossen.* Ein Geschäft hat Kathi nicht zu bieten, aber Liebesfähigkeit, ein hungriges Gefühl, reiche Erfahrung mit Kindern. Aber danach wird in keiner Anzeige im *Komet* gefragt. Oder in der Zeitung: *Fräulein mit tadelloser Vergangenheit.* Oder: *Witwer, kath. Rentner, 250 DM Barvermögen, kompl. Einrichtung, s. auf dies. Wege liebe, gute, alleinsteh. kath. Frau zwecks bald. Heirat kennenzulernen. Geschieden zwecklos.* Oder: *Junger Mann, 31 J., kath. Arbeiter mit eig. Pkw, möchte auf dies. Wege kath. Mädel kennenlernen zw. spät. Heirat.* Nein, nein, niemand mit einer kompletten Wohnungseinrichtung, auch ein Auto interessiert sie nicht. Ein Sinto gibt keine Anzeige auf, Sinti schauen einander an, schauen, schauen und lieben sich. Sie hat wieder lesen gelernt, sie hat küssen gelernt, sie hatte lieben gelernt, aber für das, was sie sich erhofft, nützt das Lesen nichts.

Man muß geduldig sein mit der Mutter. Ignaz fällt es schwer, geduldig zu sein. Er begreift, daß die Mutter krank ist, und er sagt es auch. Wer krank ist, muß zum Arzt. Sein Vater schüttelt den Kopf. In unserem Volk meidet man die Ärzte. Ein Arzt darf die Frau nicht berühren, er ist unrein. Eine Sintezza geht nicht zum Arzt. Nur wenn unsere Mutter sehr, sehr krank ist, muß sie ins Krankenhaus. Die Sterilisation, der Zwang, der Albtraum, die unreinen Ärzte, das junge Mädchen und seine hilflose Mutter, alle wissen es. Sie muß ins Krankenhaus, vielleicht oder auch nicht, sagt Alfons und weiß nicht weiter. Alle wissen etwas, aber was verheimlichen sie? Frag nicht so, Annchen, so ist es.

Annchen möchte Auskünfte, möchte eine Gewißheit. Sag's mir doch, sie bettelt. Und als sie wieder im Dunkeln zusammensitzen, als es nicht gelingt, Geschichten zu erzählen, als Alfons vom Tisch aufsteht und mit einer Taschenlampe hinausgeht – ich muß noch etwas am Wagen reparieren –, da nimmt Kathi Annchen beiseite. Mutter ruft nach deinen Geschwistern, zählt sie, aber die gibt es nicht mehr. Du hattest noch fünf Geschwister. Es gab viele Kinder im Lager. In der Nacht stöhnten sie, ich war wach, stundenlang wach, Annchen, und hörte sie. Wie ein Orkan war ihr Stöhnen, es hallte im ganzen Block, bis sie erschöpft aufhörten, und dann schwoll es wieder an. Ich sollte dir das nicht sagen, Annchen, hör weg. Niemand kann es verstehen. Wir haben alle geschuftet in den Gräben für die Kanalisation, Erdlöcher ausgehoben, wir haben Baracken gebaut, gemauert, und die Kinder mußten auch schuften und fürchteten sich höllisch vor den Wachhunden. Alle Kinder waren verlaust, verschorft, hatten Krätze. Sinnlose Arbeiten, Arbeiten, die ihnen zuerst wie ein schweres Spiel vorkamen. Sie mußten Steinhaufen auf einer Seite des Lagers abtragen und auf der anderen Seite wieder aufhäufen. Ganz willig begannen die Kleinen, dann heulten sie, wollten zu ihrer Mutter, wollten nach Hause, begriffen nicht, daß es kein Zuhause mehr gab, das Lager war ihr Zuhause. Wenn sie es merkten, brachen sie zusammen. Manche warfen sich einfach auf die Erde, in die Steinhaufen, blieben reglos liegen. Und wenn sie aufhören durften mit dem Steineschleppen, haben sie zu spielen begonnen wie früher zuhause, wie alle Kinder, das verstehst du doch. Annchen versteht nicht. Sie haben Steinchen fallen gelassen, sie hatten nur Steinchen zum Spielen, sonst nichts. Die großen Steine für die Arbeit, die kleinen nach der Arbeit. Ich sah sie, aber ich hatte keine Kraft, sie nicht zu sehen und sie zu hindern. Es wäre vielleicht besser gewesen, sie nicht zu sehen. Ich wäre nicht so traurig und unsere Mutter auch nicht. Aber Vera, die ich ganz nahe auf dem schmalen Feld vor unserer Baracke sah, sah mich nicht und hörte mich nicht. Es war aber gar nicht *unsere Baracke*, wir nannten sie nur so, die Baracke hatte eine Nummer, wir alle hatten eine Nummer, wir waren eine Nummer. Wißt ihr, sagte Vera zu den kleineren Kindern, sie scharte sie um sich, wir spielen. Es ist wie in dem Lied. Und sie begann mit einer kratzenden Stimme zu singen, sie war ja auch schwach, meine liebe, liebe Schwester Vera, nicht so erbärmlich wie die kleinen Kinder, aber ich sah es, ich höre es noch heute: Zehn kleine Zigeunerlein saßen hungrig in der Scheun, eines ist am Hunger gestorben, da waren es nur noch neun. Neun kleine Zigeunerlein schliefen in der Nacht, eines ist nicht aufgewacht, da waren es nur noch acht. Acht kleine Zigeunerlein hatten Angst vor Hieben, eines wurde totgeschlagen, da waren es nur noch sieben. Und dann sang sie von sechs Kindern, bei jeder Strophe hatte sie ein Steinchen fallen gelassen, Steinchen nach Steinchen, und die kleinen Kinder verstanden ohne ein weiteres Wort: Jetzt waren sie noch viele, und jeden Tag würden weniger Kinder da sein. Niemandem kam der Gedanke, ein Steinchen aufzuheben, das Vera fallen gelassen hatte. Gebannt sahen sie zu. Eben waren es noch sechs, alle wollten Kartoffelbrei essen, es war nur noch ein Klecks. Die Kleinen gewöhnten sich an das Spiel, sie ordneten sich ihm unter. Nach dem letzten Reim zeigte Vera ihre leeren Hände, kein Steinchen war übriggeblieben, keines hatte sich in der Lücke zwischen zwei Fingern versteckt.

Kathi versuchte, sich zu erinnern so gut es ging: Konrad versuchte Vera nachzuahmen, Steinchen nach Steinchen suchte er zusammen, er fand nicht so viele und ließ sie fallen. Rita sah die älteren Geschwister gebannt an, als wäre es das Selbstverständlichste, daß Steinchen auf den Boden fallen, daß die Hand sie nicht umklammert hielt. Sie waren selbst Steinchen, wie sie im Elend gelernt hatten, jede Ordnung als Unterordnung zu begreifen. Es war ein schöner beruhigender Singsang, und weil die kleinen Kinder noch nicht zählen konnten und die Zahlen nicht verstanden, suchten sie jetzt auch Steine und fanden keine. Während Vera noch einmal rückwärts zählte, die Steinchen fallen ließ, und auch das kleinste Kind (war es Arnold oder ein fremdes Kind?) verstand, hier ist die Grenze, ein Kind wird das letzte sein. Kein Erstaunen in den Gesichterchen, Vera hatte das Spiel erfunden, und das Spiel war Wirklichkeit, jedes Kind würde verlieren. Kinder sind verhungert, Annchen, an Durchfall, am Fieber gestorben, eins nach dem anderen. Und wenn wieder eines gestorben war, mußte die Mutter es heraustragen aus der Baracke und in ein Loch schmeißen. Zuerst Arnold, dann Michael, dann, dann, ich weiß nicht mehr, ich weiß nicht mehr die Reihenfolge, alle. Wann ist Vera gestorben und wie? Du kannst das nicht verstehen, Annchen.

Lucie ging in die Kirche; es war nicht die Pfarrkirche. Nein, sie ging in die Basilika, sie saß vor dem Gnadenbild, und dann verlor sie die Zeit aus den Augen, oder die Zeit verlor sie. Als der Küster kam, wir schließen, Frau, Sie müssen gehen, schreckte sie auf. Ist denn schon Morgen? Nein, es war sechs Uhr am Abend, und jetzt gehen Sie endlich, Frau, ich muß schließen. Das war nicht christlich, aber auch verständlich. Auf dem Weg nach Hause tappte sie in die falsche Richtung, kam zur Basilika zurück, die in der Dämmerung lag. Sie drehte sich, drehte sich um sich selbst und hatte keine Ahnung, wo sie war. Dann sah sie den Mond, eine schmale Sichel, die auf dunklem Samt ruhte. Der schmale Mond war immer wieder da, sie hatte ihren Mann geküßt, ihn in sich hineingezogen, sie hatte ihn erwartet, ein Atmen, Saugen, Schweben. Er war in sie hineingeglitten und sie in ihn, und er hielt sie fest, und sie hielt ihn fest, so blieben sie. Ihr Mann seufzte, der Mond seufzte, und sie war glücklich, der

Mond, der Mann, die Vögel, die in den Büschen raschelten, das Kind (welches?), das erwachte und nach ihr rief, und schon bald der Morgen, der leuchtende Morgen, vielleicht war sie schwanger geworden in der Nacht. Das war, das war, und jetzt ist jetzt.

Auch Regine Neumeister besuchte mit der vollen Einkaufstasche die Basilika. Sie war auf dem Markt gewesen, und manchmal nahm sie ihre Tochter mit, kniete in der Bank vor dem alten Bild, Gottesmutter und Jungfrau; das vorzustellen fiel Cecilia nicht schwer, weil es viel Phantasie dazu brauchte, und Phantasie hatte sie. Ihre Mutter kniete, dann setzte sie sich auf die Bank, sie saß, und die Tränen rannen ihr übers Gesicht, Cecilia neben ihr, was sollte sie tun?, die Mutter sah ihre Tochter nicht, aber die sah die Mutter, ihr schutzloses Gesicht. Zeit verging, das Kind sollte still sein in der Kirche, stillsitzen, andächtig und still und den Blick zum Altar richten. Nicht weggehen, nicht im Kirchenschiff herumspazieren, den Lichttupfen, die in das Seitenschiff fielen, folgen, nicht die Blumen an den anderen Altären betrachten, nicht die Heftchen, Postkarten und Andachtsbilder am Schriftenstand, sie mußte bleiben, sie war an die Mutter geleimt, gefesselt, gekettet, sie durfte, ja, sie konnte die Mutter nicht allein lassen. Und je länger sie neben ihr saß, um so sicherer wußte sie, die Mutter im Gnadenbild, *Maria voll der Gnade*, tröstete nicht. Schließlich kam einer der Mönche aus der Sakristei, sah die weinende Frau, legte ihr eine Hand auf den Arm. Es wird wieder, raunte er ihr zu. *In Gottes Namen*, sagte er nicht.

An einem Samstagnachmittag kam Regine Neumeister aufgelöst von der Beichte nach Hause. Am Samstag wurde gebadet und alle vier, fünf Wochen gebeichtet. Frische Wäsche wurde im Badezimmer bereitgelegt, Nachthemden, Handtücher, das hatte sie jetzt einfach vergessen. Der Priester hatte gezögert, ihr die Absolution zu erteilen. Er fragte nach dem sechsten Gebot und dann nach dem neunten Gebot. Nein, sie hatte die Ehe nicht gebrochen, sie war sicher, aber verwirrt über seine Frage. Du sollst nicht begehren deines Nächsten Weib. Sie begehrte gar nicht, weder Weiber noch Männer. Sie erinnerte sich schemenhaft, daß sie begehrt hatte, wenn Begehren Sehnsucht war, ein Ziehen im Leib, eine Freude, Vorfreude. Sie wollte kein Kind mehr oder vorsichtiger: Sie hoffte, nicht mehr schwanger zu werden. Sie durfte das Nichtwollen nicht denken und erst recht nicht danach handeln. Wie konnte sie das Nichtwollen umgehen? Wie konnte sie vermeiden, die Sünde zu begehen, auf die der Pfarrer sie mit der Nase gestoßen hatte? Durch Krankheiten, durch Flucht in Krankheiten, durch erbettelte Rücksichtnahme, durch eine Unschuldsmiene, als wüßte sie nicht, was ihr Mann von ihr erwartete (forderte?). Aber sie tat doch, was er erwartete: Sie kochte, sie bügelte, bürstete die Anzüge aus, sie ging sparsam mit dem Haushaltsgeld um, stellte einen Blumenstrauß auf die Kommode, das erwartete ein Mann doch. Neumeister sah es nicht. *Die Frau und das schöne Heim*, eine gern gelesene Zeitschrift. Eine Zeitschrift ohne provozierend aussehende Frauen, ohne Filmstars mit durchgedrücktem Kreuz und gewaltigem Busen. Sie sah Illustrierte beim Friseur, legte sie nach einem kurzen, feindseligen Blick zur Seite. Sünde gab es im Kino, eine Frau zog sich vor einer Kamera aus, auf der Leinwand war sie übergroß zu sehen; sie verdiente Geld, indem sie mit fremden Männern schlief, finanzierte damit die Operation eines kranken Freundes. Es hatte einen Sturm der Entrüstung gegeben, und dann war er im rauschenden Erfolg versandet. Regine Neumeister hatte davon gehört, aber nur so ungefähr. Allein der Gedanke, einen solchen, nein, diesen Film zu sehen, war abwegig für sie. Eine Absperrung, Umleitung, Dunkelheit, ein Sich-Wälzen im Bett, ein leises Seufzen, Knurren, kein Kind, kein Weg, ein Kind zu zeugen, dann energische Bewegungen, Aufstehen und Herumwandern, Störungen, Grübeln.

Der Pfarrer hatte weiter gefragt, wie viele Kinder sie habe. Zwei, antwortete sie wahrheitsgemäß. Und wie alt ist das Jüngste? Im Beichtstuhl war eine Lüge besonders heikel oder gar verdammenswert. Ein achtjähriges Kind und kein Geschwisterchen? Das ist keine christliche Ehe, die Sie führen. Als sie nach Hause kam, brach es aus ihr heraus. Nur zwei Kinder, was dachte der Pfarrer? Hatte er sie, Regine Neumeister, an der Stimme erkannt, an ihrer Sünde? Oder war der Beichtstuhl doch nicht so dunkel, daß er sie sah? Sie war beschämt, sie war bestürzt, von dieser Seite hatte sie es noch nie betrachtet. Ihr Mann schwieg, versteinerte. Cecilias ältere Schwester steckte den Kopf in die Tür, witterte die aufgeladene Atmosphäre und verschwand wieder. Cecilia stand da mit hängenden Armen, mit ihrem Wunsch nach einem Geschwisterchen, ja, besser einem Schwesterchen, einem Umarmungskind, einem Streichelkind; sie dachte an das Mädchen am Jägerzaun, das verlorene Mädchen, das geliebte Mädchen. Dann geh in eine andere Kirche beichten. Neumeister hatte keinen besseren Rat für seine Frau. Und damit war der Fall abgeschlossen. Vor dem Ausdruck auf seinem Gesicht fürchtete Regine sich, dann versuchte sie, ihm mit Gleichmut zu begegnen. Es gelang ihr nicht, und sie gab die unnütze Anstrengung auf. Der kalte, strenge Blick, er wäre erträglicher gewesen, hätte er gewechselt und wäre er ihr – ab und zu – als ein sanfter Blick, ein leidenschaftlicher Blick, ein ironischer Blick, ein einverständiger Blick, als eine Überraschung begegnet. Es gab den kalten, strengen Blick, oder es gab keinen Blick. Die nicht angesehene Frau litt, die unansehnliche Frau. Ihr Blick war bedürftig, enttäuscht. Dann blickte sie an ihm vorbei, starre Leere auf ihrem Gesicht. Er sah das Kind an, ja, manchmal das Kind, das war ein anderer Blick. Aber darauf machte sie sich keinen Reim.

Andere Frauen, die in der Nachbarschaft, auch Aurelias Mutter, auch Kurts Mutter, hatten noch ein Kind bekommen, eines oder zwei oder mehrere schlimmstenfalls. So war es eben, so war es immer, und meine Mutter hatte die Zwillinge geboren. So war es bei ihren Großmüttern gewesen, und auch bei ihren Müttern und Tanten. Was folgte daraus? Wir hatten kleine Geschwister, die an uns hingen wie Kletten, die Spielzeug kaputt machten, aber auch Hosen und Pullover erbten, aus denen wir herausgewachsen waren. Und wir hatten Cousinen und Cousins, alte Verwandte, von denen wir nicht genau wußten, wie sie mit uns verwandt waren, junge Onkel und Tanten, viele, viele, attraktiver, munterer als unsere Eltern. Jedenfalls glaubten wir an ihre Anteilnahme, ihr Verständnis, und das gab uns Mut und auch eine Portion Frechheit. Hemmungslos weinten manche Frauen über die späteren Schwangerschaften, während andere über die *rücksichtslosen Männer* zischelten. Es gab immer eine beschwichtigende Nachbarin, die sagte: Gott gibt das Häschen, Gott gibt das Gräschen. Der Reim war schön, und schöne Reime waren tröstlich. Der Blick der Frau, die den Satz zu der Schwangeren sagte, war freundschaftlich, ja mütterlich oder versteckt schadenfroh. Und dann war das neue Kind da, *die glückliche Geburt*, wurde allgemein bewundert, *wirklich ein schönes Kind*, und *Mutter und Kind wohlauf.* Es gab keinen Ort mehr, an dem die Tränen fließen durften. Gott gibt das Häschen, Gott gibt das Gräschen, der Vers wurde bis zum nächsten Eheunfall, dem der Schwester, dem der Tochter, dem der Nachbarin aufgespart. Nur Iris hatte kein Brüderchen und kein Schwesterchen, ihre Mutter hatte ja keine Zeit. Und Cecilias Mutter war vielleicht zu fein, was wußten wir?

Entrückung, Verzückung, Versenkung. Dr. Franz Neumeister war nicht von dieser Welt. Die Welt versank vor ihm. Mit der Welt verkehrte er nur gezwungenermaßen. Er glaubte an strenge Hierarchien: oben Gott, darunter der Papst, dann der Bischof, der Pfarrer, der Vater in der Familie, alle hatten etwas zu sagen, einer gab das Sagen an den nächsten ab. Oder das Schweigen, die inneren Prüfungen, aber auch die Befriedigung, etwas zu sagen zu haben, jemand zu sein. Wenn Cecilia neben ihm in der Kirche kniete, fürchtete sie, gleich wolle er sich erheben, einen Fuß höher als die Kniebank, ein Windhauch um ihn und ein Geruch von Weihrauch und dann vielleicht ein heller Strahl. Er machte Angst. Nie war sie so weit von ihm entfernt wie in diesen Minuten am Ende der Messe; nie hatte er sich so weit entfernt. Er sah niemanden, aber er wurde gesehen in seiner exaltierten Frömmigkeit. Manchmal schloß er die Augen, aber er mußte trotzdem die anderen Gläubigen gesehen haben. Später beim Weg zurück sprach er ausführlich über Gerwins Mutter, die immer zu spät kam, und über Museumsdirektor Dr. Schlehbusch, der die ganze Zeit über in der Bank gesessen hatte, kein Aufstehen, kein Niederknien, kein Weg zum Altar, um die heilige Kommunion in Empfang zu nehmen. Ja, warum kommt er dann in die Messe?, fragte er, aber es war nur eine rhetorische Frage.

Dr. Schlehbusch war für die antike Kunst zuständig, nicht für die christliche, sofern sich die eine mit der anderen nicht mischte. Vermutlich mußte er jede römische Münze umdrehen, die die Schrebergärtner beim Umgraben gefunden hatten und vertrauensvoll ins Museum brachten. Manche durften sie behalten; es gab zu viele ähnliche, es gab Scherben von römischen Vasen, Tontäfelchen mit Inschriften und Mauerreste. Auf jeder Schaufel eine mögliche Entdeckung – und eine lästige, wenn in der Stadt bei einem Bauvorhaben unverhofft römische Funde zutage gefördert wurden. Eine Verzögerung, ein Aufseufzen: schon wieder, hundert Fundstellen im Einzugsgebiet, die begutachtet, betreut werden mußten. Das Museum war kein Lager. Der Museumsdirektor war nicht für die Gegenwart zuständig, für die Gegenwart des Singens, Betens, Kniens, Sitzens, für die Gegenwart der Kindererziehung, der Gemeindesitzungen, für das Klein-

klein der Tage, der Werktage und der öden Sonntage, sondern für römische Zirkusspiele, Paläste, Epitaphien, Statuetten, für die Wasserrinnen der Thermen, schmale Ziegelbänder, Bruchstücke von Mosaiken, deren Blättchen so dünn wie Fischschuppen geworden waren, er war überaus beschäftigt. Wie sollten die Mosaiken restauriert werden, mit welchem Geld? Eine Einmischung in sein Seelenleben wünschte er nicht und erst recht keine Spekulationen über seine Frömmigkeit oder den Mangel daran. Weder von diesem komischen Heiligen, Dr. Neumeister, noch von sonst von jemandem. Der Mangel war anderswo, Mangel an Aufgeklärtheit, Mangel an Neugier, Forscherneugier, Mangel an zivilem Eigensinn, überhaupt an Zivilisiertheit, an Kultur und ihren Ursprüngen. Er ging mit Kaiser Konstantin um, mit Athanasius, Ausonius, mit Salvian, sein Latein war spätklassisch. Die Antike lebte, und Gott kränkelte, tot war er nicht, hier jedenfalls nicht. Er wurde künstlich am Leben erhalten. Wer anderer Ansicht war, schwieg taktisch, hielt den Kopf aufrecht – und vorwärts in eine besonnte Vergangenheit geschaut.

Von Zeit zu Zeit, meistens während des Hochamts, machte Dr. Schlehbusch Führungen durch die Ausgrabungsfelder. Die meisten Teilnehmer waren Touristen, aber auch Grit Berghausen nahm gerne daran teil, betrachtete mit einem unermüdlichen Interesse die Ziegelbänder und die Reste der Wasserleitungen, stellte ab und zu eine Frage, die weit über das Niveau der Touristenfragen hinausging, und Dr. Schlehbusch reagierte hocherfreut und ging ausführlich darauf ein. Aber manchmal wiederholte er nur, was er kurz vorher erklärt hatte. Grit fühlte sich ertappt, und er sprach weiter, führte zu dem neu entdeckten Mosaik. Beiläufig sprach er von Pompeji und dem Herculaneum, als wäre es selbstverständlich, dort ein- und auszugehen, und er war dort ein- und ausgegangen, hatte weitläufige Studien betrieben. Hier in Trier fehlten die Menschen der Antike, nach seiner Vorstellung auch die menschliche Tragödie. Kein Vesuv war ausgebrochen. Aber was für eine Sensation war es, wenn ein Mosaik aufgefunden wurde, ein Aufjauchzen in der Fachwelt. Und es kam Grit vor, als lege sich die Vergangenheit wie eine Blaupause über ihre Gegenwart. Die antiken Funde in der Stadt ließen sie so lebhaft an ihren Verlobten denken, an die Küsse im Dämmer der Thermen, als sie zum ersten Mal in Trier war. Und deutlich erinnerte sie sich an einen Mann in mittleren Jahren mit einem hageren, blassen Gesicht und unerbittlich klugen Augen darin, der sich irritiert abwandte, als er das küssende Paar sah. Er trug einen erdbraunen Mantel, eher einen Gehrock, und seine Manschetten hatten einen Spitzenbesatz, der weit über den Handrücken fiel. Bei sich hatte er einen Zollstock (ein Winkelmaß?) und ein Notizheft (oder waren es Zettelchen?), offenbar war er ein Fachmann. Vielleicht war er ihr auch nur hager vorgekommen neben der erhabenen, sich erhebenden Gestalt ihres Verlobten. Oder hatte sie aus der damaligen Verliebtheit ihren Verlobten, ihren zukünftigen Mann, so hochgewachsen und kraftvoll in Erinnerung? Und während sie versucht war, beim Küssen nach dem Mann zu schielen, ergab sich danach ein Gespräch, und sie erfuhren seinen Namen: Winckelmann. Der Mann, der seltsame Herr, war aus Rom zurückgekommen, obwohl er *allzeit einen Widerwillen gegen sein Vaterland* hegte. Er war ungern zurückgekommen, er kämpfte mit düsteren Stimmungen und plötzlichen, unerklärlichen Schwindelanfällen. Ja, so sah er wirklich aus, leidend, aber auch wie ein Mensch unter Hochdruck. In seinen umfänglichen Studien zur Antike habe er die trierischen Funde übersehen, und nun studiere er sie, der Vollständigkeit halber. Dann sind Sie ein großer Kenner?, hatte Grits Verlobter in einer glücklichen Eingebung gefragt. Und: Würden Sie uns eine Lektüre empfehlen? Grit staunte, wie selbstverständlich, sozusagen auf Augenhöhe, ihr Verlobter mit dem Fachmann, an dessen Bedeutung gar kein Zweifel sein konnte, verkehrte. Sie bewunderte den einen, und sie bewunderte den anderen ganz ohne Verlegenheit. Herr Winckelmann lächelte sie an und dann länger ihren Verlobten, aber das war ihr erst später aufgefallen, und eher wegwerfend habe er gesagt: Ich arbeite seit vielen Jahren für einen römischen Kardinal und nehme einen Bestand auf, wenn Sie verstehen, was ich damit meine. Erst kürzlich habe ich *Monumenti antichi inediti*, allerdings in italienischer Sprache, veröffentlicht. Sie können es vermutlich nicht lesen. Grit sagte, nein, leider nein, deutete auf den Reiseführer in ihrer Hand, Herr Winckelmann gönnte dem Buch einen schrägen Blick und sparte sich jeden Kommentar. Und sind Sie denn mit Ihren Studien hier in Trier zufrieden? Beharrlich hielt sie das Gespräch aufrecht. Winckelmann hob eine müde Hand und ließ sie wieder sinken. Alles zu spät, sagte er. Was war zu spät? Sie bohrte weiter: Aber Ihre Reise war doch nicht vergebens? Leider doch, sagte Herr Winckelmann. Etwas gefiel ihr nicht an dem Gelehrten, aber was, konnte sie auf Anhieb nicht sagen. Vielleicht, daß er sie einschüchterte, daß er nicht deutsch empfand, *der Widerwille gegen sein Vaterland*. Sie würde mit ihrem Verlobten darüber sprechen, vergaß es dann aber.

Nun, bei der Führung am Sonntagvormittag war sie unsicher, ob sie dem Museumsdirektor von der Begegnung berichten sollte. Die Begegnung schien ihr im nachhinein zu intim, und sie war unmittelbar an das verlorene Glück mit ihrem Verlobten gebunden. Als sie unendlich viel Zeit hatte, als sie auf Briefe ihres Verlobten wartete, las sie. Doch mit wem darüber reden, wenn nicht mit dem Museumsleiter? Dazu kam es nicht, die Zeit war fortgeschritten. Dr. Schlehbusch führte die Gruppe mit schnellem Schritt zur Porta Nigra, in der dunklen Höhlung verlor sie wieder die Anwandlung von Traurigkeit. Dann bedankte sie sich, bekannte, sie sei gar keine Touristin, sondern lebe in der

Stadt, und ihr Interesse an der Antike sei bei ihrem ersten Besuch in Trier erwacht. Sie war eine beeindruckende Erscheinung, zweifellos. Der Museumsdirektor sah ihr nach.

Cecilia fragte sich, da war sie schon ein wenig älter: Warum geht mein Vater in die Messe, warum in das feierliche Hochamt? Und warum besteht er darauf, daß ich mitgehe? Da war der Museumsdirektor längst in einem anderen, größeren Museum tätig, und sie hatte sich von dem Museumsmädchen verabschiedet. Ewige Freundschaft, die dann zerbrach. Sie war nur zwei, drei Klassen bei uns, dann war sie weg, vielleicht in Mainz, vielleicht in Köln, und das ging so schnell, daß wir gar keine Zeit hatten, sie zu beneiden.

Dr. Franz Neumeister will sich zeigen: in seiner Tugendhaftigkeit, in seinem elitären Auserwähltsein, in seiner Ausgesetztheit. Er brennt, lodert, während die anderen Kirchgänger lau in ihrem Glauben sind. Auch die zweite Frage, warum sie ihn begleiten muß, beantwortet sie nach langem Zögern: Er geht in die Kirche, geschmückt mit der Tochter, die in seine Fußstapfen treten soll. Ein frommes Kind. Ein frommes Kind gehorcht geschwind. Es zeigt weder Hunger noch Durst noch Langeweile. Es ist nüchtern in die Kirche gekommen, es hat den *Leib Christi* und den priesterlichen Segen empfangen. Du bist *mein* Kind, sagt er ihr immer wieder. Sicher, sie war stolz, sein Kind zu sein, sie wußte ja nicht, niemand wußte, wie es sein könnte, anderer Eltern Kind zu sein. *Mein* Kind, er hatte sie erwählt, an seiner Seite zu knien, Bein von seinem Bein, Fleisch von seinem Fleisch, die Qualitätszeugung. Ihre Qualität müßte sich noch erweisen.

Am Morgen vor dem Hochamt, als ihre Mutter und ihre Schwester in der Frühmesse waren, war sie wie als Zwei-, Dreijährige ins Bett ihres Vaters geklettert. Sie mochte das, er war sehr freundlich und auch gesprächig am frühen Sonntagmorgen. Er stellte ihr Fragen, und sie antwortete. Sie lachten miteinander, er spielte mit ihr, das war selten, und jetzt war sie *sein* Kind. Etwas rutschte aus seiner Schlafanzughose, sie sah eine pralle, rötliche Wurst, die sich von selbst aufrichtete. Was ist das denn? Sie wußte sehr wohl, was sie gesehen hatte, sie hatte Pferde gesehen und auch Stiere – und jetzt ihren Vater. Was ist das denn? Sie wußte alles und sagte nichts. Ihr Vater antwortete nicht, und das Spiel war zu Ende. Seltsam, sie hatte nie seine Schultern gesehen, nie seine Knie, nie seine Brust oder seinen Bauch, jetzt kannte sie seinen Schwanz. Als sie zusammen aus der Kirche kamen, hatte sie Hunger und Durst und war verwirrt, und ihre Mutter würde den Mann und die Tochter mit einem kläglichen Gesicht empfangen: Erst jetzt kommt ihr. Ihr Vater sprach nicht. Allenfalls sagte er danke, wenn er gefragt wurde, ob ihm das Essen schmecke.

An einem anderen Sonntag im Winter war Cecilia abends aus der Toilette gekommen, um ihren Eltern Gute Nacht zu sagen. Sie hatte kein Licht im Flur angeknipst, sie wußte genau, wie viele Schritte sie brauchte, bis sie die Wohnzimmertür erreichte. So weit kam sie nicht. War es ein Geist, der ihr auflauerte? Sie spürte die Gegenwart ihres Vaters, die Gewalt des Vaters, seinen schweren Atem, die Dunkelheit. Er umarmte sie, hielt sie, preßte Cecilia an sich, flüsterte, sie war starr vor Schreck. So hielt niemand ein Kind, *sein* Kind, um es liebzuhaben. Sie machte sich los, drückte die Klinke der Wohnzimmertür, schlich ins Zimmer, in dem ihre Mutter und ihre Schwester saßen. Das warme Zimmer im Gegensatz zum kühlen Flur, die Hitze ihres Vaters und die kühle Mutter, keine Worte, ein wortloses Wissen. Die Tür ließ sie offen, milchiges Licht fiel in den Korridor. Da stand ihr Vater, benommen, mit einem Gesicht, das sie nicht kannte. Tür zu!, rief Frau Neumeister. Die Blockflöte trillerte, die Kerzen am Adventskranz tropften auf die Tannenzweige. Das Zimmer war überheizt, atemberaubend heiß. Oder kam es Cecilia nur so vor? Neumeister kam lange nicht ins Zimmer, blieb in der Dunkelheit. Oder er hatte sich in sein Arbeitszimmer zurückgezogen. Cecilia hatte keinen Rückzugsort.

Jetzt begann sie zu streunen, den Berg hinauf zwischen den Haselbüschen, sie stand da und sah die Blätter an, die fein geäderten Blätter, sie stromerte am Bach entlang und weiter zu den Weinbergen, in denen Vogelscheuchen mit dunklen Jacken und Hüten wachten, um die die Spatzen sich nicht kümmerten. Sie blieb vor dem Holzhaus mit der Veranda stehen, dem Treffpunkt der Schlesier im Flüchtlingsheim. Verrammelte Fenster und Türen, sie fürchteten sich vor den Einheimischen, scharten sich in ihrer Verlorenheit am Wochenende zusammen. Cecilia studierte die Mitteilungen der Vertriebenen, den *Schlesierbrief*, der in einem Glaskasten aushing. An anderen Tagen kam sie am Bach vorbei, stromerte zu den Ausgrabungsfeldern, an denen Touristen mit dicken Reiseführern standen. Sie vergaß die Zeit. Cecilia, warum sind deine Schuhe so schmutzig? Sie streunte durch die Franzosensiedlung, in die sich nie ein Deutscher verirrte, Militärkonvois, Autos mit fremden Kennzeichen, *zone militaire* stand an den Zaunlatten, aber geschossen wurde nie, wenn Cecilia sich hier aufhielt. *Attention!* Viel zu spät kam sie aus der Schule, wo warst du?, das ließ sich schlecht sagen, sie war überall und nirgends, Hauptsache, nicht zuhause, sie war, wo niemand war. Überall und nirgends schossen Brennesseln an den Wegrändern in die Höhe, man konnte sie mit einem Fußtritt knicken. Wo warst du?, das war ein Schulterzucken, ein Murmeln, ein Sich-Wegducken und wieder die Brennesseln, die rote, heiße Flecken auf den Waden hinterließen. Ich spreche mit dir! Vorbei an der Essigfabrik und ihrem strengen Geruch, es war eine Verweigerung der Auskunft. Und zurück zu den Baustellen mit den röhrenden Mischmaschinen, den Männern, die Sand hineinschaufelten, anderen Männern, die auf den Gerüsten herumturnten und pfiffen und an den Seilwinden hantierten, mit denen Eimer hinauf- und herabgezogen wurden. Wo warst du?, stumm wie ein Fisch. Es könnte dir alles Mögliche passieren. MEINVATER erwischte Cecilia beim Streunen in der Dämmerung. Weißt du, wieviel Uhr es ist? Die warten schon auf dich, ab nach Hause! Wo gibt's denn das, streunt herum. *Attention!* Auch an diesem Tag wurde im Sperrgebiet nicht geschossen. Nur eine Igelfamilie zog feierlich in einer geordneten Prozession von einem Gebüsch in eine Pfütze. Igelchen für Igelchen, Vater und Mutter voran, in einem wackligen, abenteuerlichen Gänsemarsch, wenn man das so sagen konnte.

Franz Neumeister blieb dabei: Die Welt war feindlich, weil die Welt weltlich war. Er wandte ihr den Rücken zu. Es fehlte ihr eine Ordnung. Zuhause war für die Ordnung Regine zuständig; sie nähte Knöpfe an, sie räumte die Küche auf, flickte, was zerrissen war, stopfte, bügelte. Seine Ordnung, die Ordnung, in der er lebte, war, wenn sie nicht magisch war, mechanisch. Rote Ordner für die Jungen, grüne für die Mädchen, eine ungewöhnliche Farbwahl, aber es gab keine anderen Ordner. Es waren Ordner für eine Hängeregistratur, am Rücken eine Versteifung mit zwei kleinen Ausbuchtungen wie Haken, an denen sie über eine Stange gehängt wurden. Seine Mitarbeiterin war für die Ordnung der Akten zuständig. Er nahm Akten mit nach Hause, die roten, die grünen, bearbeitete sie, wertete die Tests aus, schrieb Bemerkungen dazu und manchmal ein Gutachten. Er verstaute sie wieder, nahm das Buch mit den Tabellen hervor, sein Finger fuhr über die Spalten mit dem Stand der Gestirne, sein Finger ruhte aus auf einer Zahl, er blätterte zurück, er blätterte vor. Er wartete, daß etwas geschah, und dabei wollte er nicht gestört werden. Er wartete, daß die Sterne leuchteten, wartete auf Transite, eine Konjunktion, einen unglücklichen Zusammenstoß – auch auf einen Zusammenstoß der Blöcke, des östlichen und des westlichen, auf den Moment, an dem der unterkühlte Krieg zu einem heißen würde, er wartete auf den Endzeitpropheten. Für das Ende der Welt wollte er gewappnet sein. Und er bereitete auch die Familie vor, jeden Tag – nein, das ist untertrieben, jederzeit – darauf gefaßt zu sein. Aber die Tabellen gaben nichts her, so viel er auch blätterte, zeichnete, rechnete. In seiner Praxis wartete er nicht, im Alltag hatte er ein anderes Zeitgefühl. Im Stundentakt wurden die Kinder vorgestellt, von ihren Eltern, von Heimerziehern, von Nonnen aus den Heimen. Eine lange Reihe von Bettnässern, Stotterern, Kindern, die stahlen, Kindern mit unklaren Beschwerden, die psychisch genannt wurden, eine Reihe von kleinen Schlägern, Schulversagern, Aufsässigen, Angsthasen. Das Wartezimmer war voll, die Wartezeiten lang.

MEINVATER hatte mich *vorgestellt*, auf Anraten des Hausarztes, der mich zu einem Lungenfacharzt überwiesen hatte, der mich zu einem Kinderarzt überwiesen hatte, dann war ich wieder beim Hausarzt gelandet und nun bei Dr. Neumeister. Das war ein anderer Doktor, Cecilia hatte es schon gesagt. Und es hatte nicht wie eine Warnung geklungen, eher wie eine Ratlosigkeit. Er saß in einem apfelsinenfarbenen Zimmer, ich sah keine blitzenden Gerätschaften, nichts, das an den Hausarzt, den Lungenfacharzt, den Kinderarzt erinnerte, keinen weißen Kittel, aber viele Spielsachen und hinter ihm an der Wand ein sehr farbiges Bild: ein Mädchen mit einer Sonnenblume. Er fragte mich, wie es mir ginge. Wie es mir geht, wußte ich nicht, die Frage war sehr allgemein. Ich wußte, daß ich schnaufte, nach Luft schnappte, hechelte, röchelte, immer wieder, daß ich Angst hatte zu ersticken. Aber das wußte Dr. Neumeister ja seit der Anmeldung. Mit einer Handbewegung schob er das Asthma weg wie eine Banalität. Rasch und energisch schrieb er auf einen Bogen, blickte auf, schrieb, ich sagte nichts, und er schrieb wieder. Er sah mich prüfend an und lächelte. Ich war unsicher, ob ich etwas hätte sagen sollen. Hätte ich ihn beim Schreiben gestört? Und du singst auch nicht gerne?, fragte er. Wer hatte ihm das gesagt? Hatte Cecilia es ihm erzählt? MEINVATER? Steckte der Lehrer dahinter? Jetzt fragte er noch einmal und rückte mit dem Kopf ganz nah: Wie ist es mit dem Singen, Bernhard? Er blickte strenger, fordernder, und gleichzeitig sah es so aus, als hätte er viel Zeit. Hörte ich ihn mit den Füßen scharren, oder bilde ich mir das jetzt nur ein? Im Wartezimmer saßen lauter Kinder. Ein kleines schrie jämmerlich, als würde es gleich geimpft. Ich hatte auch eine streng aussehende Frau – ohne Kind – mit einer schweren Aktentasche gesehen, die sie zwischen ihre Knie gestellt hatte. Später begriff ich, daß es wohl eine Fürsorgerin war. Wenn du nichts sagen möchtest, Bernhard, vielleicht willst du etwas malen? Dr. Neumeister war sehr freundlich und gab mir einen seiner Bögen Papier. Vielleicht hast du Lust, einen Menschen zu malen? Oder einen Baum? Ich hatte eher Lust, einen Baukran zu malen, und sagte es, aber Dr. Neumeister schaute, als wäre er mit einem Baukran ganz und gar nicht einverstanden, ja, als spielten in seiner Welt Baukräne nicht die geringste Rolle. Auch mit einem Wasserskifahrer auf der Mosel, den ich vor ein paar Tagen beobachtet hatte und der mir imponierte, war er offenkundig nicht zufrieden. Ich dachte nach, es blieb mir gar nichts anderes übrig, als einen Baum oder einen Menschen zu zeichnen. Dr. Neumeister hatte *malen* gesagt, aber da lag nur ein einziger Stift. Erst jetzt fällt mir dazu das Wort Suggestion ein. Während ich zeichnete, begann ich nach Luft zu schnappen, meine Hand mit dem Stift verkrampfte sich, ich zog meinen Inhalator aus der Tasche, setzte ihn an den Mund, aber ich atmete falsch, und es tropfte auf meine Zeichnung. Ich wischte die Tropfen ärgerlich weg, doch dann rutschte mir der Inhalator aus der Hand und fiel zu Boden. Ich bückte mich, fand ihn nicht gleich, kroch unter den Tisch. Dr. Neumeister hatte die Beine gekreuzt, ich sah seine bleichen Waden, das Stück oberhalb der Socken, sie sahen nicht so viel anders aus als die Waden MEINESVATERS. Ich tauchte unter dem Tisch hervor, steckte die Flasche ein und setzte genau an der Linie wieder an, bei der mich mein Anfall unterbrochen hatte. Jetzt schnappte ich nach Luft, das war kein Asthma, das war ein kindliches Heulen, ein wütendes Heulen, wie meine kleinen Brüder es häufig anstimmten, vollkommen unmotiviert. Ich legte den Kopf auf den Tisch, es war mir schrecklich, vor einem fremden Mann, dem Doktor, zu heulen.

In diesem Augenblick begannen die Domglocken zu schlagen, der ganze Raum war erfüllt vom Klang, er vibrierte, hatte eine Farbe wie Bronze, es schüttelte mich, und bei den letzten Glockenschlägen fand mein Schluchzen seinen angemessenen Platz im Nachhall. Es wurde, wenn ich es mir jetzt überlege, vom schweren Klöppel zur Ordnung gerufen, zwangsläufig paßte es sich an. Und dann eine unabsehbare Pause, Stillstand. Ordnung. Ein Ertrinken im Unglück. Dr. Neumeister sagte gar nichts dazu, schrieb wieder auf seinem Bogen, ich sah Spalten, die er ausfüllte, und er schrieb keine Wörter, sondern Ziffern. Ich beruhigte mich, schniefte, ich starrte auf die große Wanduhr. Dr. Neumeister fragte: Willst du dein Bild nicht zu Ende malen? Aber es war doch kein Bild, es war eine wüste Krakelei geworden, für die ich mich schämte. Ich sang nicht, ich zeichnete miserabel, das schien den Doktor nicht zu stören. Er sah auf die Uhr und verabschiedete mich. Im Vorzimmer sagte mir eine freundliche Dame, wann ich wiederkommen solle. Ich roch ihr Parfum, es betäubte mich. Und gleichzeitig wußte ich, das Parfum war nicht für meine Nase bestimmt.

Beim nächsten Termin stellte mir Dr. Neumeister eine Reihe von Fragen. Ich antwortete, so gut ich konnte, dann spielten wir,

Dr. Neumeister und ich, zusammen Mensch-ärgere-Dich-nicht. Neben ihm lag wieder ein Bogen, und wenn ich schielte, was ich natürlich tat, konnte ich meinen Namen lesen und mein Geburtsdatum, darunter Zeichen, die ich nicht deuten konnte. Ich wählte die Farbe meiner Klötzchen, er nahm eine andere, ich würfelte, er würfelte. Ich rückte vor, er rückte vor, Klötze fielen, mußten zurück auf die Ausgangsposition. Mal sah es aus, als hätte er mehr Glück, manchmal ich. Wie das Spiel ausging, weiß ich nicht mehr. Jetzt, so viele Jahre später, glaube ich, er hat getrickst, die Schritte absichtlich falsch abgezählt, damit ich gewinne. Denn ein Kind, dem geholfen werden soll, das erzogen werden soll, muß in die Situation Vertrauen fassen, es muß das Gefühl haben, hier geschieht etwas zu seinen Gunsten. Jemand ist auf seiner Seite. Jedenfalls verließ ich dieses Mal die Praxis sehr vergnügt.

Auf der Treppe begegnete ich Cecilia. Sie schaute merkwürdig und ich auch, verlegen oder verschlagen oder verstört. Warum ging sie denn am Nachmittag während der Sprechstunde zu ihrem Vater? Sie sah ihn doch am Morgen und am Abend zuhause. Und ehe ich sie etwas fragen konnte, hatte sie das Heft in der Hand: Bist du Patient? Ja, ich war Patient und schämte mich vor ihr. Als wäre die ganze Welt voller Patienten, sagte sie: Du auch. Und ich knetete den Zettel mit dem nächsten Termin bei Dr. Neumeister nervös in der Hosentasche. Sie verschwand hinter der Tür. Am nächsten Tag in der Schule sagte sie: Weißt du, ich gehe zu meinem Vater, weil es dort so schöne Spielsachen gibt. Es war eine Vertraulichkeit. Einerseits beneidete ich sie, andererseits glaubte ich ihr kein Wort. Noch einmal sah ich sie auf der Treppe, dann wußte ich es: Sie ging in die Praxis ihres Vaters, weil sie einen Termin hatte. Einen Termin wie ich, einen Tochtertermin, einen Patientinnentermin, einen Schwer-Erziehbar-Termin. Die schönen Spielsachen, der Sandkasten für die Kleinen, die Puppenhäuser, die Plüschtiere, die Trommel und das Xylophon, die

Stifte für die Größeren, das apfelsinenfarbene Zimmer, das Mädchen mit der Sonnenblume und die nette Dame im Vorzimmer: alles für die Gestörten, die Nicht-Normalen, für uns.

Was Cecilia kann:
Sie kann beobachten.
Sie kann die Schlaflosigkeit aushalten. Sie kann träumen.
Sie kann schweigen, wenn sie angeschwiegen wird.
Sie kann Kälte ertragen.
Sie kann nicht weinen.

Dr. Neumeister schaffte es nicht, seine Tochter zuhause zu erziehen, und deshalb hatte sie einen Termin bei ihm. Das erleichterte mich, wieder ein wenig später verstand ich: Wir waren keine Patienten, wir waren Unsicherheitsfaktoren, unsicher in unserer Gegenwart; auch was aus uns werden sollte, einmal werden sollte, zweimal werden sollte, war unsicher. Wir waren schwer erziehbare Kinder, bei denen die Erziehungsberechtigten keinen Rat mehr wußten, deshalb wurden wir zur Erziehungsberatung gebracht. Wir sollten gar nicht gesund, wir sollten weicher, biegsamer, handhabbarer, gefügiger werden, vielleicht wie bei einer Gymnastik der Gefühle. Und Dr. Neumeister war gar nicht unser Kinderdoktor, er war ein Doktor, der dafür verantwortlich war, daß unsere Eltern, die Lehrer, die Kindergärtnerinnen, die Waisenhaus-Schwestern uns besser erziehen konnten. In Wirklichkeit waren sie die Patienten, sie litten darunter, daß wir nicht so waren, wie sie es sich vorgestellt hatten, sie litten an uns. Wir waren die Migräne, und sie waren der Kopf. Wir waren gar nicht krank, wir waren ein Problem, *schwierig*, und wir sollten einfacher werden. War es denn einfacher gewesen ohne uns, besser? Bei MEINEMVATER hatte ich es schon immer vermutet; jetzt wußte ich, was er von mir dachte. Es war kein triumphales Wissen, eher ein beschämendes. Und wenn ich über Iris, Cecilia, Gerwin, Kurt und mich nachdachte: Man hatte etwas anderes von uns erwartet. Wir erfüllten nicht die Erwartungen, die man in uns gesetzt hatte. Gerwin sollte gefälligst nicht den Arm aufstützen und besser lernen und es ins Gymnasium schaffen, das war doch selbstverständlich. Kurt hatte sich ein Fingergelenk angeknackst und bewegte sich seit Wochen gar nicht mehr, aus Angst, sich die Knochen zu brechen. Durch sein Ungeschick fühlte er sich bis auf die Knochen blamiert. Von allem und allen zog er sich zurück. Iris durfte nicht klauen, Cecilia sollte nicht streunen und ich, ich? Vielleicht war ich gar nicht krank, vielleicht kam MEINEMVATER das Hecheln, Röcheln, nach Luft Schnappen nur seltsam vor, ein Junge, sein Junge machte das nicht. Sein Junge war kein Schwächling, keiner, bei dem man dachte: Oh Gott, oh Gott, was hat er denn jetzt schon wieder? Ich war einfach kein Junge, wie er sich einen vorgestellt hatte. Meinen Stiefbruder hatte er sich ohnehin nicht vorgestellt, und er wollte es auch später nicht tun. An Annchen wurden keine Erwartungen gestellt, sie hatte es gut, und gleichzeitig war es furchtbar, daß niemand die Kraft oder die Phantasie hatte, Erwartungen an sie zu stellen. Ihr Vater hatte anderes zu tun. Oder hatte er einfach nur Vertrauen? Viel später sah ich im Fernsehen eine Frau, die erzählte: Bei uns zuhause wurde nicht erzogen. Das war der Tochter gut bekommen. Kindsein war ein Beruf. Man mußte die Eltern des Kindes beraten, auf welche Weise das Kind den Beruf des Kindes am besten ausfüllen könne. Die Eltern waren die Arbeitgeber der Kinder; sie verlangten eine ordentliche Arbeitsleistung.

Auf dem Rückweg von der Praxis sah ich MEINENVATER in der Südallee, er ging auf das Stadtbad zu, den roten Ziegelbau mit der Turmuhr. Es war 17:15 Uhr. MEINVATER ging aufrecht, er holte meine beiden kleinen Brüder ab, die mit nassen Haaren aus dem Hallenbad kamen, die Badehosen in hellblaue Handtücher gerollt. Gemeinsam gingen sie zum Essen. Wie war es denn?, fragte MEINVATER die beiden. Wir haben kraulen gelernt, aber wir können es noch nicht gut. Ihr werdet es schon noch lernen, sagte MEINVATER. Ich sah den Wehrturm der Stadtmauer, die geschleift worden war. Ich stand auf dem Kies der Allee, mit einem leisen Plopp fiel eine Kastanie herunter. Auf dem Kies platzte die stachlige Hülle auf. Ich stand da und atmete. Atmen und Traurigsein, das paßte zusammen.

Ein andermal traf ich Iris im Wartezimmer, aber nicht mit ihrer schönen Mutter oder ihrer Großmutter, sondern mit der strengen Frau, die in einem Aktenordner blätterte, die ich bei meinem ersten Besuch in der Praxis gesehen hatte. Und Iris saß sehr kleinlaut neben ihr. Daß sie sich aufrichten konnte, kerzengerade, daß ihre Stimme einen großen Raum füllen konnte, so wie sie dasaß – niemand hätte es geahnt. Und die Frau, die sie gebracht hatte (hierhin begleitet?), konnte es nicht wissen. Vielleicht muß ich ins Heim, flüsterte Iris mir zu, und sie machte ein Gesicht zum Gotterbarmen. Alle ihre Sommersprossen waren jetzt Herbstsprossen. Aber in einem Heim waren doch Waisenkinder. Iris schüttelte den Kopf, sie wußte es besser, die fremde Frau sah sie an – ein Blick wie eine Einzelhaft.

Hätte logischerweise nicht auch Aurelia eine Patientin von Dr. Neumeister sein müssen? Die einzige von uns, die angestaunt wurde, der der Pfarrer riet, die Schule zu verlassen. Er sagte nicht, daß sich das Kommunistenkind zum Teufel scheren sollte, aber man sah ihm an der Stirn an, daß er es dachte. Und war der Teufel nicht auch bei uns, immer mal wieder?, nur am Bahndamm war er nicht gewesen. Aurelia, die Außenseiterin, die keine sein wollte und auch keine Patientin war, sein mußte. Vielleicht war der Kommunismus kerngesund, oder er war unheilbar. Aurelia, der es gleichgültig war, daß sie nicht mit uns im Religionsunterricht blieb. Die vielleicht froh war, nicht jede Geschichte von Propheten, Eremiten, ekstatischen Nonnen, Besessenen, Pilgern zu hören; nichts von Heiligen vor und nach ihrer Bekehrung, ihren Visionen, Blutungen, Steinigungen, ihrer abgezogenen Haut und oder abgeschlagenen Köpfen hören zu müssen, von Wallfahrten, Armenspeisungen, Gebetsmühlen, Bußübungen, eitrigen Schwären. Ja, vielleicht wußte sie nichts von wunderbaren Rosen- und Brotvermehrungen, Quellen, Weissagungen, Himmelfahrten, Erweckungen und gelehrten Disputationen über die Dreiheit der Dreifaltigkeit. Und sie war erleichtert darüber, auf Katechismusfragen wie: Warum sind wir auf Erden? nicht antworten zu müssen: um Gottes Willen zu erfüllen. Wir anderen waren trainiert und wußten die Antwort im Schlaf oder wenn man uns plötzlich aufgeweckt hätte. Im Schlaf schlief ich, wenn ich nicht nach Luft schnappte.

Aurelia lebte in einem Kokon, der Kokon war der Kommunismus. Weil er löchrig war, mußte er entfernt werden. Einerseits war er doch ausgerottet mit Stumpf und Stiel, andererseits hatte er viele Namen, Bolschewismus, Sozialismus, und manchmal tarnte er sich besonders schlau unter dem lauwarmen Deckmantel der Sozialdemokratie. Wir wußten, daß das Paradies verloren war auf immer. Elektrifizierung, Industrialisierung, Diversifizierung. Die Lichter hatten geleuchtet, die Lampen glühten: Wir kannten zwei Fabriken, die Essigfabrik und die Pantoffelfabrik. Aber richtige Arbeiter, solche mit Mütze, solche mit einer geballten Faust, kannten wir nicht. Vielleicht hätten sie auch dort, wo wir waren, die Faust gar nicht geballt, sondern milde und verlegen gelächelt. Also Essigarbeiter und Pantoffelarbeiter. Die einen im Sauren, mit den Füßen in der Brühe, mit der Nase in den Fässern, die anderen mit den Füßen im Filz, mit den Nasen im Gummierten, das waren nette Leute, nur ziemlich arm. Nein, wir verstanden den Kommunismus, den Rest-Kommunismus, den Ausverkaufs-Kommunismus nicht. Wir hatten gelernt, daß die Erde ein Jammertal war, aber es ging aufwärts, das Jammertal kroch schnaufend den Berg hinauf, man konnte es schon von oben sehen, darin blühte es, und darin rasten Autos, lichtblaue, elfenbeinfarbene Mercedes, dunkelgrüne Volkswagen, feuerrote Fiatchen, und es wurden breite Straßen gebaut mit Ampeln an den Kreuzungen. Das Jammertal war begrünt, Kirschlorbeerhecken, Rasenstücke und Blumenrabatten dazwischen. Die Bäume hatten schon Früchte angesetzt. Eine schöne neue Welt, die sich von anderen Welten mit gewaltigem Getöse getrennt hatte, einem Weltgetöse. Der Kommunismus war anderswo; bei uns machte er sich unsichtbar. Hinter dem Eisernen Vorhang, da war er prall, lebensvoll, herausfordernd, gefährlich. Aber den Leuten hinter dem Eisernen Vorhang mußte man Pakete schicken. Sie waren zu bedauern.

Was Aurelia kann:
Sie kann ein Geheimnis wahren.
Sie kann ohne Schrecken ihrem Vater zuhören.
Sie versteht den Kommunismus nicht, aber sie kann unter seiner Glasglocke leben.
Sie kann so tun, als litte sie nicht.
Sie kann mangeln, schon ziemlich gut, und ihre Mutter ist stolz auf sie, die große Hilfe an der Heißmangel.

Die Tatsachen waren unwiderlegbar. Willi Torgau fühlte sich aufgehoben in diesem Gedanken. Es gab keine Verschwörung gegen die Tatsachen. Der Kollektivkörper des Sowjetvolkes atmete, stöhnte, keuchte. Aber in Torgaus Augen lebte er, kraftvoll, unerschüttert. Der Körper war geschunden, aber er erholte sich. Ein Volksaufstand prallte an ihm ab. Die Partei hatte recht und eine leuchtende Zukunft. Es stimmte: Die Geschichte hatte dunkle Seiten, und die hellen Seiten bekamen Schlieren wie Mücken. Wenn man auf eine weiße Wand starrte, begannen die Mücken zu tanzen. Es war unheimlich, der Kopf war klar, es gab keine Schlieren an der Wand, ein schneller Blick beiseite zum Fenster, zum Verkehrsschild vor dem Haus bewies es: Die Welt war, wie sie war, selbstgefällig, gefühllos. Und was Torgau sah, war eine Deformation. Das war der Beginn einer Augenkrankheit, sie mußte von Zeit zu Zeit kontrolliert werden. Oder man unterließ es, auf eine weiße Wand zu starren. Keine Schlieren, keine tanzenden Mücken, keine Regenbogenwolken. Linksabweichler, Rechtsabweichler, jeder Schritt zählte, und je mehr Schritte Willi Torgau gegangen war, um so sicherer war er, kein Schritt war so falsch wie der unsichere. *Von Jugend an seinen Überzeugungen treu geblieben.*

Aurelia im Kokon des Kommunismus, wir alle im Kokon des Katholizismus. Der Katholizismus hatte kein Wahlplakat, aber der Kardinal in Köln hatte in einem Wahlaufruf die breite Eigentumsstreuung in Arbeitnehmerhand befürwortet, und dieser Begriff war es, der auch in der Wahlwerbung benutzt wurde. Der Katholizismus war einfach da, ein fester Boden, während der Kommunismus sumpfig war, man konnte darin sinken, und man kam nur schwer wieder heraus. So hatten wir es verstanden. Uns war aufgetragen zu beten, daß die Völker sich des kommunistischen Jochs entledigten. Der Katholizismus stand nicht zur Wahl, anders als die Partei, die auf ihn baute. Adenauer war der Auffassung, daß die Sowjetunion und der Westen wie zwei Züge waren, die auf Kollisionskurs aufeinander zurasten. Dabei hatte er sich nicht mit Willi Torgau abgesprochen. Willi Torgau war gestählt, zwangsweise gesund, gefoltert und nicht gestorben, aus dem Konzentrationslager im Moor zurückgekehrt, und die Kinderkrankheiten des Kommunismus und die Kinderkrankheiten seiner Tochter spielten keine Rolle. Der alte Kanzler hatte die Urangst, daß die Sowjetunion ganz Westeuropa zu ihrem Einflußbereich machte, und die Bundesrepublik säße dabei am Katzentisch. An der Durchsetzung der Überzeugung, daß die Kommunisten in Westdeutschland Vasallen der Sowjetunion waren, wurde heftig gearbeitet. Was die Nazis nicht geschafft hatten, die Kommunisten auszurotten, sagte sich Willi Torgau, das versuchte die Bundesrepublik mit sanfteren Methoden. Und dieser Gedanke hielt ihn aufrecht.

Spielte Dr. Neumeister auch Pingpong mit mir? Oder mit anderen Kindern? Es kam mir seltsam vor, daß er in seiner Arbeitszeit spielte. Beim Spiel sprach er mit mir, fragte mich Dinge, die mich noch nie jemand gefragt hatte. Oder fummelten wir mit einem Magnet, der an einer Angel befestigt war, in einem Karton? Im Karton lagen Fische aus bunter Pappe, Zander, Forellen, Brachsen, Barsche, nein, kein Thunfisch und leider keine silbrigen kleinen Sardinen, nur einheimische Fische, ein Kabeljau, ein dicker Hecht und gemächliche Karpfen. Damals achtete ich nicht auf die Schönheit der Körperformen, die zarte Farbigkeit, auf das Stromlinienförmige, Biegsame der Fische, aber jetzt schweife ich ab. Alle Fische hatten ein metallenes Auge, einen gestanzten Ring, an den der Magnet andocken konnte. Auf den Flossen war außerdem eine Zahl gedruckt, und wenn der Karton, in den man nicht hineinschauen durfte, der Fluß, der See, das Meer auf dem Tisch leergefischt worden waren, zählte man nicht seine geangelten Fische, das wäre eine faire Sache gewesen, sondern addierte die Zahlen. Bis dahin war es ein ziemlich langweiliges, aber lehrreiches Spiel, eine gute Grundlage, sich am Rand des Kartons zu unterhalten. Worüber wir sprachen, habe ich nicht im Gedächtnis behalten.

Immer die anderen Kinder, die Kinder vor mir, die ich neugierig ansah, die Kinder nach mir, die meine Konkurrenten waren. Was hat das Kind?, fragte ich häufig, wenn ich im Vorzimmer bei der netten Dame saß. Was hat das Kind, und was hatte ich? Das ließ sich nicht so genau sagen. Was hatte ich? Vater, Mutter, einen Stiefbruder und zwei kleine Brüder, aber das war es doch nicht, was ich hatte: Ich hatte Asthma, ich hatte Hunger, ich hatte Freunde. Ich spielte nicht mit den Oben-Jungen Fußball, wir Unten-Kinder hopsten eher herum, schwatzten auf dem Geländer wie Schwalben, die im Herbst fortfliegen und sich noch beraten. Was hatte ich? Wenn ich es heute beschreiben sollte: Angst, die ich verstecken mußte. Sei nicht so bang! Sei kein Frosch! Du kannst es doch! Vermutlich hatte ich eine große Begabung für die Angst. Als ich wieder einmal zu Dr. Neumeister kam, öffnete er einen Holzkoffer, halb so groß wie sein Schreibtisch, einen Kinderkoffer. Darin waren biegsame Püppchen, manche so hoch wie ein Füllfederhalter; die Babies daumenlang; dazu gab es alle möglichen Tiere, Klötzchen und Stangen, aber auch Einrichtungsgegenstände, einen Tisch, ein Sofa, Betten und ein kleines Klo. Nachdem ich am Anfang der Behandlung einen Menschen gezeichnet hatte, sollte ich jetzt – es kam mir wie eine Belohnung vor – die Puppen und Gegenstände, die mir gefielen, herausnehmen und so aufstellen, wie ich es richtig fand. Nimm, was du möchtest, Bernhard, sagte Dr. Neumeister, und sag, wann du fertig bist. Ich zögerte, nahm das Pferd, wog es in der Hand, strich mit dem Finger über die Kruppe, stellte es auf seine dünnen Beine, da stand es. Ich nahm das Klo in die Hand, der Deckel ließ sich auf- und zuklappen wie bei einem richtigen Klo, zufrieden legte ich es in den Kasten zurück. Nichts fiel mir ein zu einem Klo und einem Pferd. Ich entschied mich für zwei Hühner, rückte sie neben das Pferd, Hühnerzwillinge, einen Hahn fand ich nicht. Aber die schönen Puppen, die Glieder ließen sich leicht biegen, sie konnten Hand in Hand gehen, sie konnten nach einem Tellerchen langen. Ein Kind setzte ich probehalber auf den

Rücken des Pferdes, aber das gefiel mir nicht. Dr. Neumeister fragte mich, warum. Es fällt herunter, das Pferd ist wild. Einem Mann bog ich die Beine breit auseinander und stellte ihn auf die Fläche. Er hat ein Lasso und will das Pferd einfangen. Einen anderen Mann legte ich mit dem Gesicht auf den Boden, er war tot. Hat das Pferd ihn totgetreten?, fragte Dr. Neumeister. Glaube ich nicht, er ist einfach tot, schon lang. Aus den Klötzchen baute ich einen Pferch, dahinter stellte ich alle übrigen Puppen, die Kinder, den Lehrer, die Tanten, auch zwei Leute, die wie Eltern aussahen. Sie stützten sich auf den Zaun und sahen zu. Einen Augenblick überlegte ich, ob jemand winken sollte. Nein, niemand winkte. Fertig.

Jetzt mußte ich viele Fragen beantworten, manche waren leicht, auf andere konnte ich nicht und auf wieder andere wollte ich keinesfalls antworten. Ich erzählte von uns Unten-Kindern, von unseren Spielen, vielleicht auch von Cecilia. Wieder läutete die Domglocke, tief und würdig, ich glaubte, meine Therapiestunde wäre zu Ende. Aber Dr. Neumeister fragte weiter, nach meinem Stiefbruder, nach den Zwillingen, nach dem Lehrer. Auf einmal sagte er: Rück den Zaun doch ein bißchen weiter, dann kann der Mann mit dem Lasso weggehen, und du kannst besser atmen. Aber da lag doch der tote Mann. Hatte Dr. Neumeister den vergessen? So einfach war das: Ich schiebe MEINENVATER weg, ich räume die Leiche weg, und die beiden Hühner laufen gackernd davon. So einfach war das Spiel, ein bißchen hin- und herrücken, und die Luft ist rein. Ich kann sie einsaugen und ausstoßen. Kein Asthma, keine Angst, das Pferd schnaubt und wälzt sich wiehernd auf der Wiese. Vor der Kommunion beteten wir: Und sprich nur ein Wort, und meine Seele wird gesund. So ähnlich kam mir die Therapiestunde vor. Kranksein, gesundbeten, Tische rücken, Puppen rücken. Die Luft steht im Raum, ich schnappe danach. Das ist ein Anfall.

Im nächsten Frühjahr verkauft Alfons Dorn das Kinderkarussell und kauft wirklich eine Schiffschaukel. *Ja, das müssen schon Kerle sein, die bei solchem Wetter ausfahren – und prachtvolle Frauen, ja, fest zusammenhaltende und berufsbegeisterte Familien.* Schöne Sätze, aufbauende Sätze. Alfons arbeitet bis spät in die Nacht, organisiert, verwaltet die Kasse, Ignaz macht den Ausrufer, spricht Kinder an: Das wird dir gefallen. Willst du aufs Karussell? Frag deine Mutter, deinen Vater! Die Oma gibt dir doch Geld. Oder frag den Opa, der hat's ja. Anreißen, Aufreißen. Es ist eine harte Arbeit, die Teile des Karussells einladen, aufladen, zusammenbauen, prüfen, ob alles den Vorschriften entspricht. Andere, pralle Kerle, nicht so ein Milchbart wie Ignaz, haben es leichter. Sie sehen auf ihn herab, sie giften über ihn. Er merkt es und frißt den Kummer in sich hinein. Alfons Dorn heuert Hilfskräfte an, solche mit tätowierten Armen, Herzen darauf, die ein Pfeil durchbohrt, manche mit dem Namen eines Mädchens darunter. Ignaz schielt auch nach einem Mann, der zwei Namen auf seinem Arm hat, zwei zur Auswahl. Und es gibt Männer mit Schlangen, die sich um ihre haarigen Unterarme ringeln, oder mit einer Blume oder dem Namen eines Fußballclubs. Muskelmänner mit einem gewaltigen Bizeps und vielleicht ein bißchen wenig Hirn. Alfons Dorn fragte nicht, woher sie kamen, vielleicht aus dem Gefängnis, dachte Ignaz, vielleicht sind sie irgendwo abgehauen, wo sie es nicht mehr aushielten. So'n Bleistift, so mickrig, hörte Ignaz reden, wenn er an anderen Ständen auf der Kirmes vorüberging. Es war doch möglich wegzugehen. Es war doch möglich, eine Tür hinter sich zu schließen. Es war doch möglich, ein Buch zuzuklappen, wie Kathi es gelernt hatte, Buch auf, Buch zu und dazwischen viele Seiten. Und daß er zu rauchen begann, imponierte auch niemandem – außer Annchen zuhause. Wenn Kathi zur Kirmes kam, schaute sie die Männer mit den Schlangen und Herzen auf den Armen nicht an; sie schaute ihren Vater flehend an und dann den kleinen Bruder, der schon groß war. Dann sah es so aus, als wollte sie sofort wieder gehen, nur notdürftig verbarg sie es. Und Annchen war zu jung; sie sollte lernen, lernen, jedenfalls jetzt noch.

Unter dem Motto *Wir drehen euch voll durch* geht es fünf Tage wieder zur Sache. *Auf 30.000 Quadratmetern wird geschaukelt, gedreht, für das leibliche Wohl gesorgt. Die wahrscheinlich lustigste Baustelle der Welt beherbergt eine Bauschuttrutsche, einen Glasirrgarten und überraschende Wackeltreppenstufen.* Auf eine solche Idee muß man einfach kommen. Eine Mäuseschau aus Ingolstadt. Auch Kaisers Ponyreitbahn fehlt nicht. Die Überschlagschaukel. *Es ist schon ein extremer Adrenalinschub, aus der Höhe abzustürzen und kopfüber auf die Station zurückzurasen. Alles dreht sich doch. Um äußerste Vorsicht wird gebeten. Versicherungen speziell für Schausteller, alles gut und schön.* Die Versicherungssumme war hoch, und es war zu erwarten, daß sie jährlich stieg; die Dorns stotterten sie ab. Alfons Dorn war unschlüssig, ob er die Versicherung kündigen sollte, aber er gab sich einen Ruck, betrat eine Telephonzelle und rief Josef an. Das hatte er noch nicht getan. Er hoffte, daß er Josefs Frau nicht zuerst am Apparat erwischte, die schöne Frau, deren Schönheit am Telephon nicht bemerkbar war. Aber nicht sie hob ab, sondern es war Josef. Nicht einmal erstaunt wirkte er. Du mußt, du mußt! Wenn ein Kind vom Karussell fällt und sich nur eine Beule holt, wenn jemand aus der Schiffschaukel kippt, dann sind wir dran, beschwor er seinen Vater. Wir müssen anständig versichert sein. Wir sind Sinti, uns hängt man alles an. So hellsichtig war Josef, und er hatte *wir* gesagt. *Unfallverhütungsvorschrift*, er sprach das Wort aus, als wäre es mit Nadeln gespickt, und sein Vater fügte sich. Es war nicht üblich in ihrem Volk, daß Jüngere Ältere belehrten oder gar ins Unrecht setzten. Der Respekt vor dem Alter verbot es. Alfons wußte es, Josef wußte es. Aber der Damm war gebrochen.

Kaum war die Schiffschaukel aufgebaut, standen wir Schlange an der Kasse und schwebten, schwebten, während eine schmetternde Musik die Lautsprecher zum Beben brachte, während ein Schlager an der Würstchenbude plärrte – *Fördern Sie die Stars von morgen!* –, während die Geisterbahn lockte. Treten Sie ein, treten Sie ein, Sie werden Ihr blaues Wunder erleben! Ich hatte den Aufreißer mit der Sprechtüte nicht richtig verstanden: *Hatte er lautes Wunder gesagt?* Ja, laut war es auf dem ganzen Messeplatz. Und war der Schreier Annchens Bruder Ignaz? Er war so weit entfernt, ich sah ihn nicht richtig. Und andererseits war der Alltag so weit weg. Die Schule war Nebensache, eine ganze Woche lang.

Für die Kirmes war der ganze Marktplatz leergeräumt worden. Wir hätten allein hingehen können, hätten unsere Eltern uns gelassen; so gingen die Familien am Wochenende zusammen und taxierten sich gegenseitig: ihre Mäntel, ihre Schuhe und das ganze Gehabe. Was waren das für Leute? Ist das der Bernhard? Guck mal, da ist die Cecilia. Wo? Das Mädchen mit der Ponyfrisur? Ja, das ist sie. Du hast doch gesagt, ihr Vater ist ein Doktor. Ja. Das sieht man ihr nicht an. Da kam Kurt auf uns zu, er schleckte an einer Zuckerwatte, und es war ihm peinlich, daß er bei den Losen ausgerechnet eine Zimmerlinde gewonnen hatte. Er trug die Pflanze an die linke Schulter gelehnt, und weil er den Holzstiel mit der klebrigen Watte in der rechten Hand hielt, hatte er keine Hand frei, um zu winken, zum Karussell, zur Luftschaukel, zur Schießbude, bei der ich mit MEINEMVATER stand. MEINVATER schoß gerne. Er konnte das gut.

Lucie ist krank, Kathi muß sie pflegen. Kein Arzt, kein Arzt, wimmert sie und: Du weißt doch, was der Arzt gemacht hat. Du weißt doch – im Krankenhaus haben sie dich kaputtgemacht, Kathi. Das Wort Sterilisation nehmen beide nicht in den Mund.

Kathi kocht, putzt, bringt dem Vater und dem Bruder Essen, wenn die Kirmes in der Nähe ist. Es geht nicht mehr, keinen Tag länger. Ignaz sagt es, und zwar mit Bestimmtheit. Alfons versteht, ja, er hat Recht. Kathi will es nicht verstehen, und Annchen kann es nicht verstehen. Lucie wehrt sich, in den Krankenwagen einzusteigen. Sie muß ins Krankenhaus, nicht in das, in dem Kathi operiert wurde, dahin brächten sie keine zehn Pferde. Es ist eines ohne Nonnen, mit lauter frischen Gesichtern. Nicht so einschüchternd, ein neues Gebäude mit Licht und Luft und Sonne im Fenster, mit Bänken im Hof für die Genesenden und ihre Familien. Das Haus hat *einen guten Ruf*, das haben die Dorns gehört. Lucie ist nicht blind, sagen die Ärzte, ihre Augen sind gesund. Aber das Hirn ist dort, wo das Sehen in ein Verstehen mündet, krank. Der Arzt sagt es noch deutlicher: Der Sehnerv sei durch den Druck eines Tumors geschädigt worden, irreparabel geschädigt. Im Lager haben ihr die SS-Männer auf den Kopf geschlagen, und weil sie ihn schützen wollte, ist ein Finger gebrochen, immer auf den Kopf und mir in die Nieren und in die Kniekehlen, berichtet Alfons. Der Arzt hat einen starren Blick.

Ist es gut, daß Lucie sofort operiert wird? Ist es gut, daß man ein Stück aus ihrem Schädel säbelt und einen Klumpen Hirn herausnimmt? Wie Lucie dann im weißen Bett liegt mit einem weißen Turban aus Verbandmull, wie sie mit trockenem Mund Wörter formt, wie sie nach der Hand tastet, die ihr entgegengestreckt wird, das ist nicht gut, es ist bedrohlich. Das ganze Zimmer ist schneebedeckt und kalt, damit man die Ausdünstungen der Kranken weniger riecht, und es ist Juni, ein blank geputzter Himmel vor dem Fenster. Bist du es, Ignaz? Oder Alfons? Nein, Josef ist gekommen, und er hat seine Frau mitgebracht. Lucie kann ihre strahlende Schönheit nicht mehr sehen, spürt aber ihre heiße Hand, sie reibt über die Knöchel, als wäre es eine vertraute Hand, der Wärmestrom fließt in ihre Hand. Als Annchen die Schwägerin sieht, ist sie enttäuscht. Ihre Ohren stehen ab, obwohl sie das Haar sorgsam darüber gekämmt hat, fällt es auf. Sie hält ganz selbstverständlich Lucies Hand, fest und furchtlos. Also ist die Schwägerin nicht so schön, wie Annchen sie sich vorgestellt hat, aber sie ist sehr lieb.

Als Lucies Kopf bestrahlt wird, kann niemand sagen, ob es nützt. Alfons hofft es inständig; doch er weiß nicht, wer von seinen Söhnen und Töchtern diese Hoffnung teilt, aus Glaubensseligkeit, aus Mangel an Mut, an Denkalternativen, aus Liebe. So viel haben sie verstanden: Die Strahlen fressen neue Löcher in ihr Hirn, ganz winzige Löcher, dort, wo die kranken Zellen getötet worden sind. Ihr ist immer übel. Mir ist so kalt ums Hirn, sagt sie. Jemand muß ihr eine Schale reichen, damit das Erbrochene nicht die Bettdecke verschmutzt. Sie versucht zu erraten, wer die Schale hält. Sie klammert sich an die Hand, die die Schale hält, sie hat einen eisernen Griff. Man muß ihre Finger einzeln lösen, ihr gut zureden, damit sie die Schale zurückgibt. Sie hätten früher einen Arzt aufsuchen sollen, Frau Dorn, sagt ein junger Neurochirurg bei der Visite und setzt ein Lächeln auf, das schwer zu deuten ist. Wann war früher? Das Lager war früher. Die Kinder waren früher. Ihre Schwester war früher. Alles war früher.

Während Lucie sich im weißen Bett hin- und herwirft, verrutscht ihr Turban. Der Verbandmull wickelt sich ab, eine weiße Schlange auf ihrer Schulter. Draußen im Innenhof des Krankenhauses das regelmäßige Tuckern eines Springbrunnens, Spatzengeschilpe, die Stimmen der Patienten, die schon aufstehen können und unten im Hof ihre Runden drehen. Dann kommt eine Unruhe auf, Wind, der Himmel zieht sich zu, ein feiner Regen, der über das Fensterblech wischt, ich bin da, ich bin da, so hört es sich an. Er kriecht durch den Fensterspalt und fängt sich am Wasserschenkel, tropft, tropft, eine Tür wird geöffnet und wieder geschlossen. Lucies Hände umkrampfen einen Bettzipfel, wehren etwas ab, von dem weder Alfons noch ihre Kinder wissen, was es sein könnte. Sie ruft nach Arnold, er ist doch noch so klein. Im Lager wollte er eine Zwiebel. Was willst du mit einer Zwiebel? Er war doch viel zu schwach, um nur einen einzigen Zwiebelring zu kauen. Dann, dann, nichts war dann. Lucie weiß nicht weiter. Die Sätze haben keine Folgerichtigkeit, gehen über in ein Stöhnen, dem ein Ausatmen folgt, nur eine kurze Spanne Zeit, der nichts mehr folgt.

Jeder Kinderwagen ist eine Luftschaukel. Jeder Kinderwagen ist ein Karussell. Jeder Kinderwagen ist eine Geisterbahn. Kein Kinderwagen hat Bremsen. Einmal angeschoben, rollt er. Die Hand, die ihn schiebt, ist eine verantwortungsvolle Hand, sie darf nicht loslassen, der Kinderwagen könnte im Abschüssigen weiterrollen, auf die Fahrbahn rollen, eine unverantwortliche Gefährdung. Wenn die Hand losläßt, muß der Blick weiter auf dem Kinderwagen ruhen. Ist das Kind darin lebhaft oder unzufrieden, hilft es, den Wagen hin und her zu schieben, die Griffstange auf und nieder wippen zu lassen, die weiche Federung des Kinderwagens hilft, dem Kind tut die Bewegung wohl. Das Kind zu beruhigen, ist ein Instinkt. Blickkontakt, Körperkontakt, Wiegen, Schaukeln. Bei jedem Kinderwagen hält Kathi den Atem an, sie muß stehenbleiben, die Augen schließen und sehr langsam wieder öffnen. Das rosige Kind, das Mäulchen des Kindes, die gewölbte Stirn, fedrige Haare, ein blauer Blick. Warum schauen kleine Kinder so blau? Die Arme des Kindes sind angewinkelt, die Beine sind angewinkelt. Kathi starrt das Kind an, in jeden Kinderwagen muß sie starren. Es ist warm, immer noch oder wieder. Die strahlende Junisonne ist ein unerwartetes Glück, über dem Kind nur eine leichte Decke, unter der sich der Körper abzeichnet. Komm weiter, Kathi! Sie reißt sich los. Eine Mutter mit hoch erhobenem Kopf, feinen Nasenflügeln, die beben. Ein himbeerrotes Kleid und ein passendes Bolerojäckchen dazu, ein getupftes Seidentuch hat sie locker um den Hals gebunden und dazu Sandalen mit Korkabsätzen. Schöne Schuhe, rote Fußnägel, die selbstbewußt über den Rand der Sohle ragen. Das Kind schläft, zarte Ohrmuscheln, wie aus Wachs geformt, ja, die Ohrmuscheln haben es Kathi angetan, nur einmal die Ohrmuscheln berühren, mit der Fingerkuppe die Wölbung entlang streichen. Streichen. Streicheln. Der Kinderwagen hat ein blankes Gestänge, das Verdeck ist zurückgeklappt, ein Cabrio-Kinderwagen, das Kind greift mit einem Händchen nach den Bällen, die auf einer Schnur vor ihm aufgereiht sind. Kathi will weiter, sie kann nicht weiter, Füße wie Blei, ein klopfendes Herz, Arme, die das Kind aufheben, Hände, die es liebkosen wollen, Augen, die es anlächeln. Dunkle, feuchte Augen, die den Blick des Kindes trinken. Das Kind zieht die Mundwinkel nach oben, es ist ein Reflex, kein Lächeln. Das Kind schaut seine Mutter an, die Mutter schaut die fremde Frau an. Jetzt müßte jemand etwas sagen, Kathi müßte sich einen Ruck geben, nur einen harmlosen, freundlichen Satz über das Kind, das *süße* Kind, über das Wetter, das *schöne* Wetter, es ist schon zu lange still. Kathi kann den Blick nicht lösen, geh, geh, sagt sie zu sich selbst, und dann reißt sie sich mit aller Macht los.

Ein anderes Mal kommt sie aus dem Amt. Wieder ein Schreiben, sie soll sich auf Zimmer 308 einfinden. Sie ist erschrocken, so viele Zimmer hat das Rathaus?, aber dann merkt sie, es ist nur das achte Zimmer im dritten Stock. Ein Mann im weißen Kittel, der bläuliche Lippen hat, die er immer wieder mit der Zunge befeuchtet, stellt sich vor. Dr. Dengel, glaubt sie zu hören, oder auch Dr. Sänger oder Dr. Schwenger, Amtsarzt. Er stellt ihr Fragen, die sie schon auf einem Formular beantwortet hat. Während sie antwortet, kommt er ihr ganz nah. Sie spürt seinen Atem, er riecht streng, wie Medizin, denkt sie. Sie zögert mit den Antworten. Sie kann keinen Fremden mehr so nah ertragen. Vieleicht erwartete er, daß sie ganz andere Antworten gab als die auf dem Papier, daß sie sich verhaspelte. Sie mußte höllisch aufpassen, ja, was wollte er hören? Zwischendurch fragte er beiläufig, ob sie noch ihre Menses habe, dabei trat er einen Schritt zurück. Sie sah ihn verständnislos an, und er wiederholte monoton, ob sie noch ihre Monatsblutung habe. Das hatte sie noch niemand gefragt, und hätte jemand sie gefragt, was empörend gewesen wäre, hätte sie nicht geantwortet, kein Wort. Aber Dr. Renger oder wie er hieß sah sie so fordernd an. Es wurde Kathi heiß, und sie begann zu stottern. Sie begriff, es war ihr wichtig, es würde helfen. Der Arzt machte sich Notizen, fragte nach ihren Eltern und Geschwistern, aber es ging doch um sie. Dann war sie mit einem Kopfnicken entlassen von Dr. Engel oder Dr. Bengel oder Dr. Dengel, dem Amtsarzt im dritten Stock. *Nicht gesprächsbereit, mißtrauisch, verantwortungsscheu* las sie dann über sich in dem Gutachten, das der Rechtsanwalt ihr schickte. Und weiter: *Da Persönlichkeiten von der Wesensart der Antragstellerin viel mehr gegenwartsbezogen leben und erleben und weniger aus der Vergangenheit und auf die Zukunft gerichtet sind, stellt sich für sie, so darf man annehmen, die Tatsache einer erzwungenen Kinderlosigkeit weniger als eine seelische Dauerbelastung dar als für den Durchschnitt normal empfindender Frauen in gleicher Situation.*

Kinderwagen im Park, Kinderwagen, der von einer Hand hin und her geschaukelt wird, Kind, das auf dem Schoß seiner Großmutter sitzt. Das Hoch und Nieder der Knie, hoppe hoppe Reiter, wenn er fällt und – plumps. Kind mit einem rot geringelten Jäckchen, handgestrickt, ein Beben, das durch den ganzen Körper läuft, dann hebt die Frau es hoch. Auf unsicheren Beinen steht es da, knickt ein, die Großmutter hält es in der Taille, das Kind kräht vor Vergnügen, der helle Laut schneidet durch die Luft, schneidet die Luft entzwei. Die üppige Luft der Großmutter und des Kindes, Kathis Luft, eine dünne, trockene Luft, Luft, die den Atem raubt. Niemand hat es gemerkt. Jetzt hopst das Kind, dreht den Kopf, ja, wieder haben die Ohrmuscheln es Kathi angetan, nur einmal die Ohrmuscheln berühren.

Geh, geh, sie geht aber nicht, gehorcht einfach nicht, sondern setzt sich auf die gegenüberliegende Parkbank; es ist niemand mehr da, dem sie gehorchen müßte. Die Großmutter schaut sie mißmutig an, mißmutig und kalt, pflanzt sich das Kind wieder auf den Schoß. Den Arm schiebt sie wie einen Riegel vor, mit der anderen Hand umfaßt sie den Griff des Kinderwagens. Sie schaut mir auf den Bauch. Der Blick sticht durch Kathis Rock und verletzt; sie spürt auch die zusammengekniffenen Lippen. Sie kennt solche Blicke, Blicke, die sie treffen, immer wird sie getroffen, Blicke wie Bannstrahlen. Und sie weiß schon, was die alte Frau, wenn sie zurückgekehrt ist, ihrer Tochter oder Schwiegertochter, ja, der ganzen Familie berichten wird: Eine Zigeunerin wollte den Kinderwagen stehlen. Nein, nicht den Kinderwagen, das Kind. Das Kind und den Wagen. Man kann nicht genug aufpassen. Alle sind empört. Aber vielleicht hat Kathi auch Glück, und die Tochter sagt so vernünftig, wie sie kann: Aber das gibt es doch nicht. Vielleicht nicht oder vielleicht doch, würde dann die Großmutter antworten.

Ein Brief kommt an für Fräulein Katharina Dorn. Kathi bekommt keine Briefe, wer sollte ihr einen Brief schreiben?, ein maschinengeschriebener Brief, amtlich, also ein *Schreiben*. Im Brief steht etwas von *Einspruch erheben*, Rechtsanwalt Dr. Cobler winkt ab, die Chancen stehen schlecht. Aber sie will ihren intakten Körper wiederhaben. Kinderlust, Kindersucht. Wenn er der Mutter zu schwer war, hat Kathi den kleinen Bruder getragen auf dem langen Weg zurück, vom Lager will sie nicht mehr sprechen. Als Annchen klein war, hat sie sie gewickelt, geschaukelt und getröstet, sie hat sie gelehrt, mit dem Löffel zu essen, und früher schon hat Lucie der großen Tochter einverständig die kleinen Geschwister überlassen. Neid auf Josef und die junge Witwe. Neid auf ihre Mutter. Es ist nicht recht, auf die tote Mutter neidisch zu sein. Es ist nicht recht, tot sein zu wollen. Es ist ein Fehler, überlebt zu haben ohne die jüngeren Geschwister. Wie ein geprügelter Hund schleicht Kathi nach Hause, sie geht im Schatten, die Straßenbahn nimmt sie nicht. Immer wieder krümmt sie sich, hält sich den Bauch, sie hat Schmerzen, die plötzlich aufflammen und von innen in ihren Bauch schneiden. Das sind die Kinder, die ich nicht bekommen durfte. Das ist das Messer, mit dem man meine Eileiter kaputt gemacht hat.

Zuerst verbreitete sich das Gerücht: Eine Sintezza hat einen Hund gestohlen. Erst das Gerücht, dann ein Lauffeuer. Die Polizei schaltete sich ein, eine Anzeige wurde erstattet, ein Verhör fand statt. Die Staatsanwaltschaft wurde tätig. Dann wurde die Klage abgewiesen: Der Hund war wieder aufgetaucht; er war einem Metzgerlehrling gefolgt, der Fleisch transportiert hatte und noch nach Fleisch roch. Jemand hatte herumgefragt, zuerst sah es so aus, als würde niemand einen Hund vermissen, dann fand der Hund ein neues Herrchen. Aber der Hund lief zum zweiten Mal weg und fand zurück zu seinem ursprünglichen Zuhause. Jetzt meldete sich Frau Stockmann, Edith Stockmann. Sie hatte einen Hund gehabt, und sie hatte eine *Zigeunerin* mit einem Hund gesehen, das mußte ihr Hund gewesen sein. Wie er aussah, seit wann sie ihn nicht mehr hatte, danach hatte die Polizei nicht gefragt. Die Klage wurde abgewiesen. So viel Aufregung für die Sintezza, so viel Beschämung über den falschen Verdacht. Aber wenn sie es sich genau überlegte, hätte Kathi gerne einen Hund gehabt. Eine *Zigeunerin* hat einen Hund gestohlen, wer Hunde stiehlt, der. Und erst wer ein Kind stiehlt, wer nur in Verdacht gerät, ein Kind zu stehlen, ein Kind im Kinderwagen sehnsüchtig, begehrlich anzusehen – nicht auszudenken. Kathi saß wieder vor

Coblers großem Schreibtisch, der mit Akten beladen war, sie hielt sich den Bauch und brachte keinen Satz heraus. Zeit verging, dann sagte der Rechtsanwalt: Ich versuche noch etwas. Nur der beste Gutachter kommt für Sie in Frage, ich gebe Ihnen Bescheid. Als Kathi sich überschwenglich bedankte, nickte er ihr nur zu; er sah müde aus, sehr müde.

In der Zeitung stand nichts von einer Frau, die versucht hatte, ein Kind zu entführen. In der Zeitung stand etwas von den Maßnahmen gegen die Wohnungsnot, von der Bautätigkeit, von den notwendigen Parkplätzen, die der wachsende Autoverkehr forderte, von der wirtschaftlichen Gesundheit, *die manches übermütige Fest aus dem Boden stampft.* Und es stand auch darin, daß *den auf guten Volksbräuchen gegründeten Festen eine glückliche Blüte beschert war.* Die Kirmes brauchte unbebaute, große, innerstädtische Plätze, die waren umkämpft. Parkplatz oder Kirmesplatz, beides sollte asphaltiert sein. Ja, die Kirmes war ein Urerlebnis, ohne das der Alltag gar nicht denkbar war. *Geschäfte gut bis zufriedenstellend, auch das Wetter annehmbar; an den beiden Sonntagen fiel kein Tropfen Regen. Die Schausteller waren vernünftig genug, ihre Lautsprecher so einzustellen, daß keine Klagen kamen.* Nicht eine einzige Anzeige wegen Ruhestörung ging bei MEINEMVATER ein. Der Schaustellerseelsorger Pater Schönig, begleitet vom Bernkasteler Posaunenchor, hielt im Liliputaner-Circus einen Gottesdienst für die anwesenden Schausteller. Saure Wochen, frohe Feste. Nein, kein Schausteller grub dem anderen das Wasser ab, *alle waren darauf bedacht, den Saisonauftakt besonders zugkräftig zu machen. Original amerikanisches Popcorn, goldgelb, absolute Spitzenware, sonnengereift, besser denn je und billiger.*

Da ist ja Annchen. Sie versteckt sich hinter dem Kassenhäuschen, sie will uns nicht sehen. Aber wir entdecken sie sofort. Annchen, können wir mal umsonst fahren? Eine Frage zum Verstecken. Sie macht ein hilfloses Gesicht; sie hat doch hier nichts zu sagen. Jetzt müßte ihr Vater kommen, und mit einem Blick würde er klarmachen: Das kommt ja gar nicht in Frage. Aber Alfons Dorn verhandelt mit dem Platzmeister, schimpft vor sich hin, knallt dann die Tür des Kassenhäuschens zu. Annchen öffnet es leise, schlüpft zu ihm, schmiegt sich an ihn, das gibt es also, ein Kind schmiegt sich an seinen Vater. Ich sehe es mit Staunen. Nein, ich sah es nicht, ich versuche, mich zu erinnern und sehe es jetzt, als hätte ich es gerade erfunden.

Tod auf dem Volksfestplatz stand in der Zeitung. Der Leichnam eines Arbeiters war frühmorgens neben dem Kettenkarussell gefunden worden. Nach Ansicht der Kriminalpolizei mußte der Arbeiter – auch sein Name wurde genannt: Frieder G. – beim Hantieren mit einer Starkstromleitung in Berührung gekommen sein. Es war ein Schock für alle auf dem Jahrmarkt. Hatte Alfons ihn gefunden, hatte Ignaz ihn gesehen? Ignaz war doch auch noch ein Kind. Jetzt wurden die Bestimmungen strenger, Josef hatte schon von der Unfallverhütungsvorschrift gesprochen. Alfons hatte ihm sprachlos zugehört, seinem erwachsenen Sohn, den er verloren, aber als fernen Berater gewonnen hatte. Und nun machte er drei Kreuze, daß er seinem Rat gefolgt war. Der Platzmeister kam gestikulierend, nach der Polizei erschien ein Mann vom Ordnungsamt, dann ein Diplom-Ingenieur. Bohrende, langwierige Befragungen, eine Untersuchung, technische Abnahme des Geräts, jedes Geräts, Prüfsiegel und dann das Prüfsiegel verplombt. Gab es denn früher keine Unfälle? Oder wurde nur seltener darüber berichtet? Gab es weniger Zeitungsreporter? Gab es Themen, über die sie lieber schreiben wollten? Die Schaukelbuden waren vorschriftsmäßig gegeneinander abgegrenzt, aber ein Helfer hatte die Absperrung überstiegen, um auf die andere Seite des Platzes zu kommen. Warum er das tat, war später nicht mehr festzustellen. Jedenfalls erhielt er vom Sitz einer kräftig ausschwingenden Schaukel einen heftigen Stoß gegen den Hinterkopf. Er wurde vom Podium geschleudert, überschlug sich und blieb außerhalb der Begrenzung liegen. Kein Zeuge, kein Angehöriger meldete sich. Auch diesen Unglücksfall meldete die Zeitung unter einer fetten Überschrift. Man mußte annehmen: Die Kirmes war nicht nur aufregend, sie war auch lebensgefährlich. Die Schausteller bauten nicht nur Wunderwerke auf, Glücksburgen der Illusion, kindgerechte Jubelfahrzeuge, sie konnten sich auch in Kabeln verheddern, sie konnten sich in Vorschriften verheddern wie in einem Gestrüpp. *Mangelnde Vorsicht, Sorglosigkeit, sträflicher Leichtsinn, mit solchen und ähnlichen Worten sind nach einem Unfall die Zeugen und die Polizei schnell bei der Hand. Die geringschätzige Kritik am Verhalten des Toten ist deutlich herauszuhören.*

Alfons Dorn seufzte, wenn er mit Ignaz nach Hause kam: Wir stehen doch mit einem Bein im Gefängnis. Annchen schauderte es, ein Bein draußen im Freien und das andere eingesperrt, und sie konnte die halbe Nacht lang nicht schlafen. Aber wer im Lager gewesen war, kannte das. Ihr Vater hatte mit beiden Beinen dort gestanden, wo er nie, nie mehr stehen dürfte. Und sie sah doch, wie er hinkte. Am Mittag hatte sie Kartoffeln geschält, eine ganze Schüssel für den nächsten Tag. Ihr Vater hob nur eine einzige Knolle aus dem Wasser, nahm die Schüssel und schmiß sie auf den Boden. Die schälst du alle noch mal. Hast du nicht gesehen, wie deine Mutter sie geschält hat? So fein, daß man durchsehen konnte.

Wir wußten nichts, wir verpraßten unser Taschengeld. Das Orkanschiff schnitt durch die Wellen und die Phantasie, schwankte nach beiden Seiten, als würde das Schiff gleich untergehen. Es konnte einem schlecht werden davon. Dreißig Passagiere nahm es auf, Gerwin stand schon da, Aurelia, Kurt und ich kamen dazu, dazwischen ältere Jungen, die uns beiseiteschubsen wollten. Wir standen Schlange und schimpften. Gerwin hatte das Portemonnaie schon in der Hand, Aurelia nestelte nach einem kleinen Lederbeutel. Niemand von uns war bis jetzt Passagier in einem Orkanschiff gewesen. *Die Fahrt*, das wurde beteuert, *war ganz ungefährlich, helle Freude wurde angekündigt und eine Seefahrt, die ist lustig.* Wenn man in das Orkanschiff kletterte, war die Welt draußen naß und unwirtlich. Feuerspeiende Vulkane sah man vom Schiff aus, Meereswellen, grenzenlose Weite, stromlinienförmige Delphine und Haie mit messerscharfen Zähnen und eleganten Leibern, beweglich bis in den letzten Tupfer der gemalten Schwanzflosse. Giraffen, die mit ihren Mäulern in das Meer hinein schlappten, vergnügte Stachelschweine mit spitzen Schnauzen dazwischen, Großwildjägerland, Sahara oder Savanne, alles auf Kulissen gemalt, hintereinander gestaffelt und mit Lämpchen illuminiert. *Wir freuen uns, auch in diesem Jahr den Kleinen wieder ein großes Vergnügen bereiten zu dürfen.* Der schnelle Blick, der nach vorwärts getriebene, der Vernunft unterworfene Blick sah den Globus, den Schwindel, auf ihm zu balancieren, sich strikt im Rahmen der modernen Fahrgeschäfte zu bewegen, er sah die Ungeheuerlichkeit, auf einer großen Welt zu sein, die sich dreht und erst stillsteht, wenn die Fahrzeit abgelaufen ist. Gab es ein Ziel? Das Ziel war der Anfang – bei jedem Karussell, alles auf Null. Auf das unbeschadete Ankommen genau an der Stelle, an der man eingestiegen war, kam es an. Wer mehr will, fährt eine zweite Runde, Mengenrabatt gibt es nicht, aber vielleicht ein doppeltes Glück, vielleicht einen doppelten Rausch, eine verflüssigte Inflation. In der Zeitung fand sich auch eine leise Kritik, melancholisch eingetrübt: Man vermisse das romantische Familienkarussell. Wer wußte noch, was das war? Wenn es dieses Karussell nicht mehr gab, gab es auch nicht mehr die Familie, die es geliebt hatte und sich nach ihm zurücksehnte, die heilige Familie und die ganze Kindercorona auf dem Karussell, den spendablen Onkel, der alle freihielt, und die Großmutter, die sich über die Freude der Kinder unendlich freute. Hast du im Lotto gewonnen? Wer sehnte sich denn? Es gab doch alles, und es gab immer mehr von allem. Es gab die sich buckelnde Raupe mit ihren giftgrünen Kabinen, auf und nieder. Und es gab den Autoscooter. Kinder ohne Begleitung: Wir waren zu jung, um damit zu fahren, und unsere Eltern wollten nicht. Glühend bewunderten wir die jungen Burschen, die wie auf einer Rennstrecke, dem Nürburgring, andere Autos dramatisch rammten, ihre Mädchen kreischten beglückt. Oder taten sie nur so? Und was für Mädchen sie hatten, bunte Tellerröcke, die flatterten im Fahrtwind, handbreite, eng gezurrte Gürtel, wippende Pferdeschwänze. Immer einmal wieder stoben Funken auf. Einem Jungen flog ein Metallsplitter ins Gesicht, er hielt sich die Backe, Blut zwischen seinen Fingern. Und das Mädchen neben ihm sah hilflos aus, reichte ihm ihr Taschentuch. So hatte sie sich die Fahrt im Autoscooter nicht vorgestellt.

Ein Schwarm von Luftballons stob auf, blieb wie eine vielfarbige Wolke am bedeckten Himmel. Wir hatten die Luftballons aufgeblasen, wir hatten Pappkärtchen mit unseren Adressen daran befestigt. Am besten wäre es, wir warteten Ostwind ab. Wir, die Kinder aus dem entferntesten Westen, Oben-Kinder, Unten-Kinder sollten Ost-Kindern unsere Grüße schicken, lilafarbene, eisblaue, zitronengelbe Ballons, gestiftet von der Sparkasse, *macht das Tor auf!* Pappkärtchen waren am Draht befestigt. Und wessen Ballon am weitesten flog, wessen Karte zurückkam, sollte einen Preis bekommen, ein Sparschwein vermutlich, in dem es rappelte, oder auch ein Sparbuch. Wir im Westen denken an euch im Osten. Denkt ihr auch an uns? Schön blöd, sagte MEIN-VATER, wenn jemand aus dem Osten die Karte zurückschickt. Westkontakt ist strafbar.

Es hatte lange gedauert, die Ballons aufzublasen. Der Lehrer redete uns dabei nicht hinein, er blies ja selbst mit vollen Backen, stellvertretend für ein Kind, das krank geworden war. Aurelias Ballon war geplatzt; sie hatte gepustet und gepustet, schön prall sollte er sein. Aber es gab genug Ballons, sie suchte sich einen resedagrünen aus, und nun blies sie übervorsichtig. Während wir die Ballons fliegen ließen – am Vorabend der Kirmes –, photographierte uns ein Zeitungsreporter. Und morgen, versprochen, sähen wir uns auf Seite 7. Zwerge, lauter in die Höhe geschossene Zwerge, die sich erwartungsvoll den in die Luft steigenden Ballons entgegenreckten. Als ich nach Hause trottete, fragte ich mich: Warum fliegen sie? Ich hätte auch fragen können: Warum trotte ich so? Warum fliege ich nicht? Gerne hätte ich meinen Luftballon mitgenommen. Warum sollte er zu den Kommunisten fliegen und wiederkommen? Vielleicht wollte er dort bleiben, hoch an einem Ast, unerreichbar, und das Kärtchen mit meinem Namen verwitterte. Ja, wir standen in der Zeitung, wir mit unseren Luftballons, und der Lehrer schnitt das Photo aus und pinnte es an die Wand neben der Tafel.

Ich hatte im letzten Sommer den Wasserball meiner beiden kleinen Brüder aufgeblasen und dann weggekickt, ein paarmal hüpfte er müde, bis er kraftlos liegenblieb. Etwas hatte mich wütend gemacht, und ich stach mit einem Küchenmesser hinein. Wie bei einem Furz entwich die Luft, der Ball schrumpelte, und das befriedigte mich. Heulen und Zähneklappern und Petzen, als einer der Zwillinge den Ball fand. Ich tat erhaben, hatte keine Ahnung, warum der Ball kaputt war. Die Zwillinge mußten eben auf ihre Spielsachen aufpassen, das tat ich ja auch.

Und auch an einen anderen Ballon mußte ich denken. Wieder legte sich eine Hand auf meinen Nacken: Das ist er, ich wußte es. Mein Stiefbruder hatte mir vor dem Schulhof aufgelauert. Er drückte mir einen kleinen Ballon in die Hand, nicht so prall wie die Luftballons auf der Kirmes, sondern einen mit einer blassen, kränklichen Farbe. Bring das deinem Vadder, das sagte er freundlich und verschwand. Ich sah den kleinen Ballon an, an seiner inneren Wand klebte eine milchige Flüssigkeit, und wenn ich ihn nur ein bißchen schüttelte, tropfte sie schleimig. Ich steckte die Hand, die den Ballon umfaßt hielt, in die Hosentasche und spielte damit herum. Ich hatte eine ungefähre Vorstellung, was in dem Ballon, der eher eine Blase war, sein könnte. Zuhause drückte ich ihn MEINEMVATER in die Hand: Von deinem Sohn, den Namen vermied ich. MEINVATER starrte den Ballon an, er starrte mich an, ich fürchtete, er brüllte gleich los und duckte mich vor Schreck. Aber nein, er wog das Ding in der Hand, dann lachte er unbändig, er hörte gar nicht mehr auf zu lachen. Warum lachte er so? Vor ihm stand ein begossener Pudel, sein jüngerer Sohn, ich. Und ich hatte das Empfinden, mitlachen zu sollen, den Schwung, den er hatte, für mich zu nutzen, ja, mich mit ihm lachend zu verbünden. Das gelang nicht. Dann gab er mir den Gummi, der inzwischen schlapp geworden war, zurück und wischte sich mit dem Handrücken die Nase. Dein Bruder ist ein Mann geworden, alle Achtung.

Der bayrische Fakir verkauft seinen Sarg, in dem er sich mehr als tausendmal für zwölf Stunden hat begraben lassen. Mehr als ein Jahr hat er insgesamt unter der Erde verbracht. Durch ein Guckloch kann man ihn sehen. *Wir stehen in einer Zeit des ungeheuren wirtschaftlichen Aufschwungs, den sich wohl 1945 niemand hätte träumen lassen*, heißt es. *Eine unerfreuliche und sehr bedeutungsvolle Begleiterscheinung unserer Prosperität ist aber der latente Anstieg der Preise, der nicht nur der Bundesregierung, sondern auch uns, dem Schaustellerverband, Sorgen macht, denn der Schausteller kann, im Gegensatz zu vielen anderen Branchen, die steigenden Unkosten nicht einfach auf die Preise abwälzen.* Von einer drastischen Erhöhung der Vergnügungssteuer ist schon wieder die Rede. Vergnügen zu bereiten, ist eine schwere Arbeit, und dafür soll noch eine Extra-Steuer fällig sein. Die Besucher auf dem Platz erwarten nicht nur volkstümliche Preise, sie setzen sie ganz selbstverständlich voraus. Wir, die Kinder, setzen sie voraus. Wir wissen ja nichts von der Sorge, daß immer mehr Kirmesplätze Parkplätze geworden sind. Man müßte ein Lasso werfen und die Leute an den Stand ziehen. Wo sonst ein Kassenmagnet regiert, regiert bei uns die Freude. *Die Kinder sind das Publikum, die Kinder bringen ihr Taschengeld, und solange das Wirtschaftswunder nicht bei den Kindern landet, nehmen die Schausteller nur in geringem Maße am Wohlstand teil.* Mit anderen Worten: Wir sind mächtig, wir sind viele. Die Demokratie regiert, wir sind eine starke Mehrheit auf jedem Kirmesplatz. Die Demokratie ist Freude, die Demokratie ist ein Kindertraum, den Erwachsene wahrmachen, ein Kinderspiel, und trotzdem sehr ernst und würdig. Alle dürfen mitmachen, alle dürfen Karussell fahren, aber es kostet. Allen geht es besser, die Schatten sind überwunden, alle sind erleichtert, glücklich, auch das ist Demokratie. *An Überschlagschaukeln sind Fußschnallen und Hüftgürtel anzubringen und vor Fahrtbeginn anzulegen. Die Tatsache, daß bisher in seinem Geschäft alles gut gegangen ist, darf den Inhaber nicht dazu verführen, zu sorglos zu sein und weiter auf sein Glück zu vertrauen. Deshalb soll man rechtzeitig, d. h. sofort technische Mängel beseitigen und das Personal richtig einweisen und ständig beaufsichtigen. Sich selbst disziplinieren und die eigene Besorgnis in Schach halten: Das ist die leise Aufgabe des Schaustellers.* Den Besuchern bereitet er Freude. Aber warum muß er Vergnügungssteuer abführen, wenn das Vergnügen bei den Besuchern ist und er die Verantwortung trägt und die schwere Arbeit hat?

Den Jahrmärkten droht ein starker Gegner: der Kraftverkehr. Er ist der Grund, sie zu strangulieren oder an den Rand der Städte und Gemeinden zu verbannen, in Schrebergartengebiete, die Bauerwartungsland werden, in Bauerwartungsland, das Gewerbegebiet wird, in das Gewerbegebiet, dessen größter Teil als Parkfläche ausgewiesen wird. Da hat die Kirmes nichts zu suchen, die Fahrgeschäfte packen ein. Dagegen zu kämpfen, ist *unsere Pflicht*, lautstark, aber mit Würde. *Die Orgel ist das traditionelle Musikinstrument des Schaustellers und soll es bleiben. Wahllos werden Platten mit und ohne Gesang, mit und ohne Jazz, in höchstmöglicher Lautstärke aus meist übersteuerten Geräten auf das Publikum hingedonnert. Macht nur Krach – die Leute werden dann schon kommen.* Nein, das Geschäft ist nicht zufriedenstellend. Und Klagen gehört zum Geschäft. Am Ende des Jahres, das ist die Sorge, reicht der Verdienst nicht für die Rücklage und für die Wintermonate. Man kann dabei die Schultern zucken oder Vorsorge treffen. Die Wahl muß jeder Schausteller für sich treffen.

Die Kirmes ist unser Ort. Wir besuchen Ignaz, den wir von der Schule kennen. Wir fragen ihn nach Annchen. Annchen muß den Haushalt machen, sagt er. Wir besuchen Annchen nicht. Der Haushalt ist immer der gleiche, das kennen wir von zuhause. Die letzten Krümel Popcorn in meiner Tüte teile ich mit Kurt. Und da kommt auch unser Lehrer mit seiner Frau und einem großen Kinderwagen. Daß er ein kleines Kind hat, haben wir nicht gewußt. Cecilia fragt ihn: Dürfen wir mal gucken? Aber niemand außer ihr will das Kind sehen. Später erzählt sie uns, das Kind habe komisch ausgesehen. Wie, komisch? Irgendwie blöd. Und dann steigen wir wieder in das Karussell. Aus den Lautsprechern dudeln neue Schlager, manche Sängerinnen kennen wir, ihre Lieder hört man an allen Ecken und Enden, sie fließen aus Kneipentüren, sie strömen aus offenen Fenstern, sie flattern aus Kofferradios. Die meisten haben wir noch nie gehört, nur selten können wir zuhause so lange am Radio drehen, bis uns ein Programm gefällt. Iris stellt sich neben einen Lautsprecher und singt einfach mit, und dabei wirft sie den Kopf in den Nacken wie eine Diva. Beim Refrain schiebt sie die rechte Schulter nach vorn, und der spitze Ellenbogen zeigt genau auf mich, oder bilde ich mir das nur ein? Woher hat sie das? So haben wir noch nie jemanden singen gehört, ganz anders als in der Schule. Wir wissen: Unserem Lehrer würde es nicht gefallen.

Hungerkünstler Heros hat es geschafft. Nur noch vierundneunzig Pfund schwer, kletterte er nach dreiundfünfzig Fastentagen aus seinem Glaskasten auf dem Frankfurter Zoogelände. Um drei Tage hat er seinen am Jahresanfang in Trier aufgestellten Hungerrekord überboten. Die Pessimisten hatten gewettet, daß er zu schwach sein würde, um zu seinem Wagen zu gehen. Aber sein Hungern sah so aus, *als wäre es die leichteste Sache der Welt.* Die Pessimisten hatten unrecht: Von Helfern des Roten Kreuzes gestützt, wankte er durch die unabsehbare Zuschauermenge dem in einiger Entfernung stehenden Auto zu. Während der letzten halben Hungerstunde ruhte Heros apathisch auf seinem Lager. Selbst Fliegen, die sich ihm auf die Nasenflügel setzten, störten ihn nicht. Als dann unter dem Surren der Wochenschaukameras und dem Schnappen unzähliger Photoapparate der Glaskasten geöffnet wurde, erhob sich Heros von seinem Bett, ließ sich aber sogleich wieder kraftlos zurücksinken. Sitzend versuchte er, sein Jackett anzuziehen, aber er fand nicht das Ärmelloch. Erst beim zweiten Versuch glückte ihm das Aufstehen. Ursprünglich wollte Heros seinen Rekord nur um eine Stunde überbieten. Der Ehrgeiz, den in Lille fastenden Inder Burmah zu schlagen, und nicht zuletzt geringe Einnahmen ließen ihn drei Tage länger ausharren. Während seiner Hungerkur hat Heros, der den bürgerlichen Namen Ludwig Schmitz führt, achtundsechzig Pfund abgenommen. Während eines kostenlosen Krankenhausaufenthalts soll sich nun sein Magen vorsichtig wieder an Nahrung gewöhnen. Der Siebenundvierzigjährige hofft, sich in einigen Monaten in den Vereinigten Staaten als Hungerkünstler zeigen zu können. Kathi liest, sie betrachtet die Bilder, ungeniert betrachtet sie den Körper des Hungerkünstlers und findet ihn schön. Heros. Ludwig Schmitz. Und sie ist überzeugt, er ist kinderlos wie sie, und dabei bliebe es. Heros. Und sie schreibt den Namen noch einmal: HEROS. Den Hungerkünstler könnte sie lieben, die Liebe ist eine Art von Entzündung, und ein Bestandteil ihrer Liebe wäre, ihm keine Nahrung zuzuführen, ihn nicht zum Essen zu verführen. Die Verführung bliebe ganz rein, ohne Gier, körperlos, aber gefährlich.

Große Scheine, sehr viele große Scheine, Wechselgeld und viel Kleingeld, und dann saßen Annchen, Ignaz, Kathi und ihr Vater abends um den Tisch und zählten die Münzen, rollten sie in Zeitungspapierstreifen, wie Alfons und Lucie, Josef und Kathi und die kleinen Kinder es früher getan hatten, sahen den Mond an, die Regenwolken, rasche Himmelsbewegungen, Fetzen von Wolken. Der Mond verschwand, blieb unsichtbar für mehrere Nächte und dann weiter, weiter. Jetzt zählten sie die Scheine, rollten sie in braunes Packpapier – immer zehn zusammen und sehr, sehr ordentlich. Es war aufregend, so unerwartet viele Scheine im Haus zu haben. Sie versteckten sie im Küchenschrank hinter dem Trichter und dem Mehlsieb in einem Holzkasten. Die Rollen sahen aus wie vergessene Zigarillos, dufteten aber nicht. Du mußt mit auf die Kirmes kommen, Kathi, wir brauchen dich, sagten Alfons und Ignaz, es ist so viel zu tun. Kathi möchte nicht gebraucht werden, lieber nicht. Kathi sähe die Leute nicht einmal an, denen sie eine Karte verkaufte und das Geld wechselte; die Kinder, die sich vor dem Karussell drängelten, würde sie am liebsten umsonst fahren lassen. Immer müßte Alfons ein Auge auf sie haben, ein sorgenvolles Auge. Kathi zog sich schön an, weite Tellerröcke, wie bei allen jungen Frauen, Armreifen klimperten, ihre Blusen waren immer frisch gebügelt, aber was nutzte das, wenn sie so unwillig die Karten verkaufte. Sie müsse mitkommen, alles, was sie so scheu gemacht habe, sei doch vorbei.

Als schließlich der Brief von Dr. Cobler ankam, erstarrte sie. Jedes Wort konnte sie lesen, aber sie verstand ihn vor Aufregung nicht wirklich, nur daß er ihr eine Gynäkologin empfahl, *die beste Adresse.* Aber sie wohnte weit weg, in Köln, wo tausend Menschen zusammengepfercht in einer der Messehallen gewartet hatten, wo der Transport zusammengestellt worden war. Es nutzte nichts, Kathi mußte reisen, sie mußte den Bahnhof ertragen, den Zug, die Straßenbahn. Und als sie vor der Ärztin saß, die ein freundliches Gesicht hatte und kaum älter als sie war, fiel ihr das Sprechen leicht, und der entblößte Körper war leichter als sonst, und auch die Löffel, die die Ärztin in ihre Scheide einführte, schienen wärmer zu sein als alle früheren, die in sie hineingezwängt worden waren. Wenn ich Ihnen Hoffnung machen würde, wäre das falsch, aber Ihre Schmerzen kann ich lindern. Hat Ihnen denn nie jemand Medikamente verschrieben, hat nie jemand die Folgen der Sterilisation und den Verlauf ihrer Krankheit untersucht? Nein, keiner. Die Ärztin schüttelte den Kopf. Typisch.

Die Einnahmen waren gut, das Geld saß locker, Vollbeschäftigung, Sicherheit, Sicherheit auch morgen, Stabilität. Die Wahlplakate hatten es versprochen. Das ganze Leben eine Wundertüte. Adenauer war der festen Überzeugung, daß die florierende Wirtschaft – neben der Außenpolitik – die Grundlage seiner Erfolge war. Hatten die Leute Arbeit und wurden sie gut bezahlt, wählten sie die Regierung, die ihnen das bis jetzt garantiert hatte. Was gut ist für die Wirtschaft, ist gut für die CDU und die Fortsetzung der Kanzlerschaft des greisen Herrn. Die Fahne des

Verbandes der fahrenden Schausteller knatterte. *Die Welt ist unser Feld* konnte man darauf lesen, schön gestickt in goldenem Garn wie auf einer Fahne der Kirchengemeinde, die zu einer Prozession getragen wurde. An der Religion schien nicht nur Schlechtes zu sein, man wußte sich ihrer zu bedienen, man mußte nur wissen wie. So viel Arbeit, so viel Anstrengung, so viel Sorgfalt für ein mittelgroßes Vergnügen.

Kathi willigte ein, ohne einwilligen zu wollen. Schnell war sie, wenn sie kassierte, aber jetzt vermied sie, die Kinder anzusehen. Oder wenn sie sie ansah, hatte sie plötzlich eine steile Falte auf der Stirn. Kannst du nicht freundlicher gucken? Du vertreibst die Kunden. Alfons wollte nicht poltern, aber den unterdrückten Zorn hörte man doch. Kathi starrte auf die nackten Arme der Männer, die dunklen Haare auf den Unterarmen, sie starrte und starrte, und die Männer, viel jünger als sie, nahmen ihren Blick aus den Augenwinkeln wahr. Ein Blick wie ein Achselzucken, und ihr Blick, als sie bemerkte, daß sie beobachtet wurde, beschämt. Also kein Blick mehr.

Bei der Allerheiligenmesse Anfang November war es schon ziemlich kalt, neblig am Morgen. Der Platz, auf dem früher das Vieh verkauft und auf dem gewöhnlich der Wochenmarkt abgehalten wurde, der Platz an der Antoniuskirche, nahe am Hochbunker, der wohl auf alle Zeit dort bliebe, und nicht weit vom Karl-Marx-Haus, war asphaltiert worden. Die meisten Buden hatten Markisen oder ein Vordach, und auch ein starker Regen hätte für die Besucher nicht viel ausgemacht. Kein Matsch, keine Pfützen, kein Ärger über die undichten Schuhe. Die meisten Besucher waren schon in Schals eingemummelt, die Kinder trugen solche mit bunten Ringeln aus zusammengeklaubten Wollresten. Die älteren Mädchen strickten ihre eigenen und warfen sie mit Schwung über die Schulter; bloß nicht über der Halsgrube knoten, wie es die Erwachsenen taten und wie sie den Kindern die Schals festzurrten. Anfang November lief das Geschäft nirgendwo richtig gut. Ein eiskalter Wind strich durch die Budengassen, am Würstchenstand drängten sich die Besucher, grob schraffierte Figuren, Unterhaltungslustige, Schaulustige, die einfach einen Umweg machten, ja, wir waren auch auf der Kirmes gewesen – wie letztes Jahr, wie vorletztes Mal, wie nächstes Jahr. Vor dem Kinderkarussell stand eine Frau mit ihrem dreijährigen Enkel. Das Kind wollte in eine Lokomotive einsteigen, in dem schon eine Fünfjährige saß. Der Vater des kleinen Mädchens schritt ein. Erst trat er die Großmutter gegen das Schienbein, dann schüttete er ihr seinen Becher Glühwein ins Gesicht.

Wir sahen Lustige, für die das Vergnügen Routine war, die uns als Exemplare einer niederen Gattung ansahen, meilenweit von ihrer entfernt, eben Kinder. Das war unverschämt, es war wie ein Herumdrehen des Ohres, und wir hätten uns vor Wut in den Bauch beißen können. Aber wir knabberten Krachmandeln. Der Himmel hing so tief, als könnte man ihn mit einem energischen Griff auf den Platz herunterziehen, ein Zeltdach über den anderen Zeltdächern, unter denen dumpfe (oder gedämpfte?) Musik hervorquoll; kein Himmelszelt, trist, eine Farbe wie ein Putzlumpen. Das kleine Riesenrad verdeckte die Trümmer eines Wohnhauses, das immer noch nicht aufgebaut worden war. Vielleicht gab es einen Plan, einen größeren Plan, einen Bebauungsplan, aber er war noch nicht spruchreif. *Die Welt ist unser Feld*, ein Feld, das nicht mehr gerodet oder gepflügt werden konnte, es war asphaltierte Betriebsamkeit, und man mußte Acht geben, um nicht über die Kabelkanäle zu stolpern.

Da trat ein schwarzes Männlein hervor, zog ein Stück Zuckerbrot aus seiner Tasche: Weil ihr nicht in Wut geraten seid oder geflucht habt, als man auf euch herabgeschaut hat, will ich es euch geben. Wir griffen zu. Dann bot er uns an, in unsere

Dienste zu treten, aber wir sagten ihm, daß wir kein Geld und auch keinen Dienst zu vergeben hätten. Das macht nichts, sagte das Männlein, der Dienst wird sich schon finden. Wir bettelten um ein zweites Stück Zuckerbrot, und er gab es uns willig. Da wuchsen wir, es zog uns förmlich in die Höhe. Der Regen hatte aufgehört, ein zarter Sonnenstrahl wagte sich hervor. Wir sahen das Karussell, die Spitze des Zelts, auf dem eine kleine goldene Kugel steckte, wir wuchsen und wuchsen, pflanzenhaft, sahen die Domtürme, wir waren auf gleichen Höhe mit ihnen. Der Wind fuhr uns in die Jacken, blähte sie, wir waren glücklich. Wir schwebten über dem Fluß, über allem, es war so leicht, menschliche Segelflieger mit klopfenden Herzen. Aber es war auch unheimlich, wir sahen uns kaum noch gegenseitig zwischen den rasch treibenden Wolkenfetzen. Was ist denn der Dienst, den du uns erweisen wolltest? Wir schrien gegen den Wind, aber das Männlein, noch winziger als auf der Erde, hörte uns sehr wohl. Der Dienst? Jetzt wißt ihr, wie es ist, wenn man schwebt. Gut und schön, sagten wir, aber wie kommen wir wieder runter? Gleich, gleich, sagte das Männlein. Und wie werden wir wieder klein? Das werdet ihr selbst herausfinden. Es nieste und rotzte in ein kariertes Taschentuch. Dann wedelte es locker mit der Hand und war verschwunden.

Iris war nicht mit uns zur Kirmes gekommen. Warum, Iris? Sie hatte keine Lust. Das glaubten wir nicht ganz. Sie saß mit krummem Rücken in der Schulbank und lutschte an ihrem Stift. Iris, du träumst. Wo bist du mit deinen Gedanken? Sie schreckte auf, sie gab sich ja Mühe, etwas rutschte weg, war weggerutscht, und sie war dageblieben. Sie kam auch nicht zum Spielen an den Bahndamm. Keine Lust, das gab es nicht. Saß sie bei ihrer Oma und starrte Löcher in die Luft? Unfaßbar: Sie hatte sich ohne Verlegenheit neben dem Lautsprecher auf eine Kiste gestellt, sie hatte einen Schlager geschmettert, sie hatte posiert, und mir hatte sie unbändig imponiert. Etwas war geschehen, etwas mußte mit ihrer Mutter geschehen sein, mit der feinen Frau Berghausen. Engelmacherin hieß ein Wort, das in der Luft schwebte und das wir nicht verstanden. Aber am Herstellen von Engeln, wenn es denn menschenmöglich war, konnte doch nichts Schlechtes sein, eher etwas Schwieriges, Wunderbares, Elfenhaftes. Vielleicht hatte es mit der geheimnisvollen Fremden, der weißgekleideten Frau zu tun, die Annchen in der Schule gesehen hatte. Wir schnappten auch das Wort *Föten* auf, von kleinen Kindern wurde geraunt, auch von keinen Kindern, von Frau Berghausen, die, ach, so vornehm tut. Das hätte ich nie von ihr gedacht. Oder: Kein Wunder, wenn schon das Kind unehelich ist. Na, gerade deswegen. Sie hat wohl einen Erste-Hilfe-Kurs zu viel gemacht. Der Kopf schwirrte einem. Wir wußten nicht, was wir denken sollten. Am besten, die Erwachsenen dachten, wir dachten gar nichts. Und Iris, die arme Iris, so hatte man es uns erklärt, und kein Widerspruch wurde geduldet. Etwas war nicht normal mit Iris und mit ihrer Mutter. War denn Iris nicht normal? Waren wir nicht normal? Vater, Mutter, Kind. Alles mußte im Bild stimmen. Das Bild war groß und rund und rotbackig. Iris war hellhäutig, blaß, sommersprossig, und kein bißchen von ihrem Selbstbewußtsein war übriggeblieben. Der Lehrer hatte schon lange über sie hinweggeblickt. Die ganze Stadt hat es doch gewußt. Nein, nicht die ganze Stadt, die, die es nötig hatten. Was nötig? Grabung, Begabung, Ausschabung, Abschiebung, Abreibung, Austreibung, Abtreibung, man mußte gut nachdenken und kam doch zu keinem Schluß. Die Wörter schoben sich übereinander. Ist sie verhaftet worden?, mit Handschellen?, ist sie jetzt eine Verbrecherin?, kommt sie ins Gefängnis?, so platzte es aus mir heraus. Nein, sagte MEINVATER, aber schlimm ist es schon. Sie bekommt einen Prozeß. Wann denn? Die Mühlen mahlen langsam.

Es war verstörend wie an jedem Morgen danach: Am Montag wurde der Kirmesplatz geräumt. Die Lichterketten wurden abgehängt, die bunten Glühlämpchen aus den Fassungen geschraubt und vorsichtig in Kartons gelegt, die wie große Eierkartons aussahen. In der Würstchenbude wurde der Herd geschrubbt, der Geruch des Scheuermittels stach in die Nasenschleimhaut. Die letzten Wundertüten wurden verschenkt, es lohnte sich nicht, sie wieder einzupacken, und wir streckten gierige Hände danach aus. Hinter der Losbude fuhr schon ein Auto vor und holte die Zimmerpflanzen, die Riesen-Teddybären ab, auf die kein Los gefallen war. Vielleicht waren sie nur Köder, angeberische Zugnummern für die Loskäufer. Gerüste wurden abgeschlagen, die Buden in Teile zerlegt. Wie es da lag, sah das Holz jämmerlich aus. Vorschlaghämmer wie Spechte in der Stadt. Cecilia blieb wie gebannt vor der Schiffschaukel stehen. Sie sah Annchens Vater nicht, nicht den Bruder und die große Schwester, nicht die Kehrmaschine mit ihren rotierenden Bürsten. Sie starrte einen der jungen Männer an, seine Haartolle, seine Schlangenarme, die Muskeln und Schweißflecken auf seinem Hemd. Jetzt sah er sie erst, ihre grenzenlose Bewunderung. Na, willst du mitkommen?, fragte er beiläufig und lachte. Jetzt sah sie seine freundlichen Augen, die Fältchen in den Augenwinkeln und den großen mageren Adamsapfel. Guckte ihr Vater freundlich, guckte unser Lehrer freundlich oder MEINVATER? Die Frage konnte man nicht so einfach beantworten. Es mußte ja einen Grund geben, ein Gesicht zu betrachten. Sie konnte den Blick nicht von dem Mann wenden. Willst du mitkommen? Ja, sie wollte mitkommen. Einfach von Ort zu Ort, von Kirmes zu Kirmes, nah oder weit weg in einem der großen Wagen, in den die zerlegten Teile des Karussells gepackt wurden, in einem Bett, das über Landstraßen rumpelte oder vielleicht nur eingerollt in eine Decke. Willst du mitkommen? Ja, ja und wieder ja. Der Mann mußte es ihr doch ansehen. Und er sah es ihr an: das sehnsüchtige Mädchen, das kirmessüchtige Mädchen, das sich morgens bei den Zigeunern herumtrieb. Er lachte, er lachte gutmütig, und auf dieses Lachen war Cecilia nicht gefaßt. Sie sah eine Zahnlücke im Oberkiefer des Mannes und noch mehr Fältchen um die Augen, einen ganzen Fächer. Das schlag dir mal aus dem Kopf, mein Mädchen. Aber er hatte *mein Mädchen* gesagt. Dann lief sie weg, lief schnell, ohne sich noch einmal umzusehen. Sie wäre sonst geblieben. Ins große Buch schrieb der Lehrer: *Cecilia fehlt unentschuldigt.* Eine Entschuldigung brächte sie schon zusammen, das Fälschen einer Unterschrift war nicht so schwer.

Iris kam zum letzten Mal in den Unterricht. Sie war abgemeldet, zog nach Mannheim, ihre Mutter heiratete, ein Mann in Mannheim, erzählte sie, und sie würde einen Vater bekommen. Wer's glaubt, sagte Kurts Mutter, als sie uns allen Marmeladenbrote schmierte, weil wir vom Turnen am Geländer hungrig geworden waren. Warum denn?, fragten wir. Ihre Mutter kann sich doch bis zum Prozeß nicht mehr blicken lassen. Aber Iris war meistens bei ihrer Oma, und als ich sie bei Dr. Neumeister gesehen hatte, fürchtete sie sich, in ein Heim zu kommen. Für Iris sangen wir noch einmal, ein neues Lied, das wir noch nicht so gut konnten, und Iris nahm es wie eine Huldigung.

Ihr Platz blieb leer, aber auch Annchen fehlte für eine Woche. Im Gegensatz zu Cecilia war sie entschuldigt, mehr noch: Sie war für eine Woche vom Unterricht befreit. Die Dorns hatten sich Ansehen erworben, das Geschäft ging gut, *Dorn, Vater, Tochter, Sohn, Fahrgeschäft*, so hätte es heißen müssen. Am besten wäre der Name *Alfons Dorn & Söhne* gewesen, das hörte sich nach einer gediegenen Traditionsfirma mit einem runden Firmenjubiläum an. *Dorn sen. & jun.*, das wäre möglich, selbstverständlich möglich, aber in einem Firmennamen war für die Tochter Kathi kein Platz. Also nur: *Dorn, Fahrgeschäft*. Der Sohn Josef war ihm abhanden gekommen, und die Töchter, die Töchter, er wußte nicht weiter. Säulen des Schaustellergewerbes oder doch Zaunlatten, die um ein kleines bewegliches Eigentum herum aufgerichtet waren. Zaunlatten wie Stacheln. Eine große Anstrengung.

Das Schaustellergewerbe war bestens organisiert. *Doch immer noch mußte es bedauerlicherweise um Gleichberechtigung mit anderen Gewerbezweigen und um Anerkennung kämpfen.* Schausteller Europas, Schausteller der Welt, Jahrestagungen, Exkursionen, Erfahrungsaustausch. Das Präsidium, die Fachberater, die Vorsitzenden der Mitgliedsvereine, die Hauptvorstandssitzung, Delegationen, Jahresberichte und Wahlen. Und jedes Jahr wurde eine europäische Tagung organisiert, jeweils in einer anderen Stadt, in diesem Jahr in Rom. Rom, wie der Name leuchtete, bis jetzt hatte kein einziger Weg nach Rom geführt. Brot und Spiele, der Hort der Christenheit, im Abenteuer einer langen Reise zuhaus. Der Jahrmarkt reiste, die Fahrenden reisten. Alfons Dorn stieg auf den Küchenstuhl, nahm das Kästchen mit den falschen Zigarillos heraus, zählte, zählte und rechnete. Rechnen konnte er gut, mit dem Ergebnis war er zufrieden. Unbedingt wollte er nach Rom, von Trier nach Rom, wohin sonst. Willst du mitfahren?, fragte er Annchen. Was für eine Frage, das Kind wußte nicht, wie ihm geschah.

Rom war eine Überwältigung. Die Kolosse der Palazzi, die hohen hölzernen Fensterläden in verblichenem Grün an düsteren Häusern, Portale und Kuppeln, so viele Kuppeln und so viele Plätze, die sich unerwartet auftaten, Plätze voller Pathos, geschlossene Räume in der Stadt, ein triumphaler Himmel darüber gespannt. Der Himmel hatte eine unerschütterliche Festigkeit, ein verläßliches Blau. Es spitzten sich die Obelisken, Wasserrosse bäumten sich auf, in den Brunnen rauschte Kühle. Leute hockten mit einer Eiswaffel auf Brunnenrändern, saßen wie Skulpturen auf Treppenstufen. Es gab keine Grenze zwischen dem Kleinen und dem Gewaltigen, eines war in das andere gebettet, das Marktschreierische, der Pomp und das in sich Gekehrte, auch das Unscheinbare. Annchen zählte die Palmen, die Zedern, alleinstehend und düster, die Pinien mit ihren ausgedehnten Sonnendächern, lauter Gegenwart, mit dem Rücken zur Geschichte. Geschichte mußten sich andere erfinden. Und dann der Tiber: Er war nicht breiter als die Mosel, er redete die Stadt nicht an, blieb für sich in seinem erzwungenen Bett, nur für die Insel, ebenso steinern wie sein Bett, machte er Platz. Aber wie sein Verlauf die Stadtviertel gliederte, das war kein Schlängeln, Schwänzeln wie bei der Mosel, sondern eine strenge Würdeform.

Der Bus mit den deutschen Teilnehmern kämpfte sich durch die Verkehrsachsen und Gassen, die mit blanken Steinen gepflastert waren und in denen das Hupen und Klingeln keinen Eindruck machte. Lauter Leute, Leute, die in den Gassen standen und scheinbar keinen Zentimeter zur Seite rückten im Verkehr. Es war nicht nur, als nähme der Bus mit den vielen Jahrmarktsleuten Rücksicht auf die Fußgänger, die mit Händen und Füßen redeten oder einfach im Schatten standen, sondern als nähmen die Römer sich nur aus dem Augenwinkel vor den Stoßstangen in Acht, vielleicht eine Hüftbewegung und eine Handbewegung, mit der sie dem Bus auswichen. Wendigkeit, Gelenkigkeit. Es gab keine Trottoirs zwischen den düsteren Gebäuden, doch Kompromisse, elastische Manöver zwischen Autofahrern, Vespafahrern, Fußgängern. Annchen starrte die Polizisten an, die mit weißen Handschuhen den Verkehr regelten, ein Ballett der Hände, rasche und höfliche Bewegungen, die die Autos auf der einen Fahrbahn abwiesen und auf der anderen einluden, Gas zu geben. Sie dirigierten mit einem weißen Keulenstab.

Der zehnte Kongress der Europäischen Schausteller begann. Ein internationales Geschnatter und überwältigendes Dröhnen, immer klatschte jemand in die Hände, bat um Ruhe, schlug auf eine Glocke. Ein Herr in einem feinen schwarzen Anzug und mit einem ebenso schwarzen Schnurrbart sprach und dann noch ein Herr und noch einer. Jemand stand auf und hielt eine flammende Rede, ein anderer antwortete, zeigte mit dem Finger auf den Vorredner, schimpfte, wieder andere beruhigten ihn, und er setzte sich. Hände hoben sich, Gegenreden, Vorschläge. Alles mußte hin und her übersetzt werden in verschiedene Sprachen, es dauerte und dauerte. Jemand teilte Wahlzettel aus, eine leise, geheime Wahl, schließlich die dramatische Verkündung des Ergebnisses. Heftiges Klatschen, ein Toast und dann die schwungvolle Rede des neuen Präsidenten. Lauter Kirmesleute, die sich kaum verständigen konnten, aber in einer Trattoria, die die römischen Schausteller ausgewählt hatten, dann doch. Sie malten ihre Karussells mit weit ausschwingenden Bewegungen auf den Tisch, oder sie zauberten einen riesigen Kreis in die Luft, um die Bedeutsamkeit und den Charakter ihres Unternehmens klarzumachen. Alles drehte sich, und da saßen sie eng zusammen an langen Tischen auf wackligen Holzstühlen, eine lärmige, aufgekratzte Gesellschaft, Portugiesen und Dänen, Iren und Österreicher und die vielen Italiener dazwischen, fröhliche Gastgeber. Wieder wurden große Reden geschwungen und in alle möglichen Sprachen übersetzt, aber so, daß man auch nicht klüger daraus wurde. Seht auf diese einzigartige Vereinigung, eine europäische Luftnummer mit Seiltänzerinnen, Drehorgelspielern und Zauberern, Flottenkapitänen, die einem Geschwader Kinderschiffchen mit hölzernen Schwanenhälsen, Feuerwehrautos und Elefanten vorstehen, alles hört auf ihr Kommando. Man mußte darüber hinwegsehen, daß Europa nur halb und westlich war, sich versammelte, verstellte, verbrüderte: Alle sind Europäer, alle schauen in die Zukunft, vorwärts und nicht zurück. Was war, war. Besonders beim Essen und Trinken war es leicht, die Gemeinschaft zu spüren, die gemeinsamen Traditionen, die tranchierten Hühner und filetierten Fische. Sie waren sich einig, und je später es wurde, um so inniger wurde die Einigkeit. Am Einflußbereich der Sowjetunion machte die Schaustellervereinigung schulterzuckend Halt. Nur ein Kind könnte fragen: Warum fahren wir nicht auch nach Moskau? So hätte Aurelia fragen können. Alle möglichen Sprachen zwischen den Mündern, den Suppentellern auf dem Tisch, dem weißen Brot in Körben, den Karaffen mit Rotwein und Wasser, und Annchen, das einzige Schaustellerkind auf dieser Reise. Die Frauen tätschelten ihr die Hände, strichen über ihr Haar, ein Zirkusmann hob sie hoch, setzte sie, ohne daß sie sich wehren konnte, auf seine Hand, alle klatschten. Schausteller Europas, vorurteilsfrei, überhaupt frei, vogelfrei, jetzt waren sie ausgeflogen und in Rom weltläufig und glücklich gelandet. Annchen war todmüde und gleichzeitig hellwach. Sie behielt ihren Vater im Auge, verloren gehen wollte sie nicht in der fremden großen Stadt.

Von einer Audienz beim Papst war die Rede, von den guten Beziehungen des italienischen Schaustellerverbandes zum Vatikan. Man würde sehen, ein bißchen Spontaneität, Gelassenheit im Organisationskomitee war zu erwarten. Dann, nachdem sie durch lange Gänge geführt worden waren, vorüber an Statuen und Gekreuzigten, mehrere Treppen hinauf und wieder durch einen breiten Gang, nachdem sich die schweren Flügeltüren geöffnet und leise wieder geschlossen hatten, standen sie in einem atemberaubend großen Barocksaal mit einer schweren Holzbalkendecke und einem düsteren Bild an der Stirnseite. Lauter Schausteller, die sich nach Anerkennung sehnten, einem Sinn, nach einer Erfüllung. Und es kam ein geistlicher Herr, ein Abgesandter des Papstes, sprach mit milder Stimme und erteilte den Segen. Ließ er vom Papst grüßen und wenn, in welcher Sprache? Im Vatikan waren die Kirmesleute jetzt einfach eine Pilgergruppe. Aus einer Seitentür huschte ein Photograph, schoß eine ganze Reihe von Bildern, der geistliche Herr immer in der Mitte, sinnend stand er da, die Hand an das große Brustkreuz gelegt. Er wirkte, als würde er täglich sieben Mal photographiert. Die Kirmesleute gruppierten sich, der neue Vorsitzende, die Beisitzer, alle Nationaltäten sollten vertreten sein, und jemand schob Annchen in den Vordergrund, gleich neben den Vorsitzenden.

Am letzten Tag besichtigten die Jahrmarktleute Kirchen, so viele, daß Annchen der Kopf schwirrte. In einer Kirche sah sie die weißgekleidete Frau, sie ruhte, sie war hingestreckt, ihr Körper seltsam verdreht, so daß das Gesicht nicht sichtbar war. Die Hände lose ineinander liegend, nebeneinander. Hände, aus denen die Kraft gewichen war, ihr Haar mit einem zarten Schleier bedeckt, das Gewand in gleichmäßig schönen, beruhigten Falten. Und das Entsetzliche, von dem das Kind den Blick nicht wenden konnte: an ihrem Hals der Schnitt, tief im Nacken. Annchen sah die Gewalt, die ihr angetan wurde, den abwesenden Tod, den anwesenden Körper, den weißen, kühlen, ewigen Marmor.

Dann ist sie wieder zuhause, wir staunen sie an. Niemand ist so weit gereist wie sie. Rom ist ein Wort, ein Wort mit einem langen Hall, aber es ist kein Ziel. Das Wort Rom hüllt Annchen ein. Nur Gerwin bleibt unbeeindruckt. Er hat Gottfried sein Pausenbrot abgeschwatzt, Stück für Stück reißt er unter der Bank davon ab und steckt es in den Mund. Das Butterbrotpapier knistert, genießerisch leckt er sich die Finger ab. Warst du auch auf dem Petersplatz?, fragt der Lehrer. Annchen bejaht, und wir drehen uns alle nach Annchen um. Und auch im Petersdom? Annchen bejaht. Und hast du das Colosseum gesehen? Annchen bejaht. Und die sieben Hügel? Und den Tiber? Mehr fällt dem Lehrer nicht ein, eine Pause entsteht. Aber Annchen schafft es, die Verlegenheit zu überspielen: Und es gab für alle Kirmesleute eine Audienz in einem goldenen Saal beim Kardinalstaatssekretär. Das Wort geht ihr leicht über die Zunge. Er hat mich gesegnet. Sie nestelt an ihrem Pullover und zieht ein Kreuz an einem dünnen Kettchen hervor. Und alle Italiener haben Ann-Na zu mir gesagt. So heiße ich, nicht Annchen. Da weiß der Lehrer nichts mehr zu sagen. Wir denken: Den Papst hat sie nicht gesehen.

Wir werden verabschiedet, wir verabschieden uns voneinander. Die Wörter bekommen eine andere Bedeutung: wir und ihr. Die einen und die anderen. Die Oben-Kinder, die Unten-Kinder, jetzt ist es gleichgültig, wer auf dem Berg und wer unterhalb des Berges wohnt. Die einen gehen aufs Gymnasium, die anderen bleiben in der gleichen Schule. Die Herkunft ist ein Berg. Die Herkunft ist hinter dem Mond. Wir sehen uns ja dann. Aber wir sehen uns dann doch nicht. Wir sehen aneinander vorbei. Oben und unten. Wir sind wie Erbsen in verschiedene Schüsseln sortiert worden. Wir sind ausgekocht.

V

TIEFWURZLER

Orli spürt die Rippen, die aus ihr herausoperiert worden sind, sie spürt die Verstörung, die sie umklammert hält. Die Angst liegt auf der Zunge. Manchmal rutscht die Angst heraus und mit ihr Splitter, Scherben und dann Wörter wie Erbrochenes. Etwas dreht sich in ihrem Kopf, und sie schwitzt. Sie hat eine ganze Schublade voller Medikamente. Eines gegen die Phantomschmerzen, eines gegen die Müdigkeit, die sie bei der kleinsten körperlichen Anstrengung überfällt, eines, wenn das erste Schmerzmittel nicht hilft (aber nur im Notfall einnehmen!), eines gegen die Übelkeit, die das erste Schmerzmittel erzeugt, mehrere Beruhigungsmittel (1. Wahl, 2. Wahl, Notfall), ein Mittel gegen den dauernden Hustenreiz (hilft nicht), ein Tee soll helfen (hilft auch nicht), eine Kombination aus Tropfen und Dampfbädern, die sie anstrengen, ein Mittel, das die Magensäure reguliert, die von den vielen Medikamenten in Unordnung gerät, eine klebrige Tinktur, auf die Narbe zu streichen, ein fiebersenkendes Mittel, ein pflanzliches Schlafmittel (bestens eingeführt, hilft aber nicht), ein chemisches (das Rezept erneuert die Sprechstundenhilfe), ein Schlafmittel, das ein *Hammer* ist, wie der Arzt sich ausdrückt. Vorsicht, den Beipackzettel sorgfältig lesen! Wenn der Arzt ein Rezept nicht unterschreiben kann, geht es auch ohne, der Apotheker drückt ein Auge zu, er kennt die Patientin, sie ist wirklich sehr krank. Sie bittet um ein Rezept gegen die Erinnerung, aber es gibt keines. Es gibt aber psychiatrische Kliniken. *Eine zarte und schwächliche Konstitution*, heißt es in der Anamnese und: *findet sich in der Welt nicht mehr zurecht.* Monate verbringt sie zwischen stumpf und teilnahmslos Dasitzenden, im dröhnenden Gesummse der anderen Kranken, Schreienden, unruhig Herumwandernden, Herumfuchtelnden, haltlos Weinenden. Ein Krankensaal angefüllt mit Leidensgeräuschen, darüber die bleiche Kugellampe. Selbstgefährdung, Selbstschädigung, Traubenzuckerinfusionen, die nichts nützen und auch nicht schaden. Die angestochene Vene, die Kanüle, die Hand, stillgelegt auf der Bettdecke, die Hand soll, darf nichts ohne Einwilligung des Klinikpersonals tun. Sie ist in der Hand der Ärzte. Wieder Beruhigungsmittel, verordnet, geschluckt, gespritzt. Die Beruhigungsmittel sind ein weicher, blickdichter Vorhang vor den trüben Tagen. Es fehlt die Kraft, ihn zurückzuziehen. Wenn die Wirkung nachläßt, sieht sie die anderen Patienten, und es verstört sie. Sie sieht sich selbst im Spiegel an, nichts soll auffallen. Ein kariertes Tuch um den Hals zu binden und eine frisch gebügelte Bluse anzuziehen, wäre keine schlechte Idee. Sie bedeckt ihre zerschnittene Brust, verweigert sich dem erwartungsvollen Spiegel. Die Stationsärztin macht ihr ein Kompliment. Im Abschlußbericht schreibt sie von der *Gewähr für eine allmählich gelungene Einordnung in die Umwelt.* Die ehemalige Zuchthäuslerin, die KZ-Überlebende hat ein unfaßbares Übermaß an Einordnung, Unterordnung erfahren, *ihre Umwelt* war Terror. Immer noch gerät sie bei der kleinsten Anstrengung in Atemnot. Jeden Wetterwechsel spürt sie in der großen Narbe. Ein Glas Wasser und wieder ein anderes Medikament, eine Batterie von Schmerzmitteln.

Sie möchte gerne singen, die Lieder, die sie als Pionierin gesungen hat, gehen ihr nicht mehr aus dem Sinn. *Haltet die roten Reihen geschlossen.* Sie möchte so gerne schreiben, es regt sie auf, und es macht sie stolz, wenn etwas gelingt. Immer schreibt sie über Tote, die sie als Lebende gekannt und gemocht hat, über ihre polnische Freundin Luba, über Luise Kautsky, die noch im Sterben ein Mahnmal der Einigkeit aller Genossen und Genossinnen war und ihr von Rosa Luxemburg erzählt hat. Keine Abweichungen, wenn es keine vorgegebene Parteilinie mehr gibt. Auschwitz war selbst eine Partei mit einer überwältigenden Mehrheit. Sie möchte über eine Lagerläuferin zwischen den Baracken schreiben, die in einem Prozeß angeklagt wird, weil sie (vielleicht, vielleicht auch nicht oder sicher) andere Häftlinge geschlagen hat und dafür von den Alliierten härter bestraft werden soll als einer der Mörder. Sie setzt sich für die Mitgefangene ein, mehr noch: Sie wirft sich in die Bresche. Das ist nicht gesund. Befassen Sie sich mit den schönen Seiten des Lebens, rät der Psychiater. Sie ist nicht dagegen, aber es gelingt ihr nicht. *Ich muß immer daran denken, daß man keinen Glauben mehr hat*, schreibt sie in ihr Heft. Wie gerne wäre sie Korrespondentin einer Berliner Zeitung geworden. Aber sie kann nicht unter Zeitdruck arbeiten, ihre Haft hat unendlich viel Zeit gefressen; kein Ende war abzusehen bei den Wochen, Monaten, Jahren in Auschwitz. Jetzt kann sie die Zeit nicht als kleine blanke Münzen betrachten, die sie nach Belieben ausgeben kann. Nun steht die Zeit wieder still. Die Klinik hat sie verlassen dürfen. Orli sieht der Zeit zu, hört, wie sie rauschend und gurgelnd vergeht, dabei vergißt sie schlafen zu gehen. Wenn ihr Mann ihr gut zuredet, sagt sie: Ich hätte ja ohnehin nicht schlafen können. Sie kramt in ihrer Schublade, schüttet sie halb aus, nimmt ein Beruhigungsmittel, Wahl 2 (oder ist es heute das stärkste Mittel?), wenn es nicht wirkt, gießt sie sich ein Glas Wein ein. Du sollst nicht trinken, mahnt sie ihr Mann. Sie soll schlafen, sie soll gut essen, sie soll ohne Medikamente auskommen. Sie soll, sie soll, sie soll gesund werden und bleiben, sie ist doch mit guter Perspektive aus der Klinik entlassen worden. Gesund werden, gesund bleiben, das kann sie nicht; da hilft kein kesser Haarschnitt. Sie wehrt sich gegen die Bevormundung, triumphiert: mein Konzentrationslager und dein Zuchthaus. So kannst du nicht reden, Orli. Und wieder sie: Soll ich mich schämen, in Auschwitz gewesen zu sein?

Ein paar Tage später versucht sie, sich mit einem wilden Cocktail von Medikamenten zu töten. Die psychiatrische Anstalt, in der sie in der Folge ein halbes Jahr verbringt, erinnert sie, wenn ihre Gedanken bei den Toten sind, an das Sanatorium für Lungenkranke: in beruhigendes Grün gebettet, aber hoffnungslos grün, grellgrün, auf gemeine Weise grün. Sie glaubt, es wäre ihre Aufgabe gewesen, das Morden zu verhindern, und macht sich bittere Vorwürfe, nicht mutig genug gewesen zu sein. Wenn der neue Psychiater sie beruhigt, dies wäre über ihre Kräfte gegangen, über alle menschlichen Kräfte, sieht sie es mit dem Kopf ein, sie nickt wie eine brave Schülerin, aber in ihrem Inneren kommt die Botschaft nicht an. Als außerordentlich gütig und verstehend bezeichne sie ihren Mann, mit dem sie sich so heftig gestritten habe, notiert der Psychiater in einem Gesprächsprotokoll. Sie möchte schreiben, kann sich aber zu nichts aufraffen. Die Erinnerung ist eine schwarze Glocke. Und dann gibt es noch etwas, für das keine medizinische Fachrichtung zuständig ist: *fühlt sich durch die Operation auf der Höhe ihres Lebens verstümmelt.*

Und da war Aurelia, halbwüchsig, tapfer, mit klarem Blick. Sie hatte schon so viel über die Tante gehört, Verstörung, Besorgnis, Mitleid, immer wieder Auschwitz, Auschwitz, sie hatte still zu sein, und sie war es auch. Eine Erinnerung an die Tante hatte sie nicht. Photos hatte sie gesehen, ein energisches Mädchen in der Eisenwarenhandlung, so jung oder so alt wie sie, eine lächelnde Frau mit einer Strickjacke und einer Pepitahose auf einer Parkbank sitzend, auf der Bank im Kurpark, so stand es auf der Rückseite. Wie krank sie war, verriet das Photo nicht. Auf einem anderen die Tante und ihr Mann in einer Sitzgruppe ihrer

Wohnung. Eine elegante Frau mit dunklen Fingernägeln, weinrot stellte Aurelia sich die Nägel vor und gut gefeilt. Meine Tante, die Auschwitz überlebt hat, die Revierälteste war, also *ein hohes Tier* in der Krankenbaracke. Ihre Eltern sprachen abwehrend von Orli, aber auch sorgenvoll: Wäre sie Kommunistin geblieben, wäre sie nach Trier zurückgekommen, die alten Genossen, die Freunde in Luxemburg, die Parteidisziplin –, als wäre die Partei ein erprobtes Medikament. Ihr Vater und seine Schwester hatten sich *auseinandergelebt*, das war die Formel. Wie und warum denn? Darauf nur ein Achselzucken. Die Tante war ein Tabu geworden. Aurelia hatte ihren Namen geerbt, Vergleiche verboten sich. Die eine Aurelia und die andere Aurelia, die Orli geworden war, lebten auf verschiedenen Planeten. Ihr Vater wurde schweigsam, dann stand er auf und wischte an den Scheiben des Dienstwagens herum, den er fuhr. Wischen hieß: keine Diskussionen. Und es gab auch nichts zu diskutieren.

Was sollte sie werden, wenn sie in einem halben Jahr die Schule beendete? Die Sorge trieb sie um. Komm doch in die Heißmangel, sagte Frau Torgau, es ist ein gutes Geschäft. Wie lang noch?, konterte Aurelia. Junge Frauen bügelten die Bettwäsche nicht mehr, legten ihre Kinder in krumpelige Bettchen, zogen das Laken des Ehebetts straff, warum mangeln lassen? Brettsteife Tischtücher, Servietten brauchte kein Mensch. Ein alter Zopf, bald wäre er abgeschnitten, das durfte Aurelia ihren Eltern wirklich nicht ins Gesicht sagen. Wie häufig, sagte Willi Torgau, habe ich im Lager von einem blütenweißen, gemangelten Laken geträumt, das sei das Symbol äußerster Würde gewesen. Verstehst du das nicht? Aurelia verstand es, schwieg, fühlte sich überwältigt. Aber die Kunden kamen nicht aus dem Lager, sie waren gewohnt, daß frische Wäsche weiß und faltenlos war.

Heißmangel, Scheißmangel. Eines Tages kannst du sie übernehmen. Frau Torgau hatte es der Tochter mit großer Beharrlichkeit vorgerechnet: Roheinnahmen minus Steuern, Miete, Arbeitsmittel, Versicherung, Werbung. Die Ausgaben hielten sich in Grenzen. Und sie nannte den Gewinn. Was sagte die kommunistische Partei zu einer Unternehmerin? Zu einem Kleingewerbe mit überraschend hohem Gewinn? Einer Frau, die mehr verdiente als ihr Mann – umständehalber. Das berührte nicht die Klassenzugehörigkeit, sondern etwas, über das es keine gängige Theorie gab (auch nicht geben durfte). Erstens: um den Mann zu schonen. Zweitens: um die Frau nicht zu kränken, die geduldige Genossin an seiner Seite. Kleinbürgertum war der unangemessene Begriff, also besser nicht daran rühren. Eigentlich hätten der Fahrer und die Kleinunternehmerin einander spinnefeind sein müssen, aber ihre Eltern liebten sich, und alles ging ja irgendwie, ging seinen Gang.

Aurelia sah mit scharfem Blick, daß die Heißmangel keine Zukunft hatte. Aber die Heißmangel ernährte doch die Familie, viel besser als Willi Torgaus Tätigkeit als Fahrer. Die Mangelstube lag in einem Wohnviertel, die Kunden brauchten nur mit einem Bündel Wäsche unter dem Arm ein paar Straßen weit zu gehen. Und am anderen Tag konnten sie ein flaches Paket abholen, kräftiges Papier, eine muntere blaue Schrift darauf. Im Winter war es gemütlich in der Mangelstube, die Kundinnen schwatzten, standen im Weg, sahen über Aurelia hinweg. Wenn sie ihrer Mutter half, wandten sie sich grundsätzlich an Maria Torgau. Und wenn Aurelia allein im Raum war: Ist die Chefin nicht da? Mutter und Tochter– die Chefin und ihre Helferin. Die Preise waren moderat, auch das zog Kunden an. Es gab Wartezeiten, aber das machte nichts.

Orli kann nicht allein sein. Ihr Mann darf nicht verreisen, darauf besteht sie wie ein Kind. Aber er muß reisen, er fährt zu Parteitagen der Sozialdemokraten (würden sie jemals eine Bundestagswahl gewinnen?), zu Gewerkschaftstagungen, zu Kongressen. Er hat Überzeugungen, die er hart mit sich selbst ausgefochten hat, er hat unbändige Hoffnungen und ein Geschick, aus ihnen Schlüsse für das politische Handeln zu ziehen. Er plädiert für einen strengen Verfassungsschutz mit parlamentarischer Kontrolle, er nennt sich jetzt einen demokratischen Anti-Kommunisten, das mag nicht jeder und flüstert dann das Wort *Renegat* hinter ihm her. In Wirklichkeit ist er ein Neubekehrter, ein in der Wolle Gefärbter, einer, der zum rechten Flügel der Sozialdemokratie gehört – vielleicht stört dabei nur seine kranke Frau. Er ist Redakteur einer Gewerkschaftszeitschrift geworden: *Feinde der Demokratie.* Nicht nur er, auch der Titel der Zeitschrift muß sich immer neu bewähren. Er kann seine Arbeit nicht im Stich lassen, sein ganzes Leben in der Politik für die Politik, er kann seine Frau, die mehr als hilfsbedürftig, die pflegebedürftig geworden ist, nicht im Stich lassen. Aber er kann ihr nicht helfen, wenn sie alles als sinnlos empfindet und in Traurigkeit versinkt. Jeden Tag hat er Angst um sie. Wird sie den Tag überstehen ohne Panik, ohne Ausfälle? Daß er allein mit seinen Sorgen ist, daran ist sie nicht unschuldig: Sie duldet niemanden um sich. Orli, verreis doch mal, versuch es ein einziges Mal, nur für kurze Zeit, geh wieder an der Mosel spazieren, die Ausflugsdampfer, die Weinberge, die Weinstuben, davon hast du doch erzählt. Dein Bruder und du, ihr müßt euch doch nicht immer über Politik streiten. Er hat gelitten wie du. So viel anderes habt ihr doch gemeinsam.

Nun ist sie fast willenlos, entschlußunfähig, aber dann doch auf überraschende Weise einverstanden. Er packt ihren Koffer, ratlos wie er ist, bringt er sie nach Trier, zu Bruder und Schwägerin, nur für eine Woche, lauter fürsorgliche Maßnahmen. Die Familie rückt zusammen. Ganz anders als auf den Photos ist Orli aufgedunsen, ihre Haut ist teigig, und sie geht mühsam, als müßte sie jeden Schritt vorwärts genau bedenken. Wenn sie spricht, wiederholt sie sich öfters. Ich kann mich schlecht konzentrieren, sagt sie, aber sie möchte schreiben, über ihre Begegnungen in Auschwitz, über ihre Freundschaften, über alles, was sie freut, und nicht über die Bedrückungen. Das ist ein gutes Programm, wenn es denn gelänge. Ein Heft hat sie mitgebracht, in dem ein paar Seiten beschriftet sind. Sobald sie wie selbstverständlich Aurelias Zimmer bezogen hat, vertieft sie sich darin. Zur Familie gehört ein kleiner Junge, ein spät geborenes Kind; solange die Tante zu Besuch ist, schläft Aurelia neben ihm auf einer geliehenen Matratze. Orli, die sich freudig, ja besitzergreifend über die kleine Aurelia gebeugt hatte – ihre Mutter hatte es erzählt –, beachtet den kleinen Jungen nicht; kein Blick, kein Geschenk, auf fast schon beleidigende Weise sieht sie durch ihn hindurch. Die Sehnsucht nach einem Kind ist verlorengegangen in der Krankheit.

Ein Gewitter kündigt sich an, Aurelia hört die Tante stöhnen, betritt ihr Zimmer, das jetzt das Zimmer der Tante ist: Geht es dir schlecht? Eine hilflose Frage, sie sieht es doch, und die Tante sagt es auch: Die fehlenden Rippen schmerzen, die Narbenwülste, es gibt Verwachsungen im Brustkorb, die Wirbelsäule ist verkrümmt. Ohne Schmerztabletten, viele Schmerztabletten, kommt Orli nicht mehr über den Tag. Die Tabletten bewirken eine Übelkeit, die Übelkeit muß bekämpft werden, die Magensäuretabletten werden aus einem Etui genestelt. Am Sonntagnachmittag besuchen die Torgaus mit ihr ein Gartenlokal. Es scheint Orli besser zu gehen; jedenfalls ist sie lebhafter. In Jerusalem steht seit April 1961 Adolf Eichmann vor Gericht. Die deutschen Behörden haben darauf verzichtet, einen Antrag zu stellen, daß Israel ihn ausliefert. Hatte denn kein deutsches Gericht ein Interesse daran, ihn seiner Strafe zuzuführen? Nur der deutsche Generalstaatsanwalt, der gegen die Regierung nichts ausrichten konnte? War denn die Justiz überhaupt so unabhängig, wie sie behauptete, wie sie begründet war in diesem Land? Orli hatte alle Nachrichten über den

Prozeß gelesen, derer sie habhaft werden konnte, in sich hineingestopft wie ihre Medikamente. Die Nachrichten wühlten sie auf, so daß Willi ihr, ebenso instinktiv wie ihr Mann, die Zeitungen aus der Hand genommen hatte. Jetzt im Gartenlokal, während der Kellner ihr das dritte Glas Wein brachte, gab ein Wort das andere: Du willst mich bevormunden, du willst nicht, daß ich mir mein eigenes Urteil bilde. Du hängst an den Nippeln deiner Partei, geh doch nach Moskau, giftete sie. Und du, wohin gehst du?, fragte ihr Bruder. Du siehst es doch: Ich gehe kaputt. Willi, der so ruhig war, stoisch die Jahre der Haft überstanden hatte, konnte sich nicht bremsen: Und hilft dir dabei die Sozialdemokratie? Das war die Grenze, eine Auseinandersetzung, die mehr als dreißig Jahre zurückreichte, aber nicht weiterging.

Die Kellnerin trat an den Tisch: Schichtwechsel, darf ich kassieren? Nein, das dürfen Sie nicht. Zuerst sehen Sie sich das an. Orli wedelte mit dem Arm vor ihr herum, deutete auf ihre Häftlingsnummer: Was sagen Sie dazu? Nichts, wie alle, nichts, alle sehen weg. Und dann wie eine große Dame: Die Rechnung bitte an den Herrn. Wegwerfend zeigte sie auf ihren Bruder. Betretenheit. Der kleine Junge, ihr Neffe, starrte sie an, auch an den Nachbartischen war man aufmerksam geworden. Der Kellnerin, die vermutlich noch nie eine KZ-Nummer gesehen hatte, hilflos, fassungslos, fiel nichts anderes ein als: Ich hole die Chefin. Es war ein Auftritt, den Willi und Maria nie mehr erleben und ihren Kinder nie wieder zumuten wollten. Im Leiden, im Gelittenhaben war doch eine Würde, davon war Willi überzeugt. Orli wird wieder nach Hannover gebracht, aber das, was sie umgetrieben hat, bleibt. Ein Aufatmen bei den Torgaus, als müßten sie die Fenster weit aufreißen und frische Luft hineinlassen, als fürchteten sie, angesteckt worden zu sein von der Kranken. Der Wetterbericht meldet: Am Tag wechselnd wolkig mit vereinzelten Schauern, zeitweise aufgeheitert.

Es ist nicht allein ihre Krankheit, es ist eine überwältigende, gemeingefährliche Krankheit. Daß Prozesse gegen einzelne Täter im Konzentrationslager Auschwitz geführt werden sollen, sind Meldungen, die durch die Zeitungen geistern. Willi Torgau hat sich seit seiner Arbeit in der Entnazifizierungskammer für die *Vereinigung der Verfolgten des Naziregimes* engagiert. Dann ist die *Vereinigung* in den beiden Deutschländern ein Teil der Angstkulisse des Kalten Krieges geworden. In der DDR wurden Bürgerliche und Juden unter den Verfolgten angefeindet und ausgeschlossen, in der Bundesrepublik Kommunisten und Sozialisten. Andere Verfolgte waren längst ausgetreten, aus Überzeugung oder aus Angst vor Repressionen. Einer der Vorsitzenden der Vereinigung in der Bundesrepublik war wegen Hochverrats verhaftet und angeklagt worden. Nur die Proteste aus dem Ausland führten dazu, daß die Anklage fallen gelassen wurde und er freikam. Willi Torgau strich eine Meldung in der Zeitung rot an: *Die Vereinigung der Verfolgten des Naziregimes unterscheidet sich in ihrer Tätigkeit, ihren Aufgaben und Zielen in nichts von anderen Tarnorganisationen, die der Kreml in der Bundesrepublik unterhält. Denn sie alle werden nach dem großen Generalstab der Moskauer Zentrale eingesetzt.* Und wenn die *Vereinigung der Verfolgten des Naziregimes* eben doch *eine gefährliche Brut von Staatsfeinden* war, was war mit den Verfolgern, folgsamen Befürwortern, Befehlenden, Befohlenen, Begütigenden? Am Ende zogen sie alle eine andere Jacke an, waren die von Hitler Beschissenen, Weichgekochten, Nichtwisser, ja, im Herzen immer *dagegen gewesen.*

Es blieb niederschlagsfrei. Orlis Mann schrieb Stellungnahmen, Feinde der Demokratie, Feinde, die jeder Demokratie entgegenstanden, Feinde, die sie deckten, verschanzt hinter juristischen Winkelzügen, die nur die eigene Mittäterschaft oder Täterschaft kaschierten. Maria und Willi Torgau waren elektrisiert, erwartungsvoll, endlich! – jetzt gab es einen mächtigen

Feind oder zwei Feinde: den Staat, der an der Anklage der Haupttäter nicht sonderlich interessiert war, und die Täter, die sich in ihren jeweiligen Positionen ein kommodes Versteck gebaut hatten. *Befehl ist Befehl.* Das hatte ich gebetsmühlenhaft bei vielen Abendessen von MEINEMVATER gehört, so daß ich es bald nicht mehr hören konnte.

Orli schlief nicht mehr, ihre Nerven flatterten, ihre Hände zitterten, Schweißausbrüche plagten sie, beim geringsten Anlaß begann sie zu weinen. Beruhigungsmittel halfen ein wenig. War die Dosis zu hoch, vernebelten sie ihre Erinnerung, machten sie stumpf. Sie nahm ihr Notizheft mit in die Küche, ins Bad, mit ins Bett, sie schrieb – Erinnerungen an Situationen, an Tote, die ihr so nah waren. Eine Volkshochschule fragte an, ob sie einen Vortrag über ihre Zeit in Auschwitz halten wolle, vor einem interessierten Publikum, das viele Fragen habe, die nur eine Überlebende wie sie beantworten könne. Sie sagte nein. Sie fürchtete, weinen zu müssen. Weinen in einer Volkshochschule, das war in keinem Lehrplan vorgesehen. Danach hatte sie eine Anfrage aus Frankfurt bekommen, ob sie als Zeugin bei einem der Prozesse gegen die Täter aussagen wolle. Unbedingt wollte sie Zeugin sein. In der Krankenstation hatte sie die kleinen Kinder gesehen, Zwillinge, die Dr. Mengele aussonderte (*selektierte*), auf die er scharf war – so notierte sie es –, um ihnen alle möglichen Widerwärtigkeiten zu spritzen, Säure, Malariaparasiten, Hepatitiserreger, Tuberkelbazillen, eine Lösung, die im Nu Wundstarrkampf zur Folge hatte, alles wissenschaftlich verbrämt, Fleckfieberimpfstoffversuchsreihe I, Typhus-Therapieversuch Othromin I, Fleckfieberimpfstoffversuchsreihe IV (nach sechs Wochen abgebrochen), Sonderversuch, Phosphor-Kautschuk-Brandbombenversuch, Prüfung von Gelbfieberimpfstoff, Therapieversuch Akridin-Granula und Rutenol, Typhus-Therapieversuch Othromin II, Fleckfieberimpfstoff Versuchsreihe IX und dann Phenol in die Herzkammer. Wenn er die Lust an einem Experiment verloren hatte, suchte er nach neuen Opfern.

Dann stand in den Zeitungen, daß aus den verschiedenen Einzelprozessen ein einziger würde: der Auschwitz-Prozeß. Orli schrieb Briefe, telephonierte, suchte Mithäftlinge, die wie sie Zeuginnen sein könnten, schrie ins Telephon. Es war nicht möglich, nach Ungarn, nach Polen, in die Sowjetunion zu telephonieren. Sie meinte zu wissen, wo die Zeuginnen für das Schlimmste zu finden waren. Orli würde aussagen; vielleicht hatte sie nur überlebt, um Zeugin zu werden. Eine Zeitlang empfand sie sich als Sammelstelle für den Schrecken, die Verzweiflung. Nie hätte ihr Psychiater, der letzte, verständnisvolle, dies zugelassen. In den Korridoren der Erinnerung stieß sie an Wände. Keine Tür öffnete sich. Sie weinte, schrieb wieder an Erinnerungen, brannte vor Energie, überwand die depressive Schlaffheit, was ihren Mann freute. Orli, es geht nicht um Dr. Mengele, den du aus nächster Nähe kennst. Der steckt Gott weiß wo. (Man findet ihn nie. Oder wird sein Verschwundensein gedeckt?) Und du mußt keine anderen Zeuginnen benennen, du mußt die Angeklagten wiedererkennen, ihnen bestimmte Handlungen zuordnen und ganz nüchtern sprechen. Kannst du das? Er war überzeugt, daß sie diese neue Tortur nicht durchstehen würde. Also wieder Schlaftabletten, jetzt brauchte sie die doppelte Dosis. Sie hatte auch Aufputschmittel genommen (wer hatte sie ihr verschrieben?), ein aufgedrehter Kreisel war sie, alles war Auschwitz, Auschwitz war sie, sie war die Krankenbaracke, und sie war die Aussonderung aus der Krankenbaracke, die Kinderkrankenbaracke des Zigeunerlagers. Das Frühstücksei war Auschwitz, das Kaffeewasser war Auschwitz, die Kirschmarmelade erinnerte sie an eine niedergeknüppelte Ungarin, der das Blut aus den Ohren quoll. Der Kamin wurde aufs Brot geschmiert, eine Riesenflamme schoß auf, drohende Schwärze dahinter, nichts war dahinter.

Sie sah das Frühstücksbrot an, preßte die Lippen aufeinander, aß nicht. Schon als wir ankamen, stand zur Warnung neben dem Lagertor eine Frau, kahlgeschoren, starrer Blick und mit einem Schild um den Hals: *Ich habe Brot gestohlen und muß drei Tage Strafe stehen.* Orlis Redestrom war nicht zu bremsen, er hatte manische Formen angenommen. Ihr Körper war geschunden, die Seele krankgemacht, weiter krankgeschrieben in ihrem Notizheft, zurückgestorben. Dann mußte sie wieder in eine Klinik, die Psychiater waren nicht mehr zuständig, das Lungensanatorium auch nicht, ein Notfall in einem ganz normalen Krankenhaus, in dem man ihre Krankengeschichte nicht kennen konnte. Alle Organe versagten – plötzlich, unverhofft, eine noch so junge Frau von achtundvierzig Jahren. Vier Wochen nach ihrem Tod kam der Brief aus Frankfurt: Auf ihre Zeugenschaft wurde verzichtet, an Zeugen mangelte es nicht.

Etwas Schönes, etwas Kostbares, etwas Dauerhaftes, wenn das, wofür ihr Vater und ihre Tante gelebt hatten, zerbrochen, zerschlagen worden war – lauter geknickte, verstümmelte Lebensläufe. Etwas Glänzendes, ohne Sinn, aber ein Sinnenglück, stellte sich Aurelia vor, so entstand ihr Berufswunsch. Sie sah gepflegte Hände mit polierten Nägeln, einen Ring mit einem Saphir am Finger, stahlblau, azurblau, ein hoffnungsvoll leuchtendes Auge. Sie sah einen Arm mit der Nummer vor sich, vielleicht den Arm ihrer Tante, sie stellte sich einen breiten Armreif vor, der die Tätowierung gnädig verdeckte. Sie hörte das feinsinnige Klingeln mehrerer ganz dünner goldener Armreifen, und das Geräusch befriedigte sie. Aurelia wollte Goldschmiedin werden. Respekt vor Gold, vor Edelsteinen, matt schimmernden Perlen, Korallen. Und bei den Ohrringen riefen die Kunden: Oh. Jedes Schmuckstück war individuell gefertigt worden. Ein strahlender Verlobungsring, eine Kette mit einem tropfenförmigen Stein in der

Halsgrube, der bei jeder Bewegung des Kopfes sanft hin und her kullerte, eine Krawattennadel, so dezent, daß man ihre Vornehmheit so schnell nicht vergaß. Ein Glück in der mit Samt ausgeschlagenen Schatulle. Zartgliedrige Teile, man mußte viel Zeit und Geduld aufbringen, eine ruhige, ja, feinfühlige Hand. Zuerst das Glühen des Metalls, nun war es dehnbar geworden, dann das Walzen und Hämmern an der Ziehbank. Emaillieren, Punktieren, Mattieren, Ziselieren, all das wollte sie lernen. Sie hatte sich kundig gemacht. Sie hatte durch eine Schaufensterscheibe häufig eine Goldschmiedin bei der Arbeit beobachtet, ihre Fingerfertigkeit an dem winzigen Werkstück, sie sah eine Lupe vor ihrem Auge, die Feilen und die kleinen Zangen, die blitzblanke Ordnung, nicht viel anders als bei einem Zahnarzt. Einmal traute sie sich hinein, nachdem sie sich lange draußen herumgedrückt hatte. Als sie nach einem Ausbildungsplatz fragte, schüttelte die Frau den Kopf: Ich komme selbst gerade so über die Runden. Aurelia fragte weiter und weiter, bis zum Arbeitsamt, da rechnete man ihr vor, was im zweiten oder dritten Ausbildungsjahr ihr Lohn wäre. Eine mitleidige Miene, Achselzucken: Brotlose Kunst, lauter Eheringe und Klunker, tu dir das nicht an, lern was Richtiges, Mädchen! Jetzt öffneten sich die Türen des Büros, eine Folge von Türen, ein Pakt mit der Vernunft. Kalkulieren, organisieren, tabellarisieren, inventarisieren, liquidieren. Und nicht die Mehrwertsteuer vergessen.

Iris war mit ihrer Mutter weggezogen. Oder ihre Mutter war im Prozeß wegen illegaler Abtreibungen von einem Rechtsanwalt herausgepaukt worden. Ein glimpfliches Urteil, die Angeklagte reumütig, geständig, ohne Vorstrafen, in geordneten Verhältnissen (eben jetzt geordnet), mehr Glück als Verstand. Grit Berghausen fiel immer auf die Füße oder genoß doch das Glück, das den Glücksbegabten zusteht. Eine immer noch schöne Frau, so wurde getuschelt, wie macht sie das bloß?, die macht's doch mit jedem, wenn nur ein Vorteil für sie herausspringt. So spricht der blanke Neid. So spricht das Gefühl, grundsätzlich zu kurz gekommen zu sein, aber wobei? So spricht die moralische Empörung. Strafe muß sein, und zwar eine empfindliche, aber die Empörung spräche nicht, sondern äußerte sich über andere Kanäle, wispernd, munkelnd. Iris war weggezogen, sie hatte einen neuen Vater, der das sommersprossige Mädchen, das in die Höhe geschossen war wie ein Spargel, als ein überraschendes Geschenk betrachtete. Iris war mit dieser Lösung mehr als zufrieden und mit dem Wegziehen aus Trier, aus der Beengtheit, aus dem Hin und Her zwischen zwei Wohnungen ohnehin. Keine Großmutter, keine alte Frau, die sie Großmutter nennen sollte, kein Abgestelltsein, kein Verstecken mehr. Sie kannte ihre Mutter vorwiegend als Wochenendmutter. Wer war der Mann, der glückliche, wie die Frauen, meine Mutter und andere Mütter sich ausdrückten? Ein Freund des Rechtsanwalts, der ihre Mutter verteidigt hatte. So ein makelloser Mann, einer, nach dem sich jede Frau die Finger leckt, wie hat sie das hingekriegt? Plötzlich war Grit verheiratet, und dann die Tochter Iris, so sprachbegabt. Singt sie nicht mehr? Sie sang doch glockenhell. Sie hätte doch, aber sie hat doch, na großartig.

Anna war im Ichweißnichtwo. Vielleicht war sie in die Nähe ihres Bruders Josef, seiner Frau und der Kinder, die nicht älter als Anna sein konnten, gezogen. Ich hatte Anna aus den Augen verloren, und es war mir nicht aufgefallen. Gerwin war in einem Internat an einem bayrischen See. Und Kurt war komisch geworden. Er sah mich an mit hinterlistigem Lächeln: Du machst alles falsch. Was denn? Die Musik, die du hörst, die Klamotten, die du trägst, und dann die doofen langen Haare, wozu denn? Du kriegst doch nichts gebacken. Was geht es dich an, wie ich aussehe? Ich dachte daran, wie Kurt mit seinem gebrochenen Arm in der Klasse gesessen hatte, wie er sich schämte. Schon wieder ein Gips, und wie wir über ihn lachten, wie kläglich er ausgesehen hatte, wie gemein wir waren. Er wollte, daß ich sein Freund blieb, wollte aber bestimmen, wo es langging. Und er wollte Polizist werden, er wollte wie MEINVATER werden, so ungefähr jedenfalls. Ich wollte keinen Freund wie MEINENVATER, und als ich es ihm sagte, hörte er nicht auf, mich zu kritisieren. Ich wollte gerne weiter mit ihm befreundet sein, aber nicht mit jemandem, der wie ein Polizeischüler die Lerninhalte des ersten Ausbildungsjahres herunterbetete: Steigerung der körperlichen Fitness, Polizeirecht, Handhabung der Dienstpistole, dann erst die Voraussetzungen zur Ausbildung: Charaktertest, Gespräche über die Motivation, mindestens zweieinhalb Kilometer im vorgegebenen Tempo laufen und ich weiß nicht was noch. Kurt wurde dann nicht zur Polizeiausbildung zugelassen. Ob es an seinen vielen Knochenbrüchen oder an seiner Einstellung oder der Rechtschreibung lag oder weil er von seinem Vorbild, MEINEMVATER, sprach oder obwohl er von seinem Vorbild, MEINEMVATER, sprach – ich fragte nicht danach –, und unsere Freundschaft war beendet.

Cecilia: ihr lachendes Gesicht, das an mir vorbeizischte; ich hatte sie aus dem Augenwinkel wahrgenommen. Cecilia in einem Auto, einem VW Cabrio mit offenem Verdeck, einem weißen Auto, aber den Fahrer des Autos hatte ich nicht gesehen. Ich sah das Kennzeichen: ein Auto aus Berlin. Ein Auto aus Berlin, also ein Mann aus Berlin. Cecilia saß nach der Schule in einem fremden Auto mit einem Mann aus Berlin. Cecilias flatterndes, dunkles Haar. Ich stand da, im Schatten einer Kastanie auf dem Kies der Allee. Ich stand da und atmete. Nein, ich stand nicht *wie angewurzelt* da. Nein, ich war nicht *sprachlos*. Mir blieb der Mund nicht *offenstehen*. Ich stand. Ich war. Ich blieb. Ich blieb stehen. Dann nichts mehr.

Alle wußten es, und dann erfuhr ich es auch, der Wind hatte es mir zugetragen (blödes Bild aus einem verwehten Schlager). Der Student aus Berlin und Cecilia hatten sich ineinander verliebt, Knall auf Fall, wo und wie sie sich kennengelernt hatten, Achselzucken, darauf kam es auch nicht an. Der Student hatte sich in einer Pension eingemietet, um Cecilia nahe zu sein. Hatte er denn so viel Geld, mußte er nicht zurück ins Semester? Egal. Was studierte er denn? Egal. Sie liebten sich, das sah jeder Blinde, wenn sie sich nicht versteckten, so gut es ging, wenn sie ihre Liebe nicht geheimhielten, aber wie verstecken in einer kleinen Stadt, wenn die Gesichter glühten, wenn das Auto schneeweiß war und drei Straßenecken weiter der Student wartete, um Cecilia von der Schule abzuholen. Wer die beiden gesehen hatte, klatschte, die Mädchen neidisch oder empört, die Jungen fassungslos und eingeschüchtert. Was die sich traut! Mit einem Studenten aus Berlin, wer konnte mit ihm konkurrieren? Wir waren alle abgeschlagen, landeten unter *ferner liefen*. Jemand wußte auch, wie er hieß: Matthias. Der Schulfunk sendete, die Eisdiele war ein Lautsprecher, er ließ sich nicht leiser stellen, er gellte mir in den Ohren. An den Tischen der Schülerkneipen lauter schwatzende Münder.

Matthias liebte Cecilia und Cecilia Matthias. Das auffällige Cabrio parkte, sie strahlte, schaute sich um, stahl sich so unauffällig hinein, daß man es nicht übersehen konnte. Alle hatten sie gesehen. Cecilia liebt einen Studenten, Cecilia liebt ein weißes Cabrio. Schläft sie mit ihm im weißen Cabrio, vielleicht mit weißen Sitzen, versaut sie es mit Blut? Ich konnte niemanden fragen, ich dachte mir Fragen aus, Fragen, die bohrend waren, peinlich oder gemein. Was geht's dich an, Bernhard? Ich sah sie im Cabrio, jetzt war das Verdeck geschlossen, ein kalter Tag, und vielleicht würde es heute noch regnen. Und er: Wie war sein Gesicht, was soll ich sagen?, vor Erbitterung sah ich sein Gesicht nicht. Wie weit war er gereist mit seinem Cabrio, dem Protzauto, nur um Cecilia hier in Trier spazierenzufahren, ihr Haar flattern zu lassen. Das weiße Auto, Cecilias hochgestellter Kragen, ihre entblößten Zähne, wenn sie lachte –, und sie lachte viel mit ihrem Freund. Ich stand an einer roten Ampel, ich überquerte die Fahrbahn, ich saß in der Eisdiele, ich trat aus der *Goldenen Kanne*, in der ich ein Bier in mich hineingeschüttet hatte und dann noch eins. Der Ausschank an Jugendliche war noch nicht verboten, damals, oder jeder Wirt umging ihn. Cecilia sah mich nicht. Sie hatte nur Augen für ihn. In der Schule schwieg ich. Ich sonderte mich ab, bei einer Übung gab ich ein nahezu weißes Blatt ab.

Wieder war Kirmes. Neu war die riesige Geisterbahn, das dunkle Loch, in das man hineinfuhr, die Erregung, die Ungewißheit, etwas geschähe, aber was. Ich stellte mir Cecilia und Matthias vor, auf der schmalen Bank in die Dunkelheit tauchend. Vorsicht, das Gespenst, die kalte Hand oder der grelle Blitz. Angstlust. Matthias, wie er Cecilias Taille umfaßt, sein Mädchen, wie er sie anstrahlt, wie sie sich an ihn schmiegt. Dann ein Ruck, die Bahn legt sich in die Kurve, die Lautsprecher dröhnen, und sie küssen sich in der Dunkelheit, küssen sich, erst wenn die Bahn ihre letzte Runde verlangsamt, lösen sie sich voneinander, zupfen ihre Kleidung zurecht. In diesem Jahr wollte ich nicht mehr auf die Kirmes gehen. Die Latte in meiner Hose scheuerte am Reißverschluß, ich ratschte ihn herunter. Mein Schwanz drängte aus der Unterhose hervor, ich griff um meinen Schwanz, faßte ihn hart an, den wütend pochenden Schwanz, den abgewiesenen, den nassen, den Irrläufer. Ich stelle mir Matthias vor. Ein dünner Mann, ein dicker Schwanz, die Eichel sah ich violett geädert, glänzend, wie poliert, das Auge darin frech, überheblich, dunkles Gewölle rundherum, ein Nest, in dem der

Vogel saß, Raubvogel, der sich auf Cecilias rosafarbenes Mündchen stürzte. Er trieb es auseinander, leckte ihr die Lippen, es schmatzte, tropfte, jauchzte, bog sich ihm dann entgegen– zum ersten Mal, zum zweiten Mal und immer, stellte ich mir vor. Nichts sonst von Cecilia, verschattet in der Höhle.

Beschleunigung, ein Kommen und Gehen, man möchte ja nicht Seiten und Seiten umblättern, als gäbe es sonst nichts, man möchte nicht zurückblättern, eine Abzweigung nehmen, sich in unsinnigen Dialogen verheddern. Warum? Du weißt es doch. Nein, ich weiß gar nichts. Aber ich! Ich sah Cecilia noch einige Male im weißen Auto, unsere Stadt war klein, die Verkehrsadern dünn, das Blut pulste in den Schläfen. Das Auto eine Hochzeitskutsche, gelenkt von einem jungen Mann, dessen Feind ich war – von Anbeginn an. Die junge Kommunistin, Aurelias Tante, war von ihrem Mann verraten worden, und die Nazis hatten mit ihr kurzen Prozeß gemacht, dem eine lange Haft folgte. Der Mann hatte sie kaputtgemacht, wissentlich oder um den eigenen Kopf zu retten. Verrat: Ich wollte diesen Begriff benutzen und dachte mir das Umgekehrte aus: Ein Mädchen, das für ein Cabrio Verrat begeht. Ich glaubte, diesen Gedanken zu denken, wäre ein Lernziel, um erwachsen zu werden.

Es geschah an einem Sonntag. Cecilias Vater war in der Kirche gewesen, er hatte sein Herz erhoben, er war erhaben über die Gemeinde, das Knien, Sitzen, das Kommen und Gehen an der Kirchentür, den leiernden Gesang. Die einen kamen zu spät, die anderen gingen zu früh, wieder anderen paßte die Predigt nicht, und sie rauchten zwischendurch. Währenddessen hatte er über seine Tochter nachgedacht und war zu einem Entschluß gekommen. Er schwieg beim Essen, wie schmeckt es dir?, er schwieg auch nach dem Essen. Er sah Regine nicht, er sah Cecilia nicht. Cecilia verschwand in ihrem Zimmer, bürstete ihr Haar. Sie lächelte den Spiegel an, ihre Schultasche, den Kleiderhaufen, ihren

Tisch, den Stuhl, auch ihr Bett und die Türklinke, und schon war sie weg zu einer Freundin. Sie besuchte die Freundin (wie hieß sie noch gleich?) häufig in der letzten Zeit, lauter schwierige Schularbeiten, lauter Mädchengeheimnisse, die niemanden etwas angingen. Sie ging jetzt auch ins Kino, in die Volkshochschule, in die Bibliothek. Sie war selten zuhause, bei den Mahlzeiten hatte sie keinen Hunger, andererseits verschwanden Lebensmittel aus der Speisekammer. An diesem Sonntag ging Neumeister ihr nach, ein anderer Ausdruck wäre: Er verfolgte sie. Jenseits des Bahnhofs, an der Schranke des Bahnübergangs lehnte Matthias, Cecilia flog ihm entgegen, küßte ihn. Wo war das Auto, der beharrliche Käfer, der Schutz? Neumeister holte sie ein, ein rascher Schritt, und er stand vor dem Paar. Komm mit, sein Ton war eisig. Den jungen Mann sah er nicht an. Matthias sagte: Aber. Und: Darf ich Ihnen erklären? Und: Cecilia und ich. Oder alles auf einmal, entsetzt oder unhörbar oder mit fester Stimme. Darf ich Ihnen erklären? Das genügte und war zu wenig. Cecilia und ich. Etwas ging entzwei. Komm mit. Die Füße gehen von selbst. Die Füße gehen die Treppe hoch. Dr. Neumeister bringt seine Tochter nach Hause wie eine Beute.

Unmittelbar danach:

Matthias, mein heiß Geliebter,

ich bin am Ende. Mein Vater kam in mein Zimmer, schloß die Tür. Er sprach mit leiser, eindringlicher Stimme, werbend, fast verführerisch. Er wolle nur mein Bestes. Er sagte, Liebe mit sechzehn sei keine Liebe, was weiß er denn, was glaubt er zu wissen über uns? Echte Liebe wolle ganz besitzen, wolle die Ehe, an deren Tragweite ich in meinem Alter noch nicht denken könne. Ich würde mich noch oft ändern. Was heute lieb und teuer sei, wäre morgen vergessen. Dies schreibe ich dir wortwörtlich. Und wer heute lieb und teuer ist? Ist wer oder was nicht ein Unterschied wie Tag und Nacht? Ich dürfe Dir noch einen einzigen Brief schreiben, diesen! dann sei Schluß.

Jetzt kommt es auf uns an. Und Du sagtest heute morgen noch, ich wäre so mutig geworden. Mein Vater kann mir nicht verbieten, Dich zu lieben. Es gibt Telephonzellen, und da sind Briefe, die niemand kontrollieren kann. Ich denke an all das Schöne, an jede Minute mit Dir und vertraue Dir. Gib mir ein wenig von Deiner Kraft, ich halte durch, weil Du mich nicht gebrochen, sondern froh willst. Warum ist das, was mein Bestes sein soll, so grausam? In mir schreit es nach Dir.

Deine Dich liebende Cecilia

Matthias ist zurück in die Pension gefahren. Der junge Gast ist doch nie um diese Zeit im Haus. Das Zimmer ist noch nicht gerichtet. Wie lästig, daß er kommt, Stirnrunzeln. Er starrt den Schlüssel an. Er starrt das karge Zimmer mit dem einzelnen Bett an. Die Liebe ist erfunden, das geflammte Gardinenmuster ist erfunden, die Liebe zwischen einem Studenten aus Berlin und einer Schülerin aus Trier ist erfunden – wie leicht es war –, die Härte, die Kälte ist erfunden und die Gewalt. Die Zeit bleibt stehen. Ein Telephon, das jeder mit sich herumträgt, das auch den Schlaf bewacht, ist noch nicht erfunden, in der Diele der Wohnung steht ein Telephon für die ganze Familie, jeder hört jedes Telephongespräch mit. Die elektronische Post ist noch nicht erfunden, aber Kästen, in die man einen Brief einwerfen und Spalten zwischen Tür und Fußboden, in die man eine Nachricht schieben kann.

Mein armes, geliebtes Mädchen,

wie mußt Du leiden. Ich bin so erschüttert und verzweifelt, daß ich fast bewußtlos durch die Stadt gelaufen bin. Die wenigen Worte Deines Vaters und seine unerbittliche, ablehnende Haltung erwecken in mir den Eindruck, daß Liebe ein Verbrechen sei und ich ein Verbrecher. Wir lieben uns, weil wir uns lieben müssen, weil wir nicht anders können als uns zu lieben. Die einzige Schuld, die wir auf uns geladen haben, ist vielleicht die, daß wir die äußere Form verletzt haben. Aber daran ist nicht zuletzt die starre Haltung Deines Vaters schuld. Vielleicht hat ihn auch das Lügen so aufgebracht. Vielleicht wäre es doch besser gewesen, Du hättest mich einmal zu Dir nach Hause genommen und mich Deinen Eltern vorgestellt. Vielleicht entsprang die gänzlich zurückweisende Art Deines Vaters nur der Erregung des Augenblicks, und es hat Zweck, daß ich mich brieflich an ihn wende. Ich stehe vor einem Rätsel. Trotz dieses unglückseligen Vorfalls oder gerade deswegen bin ich Dir näher als je. Wir haben jetzt gemeinsam zu kämpfen. Bitte, meine geliebte Cecilia, das kann und darf nicht das Ende gewesen sein, denn ich liebe Dich.

Dein verzweifelter Matthias

In dem Augenblick, in dem ich das schreibe, redest Du gerade mit Deinem Vater. Es ist beleidigend und unwürdig, die Liebe so verstecken zu müssen. Ich sitze hier und weiß nicht, was ich tun soll. Auf der einen Seite zieht es mich weg von hier, auf der anderen Seite möchte ich Dir so gerne helfen. Ich weiß nicht, ob ich bei einem neuerlichen Versuch, mit Deinem Vater zu sprechen wie eben auf der Straße, die Dinge verbessere oder verschlechtere. Und wie ein Staubsaugervertreter die Tür gewiesen zu bekommen – so hattest du es ja vermutet, als wir einmal über Deinen Vater sprachen –, dafür bin ich zu stolz. Alle meine Worte wären so voller Bitterkeit und Schärfe, daß ich Dich nur noch mehr damit quälen würde.

Mein Geliebter,

Er hat gesagt, über alle wichtigen Briefe sollte man schlafen, aber Du sollst trotzdem den von gestern aus der ersten Erregung haben. Es ist meine Schuld, Matthias, daß er keine Achtung vor Dir hat. Du konntest nicht wissen, wie mein Vater ist und was es bedeutet, seine Tochter zu sein. Ich glaubte, unsere Liebe könnte sich über all das hinwegsetzen. Unsere Liebe war uns Glück und Gegenwart. Wir haben das Morgen weit weggeschoben.

Deine Cecilia

Meine geliebte Cecilia,

endlich habe ich eine Nachricht von Dir, wenn es auch eine fürchterliche Nachricht ist. Dies ist nicht der vorläufig letzte Brief, den ich Dir schreiben darf. Ich kann diesen Brief noch nicht schreiben, zweimal habe ich schon angefangen. Ich bin innerlich so aufgewühlt, daß ich erst durchatmen muß, um nicht ungerecht zu sein. Sei tapfer, ich werde dich nicht lange warten lassen. In jedem Augenblick denke ich an Dich.

Matthias

Eine Prozession von Wörtern, die in Empfindungen hineinkriechen, von ihnen aufgesaugt werden. Scham, erniedrigt worden zu sein, Scham, nicht die Kraft zur Rebellion aufzubringen und nicht mutiger zu sein, Scham, sich zu schämen, Scham, sich für die Nichtanerkennung des Geliebten zu schämen und am schlimmsten, sich der Liebe zu schämen. Sich der verliebten Liebe zu schämen. Sich der Gewalt zu schämen, der sie ausgesetzt ist. Eine Lawine von Wörtern, die sich über das Unglück hinwegwälzt.

Cecilia, du Arme,

wie mußt Du Dich quälen. Ich würde Dich so gerne ganz fest in meinen Armen halten, damit wir für einen Augenblick alles um uns vergessen könnten. Was ich Dir jetzt schreibe, klingt sicher etwas sachlich und nüchtern, aber ich muß ja versuchen, die Realität möglichst objektiv zu beurteilen. Dein letzter erschütternder Brief hat mich die Tragik Deiner Situation, aber auch das Ausmaß Deiner Liebe erst richtig verstehen lassen. Habe ich das richtig verstanden, stellst Du darin wirklich meine Entscheidung vor die Deines Vaters? Du bringst mich damit in eine ungeheuer schwierige Lage, aber ich bin glücklich, daß Du mir in solchem Maße vertraust. Du darfst mir glauben, daß ich mir inzwischen viele Gedanken gemacht über die Haltung und die extremen Maßnahmen Deines Vaters und versucht habe, Gründe dafür zu finden. Aber ich finde keine. Kann man der Liebe mit einem Verhaltensschema begegnen, kann man dabei seinen Verstand gebrauchen wie bei einer Mathematikaufgabe? Dann schon lieber ein Schlossergeselle. Was verlangt Dein Vater eigentlich von uns, im Besonderen von mir? Von außen sieht es aus wie Tugend oder Moral, im Grunde ist es aber so unnatürlich wie nur etwas. Im Moment weiß ich wirklich nicht, wie ich Dir raten und wie ich Dir helfen soll, meine geliebte Cecilia. Ich kenne das Verhältnis zwischen Dir und Deinem Vater noch nicht gut genug, und darauf kommt es entscheidend an. Kann ich von Dir verlangen, sein Vertrauen zu mißbrauchen?

Cecilia stand in der Telephonzelle, meistens nach dem Schulunterricht, manchmal in der frühen Dunkelheit, manchmal wagte sie sich auch an das häusliche Telephon, solange ihre Mutter Besorgungen machte und ihr Vater noch nicht zuhause war. Jedes winzigste Geräusch mußte beachtet werden. Matthias' Briefe, die er postlagernd schickte, holte sie ab, lauerte, ob sie jemand beobachtete, überall erwartete sie Späher. Hellhörigkeit. Hellsichtigkeit. Sie las sie irgendwo, manchmal auf einer Bank im Park, immer wieder, wenn sie weniger traurig war, sie hungerte nach den Briefen und wurde nicht satt. Manchmal kaufte sie sich eine Eintrittskarte für das Amphitheater, las einen Brief zwischen den Touristen, den lärmenden Schulklassen, die sich mit dem Lateinischen abplagten, in den Ruinen langweilten, und versteckte ihn. Kein Kino mehr, keine Gänge in die Bibliothek, in die Volkshochschule und keine Mathematikaufgaben. Wo waren die Freundinnen?

Versuche es doch so wie ich zu machen. Schon oft habe ich Dich in Gedanken vom Bahnhof Zoo abgeholt, wir gehen am Landwehrkanal spazieren, gehen abends ins Konzert oder hören in meinem Zimmer Musik. In solchen Momenten kann ich alles andere vergessen und glücklich sein, wie jetzt, wenn ich Dein liebes, geliebtes Gesicht in meinen Händen halte und immerzu anschaue.

Ich werde nicht wie die verfemte Tochter behandelt, sondern wie das arme, in die Irre gelaufene Schaf, zur eigenen Sicherheit in den Pferch, in Sicherheitsverwahrung geleitet. Mein Vater wäre nicht gekommen und hätte mich nicht mitgenommen, wenn ich Dich nicht auf der Straße geküßt hätte. Aber hätte er gesehen, wie du mich geküßt hättest, was hätte es geändert?

Was kann ich Dir anderes sagen, als daß ich Dich liebe und Dich sehr vermisse. Alles andere ist gleichgültig für mich geworden. Ich kann mich einfach auf nichts mehr konzentrieren. Gott sei Dank ist die Arbeit, die ich als Praktikant zu tun habe, so stumpfsinnig und einfach, daß sie keine besondere Aufmerksamkeit verlangt. In meinen Gedanken bist immer nur Du, Geliebte. Heute Morgen im Halbschlaf hab ich mein Kissen umarmt und geküßt und dabei Deinen Namen geflüstert.

Ihr Kopf war irgendwo, ihre Gefühle waren klar, aufbrechen, ankommen am Bahnhof Zoo, quer durch die Ostzone mit ihrer feindlichen Düsternis, und sie käme doch aus einem feindlichen, liebesfeindlichen Land, überwacht, verhört, von Verboten umstellt. Sie wollte eine freie Liebe, sie wollte weg, aber wie. Sie hatte gewollt, sie hatte nicht gewollt, sie wußte nicht mehr, was sie wollte.

Stell Dir bitte vor, wir würden uns einfach heimlich weiter treffen, es wäre nichts mehr wie früher, Dein Vater wäre immer zwischen uns. Wären wir doch zusammen und könnten alles besprechen, es wäre so viel einfacher.

Ich werde nicht aus meinem Käfig ausbrechen, das nützt nichts. Ich trage ihn mit mir herum. Und trotz allem bin ich glücklich, daß ich Dich lieben darf. Ich danke Dir für jede Minute, die Du mir geschenkt hast, mein Geliebter, und jeden Gedanken, den Du mir schenkst.

Du schreibst, daß Du niemals geglaubt hast, von einem Menschen so ergriffen so werden. Ich bin sehr stolz, daß ich dieser Mensch sein darf.

Liebster Matthias,

heute Nacht habe ich geträumt. Ich wünschte mir so sehr, von Dir zu träumen, aber es war ganz anders: Eine Messe wird gelesen, ein Wirbel frommer Gefühle, der sich in altvertraute Formen gießt. Mein Vater, der hinter mir steht, mein Vater, der fromme Mann, ist anscheinend ein Vorbeter. Er liest laut und deutlich, aber diesen Text kenne ich nicht; er gehört nicht in den Gottesdienst. Er hat ihn selbst geschrieben, so hört er sich an, eine pathetische Fremdheit, die sich gewaltsam ihre Bahn bricht. Während er das Papier mit der einen Hand hält, umfaßt er mich mit der an-

deren Hand. Seine große, feste Hand knöpft mein Kleid auf, streift einen Ärmel von der Schulter, streift auch den anderen Ärmel von der Schulter, das Kleid rutscht. Er liest und liest ohne Bewegung in der Stimme, und nun stockt die heilige Handlung, ein schnell zusammendirigierter Chor setzt ein, übertönt die Stimme meines Vaters, übertüncht meine Nacktheit.

Sei tapfer, Cecilia, sei tapfer. Du bist es doch.

Alles knistert, Matthias, das Laub der Kastanienallee, mein frisch gewaschenes Haar, das Butterbrotpapier, das Briefpapier, der Fernseher, die Brände, von denen in den Nachrichten berichtet wird, die Schallplatte, die ich zu häufig höre, der Nebel, der heute morgen meinen Schulweg verhüllte, der Schulflur, die Klingel, auch in Berlin knistert es, wenn ich mir die Stadt vorstelle und Dich darin.

Am Abend konnte ich dann Deinen Brief lesen, der mich so froh gemacht hat, aber auch verwirrt.

Dein traurig-unglücklicher Matthias, der dich sehr liebhat

Während Cecilia und Matthias sich liebten, während mit der Axt in ihre Liebe gehackt wurde, während sie als zwei torkelnde Teile dieser Liebe auseinanderbrachen, während sie Figuren eines Dramas wurden, das sie nur aus Reclamheften kannten, während sie mürbe gemacht, erschöpft, geschlagen, fielen – niemals wären sie wieder eins. Und genau das war beabsichtigt. Strategisches Denken, Abbruch der Beziehungen. Die Aufständischen waren besiegt.

Es hatte schon einen Krieg gegeben, dessen Auswirkungen wir aus nächster Nähe am Bahndamm gespürt hatten. Wir hatten in der Schule darüber gesprochen. Die Fernsehnachrichten waren explodiert. Autos brannten, aus Hauseingängen, aus Kellern wurde geschossen, junge Frauen trugen versteckt unter ihren Kleidern Sprengsätze, schwangere Frauen anscheinend, die niemand anzutasten wagte. Wir lernten das Wort Attentat und das Wort Attentäter. Aber das Wort Attentäter bezeichnete nicht eigentlich einen Täter, sondern einen, der berührte, eine Überschreitung beging. Wir büffelten lateinische Vokabeln: attemptare, attentare – beizukommen versuchen, angreifen, anfechten. Attentäter, Hochverräter, waren im 19. Jahrhundert schlichte Reimwörter geworden. Jetzt trug der Attentäter ein Kainsmal. Algerien war zerrissen, auf das harte Vorgehen der Kolonialmacht antworteten die Araber mit Gewalt, die Franzosen, die seit Jahrhunderten in Algerien lebten, fürchteten um ihren Status, ihren Besitz, ihr Überleben, fühlten sich verraten von Frankreich, lebten in Angst und schlugen zurück. Algerien riß sich los, bombte sich in eine Freiheit. Französische Truppen aus dem Mutterland wurden abgezogen, frische Truppen kamen, die Polizeieinheiten wurden verstärkt. Alle Nachrichten waren aus der Sicht der Franzosen geschrieben. (Willi Torgau las andere Nachrichten.) Die Züge nach Paris waren vollgestopft mit Soldaten. Die Mädchen beugten sich weiter über die Brüstungen der Balkone, das war noch nicht lange her, eben erst, schien es. Sie sahen die Züge, sie sahen die Soldaten darin. Und die Soldaten winkten nicht. Sie standen mit finsteren Gesichtern an den Fenstern der Zugabteile. Die Besatzungsmacht wechselte die Truppen aus. Die in Trier stationierten Soldaten fuhren zum Einsatz, und ihr Einsatz war in Algerien. Sie fuhren in einen Krieg. Die Mädchen auf den Balkonen hatten wie wild gewunken, das war noch nicht lange her, vielleicht ein Jahr oder zwei. Man hätte sie unschuldig genannt oder durchtrieben. Oder sie probierten sich aus, sich selbst und ihre Wirkung auf Männer. Nach Paris wollten sie auch, sofort, gleich und später unbedingt. Es war schön, im dritten Stock an der Balkonbrüstung zu stehen, und der Zug ratterte vorbei. Sie hatten Macht, wie sie dastanden. Sie knöpften die Blusen auf, sie zogen sie aus, zogen die Unterhemden aus und die Büstenhalter, die straff und neu waren. Sie zeigten sich, und sie waren stolz auf das, was sie zeigen konnten. Die jungen Männer im Zug johlten. Der ganze Bahndamm war in Erregung. Immer wieder kamen Züge, die Mädchen kannten die Uhrzeit. Das war erst ein Jahr her.

Ich beruhigte mich. Das weiße Cabrio war nicht mehr zu sehen. Cecilia war zu sehen, bleich, dünn, niemanden sah sie an. Und es schien sinnlos zu rufen: Cecilia, wie geht's? Wollen wir? Vielleicht heute oder am Wochenende? Denk mal drüber nach. Ein Kokon von Kälte, der frieren machte. Ein Eiswürfelpanzer, den wegzuhauchen sich niemand traute. Der Schulfunk sendete nicht mehr. Große Funkstille. Wenn Dr. Franz Neumeister sich so viel mit Eignungsuntersuchungen beschäftigt hatte, sagte ich mir, hätte er diese Erfahrungen nicht nur auf mich und seine anderen kleinen Patienten übertragen müssen, sondern auch auf seine Familie. Eignete sich Cecilia überhaupt (noch) als Tochter oder mußte sie, ihm entgleitend, erst wieder als Tochter geeignet, also gefügig gemacht werden? Und was, wenn sie die Eignungsprüfung als Tochter bestanden hätte? Gab es Aufstiegschancen nach der Qualifizierung als Tochter? Mir war übel geworden, während ich dies schrieb. Ich drückte die Löschtaste, aber die Übelkeit blieb. Ich hatte Angst, vor lauter Übelkeit das Bewußtsein zu verlieren. Ich versuchte, an etwas anderes zu denken, an Maulwurfshügel, an Gras, an Überlandleitungen. Ich starrte auf die helle Fläche des Bildschirms, als hätten die Sätze eine unsichtbare Spur hinterlassen, hörte die Kühlung des Computers, das unermüdliche Brummen, es war nicht möglich, nicht zuzuhören.

Ich machte das Gelöschte wieder sichtbar: Da war es wieder und ich vor dem Bildschirm mit erzwungenem Gleichmut.

Am 24. 12. 1964 hieß die Schlagzeile der Bildzeitung: *Uns geht es prima! Feiert ohne Reue!* Das Blatt hatte ich aufgehoben, aufgehoben auf zweierlei Weise: Es war mir auf der Straße entgegengeweht, ich hatte mich danach gebückt, und: Ich hatte es in die Mappe mit meinen Zeugnissen gesteckt, so fiel es mir wieder in die Hände. Auch einen zweiten Zeitungsausschnitt hatte ich aufgehoben: *Ein glanzvolles gesellschaftliches Ereignis.* Ein neues Stadttheater wurde eröffnet, nachdem fast zwanzig Jahre in einem Provisorium gespielt worden war. Festliche Atmosphäre, vorfahrende Wagen, hielt jemand den Schlag auf?, das nun doch nicht, aber natürlich ein roter Teppich, der Oberbürgermeister, der Ministerpräsident, der Landrat, der Vorsitzende des Kulturausschusses, der Standortälteste der Bundeswehr, *Spitzen der Gesellschaft*, so hieß es in dem Zeitungsartikel, der ausführlich die Kleidung der Gäste beim Empfang und zur Fidelio-Premiere kommentierte. *Nicht enden wollender Beifall*, Beifall zum neuen Haus, Beifall zum feiernswerten Ereignis, rauschender Beifall zur Kunst, Beifall zum Kunstgenuß, Vorhang auf zum Beifall, zu eigenen beifälligen Aufnahme des glanzvollen gesellschaftlichen Ereignisses, Beifall füreinander, noch einmal Beifall der einen Hand für die andere, gemeinsam klatschten sie. Ein eingespieltes, Beifall gewohntes Stadt-Ensemble. Auf den Photographien sehen die Gäste protzig aus, lächeln übertrieben breit in die Kamera, schwere Pelzmäntel und Smokings, dem Berichterstatter hatten es besonders die Smokingschleifen angetan. Wo waren sie plötzlich hergezaubert worden im Dutzend? Zu welchen Gelegenheiten wurden die viel zu warmen Pelze getragen? Es gab sie, und was es gab, war gut. *Feiert ohne Reue!*

Ein Stadtrat trug einen Stockschirm über dem Arm, gewappnet für alles. Ich sah mir die Photographien an, große jugendliche Zeitlosigkeit, in der alles geschieht, in der *das Leben* erwartet wird und – da ist es schon. Eine Frau überstrahlte alle anderen. Eine blendend schöne, blonde Frau in einem hellen Cape, darunter ein fließendes, schmales Kleid bis zum Boden, ich stellte es mir cremefarben vor. Die Frau ist die einzige in der Bildreihe, die nicht in die Kamera schaut, sie lächelt nicht, sie hat die Größe, alles zu ignorieren. Der Mann neben ihr ist ein wenig kleiner als sie und breiter, auch er lächelt nicht. Er blickt zur Seite, blickt seine Frau an, und er hat recht. Der Mann trägt einen Frack, die kurzen Brustteile rahmen seinen Körper, dazwischen so viel Hemdenweiß, gestärkte Unnahbarkeit. Und wieder fiel mein Blick auf die Frau. Es mußte Iris' Mutter sein, Grit Berghausen, die jetzt einen anderen Namen trug. Die sanfte Welle im Haar, die Haarspitzen bis auf die Wange gezogen, und wie aufrecht und erhaben sie dastand. Als ich die Unterzeile der Photographie las, war ich enttäuscht. Die schöne Frau und ihr Mann, Madame und Monsieur Schublin, so hießen sie. Er war der französische Konsul. Nein, einen Konsul konnte Grit Berghausen nicht geheiratet haben, das hätte man sich erzählt, und diesmal nicht hinter vorgehaltener Hand. Die helle, hohe Frau hatte ich mit Grit Berghausen verwechselt, der Frau aus einer anderen Welt, aus einem Spitzenhotel. die sich etwas traute, der Frau, die sich nahm, was sie brauchte, die Frau, die gekommen und gegangen war, während wir blieben.

Bleiben und Pädagogik studieren. Bleiben und lernen. Das Lehren lernen. *Deutsch-Training. Lesebuch für die 8. Klasse.* Im Kreis herumgehen, die Orientierung verlieren und an einem unbekannten Ort ankommen. Im Dickicht der Schulverordnungen herumirren. Lernpsychologie im 3. Semester: die Lernkurve, die Vergessenskurve, das Jostsche Gesetz. Das zuerst Gelernte ist leichter zu behalten als das später Gelernte. Ich präge mir das zuletzt Gelernte ein, und es fällt mir schwer. Siehe auch: Lerngeschichte, einsichtiges Lernen, kognitiv-konstruktivistisches Modell. Stillsitzen lernen. Lesen lernen. Kritisch lesen lernen. Mit einem Stift in der Hand lesen lernen, mit dem Strich lesen lernen, gegen den Strich lesen. Im Wind stehen lernen. Konzentration und Entspannung. Das Musische nicht vergessen. Identifikatorisch lernen. Manche von uns waren der Meinung, man müsse auch kritisch Haschisch rauchen lernen. Im Dschungel die Spuren lesen lernen. Bernhard Blank, 4. Semester Pädagogik: Gewaltausübung als Problem in der Schule.

MEINVATER war Rentner geworden, er mochte es, Rentner zu sein, wie er es vorher gemocht hatte, Polizist zu sein, wie er es gemocht hatte, NICHTVATER zu sein, und dann war er – MEINVATER, NICHTVATER, Angehöriger der Ordnungspolizei bei einer Razzia in Krakau, der der *Ausübung notwendiger Funktionen des Volksorganismus* zustimmte, bei einem Erschießungskommando in Gostynin, bei der Erschießung der Juden in Libau, beim Abtransport von Sinti und Roma nach Auschwitz, bei der Verhaftung von *Arbeitsscheuen* und *Asozialen*, bei der Sprengung des Hafenviertels in Marseille nach der Beendigung der Deportationen, Rentner und NICHTMEHRPOLIZIST – immer noch gerne Motorradfahrer auf einer alten Maschine, die er hegte und pflegte, immer noch gerne an einem lichten Spätsommertag, seidiges Wetter, in der Nähe der Mosel zu einer Zeitungsmeldung geworden. Dann war MEINVATER in einer Zeitungsmeldung erstarrt.

Einem grauenhaften Verkehrsunfall ist am Sonntagmorgen der Hauptkommisssar im Ruhestand Eberhard Blank zum Opfer gefallen. Blanks Motorrad stieß am Katharinenufer mit einem entgegenkommenden luxemburgischen Personenwagen zusammen.

Der Luxemburger wollte nach links zum Irminenfreihof abbiegen, dabei nahm er dem Motorradfahrer die Vorfahrt. Von diesem Manöver wurde der Motorradfahrer vollkommen überrascht. Seine Maschine zerstörte bei dem furchtbaren Aufprall den linken Kotflügel des Wagens bis zur Tür. Blank, der einen Schädelbruch und weitere schwere Verletzungen erlitt, war auf der Stelle tot. Seine Maschine wurde schwer beschädigt. Auch an dem luxemburgischen Pkw entstand schwerer Schaden. Von den drei Insassen – einer Familie mit Vater, Mutter und Kind – trug nur das Kind leichte Kopfverletzungen davon.

Beim Abtransport sah ich das Motorrad, aus dem nur der Rückspiegel unbeschädigt hervorragte. Schau zurück, sage ich jetzt, während ich schreibe. Und ich richte mich an MEINENVATER und gleichzeitig an mich selbst. Richten an, richten über, wie schön und zufällig glückhaft die deutsche Sprache ist, denke ich schreibend. Ich möchte auch nicht an die denken, die einen Richter, gnädig oder nicht, gefunden haben – oder nicht einmal eine Anklagebehörde, die sich für ihr Tun interessiert hat. *Ich habe nur meine Pflicht getan* wie die Lehrer, wie die Exekutionsbataillons, die das, was sie in Weißrußland und Polen gelernt hatten, in Frankreich und Italien weiter anwendeten: Scheunen anzünden, die Männer hineinjagen, Frauen und Kinder in die Kirchen treiben, dann die Kirchen und Scheunen anzünden. Lodernde Feuer, Feuerschein, und wenn sie niedergebrannt waren, am anderen Morgen die Spuren vernichten. Das war eine harte Arbeit, und sie wurde gewürdigt. Abends jault das Grammophon, und wir sind alle von der gleichen Division, Leute, die ihre blutige Arbeit mit Sorgfalt erledigen, Leute, die abends müde sind. Rhetorik des Befehlsnotstandes, der untergeordneten Position. Während des Krieges gehörten etwa 325.000 Männer zur Ordnungs-, Kriminal- und zur Geheimen Staatspolizei. Zur Ordnungspolizei gehörten die Schutzpolizei und die Gendarmerie, insgesamt etwa 276.000 Mann. Die Rückstöße der Maschinengewehre, der Nachschub, die Nachrichten von zuhause und dann Alkohol und Pervitin. Aufputschen und vergessen. Meine Brüder errichteten ein Holzkreuz an der vielbefahrenen Straße, an der MEINVATER gerammt und aus dem Sattel geflogen war. Ein temporäres Holzkreuz, ein Mahnmal, ein paar Blumen und eine kleine Ampel, die aber verboten war. Sie konnte, besonders nachts, Verkehrsteilnehmer ablenken. Unter großer Anteilnahme wurde MEINVATER beerdigt, das Polizeiorchester spielte.

Kommilitonen hatten von Willi Torgau gehört, dem alten Kommunisten, und ich erinnerte mich nach langer Zeit wieder an Aurelia. Wir schneiten Torgau ins Haus, und er empfing uns ganz selbstverständlich. Nicht, als hätte er schon Lehrlinge und Studenten wie uns erwartet. Die Wohnung war viel zu klein für alle, wir saßen auf dem Teppich im Wohnzimmer. Wir duzten ihn: Willi, erzähl doch mal! Ich habe gelesen, daß. Könntest du mal? Hast du vielleicht ein Dokument über? Noch einmal: Könntest du mal ausnahmsweise? Und was heißt Parteidisziplin?

Ich war unter den Gästen (Sympathisanten, Bewunderern, Möchtegerngenossen), und wir wollten von Torgau lernen. Aus der Geschichte lernen, von den Geschlagenen lernen, in den Überlebenden die Spur des Überlebens lesen lernen, sagten wir. Große Worte. (Saugten wir ihn aus?) Aurelia setzte sich zu uns, immer noch war sie zart, ihr haselnußbraunes Haar hatte sie abschneiden lassen und rötlich getönt. Daß wir einmal in einer Schulklasse gesessen hatten (Klassenzugehörigkeit?), spielte keine Rolle: Jetzt waren wir viele, ein *Kollektiv.* Sie genoß die Intensität, und es machte auch nichts, wenn manche von uns grimmig aussahen, das grüblerische Zupfen am Barthaar, das enge Beieinanderhocken, der Bazillus, der uns ergriffen hatte, alles war eindeutig. Die Schule, die uns erwartete, die uns als Lehrer brauchte: Wir glaubten, wir hätten Macht und Verfügungsgewalt, die Kinder, die wir unterrichten würden – veränderbar durch uns, die wir hier auf dem Teppich saßen.

Die Aufständischen, das tapfere Volk, die Verwundeten und Toten, die verängstigte Zivilbevölkerung, die leuchtende Zukunft, die wir dem Sozialismus bescheinigen wollten und an der teilzuhaben uns selbstverständlich war, Luftschläge, vergiftete Reisfelder, vergiftete Wasserreservoirs, tödliche Verletzungen des Dschungels. Die USA müssen einen militärischen Rückschlag eingestehen. Ein Stadtviertel ist rasch auszulöschen. Von der Schule in Haiphong blieb nur ein Loch von dreizehn Metern Durchmesser übrig. Dreiunddreißig Kinder waren tot, vierunddreißig verwundet, ebenso einer ihrer Lehrer. Einem Kind mußte ein Arm amputiert werden, andere würden Invaliden bleiben. Auch wenn wir Gewalt angewendet haben, Gewalt, die Gegengewalt genannt wurde. Ein Dorf ist rasch auszulöschen. Jeder soll so viel Land haben, wie er bebauen kann. Der größte Teil der Felder abgebrannt, die Dämme zerstört, Sturzfluten, die sich in die nahen Dörfer ergießen, Überschwemmungen, die Straßen und Brücken sind unpassierbar.

Wir blätterten Seite um Seite um, lasen hektographierte Broschüren. Aber was hat die Gegenwart mit der Vergangenheit zu tun? Dazwischen ein schwarzes Loch. Willi Torgau fragte uns, woher wir unsere Informationen hätten. Von einer Universität wurden sie zur anderen gereicht, Teach-ins, Meetings, Vollversammlungen. Wir fragten, fragten, fragten Willi Torgau Löcher in den Bauch. Wie viele wart ihr, wie gefährlich waren eure Aktionen? Wie habt ihr Kontakt untereinander gehalten? Er staunte: Ich war Arbeiter, und ihr seid Studenten. Eher waren wir aufdringliche Eindringlinge, die alte Arbeitermützen anprobierten. Noch einmal fragte er nach Lehrlingen; die, die wir kannten, kamen nicht zu Torgau. Es gab keine Menschenseele, die ich fragen konnte, sagte er. Wir hatten keine Zeit und keine Gelegenheit, Bücher zu lesen. Wenn wir so aufgetreten wären, wie ihr euch das vorstellt, wären wir sofort aufgeflogen. Beneidete er uns? Mißtraute er uns? Der Unterschied hatte sich verwischt. Dann wurde Willi Torgau müde. Bis zum nächsten Mal.

Stellungskrieg des Normalen, Krieg der Nadelstiche, der verwirrenden Abgründe, Hinterhalte, inszenierten Fallen, Schläge, Gegenschläge, Unverhältnismäßigkeiten. Der Feind ist überall. Ich bin der Feind. Du bist der Feind. Er sie es sind Feinde. Ja, genau, auch Kinder sind Feinde, maskierte, geschrumpfte Feinde, die die Amerikaner in den Hinterhalt locken. Schäden, Kollateralschäden. Weltweite Entsetzensschreie. Also überall Feinde, Trugschlüsse, Fallen. Ein *Du* und ein *Sie* gibt es im Vietnamesischen nicht. Wer erst spät lesen lernte, mußte sich das Fremdwort *Individualist* zurechtlegen. Es heißt im Vietnamesischen: Menschenfresser. Wer erst spät zu lernen beginnen durfte, war nie in der Lage, sich selbst als einzigartig zu empfinden. Satte, dampfende Fruchtbarkeit. Wir fliehen in die Berge. Jagt sie ins Meer! Wenn der Krieg in Algerien ein Befreiungskrieg war, wenn Vietnam ein Befreiungskrieg ist, wen würde der Krieg befreien, den wir herbeiphantasierten? Täglich prasselten Nachrichten auf uns ein, was tun?, ein Tapeziertisch in der Fußgängerzone, eine Sprechtüte. Kampf. Solidarität. Die Militäraktionen. Die Friedensmissionen. Man muß dem kapitalistischen Raubtier die Zähne zeigen. Es ernährt sich von Aktien aus der Waffenindustrie. Es ernährt sich von Coca-Cola und Popcorn. Man muß, wenn man die Gesellschaft ändern will, bei sich selbst anfangen. Man muß das Raubtier in sich selbst zähmen, man muß dem Raubtier in sich selbst die Pfote reichen. Es knurrt und will Futter. Es will Fleisch zwischen den Zähnen. Wo ist der Feind? Der Feind ist überall. In der Luft, auf dem Boden, hinter den Dämmen, den Hütten am Dorfausgang, in unseren Lautsprechern. Er will in unsere Köpfe.

Kampf dem. Nieder mit. Es lebe. Auf den Flugblättern, die wir geschrieben und vor der Universität verteilt hatten, stand es in fetten Buchstaben. Eine Phase voller Phrasen. Sie prahlten, nahmen viel Platz ein. Beiläufig ließen wir die Flugblätter bei den Torgaus liegen, als wir das nächste Mal kamen. Willi Torgau las sie nicht. Aber sie leuchteten Aurelia ein. Mit Waffenlieferungen aus der Sowjetunion und aus China unterstützt. Stellvertreter, Stellvertreter der Stellvertreter, Unterstützerkomitees. Vorwärts und nicht vergessen. Überall war Dschungel, von unserer bedingungslosen Solidarität unterstützt. Der Wald war voller Töne. Der Wald hallte von unseren Sprechchören. Winzige Vögel schwirrten auf, Meldevögel, geheime Nachrichtenüberbringer.

Oder drückten wir den Torgaus unsere Flugblätter doch in die Hand? Damit wir sie mit gutem Gewissen loswurden? Hatten Leute wie wir Aurelias Tante Orli besucht? Hatten sie zumindest einen Versuch gemacht? Besucher, die sie anstaunten mit einem taktvollen Seitenblick auf ihren tätowierten Arm, ihr die Worte von den Lippen pflückten? Hätte ihre Tante überhaupt einen solchen Besuch empfangen? Aurelia wußte es nicht. Die Erinnerung an ihre Tante war verblaßt. Und wenn Orli uns aus guten Gründen abgewiesen hätte, wie hätten wir die Geste aufgefaßt? Aber Hannover war weit, jedenfalls in unseren Köpfen. Hannover interessierte uns nicht. Haiphong interessierte uns, Nghê An, Hong Gai, Thanh Hoá, die primitive Propaganda des State Departments. Wir wußten, daß es Gebiete, die vom Krieg verschont wurden, nicht mehr gab. Wußten wir überhaupt, daß Aurelia eine Tante hatte? Eine solche Tante? Vermutlich hätte niemand gewagt, den Kordon aus Verzweiflung, Krankheit, Selbstvorwürfen zu durchbrechen. Am besten, man hielt sich fern. Oder beschäftigte sich mit dem Fernen. Das Ferne war nah.

Wir starrten das Geburtshaus von Karl Marx an, die breit gelagerte Front, die Fenster mit den Klappläden, das Schieferdach, den stillen Hof mit den Arkaden. Das Haus schwieg. Als wir Kinder waren, wußte niemand von der Geschichte dieses Gebäudes. Es stand in einer heruntergekommenen Straße mit schlechtem Ruf. Bars, blinkende Lichter, Männer mit viel zu großen Autos, Männer, die auf die Straße taumelten, mit dem Autoschlüssel fuchtelten. Frauen sahen wir nicht, sie mußten in der plüschigen Höhle hausen, eingesperrt zwischen ihren strumpfigen Beinen, Männer fielen in ihre abgründigen Ausschnitte. Der schlechte Ruf paßte zu dem früheren Anwohner der Straße, der nur ein Kind in diesem Haus gewesen war, verschmolz in einer Ferne, die verborgen, verfemt war. Der Abiturient Karl Marx hatte ein Schiff bestiegen, weg hier. In Koblenz hatte er ein zweites Schiff bestiegen und war in seinem ersten Studienort Bonn angekommen. Bonn wurde ihm zu klein. Er fuhr nach Berlin, studierte, las und las und promovierte. Hegel warf einen großen Schatten, in den er seinen Hut warf. Er hatte sich abgewandt von uns, er wollte von uns nichts wissen, unsere Welt war ihm zu klein, zu ärmlich, zu eng. Den Revolutionär gab es anderswo, die Unsrigen waren beleidigt. Sie hätten ihm folgen müssen, zuerst mit dem Dampfschiff, später mit der Pferdebahn. Da war Marx schon wieder an unserer Stadt vorbeigezischt. Er hatte sich als verliebter junger Ehemann in Paris niedergelassen, griff in einem Zeitungsartikel den preußischen König an. Der schickte Alexander von Humboldt als seinen Gesandten zu Louis Philippe. Humboldt überreichte ihm eine hüfthohe Vase, königlich preußische Manufaktur, eine scharfe Protestnote, und dazu machte er seine eleganten Verbeugungen. Kurz danach erreichte Marx und andere revolutionäre Deutsche der Ausweisungsbefehl. Ein Polizeispitzel hatte zu Protokoll gegeben: *Es ist wirklich ein bejammernswerter Zustand, wenn man hier sieht, auf welche Weise einige Intriganten die armen deutschen Handwerker irreführen. Hier kommen oft 30, oft 100, 200 deutsche Kommunisten zusammen. Es werden Reden gehalten, offen Königsmord, Abschaffung allen Besitzes, herunter mit den Reichen usw. gepredigt, dabei keine Religion mehr, kurz, der krasseste, abscheulichste Unsinn. Ich schreibe dies in aller Eile, damit die Marx, Herwegh, Heß ... nicht fortfahren, also junge Leute ins Unglück zu stürzen.*

Wir starrten die Chinesen an, die im renovierten Haus mit seiner frisch getünchten Gedenkstätte ein- und ausgingen, Delegationen, die an uns vorbeischauten, den Blick auf die Vitrinen gerichtet. Vor dem Haus ließen sie sich photographieren. Strenger Blick, ein geordnetes, ein überwachtes System, auf drei Reisende kam ein Aufpasser. Oder jeder war sein eigener Aufpasser, eine Reisegruppe von selbstverpflichteten Kontrolleuren, mit scharfem Blick auf die anderen Kontrolleure, die möglicherweise auch von uns berichteten: von einer hoffnungsvollen studentischen Jugend, die dem Kommunismus nicht abgeneigt war (eher doch: ihm mit Feuer und Flamme zustrebte), aber Schulung, Schulung brauchte oder besser: unerbittliche Instrukteure. Wenn wir nicht als bürgerliche Subjekte, Individualisten, Abkömmlinge von Menschenfressern zutiefst suspekt waren und uns erst bewähren mußten. Wie lange? Wo? Was uns fehlte, wie war es anders zu erwarten?, war Disziplin. *Sei dem Volk voraus – lehre es arbeiten.* Ein Gruppenbild vor Fensterläden, die strengen chinesischen Männer zumindest jetzt mit einem Lächeln in den Augenwinkeln, die tatkräftigen Hände hinter dem Rücken verschränkt. Oder waren die Reisekader Theoretiker, Parteitaktiker, Provinzfürsten? Nein, sie gaben uns nicht ganz verloren, aber es war noch ein langer Weg. Wir würden auf dem Land Tee ernten, rote Rüben pflanzen, uns bewähren müssen beim Graben und Hacken. *Vom Volk lernen.*

Alles mußte von Grund auf geändert werden. Aurelias Vater

widersprach. Er sprach überlegt, konzentriert, und er war auch glücklich, daß wir ihm Fragen über Fragen stellten. Fragen, die bisher niemand gestellt hatte. Wir brachten Bücher mit, Stapel von Büchern mit Anstreichungen und Leihscheinen der Bibliothek als Lesezeichen, lauter Theorie. Aurelia las sie wie wir und verstand nur die Hälfte, sagte sie, vielleicht auch weniger, wenn sie ehrlich war, und das war sie im Gegensatz zu mir. Die Tochter, der Vater, die Mutter, die Tante, alle hatten Augen und Münder und eine Geschichte. Die Bücher hatten keine Augen, keine Münder, ihre Geschichte war das Gelesenwerden. Mir kam die Lektüre trocken vor, häufig zwang ich mich zum Lesen und fühlte mich schuldbewußt, wenn ich nicht las. Dann wieder wurde ich hellwach, spitzte den Stift und unterstrich einen Satz, den Marx im März 1843 an Arnold Ruge geschrieben hatte. *Aus Scham macht man keine Revolution. Ich antworte: Die Scham ist schon eine Revolution … Scham ist eine Art Zorn, der in sich gekehrte. Und wenn eine ganze Nation sich wirklich schämte, so wäre sie der Löwe, der sich zum Sprunge in sich zurückzieht.* In der Scham war ich erfahren. Aber es fehlte etwas, die Rückseite des Zorns, die Verschwiegenheit, die Raubdrucke, die auf den Tapeziertischen verkauft wurden. Ihr habt keinen Körper, ihr seid Körper, ihr habt keine Geschwindigkeit, ihr seid Geschwindigkeit. Mein Körper schlief, ich war der Schlaf. Zettel in Büchern, Fahrscheine und Kinokarten, es war nicht ausgemacht, was besser war.

Willi Torgau hatte nicht immer Zeit für uns. Mir wurde nichts geschenkt, sagte er. Er kam und ging, erschöpft, ernst, das war nicht das Leben, das er sich nach der Befreiung vorgestellt hatte, weder für sich noch für die Genossinnen und Genossen. Und er hätte es auch nicht den jungen Besuchern gewünscht. Willi, in welchem KZ bist du gewesen? Zuerst im Folterkeller am Balduinbrunnen, dort, wo jetzt wieder die Verwaltung der Bahn sitzt, und im Prügel-KZ Sonnenburg und dann in Esterwegen im Moor. In Buchenwald bist du nicht gewesen, Willi? Danke, das hat mir gereicht. Wir waren ein bißchen enttäuscht.

Wir warteten, daß Vietnamesen kämen, kleine, dunkle, wendige Männer. Als Gastgeschenke brachten sie Ringe mit, die aus dem Metall abgeschossener amerikanischer Flugzeuge gefertigt waren. Wie bei Eheringen war ein Datum eingraviert: der Tag des Abschusses. Keine langen Vorreden, gleich zum Kern der Sache. Wir würden sie fürstlich bewirten, wir würden ihnen zu Füßen liegen. Sie aßen wenig, sie schliefen wenig, im Stillen verachten sie uns, dachten wir. Und wir mit unseren hilflosen Händen, dem ungefähren *Was tun?* waren auch verachtenswert. Der Vietcong und das abtrünnige Südvietnam, die Wasserreservoire, die Dämme, die lebenswichtigen Krankenhäuser, Schulen, Kirchen, Pagoden, Arbeiterwohnungen in Viêt Trì. Die Flugzeugträger Essex und Philippine Sea sind von ihren Stützpunkten zu routinemäßigen Manövern ausgelaufen. CBU-Bomben, die die Vietnamesen Mutterbomben nennen, streuen hunderte kleiner, länglicher oder kugelförmiger Bomben aus. Bomben, die je nach ihrer Form Ananas oder Guaven genannt werden, die ihrerseits wieder hunderte kleiner Kugeln ausstreuen. Diese Kugeln können weder an Gebäuden noch an militärischen Einrichtungen, Panzern oder der Flugabwehr hinter ihren Sandsäcken Schaden anrichten, sie sind einzig dazu geeignet, eine maximale Zahl von Zivilpersonen zu verletzen und zu töten. Der Schußkanal im Körper ist lang und irregulär, er verursacht Splitterbrüche und innere Blutungen. Schäden an den Augen, die zur Blindheit führen, kommen häufig vor. Die Kugeln sind aus weichem Stahl, sie können im Körper wandern und unerwartete spätere Komplikationen verursachen. Nicht einmal die Wirbel oder der Schädelknochen halten die Kugeln auf, Lähmungen und Hirnverletzungen sind die Folge.

In Hanoi gibt es alle fünfzig Meter Betonzylinder mit runden Deckeln aus Beton oder aus geflochtenem Bambus, die Splitterbomben abhalten sollen. Überall werden sie abgeladen und schleunigst in das Pflaster eingelassen. Bestenfalls bieten sie zwei zierlichen Personen Platz. Die Tiere im Zoo sind evakuiert worden, oder genauer gesagt: Sie sind in den Bergwäldern ausgesetzt worden. Der Dolmetscher schnurrte statistische Angaben herunter, über die Zunahme der Fahrradbesitzer, die Steigerung der Bewässerungskapazität, der Reisernten, die Erfolge im Kampf gegen das Analphabetentum, über die größere Zahl der Entbindungsheime. Fast täglich würde auf großen Tafeln die Zahl der abgeschossenen amerikanischen Flugzeuge mit roter Farbe angeschrieben. Auch Pilotenhelme, Fliegermonturen und andere Beutestücke würden ausgestellt.

Üppige Palmwedel, Kokos- und Bananenblätter an Helmen, an Flakgeschützen und auf Militärfahrzeugen sorgten dort, wo kein Luftschutzbunker schützte, für die Tarnung. Auch die Rücken der Kinder wurden auf dem Schulweg mit Blättern getarnt. Wir fragten nicht nach der Farbe des Sandes am Ufer des Mekong. Wir fragten, wie wir weiter unsere Solidarität bekunden könnten. Die Vietnamesen lächelten, sie waren sehr höflich, das brachte uns nicht weiter. Wenig später schickten die Amerikaner sechs Flugzeuge mit Napalmbomben. Drei davon warfen sie in der Nähe unserer Schule ab. Einige Schüler brannten wie Fackeln, rannten wild herum, riefen nach dem Lehrer, mir, ihren Eltern. Andere stürzten sich in Wasserlöcher, wälzten sich darin. Auch mein Gesicht begann zu brennen. Ich versuchte, mit den Händen zu löschen und machte dabei den Fehler, die Arme in Wasser zu tauchen. Die Haut löste sich großflächig ab. Andere Schüler wurden von dem Druck der Explosion umgeworfen, andere wurden mit Maschinengewehren aus den Flugzeugen beschossen. Eine Lehrerin versuchte, Kinder ins Haus zu bringen, aber ihre Beine waren gebrochen. Dann fiel sie auf den Boden, Blut schoß aus ihrem Bauch. Ich rannte voller Entsetzen ins Haus. Da kamen die Flugzeuge wieder.

Wir wußten nicht, wie wir die Vietnamesen bewirten sollten. Sie in eine Gastwirtschaft einzuladen, wirkte respektlos. Für ein richtiges Restaurant fehlte uns das Geld. In keiner unserer Studentenbuden war genügend Platz. Also drängten wir uns im engen Foyer des Karl-Marx-Hauses, schoben uns am Schalter, an dem die Eintrittskarten verkauft wurden, vorbei und besetzten den Vortragssaal. Einer von uns kaufte Pflaumenkuchen, Kartoffelchips, Salzbrezeln und Wasser für die Gäste. Wie wir Tee besorgen könnten, fiel uns nicht ein. Der Leiter der Gedenkstätte stürmte in den Vortragssaal. Was ist hier los? Wir tagen, sagten wir. Hier sind Gäste, Zeugen des amerikanischen Imperialismus, sagten wir. Das ist hier nicht der richtige Ort für ein *Meeting*, sagte der Leiter. Warum denn?, fragten wir. Es ist doch im Sinne von Marx. Da fiel ihm keine weitere Begründung ein. War Marx kein Anti-Imperialist?, fragte jemand von uns. Der Leiter drehte sich um, er hatte zu tun; die Gäste im Namen von Karl Marx zu brüskieren, wagte er nicht. Und unser Kuchen, die Chips und Brezeln waren alles andere als eine fürstliche Bewirtung. In den Augen der Vietnamesen waren wir reich und privilegiert, in unseren eigenen Augen waren wir hilflos, phantasielos und ohne Initiative.

Später, später würden wir Tee auftreiben. Einer der Männer trat vor, ein Mann mit scharf gezeichneten Falten im Gesicht. Der Dolmetscher nannte seinen Namen und seinen Beruf: Reisbauer und Reishändler. Der Mann verbeugte sich vor uns und drehte sich zur Wand. Zur Begründung sagte der Dolmetscher, die Narben riefen bei dem Mann ein Gefühl der Scham hervor. Nach der Bombardierung sei er sofort in Flammen gehüllt gewesen. Er sei gelaufen und gelaufen, bis er das Bewußtsein verloren habe. Der Mann sprach stockend und sehr leise: Als ich wieder zu mir kam, erfuhr ich, daß ich in einer Krankenstation war. Die Wunden waren verbunden worden. Beim Wechseln der Verbände sah ich, daß meine Haut verbrannt war und eine gelbe Flüssigkeit aus den Wunden drang. Auch mein linkes Ohr war verbrannt; es wurde amputiert. Ich konnte auch nicht mehr gut sehen. Schlaf und Bewußtlosigkeit wechselten einander ab. Dorfbewohner, die nur leicht verletzt worden waren, erzählten mir, über meinen Verbrennungen im Nacken und am Rücken habe noch eine Stunde lang weißer Rauch gestanden. Nach zehn Tagen auf der Krankenstation wurde ich in das Provinzkrankenhaus gebracht. Es war ein weiter Weg im strömenden Regen, dabei wurden meine Wunden von Mückenlarven infiziert. Sechs Monate blieb ich in diesem Krankenhaus, ich hatte hohes Fieber, schlief nicht und konnte nichts essen. Große stinkende Hautfetzen lösten sich von meinen Armen und Händen ab. Als ich entlassen wurde, waren die Wunden geheilt, aber mein linker Arm blieb mit dem Körper verwachsen. Das war uns nicht aufgefallen, wir dachten, der Mann mit dem eingefallenen Gesicht nähme nur ganz wenig Platz in Anspruch. Aber der Dolmetscher tippte dem Mann an den linken Ärmel seiner Jacke. Der Mann rührte sich nicht und blieb noch eine Weile mit dem Gesicht zur Wand stehen, bis der Dolmetscher ihm eine Hand reichte und ihn wie ein Kind zu einem der Stühle führte. Der Mann sagte noch etwas, sehr leise und zögernd. Wieder übersetzte der Dolmetscher: Vielen Dank, daß Sie sich die Mühe gemacht haben, mir zuzuhören. Das war ein Abend ohne hektographierte Blätter, ohne Händeschütteln, denn die Narben des Mannes würden bei einer Berührung schmerzen, dachten wir. Tee herbeizuschaffen hatte sich erübrigt. Wir würden unser Geld zusammenkratzen und die Vietnamesen in eine Weinstube einladen, aber in welche?, möglichst in eine ruhige, darüber dachten wir nach. Zu unserer Überraschung wurde die Delegation noch vor Einbruch der Dunkelheit von einem Militärjeep abgeholt. Der Dolmetscher winkte uns mit einer lockeren Hand, sprach aber nicht. Die Männer sahen zu Boden und folgten ihm. Wir räumten den Vortragsraum auf, der Leiter der Gedenkstätte nickte uns zu, als wir das Haus verließen.

Wir haben Gäste, die *freie* Welt ist unser Gast, sie schaut aus unseren Fernsehapparaten, sie schaut in die Fernsehstationen hinein. Wir verteidigen eine freie Welt. Sollen wir das Dorf zunichte machen? Sollen wir es ausnahmsweise den Bewohnern überlassen? Werden sie es uns danken, oder werden sie uns angreifen? Ich bin gerne Soldat, und ich werde gerne Soldat gewesen sein. Auch wenn die Metallplatte, die in meinen Schädel implantiert worden ist, an meinem Gehirn reibt. Es ist mir kalt im Gehirn, ich spüre Krieg im Gehirn, meine Kameraden spüre ich nicht. Ich beschwere mich, daß ich bei meiner Stationierung keine andere Lektüre bekommen habe als *Stars and Stripes*. Wenn wir zum Essen gingen, mußten wir – wie wir als Schüler ein Tischgebet sprachen, bevor wir essen durften – dreimal aus Leibeskräften *kill* schreien. Für eine bestimmte Zahl Leichen, die genaue Zahl ist mir leider entfallen, gab es einen Kasten Bier. Man hat uns gezeigt, wie man Phosphorbomben ohne Detonation öffnen und den Phosphor an Körperstellen plazieren kann, an denen er große Schmerzen verursacht, zum Beispiel in den Augen oder in der Scheide von Frauen. Auch Caesium haben wir verwendet. Man zeigte uns, wie man Behälter mit dem Pulver öffnet und es als Gift verwendet. Die Gefangenen sollten es essen.

Heute ist mir bekannt, daß es die Vereinigten Staaten sechs Milliarden Dollar gekostet hat, einen Sachschaden von etwa 340 Millionen Dollar in Vietnam anzurichten, eine schlechte Investition. Erst die Bodentruppen, dann eine Truppenstärke von insgesamt 500.000 Mann. Wäre es mir gelungen zu desertieren, wären es 499.999 Mann gewesen. Aus meinem Gehirn ist der Gedanke an ein Danach ausradiert. Die Militäraktionen, die Friedensmissionen, die zum Scheitern verurteilte entmilitarisierte Zone, die gescheiterten Friedensmissionen, die wiederaufgenommenen Verhandlungen, die Delegationen von Schriftstellern aus der *freien* Welt. Die Toten gehen in New York nicht auf die Straße. Die Einstellung der Feindseligkeiten ist nicht vorgesehen. Das Musterlager zur Behandlung von Leprakranken haben wir bombardiert, nicht nur einmal, was ein *Zwischenfall* genannt worden wäre, sondern neununddreißig Mal. Die Ärzte und Pfleger hoben die geschwächten Kranken und diejenigen, denen Arme oder Beine amputiert worden waren, auf Bahren, andere trugen sie huckepack. Bei welchen Kranken bestand noch eine Ansteckungsgefahr? Was kann es überhaupt für einen Sinn haben, eine Leprakolonie zu bombardieren? Die Überlebenden wurden auf verschiedene Distrikt- oder Provinzkrankenhäuser verteilt, sie waren eine große Gefahr für die Volksgesundheit. Nach dem Krieg gab es in vietnamesischen Lagern lange noch amerikanische Gefangene. Meine Regierung wollte das leugnen, denn tote Soldaten sind Helden, gefangengesetzte taugen nicht dazu, sie sind Problemfiguren. Später einmal könnten sie sprechen, anklagen, oder es müßte ein wirksames Verfahren entwickelt werden, um sie mundtot zu machen. Niemand weiß, in welchem Zustand sie bei ihrer Entlassung sein werden. In jedem Fall sind sie unberechenbar. Zensur. In Geheimverhandlungen, die so geheim nicht blieben, wurde für die Freilassung von fünfundsiebzig Gefangenen vier Millionen Dollar geboten. Das ist nicht viel, wenn man aus der Summe ein Kopfgeld errechnet. Ich weiß nicht, ob der Handel zustande kam. Die Erde ist ein Schädel, mit Krieg gefüllt. Unter der Schädeldecke wird gezündelt, das höchstrichertliche Verbot dazu mißachtet, der Befehlshaber abgesetzt, sein Nachfolger, frisch vereidigt, übertrifft ihn an Härte. Meinen Kopf habe ich nicht verloren, aber darin wachsen Lianen, schwankende Bambusschößlinge, und Meerkatzen klettern auf meinem Fernsehapparat herum, ihre Schwänze peitschen durch das Bild. Im Dunkeln sehe ich das Mündungsfeuer aus Flakgeschützen, deshalb lasse ich den Fernseher Tag und Nacht laufen. Besonders die Werbung für Rasenmäher und Unkrautvernichter gefällt mir. Daß sie den Schädel sprengt, muß ich nicht fürchten. Ich notiere das Wort *Rasensprenger*, weiß aber nicht mehr, was es bedeutet. Häuser werden gesprengt, aber warum Teppiche von Grünzeug?

Wir im Vortragssaal des Karl-Marx-Hauses wußten: Amerikanische Soldaten flohen nach Kanada, wenn sie ihren Einberufungsbefehl zugestellt bekamen. Andere blieben verschwunden, wenn ihre Einheit aus einem europäischen Stützpunkt nach Vietnam verlegt werden sollte. Sie mußten versteckt und versorgt werden, sie wären sonst aufgeflogen und von einem Militärgericht zu hohen Strafen verurteilt worden. Sie hätten im Zweifelsfall Asyl beantragen müssen. Kein Gericht hätte Deserteure geschützt, Amerikaner im deutschen Asyl, wir rieben uns die Augen, es war undenkbar. Was nicht denkbar war, gab es nicht. Die Militärpolizei durchkämmte jeden Winkel der *Airbase*. Haschisch half, aber nicht so sehr. Die Militärpolizei fahndete nach Dealern. Man mußte, wenn man die Gesellschaft ändern wollte, bei sich selbst anfangen. Ich hatte nur halbherzig angefangen. Ich wollte Lehrer werden. Willi Torgau war Fahrer geworden, weil ihm nichts anderes übrigblieb. Sein Kommunismus war verfemt. Kommunismus war ein Wort, ein ehernes Wort. Entfremdung war ein Wort, eine Erfindung von Karl Marx. Verdrängung war ein anderes Wort, eine Erfindung von Sigmund Freud. Aber es war auch eine Zeit der freischwebenden Wörter: Schlagwörter, Schlagstöcke, Schlaghosen, Schlaglichter. Karl Marx hatte seine Heimatstadt bald verlassen. Er hatte bei sich selbst angefangen, und sein treuer Freund Friedrich Engels hatte die Arme weit geöffnet. Das Kapital floß, vermehrte sich. Ich blieb: Bernhard Blank, 7. Semester. Der Daumen-Fingerspitzen-Schluß, auch Pfötchengriff genannt, die Voraussetzung des Schreibenlernens.

Was ich kann:
Naja, ich bemühe mich.
Ich kann mich erinnern.
Ich kann vergessen.
Ich kann anfangen, aber nicht aufhören.

Ein Rumoren, ein Donnergrollen in meinem Bauch, eine heftige Revolte gegen mein Schmerzempfinden. Ich sagte mir: Du mußt dich untersuchen lassen, schob es aber immer wieder hinaus. Ich kann vergessen. Es gab Wichtigeres als meinen Bauch, als eine innere Nabelschau. Wichtiger war zum Beispiel: Wann begann ich, das Lehren als eine Form des Nichtlernens zu begreifen? Die Schule ist ein geschützter Raum. Ein Raum, der ohne Erlaubnis, ohne Zeugnis nicht verlassen werden darf. Schulpflicht, Verpflichtung, Vereidigung des Lehrers, Versetzung des Lehrers, Höhergruppierung des Lehrers, Zweifel des Lehrers, Müdigkeit des Lehrers, das tiefe Durchatmen des Lehrers, Pensionierung des Lehrers. Im Grunde genommen habe ich den geschlossenen Raum nie verlassen. Schulpflicht, Schulpflicht bis zur Pensionierung. Manchmal habe ich das Bedürfnis, mich einzumischen. Und ich weiß nicht recht, ob das als aufdringlich, didaktisch oder bitter notwendig empfunden werden könnte. Selbst-Arbeit, Eigeninitiative, den Kindern Lust an ihrem Tun vermitteln, das Lesen lernen, nicht das Lesen lehren. Halt dich raus, Bernhard, sage ich mir dann. Aber das ist ebenso falsch wie richtig. Die freischwebenden Wörter schrammen am Putz der Schulflure entlang, vorbei an den Tafeln mit lustigen Bildern der Kinder aus der zweiten Klasse. Es stärkt das Selbstbewußtsein, wenn die *Kunstwerke* der Kinder für alle Schüler sichtbar sind.

Am Fußende mein Name: Bernhard Blank. Ich sah ihn, als ein Pfleger mich gestern ermutigte oder eher schon zwang, zum ersten Mal seit meiner Operation aufzustehen und mich selbst zu waschen. Ich sah mein Gesicht im Badezimmerspiegel und wunderte mich, daß ich nicht den Grundschullehrer sah, den ich kannte, sondern einen zerzausten Uhu, den ich noch nie gesehen hat und der mir nicht sonderlich gefiel. Einen Uhu, der Federn gelassen hatte und das Tageslicht scheut. Aber die Schwester, die heute Dienst hat, eine robuste Person mit einem sanften slawischen Akzent und einem auffällig hochgezurrten Busen (das sollte ich nicht schreiben, es klingt sexistisch und fremdenfeindlich), also die Schwester, eine Person ohne Eigenschaften, hatte das Licht eingeschaltet. Und säße ein Uhu versteckt im Gezweig, er sähe, er äugte, aber er würde nicht gesehen, nicht einmal von ihm selbst. Da wäre ich beinahe über den Infusionsständer gestolpert. Ich wankte, die Schläuche mit den Kanülen, den Infusionsständer hinter mir herziehend, ins Bett zurück und lag ganz ruhig da. Ich hatte das Schild gesehen, meinen Namen, das beruhigte mich einigermaßen. Es hätte auch sein können, daß ich nicht mehr in diesem Bett läge, ein anderer Patient läge schon in dem Bett, das ich nicht als *meines* bezeichnen möchte. Es hätte auch sein können, daß das Schild ausgedient hätte, daß an meinem Zeh ein Namensschildchen hinge, über mein Gesicht das Laken gebreitet worden wäre und man mich – oder das, was von mir übriggeblieben wäre – in einen kühlen, abgedunkelten Raum geschoben hätte. Daran dachte ich, während die Infusion in mich hineintropfte. Ich klingelte nach der Schwester, als die Flasche leer war, eine neue Flasche wurde in die Halterung des Ständers gesetzt. Tropfen, Tropfen, Tropfen. Es war das einzige Geräusch, das ich hinter der Doppeltür hörte. Ich habe alle Zeit der Welt, geschenkte Zeit, und hänge meinen schwarzen Gedanken nach, hänge sie an den Haken am Fußende des Bettes, an dem das Schild mit meinem Namen befestigt ist, und lasse in meinen Erinnerungen eine blanke Stelle, die beschrieben werden kann. Die Schüler nennen mich Blanky oder Blankyblanky, kindlich provozierend.

Ich hatte Natalie angerufen, ob sie mir das Buch, das auf meinem Schreibtisch lag, ja, das mit dem Lesezeichen, bringen könne und ein Photoalbum, das in der dritten oder vierten Schublade links in meiner Kommode liegen mußte, das mit dem blauen Leinenrücken, das Photoalbum mit den Kinderbildern. Warum willst du Kinderbilder anschauen im Krankenhaus, vermißt du Kinder? Und im Raum stand ein anderer Satz, eine Tatsachenbehauptung, kein Vorwurf: Du bist doch ein alter Mann. Ich roch diese Diskriminierung eher, als daß ich sie spürte. Ich spürte den Schmerz im Unterbauch, frisch operiert, erfolgreich operiert, wie der Chefarzt bei der Visite gesagt hatte. Natalie, meine Liebste, meine gewesene Liebste. Natalie, die mir die trockene Schule versüßte.

Manchmal zog mich die Schule wie ein Senkblei runter. Und es half nur, wenigstens den Kopf oben zu behalten. Hausbesitz, Autobesitz, Hundebesitz, Haussanierung, Kratzer am Autolack, Autoreparaturen, Hausschwamm, Hundeungezogenheiten, Hundezecken, Hundeschulen. Im Lehrerzimmer zwischen den Mappen und Bögen und den Heftern war alles wichtig, und dann die abgestoßenen, geblümten oder mit lustigen Vögeln dekorierten Tassen, die endlosen Konferenzen, bei denen Verena die Augen verdrehte, Svenja sich räkelte, Nadine sich das Haar verstrubbelte und unser Rektor mit seinen unzähligen Papieren raschelte und Punkt für Punkt abarbeitete, Punkt für Punkt ohne Komma. Und nun brachte mir Natalie wie eine Samariterin das Album. Ich sah Iris an, Aurelia, Anna, Cecilia, ich sah Kurt und Gerwin an, und da war das gestorbene Mädchen, das keinen Namen hatte. Ich sah auch andere Kinder, deren Namen ich vergessen hatte, und ich fühlte mich in meinem Krankenhausnachthemd, das wie ein übergroßes Kinderlätzchen an meinem Körper hing, mit dem lächerlichen Schleifchen im Nacken und dem nackten Hintern auch wie jemand, den seine früheren Mitschüler mit Fug und Recht vergessen hatten.

Meine jungen Kolleginnen von denen es plötzlich einen ganzen Schwung an meiner Schule gab, die schwitzend und mit roten Flecken auf dem Hals ihre ersten Schulstunden gaben, waren als Referendarinnen herzlich begrüßt worden. Meine jungen Kolleginnen, ich muß es so sagen, waren jetzt auch nicht mehr die Jüngsten. Wir älteren Lehrer und Lehrerinnen hatten sie eingeführt in das Schulwesen, ihnen die Ängste genommen, wir hatten sie hellhörig gemacht für die nervösen Kiekser in ihrer Stimme, die Zeichen von Unsicherheit, die eine Lehrerin besser nicht ausstrahlen sollte. Ruhig Blut, ruhig Blut! Sie stapften durch moorige Lernlandschaften, erarbeiteten Konzeptionen für eine einzige Schulstunde. Fördern, niemals fordern, jedes Kind auf ein Förderband stellen, ihm gerecht werden, auch wenn dies eine Ungerechtigkeit anderen Kindern gegenüber ist. Sie schwenkten gewaltig große Taschen, sie schlurften mit ihren dicken Stiefeln, von denen das Tauwasser tropfte, sie trugen verknuffte, am Rand abgestoßene Kaffeebecher ins Lehrerzimmer und darüber hinaus über die Flure. Es fehlte nur noch, daß sie einen solchen Kaffeebecher mit in ihre Klasse nahmen, um es gemütlich zu haben mit den Kindern und ihnen das Gefühl zu geben: Keine Sorge, wir schaffen das schon, trotzdem – es kostet mich gewaltig viel Mühe, wach zu bleiben bei euch, aber ich tue mein Bestes. Der Abbau der Hierarchie: Lehrerinnen und Zweitklässler zeigen sich gegenseitig ihren Unwillen, frühmorgens das

Klassenzimmer zu betreten. Praxisschock, was hilft dagegen? Etwas für sich tun, sagten sie, sich nicht auffressen lassen. Meine jungen Kolleginnen hießen Melanie, Nadine, Stefanie, Natalie, die ein wenig älteren Nicole, Kerstin, Verena. Das war nur ein vager Eindruck, keine Bestandsaufnahme. Und was meinen eigenen Namen anging: Vielleicht war er befremdlich; jedenfalls hätten sie kein Kind so genannt.

Natalie mochte mich von Anfang an, und ich begann sie zu lieben. Wie sie ins Lehrerzimmer rauschte, trotz ihrer nassen Stiefel, und auch die Art, wie sie den Kaffeebecher trug, vorsichtig, damit nichts überschwappte, war anders als bei den anderen jungen Lehrerinnen, sie leuchtete, so kam es mir vor. Ihr Händeklatschen, mit dem sie auf dem Flur ihre kleine Sippschaft einfing und in den Klassenraum manövrierte, war so graziös. Meine Ehe war nicht so flattrig, nicht so blitzend gewesen, eher gesetzt. Meine Frau zog die Stiefel schon an der Haustür aus und tappte auf Strumpfhosenfüßen in die Diele. Wie war dein Tag? Naja. So war es nicht immer gewesen, so hatte es geendet. Und sag nicht immer: Naja, Bernhard. Ab und zu sah ich meine frühere Frau im Frühstücksfernsehen, sie redete als Meteorologin munter daher. Ich fürchtete, sie würde mir zuwinken und schaltete das Gerät wieder aus. Dann biß der Schmerz in meinen Bauch.

Natalie: eine Zeitlang trug sie einen glitzernden Nasenstecker. Als ich ihr sagte, er sehe furchtbar aus, sie sei zu alt für so ein Ding, antwortete sie mit unverhohlener Aggression: Du bist zu alt, um Spaß daran zu haben. Und als sie ihn abgelegt hatte (herausgeschraubt?), fragte ich nicht. Hatte sie ihn weggeworfen, oder hatte sie ihn, als wäre er neu, ihrem Patenkind geschenkt? In einem hübschen Kästchen mit einem originellen Einwickelpapier? Ich fürchtete, daß durch das Loch in ihrem linken Nasenflügel ein Rinnsal von Rotz fließen würde, starrte ungebührlich lange auf das kleine Loch, das aber dann rasch zuwuchs, nur eine winzige Narbe blieb. Aber da war meine Verliebtheit schon eingeschrumpft, und noch ein wenig später war Natalie einfach eine patente, lustige Kollegin, die sich aus einer Verwirrung heraus oder aus Gründen, die sie jetzt nicht mehr nachvollziehen konnte, in einen alten Esel verliebt hatte. Natalie hatte nach unserer Trennung rasch eine neue Liebe, einen Ingenieur, und bald heiratete sie. Behalt meine Schlüssel für alle Fälle, hatte ich ihr wie einen unpassenden Glückwunsch gesagt. Sie wollte schwanger werden, aber es gelang nicht.

Beim Aufräumen meines Kleiderschranks hatte ich eine hinter meine Pullover gerutschte leere Strumpfhosenpackung von Natalie gefunden. Auf dem Karton, der die Zellophantüte versteifte, las ich die Anleitung: *Bitte raffen Sie die Strumpfhose bis zur Spitze. Positionieren Sie sie im Zehenbereich. Streifen Sie nun die Strumpfhose mit gleichmäßiger Dehnung bis zum Knie. Das Gleiche gilt für das zweite Bein. Bitte ziehen Sie nun sanft beide Beinteile bis zum Schrittbereich. Positionieren Sie dann den optimalen Sitz des Zwickels. Rollen Sie das Höschenteil bis zur Taille und verteilen Sie es entsprechend Ihres Tragekomforts.* Ich las alles, was mir in die Hände kam. Ein bißchen viel Aufwand für zwei Beine.

Ich denke über das Gelingen nach, das Gelingen von Leben, das Gelingen von Büchern, den Gewinn von Erinnerung und die gnädigen Verluste. Ich schreibe jetzt hastig, *mit fliegenden Fahnen.* Aus Furcht, ich könnte sterben, notiere ich: Annchen, warum weinst du? Annchen, warum hast du geweint? Ich weine ja nicht. Mir sinn net solche Zigeuner wie die. Welche? Sind wir die? Ich habe ja schon aufgehört zu weinen. Meine Söhne kommen mich besuchen, das Jahr über kommen sie selten, jetzt machen sie besorgte Gesichter. Der Schmerz hat sich festgebissen, er ist das leuchtende Signal einer Komplikation. Die Enkelkinder breiten ihre Klötze und Plastiktiere auf dem Fußboden aus, der vermutlich dafür nicht sauber genug ist. Hygiene wird klein geschrieben, wo die Krankheit groß ist. Opa, willst du Saft? Opa, soll ich das Licht anmachen? Opa hier, Opa dort. Das ist sehr lieb und rührt mich. Opa: ein Begriff, den ich selbst nicht verwende, aber die Kinder dürfen alles. Opa, Operation. Und ist der Mann im Krankenhausbett mit dem großen Schnitt im Bauch, der nur schlecht heilt, nicht auch ein möglicher oder schon mißglückter Opernstoff? Ein letzter Akt, der erste ist verlorengegangen. Allerdings braucht die Komposition andere Rollen, einen anderen Part, eine Altstimme, eine dramatische Altstimme. So endet doch keine Oper, Mimi muß sich zu Tode husten. Andererseits wären die Sopranstimmen der Kinder, Stimmen aus einer hoffnungsfrohen Welt, ein schöner Kontrast. Aber mit welchem Libretto? Wir kommen wieder, sagen die Kinder. Wann denn? Wissen wir noch nicht so genau. Ich freue mich in jedem Fall, kommt, wann ihr Lust dazu habt.

Natalie hatte das Photoalbum rasch gefunden, aber das Buch mit dem Lesezeichen, um das ich sie gebeten hatte, lag nicht auf meinem Schreibtisch, sondern neben meinem Bett. Noch einmal das Schlafzimmer zu betreten, hatte sie sich gescheut. Dann hatte sie es doch getan. Was du für Bücher liest, Bernhard. Das Buch, das sie mir brachte, hieß: *Der autobiographische Pakt*. Ich hatte mir darunter nichts Genaues vorstellen können und hatte zu lesen begonnen, in einer naiven, aber hungrigen Lektüre, wenn das nicht dasselbe ist. Der Titel hatte mich angezogen. Wenn jemand sich selbst zu einem Du macht, schließt er erzählend einen autobiographischen Pakt mit sich selbst. Dagegen war nichts zu sagen. Aber war ich dort auf der anderen Seite sicher? Wie kann ein Text einem Leben gleichen? Kann er es ersetzen, vergrößern, vergröbern, verdecken? Ich wollte zu mir selbst nie du sagen, Bernhard, du alter Esel. Was wäre über den autobiographischen Pakt sonst noch zu sagen? Er schlief, sie schlief, es schlief, wir schlafen, aber ich schlafe nicht. Hätte ich nicht die Operationswunde, vielleicht würde ich streunen, herumlungern, *zigeunerisch* unter einer Weide liegen, auf Gras, das auf verblüffende Weise dem Teppichboden in meinem Wohnzimmer ähnelt. Cecilia war eine Streunerin geworden. Iris hatte wunderbar gesungen; das nützte ihr nichts, in die Ecke gestellt, als Diebin denunziert, und ihre Mutter soll schuld gewesen sein als eine Frau ohne Mann, als ledige Mutter, als eine, die nicht in die streng geordnete Welt paßte. Annchen, warum weinst du? Die Kinder waren Photographien in meinem Album geworden, stillgestellte Bilder, ungeschriebene Biographien.

Ich betrachtete Aurelias schön gelocktes Haar, auf dem Photo trägt sie eine karierte Haarschleife. Aurelia, die keine Religion hatte, haben durfte, haben mußte, für die der Kommunismus ihrer Eltern das Selbstverständlichste der Welt war. Die Zahlen haben sie gerettet. Ihr Vater blieb Kommunist bis zum Ende, die Partei hatte sich aufgelöst, kein Geld, keine Direktiven mehr aus Ost-Berlin, er blieb, bis es kein kommunistisches Land mehr gab und länger. Er benutzte Begriffe wie *fest entschlossen* und *mit allen Mitteln*. Der Kommunismus wird siegen, wenn nicht in diesem Jahrhundert, dann im nächsten, das ist doch ein Menschheitsthema. Unterirdisch setzt er sich fort, aber irgendwo taucht er wieder auf. Ein Maulwurf, der ins Licht blinzelt, ein Meister der Konspiration. Und was für Höhlen hat er unterirdisch gebaut, Höhlen, in denen er sicher ist vor Verfolgung. Du wirst es noch erleben, Aurelia, wart's ab. Von Schauprozessen, von Verbannungen in unerreichbar ferne Lager, von der systematischen Ermordung vermeintlicher Gegner wollte er nichts wissen. Ich stelle mir Willi Torgau vor, wie er gewinnend lächelt. Aurelia hatte sich aus der Umklammerung gelöst, und es war ganz leicht gewesen. Sie sah etwas, was vorher nicht da war, sie sah die Warenströme, Exportzahlen, Exportgüter und die Zahlungseingänge, regelmäßige Eingänge, verspätete Eingänge, überwachte die automatischen Mahnungen und sagte: Ist ja gut, Vater. Aurelia war ein Achselzucken, zwischen dem Hin und Her war sie heimisch geworden. Ich sah die Siebenjährige mit ihren Schillerlocken, da stand sie auf dem Photo neben Annchen. Sie war in den Kommunismus hineingewachsen und wieder herausgewachsen. Sie kannte die tariflichen Steigerungen, gleicher Lohn für gleiche Arbeit, wo war das Problem? Das eine ließ sich lösen, andere Probleme nicht. Geldkrise, Niedrigzinspolitik, Währungsschwankungen. Kapitalismus war ein großes Wort, wenn man es auf die Prozentzahlen des Exportüberschusses herunterbrach. Immerhin war der Euro ein Gummiband; es dehnte sich und hielt alles zusammen.

Und da war Iris, die Lerchensängerin, mit ihrem rötlichen Lockenkopf und den hellen Augen. Ihre vielen Sommersprossen sah man auf dem Photo, das nur wenig größer als eine Postkarte war, natürlich nicht. Erwartungsvoll schaute sie aus der Reihe der Kinder heraus, sie mußte sich nicht recken, sie hielt sich gerade, am Schulanfang hatte sie noch viel vor und war kein bißchen ängstlich. Alles hätte schiefgehen können, und alles ist ihr angekreidet worden: daß sie keinen Vater hatte, daß sie abgestellt war bei einer Großmutter, die nicht einmal eine *echte* Großmutter war, daß gegen ihre Mutter ein Verfahren eingeleitet worden war. Sie war das Mädchen, das man einfach des Diebstahls bezichtigen konnte, etwas würde schon hängen bleiben, das Mädchen, das nicht besser erzogen, sondern in ein Erziehungsheim gesteckt werden sollte. Iris war Dolmetscherin geworden, sie dolmetschte aus dem Französischen. Sie war die Lieblingsdolmetscherin des französischen Präsidenten, eine Liebenswürdigkeit in der Stimme und keine Nervosität, ein Knopf in seinem Ohr. Jeder noch so komplizierte Satz würde in der Zielsprache geerdet sein und sein ordentliches Ende finden. Iris hatte geheiratet und den Namen Berghausen behalten. Nun hieß sie etwas sperrig Berghausen-Groult, den Namen ihres Stiefvaters hatte sie nicht angenommen. (Oder wollte er ihn ihr nicht geben? War sie nicht adoptiert worden?) Sie hatte ihren toten nordfranzösischen Vater ausfindig gemacht, sie hatte Kontakt zu den Stiefschwestern aufgenommen, ein Augenreiben, dreimal Schlucken und dann *bienvenu*, das Leben war bunt. Die überraschend verschwisterten Frauen legten ihre Unterarme nebeneinander und verglichen die Sommersprossen. Es waren schwindelerregend viele, aber eine Rekordhalterin unter den Schwestern gab es nicht. Berghausen-Groult zu heißen, war in Iris' Beruf ein Gewinn. Der französische Name garantierte, daß sie *tief in die Kultur und das Leben des Nachbarlandes eingedrungen* war. So hieß es in der Jurybegründung zu einem Preis, den ihr der Dolmetscherverband vor einem Jahr verliehen hatte. Auch eine deutsch-französische Ehe mit einer Reihe von Kindern zu führen, war ein Zeichen von Kompetenz, obwohl es mehr als ein Jahrzehnt eine Plackerei gewesen war, ohne Respekt vor ihrer Leistung und ohne viel Hilfe im Hin und Her zwischen dem Europäischen Parlament, dem Gerichtshof, dem Patentamt, dem Élysée-Palast. Und hier und da dolmetschte sie bei einem Kongress zwischen Paris, Straßburg, Brüssel, Luxemburg, wo ihr Mann im Generalsekretariat des Parlaments arbeitete, zwischen einem Ehemann und den Kindern und später einer schwierigen alten Mutter: eine musterhafte europäische Existenz. Ach ja, der französische Präsident war auch schwierig (zickig?), aber er war gewählt worden, würde für eine zweite Legislaturperiode gewählt oder gewann die nächste Wahl nicht. Es durfte die Dolmetscherin nicht anfechten.

Aus Iris' Begabung für den Gesang waren Handbewegungen geworden, die der Sprachmelodie entsprachen. Während sie sich auf das Französische konzentrierte, rollte ihre Hand, dirigierte einen Chor von Vokalen, Nasalen, horchte auf den Ton, traf ihn, als verwandele sie das Französische nur in eine andere Tonart, die sie lächelnd bewältigte, anmutige Bewegungen, mit denen sie vielleicht auch ihre Familie dirigierte. Ihre Sommersprossen waren blasser geworden in der dauernden Anstrengung, oder sie hatte sie bleichen lassen. Unbekümmertheit, Energie und seelische Robustheit: Vielleicht war sie im Charakter ihrer Mutter ähnlich geworden.

In der *Frankfurter Allgemeinen* war ich auf die Todesanzeige gestoßen: Grit Tessmer geb. Berghausen. Um die *geliebte Mutter und Großmutter* trauerten Iris Berghausen-Groult, Jérôme Groult und drei Enkel. Die Traueradresse war eine luxemburgische. Ich hatte Iris sofort geschrieben, sie antwortete mit ein paar liebenswürdigen Zeilen. Ich rief sie an und sagte ihr, ohne daß ich es geplant hatte: Deine Mutter war so schön, ich habe sie immer bewundert. Ja, hast du?, fragte Iris, und dann machte sie eine lange Pause (Ich dachte an die langstieligen Hände. So hatte ich sie doch genannt, oder?), eine Pause zum Luftholen, und dann unvermittelt: Ich muß die Wohnung räumen, all den Kram. Hilft dir denn jemand? Nein, antwortete sie, wer soll mir denn helfen? Mein Mann hat Sitzungen bis in die Nacht, meine Kinder studieren, ein Gastsemester in Bologna, eine Klausur in Regensburg. Das Leben ist ein einziger Stress, behaupten sie, und ich verstehe sie nicht. Sie haben ihre Großmutter auch selten besucht – unter allen möglichen Vorwänden. Sehr schade. Und ich stecke alles weg. Es waren Schulferien, deshalb erbot ich mich, ihr beim Aufräumen zu helfen. Eine Stippvisite in Luxemburg, ein Spaziergang auf den Wällen, vielleicht ein Essen mit Iris, alte Kinderzeiten, das Photoalbum, das sich aufblätterte wie von selbst. Wir verabredeten uns in der Seniorenresidenz, in der ihre Mutter zuletzt gewohnt hatte. Und besorge Müllsäcke, rief ich noch und war über meine eigene Nüchternheit erstaunt.

Als ich kam, stand Iris verlegen in der Tür, sie gab mir nur die Spitzen der Finger und nicht die ganze Hand. Nicht zu intim mit dem alten, zotteligen Schulkameraden. Im Wohnzimmer standen schon Kisten, die Schubladen einer Kommode waren herausgezogen. Sie hob eine Seidenbluse hoch. Wer soll das denn tragen? Och, sagte ich, aber da hatte sie sie schon in den Müllsack gesteckt. Lächerlich, sagte sie, und mein Widerspruch war zwecklos. Geh doch zum Regal und schau dir die Bücher an. Und wenn dir etwas gefällt, nimm's. Dann war auch Iris ans Bücherregal getreten. Und was liest du?, fragte ich. Weiß nicht, jedenfalls keine Romane. Dolmetschen heißt: in immer neuen Fachsprachen herumpaddeln, bloß nicht unsicher werden, sonst zieht es dich endgültig hinunter. Es war ein planvolles Arbeiten Hand in Hand, von der Hand in die Kiste, von der Kiste in den Flur, vom Flur ins Auto. Ich schlug einige der Bücher auf, Romane, schwer und hartleibig, die meisten aus den fünfziger Jahren. Also hat deine Mutter später nicht mehr gelesen? Vermutlich nicht viel, sagte Iris. Dann hat sie zu der Zeit gelesen, als sie in Trier viel gearbeitet hat? Ja, aber auch viel gewartet. Auf wen? Auf Dr. Rahn, den Chefarzt, für den sie gearbeitet hat, ihr langjähriger Geliebter. Das wußtest du nicht? Ich dachte, es wüßte die ganze Stadt. Sie war die schöne Frau zur linken Hand.

Iris nahm eine weiße Strickjacke, die ein wenig vergilbt war, aus der Kommode. Als sie schäbig wurde, trug meine Mutter sie im Bett. Ich dachte, sie hätte sie längst ausrangiert. Und dann: Meine Mutter wedelte mit den Händen, sie brannten, am meisten in der Nacht. Sie hielt sie ins fließende kalte Wasser, kein Schmerzmittel half. Zuerst waren die Fingerkuppen der Mittelfinger taub geworden, dann nach und nach alle Fingerspitzen. Sie konnte kein Besteck mehr in der Hand halten, sie konnte keine Saftflasche öffnen, keinen Reißverschluß und erst recht keine Knöpfe mehr schließen. Wie eine Königin thronte sie in den Kissen, immer noch sehr aufrecht. Jede Woche kam eine Thailänderin zur Maniküre, sehr, sehr gepflegt waren ihre Hände, beweglich. Nur die tiefbraunen Flecken auf dem Rücken hatten sie verändert. Ja, sie war eine Königin im Exil eines teuren Wohnstifts. Die Pflegerinnen mit ihrer zupackenden Tüchtigkeit – Sie müssen doch essen! Sie müssen doch bei Kräften bleiben! – hielt sie auf Distanz. Manchmal preßte sie eine Saftflasche zwischen beide Hände, spreizte dabei die Finger, streckte sie einer Hilfskraft entgegen: Bitte, können Sie sie öffnen? Sie bot ihren ganzen hilflos gewordenen Charme auf und war über vieles erhaben, und es sah so aus, als habe sie recht damit. Dabei wäre es so einfach gewesen, ein kleiner Schnitt in die Handwurzel, damit die gequetschten Nerven mehr Platz hätten, aber sie zögerte und zögerte, ertrug das höllische Brennen, fürchtete sich vor dem Eingriff. Nun ja, eine kleine Narbe wäre wohl geblieben. Schließlich war eine Operation aussichtslos, die feinen Nerven waren längst abgestorben. Die Fingerspitzen auf die Telephontasten zu legen, gelang ihr noch, sagte Iris. Sie hatte sich auf den Teppich gesetzt, ein Täbris mit bunten Ranken, efeugrüne Mäander, und spielte mit den Fransen, die ihre Mutter früher gekämmt hatte, ein Teppich, den sie überhaupt nicht mochte, aber durch ihr Leben geschleppt hatte.

Als meine Mutter alt geworden war, hatte sie, wenn sie anrief, ein hohes Kieksen in der Stimme, und sie rief häufig an: I-riiis, könntest du mal … I-riiis, schau doch mal … I-riiis, wenn ich dich nicht hätte … wo warst du denn? I-riiis, komm doch, du kannst es doch sicher möglich machen … I-riiis, ich zahle dir das Taxi … I-riiis …, bis mir die Ohren und der Schädel schmerzten. An Grit Berghausens Gesicht konnte ich mich nicht wirklich erinnern, aber an ihr gewelltes Haar, das bis zum Kinn reichte, die Haarspitzen hatte sie ins Gesicht gekämmt, sie trug leuchtende Lippenstifte, alles an ihr war makellos. Ich sah die Schuhe mit den dünnen Sohlen vor mir, die nicht zu den kleinen Pflastersteinen auf den Gehwegen paßten. Ich sah die Lederbändchen auf dem Spann, die halbhohen, keilförmigen Absätze, die sie größer erscheinen ließen als andere Frauen aus unserem Viertel. Iris sagte: Die Franzosen haben sie wegen Damen-*arrogance* in den Knast gesperrt, daraus ist sie siegreich hervorgegangen. Sie lachte, aber das Lachen war nur um den Mund, nicht in den Augen. Ich sah die Fältchen, die sich über ihrer Oberlippe eingekerbt hatten. Iris seufzte: Wir telephonierten viel, ich war in Brüssel, in Paris, in Straßburg, wechselte zuhause nur das Gepäck, sie rief mich an, ich rief zurück. Dabei habe ich versäumt, in ihr Gesicht zu sehen, vielleicht war es aufgewühlt, aufgerissen, vielleicht scheute ich mich, ihre Not zu sehen. Wieder hörte ich meine Mutter: Bitte, komm doch, I-riiis, ein Stündchen hast du doch … I-riiis, bitte. Ja, hatte ich gesagt, bald, gedulde dich ein bißchen. Dann hatte ich das Telephon ausgeschaltet, und das war's.

Im Krankenhaus hörte ich Iris, das kleine Mädchen, singen. Sie hatte eine Schulter und eine Hüfte vorgeschoben, sie stand auf einem Podest neben der Losbude, Topfpflanzen, die kein Mensch haben wollte, und scheußliche Teddybären waren zu gewinnen. Sie sah einfach toll aus, sie hätte ein Mikrophon in der Hand halten sollen, die Leute hätten sich gedrängt und wie verrückt geklatscht. So häufig hatte ich ihr Singen im Ohr. *Spiel noch einmal für mich, Habanero / denn ich hör so gern dein Lied / spiel noch einmal für mich von dem Wunder / das doch nie für dich geschieht.* Und ich sah den Jungen, der ich gewesen war, sein Lavieren, sein Staunen, seinen Schrecken, seine Angst, spürte seinen flackernden Atem. Ich sah die bodenlose Traurigkeit, sie war mit Händen zu fassen – und auch die Scham, gedemütigt zu werden. Ein niedergehaltener Lebenshunger, eine schamvolle Dürftigkeit. Und seltsamerweise sah ich seine Kniestrümpfe, die an den Waden rutschten, Bernhards Beine. Aber etwas ist falsch. In dem Buch, das Natalie gebracht hatte, las ich, es müsse eine Identität zwischen dem Autor, dem Erzähler und dem Protagonisten bestehen. Dafür kann ich nicht bürgen. Im Gegenteil: Es wäre doch erleichternd, geschrieben zu werden, wie ich über Iris schreibe, wie ich über Grit Berghausen schreibe.

Ich verlor mich in Spekulationen, achtete nicht auf den Schmerz, stattdessen wurde ich gesund. Nicht eigentlich gesund, aber reif für die Entlassung. Danke, liebe Enkel, liebe Söhne, seid erleichtert, noch ist die Zeit nicht gekommen, mir ein Begräbnis auszurichten, in meinen Papieren zu stöbern und kopfschüttelnd eine alte Strumpfhosenpackung zu finden. Ich schließe meine Tür auf, meine Zimmer sind so, wie ich sie verlassen habe. Natalie hat alle Schubladen, die sie geöffnet hat, wieder geschlossen. Meine Operationswunde hat sich geschlossen. Und etwas schließt sich in mir. Mein Körper und ich haben einen Pakt geschlossen. Zugunsten meines Körpers habe ich einen Rückzieher gemacht und mich erholt.

Das Hotel Bristol, Ambassador, Metropol, Palace, Royal, Astoria, Angleterre, Schweizerhof, Viktoria, das Grits Berghausens Familie gehörte, war aus einer Fusion hervorgegangen. 1937 hatte die Familie, der bisher nur ein viel bescheideneres Haus gehört hatte, dieses schöne Hotel erworben, Grundstück und Haus. Damit wollte Grit Berghausen nichts zu tun haben. *Nur teilzerstört durch die Wirren des Zweiten Weltkrieges. Gediegener Service. Ein Traditionshaus.* So warb ein Prospekt. Von den französischen Besatzern war es beschlagnahmt worden. *Doch dann ging es bergauf: Wiedereröffnung, am Wirtschaftswunder und am Tourismus der Region beteiligt, setzt das Hotel seine Vorkriegsgeschichte fort. In dem Haus, das im Stil der Bäderarchitektur errichtet wurde, konn-*

ten Charme und Solidität des 19. Jahrhunderts gewahrt werden. Tatsächlich hatte das Hotel Bristol, Ambassador, Metropol, Palace, Royal, Astoria, Angleterre, Schweizerhof, Viktoria einem jüdischen Besitzer gehört. Im Schriftverkehr wiesen die Berghausens die Ansprüche der Erben zurück: Es handele sich um einen völlig unpolitischen und wirtschaftlich gerechtfertigten Vertrag, bei dem irgendwelche Zwangs- oder Druckmittel in keiner Weise angewandt worden seien. Der Anwalt der Berghausens nannte das Hotel eine Fehlspekulation der jüdischen Vorbesitzer, die ihnen die Lust auf weitere Investitionen in den Bauzustand und die Ausstattung genommen hätte. Nach einem erbitterten Rechtsstreit, den Grits Eltern führten, entschied die zuständige Wiedergutmachungskammer 1953, daß die Familie Berghausen den jüdischen Vorbesitzern des Hotels für die Immobilie im Zentrum von Baden-Baden die lächerlich kleine Summe von 20.000 DM zu zahlen habe. Ihre Mutter habe mit der Familie gebrochen, als sie weggegangen sei, so hatte es mir Iris in knappen Worten berichtet. Im vorigen Jahr bekam das Hotel Bristol, Ambassador, Metropol, Palace, Royal, Astoria, Angleterre, Schweizerhof, Viktoria eine Auszeichnung als *freundlichstes Hotel im Badischen*, und die Gäste bestätigten es.

Anna hatte geheiratet, und Alfons hatte gewütet: Du bist nicht mehr meine Tochter. Anna, die Kleine, die Lieblingstochter, die Rom-Reisende, verstieß gegen die Sinti-Sitten. Schamfristen, Jahre des Stillstands, in denen Kathi die Botin spielte. Ihr Vater meinte es ernst. Wie es ihm geht? Frag nicht. Natürlich war sie weiter seine Tochter. Nein, besser nicht daran rühren. Und deine Kinder, wie geht es denen? Anna wußte, daß es Kathi weh tat, wenn sie von ihren Kindern sprach. Sie gehen ihrer Wege, die große hat schon, die kleine Tochter weiß noch nicht. Und der Junge interessiert sich nur für Autos. Also zuckte sie die Schultern. Und niemand interessiert sich für Karussells? Nein, niemand. Die Zeit ist vorbei, Kathi. Die Zeit kommt wieder, Annchen. Du sollst nicht Annchen zu mir sagen. Ich sag es ja auch nicht, es rutscht mir einfach so heraus, entschuldige. Wie es dem Vater ging, fragte Anna dann nicht weiter. Wer sagt, du bist nicht mehr meine Tochter, straft sich selbst.

Anna war fortgegangen, der Mann gefiel ihr zu gut, er hatte zupackende Hände, er sprach mit Nachdruck und hatte ein Selbstbewußtsein für zwei, und Anna wollte ihn. Meine Schönste, sagte er und: Zuckerschnute, Baby, mein Engel, alles war Musik, wenn er es sagte und sie ansah, ansaugte mit seinen blauen Augen. Er konnte jedem etwas verkaufen, gebrauchte Sofas und Lampen, Dreifachstecker, auch alleinstehende Silberlöffel oder Gabeln, er vertickte Bettgestelle, Küchenschränke und Teppiche. Die Teppiche rollte er so aus, daß das Brandloch darin verborgen blieb, oder er stellte sich breitbeinig auf den Teppich. Er trug die Geldscheine in einem Packen in der Hosentasche, auf einen mehr oder weniger kam es nicht an. Großzügig wirkte das, souverän, und das Klimpergeld warf er zuhause auf einen Teller. Kleingeld brauchte er nicht, die Kinder durften sich bedienen, und Anna ging mit vielen Münzen einkaufen. So einen, der noch dazu kein Sinto war, ließ Alfons nicht ins Haus. Er oder ich, und als sich Anna für ihre Liebe entschied, hatte sie immer noch einen Vater, glaubte sie, einen zornigen Mann. Aber er hatte keine Tochter mehr, glaubte er.

Annas Mann führte das große Wort, zuhause und bei den Kunden. Mit der Zeit fand sie, daß er ein großes Maul hatte, und er wedelte nur so mit den Geldscheinen, er trank zu viel, und das Geld floß ihm aus der Tasche. Er ließ sich übers Ohr hauen, während er glaubte, ein gutes Geschäft zu machen. Ihr gefielen die Leute nicht, die seine Stammkunden waren. Die, die Bettgestelle kauften und Lampen und dann noch um Kleiderbügel bettelten, kannte sie, Leute, die einen Euro dreimal umdrehen mußten, ehe sie ihn ausgaben. Sie hatte sich in seine Kraft verliebt, in seine zupackenden Hände, ja, es stimmte, er hatte sie auf Händen getragen. Das tat er jetzt nicht mehr. Sie schimpfte: Siehst du nicht? Warum tust du nicht endlich? Ich hab's dir hundertmal gesagt. Die Kinder müssen doch. Eine ganze Litanei aus Vorwürfen, die er abschüttelte wie einen Gewitterregen. Manchmal saß er da wie ein Klotz. Ja, er war ein Klotz geworden, ein gefühlloser, so kam es ihr jetzt vor, und sie hackte auf ihm herum, bis es zu viel war, zu viel für ihn und für sie. Sie hatte sich noch nie in jemandem getäuscht, glaubte sie. Jetzt fühlte sie sich getäuscht. Es war eine demütigende Erfahrung, die auch eine Erfahrung des Ausgestoßenseins war, ausgestoßen war sie aus ihrer Vorstellung von der Liebe und von der Familie. Eine Familie war ein Glück, eine Familie war eine Sicherheit, etwas, dessen Fehlen ganz unvorstellbar war. Sie besaß etwas, und erst im Verlieren stellte sie fest, daß das, was sie besaß oder besser: besessen hatte, keine Selbstverständlichkeit war. Sie kannte keine Frau, die sich hatte scheiden lassen, und keine, deren Vater zu ihr gesagt hatte: Du bist nicht mehr meine Tochter.

Streit entzündet sich an allem, wenn nur ein Streichholz vorhanden ist. An einem herumliegenden Handtuch, einem Haar in einer Suppe, einem Nein, wenn der andere, wenn schon kein Ja, aber doch wenigstens ein Vielleicht oder Mal sehen, erwartet hätte. Wenn Anna ihre Schwester Kathi und ihren Bruder Ignaz einlud, war ihr Mann anfangs ein netter Gastgeber, brachte Bier und Fischchen aus salzigem Teig, die er sich dann selbst in den Mund schaufelte. Die drei Geschwister begannen bald, miteinander Romanes zu sprechen; zuerst hörte ihr Mann zu, dann wurde er unruhig, langweilte sich und verdrehte die Augen. Könnt ihr nicht Deutsch sprechen? Aber das, was sie zu besprechen hatten, brauchte Intimität, vielleicht sprachen sie über den Vater, es ging ihn nichts an. Einmal, nachdem die Geschwister sich verabschiedet hatten, herrschte er Anna an: In meinem Haus wird nur Deutsch gesprochen! Sie versöhnten sich wieder, und er schob eine Art von Entschuldigung hinterher: Ich kann eben kein Romanes und lerne es auch nicht. Anna sah ihn nur an: Hör zu, dann lernst du es. Eines der Kinder heulte, es hatte sich den Kopf gestoßen, und das Heulen war auch ein Protest gegen die Eltern, die so lange mit sich beschäftigt waren. Ich könnte jetzt Anna eine Tirade in den Mund legen über die Schönheit der Sprache der Sinti und Roma, über die direkte Abstammung vom Sanskrit, der Mutter einer ganzen Sprachfamilie, über die Verachtung der Sprache, über das Mißtrauen, wenn auf einer Polizeiwache ein festgenommener Sinto einem anderen etwas zuflüsterte, das der Vernehmende nicht verstand, über die Anstrengung der Kinder, die neben Romanes ein korrektes Hochdeutsch schreiben und lesen lernten. Könnte ihr in den Mund legen: Jede Mehrheitssprache sieht verächtlich und verständnislos auf eine Minderheitensprache herab, verständnislos, weil sie einfach nicht verstanden wird. Aber ich lasse das. Es wäre eine Anmaßung. Ich habe es mir auch nur angelesen.

In meinem Haus wird nur Deutsch gesprochen! Anna lachte ihm grell ins Gesicht. Dann lief der Fernseher: *Are you lonely tonight?* Dem Mädchen im Märchen waren die Taler in sein Hemd gefallen, wenn es nur die Zipfel hochgehalten hatte, es war nach Hause gelaufen. So viel Geld, davon kaufen wir ein Karussell. Und etwas Besseres als den Tod finden wir überall, der Esel, der Hund, die Katze und der Hahn hatten es vorgemacht. Anna sah ihre Mutter im Krankenhausbett vor sich, den weißen Turban, der sich gelöst hatte, sie sah sich selbst als Kind, das von ihrer Mutter am Schulhof erwartet wurde. Dann gab sie sich einen Ruck und sagte ganz leise, so daß es bedrohlich klang: Hau ab und nimm die verdammten Dreifachstecker mit!

Auch die Ehe von Ignaz war kein Zuckerschlecken. Seine Frau war eine Schönheit, das ließ sie ihn spüren. Und je häufiger er ihr sagte, wie schön sie sei, um so mehr. Sie hatte Krallenfingernägel, die nicht brechen durften, deshalb tat sie wenig. Es war zeitaufwendig, so viel Schönheit herzustellen und aufrechtzuerhalten. Das Haar mußte getönt werden, es mußte Schwung und Glanz haben und bloß kein Härchen auf den Beinen und unter den Achseln und silbrige Fußnägel wie eine Mondgöttin, die Fingernägel dagegen puterrot. Sie schrubbte die Zähne mit Salz, sie wurden bemerkenswert weiß, aber sie riß sich das Zahnfleisch auf und hielt dann ihren schön geschwungenen Mund geschlossen. Schließlich fand sie noch zwei Härchen auf ihrer Oberlippe, ganz nah am Mundwinkel, und zupfte sie. Besser so? Aber ja. Und wieder einmal fühlte er sich genötigt, ihr Komplimente zu machen. Er war zwar ihr Mann, aber er war nicht der einzige, der sie schön fand, und sie zeigte es ihm. Wortwörtlich wiederholte sie Komplimente, die ihr jemand gemacht hatte, während er den Karussellbetrieb am Laufen hielt. Die Jungen, die ihm dabei halfen, mochte er nicht. Er war sicher, daß sie ihn betrogen, konnte ihnen aber nichts nachweisen.

Riesenrad zu vermieten. Manchmal kam Anna, dann war es wie früher, aber sie konnte ihre Kinder nicht allein lassen. Man müßte erweitern, mehr Platz, mehr Licht, mehr Schnickschnack, mehr Management, mehr Maskerade, und dann alles zurück auf Null. *Das Riesenrad Panoramica ist mit 32 Metern Höhe ein weithin sichtbarer Blickfang. In den insgesamt 24 offenen und überdachten Gondeln und einer VIP-Gondel erleben die Besucher einen atemberaubenden Rundum-Blick über die Stadt, abends in stimmungsvoller Beleuchtung. Auch das Umbauen feststehender Hindernisse wie Absperrpfosten und Straßenlaternen innerhalb der Grundfläche ist möglich. Ein schwerer Autokran ist für den Aufbau nicht erforderlich, Gesamtgewicht 80 t.* Das war die Konkurrenz.

Kannst du denn nicht an der Kasse sitzen und auf die Kerle aufpassen? Seine Frau tat es schmollend, aber das war auch nicht gut. Jeder sah, daß sie hier fehl am Platz war. Und die Kinder mochten sie nicht; einer Göttin kann man die klebrigen Münzen nicht in die Hand drücken – das war ein gesunder Instinkt. Während er hoffte, so etwas wie Schuldbewußtsein oder ein minderer Abkömmling dieses Gefühls schärfte ihren Verstand, strich sie sich Pomade auf die Lippen und preßte sie dann zusammen. Mehr war dazu nicht zu sagen.

Aus, vorbei. Ignaz kommt aus der Ehe wie aus einer eisigen Dusche. Er wünscht sich Wärme, Herzlichkeit, Verständnis und Ruhe, lauter schöne Luftballons, die auf der Kirmes nicht zu haben sind. Aber die Kälte macht auch den Kopf klar, sternklar ist ihm zumute. Er meidet Gespräche, er meidet sich selbst, auch die Frage, warum denn die Liebe zu der schönen Frau gestorben sei. Ja, warum? Keine Antwort ist auch eine Antwort. Es schneit immerzu, so ist es in den früheren Jahren doch nicht gewesen, aber ein Mensch, der zu erfrieren droht, kann sich nicht immer kreuzweise auf die Rippen schlagen, um ein bißchen Wärme zu erzeugen. Er sieht Zeichen im Schnee, in den Wolken, am Nachthimmel. Er sieht die Luft in den leeren Räumen. Ignaz tat dann das, was man landläufig *Herumzigeunern* nennt. Er reiste nach Portugal, nach Marokko, in Marrakesch gefiel es ihm sehr, die weichen, schmiegigen Körper, die scharfen Gewürze, der unerbittlich blaue Himmel, die langen Tage. Ja, es gab auch sintflutartigen Regen, der die Gassen in Schlammbäder verwandelte und die Schuhe durchweichte. Aber man vergaß ihn wieder, wenn es aufklarte. In Marrakesch war er ein Mann aus Europa, ein Mann, der es sich in einem armen Land gut gehen ließ. Und als alles vorbei war: War seine Frau denn wirklich schön, war sie schön gewesen? War er nicht selbst ein Schatten dieser Schönheit gewesen, ins Dunkle, Kühle verbannt? Wo er war, war keine Sonne. Er hatte im Graben gelegen, er hatte eine Nummer auf seinem Oberschenkel, die Haut hatte sich gedehnt, verzerrte Ziffern, eine verzerrte Wahrnehmung. Hatte er nur tief in einen Abgrund geschaut, bevor er am anderen Ende des Mittelmeers wieder in die Sonne taumelte? Im Herbst war er in Griechenland. Wie hatte er das geschafft? Achselzucken. An der dalmatinischen Küste begann er, Musik zu machen. Das war nur eine Verlegenheit, alle Sinti waren angeblich musikalisch. Wo er auftrat, glaubte man es auch von ihm. *Das Mikrophon in der Hand und flüssiges Gold in der Stimme*, las er über sich, er las es mit Verwunderung, er las es gern. Und ich, der ich ein unmusikalischer Brummer geblieben bin, kann es nicht beurteilen. Das Auftreten gab ihm Selbstvertrauen. Er war nun ein Herr, trug, als es Herbst geworden war, einen schönen, weichen Mantel, gefüttert mit Lammfell. Er hatte Geld und mußte sich selbst disziplinieren: Trag es bloß nicht in der Tasche, nichts darf lose in der Tasche sein, kein Schlüssel, kein Nichts, sonst ist es weg. Er war ein Herr, aber seine Befürchtung, bestohlen oder betrogen zu werden, war so tief in sein Bewußtsein gekerbt wie die Tatsache, Sinto zu sein.

Als Anna geschieden war, wandte Kathi ihr ganzes Geschick auf, den Vater umzustimmen. Du bist nicht mehr meine Tochter. Anna war seine Tochter, und sie blieb seine Tochter, die harsche Behauptung war in den Wind gesprochen. Einerseits war sie verletzend, andererseits hatte sie ihn selbst geschädigt, und der Wind drehte sich. Kathi war nicht nur diplomatisch, sondern auch kühn. An einem ruhigen Sonntagmittag ging sie aus dem Haus, sie sagte ihrem Vater nicht, wohin sie ging. So war die Sitte – auch für eine erwachsene Frau. Ihre Schwester brachte sie einfach mit nach Hause, als wäre es nach so langer Zeit eine Selbstverständlichkeit. Sie hatte einen Marmorkuchen gebacken, dunkle und helle Schlieren ineinander gezogen und nicht zu süß. Als sie den Schlüssel ins Schloß schob, rief sie: Vater, Annchen ist da. Sie hatte den Kindernamen gewählt. Vergeben, verjährt, eine Frau ohne Mann war wieder seine Tochter. Eine Tochter, die ihren Mann verlassen hatte und wieder dem Vater mit seiner Autorität unterstand. So war die Sitte.

Ignaz tat, was Josef getan hatte – er sattelte um. Sein Bruder hatte ein Handwerk gelernt, das so bald nicht aussterben würde, Backfabrik hin oder her. Um einen Beruf zu lernen, war es jetzt zu spät, an dieser Einsicht führte kein Weg vorbei. Er machte Schluß mit der Kirmes, kein Blick zurück, nicht einmal ein Einschnitt war es, eher ein Aufräumen. Aber so war es nicht: Ignaz hatte auch einen Beruf, er war Unternehmer eines Fahrgeschäfts, er konnte kalkulieren, er hatte Personal beschäftigt, beaufsichtigt und entlassen, er hatte sein Risiko richtig eingeschätzt. Vor allem: Er hatte der Konkurrenz standgehalten, das mußte ihm erst jemand nachmachen. Für einen neuen Beruf war das eine gute Voraussetzung. Ignaz nahm das Geld, das er als Musiker verdient hatte, nein, nicht aus der Hosentasche, nicht aus einem Kästchen wie sein Vater. Er war klug geworden und hatte es zur Bank gebracht, ein bißchen spekuliert, und es hatte sich auf verschwiegene Weise vermehrt. Unternehmerisch handeln, eine Sache als die eigene ansehen, ein Ziel vor Augen haben. Jetzt kam es ihm so vor, als hätte das Neugeborene schon ein Ziel gehabt, als es mit schwachen Beinchen strampelte, während seine Mutter Schaufel für Schaufel Gräben aushob. Das Ziel war: Ich werde es schaffen. Ich werde es schaffen aus eigener Kraft. Lucie hatte vom Wunder seines Überlebens gesprochen, aber das wollte er nie hören.

Er sprach mit Anna, willst du, willst du nicht?, überleg es dir gut. Anna mußte nicht lange überlegen. Die Kindervertrautheit stellte sich sofort wieder ein. Zusammen würden sie ein Restaurant eröffnen. Ignaz pachtete den aufgegebenen Bahnhof, den, an dem die Züge nach Paris vorbeigedonnert waren. Nun nahmen sie längst eine andere Strecke, zu unrentabel, zu schlecht ausgebaut, und die französischen Soldaten waren abgezogen. Im ehemaligen militärischen Sperrgebiet sammelten Spaziergänger Maronen. Bedeutend wirkte die Halle mit den Fenstern, die so hoch wie Kirchenfenster waren, reizend waren die Schalter, ihre runden, mit Messing eingefaßten Fensterchen, und dann gab es noch die schwere Personenwaage, auf die die Kinder geklettert waren. Warf man eine Münze in den Schlitz, druckte sie ein Kärtchen aus, das fast wie eine Fahrkarte aussah, ein nostalgisches Vergnügen für die zukünftigen Gäste. Die Sonne, die Streifen auf den Terrazzo-Fußboden malte, wenn sie sich herauswagte, war ein Geschenk, besonders die Westsonne zur Abendessenszeit war ein Geschenk. Aber eine Küche mußte eingebaut werden, und die Halle war schwer zu heizen, ein Bahnhof war nun einmal keine gemütliche Weinstube, er hatte aber eine große Würde. Die Pacht war sehr niedrig, denn die Bahn wollte ihre stillgelegten Bahnhöfe los sein, und wenn sie wie dieser unverkäuflich waren, eben verpachten. Anna war Feuer und Flamme. Die Kinder brauchten sie nicht mehr so sehr.

Sie kaufte Tischtücher und Servietten, Salz- und Pfefferstreuer, auch Kerzenhalter mußten unbedingt auf jeden Tisch, und ein langes Bord in Augenhöhe an einer Wand, auf dem die feinen Schnäpse standen. Die Augen trinken mit. Ihre Einfälle gerieten ein bißchen durcheinander: Bequeme Stühle sollten es sein, in denen der Gast gerne sitzen blieb, Tische, die sich zu langen Tafeln zusammenschieben ließen und, und. Nur die Lampen machten Probleme, weil der Raum so hoch war. Sie plante nächtelang, wälzte Rezeptbücher, erinnerte sich an die Suppen, die ihre Mutter gekocht hatte. Ignaz war großzügig, sie konnte wählerisch sein, er rechnete mindestens so gut wie sein Vater, nur die Summen waren größer. Löhne für den Koch und die Beiköchin, die Kellnerinnen, was mußte übrigbleiben für Anna und ihn? Der Bank imponierte seine Kalkulation, er hatte Eigenkapital und handelte einen ordentlichen Kredit aus, kein Zweifel, er war jetzt ein Herr. Das Risiko war groß, aber überschaubar, und alles hatte Schwung. Mach doch einmal in der Woche Musik, schlug Anna vor, spätabends. Die Essensgäste würden länger bleiben, andere kämen hinzu. Wie gut er sang, würde sich herumsprechen.

Zur Eröffnung hatten Ignaz und Anna auch den Mann aus der Bank eingeladen. Sie hatten eine Namensliste aus dem Lokalteil der Zeitung erstellt, Stadtverordnete, Leute, die gerade eine Firma gegründet hatten, Mutige wie sie, auch die Inhaber und Geschäftsführer der Firmen, bei denen sie die Einrichtung gekauft hatten, den Vertreter der Brauerei, den Spirituosengroßhändler, einige Winzer und Besitzer der größeren Weingüter, lauter Konkurrenten, die sich nicht in die Quere kommen durften. Sie luden die Zeitung ein, die ein blasses, kaum der Schule entwachsenes Mädchen mit einem Photographen schickte. Sie sah so aus, als täte es ihr gut, wenn sie sich in dem neuen Restaurant sattessen könnte. Der Photograph knipste, knipste, verschwand wieder, denn er hatte noch andere Aufgaben an diesem Abend. Und alle, alle, die sie kannten, luden sie ein, auch Schulkameraden. Ich war dabei, als Anna sich strahlend in einem cremefarbenen Kleid und einer Halskette aus lilafarbenen Kullern (vielleicht Amethyst?) präsentierte. Cremefarbe mit einem komplementären kräftigen Tupfer, mein Kompliment, Anna. Cremefarben wie ein Dessert gegen das Schürzenweiß der Kellnerinnen. Und ich sah auch Gerwin wieder; er war schlank geworden, und seine Haut war gebräunt, aber auch faltig, als hätte er die Haut durch die Dehnung strapaziert. Er trug eine weiche schwarze Lederjacke, so eine, die vermuten ließ, auch sein Auto habe die schönsten Polster und eine Beschleunigung, von der ich mit meiner Karre nur träumen konnte. Die meisten Gäste hatten sich herausgeputzt, mindestens ein frisch gebügeltes Hemd und das Sakko locker über die Schulter gehängt. Ein bißchen herablassend grüßte Gerwin mich, aber Ignaz und Anna schüttelte er fest die Hand. Ich bin doch der Weinlieferant, raunte er mir zu. Und das war auch zum Lachen. Von der Essigfabrik zum Weingut, das mußt du ein andermal erklären, Gerwin. Tu ich, tu ich, komm doch einmal auf ein Fläschchen vorbei, und er gab mir die Adresse mit einer Wegbeschreibung.

Vorurteilsfrei waren alle geworden. Ignaz hatte von seiner Reise ein paar ungewöhnliche Gerichte mitgebacht, eine Erinnerung an Gewürze, an Kardamom und Chilischoten, an Linsen, winzige Linsen, nicht größer als Stecknadelköpfe und blank wie Mäuseaugen und dann viel Süßes, kleine Küchlein mit Marzipan und andere, aus denen der Honig triefte. Sing doch, Ignaz, riefen einige der Gäste. Viele duzten ihn. Er hatte Freunde, ein Restaurantbesitzer hat viele Freunde. Wo war Herr Dorn geblieben? Und noch einmal: Sing doch, Ignaz! Er schüttelte den Kopf, nein, heute nicht, heute feiern wir das Restaurant. Ihr kommt ja alle wieder. Das war ein schöner, ein hoffnungsvoller Satz am späten Abend. Und während Anna und Ignaz aufräumten, wußten sie: Das Eis ist gebrochen, der Wein ist getrunken worden, alles in trockenen Tüchern, die Gäste werden wiederkommen, alles war gut, ein gelungener Einstieg. Sie konnten sich gegenseitig gratulieren. Auch der Mann von der Bank schien Spaß zu haben. Draußen sprangen die Motoren an, hier und da noch eine Verabschiedung, wir sehen uns, wir sehen uns. Das letzte Auto fuhr ab, und dann war es still im Bahnhof. Kein Zug kam vorbei, der Fahrplan war ausgedünnt. Stille in der großen Halle, die ohne die Gäste feierlich wirkte, nur der Rauch stand in der Luft. Es war schwer, eines der Oberlichter zu öffnen. Es klemmte. Und jetzt tranken sie zusammen mit den Angestellten ein Glas Wein.

Glückstage, harte Arbeitstage, ein Rhythmus, der kaum eine Atempause zuließ. Ein Traum vom Paradies mit Stößen gemangelter Tischwäsche. Die blasse Journalistin hatte einen Bericht geschrieben, der schon fast wie eine Werbung klang. Auf der Photographie strahlte Anna, *die versierte Chefin*, und Ignaz *hatte sich einen Namen gemacht*. Daß er vom Jahrmarkt kam, also dem Hin und Her, und ein Karussell besessen hatte, hatte die junge Frau nicht geschrieben. Vielleicht war sie einfach zu jung, um es zu wissen. Er *hatte sich einen Namen gemacht*. Aber wo? Ein solcher Hinweis hätte auch nicht zum Tenor ihres Artikels gepaßt. Das Essen *sehr lecker* und *lauter Überraschungen, die der Besitzer von seinen ausgedehnten Reisen rund um das Mittelmeer mitgebracht* hatte. Ein Künstler, der sich wieder in *seiner Heimatstadt niedergelassen* hatte. Also hingehen, montags geschlossen und ein preiswerter Mittagstisch an Werktagen. Und mit Schwung setzte sie den Schlußakkord und schrieb, daß die Gäste hofften, er sänge ab und zu.

Zeitverschiebung, Regeln, die nicht ausgesprochen werden mußten. Alle arbeiteten Hand in Hand. Es ging doch, es brummte. Kathi kam und brachte Blumen aus einer Gärtnerei. Sie war den ganzen Weg zu Fuß gegangen, weil sie sich immer noch nicht in eine Straßenbahn oder in einen Bus traute. Kann ich euch helfen? Soll ich Gemüse putzen? Nein, Kathi, wir haben doch eine Küchenhilfe. Geh wieder zu Vater, er braucht dich. Endlich hatte Kathi eine kleine Rente erstritten. Dem Widerspruch auf einen Bescheid war stattgegeben worden, ein Personalwechsel im Amt, eine Wiederaufnahme des Verfahrens, eine höhere Instanz, endlich ein Urteil und ein Aufatmen nach mehr als zwanzig Jahren. Die Zeiten hatten sich geändert. Von der Sterilisation war jetzt nicht mehr die Rede, sondern von chronifizierter Endometritis, Zervizitis, Panikattacken, ausgeprägter Klaustrophobie. Sie verdankte der unendlichen Geduld des

Rechtsanwalts Cobler so viel, dann seinem Nachfolger in der Kanzlei. Auch Cobler war krank aus Buchenwald gekommen, sein Herz flatterte, stolperte, überanstrengte sich in den Prozessen, die er führte. Aber er fiel nicht mehr um. Er mußte sich aufrecht halten, und irgendwie war es ihm gelungen. Kein Gewitter mehr in seinem Hirn, als hätte sich etwas gefestigt, neu zusammengeknotet. Oder ein wirksames Medikament war gefunden worden. Vor ein paar Jahren hatte er sich mit seiner Frau in ein jüdisches Altersheim zurückgezogen und las täglich im Talmud, den er kaum kannte. Mit den Verwandten in Minnesota und Haifa tauschte er Bilder von den Enkelkindern aus. Noch einmal sagte Ignaz: Nein, Kathi, wir kommen gut zurecht, danke für dein Angebot. Anna öffnete den großen Kühlschrank und überlegte, was sie Kathi für den Vater mitgeben könnte. Nichts fiel ihr ein, er vertrug doch das beste Essen nicht mehr.

Aufregende, glückliche Wochen und Monate. Eine Steige Möhren stand in der Küche, daneben eine Kiste Salat und eine mit Auberginen, die der Koch billiger bekommen hatte, weil sie ein paar Druckstellen hatten. Der Regler in der Kühlkammer funktionierte nicht richtig, die luftgetrockneten Würste hatten schon eine Eiskruste. Der Techniker mußte kommen, und bitte sofort. Eine neue Kellnerin wollte sich vorstellen, aber jetzt doch nicht. Anna führte ein strenges Regiment: Die Gläser ohne Fingerabdruck, jeweils eine Rose auf den Tisch, bloß keine mit einem zu starken Duft. Und mit den Gästen war es nicht viel anders als mit den Angestellten: Ein Restaurantbesitzer mußte viele Freunde haben, durfte aber nicht zu freigebig sein, das hatte Ignaz instinktiv begriffen. Eine Balance zwischen Zuwendung und Dienstbarkeit, zwischen Vertraulichkeit und Geschäft. Bloß kein gegenseitiges Schulterklopfen, Schnaps ist Schnaps, und Wein ist Wein.

Wenn Anna und Ignaz spätabends die Abrechnung machen wollten, gab es eine Zeit, die nur von der Müdigkeit zusammengehalten wurde. So ähnlich mußte es gewesen sein, als Alfons und Lucie die Einnahmen gezählt hatten. Nur: Um sie waren die vielen Kinder. Anna legte die Füße auf einen Stuhl. Das war am Feierabend das äußerste Zugeständnis; sie ließ sich nicht gehen, nachdem sie dem Trödler den Laufpaß gegeben hatte. Der Eiswürfelbereiter knackte, das gleichmäßige Tuckern der Spülmaschine war durch die offene Küchentür zu hören. Ein Güterzug ratterte auf den Gleisen, und er war sehr, sehr lang. Es ging doch, es brummte. Feierabendfrieden. Anna räumte noch die dampfend heißen Teller aus der Spülmaschine und stellte sie auf den Servierwagen, milder Glanz auf dem Edelstahl der Arbeitsfläche. Sie knipste das Licht aus. Gute Nacht, bis morgen.

Doch es gab Tage, an denen Gäste mittags an drei verschiedenen Tischen verdrießlich eine Suppe löffelten, sie verloren sich in dem großen Raum, und die Gespräche hallten – wie in einem Schwimmbad oder eben in einer Bahnhofshalle. Sie hatten regennasse Schirme auf den Boden gelegt, ihre Mäntel und Kapuzenjacken über die Stuhllehnen gehängt, Anna mochte das nicht. Es gab doch im Eingangsbereich einen Garderobenständer. Das Essen war schnell serviert. Natürlich merkten die Gäste, daß jeder die Gespräche an den anderen Tischen mithören konnte, und es gab solche, denen das unangenehm war, da half auch keine Hintergrundmusik. Schließlich tröpfelten die Gespräche nur noch, Schweigen ballte sich wie eine Gewitterwolke zusammen. Ein Beben der Tische und Klirren der Gläser, gleich begännen die weißen Tischdecken zu flattern. Und reglos warteten alle auf ein Ereignis, das aber nicht eintrat. An einem Tisch wurde das Dessert serviert, das Telephon läutete, eine Reservierung für den Abend wurde angenommen. Nichts war geschehen, für uns bitte kein Dessert. Hat es Ihnen geschmeckt? Das war immer noch eine bange Frage und keine Kellnerinnenkonvention. Und es gab Tage, an denen Ignaz nicht wußte, ob er, nachdem die Mittagsgäste das Restaurant verlassen hatten, eine Stunde schlafen solle oder ob es besser wäre, so zu tun, als begänne ein ganz neuer Tag. Er setzte sich an einen Tisch, gegessen hatte er doch schon. Was ist denn, Ignaz? Auf verschlungene Weise waren die Geschwister ein Paar geworden. Du solltest wieder einmal singen. Ignaz grummelte und sagte gar nichts. Und dann nach einer langen Stille: Ich kann es nur spontan, Anna, aus Lebensfreude. Sonst ist es eine Arbeit wie jede andere.

Tag für Tag mußten sie sich etwas ausdenken, eine Entscheidung aus dem Bauch fällen oder ein bißchen zaubern, das war ein Kirmesrelikt. Einmal führte Anna ein langes Telephongespräch, eigentlich sagte sie wenig dabei, nur: Ich muß darüber nachdenken. Und: Wann denn und wie viele Personen? Und: Kann ich Sie zurückrufen? Sie runzelte die Stirn und fuhr dann mit ihrer Arbeit am Buffet fort. Erst in einer Pause kam sie darauf zurück. Ignaz, wollen wir eine Hochzeit ausrichten? Hm, antwortete Ignaz, und alle Fragen, die sie der Anruferin, der Brautmutter, gestellt hatte, stellte Ignaz jetzt ihr. Hm, eine Hochzeit im Mai, natürlich, das ist lukrativ. Anna runzelte wieder die Stirn, die Geschwister verstanden sich ohne Worte. Die Gratulation fiele vermutlich schmallippig und zu wenig wortreich aus, kurzum: grob unhöflich. Und zu befürchten war ein schiefmäuliges Lächeln, das Hoch auf das glückliche Brautpaar nicht ganz so herzlich, wie die Gäste es erwarteten. Aber verstellen konnten sie sich nicht. Vielleicht kippte eine Kellnerin ein Tablett mit den Sektgläsern in den Schoß eines Gastes. Oder die cremige Dekoration der Hochzeitstorte schmolz und rutschte von ihrem Turmaufbau, ehe die Torte angeschnitten wurde. Nein, Annas und Ignaz' Erinnerungen an die Trugbilder des ehelichen Glücks waren zu finster. Was aus ihren Ehen geworden war: die schöne Frau, die nichts im Kopf hatte, außer ihre Fingernägel zu feilen, der starke Mann, der zu nichts taugte als zur Großmäuligkeit und schließlich zum großmütigen Verschenken der Dreifachstecker. Dann machte Anna doch den Mund auf und sagte: Also, wir sind uns einig: keine Hochzeit, keine Hochzeitsschnörkel, Absage, Verzicht auf einen Geschäftszweig und zwar für immer. Aber alle anderen Festlichkeiten richten wir gern aus. Morgen telephoniere ich. Ein seltsames Restaurant, das unter fadenscheinigen Vorwänden keine Hochzeit ausrichten wollte. Dann kamen Stammgäste, ein lärmiger, lustiger Trupp. Sie machten Anna Komplimente, die sie nicht ganz glaubte. Ignaz gab eine Runde aus, und dann sang er, fast sein ganzes Repertoire, ohne Gitarre, einfach so.

Es war erst zehn Tage her, daß ich gelesen hatte, die bekannte Regisseurin Cecilia Neumeister (hinter ihrem Namen stand die unsichere oder prunkvolle Herkunftsbezeichnung Trier / New York) würde ihren preisgekrönten Film mit dem Titel *Aspiration* in Trier vorstellen. Ich war sprachunsicher und bezog den Titel sofort auf mich. Cecilia interessierte sich für das Hauchen, das Hauchen war mit dem Atmen verwandt, und das Atmen war wiederum mit mir verwandt. Und ich war wieder auf verborgene Weise mit Cecilia verwandt. Vielleicht wußte sie es gar nicht, die Zeugin meiner Atemnot. Es war ein erwartungsvoller Zustand, in den mich die Nachricht versetzt hatte, aber auch ein unerhörter. Aus Vorsicht hatte ich ein Lexikon zur Hand genommen und war enttäuscht. Hinter dem Begriff stand: Ziel, Bestrebung. Mein Blick war aber auch auf *asphyxia* gefallen, da war ich wieder bei mir selbst, dem Ersticken. Nein, erstickt war ich nicht, und auch den Schmerz hatte ich mir verbissen. Trotzdem: Ich glaubte meinem alten Lexikon nicht ganz: *asperagus, asphyxia, aspiration*, überflog ich, die Begriffe dazwischen setzten sich nicht in meinem Gedächtnis fest, *asperagus, asphyxia, aspiriation*, und mir wurde heiß. Ich klickte noch ein wenig im Internet herum und suchte wieder: *aspiration, Cecilia aspiration.* Und dann fand ich im *Webster's New World, London/Glasgow/Toronto, a Division of Simon & Schuster, Inc. Rockefeller Center, 1230 Avenue of the Americas New York, NY 10020* das Synonym, das ich mir erhofft hatte: *strong desire, longing.* Ich hatte gesucht und nichts gefunden, ich hatte gefunden und nichts gesucht. Ich war am Ziel. Sehnsucht, Begierde, unerfüllter Wunsch.

Als Ignaz an einem weichen, himmelblauen Vormittag das Restaurant öffnen wollte – er hatte sich, bevor der Koch seine Arbeit begann, mit Gerwin verabredet, der den neuen Jahrgang seines Rieslings, den mit der silbernen Kammerpreismedaille, vorbeibringen wollte –, war die hintere Tür zur Küche aufgebrochen. Zwei Schritte in den Raum, keine der Schubladen war geöffnet, jeder Topf an seinem Platz, Gott sei Dank, sagte sich Ignaz. Er warf einen Blick in die Kühlkammer, die Kälte dampfte, auf so viel Kälte war er nicht gefaßt, so schnell konnte er die Tür der Kühlkammer gar nicht schließen. Nichts schien zu fehlen. Anna und er hatten es sich von Anfang an zur Regel gemacht, über Nacht kein Geld in der Kasse zu lassen, nicht eine Münze. Dann betrat er die Halle. Einer der schon am Vorabend gedeckten Tische war zur Wand geschoben, ein Stuhl stand darauf, und auf die Wand hatte jemand SS-Runen gepinselt, scharlachrot, die Farbe war in Rinnsalen über die Wand gelaufen. Ignaz tat etwas Unsinniges, er rief zuerst Gerwin an. Komm nicht, komm nicht, komm ein andermal. Gerwin war schon auf dem Weg. Aber warum denn, was ist denn los? Ein andermal, jetzt nicht. Ignaz legte auf. Als Anna ein wenig später das Restaurant betrat, saß Ignaz auf einem Stuhl mitten im Raum und starrte die Wand an. Zeit verging, kein Zug rumpelte. Ein Augenzwinkern, ein Schütteln des Kopfes, vielleicht müßte er sich danach nur noch die Augen reiben, und die Wand wäre so weiß wie gestern und vorgestern, besser noch: strahlend weiß. Und auch Annas Gesicht war weiß. Sie zwinkerte nicht, sie rieb sich nicht die Augen: Hast du die Polizei angerufen? Dazu war Ignaz noch nicht imstande gewesen.

Als die Streife kommt, rütteln die Polizisten an der Tür des Restaurants, die Ignaz noch nicht aufgeschlossen hat. Anna öffnet, zwei sehr junge Beamte, eine Frau mit einem dichten Pony unter der Mütze und ein Mann ohne Auffälligkeit, mit auffälliger Unauffälligkeit, untersuchen das Türschloß. Das Gesicht der Frau bleibt unbeweglich. Hat sie das auf der Polizeischule gelernt? Es ist doch gar nicht aufgebrochen, ein fast schon triumphierender Satz. Aber nein, die Lieferantentür ist aufgebrochen, schauen Sie, mit wieviel Gewalt. Jetzt sieht niemand auf die beschmierte Wand, das Türschloß wird begutachtet, nicht einmal Fingerabdrücke sind zu finden. Auf den ersten Blick sieht es aus, als wäre es intakt. Profis vielleicht, Herr Dorn. Und dann, als hätte er sich versprochen: Wer sagt denn, daß es mehrere Täter waren? Ein einziger kann auch eine Menge anrichten. Noch einmal beugt er sich hinunter zum Türschloß: Nun ja, besonders solide ist es nicht, sagt der Polizist, und es klingt maulfaul oder wie: keine Erregung im Dienst. Auch Ignaz bemüht sich, ruhiger zu sprechen: Wir haben es vorgefunden, für die Bahn war es solide genug. Aber nicht nach heutigen Gesichtspunkten, werden Anna und Ignaz belehrt. Sie zeigen auf die Wand: Und hier? Die Schmiererei ist auch solide? Jetzt stehen sie eng beieinander in der Halle; sie ist viel zu groß für vier regungslose Menschen, andererseits ist es auch gut, daß viel Raum um sie ist. Da stehen sie vor der Wand, starren sie an, und das eine ganze Weile, als könnte davon die SS-Rune verschwinden. Die beiden Polizisten schweigen, und die Restaurantbetreiber schweigen. Ich kann mir ihre Gesichter nicht vorstellen, aber ich höre ihr Schweigen, zuerst das erbitterte Schweigen, das nah an einem Wut- oder einem Tränenausbruch ist, einem Wuttränenausbruch, und das fraglose, das schulterzuckende Schweigen auf der anderen Seite. Wissen Sie, wie vielen Anzeigen wegen Sachbeschädigung wir täglich nachgehen müssen? Der Polizist macht eine resignierte Geste, haben Sie doch ein bißchen Verständnis. Wenn wir etwas wissen, hören Sie von uns. Die Polizistin streicht sich die Ponyhaare aus der Stirn, dabei verrutscht ihre Mütze. Solche Verrückten, solche Ewiggestrigen gibt's überall, Herr Dorn, da kann man wenig machen. An Anna sieht sie knapp vorbei, als wäre Anna eine Angestellte; eine Frau, die etwas zu sagen hat, die ein Protokoll anfertigen wird, spricht mit dem Chef. Und dann höre ich Annas schnappenden Atem, so ungefähr hat mein Kinderasthma geklungen. Pausenlos sind wir unterwegs, sagt der Mann, der ohne die Uniform auf der Straße nicht wiederzuerkennen wäre. Haben Sie denn eine anständige Versicherung, Herr Dorn? Haben Sie sie schon angerufen? Aus Anna platzt es heraus: Erst die Polizei und dann weiter, das ist doch wohl die Regel.

Es gab ein Zögern im Gespräch oder doch eher eine Verzögerung im Ablauf. Plötzlich schien der nächste Einsatz der Streifenbeamten nicht so dringend, wie es in Kriminalfilmen immer wirkte. Das Leben war langsamer, das Verständnis tumber, dickfelliger. Hier im Restaurant gab es keinen Kamerablick, und niemand war da, um ab- oder umzuschalten. Es ist doch nichts gestohlen, eine Wand ist versaut worden, das ist ziemlich unangenehm, aber die haben Sie doch in Nullkommanichts repariert, ein bißchen weißeln. Tut mir leid, sagte der Polizist, und seine Kollegin nickte heftig. Dann stiegen sie in den Streifenwagen, die Frau hob noch einmal grüßend die Hand. Es war Annas und Ignaz' erster Kontakt mit der Polizei.

Die Küchenmannschaft trudelte ein, zuerst ein Griff in die Schachtel mit den Latexhandschuhen, Hygiene, Hygiene, das Gewerbeaufsichtsamt war streng, dann wurden die Messer geschliffen und Sehnen aus einem Stück Ochsenfleisch geschnitten. Was tat Anna? Sie stieg auf den Stuhl, der wacklig auf dem Tisch stand, wütend und tatkräftig zugleich, den Tätern war sie jetzt ganz nah. Jemand sollte ihr den Hammer und die Nägel aus der Kiste im Abstellraum anreichen, der Kiste gleich neben dem Verbandkasten und eines der gestärkten Tischtücher und eventuell noch ein zweites. Anna nagelte zwei Tischtücher über die Runen, ein drittes mußte geopfert werden. Der Stoff warf Falten, aber so ging es provisorisch. Mittagsgäste hatten einen Tisch reserviert, für andere wurden Vierertische zusammengerückt zu einer langen Tafel, und die Gesellschaft wurde so plaziert, daß niemand die Wand im Blick hatte. Blumenväschen auf den Tischen mußten gefüllt, die Kasse mit Wechselgeld bestückt werden.

Während der Nachmittagsschließung stürmten Ignaz und Anna den Baumarkt, kauften Isoliermittel und Farbe, rasch, rasch an die Kasse, vorbei an den Heimwerkern und Schwarzarbeitern, deren Waren sich in den Einkaufswagen türmten. Die Geschwister spachtelten, kratzten, schliffen, übermalten einmal und noch einmal, vielleicht war ein weiteres Überpinseln nötig. Alles mußte in Windeseile erledigt werden. Schließlich putzten sie die weißen Sprenkel auf dem Terrazzoboden weg. Der Abend verlief ruhig und – aus ihrer Sicht– ohne Pannen. Allerdings roch es komisch, so drückte es ein Stammgast aus, aber das kann ja immer mal vorkommen. Daß das Risotto versalzen war, war allerdings noch nie vorgekommen. Anna entschuldigte sich übermäßig, das Dessert ginge natürlich aufs Haus. Die Nervosität hatte sich bis in die Küche ausgebreitet. Zu seiner eigenen Überraschung sang Ignaz am Abend, es klang wie übersteuert, fast schon ein Gebrüll.

Am nächsten Vormittag kam ein Handwerker, tauschte das Schloß aus und wollte Bargeld. Bargeld, wieso? Der Schlosser zuckte die Schultern: Nichts gegen Sie, aber es gibt genügend säumige Zahler. Kaum war er weg, tauchte ein munterer Mann von der Versicherung auf, er wirkte eher so, als wollte er gleich eine Zusatzversicherung verkaufen oder einen Risikoaufschlag vereinbaren. Warum, weil wir inzwischen stadtbekannte Sinti sind und niemand es ausspricht? Nein, nein, sagte der Mann, und er ereiferte sich gleich, das Restaurant mit seiner großen Halle und dem Zugang von den Bahngleisen direkt in die Küche sei eben schwer zu sichern. Das hatte er beim ersten Besuch und beim Vertragsabschluß nicht gesagt.

Ich hatte mir Cecilia als eine Dame vorgestellt. Die bekannte, preisgekrönte Regisseurin, ihren Besuch wie den Besuch der alten Dame: auftrumpfend, selbstbewußt, reich und weltläufig. Und war die alte Dame aus dem abgenudelten Theaterstück, an dem sein Autor sich eine goldene Nase verdient hatte, nicht auch eine Rächerin, Rachegöttin, eine, die von langer Hand ihren Triumph vorbereitet hatte? Nicht daß ich mir vorstelle, unsere Stadt stände Kopf, läge vor ihr auf dem Bauch und bereitete ihr einen großen Bahnhof. Vermutlich reiste Cecilia mit einem Team, mit großem Gepäck, Gepäck für eine längere Tournee. Vielleicht hätte sie auch einen Assistenten im Schlepptau, unbedingt einen jungen, gelehrigen Mann, den sie sich herangezogen hatte (was für ein Klischee). Vermutlich preßte sie, schon als sie am Bahnhof auf ein Taxi wartete, ihr Telephon zwischen Schulter und Ohr und schimpfte, kein einziges hier am Bahnhof, das sei doch einer Großstadt, die Trier so mühsam zu sein versuche, nicht würdig. Sie warte jetzt wieder auf einen Wagen, wie vor vielen, vielen Jahren, eine solche Desorganisation hätte doch längst repariert werden können. Ein Protzen mit der Vertrautheit oder ein souveräner Umgang mit der Zeit, den eine harmlose mittelalte oder eine ungerührte junge Person in der Taxizentrale überhaupt nicht einschätzen konnte.

Hier sprach eine erfahrene, gestählte New Yorkerin, die Triererin war nicht milde gestimmt, dazwischen der Schrägstrich, Trennungsstrich Trier / New York. Auf der anderen Seite Achselzucken, Gelassenheit, bodenständige Gemütsruhe. Machen Sie doch nicht gleich so einen Wind. Das nächste Taxi muß schon um die Ecke biegen.

Cecilia war in einem alten Parka aus New York gekommen, so einen hatte ich auch einmal getragen; mit tiefen Taschen, in denen alles Mögliche vergraben werden konnte, regenfest, praktisch bei Waldgängen, Menschenketten, Demonstrationen, was fast dasselbe war, bis mir meine Kinder sagten: Den rangierst du aber endlich aus, der ist nur noch peinlich. Und die Waldgänge, Menschenketten, Demonstrationen waren zwischen Autobahnzubringern versandet. Aber vielleicht trug man so etwas in New York wieder, retro, ich hatte keine Ahnung. Sie war in ihr Hotel gefahren, sie hatte den Jetlag mit einer lauwarmen Dusche vertrieben, war wieder in die Kleider geschlüpft, sie hatte das Licht geprüft und war hinausgegangen. Sie hatte die Luft eingesogen, die Gerüche, das seidige Septemberlicht.

Ich hatte gegrübelt, ob ich im Kulturamt der Stadt nachfragen sollte, wie Cecilia Neumeister zu erreichen sei. Mein Anliegen war verständlich, ein Schulfreund, leider war der Kontakt abgebrochen, großes Interesse an ihrem Werk etc. Andererseits kamen nur zwei, drei Hotels in Frage. Doch die Privatheit einer bekannten Regisseurin war auch ein schützenswertes Gut. Deshalb zögerte ich und tat, was ich häufig tat – gar nichts. Dann tat ich doch etwas, googelte ihren Namen, fand ein Interview in einer Filmzeitschrift, eine Hommage an diese *eigenwillige, Kompromisse ablehnende Regisseurin zwischen den Welten, German born, die in den USA in Kontakt mit dem amerikanischen Experimentalfilm gekommen* sei. (Was bedeutete dieser Kontakt?) Ihr filmisches Werk zeige, daß *Intuition intelligent* sei und *Intelli-*

genz intuitiv. Filme, mit einer ruhigen Kamera gedreht. Filme, in denen wenig geschieht, die bei den Figuren verweilen, Filme, die Ansprüche an die Zuschauer stellen. Daß Cecilia in einem Interview gesagt hatte, sie mache Filme, weil sie Filme mache, leuchtete mir nicht ein. Ich war ja nicht Lehrer geworden, weil ich Lehrer geworden war, sondern weil ich gezaudert hatte, weil ich meine Begrenzungen kannte, weil ich es mochte, in Trier zu sein, weil ich gerne auf den Fluß schaute, weil ich gerne in einer Weinstube saß und weil ich mich erinnerte, daß es quälend war, ein Kind zu sein und ich dem KIND (wenn es als Universalwesen gesehen werden darf) beistehen konnte. Vor allem deshalb war ich Lehrer geworden. Einzelnen Kindern, aber nicht allen Kindern war beim Kindsein zu helfen. Es gab einen Lehrplan, und es mußte eine Höhle geben, in der jedes Kind etwas Eigenes finden konnte. Es mußte eine Höhle geben, eine Verborgenheit, aus der auch die Filme kamen, eine Höhle, in die sich Cecilia zurückzog, um neue auszubrüten. Das sagte mir mein Laienverstand.

Ich las vom Grenzgebiet, daß sie mit Bildern illustrierte, der visuellen Entsprechung einer langen Kolonne von Menschen, der Tonspur, in der der Rotorlärm eines Hubschraubers jede menschliche Stimme übertönte. *Eine ruhige Einstellung vom Helikopter aus folgt der Ameisenspur der Menschen von Mexiko nach Arizona. Der Helikopter, das heißt auch die Kamera, läßt sich von der Kolonne führen, er kennt nicht den Weg, die Protagonisten ertasten ihn. Später Wachanlagen, Männer mit Funkgeräten, selbsternannte Grenzwächter und Farmer, breitbeinige Männer mit einer Waffe, mit ihrer Phobie vor der Überfremdung. Die Frauen sind im Haus, oder sie stehen auf der Veranda mit dem Hund auf dem Arm.* Die Einwanderer seien alle *Krankheitsträger.* Alles gehört der Familie, der Gemeinde, dem Staat, ihnen, und dazu nicken sie, die Halsmuskeln bekräftigen das Gesagte. Und das Kinn bleibt hochgereckt. Mit aller Macht arbeiten sie an der Herstellung einer Ordnung nach ihren Maßstäben. Das sei ihr Grundstück, ihre Tankstelle, ihr Coffee Shop, ihr Land, ihre Sicherheit, ihr Wohlstand, ihr Hemd, das ihnen näher sei als die Jacke. Der Hund und die Waffe werden nicht erwähnt. Dazwischen seien magische Bilder aus einer Wärmebildkamera montiert: Ihre Schönheit liege im Unwillen, erzählerischen Konventionen zu gehorchen. Sie zeigen einen Treck, ein Rudel, eine Ameisenstraße, Suchende, Herumirrende, Gejagte. Fast unerträglich seien diese langen, ruhigen Einstellungen, die nur minimalen Kamerabewegungen. War das ein Spielfilm, ein Dokumentarfilm? Ein Dokumentarfilm, der im Kino gezeigt wurde? Ein preisgekrönter Film jedenfalls und: Cecilia Neumeister mache es sich und den Zuschauern nicht leicht, sie mache sich angreifbar. *Kamera und Montage erzählen*, las ich und: *Die Kamera hält Distanz, als ob sie Distanz gewinnen müsse von der allzu klebrigen Direktheit des Jetzt. Sie bleibt nah bei den Dingen, aber immer gibt es einen Zwischenraum.* Die Menschenkolonne, die mühsame, quälend langsame Bewegung, das Kriechen sei beeindruckend. *Ein komplexes Werk über die Achtsamkeit und die Würde des Menschen.* Aber ob im Verfolgen der Kolonne oder, indem die Kamera mit ihr Schritt hielt, nicht auch etwas Raubvogelhaftes sei? Und der Kritiker antwortete sich selbst: Die Kameraeinstellung stürze ja nicht herunter, nähme nicht einzelne der Flüchtlinge in den Blick. Unerbittlich, unaufhörlich, so schien es, war der Strom derjenigen, die *A Better Life* suchten. So hieß der Film auch, gedreht auf 35 mm. Keine Polemik, keine pathetische humanitäre Absicht, sie wecke Zweifel: Ist es denn so? Das Alltagsleben habe sich längst in Kameraeinstellungen verwandelt, jetzt schweifte der Kritiker ab, Schüsse und Gegenschüsse, Großaufnahmen. Filme stellten das Leben nach, davon seien viele Zuschauer überzeugt, und die Zuschauer ahmten die Filme nach. Fiktionen seien ansteckende Krankheiten. (Krankheitsträger?) In der Liebeseuphorie würden

Sätze gestammelt, die aus Drehbüchern stammen. Von solchen Filmen sei die Regisseurin meilenweit entfernt. Warum sind Sie nach New York gegangen?, wurde Cecilia im Interview gefragt. Weil ich mich dort von der Last der Nichtzugehörigkeit befreit fühle, sagte sie. Und: Ich mache Filme, weil ich auch hierher nicht gehöre. Dann das Nachhaken des Interviewers: Und wohin gehören Sie? Eine Frage, die der Interviewten auf den Leib rückt. Ach, antwortete sie, nächste Frage.

Das Kino war etwas mehr als halbvoll. Jeden Tag konnte das Wetter umschlagen, jeder Herbsttag wollte genutzt werden. Und jeden Tag gab es neue Meldungen über den Weinbau. Es war kein typischer Kinotag, eher ein Spaziergehtag, ein Abend zum Draußensitzen. Die Kulturdezernentin würde vor der Filmvorführung sprechen, hieß es in der Ankündigung. *Aspiration*: Die Kulturdezernentin nahm ein Blatt aus ihrer Handtasche, begrüßte die Regisseurin. Wo war sie denn? Jedenfalls nicht in der ersten Reihe, über die die Kulturdezernentin ihren Blick schweifen ließ. Es waren brave Worte, die sie sprach, mit einer aufgesetzten Heiterkeit, wie sie für die Einweihung einer neuen Route des Bücherbusses angemessen gewesen wäre. Die Kulturdezernentin trug ein geringeltes Hängerkleid, das ganz und gar nicht zu ihrer offiziellen Stellung paßte. Sie war sehr blond, ein hart gefärbter Platinton, sie schüttelte den Kopf, während sie das Blatt Papier mit ihrem Grußwort fest in der Hand hielt. Wieder suchte ihr Blick die Regisseurin: Sie mußte doch anwesend sein, vielleicht mit einem Dankeslächeln, oder sie hätte aufstehen sollen mit einer kleinen Verbeugung nach links und rechts und in das Dunkel hinten im Kinosaal. *Die Künstlerin ist anwesend*, das adelte jeden Abend. Sie faltete ihr Grußpapier sorgsam zusammen und setzte sich – erleichtert und auch irritiert. Hatte sie denn einen Applaus erwartet? Der Film, ich war vollendet aufmerksam, der Film zeigte eine große Zimmerflucht, offene Türen, in die die Kamera hineintastete, nichts geschah. Ich hoffte auf ein Stöhnen, einen menschlichen Laut, einen Sehnsuchtslaut, eine Klage oder einen schrillen Schrei. Aber es blieb still, bis eine Musik einsetzte, eine Umarmungsmusik. Das war die Sehnsucht, *aspiration*, die Kamerafahrt eine Bewegung in der Zeit, so kam es mir vor, in einer Zeit an einem anderen Ort oder aufgebrochen zu einem wieder anderen Ort, offene Grenzen, offene Türen, an denen kein Türhüter das Wünschen zensierte. Ich ging selten ins Kino, mir fehlten Vergleiche. Bestreben, Begehren, Wünschen, Hungern nach, Unschlüssigkeit. Die Tür war nur für dich offen, du bist nicht hineingegangen. Jetzt ist sie geschlossen. Der Türhüter ist in Rente gegangen, du bist ein Pensionär, du kannst ehrenamtlich an der Tür sitzen. Du hast die Kontrolle, wenn du dich entschließt.

Ein Mann sitzt einer Frau gegenüber und lobt die Schönheit ihrer Hände und ihrer Arme, sie zieht die Ärmel herunter bis über die Knöchel, es ist ein Verwehren, keine Scham. Und dann das Spiel, in dem vier Hände auf dem Tisch liegen, ein Zucken der Finger, ein Wischen über die Oberfläche des Tisches. Dann sind es Gesten, die in die Luft weisen. Ein Griff an die Stirn, als hätte der Mann Kopfschmerzen, oder hat er zu viel gehört? Er läßt die Hand sinken, eine resignierte Hand, eine müde Hand. Die Frau hebt die Arme, die offenen Hände sind auf der Höhe der Schulterblätter, und da stehen die Hände in der Luft, und die Kamera scheint zu warten, daß sie herunterfallen, aber das tun sie nicht. Man sieht die linke Hälfte des Gesichts, die Frau spricht, aber es gibt keinen Ton. Aber es war doch ein Original mit Untertiteln (OmU), deshalb wirkt es irritierend, ja, verletzend, als hätte die Regisseurin nicht *geliefert*, was zu erwarten gewesen wäre: ein Dialog, ein Streit, etwas zwischen einem Mann und einer Frau, das wiederzuerkennen ist, das unmittelbar in den Zuschauerraum schwappt. Es fehlt auch eine Symbolik der Dinge, eine qualmende

Zigarette am Rand des Aschenbechers, ein Telephon, das nicht klingelt, ein Schwenk zur Wand mit einem Reklamebild, das ungefähr die Zeit und den Ort erkennen läßt, das den Film situiert. Oder eine Musik, die das Schweigen überdeckt, erträglich macht. Die Frau steht auf, zieht einen Mantel an, einen langen, steifen, den Körper ummantelnden, grüßt nickend. Ich sauge die Bilder in mich hinein. Der Mann stürzt der Frau hinterher. Oder besser: Die Regisseurin verlangt von einem Schauspieler, daß er einer Schauspielerin hinterherstürzt. Aber ich verstehe nicht, warum. Trennt sich das Paar, oder erfindet es sich neu?

Dann sitzen zwei Nepalesen in einem klapprigen Bus, sie haben ein Tütchen mit Nüssen auf dem Schoß und nagen an den Nüssen, die Schalen spucken sie auf den Boden. Das sind nicht die braven, willigen Leute, die die Ausrüstung von Bergbezwingern schleppen, demütig unter der weißen Last, Leute, die Feuer anzünden und Abfälle entsorgen, das Wetter beobachten und manchmal eine Lohnerhöhung erkämpfen, indem sie einfach nicht weitergehen oder sogar drohen, die Zelte abzubrechen. Und der großmächtige Leiter der Expedition, der sich geriert wie ein Kumpel, wendet sich an den Dolmetscher, der Dolmetscher verhandelt, die Expeditionsteilnehmer treten von einem Fuß auf den anderen. Eine Schafsgeduld haben sie von ihren Sherpas erwartet, und nun sind es eigenwillige Steinböcke, vor denen sie Angst haben: Sie könnten ihnen leichtfüßig davonspringen. Die beiden Männer im Bus futtern ihre Nüßchen, schwatzen (ohne Untertitel), sie sind selbstbewußt und heiter, der Beruf des Sherpas, mit dem man Nepalesen rasch identifiziert, scheint ihnen vollkommen unbekannt zu sein. Der Bus schraubt sich eine Schotterstraße empor, vor dem Fenster eine betörende Landschaft, flimmernde Luft. Auf der linken Seite fällt der Abhang steil ab, schon der Kamerablick ist schwindelerregend. Ganz langsam fährt der Bus, immer wieder kommen ihm Lastenträger entgegen. Einer trägt eine Rolle Wellblech auf dem Rücken, ein anderer einen kühlschrankgroßen Ballen, gehalten von einem Band um die Stirn. Die Frau vom Anfang des Films taucht auf, wie eine Tramperin winkt sie in dieser Einstellung. Der Bus hält, sie steigt ein. Die Männer starren sie an. Es ist eindeutig, wer hier blickt: die Frau hinter der Kamera, und auch, von wo aus der Blick auf die Männer, die die Frau anstarren, gelenkt wird. Die Kamera verharrt auf den Schalen der Nüsse, die einer der Männer unter den Sitz geschoben hat. Der Bus fährt durch die Hochweiden der Yaks. Der Wald ist niedriger und dichter geworden, etwas höher wächst Rhododendron mit fleischigen Blüten. Es kam mir vor, als würde das Kino duften. Wenn ich rechts und links in die Reihen sah: Niemand unter den Zuschauern strömte eine solche Süße aus. Die Blüten mußten duften. Die Männer im Bus beginnen zu singen, steigern sich in eine Trance, alle im Bus singen. Und dann plötzlich ein Ausbruch von Gewalt, so plötzlich, unfaßbar. Wie hatte die Regisseurin das gedreht? Hatte sie die Schauspieler zu dem Gewaltexzess animiert? Oder hatte sie einfach weitergefilmt, als die Gewalt mit Händen zu greifen war? *Aspiration*: unerfüllte Sehnsucht, das Unterwegssein, das Gefährliche, Aushalten. War Gewalt das unheilvolle Ziel? Und wo war der Mann, der am Anfang des Films der Frau gegenübergesessen hatte? Doch, er war wieder aufgetaucht, aber ich hatte ihn einfach vergessen. *Aspiration.* Das war nicht der ganze Film, natürlich. Nacherzählen geht nicht, sprachlos, bilderlos zu sein auch nicht.

Im Zuschauerraum flammte das Licht auf. Manche Zuschauer klatschten, es war ein dünner Applaus, andere hatten sich schon im Dunkeln ihre Jacken angezogen und warteten nicht einmal den Abspann ab. Der Abend war doch nicht zu Ende. Die Regisseurin stand für Fragen zur Verfügung, so hatte es in der Ankündigung geheißen. Und da stand sie, sehr aufrecht, mit verschränkten Armen vor dem roten Vorhang, nickte, ja, wenn ich kann, gerne. Aber manche Fragen beantworten sich von selbst, sagte sie. Das war nicht gerade einladend. Wie sind Sie Regisseurin geworden? Hatten Sie den Plan schon, als sie noch in Trier lebten? Und wie war es für Sie als junge Frau in New York? (Also ehrlich und ganz knapp antworten – wie in einer Laien-Talkshow.) Haben Sie vor, einen Film in Deutschland zu drehen? Vielleicht sogar in Trier? Nennen Sie die Zuschauerzahlen? Cecilia antwortete geduldig, aber auch gelangweilt, das war die Litanei von Fragen, die sie kannte. Lebhaft wurde sie nur bei den Fragen: Warum haben Sie sich entschieden, die Szenen mit dem Paar, das ohne Worte am Tisch sitzt, und die Szenen in Nepal zu verbinden? Wie haben Sie die Drehorte in Nepal gefunden? Sind die Männer, die Nüsse essen, Schauspieler? Nein, es sind keine Schauspieler. Ich war so aufgeregt, daß ich nur Bruchstücke der Antworten behalten habe. Ich hätte den Film gerne noch einmal gesehen, aber wo, wo? Er war als ein *Kultfilm* angekündigt worden und war es sicher auch, in New York oder in Kunstfilmkinos, in Städten, in denen ich nie war, auf Festivals. Hier in diesem Kino war er seltsam deplaziert. Die Kulturdezernentin dankte der Regisseurin für den interessanten Abend, überreichte, so war es üblich an der Mosel, eine Flasche Wein in einer Geschenkverpackung, und dann verabschiedete sie sich: Morgen ein ganz früher Termin in der Landeshauptstadt. Ein paar Studentinnen, sicher Kommunikationswissenschaftlerinnen, umringten die Regisseurin, aber es war eher eine physische Nähe, die sie suchten, weil eine inhaltliche nicht möglich war. Sie waren auf einen solchen Film nicht vorbereitet. Sie hatten nicht einmal gegoogelt und wirkten, als schwebte ihnen irgendetwas mit Kulturvermittlung als Berufsziel vor, warum nicht etwas mit Film. Das würde sich ergeben. Wo fühlen Sie sich mehr zuhause, in Trier oder New York?, fragte eines der Mädchen mit hilfloser Unschuld. Im Dazwischen, antwortete Cecilia, und ich war mir nicht sicher, ob dies eine diplomatische Antwort war oder ob sie es wirklich so meinte. Aber die Studentin war damit zufrieden, beifällig nickte sie.

Und so stand ich schließlich allein da, zauselte an meinem Bart, ein König unter den Blinden, während der Techniker Cecilia die Kassette zurückgab und sie ihre Tasche packte. Erinnerst du dich noch an mich? Sie stutzte und fragte dann zögerlich: Bernhard? Ja, ich war es. Und sie fragte: Warum bist du hier? Ich sagte: Ich wollte deinen Film sehen. (Ich wollte dich sehen.) Aha, sagte sie, gesprächig war sie nicht. Und ich fragte auch: Was hat dich hierher gezogen? Doch wohl nicht eine einzige Filmvorführung? Sie zuckte die Schultern. Ach, Filmvorführungen gibt es genug. Und nun wurde ich beharrlich: Bist du allein gekommen oder mit deinem Team? (Jemand von ihrem Team, der obligatorische, beneidenswerte Assistent, mußte anwesend sein.) Aber offenkundig war niemand da. Hast du gegessen? Warum bringt dich niemand ins Hotel? Warum, warum, ein Schwall von Fragen. Dann essen wir zusammen, und du erzählst mir was, sagte sie. Wie einfach das war. Die Narbe im Bauch schmerzte, doch in meinem Hirn ratterte es. Dann fiel mir ein Restaurant ein, das jetzt noch geöffnet haben könnte, ohne *Schmankerln*, ohne Firlefanz, auch nicht *bodenständig* und bloß kein Chinese sollte es sein. *Nicht mehr die ganze Speisekarte*, die Kellnerin schien es nicht zu bedauern. Cecilia bestellte Leber Berliner Art und ich eine Portion Maultaschen. Wir müßten uns doch jetzt wie in einem Roman viel zu erzählen haben, tief in die Augen schauen. Du hast dich gar nicht verändert. Oder: Doch, jetzt erkenne ich dich wieder, an der Sprechweise, an der Art, wie du den Kopf hältst beim Zuhören, Bernhard. Und: So schaute der Siebenjährige, der Sechzehnjährige. Erzähl mal. Achselzucken. Ich kann nicht mein ganzes Leben. Aber du kannst doch, Bernhard. Fasse dich kurz, so stand es auf einem Schild in Telephonzellen, vor denen eine Schlange von Menschen wartete.

Cecilia, was willst du denn hier tun? Besuchst du deine Eltern? Hast du Freunde? (Das war eine sehr zaghafte Frage.) Cecilia zuckte die Schultern, und nachdem sie gegessen und ein Glas Wein getrunken hatte, wirkte sie heiter. Bernhard, ehrlich gesagt, ich habe gar nichts vor. Nur ein bißchen herumspazieren, filmen, das, was ich immer tue. Bist du ganz allein, ohne Team, ohne Assistenten? Cecilia sagte einfach: Yes, Sir. Aber du hast in Nepal gefilmt? Ja, habe ich, im Erdbebengebiet, aber auch in häßlichen Ansiedlungen in Arizona, in Mexiko, in den Anden und auf einem traurigen Jahrmarkt in Katowice; so etwas Niederschmetterndes und Pathetisches habe ich noch nicht gesehen. Ich bin nicht kleinlich, dann schüttelte sie den Kopf, kleinlich ist nicht das richtige deutsche Wort – wählerisch. Pause, dann gab ich mir einen Ruck, darf ich dich morgen abholen? Hm. Pause. Ja, das durfte ich. Sie schlug einen Termin vor. Ich sagte mit Freuden ja. Und wollen wir essen gehen? Erinnerst du dich an Annchen? Sicher. Sie hat ein Restaurant. Daß Anna zusammen mit ihrem Bruder ein Restaurant hatte, lockte sie. Also verabredeten wir uns wieder. Aber das Bahnhofsrestaurant hatte geschlossen, was mich überraschte. Macht nix, dann gehen wir spazieren.

Cecilia suchte eine Einstellung, in der sie einerseits die winzig wirkenden Häuser von Pallien auf der linken Moselseite im Blick behielt, andererseits die Strömung des Flusses, seine Quecksilbrigkeit – und bitte keinen Fuß eines Spaziergängers auf dem Weg am Fluß. Was wird denn hier gefilmt? Ameisen? Grashalme? Alles im Fluß und gleichzeitig unter Kontrolle. Daß eine Frau mit einer Kamera sich über den Weg beugte, arbeitsam ohne Team, nicht bossig, sondern in einer schweigenden Versenkung, das war mit einem Blick gar nicht zu erfassen, es war sonderbar. Wer wollte nicht *aufs Bild*? Spaziergänger mit ihren gelangweilten Hunden, die allzu gerne stehenbleiben wollten. Kinder, die Faxen machten und dafür Zeugen brauchten, Hände an die Ohren, Zunge herausgestreckt. Leute, die in jede Kamera reflexhaft winken mußten. Cecilia räusperte sich, scheuchte die Zuschauer mit einem Fingerschnippen weg, nur nicht zu viel machen. Sie suchte eine Einstellung, bei der man die Dampfer an der Anlegestelle nicht sah, nicht die Ruderboote, nicht die Eis essenden Kinder, nicht die Sonntagsleute, die die Abfahrtszeiten der Moselschiffe studierten. Was wird denn hier gefilmt? Wohl nichts Besonderes. Eben das ist das Besondere. Gehen Sie weiter! Sie hatte die Idee, durch Schräghalten der Kamera den Fluß in die Senkrechte zu kippen, ohne daß er auslief und die Stadt überschwemmte. Die Verhinderung der mosellanischen Sintflut, Sanftheit, aus einem kühnen Blickwinkel wie aus dem Bodennebel aufgestiegen. Gibt's hier was zu sehen? Nichts sollte zu sehen sein, und die Filmerin hätte sich am liebsten unsichtbar gemacht. Was filmt die Frau? Am linken Bildrand die enge Straße vor den schmalen, pastellfarbenen Häusern, mittig die Schieferdächer, rechts der Fluß, vom Himmel kommend und in einen imaginären Zuschauerraum strömend, ein Vogel in Zeitlupe darüber. Konnte ein Vogel so langsam fliegen? Der Himmel krempelte sich um.

Es war eine Präzisionsarbeit mit der Handkamera. Gehen Sie bitte aus dem Bild. Da begann eine helle Schiffsglocke zu bimmeln, ein Mann auf dem Steg rief: In zwei Minuten fahren wir ab. Wohin denn? Nach Bernkastel. Ein kleines Mädchen mit geringelten Leggings und einem Tüllrock darüber, eine rosafarben mißglückte Prinzessin, fragte seine Mutter: Was ist das Gegenteil von Pony? Keine Antwort, sehr lange Zeit keine Antwort. Dann fragte die Mutter zurück: Und was ist das Gegenteil von dreckig? Nicht dreckig, sagte das Kind, und die Mutter antwortete in einem bemüht pädagogischen Ton, den ich nur zu gut kannte, der Kindern lästig war und den ich mir längst abgeschminkt hatte: Nein, das gilt nicht, du mußt ein anderes Wort sagen. Das Kind ließ seine leergeschleckte Eistüte auf den Boden segeln. Sauber oder rein zum Beispiel, oder geputzt oder makellos, sagte die Mutter. Und das Mädchen beharrlich: Wenn etwas versaut ist, heißt der Gegensatz: gesaut. Wieder bimmelte die Schiffsglocke. Der Steg wurde weggezogen, und der Ausflugsdampfer legte ab.

Du willst etwas Unmögliches, Cecilia, sagte ich. Das klang übermäßig vertraut, und jetzt, schreibend, möchte ich es sofort löschen: Du willst etwas Unmögliches. (Eher will ich etwas Unmögliches: auf dich einreden, dich überzeugen, mich überzeugen, daß etwas gelingt.) Natürlich will ich etwas Unmögliches, eine gelungene optische Täuschung. War sie immer so beharrlich gewesen? Sie hatte am Wegrand gehockt, jetzt legte sie sich ins Gras der Uferböschung, noch weiter weg von der Dampferstation, kümmerte sich nicht um ihre Hosenbeine und um die Ärmel ihrer Jacke. Sie drehte die Kamera, jetzt mußte der Fluß überbreit links im Bild sein, die frühlingsblauen, zitronengelben und resedagrünen Häuser mit den Haustüren aus geriffeltem Glas oder dunkel gebeiztem Holz waren rechts im Bild, Schornsteine ritzten den Bildrand, so stellte ich es mir vor. Und hätte dazu nicht doch das Pastell des Tüllrocks gepaßt? Cecilia war völlig mit dem Bildausschnitt beschäftigt. Ich wollte sie dabei nicht stören, und das sagte ich ihr auch, laß dich nicht stören – in einer Mischung aus Respekt und Ungeschick. Sie überhörte es. Ich wollte, solange sie filmte, in einer der Schänken am Ufer ein Glas Wein trinken. Und die beiden Wünsche verkeilten sich so ineinander, daß ich sie nicht unterscheiden konnte. Aber vielleicht störte gerade mein Nichtstörenwollen. Wollte ich ein Glas Wein trinken, um sie nicht zu stören? Oder überbrückte ich die Zeit, in der sie arbeitete, indem ich ein Glas Wein trank? Unter dem Nachbartisch sah ich bleiche Füße, die in Sandalen steckten, auf die wie bei indianischen Lederarbeiten bunte Perlchen appliziert waren. Die Füße waren sehr schmal, fast knochig, musterhaft waren alle Zehen ausgerichtet, eine parallel zur anderen, Fußnägel mit Glitzerlack. Da begann unter dem Tisch ein Hund an seiner Leine zu zerren. Die Schönfüßige bückte sich, beruhigte den Hund in der hohen Stimmlage, in der man ein Kleinkind beruhigt. Ihr Gesicht war eine Enttäuschung.

Nach zehn Minuten packte Cecilia ihre Kamera in das Futteral, klopfte die feuchten Grashalme und die Erde von ihren Hosenbeinen. Mit einem angespannten Gesicht kam sie an meinen Tisch und setzte sich, balancierte eher auf der Stuhlkante, eigentlich blickte sie finster. Ungefragt bestellte ich ein Glas Wein für sie. Cecilia war erstaunt, oder sie tat nur erstaunt, dann nippte sie an dem Glas, in vorsichtigen Schlückchen trank sie, als wäre es eine heiße Flüssigkeit. Gut, sagte sie schließlich und lächelte sogar.

Ein paar Tage nach dem Abitur hatte Cecilia alle Brücken abgebrochen und die Stadt verlassen. Die, die sie mochten, fanden es schade, daß sie einfach so verschwand, ohne sich umzublicken. Zuerst in die nächstgrößere Stadt, dann weiter in eine große Stadt, weiter, weiter. Was andere einen Höhenflug genannt hätten, war in meinen Augen ein Untertauchen, aber vielleicht lebte ich auch unter Wasser, in einem anderen Wasser und sah nur undeutlich, was jenseits des begrenzten Sichtfelds meiner Taucherbrille war. Das Glas war tropfenbeschlagen. Ich dachte damals, wie schön es wäre, wenn wir gemeinsam ins erste Semester führen und dann weiter, weiter. Sie hatte eine andere Richtung als ich eingeschlagen. Cecilia, so stellte ich es mir vor, hatte in dunklen Kinohöhlen gesessen, vor flimmernden Leinwänden, sie hatte Großaufnahmen und Totalen studiert, die Nase in alle möglichen Bücher gesteckt und mich nicht mehr gesehen. Aber was war denn geschehen? Fast nichts, eine Aufblähung meiner halbjungfernhaften Männlichkeit, ein Stoß, den mein schütteres Selbstgefühl erlitten hatte. Ich verstand mich, aber verstand sie nicht. Und ich war auch wütend, daß sie mir nicht gezeigt hatte, wie die Kränkung zu vermeiden gewesen wäre, damals. Mit einer ruhigen Hand, die sie auf den Körperteil legte, der sich erhitzte und von dem sie die Hand sanft und freundlich (sachlich?) wieder wegnahm. Ich dachte, sie entfernt mich, will meine Erregung entfernen. Ich zog an ihrer Hand, drängte sie, hielt ihre Hand fest, aber ich hatte nicht bemerkt, wie sie sich entfernte – als wäre es das Natürlichste der Welt. Daß sie nicht mehr neben mir sitzen wollte, daß sie aufstand, daß ich einen Fehler gemacht hatte, es drang nicht mehr zu mir, die Kränkung über die Abweisung war zu groß. Ich versuchte, ihr Briefe zu schreiben, wenigstens im Kopf, aber wohin? Vermutlich hatten ihre Eltern oder irgendjemand in der Stadt eine Adresse von ihr, aber ich traute mich nicht zu fragen. Was, du hast keine Adresse von Cecilia? Ich glaubte, wenigstens du hättest eine. Abwehr, Kopfschütteln. Sie wollte verschwunden sein. Damals gab es noch nicht die eingemeindenden Communities, *stay friends*, in denen man sich von weitem über Kontinente hinweg winken konnte und dann doch nichts mehr zu sagen hatte.

Die Frage *Wie geht es dir wirklich?* schabte knirschend auf dem Grund, grub sich in den Sand. Warmer Sand, weiches Licht, Wellen, die ans Ufer schwappten, wenn ein Schiff anlegte, Verlegenheit auf dem Grund des Glases, und dann sah ich Cecilia an, wie ich sie vor vielen Jahren hätte ansehen wollen. Mein Blick machte sie nackt. Ich war nackt, wußte aber nicht, ob sie meine Nacktheit sah. Wie kantig ihr Gesicht war, aber auch gebräunt, als würde sie viel Zeit an der frischen Luft verbringen. War New York frische Luft, nicht Hasten, nicht U-Bahn-Fahren? Vielleicht fuhr sie viermal am Tag mit der Fähre hin und her, vielleicht zog das Wasser sie an und nicht das Häusermeer. Eine, die mit dem

Laptop auf der Couch versackte, war sie nicht. Wir hatten nicht nur am Bahndamm, wir hatten auch im Halbdunkel des Speichers gespielt. Anfassen, Atmen, Ausatmen, Erregen, etwas war neu, etwas war schön in unserem siebenjährigen Leben. Ein dramatischer Lichtstrahl. Und wer im Dunkeln *Du Schwein!* gerufen hatte, war nicht wichtig, sie jedenfalls nicht.

Sie blinzelte in der spätsommerlichen Helligkeit. Das Kinn hatte sie vorgestreckt. Mein Kinn und die untere Hälfte meines Gesichts waren unter einem eisgrauen Bart versteckt. Saß darunter noch die Kinderangst, die Dr. Neumeister mit untauglichen Maßnahmen stillgestellt hatte? Mit ein paar Ratschern und viel Rasierschaum wäre der Bart wieder abzurasieren. Und dein Asthma, Bernhard? Als ich sechzehn war oder so, als ich über den Tellerrand blickte, als ich MEINEMVATER keine Macht mehr über mich gab, als ich mich nicht mehr vor meinem Stiefbruder fürchtete, war es plötzlich verschwunden. Damals war es mir wie ein Wunder vorgekommen. Was soll ich erzählen? Das Asthma hat sich in Luft aufgelöst. Als es vorbei war, muß es ein Durchatmen gewesen sein, die erstarrte Luft kam ins Fließen. Ich sah zu Boden, weil meine Phantasien und die Erinnerung an das Atmen, das Röcheln, das Aussetzen des Atems, das stammelnde Selbstgespräch des Körpers mir selbst unerträglich waren. Ich hatte dieses Gefühl öfters, ich mußte dann mit Gewalt etwas anderes denken, sehen, hören. Mach dich locker, hätten meine Kollegen in der Schule gesagt. Es war mir nicht gelungen, die Puppen im Testkasten ihres Vaters hin und her zu schieben.

Ein Mann am Nebentisch, der eine rote Baseballkappe trug, auf der *Karl Marx* wie ein Autogramm stand, erzählte dröhnend von seinem Vater, der als Flüchtling in den Westen gekommen sei und den dieses Trauma nie mehr losgelassen habe. Die beiden Frauen am Tisch nickten, so viele seien traumatisiert, wohin man schaue, und der Mann sprach vom Kinderwagen mit den paar Habseligkeiten, der noch offenen Grenze, dem Takt der Berliner S-Bahn, der Angst vor den Fragen der Vopos, den versteinerten Blicken, dem Flüchtlingsheim. Er sprach, als wiederhole er wörtlich eine Erzählung seines Vaters. Und seine Begleiterinnen schwiegen. Wer erzählt, hat recht. Wer das Erzählen vermeidet, hat auch recht. Im Erzählen bugsierte er den verbeulten Kinderwagen, in dem sein kleiner Vater saß, auf den Uferweg der Mosel. Mit dem arglosen Vereinnahmungswillen von Touristen achtete er nicht darauf, daß es *unser* Uferweg war, das Gartenrestaurant, im den *wir* bei gutem Wetter saßen – mit anderen Erinnerungen. Das große Wort Traumatisierung deckte sie nicht zu; es warf Falten, in denen sich auch der Mann mit der roten Mütze verlieren konnte. Er gehörte zu einem Rudel fröhlicher Frührentner, die gerne kleine Schiffsreisen machten, um später, wenn sie alt und klapprig geworden wären, auf die großen mit Arztbegleitung umzusteigen. Ein Schiff hatte angelegt; vereinzelt kamen Passagiere aus der Stadt zurück, noch viel Zeit bis zur Abfahrt, aber was sollten sie in einer Stadt, in der sie alles gesehen hatten, jedenfalls das, was man ihnen als Sehenswürdigkeit empfohlen hatte. Sie trödelten, betrachteten noch einmal mit Stolz das Schiff, auf dem sie eine Koje gebucht hatten, auf dem sie für ein paar Tage heimisch geworden waren, photographierten es und balancierten dann auf dem Steg zurück in den Bauch ihrer Reisehöhle.

Schweigend saßen wir unter einem lächerlichen Sonnenschirm, er hatte weiße Fransen, wie ich sie früher an Hollywoodschaukeln auf den Rasenstücken der Einfamilienhäuser gesehen hatte; und rundherum eine vollkommen deplazierte Bierwerbung. Man muß Hollywood ignorieren, sagte sie. Nicht daß ich arm und verkannt sein wollte in New York, aber es war die natürliche Konsequenz. Weißt du, die Filme, die ich sah, das waren keine Filme, die man einem Massenpublikum zeigen wollte, wozu? Ich war mit dieser Vorstellung nicht allein. Ich wollte öffentlich ein Geheimnis bleiben. Versteh mich recht: kein Geheimtip. Und sie sagte es wie: Ein Schnupfen ist keine Krankheit. Dann ist es besser und besser geworden. Als sie danach nieste, war das kein Kommentar, eher ein Zufall, den ich als vernünftig empfand. Auf meine Vernunft hatte ich mir immer viel eingebildet, aber ich bildete mir nicht ein, sie brächte mich weiter. Ich hoffte, daß Cecilia weit weg in New York eine Liebe zu einer oder in einer sehr alten Stadt hätte, auf einem alten Kontinent, eine Liebe seit Kinderzeiten. Und diese Liebe wäre wie ein Herbstblatt von einem Baum auf mich gefallen, raschelnd, trocken, leicht.

Es gefiel mir, wenn sie meinen Namen sagte: Bernhard, magst du? Wirklich, Bernhard? Erinnerst du dich, Bernhard? Dann erinnerte ich mich, daß Dr. Neumeister auch häufig meinen Namen gesagt hatte. Und damals hatte es mich irritiert. Später hätte ich es als suggestiv bezeichnet, als einen Therapeutentrick: Dem Patienten soll das Gefühl vermittelt werden, er wäre gemeint, er persönlich. Was ist mit deinem Vater, Cecilia? Nun wollte ich sie auch bei ihrem Namen nennen. Mein Vater, mein Vater, er kam in meinem vorletzten Film vor. Es war eine richtige Rolle, mit einem guten Schauspieler besetzt, der ihm überhaupt nicht ähnlich sah. Aber ich habe dann die Szene herausgeschnitten, sie paßte einfach nicht in den Film. Mehr weiß ich nicht. Was weißt du nicht, Cecilia? Ist er tot? Ich weiß nicht, ich weiß nicht. Aber du mußt doch etwas wissen. Ja, Bernhard, ich weiß es so ungefähr. Was denn? Er hatte eine Levitation. Ich verstehe nicht. Doch, du verstehst sehr wohl. Er ist zum Himmel aufgefahren. Das wollte er doch. Immer bei den Höheren mit dem Paternoster, oben ist oben, da geht's hinauf. Aber Cecilia. (Soll ich einfügen, daß ich sprachlos war?) Und dann seufzte ich noch einmal: Aber Cecilia. Du weißt doch, ich bin die Regisseurin. Das war unser Gespräch über Dr. Franz Neumeister. Es stimmt,

Cecilia ist die Regisseurin. Aber ich schreibe. Ich schreibe dich, Cecilia.

Was ich möchte:
Mut
Eine Liebe
Eine Liebesgeschichte erzählen
Die Löcher in der Geschichte stopfen
Erzählen, wie ich die Löcher der Geschichte gestopft habe
Perfekt und Präsens

Gerwin hatte ein Weingut gekauft. Deutscher Weinessig hat keine Zukunft, den kauft doch niemand mehr, hatte er düster prophezeit. Sein Vater gab zu, der Umsatz des Unternehmens könnte besser sein. Die Italiener, so sagte er, hätten in den Markt gedrängt, generalstabsmäßig hätten sie ihren Balsamico in die Läden gepumpt, mit dem schwärzlichen Zeugs, so sagte sein Vater, könnte man inzwischen halb Deutschland beträufeln. Es dauerte nicht lange, bis Gerwin seinen Vater überredet, überzeugt, übertölpelt hatte. Er wolle jedenfalls nicht in einer Essigfabrik versauern. Viel zu viel Aufwand für ein Familienunternehmen. Eine neue Technologie sei nötig, und bessere Hygiene müsse sein, daran hapere es doch inzwischen. Machen wir uns nichts vor, der Rost frißt sich durch die Rohre, und dann ein besseres Design, das jetzige sei doch sehr altbacken, eine vernünftige, großflächige Werbung und das Etikett, Vater, das ist noch aus meiner Kinderzeit. Und noch einmal, jetzt sprach er schon fast mitleidig mit seinem Vater: Deutscher Essig hat keine Zukunft. Zögern, Mißmut, aber keine Widerrede, was Gerwin in Erstaunen versetzte. Kein Aufbegehren des Vaters gegen den Sohn. Solche Dramen spielten in einer längst vergangenen Epoche. Gerwin hatte auch schon einen Plan: Die Fabrik habe eine gute, ja, ausgezeichnete stadtnahe

Lage. Also den ganzen Schotter abreißen und das Gelände als Bauerwartungsland an die Stadt verkaufen, die überläßt es einer Wohnungsbaugesellschaft, möglichst einer städtischen. Der Bebauungsplan für ein neues Stadtviertel muß dann gleich vorliegen, ich kenne den Stadtverordneten. Oder, wenn das nicht klappt, gleich in Parzellen an eine Immobiliengesellschaft verkaufen. Ja, ein paar Arbeitsplätze gehen verloren, aber es sind doch alles Leute kurz vor dem Rentenalter.

Gerwins Vater hatte eingewandt, die meisten seiner Leute hätten ihr halbes Leben in der Fabrik verbracht. Dann ist es doch genug, antwortete Gerwin. Der Vater bat sich Bedenkzeit aus, er war länger als sein ganzes Leben mit der Essigfabrik verbunden, die Familie seit 1910, und jetzt sollte alles zu Ende sein, weil sein Sohn es so wollte. Oder willst du unrühmlich in Konkurs gehen, Vater? Schließlich gab er nach –, und der Plan ging wirklich auf. Er versenkte seine Traurigkeit in einem der Fässer. Doch als die Bagger kamen, als es ernst geworden war mit dem Abriß, starb er plötzlich. Ein Leben ohne seinen Essig hatte er sich doch nicht vorstellen können, oder er war den Zeitungsberichten über den Deal, den die Stadtväter und Stadtmütter gebilligt hatten, und die unbürokratische Baugenehmigung durch seinen Tod zuvorgekommen. Das Wort Altlasten beschönigte, daß der Boden vergiftet war.

In kürzester Zeit war Gerwin ein gemachter Mann. Er kaufte ein Weingut, dessen Hauptgebäude aus dem 18. Jahrhundert stammte, und restaurierte es. Weinberge gleich hinter dem Haus, soweit der Blick schweifte. Er sicherte sich Steillagen, die niemand mehr wollte, schön, aber unwirtschaftlich, und dazu auch Lagen, die mit Maschinen gut zu bewirtschaften waren. Manche Weinberge kaufte er, manche pachtete er. Es gab so viele Winzer, die ihren unrentablen Betrieb nicht mehr weiterführten. Er setzte auf Risikostreuung wie in einem guten Aktienportfolio, nur nicht alles auf eine Karte.

Ich hatte ein bißchen gedrängelt, eine Mitschülerin, die aus New York gekommen sei, nur für kurze Zeit in Deutschland, sie wolle so gerne das Weingut sehen. (Ein bißchen viel Eifer, ein bißchen viel Schummeln, Großsprechen.) Zuerst tat Gerwin so, als erinnerte er sich nicht mehr an sie, dann hatte er Termine über Termine, er mußte zur Weinmesse, die schon lange gebuchte Ferienreise stand an. Plötzlich war der Groschen gefallen: Cecilia Neumeister, das war doch die, die sich gemeldet hatte und als einzige in der Klasse das Wort NICHT kannte. Genau die. Cecilia hatte NICHT gelesen und laut und deutlich ausgesprochen. NICHT. Plötzlich waren wir alle stumm. Ja, so war es gewesen. Ich hatte es gehört und daraus keine Schlüsse gezogen. Bernhard, sagte ich mir, es wäre ja auch reichlich übertrieben, von einem Kind zu erwarten, daß es in einem einzigen Wort ein Lebensmotiv lesen kann. Auf der Stelle machte Gerwin einen Vorschlag. Mir war alles recht, und Cecilia, das hatte ich verstanden, hatte in Trier keine großen Pläne. Die Stadt wollte sie wiedersehen, die Museen, die Mosaiken aus dem 3. Jahrhundert, ein paar Menschen (wenn das die richtige Reihenfolge war), und filmen wollte sie. Daß sie dabei einer einzigen Regel folgte, offenbar gewöhnliche Details aus ungewöhnlichen Blickwinkeln zu filmen und, soweit es möglich war, auf Menschen, jedenfalls auf Charaktere oder solche, die Schauspieler vorzugeben hatten, zu verzichten, hatte ich längst bemerkt. Dr. Franz Neumeister spielte nicht mit, Tilgung, Tötung, vielleicht ein heimlicher Triumph.

Was hast du heute gefilmt, Cecilia? Ein Fresko mit einem ertrinkenden Christus, der mit den Armen auf dem Wasser rudert. Daneben ein Petrus, der ihn aus dem Wasser fischt. So sah es jedenfalls aus. Die Sonnenkollektoren auf den Schrebergartenhütten. Eine Frau, die mit einer winzig kleinen Schere die Kanten ihres Rasens stutzt. Ich ließ sie erzählen, was ihr der Garten bedeutet. Und was bedeutet er? Hier kann sie alles machen, was sie will. Sie kauft im Pflanzencenter lauter Töpfchen, Steigen voller Töpfchen. Sie stellt sie auf die Beete, immer wieder anders, bis sie das richtige Arrangement gefunden hat, dann erst gräbt sie sie ein. Arrangement, sagte sie. Und was ist das richtige Arrangement? Es muß mir gefallen, alles muß gefällig sein, das kam wie aus der Pistole geschossen. So eine nette Frau, ereiferte sich Cecilia, und sie kämpft auch: gegen die Milben, gegen die Blattläuse, gegen die Schnecken. Cecilia wiederholte, was die Frau gesagt hatte: Im Garten ist Leben, und das Leben gefällt mir. Und gefällt Ihrer Familie der Garten?, habe ich sie gefragt. Die Frau zuckte die Schultern. Mein Mann sieht nicht, was schön ist. Er stellt eine Liege auf den Rasen und schläft. Und manchmal grillen wir, das ist auch schön. Warum fragen Sie mich solche Sachen? Und warum wollen Sie mich filmen? Da hast du auch mit den Schultern gezuckt, Cecilia? Oh, nein, ich sagte ihr: Ich zeige mit der Kamera, wie Sie die Welt sehen – und noch ein bißchen, wie ich sie sehe. Darauf war die Frau stolz, und wir verabschiedeten uns. Und dann eine langsame, eine schneckenlangsame Fahrt an der Rasenkante entlang und draußen vor dem Gartentörchen über die Brennesseln. Vielleicht ist das ein Take für einen Film über Quadrate. Und die Mosaiken in ihren quadratischen Feldern hast du nicht gefilmt, Cecilia? Nein, ob ich sie brauche – ich weiß noch nicht, sie sind einfach zu schön. Dann ist dir vieles zu schön? Ja, sagte sie.

Cecilia, erinnerst du dich an Gerwin, den Jungen aus der Essigfabrik? Er hat uns eingeladen. Ich sagte *uns*. Sie tat so, als bemerkte sie es nicht. Und sie stimmte zu: Aber nur so, ohne Kamera. Wir fuhren durch Dörfer, Weinreben waren wie Torbögen mit Willkommensschildern zwischen den Häusern gespannt, daneben Schilder, die auf Weinstuben, gemütliche Familienpensionen, eine Forellenzucht, einen Trimmdichpfad hinwiesen und ein wenig weiter auf ein Nagelstudio, eine Massagepraxis, die

Gottesdienstordnung und den nächsten Wertstoffhof. Und auch an Humor fehlte es nicht: *Willkommen in der fritteuselosen Zone.* Der Aufstieg zur Burg war gekennzeichnet, aber auch die Anfahrt für Behinderte und Lieferfahrzeuge. Für meinen Lehrergeschmack war die Landschaft zu Tode beschriftet, hin und wieder ein Bushäuschen, an dem sich Schulkinder lümmelten, die Normalität war wohltuend. Wo gestern noch ein Volksfest war oder eine Kirmes, war jetzt ein Weinfest.

Alles war blitzblank, in die alten Fässer waren Oleander gepflanzt worden. Ursprünglich hatte kaum ein Haus eine Terrasse gehabt, nur die großen Weingüter. Es war ein Bedürfnis der siebziger und achtziger Jahre, nicht nur das Haus, sondern auch das Privatleben nach außen zu stülpen. Aber auf den Terrassen zeigte sich kaum jemand, immer wurde gearbeitet, einen Feierabend gab es nicht mehr, Jogging stand auf dem Programm oder das Heimwerken oder die aufwendigen Vorbereitungen von Grillparties mit Wagenladungen voll Fleisch aus dem Supermarkt am Rand der nächsten Kleinstadt. Die Gäste führte man in die Probierstube oder, wenn das Haus zu eng für einen zusätzlichen Raum war, ins Wohnzimmer, denn es wurde selten genutzt und mußte für die Gäste, die ja Kunden werden sollten, aufgeräumt bleiben. Eine aufdringliche Uhr tickte. Kinderspielzeug blieb im Hof liegen, ein Ball, ein umgestürztes Dreirad, Sandförmchen.

Als wir Kinder waren, war der Weinbau gefährlich, die Steillagen rutschig, das Schiefergestein konnte sich lösen, das Schneiden, das Binden, das Spritzen, alles unter erschwerten Bedingungen, schwindelfrei mußte man sein. Gift in der Spritzflüssigkeit, Leukämie in den Dörfern, über die niemand sprach. Angst vor der Chemie und Angst, die Weinberge ungespritzt zu lassen. Steile Hänge, eine steile, dunkle Kellertreppe, viele Kinder und viele Sorgen. Glocken läuteten den Beginn der Weinernte ein. Die

Winzer glaubten immer, es gäbe keinen Wein in diesem Jahr, so sagten sie jedenfalls. Sie runzelten die Stirn, der Spätfrost, der Hagel, Mehltau, ein nasser September. Sie waren Pessimisten, bis in die Poren von Pessimismus durchdrungen, oder sie gaben sich geschickt als solche aus. Abgrundtiefes Mißtrauen gegen alles und jeden, gegen das Wetter, gegen den Himmel, gegen die Menschen. Die Natur gab, und sie nahm wieder. Man war ihr ausgeliefert. Das paßte nicht in die geplanten Leben. Kam ein Fremder in die Nähe des gärenden Weines, wurden sie hysterisch. Am liebsten hätten sie den Hund losgelassen, aber irgendwann in den sechziger Jahren waren die Hunde abgeschafft worden, die Ajax, Hektor, Frieder, King oder Kerl hießen, böse Hunde, denen sie ihre Bosheit eingeimpft hatten, die Kinder einschüchterten, verborgene Niedertracht und hängende Lefzen. Auf den Weingütern hatte man es nicht nötig, große Hunde zu halten, Hunde waren eher Familienmitglieder oder Spielkameraden für die Kinder. Man sprach nicht so viel vom Wetter, eher sprach man von den Kunden, vom Geschmack der Kunden, den man lenken müßte, von der ignoranten Schwererziehbarkeit vieler Weintrinker und vom Vertrieb. Diese Sucht nach schweren Weinen, zentnerschwerem Mostgewicht, dann sollen sie badische Weine kaufen. Und Sherry schmeckt auch sehr gut, besonders, haha, auf Eis. Aber man runzelte hier auch die Stirn beim späten Frost und beim anhaltenden Bodennebel. Und wenn der Herbst sonnig wurde und blieb, lächelte man und schwieg – alle schwiegen, die kleinen Winzer und die Besitzer der Weingüter, die mit den großen Namen und den besten Lagen. Jeder Sonnentag zählte, und jeder wußte das. Das Klagen war eine perfekte Inszenierung. Und wenn es eine Zeitungsnachricht über das Wetterglück und den vermutlich besten Jahrgang des Jahrzehnts gab, war es eine vorauseilende Werbemaßnahme, die überraschend, aber auch willkommen war, ebenso wie die Nachricht von einer sehr kleinen

Ernte, dem Hagel kurz vor der Ernte, der alles zunichte machte, was dem Pessimismus der Winzer Auftrieb gab. Also ein Jahrgang für Raritäten. Allerdings stiegen die Preise, logisch.

Gerwin empfing uns gutgelaunt auf den Stufen seines Hauses. Das Haus, das einmal ein Chorherrenstift gewesen war, strahlte mit seinen weiß gekälkten Mauern und den roten Sandsteinumrahmungen gelassene Vornehmheit aus. Es lag etwas außerhalb des Dorfes am Talschluß, ungestört vom Durchgangsverkehr. An der sonnigsten Wand kletterte Wein über das Mauerwerk und das Terrassengitter. Ein Nußbaum stand im gepflasterten Hof, daneben ein Brunnen, der aus einer Viehtränke entstanden war. In einem Winkel des Gartens sah ich einen reizenden achteckigen Pavillon, eher ein Imitat eines chinesischen Teehauses als eine deutsche Laube. Ein einladendes Gut; Gerwin hatte ein schmiedeeisernes Tor anfertigen lassen, passend zu den Staketenzäunen, die den inneren Garten umfaßten, abschließend und einladend zugleich. Neben dem Haus stand ein lang gestrecktes Wirtschaftsgebäude, ebenso weiß gekälkt wie das Haus und dann noch ein Turmhaus mit einem abgetreppten Giebel aus der Mitte des 19. Jahrhunderts. Da habe ich mir mein Büro eingerichtet, mit einem Überblick wie aus einem Adlerhorst, all das zeigte er uns, kaum daß wir angekommen waren. Ein Weingut wie aus dem Bilderbuch, so es ein Bilderbuch mit Abbildungen gab, das Kinder auf den Trinkernst des Lebens vorbereitete. Allein für das Schieferdach habe ich mich ordentlich aus dem Fenster gelehnt, sagte Gerwin und reckte den Daumen nach oben, aber der Denkmalschutz hat dann etwas draufgelegt.

Die besten Lagen waren gleich hinter dem Haus. Er nannte die Größe der Rebfläche, fünf Hektar, aber das sagte mir nichts. Sein Gut sei ein Winzling, fast nur Riesling baue er an, die klassische Traube im Weinbaugebiet, nur kein Durcheinander mit Rivaner, Grauburgunder. Und Müller-Thurgau oder Gutedel kämen für ihn schon gar nicht in Frage. Doch mit Sauvignon blanc experimentiere er ein wenig. Gerwin lachte. (Spitzbübisch, mit blitzenden Zähnen, mit einer neugierigen Zungenspitze zwischen den Lippen?) Der Sauvignon vergärt in kleinen Holzfässern, bis er sich zur vollen Schönheit erhebt. Was an der Loire gut ist, kann auch an der Mosel nicht schlecht sein. Geduld, Geduld und keine Kompromisse, andere produzieren die *Basisqualität*, das war der Begriff aus der Fachpresse, er sprach ihn distanziert, aber kein bißchen ironisch aus. *Basisqualiät* erwarte auch niemand von ihm, sondern schlanke, filigrane, leichtfüßige Weine, Spitzenweine eben. Ich hatte gar keine Zeit, darüber nachzudenken, wie es Gerwin selbst geschafft hatte, schlank und elegant zu werden. Später wollte ich ihn fragen. Keine Masse, dafür Klasse. Und wie erreicht man das? Seine rhetorische Frage stand für einen Augenblick im Raum, ehe er sie selbst beantwortete: durch radikales Wegschneiden überflüssiger Triebe. Und auch die Beeren sollen klein bleiben. Ich setze auf Spontangärung mit eigenen Hefen, ganz puristisch soll es sein. Die Spontis, so nenne ich sie mal, haben Ecken und Kanten, sie überraschen mich in jedem Jahr neu. Gerwin lachte wieder und schob das Kinn vor. Die Masse verschwindet dann im Essigbottich, sagte Cecilia. Gibt es überhaupt noch Weinernten, die so schlecht sind, daß sie nur für die Essigfabrik taugen? Das wollte Gerwin überhört haben. Der Riesling ist ein Glücksbringer, die zarte Prinzessin unter den Weißweinen. Ich sah, daß Cecilia die Mundwinkel hob, es war kein Lächeln, sondern eher ein Reflex.

Gerwin dozierte wie sein Vater. Wie der uns Kinder unbedingt in die Geheimnisse der Essigerzeugung und in die seines blühenden Unternehmens im besonderen hatte einweihen wollen, so dachte Gerwin nicht daran, es könnte zu viel sein, sein Fachwissen könnte uns Besucher erschlagen. Trotzdem hörten wir ungleich lieber zu als damals an seinem achten Geburtstag, denn es war selbstverständlich, daß am Ende der Führung durch seinen Weinkeller, der kein Keller mehr war, sondern eine lichte Halle, eine *Dégustation* stand, wie Gerwin es nannte. Als wir Kinder waren, hätten Winzer schlicht von einer Weinprobe gesprochen. Unausgesprochen erwarteten sie, daß die Gäste mindestens einen Karton Wein mitnehmen würden, mitnehmen, das klang legerer als kaufen. Ein Sechserkarton mehr oder weniger, darauf kam es hier nicht an. Gerwin war nicht nur reich – ob das Weingut so viel abwarf, konnte ich nicht abschätzen –, sondern auf der Höhe der Zeit, und der Verkauf des Fabrikareals war ein kluger Schachzug gewesen. Danach hatte er Geschmack an Immobilien, Grund und Boden gefunden. Er hatte ein Händchen dafür.

Reben sind grundsätzlich Tiefwurzler. Je älter sie sind, um so tiefer graben sich ihre Wurzeln ein. Die Erdschicht, vom Schiefergeröll geschützt, wird förmlich angebohrt. Das Schiefergestein ist brüchig, aber es hält die Wärme und strahlt auch Wärme ab. Das ist das Kapital, nur auf diesem Boden wachsen die mineralischen, die typischen Gewächse unseres Weinbaugebiets. Gerwin sagte: *unser gesegnetes Weinbaugebiet.* Klar, man hat gesündigt, gepanscht, den Ruf gründlich ruiniert, aber das ist verjährt. Nach den Verbrechern kamen die Büßer, die ihren sauren Wein auf den Knien ihres Herzens anboten. Oh Herr, wir haben gesündigt, wir haben den Restzuckergehalt von unseren Vätern geerbt und das Erbe gründlich vermehrt. Danach kamen die sonnenbeschienenen Selbstvermarkter, selbstgestrickte Flaschenwärmer, selbstgebackene Kuchen, in die Kirschen und matschige Zwetschgen versenkt waren, selbst entworfene Etiketten, immer sehr originell, aber grenzenlos naiv. Als würde jemand aus Mitleid Wein kaufen. Als tränke jemand für einen guten Zweck. Damit der deutsche Weinbau keinen Schaden leidet, damit der arme Winzer sich eine Flaschenbürste kaufen kann.

Ja, der Weinexport habe sich im vergangenen Jahrzehnt halbiert. Es seien die Faßweinproduzenten, die klagen, sie müßten ihren Wein über die Großkellereien, Großeinkäufer und Genossenschaften verkaufen, und der Handel diktiere die Preise. So reden auch die Milchbauern, Milchwirtschaft, Weinwirtschaft, dazwischen ist doch ein tiefer, nasser Graben. Es gibt nicht mehr den rasch hinuntergekippten Schluck, dozierte er weiter, es gibt nicht mehr das spontane Anstoßen, die ausbrechende Heiterkeit beim zweiten, dritten Glas, das Schöntrinken des Gegenübers, das müßige Heben und Senken des Glases, das Einschenken, die Frage: Möchtest du noch ein Glas? Und die verschämte Antwort: Ja, noch ein Schlückchen. Was denkt ihr, warum dieses Weingut zum Verkauf stand? Mißwirtschaft, Erbstreitigkeiten, zwei feindliche Brüder, dazwischen eine transusige Ehefrau und kein Konzept. Dynastien in den Weingütern, da konnte ein kleiner Winzer nicht mithalten. Er nährte sich vom Vorurteil, vom Sozialneid. Als wir Kinder waren, erinnert ich euch?, wurde der Reichtum in den Moselorten noch nach *Stöck*, nach Weinstöcken gerechnet; das war eine reale Währung bis zum Niedergang. Der Winzer war eine Art brotloser Künstler, ein Glück war es, wenn seine Frau Sprechstundenhilfe oder Sekretärin beim Bürgermeister war. Auf dem Herd köchelte ein Kompott aus Weinbergpfirsichen, duftete und füllte das Haus. Bescheiden zu leben, war gut, denn der Traktor mußte bezahlt werden.

Während Gerwin sich ereiferte, hörte ich dem Tuckern eines Dieselmotors zu, einem tüchtigen Geräusch aus dem Wirtschaftsgebäude, das fast eine Genugtuung war. Den Hof überquerte eine junge Frau mit einem vergißmeinnichtblauen Hemd. Das ist unsere slowenische Praktikantin, so stellte Gerwin sie vor. Cecilia rieb sich die Augen, was aus dem dicklichen Jungen geworden war, der immer ein bißchen lächerlich war und nicht einmal einen Purzelbaum am Geländer schlagen konnte. Sie hätte doch ihre Kamera mitbringen sollen, dachte ich, sie hätte einen Nichtschauspieler in Hochform filmen können, einen geläuterten Essigfabrikantensohn, der die reine Lehre des Weinbaus verkündete. Und es gab andere, sprichwörtliche, die Wasser predigten und Wein tranken. Schlanke, elegante Weine, Männer, die Herren geworden waren, lächelnde Frauen, gut ausgebildet in der Weinbauhochschule, wie Reben hochgezüchtet, aufgepfropft, die ein Weinglas mit Grazie bis in die Fingerspitzen hoben. Ein Jahr im Trentino, ein Praktikum auf einem Weingut in Bordeaux, das waren die Folgen der Europäischen Gemeinschaft. Dann vielleicht eine Sommelier-Ausbildung und eine glänzende Zukunft. Der Wein wird nicht getrunken, er rollt über die Zunge, er spült das Zahnfleisch, befeuchtet die Backentaschen, bläst in das Gaumensegel, streichelt das Gaumenzäpfchen, der Wein wird verkostet. Jeder einmal verkostete Wein bleibt eine Erinnerung, jeder verkostete Wein eine Eintragung in einer sorgsam geführten Kartei, wie ein Fremdenbuch, wie eine Fleißaufgabe, alles einmal Getrunkene ist nachvollziehbar, nachforschbar, das Gedächtnis liegt auf der Zunge.

Alles ist Arbeit, und die Arbeit ist ein Ritual: das Entkorken der Flasche, das Prüfen des Korkens auf seinen Geruch, seine Konsistenz. Ist er feucht, riecht er dumpf, schrillen die Alarmglocken? Was tun, wenn ein schadhafter Korken immer wieder eine kostbare Flasche Wein verdirbt? Riechen, Schmecken, Sehen, Fühlen, Hören. Hört ihr das Rieseln des Weins, sein Perlen? Wie lange sollte man deinen Riesling ruhen lassen? Wie lange könnte man ihn lagern? Sieben Jahre? Ach, das ist doch ein mythisches Alter. Mit sieben Jahren saßen wir zusammen im Klassenzimmer. Erinnert ihr euch, wie häufig wir singen mußten? An die Stimme von Iris? Fragen über Fragen, alle fachmännisch zu lösen, aber die Ansichten der Fachleute ändern sich, wie sie sich schon häufig geändert haben. Die Begutachtung eines Drehverschlusses, gar nicht so schlecht, aber nicht in dieser Preisklasse, wird das Metall keine Geschmacksstoffe abgeben?, eher eine unangenehme Wirkung im Preisgefüge. Ein Kronkorken wäre technisch möglich. Wer will denn seinen Wein wie eine Dose Cola öffnen, vielleicht sogar mit den Zähnen? Alte Reben oder alles umpflügen und neu bepflanzen? Neue Reben ausprobieren oder doch dem Kellermeister freie Hand lassen: eine Cuvée aus verschiedenen Rebsorten? Rebsorten? Rebsorgen? Eine kleine, anspruchslose Cuvée, ein Weinchen, das man auch mit klackernden Eiswürfeln trinken kann, das wollen doch die Leute in Wilhelmshaven und in Höxter. Dagegen hilft nur ein großes NEIN. Die Konsummoden ändern sich, und das Weingut muß damit nicht Schritt halten, es muß die Fahne der Qualität hochhalten. Nennt es Widerständigkeit. Die Zunge des Durchschnittstrinkers hat ein Gedächtnis wie ein Sieb.

Und dann probierten wir Gläschen für Gläschen, Schluck für Schluck, schütteten den Rest in einen metallenen Bottich. Oder war es ein ausrangierter Sektkübel? Eine duftende Wolke von Adjektiven stand im Raum: rassig, präzise, immer noch jugendlich oder ausgefeilter: *Er besitzt ein exzellentes Reifepotential.* Gerwin sprach von einem Jahrgang, der mittelschwer, elegant sei, von dem er noch sechzig Flaschen zurückgehalten habe, das Ungestüme sei vergangen. Geduld, Geduld und Erkenntnis, eine denkbare Wissenschaft vom Genuß. Das Trinken beschrieb Gerwin als ein intellektuelles Vergnügen, dem sich die Zunge und dahinter der ganze Mensch gewachsen zeigen müsse. Wie war Gerwin über sich selbst hinausgewachsen? Der Aufenthalt im Weingut war ein Friedensfest, der Keller eine Krypta, der Besitzer ein großer Prediger, ein verkannter Prophet, wie dem Wein war ihm noch ein exzellentes Reifepotential zuzutrauen. Er würde das Weingut ausbauen, nein, nicht expandieren, das Profil messerscharf schärfen und noch einmal: höchste Qualität, höchster Anspruch.

Und jetzt eine letzte Frage: Gerwin, belieferst du noch die Dorns? Nein, mein Wein ist zu hochpreisig, so etwas brauchen sie nicht. Und er knurrte auch etwas von Zahlungsschwierigkeiten. Es war ein schöner Nachmittag, Jahrgänge, Lagen, Auslesen und ein paar Tropfen Trockenbeerenauslese und ein Blick in den Tresor des Genusses, in dem der Eiswein ruht. Ein Nachmittag, keine Kindheitserinnerungen, nur der Wein, ein Nachmittag ganz in der Gegenwart. Danke, Gerwin.

Als Ignaz zum Restaurant kam, roch es seltsam, ein scharfer Geruch fuhr ihm in die Nase, ein ekliger Geruch. Jemand hatte in den Eingang einen Haufen gesetzt. Der Koch war noch nicht da, die Putzfrau war noch nicht da, die Kellnerinnen kamen ohnehin später, und Anna war krank. Er starrte den Haufen an, seine Konsistenz, seine Farbe, dazu mußte er sich vornüberbeugen, starrte, als könnte er ihn so zum Verschwinden bringen. Aber er blieb, der Brechreiz stieg ihm hoch, und er versuchte, ihn zu unterdrücken, hinunterzuwürgen. Schaufel und Eimer, Papier, Wischtücher –, Ignaz putzte und putzte, niemand sollte die Scheiße sehen und riechen. Er schämte sich vor den Mitarbeitern, daß sein Restaurant angegriffen worden war. Sein mit den Jahren mühsam erworbenes Selbstbewußtsein bekam einen heftigen Stoß. Er durchwühlte die Kammer, die das Reich der Putzfrau war, sprühte alle Reinigungsmittel, die er fand, auf die Matte, die so schnell nicht zu ersetzen war. Warum denn, warum scheißt jemand vor das Restaurant?, würde die Putzfrau in aller Unschuld fragen. Nein, sie würde es nicht kapieren, das Warum durfte nicht aufkommen. Als Ignaz genug gewischt hatte, lief Rotz und Wasser aus seinem Gesicht, tränkte die Matte, die von den Reinigungsmitteln ganz starr wurde. Glasreiniger fand er noch, und obwohl er wußte, daß es ein ganz sinnloses Unterfangen war, sprühte er ihn auch auf die Matte, dann goß er sich an der Bar einen großen

Schnaps ein. Das tat er sonst nie. Das Kirschwasser schmeckte wie ein scharfes Reinigungsmittel. Und das Glas spülte er sorgsam ab. Der Wirt trinkt keinen Schnaps, der Wirt rotzt und heult nicht, der Wirt kotzt nicht. So mühsam es war, die Matte zu schrubben, so mühsam war es, Eimer, Bürste, Schaufel und Wischtücher zu säubern, alle Spuren zu tilgen, auch die Spuren des Ekels, der Wut, des Entsetzens im eigenen Gesicht. Niemand sollte fragen, warum es hier so scharf riecht. Der Gast hat ein Recht auf einen unbeschwerten Abend im Restaurant.

Und wir tun, was alle Liebespaare tun, unzählige Male überall. Ich tue, was alle Verführer tun oder glauben, tun zu müssen. Cecilia tut, was alle Verführerinnen tun oder glauben, tun zu müssen. Es ist leicht und schwer zugleich, ungewohnt, verschollen mit den Jahren. Ich denke, was sie tut, ich erhoffe, was sie tun wird, und was sie tut, ist überraschend, überwältigend, wunderbar, und ich hoffe, sie denkt, was ich tue, ist überraschend, überwältigend, wunderbar. Wir tun, was wir nicht gedacht haben. Hoffen, Denken und Tun sind ein Konglomerat. Ich streiche über ihre Halsgrube, ich streichle die Muschel ihres Ohrs, ich lecke ihre Ohrmuschel, mein Finger fährt die Linie ihrer Oberlippe entlang, meine Augen fallen in ihre Augen, der Blick ruht, der Blick trinkt. Sie küßt mich, ich küsse sie, ich habe eine kleine fröstelnde Brust in der Hand. Ich habe zwei kleine, wärmer gewordene Brüste in den Händen, ich reise die Innenseite ihrer Oberschenkel entlang, ich taste, taste, fühle. Denken und Tun und Fühlen. Ich finde den harten, dunklen Knopf ihrer Klitoris, ich beuge mich über sie, meine Zunge kennt den Weg, ich denke nicht, ich sehe, sehe mit den Händen, sehe, wie Cecilia mich ansieht, tastend, prüfend, bestimmt. Ich sehe, wie sie lacht. Grenzen verschwimmen. Dunkelheit, Fülle, Pause, Tiefe. Sie sieht mir zu, wie ich lache. Ich sehe, wie sie fühlt. Sie kennt den Weg, beugt sich über mich. Vorbereitung, Beugung, Dehnung, Straffung, Verschärfung, Veränderung, Wiederholung. Die Vorbereitung beugt sich, die Beugung dehnt sich, die Dehnung strafft sich, die Straffung verschärft sich, die Verschärfung ist Veränderung, die Veränderung wiederholt sich, die Wiederholung ist keine Wiederholung, ändert sich jedes Mal, ist Überraschung, Tröstung, Nahrung, Benommenheit. Die Sprache ist eine Haut, ich reibe meine Sprache an einer anderen, die eine Fremdsprache geworden ist. Etwas ist da, *wir* ist ein Wort, ein Wort, das sich wie von selbst spricht. Etwas explodiert, aber die Sprache explodiert nicht, sie bleibt den Wörtern treu. Die Haut knistert, die Nervenbahnen zittern. Während wir uns bewegen, steht die Zeit still. Die Zeilen streichen an den Wölbungen und Faltungen entlang. Zwischen den Polen kein Funkkontakt, die Erinnerung gecancelt, Luft und Wasser, ein atlantisches Tief und ein atlantisches Bündnis, zwischen den Bildern kalt leuchtende Punkte im All, Satellitenvernunft. Wir sehen einander an, wir sind nackt, wir sehen durch uns hindurch, wir sehen den Glaspalast, den glücklichen Glaspalast ohne Fingerabdrücke. Wir haben getan, was alle Liebespaare tun und getan haben. Zwischen New York und Trier war kein Denken, eher eine Zeitverschiebung, wieder und wieder das Unerwartete, etwas, das täglich geschieht und nächtlich häufiger als täglich, seit Beginn der Welt erwartet, erhofft, herbeigeführt, wir tun, was nicht nur Liebespaare tun, auch Neugierige, Einsame, Überflüssige, Hungrige und Durstige, was Überwältigte tun. Wir tun, was ich mir wünschte, früher getan zu haben, von dem ich befürchtet habe, es wäre vorbei, ohne daß es war.

Was hatte ich mir vorgestellt in meinem prallen sechzehnjährigen testosterongeschwängerten, testosterongeschwächten Kopf, in den die Phantasien einschossen. Wut und Gier, Auslöschung, die Scham war feindlich, die Scham hatte Fäuste, auf die ich einprügelte. Heraus mit der Sprache, heraus mit dem Sperma, hinein, hinein. Ich saß mit sechzehn Jahren in einer Umkleidekabine des Hallenbads, fiel erbittert über meinen Schwanz her, bestrafte ihn für sein Abgewiesensein, heulte, erregte, bemitleidete mich. Ich hasse dich, ich hasse dich, wer gemeint war, mein hartgesottener Schwanz, der Mann, den Cecilia liebte, seine Überlegenheit, das weiße Auto, die Pension, in die er sich eingemietet hatte, das Bett, es war schon egal. Ich haßte die Welt, das rosa Mündchen, als das ich mir Cecilias Geschlecht vorstellte, sphärisch fremd, haßte das Mädchen oder mich, alles war düster, mit Rotz und Schleim verklebt. Ich schwamm ein paar Bahnen im lauten Hallenbad. Es hieß doch so, weil es ohrenbetäubend hallte, der Kopf zersprang. Das Virile und Animalische, beides konnte ich nicht voneinander unterscheiden, witterte (fürchtete?) es unter meiner Erregung, ließ mich erschöpft zurück, und das war's. Mondfinsternis, und ich kannte noch nicht die beschämend erleichternde Erfahrung, mich zu betrinken, die allumfassende Begeisterung über die eigene schwankende Gestalt: Noch waren es Mondphasengefühle, mal zitternd schmal, dann halbwegs, dann voll und rund und großartig hell und zurück im selben Rhythmus bis zum nächsten Neumond. Was für ein finsterer Sechzehnjähriger, ein Mondfinsterniswichser, der sich bald Heftchen kaufte, solche, die man nur in der Wäschetruhe verstecken konnte, rosafarbene Frauen, milchschokoladenfarbene Höfe um die Brustwarzen, Nadelspitzenbrüste, violette Mösen, eine aufgeplusterte Haarmähne, die wie ein Schweif über den Rücken peitschte, und Männer mit Schwänzen wie Überlandkabel, Elefantenpimmel, Schwänze wie zum Platzen gespannte Kirmesballons, in Pastellfarben in die Luft gereckt, ein eingeschüchtertes Blättern hin und zurück. Ich erinnere mich an die Indianerschreie, die ich gehört zu haben glaubte, die exaltierte Lust, die Inszenierung von Lust, der ich nacheiferte. Lust ist Erfolg, Erschöpfung ist Erfolg, das umgeworfene Glas ist Erfolg, das durchgeschwitzte Laken ist Erfolg – eine Bilderbuchangelegenheit, etwas Gesehenes, Nachgestelltes, Nachempfundenes. Die Körper erwarten Beifall, rückwärtsgewandt, noch einmal Beifall, da capo, als hätte ich immerzu in den Heftchen geblättert, früher, als Sexualität eine Blase war, der Kopf in den Wolken, ein Königskopf, ein gekröntes Haupt, dann grau zerzottelt und über der Stirn kahl.

Wir tun, was alte Leute wie wir seltener tun, jedenfalls hängen sie es nicht an die große Glocke. Graugescheckte Schamhaar, Flecken, wo einmal die Haut makellos war, vielleicht (oh Natalie), aber so alt sind wir doch nicht. Meine Narbe schmerzt, ich möchte vergessen, daß sie schmerzt. Wir tun, wir tun, wir lassen nichts. Aufgesparte Erregung, Genugtuung und Freude, dazwischen Wasser, Klippen, auch Ungeschick, ein Bettüberwurf, der auf den Boden rutscht, Geschenk eines meiner Kinder, eine Decke, die zu kurz ist, mit den Füßen vom Bettrand gestoßen, ein Hurra, das in den Körper dringt, in jedes Organ. Wir sind Passagiere ohne aufgegebenes Gepäck, das ist es, so muß es sein, auf den Boden geworfen, in den Bodennebel zwischen Landebahnen, Slots, Zubringern, Paßkontrollen, Sicherheitsschleusen, bitte ziehen Sie die Schuhe aus. Haben Sie einen Herzschrittmacher? Von Cecilia weiß ich jetzt nichts außer der Freude, etwas Magisches, etwas Wunderbares (Unberührbares?) zu berühren, eine Haarsträhne aus dem erhitzten Gesicht streichen, eine Glückssträhne zu streifen, alles ist gut, wie in Wasser zu gleiten, ozeanisch zu gleiten, nicht unterzugehen, die Berührung trägt, der Atem trägt, die Kraft trägt, die Kraft verdoppelt sich, sie und ich, ich und sie, oh.

Und es kam in meinen ekstatisch verwirrten Kopf: Wenn Cecilia irgendwo im Raum, was weiß ich wo, sie filmte doch auch Brennesseln und Sonnenkollektoren, wenn sie irgendwo eine Kamera installiert hätte, wenn sie sich und mich, während wir uns liebten, filmen würde, keine Schauspieler, nicht zu viel Schönheit, keine inszenierte Dokumentaristik, wenn es schließlich Filmaufnahmen gäbe aus diesem zerknautschten, verwitterten Bett, von den verknäulten Körpern, den Rundungen der Pobacken, dem Schmeicheln, Umfassen, Greifen, dem Öffnen und Schließen, dem Takt, den wir schlugen, dem Nackten, Rohen mit oder ohne Ton, Original mit Untertiteln, wenn sie mir die Aufnahmen zeigte oder vor mir verschlösse, wenn ich wüßte, es gäbe sie, Cecilia und ich in einem Film, es würde mich erregen. Es wäre eine Bestätigung: Etwas ist, und kleine digitale Ziffern huschten über den Bildrand. Keine Vergleiche, etwas war, ein Abglanz, als es gefilmt wurde. Und nicht: So war es. Und als ich ihr sagte: Ich könnte mir vorstellen, daß, fragte sie: Du interessierst dich für Laienpornographie? Ich fühlte mich ertappt als Schauspielerdarstellerliebhaber, Schulkameradenersatzerwachsener, Pseudoromantikspätentwickler. Aber ich glühte, glühte, sah die weiße Haut und sah mein Glück, ein leises Erschauern vor meiner Geliebten (das muß gestrichen werden), Nahaufnahme einer ersehnten Frau, ein Zeitraffer, in dem die Sechzehnjährige älter wurde, ich sah schlaffe Haut, blaues Aderngeflecht, und ich sah meine wulstige Narbe. Cecilia sah sie nicht, oder sie beachtete sie nicht. So viele Narben, das Erzählen begann mit einem verletzten Schenkel. Die Magd erkennt den Verlorenen an der Narbe. Was hast du? Dich – und ich, der Nichtschauspielerdarsteller ohne Text, stammelnd, jetzt aber mit langem Atem, jeder Text wäre mir recht, ich würde ihn lernen, das Lehren habe ich gelernt.

Und es ward Abend, und es ward Morgen, der nächste Tag, und wieder Abend und Morgen, noch ein Tag, der nächste und der übernächste Tag, kalenderlos. Wir sahen den Platanen zu, die die ersten Blätter verloren, den Schwalben, wie sie Insekten fingen und sich auf einer Überlandleitung sammelten, wir sahen den Mond und uns, die menschlichen Körper, wir waren nackt.

Und wir aßen Tomaten, Brot mit Butter und Salz, wir brieten Eier, bloß keine Ingwersuppe und keine Frühlingsrollen, bestimmte Cecilia, und keinen Sklavendienst, der sich Pizzadienst nennt. Alles war einfach, und alles war gut. Ich holte Wein aus dem Keller, ein Stoßseufzer: Gerwin. Jetzt bloß keine Sentimentalität, Bernhard, Brot und Wein – bloß nicht, sie ist eine halbe Amerikanerin. Cecilia wollte in kein Restaurant gehen. Kündige doch das Hotel, sagte ich, aber sie lachte: Ich behalte das Zimmer, ab und zu gehe ich doch hin. Du weißt doch, ich bin immer gestreunt, und es gibt Fördergelder für meinen nächsten Film. Kein Restaurant, aber ein Hotel, Rührei und Kekse, Äpfel und Bananen, Apfelpfannkuchen, Kinderessen. Cecilia hatte das Wort NICHT entdeckt. Ich drehte das Wort hin und her. Gab es ein Gegenteil von NICHT? Ich kam zu der Überzeugung, es gab kein Gegenteil, oder mein Hirn war blockiert. Cecilia, erinnerst du dich? An was? Jedenfalls nicht an nichts.

Es gab diese Leute, die in einem großen Auto zu viert aus Luxemburg zurückkamen, schwungvoll, in bester Laune. Meistens waren es Autos mit einem unscheinbaren Nummernschild wie GI, DU, SUW oder KLE. Es waren Mittelklassewagen, in denen üblicherweise ein älteres Ehepaar spazierenfuhr oder einmal im Jahr nach Südtirol oder nach Umbrien, jedenfalls ins Schöne, dorthin, wo die Annehmlichkeiten mit Händen zu greifen waren. Nichts konnte sie behelligen, immer war die Reise gelungen. Und am Wetter war nichts auszusetzen. Aber warum unternahmen vier Leute eine Reise nach Luxemburg, wenn jedes Ehepaar ein eigenes Auto hatte und die Rücksitze für ältere Leute unbequem waren? Sie hatten reichlich gegessen, waren vergnügt aufgebrochen. In zehn Minuten würden sie in Trier sein, noch eine rasche Besichtigungstour, nur ein Blick. Noch in der Helligkeit wollten sie nach Hause kommen. An der Grenze, die keine mehr war oder noch eine Grenze im Kopf oder schon wieder eine, wurde das Auto mit der Kelle herausgewunken. Kein Irrtum, sie waren gemeint, nicht die klapprige Kiste vor ihnen. Eine kleine Befragung, entgeisterte Blicke, nervöses Augenflackern. Wo kommen Sie her? Wir waren gut essen. Wo fahren Sie hin? Aha, was haben Sie in Luxemburg gemacht? Ich sagte ja schon, ein großartiges Restaurant. Was haben Sie denn gesehen von der Stadt? Aha, nichts. Also eine Reise mit Freunden zum Essen? Nein, wir sind verwandt, eine Familienreise. Wo waren Sie genau, in welchem Hotel? Haben Sie einen Beleg? Wir haben nicht übernachtet. Also eine Tagesreise? Ja. Eine Vergnügungsreise, nur um zu essen? Ja. Ein Blick auf das Nummerschild, GI, HA, SUW oder KLE. Ziemlich weit, um zu essen. Aber Banken haben Sie gesehen? Unsicherheit, Schrecken, zusammengebissene Lippen. Wie heißt Ihre Hausbank? Aha. Der Fahrer war der Wortführer, die Frau neben ihm stemmte ihre Handtasche fest auf den Schoß. Das Paar auf der Rückbank war still. Die Herrschaften werden gebeten, die Brieftaschen zu öffnen. Manchmal wird die zulässige Summe, die pro Person über die Grenze transferiert werden darf, um einen Hunderter unterschritten. Alles ganz legal, aber viermal haarscharf an der Illegalität vorbei, das erregt begründeten Verdacht, rechtfertigt eine Meldung an die zuständige Steuerbehörde, wie es denn mit den Kapitaleinkünften stehe. Werden sie versteuert? Das Auto wird untersucht, das Versteck für einige Bündel Geldscheine, das ältere, biedere Leute wählen, ist meistens nicht übermäßig originell, ja, beschämend dumm. Es sind unauffällige Leute, die sich nicht träumen lassen, ihnen könnte etwas passieren. Es kommt, wie es kommen muß: Sie wissen, daß Sie sich strafbar gemacht haben. Da schauen die guten Leute, die ihre redlich schwarz verdienten Ersparnisse ins Steuerparadies überwiesen haben und nun zurückholen wollen, ehe man sie findet und dem deutschen Finanzamt meldet, das heiße Geld, das sich längst von den Kontenbesitzern entfernt hat, soll nach Hause. Da wird es gebraucht, das schöne schwarze Bargeld. Wenn es den Erben zufällt, wenn dann der Steuerbetrug, der über viele Jahre hinweg reicht, auffliegt, ist die Freude am Erbe vorbei. Die Erben werden ganz schön fluchen. Und in welchem düsteren Licht stehen dann die untadeligen Erblasser? Die Blumen auf dem Grab werden nur noch selten gegossen. Und da sind die höflichen Fahnder, routinierte Leute: Dies ist keine Durchsuchung, sondern nur eine Zollfahndung. Für eine Selbstanzeige ist es zu spät. Aber sie hatten eine schöne kleine Reise gemacht, hervorragend gespeist in einem getäfelten Restaurant mit einem riesigen Fischbassin, ein Ris de veau und danach eine reizende Tarte de Pommes, bloß keine Austern, die Gelbsucht winkt schon, einen klitzekleinen Calvados, bloß nicht zu viel, sie könnten in eine Verkehrskontrolle geraten. Aber diese Kontrolle hatten sie nicht erwartet, nicht die Begehrlichkeit ihrem Schwarzgeld gegenüber, das sie über die Grenze schaufelten. Solche harmlosen Leute, kleine Fische, wie sie von sich selbst dachten, Schwärme von Fischen.

Eben saßen sie noch am Nebentisch, während Cecilia und ich ein Plateau de fruits de mer aßen, so viel Fülle, als wäre Luxemburg eine Hafenstadt und die Stadt, aus der wir kamen, läge weit weg in der Wüste. Es war schön, Cecilia auszuführen, nein, sie filmte nicht immerzu, sie aß mit großem Appetit, sie beobachtete die anderen Gäste, sie dachte nach, sprach, manchmal fehlte ihr ein deutsches Wort, und es freute mich, wenn ich es ihr auf einem Silberlöffelchen servieren konnte.

In die Vertrautheit (im Vertrauen?) erzählte ich ihr von dem Sechzehnjährigen, seiner maßlosen Eifersucht, seiner Wut, und während ich erzählte, kam es mir vor, Wut und Eifersucht wären für lange Zeit meine intensivsten Empfindungen, meine wirklichen Leidenschaften gewesen. In meiner Eifersucht hatte ich Cecilia Macht über mich gegeben und war zornig, daß sie davon keinen Gebrauch gemacht hatte. Sie sah mich schweigend an, du Armer, sie streichelte über mein Kinn. Es war zugleich Trost für den unglücklichen Jungen und Verzeihen, daß er ihr nachspioniert hatte. Ich erzählte von ihren Briefen und den Briefen ihres Freundes Matthias, vom Glück, von der Verzweiflung des Mädchens und des jungen Mannes (wie ich sie mir vorgestellt hatte), von meiner geheimen Bewunderung für diese ganz andere Leidenschaft. Ich wußte, sie war zerstört worden. Es tat mir so leid, Cecilia. Du hast mir später so leid getan, du wurdest immer dünner und blasser. Von ihrem Vater sprach ich nicht.

Bernhard, du hast dir wirklich die Mühe gemacht, diese Briefe zu schreiben, als wärst du mein erster Liebhaber? Ich bemühte mich, keine Miene zu verziehen. Aber Matthias hat mir doch geschrieben, viele, viele Briefe, und ich vielleicht noch mehr. Schreiben oder Abschreiben, Suchen oder Finden, das ist doch beinahe dasselbe. Nein, mitgenommen habe ich die Briefe nicht, nicht ins Studium und erst recht nicht nach New York. Zuerst hätten sie mich traurig gemacht, später wären sie mir zu schwer gewesen. Nicht zurückschauen, die Krater und Wunden zudecken. Aber Cecilia, es wäre doch möglich gewesen. Ja, möglich. Und nun hast du es dir ausgedacht, oder nicht? In meiner Wohnung hatte ich ihr mein Arbeitszimmer gezeigt, es war unaufgeräumt, ungeheizt, ungemütlich, ein in die Jahre gekommenes Lehrerarbeitszimmer, ich hatte es eine ganze Weile nicht benutzt. Da war der Stapel mit meinen Aufzeichnungen, von denen ich, je länger ich daran schrieb, nicht mehr wußte, ob ich sie so nennen sollte. Sieh nur, hatte ich zu ihr gesagt, und dann die Tür wieder verschlossen. Cecilia hatte ihren Vater aus einem Film getilgt, Nüsse essende Nepalesen waren ihr wichtig, selbstgewisse Amerikaner auf der Jagd nach Mexikanern hatte sie gefilmt. Ein Film über Quadrate, eine Frau in ihrem Schrebergarten in Trier hatte sie dafür vorgesehen, vielleicht würde sie den aus seinem Bett gekippten Flußlauf aufnehmen, und ich hatte meinen Blättern etwas hinzugefügt, Zeugnisse der Niederlage, der Gewalt, und wünschte mir, Cecilia fügte mich ein in ihr Leben, in ihren nächsten Film. Ich würde eine Rolle spielen.

Jetzt war es von weitem zu sehen. Die Tür des Restaurants stand sperrangelweit offen. Ignaz bremste hart, parken konnte man es nicht nennen, wie er den Wagen stehenließ. Er knallte die Autotür zu, war mit einem Sprung im Restaurant. Der riesige Raum sah aus, als ob er blutete. Tische und Stühle waren umgeworfen, die Gedecke und Gläser zu Boden gewischt, die Tischdecken heruntergezerrt, wie die schmutzige Schleppe einer vergewaltigten Königin lagen sie da, mit schweren Schuhen war darauf herumgetrampelt worden. Ausgerechnet in diesem Augenblick rumpelte ein Güterzug auf dem Gleis neben der Küchenseite des Restaurants vorbei. Eine ganze Serie einer Autoproduktion, eine Riesenschlange von Waggons, wurde von Deutschland nach Frankreich verschoben. Die Halle vibrierte. Eine Hand hatte in die Bar gegriffen und die Obstbrände, die Likörflaschen vom Bord gefegt, klebrige Splitter überall. Kristallklunker knirschten unter den Schuhsohlen, mit vollen Flaschen war auf einen der Lüster und auf die Fenster gezielt worden, eine Flasche war an der Wand zerschellt und hatte eine lange Tropfspur zurückgelassen. Die besten Rotweine aus dem Temperierschrank waren geköpft. Eine Inszenierung der Gemeinheit, nackte Wut sah anders aus, unsystematisch, zufällig. Nur noch durch einen Schleier sah Ignaz das Graffito: *Haut endlich ab.* Alles, aber auch alles war getan, um das Ziel zu erreichen. Haut endlich ab. Ignaz watete durch die Zerstörung.

Und da kam Anna, sie hatte Blumen vom Wochenmarkt mitgebracht, und sie begann einfach zu schreien, hörte nicht auf, schrie wie ein verwundetes Tier, schrie, schrie wie – Punkt. Und dann schlug sie den Strauß, Astern und japanische Anemonen, violett und altrosa wie mürbe Unterwäsche, dazwischen kräftige Farne, schlug ihn heftig auf die Bartheke, die nicht wankte, peitschte so lange auf den Rand der Theke, bis die Blüten abbrachen. Ein gewaltsamer Akt gegen den anderen gewaltsamen Akt, er half nicht. Immer wieder heulte sie auf. Als sie sich faßte und zum Telephon griff, merkte sie, es war aus der Wand gerissen worden. Sie nestelte ihr Handy hervor, nur die drei Ziffern, dabei vertippte sie sich, zitterte, schrie hinein, die Polizei solle kommen, sofort. Die Frage nach dem Wohin, nach dem Warum überhörte sie, sofort, dann bellte sie die Adresse heraus. Die Polizei war schon einmal da gewesen, das tat nichts zur Sache, wieder ein Überfall, Zerstörung, also Sachbeschädigung? Nein, nein, viel schlimmer, alles kaputtgeschlagen. Also schwere Sachbeschädigung? Nein, kein Feuer gelegt, nein, keine Feuerwehr. Ignaz und Anna allein mit dem Scherbenhaufen, Ignaz und Anna allein im Klebrigen, im scharfen Geruch der verschütteten Schnäpse.

Sie wußten, worauf es ankam, als die Streife auftauchte, kein Palaver, sondern klare Aussagen: die dritte Einschüchterung, schlimmer als die erste, ekliger als die zweite, schauen Sie es sich an. Wieder prüften die Polizisten, diesmal ein älterer und ein jüngerer Kollege, das Schloß, das unter der Gewalt aufgesprungen war. Die Tür war aufgestemmt worden, der Türrahmen gesplittert. Sie kickten die Scherben weg und taten es so unsportlich wie möglich, fast sachte, um sie in ihrer Schädigung nicht noch zusätzlich zu verletzen. Der jüngere der Polizisten raffte seine Hosenbeine hoch und tappte durch den nach Alkohol stinkenden Raum, umschiffte die klebrigen Stellen und die roten Lachen. Eines der Tatwerkzeuge war ein Schlosserhammer, sagte der ältere Polizist, vielleicht noch eine Brechstange oder ein Baseballschläger. Eigentlich waren die beiden Polizisten Fachleute im Vermeiden eines Achselzuckens, und es war selbstverständlich, ihnen zu danken. Ja, aber wofür, für ihren Einsatz, den sie dem Dienstplan entsprechend leisteten, für ihre freundlichen, teilnehmenden, betretenen Gesichter unter den Mützen, mit denen sie ihr Mitleid bezeugten, oder interpretierten Anna und Ignaz das falsch? Nach ihnen kamen die Männer von der Spurensicherung, klebten hier, kratzten dort, nahmen Abdrücke, photographierten, machten sich ein Bild von der Zerstörung, schwiegen und arbeiteten. War es denn ein Schlosserhammer? Was? Das Tatwerkzeug. Ja, nein, vermutlich. Dann verabschiedeten sie sich.

Anna und Ignaz begannen aufzuräumen. Drei Schaufeln Scherben in einen Eimer, den Eimer ausleeren, wieder drei Schaufeln, einen Tisch aufstellen, heulen, die paar übriggebliebenen Stühle aufstellen, die Tischdecken zusammenknüllen und für die Wäscherei in die Körbe stopfen. Aber auf die Tischdecken kam es zuletzt an, es war ein Reflex, sie zusammenzuraffen. Schniefen, sich an den Scherben ritzen, wo war das Pflaster? Eine der auf den Boden gefegten Flaschen war unverletzt geblieben. Als Anna sie aufhob, brach der Boden heraus, der Holundergeist rann ihr über die Beine. Die Stille wurde starr, die Tischdecken auf dem Boden totensteif. Die Angestellten kamen, schwiegen, räumten mit auf, putzten, die Müllcontainer waren längst voll, sie wurden der Zerstörung nicht Herr. *Haut endlich ab.* Eine Kellnerin lehnte sich an einen der Tische, die Anna wieder aufgestellt hatte: Wie soll es denn weitergehen? Das ist doch kein Restaurant mehr, das ist ein Saustall. Anna sagte: So geht es jedenfalls nicht weiter. Nein, so nicht. Kriegen wir das wieder hin? Schulterzucken. Das Aufräumen machte unendliche Mühe, es machte müde, und es war sinnlos. Warum aufräumen, wenn das Ziel, das Restaurant in seinem alten Glanz wieder erstehen zu lassen, in weiter Ferne lag? Wolken wegschieben, Zähne zusammenbeißen und durch. Wir lassen uns nicht unterkriegen, wir machen weiter, wir sind eine gute Mannschaft, fast schon eine Familie. Der erste Überfall war scheußlich gewesen. Jetzt war es ein Fehler, daß Ignaz den zweiten verschwiegen hatte.

Die Geschwister sollen sich am nächsten Tag im Revier melden. Der nächste Tag ist meilenweit entfernt. Züge rumpeln auf dem Gleis, sie fahren nicht mehr nach Paris. Sie werben für Sonderangebote, *für Sie und Ihre Freunde*, die Moselschleife, die Saarschleife, schöne grüne Angebinde für den Kurzurlaub. Sie bummeln über die Dörfer, Fahrschülerzüge, Bahngleise mit Buschwerk, dahinter Kolonien von Fertighäusern über die Hänge gestreut. Den Kurzurlaub wird es nicht geben, auch die Notbremse wird nicht betätigt. Der nächste Tag nach einer schlaflosen Nacht, einer zertrümmerten Nacht. Anna hat nicht allein schlafen wollen. Sie ist zu Kathi und ihrem Vater gefahren, zurück ins Kindliche, und Kathi hat sie aufgenommen, als wäre sie ein Flüchtling. Aber Anna wollte nichts anderes sein als eine kleine Schwester, eine, die fragt: Warum ist das so? Kathi weiß es nicht, und ihr Vater sagt: Weil wir Sinti sind. Aber das wissen wir doch. Trotzdem.

Auf dem Flur des Reviers warten lauter Geschädigte, ein Auto ist gestohlen worden, einem teuren SUV sind die vorderen Scheinwerfer über Nacht fachmännisch abmontiert worden, eine junge Frau sieht finster aus, sie vergräbt die Hände in ihrer großen Handtasche und fuchtelt dann mit einem zerknitterten Taschentuch vor ihrem Gesicht. Die Beamten sind überlastet, alles dauert, eine nervöse Rauchpause vor der Tür des Reviers. Schließlich sind Anna und Ignaz an der Reihe. Sie sind das Restaurant?, sie nicken. Der Polizist starrt auf seinen Bildschirm, sucht die Datei, kneift die Augen zusammen: Warten Sie, ich habe Sie gleich, hier, das sind Sie, die schwere Sachbeschädigung, nicht wahr. (In Wirklichkeit sagte er nicht *nicht wahr*, sondern im Dialekt *ne.*) Das ist ein Überfall aus blankem Rassismus, viel mehr als eine schwere

Sachbeschädigung, was denn sonst? Alles von Neonazis kaputtgeschlagen. Ihre Kollegen haben doch photographiert. Zuerst die Hakenkreuze, dann ein Haufen Scheiße vor der Tür und jetzt ein Trümmerfeld und ein Geschmier an der Wand. *Haut endlich ab.* Anna, die versierte Chefin, steht stumm und bleich neben ihrem Bruder. Wann und wie können wir das Restaurant wieder öffnen, der Ausfall des Umsatzes, die Gehälter, die Nebenkosten, wie soll das gehen? Sie müssen die Täter doch finden. Der Beamte nickt. Es kann doch nicht so schwer sein, es sind Neonazis. Der Beamte, ein netter Mann von etwa vierzig Jahren, der die Überforderung hinter einer sachlichen Geschäftigkeit zu verbergen sucht, sieht von Anna zu Ignaz und wieder zurück zu Anna. Beruhigen Sie sich doch. Wir haben so viel zu tun, hier geben sich die Geschädigten die Klinke in die Hand, vierteilen können wir uns nicht. Und dann tippt er wieder in den Computer, die Finger sind unsicher, hacken auf den Tasten, bleiben für den Bruchteil einer Sekunde zu lange dort liegen. Er sieht auf den Bildschirm, kneift die Augen zusammen, dann bewegen sich die Finger wieder. Der Polizist war ganz anders als als der, den ich als MEINENVATER in Erinnerung hatte. Und ich sah auch, wie verschieden die Männer auf diesem Revier waren. Ein oberflächlicher Blick bemerkte nur ihre Uniformen und nicht einmal ihre Funktionen, ihre Müdigkeit.

Wieder eine schlaflose Nacht. Der Tag ist bleischwer. Anna wartet vor der Tür des Restaurants, vertrödelt eine Viertelstunde. Die Täter müssen doch zurückkommen, alle Täter kommen an den Ort der Tat zurück, so stellt sie es sich vor, und sie wird die Täter sofort erkennen. Schlosserhammer, Brechstange, Baseballschläger, die geilen Fressen, den blanken Haß in den Augen, die Kälte, den aufgeplusterten Stolz. Das haben wir gemacht, wieder und wieder. Der Tag will nicht enden. Die versierte Chefin läßt ihn vergehen, und er geht über in einen Sinkflug. Sie putzt, räumt auf, rettet, was zu retten ist, nur ungern läßt sie sich helfen. Es wird schon früh dunkel, und die Dunkelheit verdeckt die Zerstörung. Wenigstens das Licht muß funktionieren. Ignaz steigt auf die hohe Leiter und schraubt Glühbirnen in den Lüster, an dem die Klunker fehlen. Beim Heruntersteigen schwindelt ihm. Seine Hände kleben an den Holmen.

Der Mann von der Versicherung kommt. Schon wieder, stöhnt er, und die Geschwister wissen nicht genau, ob ihm die Begutachtung des neuen Schadens lästig ist oder ob er sie bedauert. Er nennt die Schadenssumme, die seine Versicherung beim letzten Mal gezahlt hat, er verweist auf einen Paragraphen der Vertragsbestimmungen. Besonders gefährdete Objekte unterliegen einer individuellen Beurteilung. Und zweifellos sei dieses Restaurant ein besonders gefährdetes Objekt. Auf das Türschloß, das ein Witz sei, habe er schon nach dem letzten Einbruch hingewiesen. Aber die Täter haben die Tür aus den Angeln gehauen, sehen Sie sich doch den Türstock an. Der Einwand gilt nicht, Türschloß ist nicht Türschloß. Ein gutes Türschloß ist eine Warnung. Eine vernünftige Sicherung ist die Verhütung des Versicherungsfalls. Eine bessere Sicherung hätte die Täter vermutlich davon abgehalten, überhaupt einen Einbruch zu riskieren. Sichern und versichern scheinen jetzt das gleiche zu sein. Er hat es ja schon früher gepredigt. Der Mann braucht keine Aufforderung, er sieht den Türstock an, er sieht die zerbrochenen Scheiben, den Lüster, an dem die Kristallklunker fehlen, die Bar, auf der keine einzige Flasche mehr steht, die Tür des Temperierschranks steht offen, er ist kaputt, die Tische kahl und erbärmlich, jetzt wirkt das Restaurant überdimensioniert – unwirtlich, das war das richtige Wort. Man hört den Hall der eigenen Stimme. Der Versicherungsvertreter geht in der früheren Bahnhofshalle herum, als wäre sie nie ein schönes Restaurant gewesen, sondern ein Ort, an dem man auf einen verspäteten Zug wartet, ein Ort des Übergangs, ein Ort, an dem nur die vergeudete Zeit zählt, nicht die Freude, die Gastlichkeit. Die versierte Chefin zeigt auf die Wand: *Haut endlich ab.* Da, schauen Sie. Das ist nicht schön, sagt er schließlich. Nein, das ist nicht schön.

Ein Beamter aus dem Revier ruft an, ob Herr Dorn noch einmal vorbeischauen könne. Ignaz läßt alles stehen und liegen. Die Täter müssen gefunden worden sein. Die Tat ist mit anderen Taten verglichen worden, eine Latte von Einschüchterungen, Zerstörungen, Überfällen, alle nach dem gleichen Muster, das organisierte Verbrechen der Niedertracht. Ignaz zweifelt nicht daran und fühlt sich schon erleichtert, als er das Revier betritt. Obwohl sie nicht dazu aufgefordert worden ist, begleitet Anna ihn. Jetzt müssen sie nicht lange warten, nur ein Mann mit einem blau geschlagenen Auge sitzt auf der Wartebank.

Herr Dorn, haben Sie Feinde? Persönliche Feinde? Jemand, den Sie enttäuscht haben? Jemand, mit dem Sie Geschäfte gemacht haben, die geplatzt sind? Stimmt etwas nicht? Sind die Gäste zufrieden? Ignaz schweigt, dann nickt er, alles in Ordnung. Ich habe keine Konkurrenten, das Geschäft läuft gut, und ein Restaurant mit Musik ist einzigartig, jedenfalls in dieser Stadt. Und jetzt denkt er: in dieser Scheißstadt, in der sie unser Restaurant versauen, uns kaputt machen, in dem sie ihre Schmierereien hinterlassen, ihre Drohung: Wir waren hier. Wir sind die einen, und du bist der andere, du bleibst der andere. Du mit deiner sentimentalen Scheißmusik, du und deine Bagage, du und die Großkopfeten, die bei dir verkehren, an die du dich herangewanzt hast, so liberal, so scheißliberal, die sind uns egal. Wir sind Nazis, und du bist eine arme Sau. Wie du dich auch spreizt, all dieser Firlefanz, der nur davon ablenken soll, wo ihr herkommt und wo ihr hingehört. Da kann deine Schwester noch so viele weiße Tischdecken auflegen und Servietten türmen. Ist sie überhaupt deine Schwester? Wir kriegen euch noch.

Der Polizist ist ein dünner Mann, der vornübergebeugt an seinem Computer sitzt, schlechte Haltung, zwischen dem Bildschirm und Ignaz schaut er hin und her. Er hat ein Mausgesicht, viel zu nervös für ein Revier mit dauerndem Publikumsverkehr. Er tippt mit emsigen Fingern, er konzentriert sich, schaut auf, sieht durch Ignaz hindurch, sieht Anna an, blickt wieder auf den Bildschirm, und dann hebt er den Kopf. Ignaz nimmt sich zusammen, um ruhig zu sprechen, ruhig und langsam, damit der Polizist seine Aussage in den Computer hacken kann. Anna greift ein, und ihr Ton ist härter, kälter als der ihres Bruders: Das sind Neonazis, was gibt es daran zu zweifeln? Wer tut denn so was, Runen an die Wand schmieren, Scheiße vor die Tür kippen, alles demolieren, es müssen Neonazis sein. Sie knallt ihre Sätze auf den Schreibtisch.

Trotzdem, Herr Dorn – hatte der Polizist Anna überhaupt nicht gehört, hatte sie in den Wind gesprochen? –, trotzdem, denken Sie noch einmal nach. Sie sind doch ein attraktiver Mann. Haben Sie jemandem die Frau weggenommen? Ist jemand eifersüchtig auf Sie? Oder sonst etwas in der Familie? Es war nichts, so wenige waren übriggeblieben, alles geschädigte Menschen, die zusammenrücken. Allein die Frage nach Feinden, persönlichen Feinden, war eine persönliche Kränkung. Ich habe keine Feinde, *die* brauchen Feinde, um sich stark zu fühlen. Soll er seine Hose ausziehen und seine Kinder-KZ-Nummer auf dem Oberschenkel zeigen? Anna greift ein: Es sind Nazi-Überfälle. Ja, ja, das sagen Sie. Eine Gesinnungstat ist schwer nachzuweisen. In unserer Stadt gibt es keine Nazis. Jetzt wird Anna schnippisch: Dann müssen Sie eben ermitteln. Und wieder der Beamte: Passen Sie auf, was Sie sagen. Das war ein Satz zu viel. Soll sie einen Rückzieher machen? Nein. Ein zweiter Beamter mischt sich ein: Ganz ruhig, ruhig, wir müssen in alle Richtungen ermitteln. Denken Sie doch noch einmal über Ihr Umfeld nach. Können Sie sich vorstellen, daß jemand Ihnen übelwill? Ignaz schäumt: Sagen Sie doch gleich Zigeunerhickhack, Stammesfehde, alle zurück auf den Balkan, dort wo sie hergekommen sind. Das hat doch niemand gesagt. Und dann platzt es aus ihm heraus: Natürlich habe ich Feinde. Hitler, den Lagerkommandanten, die Kapos, die Aufseher, die Mörder meiner Geschwister und die, die auf ihrer Seite sind, und die, die das nicht kümmert. Jetzt blickt der Polizist von seinem Computerungetüm auf. Seien Sie doch nicht gleich so aggressiv. Ist ja schon gut, wir melden uns wieder.

Ignaz sah sich selbst an der Hand seines Vaters die Stufen des Rathauses hinaufsteigen, der humpelnde Vater, der sich fast am Geländer hochzog, eine harte Hand, schwerer Atem, Angst, die in der Luft stand. Immer sagte sein Vater *Amt*, und Ignaz wollte es überhören, die Stufen hinauf, während sein Vater sich auf den Stock stützte, den Flur entlanggehen, einen Zettel mit einer Wartenummer aus dem Kontrollgerät ziehen, auf der hölzernen Bank sitzen zwischen anderen Bittstellern, lauter Armen. Als er noch so klein war, daß er das Fürchten kannte, aber noch nicht systematisch gelernt hatte, wußte er instinktiv: Der Stock ist gefährlich, eine Hand kann einem einfach ausrutschen. Der Stock, gegen eine Amtsperson erhoben, ist ein Verbrechen. Der Stock ist ein verlängerter Arm, ein erweiterter Kinnhaken. Schlagstöcke hatte nur die Polizei.

Das Müllauto rasselt durch die Straße, die Tonnen werden ausgekippt. Gleich werden auch unsere Scherben abtransportiert, an denen der Wein klebt, die Klunker des Kronleuchters, die Splitter der Salz- und Pfefferstreuer, der Vasen, die zu Brennholz geschlagenen Stühle, das halbe Restaurant, aber der Versicherungsvertreter muß noch einmal kommen, er hat ja nicht einmal die Schäden im Einzelnen registriert. Er ist in Urlaub, er hat alle Zeit der Welt, und man muß sich gewaltig anstrengen, um ihm nicht böse zu sein. Die Schäden laufen nicht davon, die Schäden sind überall sichtbar, die Tür ist notdürftig geschlossen, die Fenster sind mit Folien beklebt. Ignaz und Anna fürchten sich vor einem neuen Überfall. Immer bleibt jemand im Restaurant, auch nachts. Die Kellner haben sich bereit erklärt und der Koch, das ist sehr nett, *solidarisch* wäre das bessere Wort. Anna ist mit ausufernden Gesellschaften fertig geworden, hat Gästen, die sich über den Service beklagten, ein Glas Rieslingsekt gebracht und erklärt: Ausgerechnet heute fehlt eine Kellnerin, sie hat sich einen Muskelriß zugezogen, dummerweise ist sie auf den Treppenstufen zum Kücheneingang ausgerutscht. Das verstand jeder, die Gesichter hellten sich wieder auf und – große Entschuldigung. Einmal, als ich auf den Kellner gewartet habe, um meine Bestellung aufzugeben, stand Anna plötzlich vor mir und strahlte: Weißt du noch, Bernhard, als wir zusammen in einer Klasse waren, hast du dich manchmal neben mich gesetzt und mir beim Rechnen geholfen. Wenn du mir etwas erklärt hast, habe ich es sofort verstanden. Anna, daran kann ich mich gar nicht erinnern. Cecilia war es, die sich neben sie gesetzt hatte, aber ich hielt den Mund. Anna umarmte mich, sagte überschwenglich *danke* und dann: Forellen haben wir leider nicht mehr, auch keine Steinbeißer. Ich bringe dir ein Lammfilet, ein ganz zartes Lämmchen. Sie war so überzeugend, daß jeder Widerspruch zwecklos war.

Anna schläft wieder einmal nicht; aber abends ist sie so wach, daß sie eine Runde durch die Schrebergärten dreht, an den Gleisen vorbei, an den Wohnblöcken vorbei, die auf dem Gelände der Essigfabrik errichtet worden sind. Sie kommt zurück, atemlos, aber in den Gefühlen ruhiger, setzt sich zu Ignaz, und sie rechnet mit ihm die Kosten zusammen: die Kredite, die Pacht, die Löhne, die Stromrechnung, das Telefon, alles läuft weiter. Und vor der Tür ein Schild *Vorübergehend geschlossen*. Schließlich kommt der Versicherungsvertreter wieder. Ignaz hat ihm schon Photos geschickt, nachgeschmissen habe ich sie ihm, schimpft er, Bilder der Zerstörung, Bilder von den Scherbenhaufen, dem Müll, den Stuhlbergen. Na, das sieht doch schon besser aus. Ist das ein Trost, eine Begrüßung? Es ist eher ein Klaps auf die Schulter, wird schon. Der Mann ist unverschämt braun, seine Geheimratsecken schuppig, er hat vergessen, dort das Sonnenschutzmittel aufzutragen. Schlosserhammer, Brechstange, Baseballschläger. Das Restaurant ist geschlossen, *vorübergehend geschlossen*, der Versicherungsvertreter lehnt sich an die Theke, den Fels in der Brandung, und er ist selbst ein Brocken. Wann können Sie wieder öffnen? Was für eine Frage. Anna und Ignaz brauchen das Geld von der Versicherung, erst dann können sie neue Anschaffungen planen. Der Schaden muß endlich geschätzt werden. Ein Fachmann muß kommen, ein Fachmann für Restaurants, er muß aus Köln kommen, aber wann? Das weiß niemand, wir bemühen uns. Aber wir brauchen ihn sofort. Warum haben Sie den Fachmann nicht gleich benachrichtigt? Ein kleines Florettgefecht. Jeder Tag, an dem das Restaurant geschlossen bleibt, kostet Geld. Der Versicherungsvertreter nickt. Natürlich, aber so ist die Regel. Anna nennt die Summe, die die ursprüngliche Einrichtung gekostet hat. Jetzt zuckt er merklich zusammen, als hätte Anna mit einem Eiswürfel auf ihn gezielt, dann sagt er: Sie müssen doch den Zeitwert bedenken. Er lehnt an der Theke, mit behaglich aufgestützten Ellenbogen, als wäre es ganz selbstverständlich, daß Anna ihm einen Kaffee anbietet, aber die Kaffeemaschine ist kaputt, es gibt keine Tassen mehr. Es gibt Wasser aus dem Wasserhahn, aber kein einziges Glas. Ja, Sie werden bald von der Versicherung hören, baldmöglichst, und Kopf hoch. Das war's. Ignaz rechnet und rechnet wieder. Aufträge müssen storniert werden, die Kredite laufen weiter, die Löhne müssen gezahlt werden, auch wenn die Mannschaft jetzt etwas anderes tut

– aufräumen, das Nötigste sichern, Wache schieben in der Nacht, das steht nicht im Arbeitsvertrag, aber alle helfen, und Ignaz prüft den Kontostand.

Anna erinnert sich an die junge Journalistin, die über die Eröffnung des Restaurants geschrieben hat, und ruft sie an. Sie war so sympathisch. Es sei ungeheuerlich, jeder mögliche Mist stehe in der Zeitung, aber daß Neonazis in ein Restaurant eingebrochen seien, es ein zweites Mal versaut und ein drittes Mal kurz und klein geschlagen hätten und daß nichts geschehen sei, daß die Polizei schulterzuckend zur Tagesordnung übergehe, darüber müsse sie schreiben. Das Restaurant mit dem weitgereisten Chef, der ab und zu für seine Gäste singt, und der versierten Chefin, das habe sie doch geschrieben. Anna redet sich in Rage, ihre Stimme kiekst. Sie will die Journalistin überzeugen, dabei läßt sie ihr gar keinen Raum zum Überzeugtwerden und keinen Raum für ihre Neugier. Sie ist die Polizei, die nichts unternimmt, sie ist die Journalistin, die bedrängt wird, sie ist die Kellnerin, die sich mit erschrockenen Augen vor ihrer außerordentlichen Kündigung fürchtet, sie ist die Chefin eines Restaurants, und sie ist ein aufgelöstes Bündel, und gleichzeitig hat sie das Empfinden, als verflüssige sie sich selbst. Wenn sie die leeren Borde fixiert, ist sie auch ein Glas, in das jeder hineingießen kann, was er will, in das jeder hineinspucken kann. Ein Scherbenhaufen ist sie. Die Journalistin hört ihr zu, mit lauter Seufzern des Bedauerns, kleinen Einwänden und großen Fragen, aber sie müsse erst mit der Redaktion sprechen. Daß sie erst Volontärin ist, hat sie am Eröffnungsabend nicht gesagt. Als sie nach einer guten Stunde wieder anruft, ist sie sehr kleinlaut: Wir hätten berichten sollen, als die Sache noch heiß war, jetzt ist es zu spät. Das ist die Meinung des leitenden Redakteurs, und dahinter verbirgt sich der Vorwurf: Warum haben Sie uns nicht sofort benachrichtigt?

Cecilia wurde unruhig, sie telephonierte, sie skypte, brütete über einer Landkarte und fuhr ins Hotel. Was machst du da? Ich arbeite an einem Konzept, ich kann nicht so freihändig filmen. Warum schreibst du es nicht hier, dein Konzept? Die Tür zu meinem Arbeitszimmer stand offen. Während sie mit der Kamera streunte, hatte ich es gelüftet, die Heizung aufgedreht, aller Schulmief war weg. Sogar den großen Papierstapel hatte ich beiseite geräumt. (Geh nicht so nachlässig mit deiner Arbeit um, Bernhard.) Bleib hier, bleib hier bei mir. Es war mehr als eine Einladung, es war eine Bitte, es war eine gedachte Selbstverständlichkeit. Bitte, bleib hier, bleib bei mir. Wie einfach kann alles sein. Der Fluß, in die Senkrechte gekippt, die pastellfarbenen Spielzeughäuser auf der anderen Seite des Flusses, es geht nicht, Cecilia, du willst etwas Unmögliches, aber es geht doch: ein Glas Wein in einem Gartenlokal, Ausflugsschiffe, Sonnenkollektoren, Brennesseln, die ruhige Banalität einer Alltagsherrlichkeit, die alte Frau, von der du erzählt hast. Es geht nicht, Bernhard. Cecilias Kopfschütteln tat weh. Warum? Weil's nicht geht. Eine Pause, die nicht leicht zu füllen war. Dann machte ich ihr den Vorschlag: Du könntest zu Anna und Ignaz fahren, ihr Restaurant filmen, seine Zerstörung und den Wiederaufbau. So freihändig kann ich in keiner Bahnhofshalle filmen, ich brauche Licht, ich brauche Ton, dazu brauche ich mein Team, Bernhard. Es wäre, wie mit einem Kindereimerchen das Meer ausschöpfen zu wollen. Und sie sprach von einer Totalen, hob die Hände über den Kopf, deutete einen Schwenk an – ich brauche 360 Grad –, sprach vom Zoomen, dem Hall, den der große Raum unweigerlich habe. Ich hatte dem nichts entgegenzusetzen, widersprach aber ins Blaue hinein: Aber so groß ist der Bahnhof auch nicht, es kam uns als Kindern nur so vor. Cecilia stöhnte: Alles ist zu groß, wenn man es in eine kleine Kamera hineinzwängen will. Sie lehnte am Türrahmen, hatte die Arme verschränkt, sie trug ein kurzes kariertes Hemdchen, und ihre nackten Knie darunter waren kläglich, verfroren. Ich trug immerhin einen Bademantel. Mein Material habe ich gesichtet, mehr kann ich hier nicht tun. Aber du tust doch etwas, Cecilia, mein einfacher Satz war eine Umarmung. So war er gemeint. Bleib hier, bitte.

Ich saß in einer Höhle, polsterte sie aus, erwartete die Liebste. Und wenn sie jetzt nicht kam, streunte, streunte, dann kam sie später oder morgen. Offene Türen, ein weites Herz, der gequälte (selbstquälerische?) Sechzehnjährige war ein abgeklärter und gleichzeitig erregter alter Mann geworden. Wieder telephonierte Cecilia, skypte in der Nacht lange mit einer Agentin, mit einer Schauspielerin, redete auf eine zweite Schauspielerin ein, sprach wieder mit der Agentin, dann mit dem Produzenten, sprach in einem raschen, wegwerfenden, professionell klingenden Amerikanisch und entschuldigte sich: Immer muß ich die Zeit umrechnen, wenn ich den Kameramann in New York erwischen will. Ich brachte ihr eine Tasse Tee mit Honig. Und die Art, wie sie *danke, Bernhard* sagte, machte mich glücklich. Honigküsse. Weißt du, Bernhard, die New Yorker haben keine Gesten, deshalb ist es manchmal schwer, mit ihnen zu verhandeln. Alles mußt du aus der Stimme heraushören, nichts darfst du hineininterpretieren. Das ist für eine Regisseurin schon frustrierend. Also mußt du sie sehen? Ja. Und dazu mußt du zurückfahren? Ja. Lauter Fragen, lauter pfeilschnelle Antworten. Was wäre ohne die Fragen gewesen? Vielleicht hatte sie meine Bitte als eine Umklammerung empfunden. Während Cecilia sich in das Hotelzimmer zurückzog, hielt ich die Tür zu meinem Arbeitszimmer halb offen und ordnete meine Papiere, schrieb wenig, zögerlich, unkonzentriert, mit einem Ohr blieb ich an der Haustür. Wieviel Fördermittel verplemperte sie im Hotel? Oder war der lange Aufenthalt im Budget vorgesehen, und unsere Zeit war außerplanmäßig, aus dem Fugen? Wann kam Cecilia zurück?, bald, bald, und dann war sie zufrieden, ausgeruht, als hätte sie nicht gearbeitet. Wir aßen, wir schliefen, wir schwiegen, wir liebten uns. Das Bett, das ruhige Bett, der ruhenden Pol, das Bett war ein Konzept ohne Totale, ohne Schwenk.

Jetzt bin ich bei dir, sagte Cecilia am Morgen, danach könntest du bei mir sein – sie machte eine Pause, solche Pausen kannte ich schon –, wenn du willst. Ich war so verblüfft, daß ich nicht gleich antworten konnte. Komm doch nach New York. Sie sagte es nüchtern und selbstverständlich. Es war keine Einladung, sondern ein Vorschlag, der mir die Sprache verschlug. Meine gedachte Selbstverständlichkeit, *bitte, bleib hier* gegen ihr *komm doch*. Schweigen, Umarmen, Hitze und eine schlaflose Nacht, in der ich in mein Arbeitszimmer schlich, die Blätter auf dem Stapel umschichtete und auf ein Blatt *offene Türen, ein weites Herz* schrieb. Und auf ein anderes: *Schließungsdatum*. Mein Papiervorrat ist üppig.

Nein, druckste ich am Morgen herum, ich kann nicht, ich kann nicht in New York sein, ich weiß, ich würde verlorengehen. Der Sack von Vorurteilen, den ich vor ihr ausschüttete, war groß, sein Inhalt wirr, ungeordnet, der Lärm, die Fülle, die Panik, in New York zu sein, ja, ja, für dich muß es lächerlich klingen, Cecilia. Ich sagte auch *Wolkenkratzer* und hörte selbst, wie kratzig meine Stimme dabei klang. Die Schönheit ist anderswo, in den Weinbergen, in einem Wäldchen. Du bist weggegangen, als dazu Zeit war, du bist geflohen, hast dein Unglück hinter dir gelassen. Und während ich mich ereiferte, begriff ich: Für Cecilia mußte die Liebe in einem Zwischenraum sein, wenn nicht sogar etwas Verborgenes, etwas, das weit weg war, uneinlösbar. Vielleicht so geheim, daß nicht einmal das Objekt ihrer Liebe es merkte. Sie hatte das namenlose Mädchen am Bahndamm verloren, sie hatte Matthias verloren, was weiß ich, wen und was sie noch verloren hatte, wen oder was sie insgeheim festhielt, damit niemand und nichts verloren ging. Was geheim war, konnte ihr nicht genommen werden. Der Kalender hatte viele Seiten, die umgeblättert wurden. Indem sie Nähe und Ferne unvermischt ließ, konnten Niederlagen ihr nichts anhaben. Hier in der Stadt, in der sie ein Kind gewesen war, wäre ihre Liebe ein öffentliches Ereignis gewesen. Wenn sie reiste, wenn sie früher geflohen wäre, sich unauffindbar gemacht hätte, wäre sie sicher vor sich selbst (und der Gewalt ihres Vaters). Aber vielleicht täuschte ich mich auch. Ich war nicht objektiv. Cecilias Objektiv war blank geputzt. Aber als ich ihr Gesicht mit den zusammengebissenen Zähnen, den angespannten Backenmuskeln, dem verzogenen Mund sah, lenkte ich ein: Was mir Freude machen würde, so viel oder so wenig Ermutigendes fiel mir zu New York ein, wäre das viele Wasser, der Hudson, das Meer. Hast du Angst vorm Fliegen?, fragte sie knapp. Nein, das war nicht meine Angst. Ich wollte nicht verloren gehen. Meiner Kläglichkeit war ich mir bewußt.

Gut, sagte Cecilia, ich gehe jetzt weg, bis du dich beruhigt hast. In New York gehe ich einmal um den Block, vielleicht auch zwei Blocks weiter. Sie kam wieder mit geröteter Haut und kalten Händen, setzte sich auf mein Bett und malte mir eine Stadt am Meer aus, eine Stadt, in der ältere Männer an der Uferpromenade lungern, jüngere protzen mit Klimmzügen an den Turngeräten. Militärschiffe liegen im Hafen, darüber die weiche pazifische Luft. Fliegende Händlerinnen verkaufen Obst und Gemüse an lang gestreckten Tischen. Bis in die neunziger Jahre war Wladiwostok eine abgeriegelte Stadt, keine Ausländer durften hinein und keine Sowjetbürger, die nicht dort registriert waren. Wladiwostok – wie sie den Namen aussprach, war eine Verführung in den weichen Konsonanten. Abgeriegelte Stadt, tote Stadt mit einem großen Hafen, gerüstet für jeden Ernstfall, Notfall, Überfall. Dann, nach dem Zusammenbruch der Sowjetunion, legten zum ersten Mal amerikanische Schiffe im Hafen an. Was für eine Sensation – zum Augenreiben. Bernhard, du mußt dir Tretautos aus knallbuntem Plastik vorstellen, die um einen Springbrunnen kreisen wie auf einem Jahrmarkt, Kinderballons in der eisigen Luft und die Flotte im Hafen, der monatelang zugefroren ist. Und stell dir Leute vor, die breitbeinig auf Hockern sitzen und Krabben pulen, unermüdlich pulen sie. Abends essen sie Fisch, und tagsüber pulen sie und schwatzen. Sie kaufen Autos bei Chinesen, essen Glasnudeln und starren in westliche Juwelierläden. Schön muß es sein, bilderbuchschön, Buchten, steil ansteigende Hügel, ein schwüler Sommer, dann *indian summer* rund um die Stadt. Chruschtschow wollte aus Wladiwostok ein sowjetisches San Francisco machen. Wenn du nicht nach New York kommen magst, möchtest du nach Wladiwostok reisen, interessiert dich das? Ein Außenposten, der in die weite Welt blickt, weit von Moskau, mit eleganten Stahlseilbrücken und einer Puppenstubenaltstadt, orthodoxen Zwiebeltürmchen, einem Bahnhof und einem ehemaligen Luxuskaufhaus, knubbelige Architektur aus dem neunzehnten Jahrhundert. Und wenn man durch die schmale Schneise zwischen der japanischen Hauptinsel und Hokkaido späht, sieht man schon die amerikanische Küste, nahe bei Portland, Oregon. Steht das in deinem Exposé, Cecilia? Nein, ich habe einmal einen Film gesehen, darin schien Wladiwostok eine Sehnsuchtsstadt zu sein, aber vielleicht eher für Usbeken, Mongolen oder für Chinesen vom Land, eine Schmugglerstadt, eine Stadt der Matrosen. Ich fürchtete, daß Cecilia sich über mich lustig machen wollte. Willst du mich in die Kälte schicken? Aber nein, im August sind es mehr als 20 Grad, leider regnet es viel, weicher pazifischer Regen. Im Januar ist es sehr viel trockener, allerdings häufig 10 Grad unter null. Wladiwostok, Portland, Bukarest, Florenz, alles ungefähr auf einem Breitengrad, das mußt du dir vorstellen. Gar nichts wollte ich mir vorstellen. Aber Cecilia redete sich in einen Furor hinein: Du fliegst nach

Moskau, vor dem Fliegen fürchtest du dich ja nicht, und weiter nach Wladiwostok. Fahr bloß keine neuntausend Kilometer mit einer nostalgischen Eisenbahn voll von dauerphotographierenden Touristen. Du bist einfach da, hast dich in eines der neuen Hotels einquartiert, beachtest die Zeitverschiebung. Dann stehst du an der Uferpromenade in Wladiwostok, ich habe im Film auch die schöne Spannbrücke gesehen, du magst doch das Wasser?, ich stehe in San Francisco auf der Golden Gate Bridge, wir haben uns beide aufeinander zubewegt, du nach Osten und ich nach Westen. Ich winke dir zu, du winkst mir zu. Einen Augenblick lang dachte ich: Nun ist sie verrückt geworden. Ich mußte Atem holen, tief, tief Atem holen, bis ich in der Lage war, etwas zu sagen: Cecilia, du hast mir eine Rolle auf den Leib geschrieben: Jemand, der winkt, jemand, dessen Sehnsucht ins Wasser fällt. Sie küßte mich und sagte: Ich ziehe mich zurück, um traurig zu sein. Traurig ist man am besten allein. Ich weiß, Cecilia. Nein, das war keine Szene aus einem zukünftigen Film, eher eine aus einem verwackelten Video.

Sie hatte mir eine Niederlage verpaßt, oder ich hatte nicht begriffen, daß sie die ausgebeulte Jacke, mit der sie angekommen war, abgelegt hatte. Sie war in einen weiten, umhüllenden Mantel geschlüpft, einen Mantel, der vielleicht auch Flügel hatte. Sie war raketenhaft aufgeschossen, an mir vorbeigezischt, und weg war sie, während ich mich in der Gewißheit gesonnt hatte, sie bliebe bei mir, sie und ich ein Paar, ein jetziges und ein zukünftiges Paar. Doch so war es nicht. Ich hatte mich wieder einmal getäuscht. Wie sie sich das Winken über das pazifische Wasser hinweg ausgedacht hatte, so hatte ich mir etwas ausgedacht, das einer spät wiedergefundenen Liebe täuschend ähnlich war. Ich brachte Cecilia zum Luxemburger Flughafen. Abschiedszeremonien in der Halle, bei der Schlange vor dem Schalter einer Fluggesellschaft oder im engen Gang vor der Sicherheitskontrolle waren ihr zuwider.

Die Bank schickt ein Mahnschreiben an Ignaz und Anna. Der Kalender ist in den Herbst gerutscht, nur ein Fingertippen, es hätte längst eine Ankündigung zum Gänse-Essen geben müssen wie im letzten Jahr, ein schöner Anlaß, um zusammenzurücken im Namen des Heiligen Martin, der dem Bettler seinen halben Mantel geschenkt haben soll. Ein halber Mantel, was soll das? Lieber ein ganzes, gut eingeführtes Restaurant, eine halbe Flasche Wein und ein Viertel von der Gans. Jetzt hält es Ignaz nicht mehr aus, Bewegung, Bewegung, nichts hält ihn mehr, er vertrödelt eine Stunde an einem Büdchen in einer Vorstadt. Aber er hat wache Augen und registriert alles, was ihm sonderbar erscheint. Er setzt sich in eine heruntergekommene, seit Jahrzehnten vom Nikotin vergilbte Kneipe, er lauscht, er sieht sich um, dann klingelt er an Türen, schaut, wo noch Licht brennt. Er fragt, jemand nickt, schnauft, läßt ihn eintreten, eine alte Frau, ihr Fernseher plärrt. Wie viele einsame, alte Frauen hat sie alle Zeit der Welt, sie schwatzt, es wird eine lange Litanei von Klagen und Beschwerden: Die Post geschlossen, der Supermarkt viel zu weit, sie traut sich nicht mehr abends auf die Straße, man weiß ja nie. In ihren Vorgarten werden dauernd leere Bierbüchsen geworfen, sie hat gesehen, wer das war, ein junger Kerl aus der Nachbarschaft. Sie wundert sich, daß Ignaz sich so bald verabschiedet. Er spürt, daß sie ihm vom Fenster aus nachstarrt. Wieder geht er in eine Kneipe, die ihm nicht gefällt, ganz gelangweilt sieht er aus, was macht er hier?, er hört unauffällig zu, er fragt den Wirt, der Wirt zuckt die Schultern, Ignaz trinkt einen Apfelkorn, noch ein Bier, ein Biertrinker ist er nicht. Dann macht der Wirt sich wichtig, erzählt ihm etwas, *packt aus*, so heißt das wohl, und Ignaz bleibt. Der Wirt soll nicht denken, er sei *deshalb* gekommen, nein, einfach so. Neonazis gibt es hier nicht, die müssen von außerhalb kommen. Oder vielleicht den einen oder anderen, aber ganz harmlose, im Grunde liebe Kerle, man muß sie nur zu nehmen wissen.

Ignaz stromert durch eine Siedlung, betrachtet mit gespieltem Interesse auf einer Plakatwand die vom Sonnenöl glänzenden rehbraunen Schultern, das blonde Haar eines Mädchens; er soll bei einem Reiseunternehmen buchen, *Frühbucher für den nächsten Sommer*, schon im Herbst, im Nieselregen. Er will nicht reisen, er hat eine Aufgabe, die ihn ausfüllt. Er fährt in einen anderen Vorort, nach Euren, wartet, bis es dunkel ist, klingelt wieder an Wohnungstüren, er sieht Licht in der Diele, aber niemand öffnet. Er geht ums Haus herum, rüttelt an einem Schuppen, es könnte auch ein alter Hühnerstall sein, mit Stacheldraht umzäunt, auch auf dem Dach ist Stacheldraht angetackert worden. Schlosserhammer, Brechstange, Baseballschläger, plötzlich hört er im Haus eine Tür schlagen, und er verschwindet, so schnell er kann. Er ist wie im Fieber. Ein Hund schießt ihm entgegen, ein Mann pfeift, der Hund trottet unlustig zurück, der Mann legt ihn an die Leine. Entschuldigung, sagt der Mann, oder glaubt Ignaz nur, es zu hören? Niemand sonst auf der Straße. Er fährt in der Dunkelheit durch tote Straßen, die bessere Tage gesehen haben. Heruntergewirtschaftete, spitzgieblige Häuser, Veranden aus Fertigteilen, halb so groß wie das Haus, protzige Garagen sind angebaut, daneben monotone Wohnblocks. Von den Balkons wehen Fahnen, die von Fußballfans und Deutschlandfans, auch Fahnen, die er nie gesehen hat. Manchmal hängen zwei Fahnen vom selben Balkon. Immer wieder geht er spät am Abend auf Pirsch, reißt die Augen auf, er wartet am Fußballstadion, dann vor einem Fitness-Center, das noch geöffnet ist, an einem Laden für softes Doping, für Aufbaupulver, Protein-Mischmasch, Energy Drinks und wieder in der Kneipe, in der er mit dem Wirt gesprochen hat. Jetzt hält der Wirt dicht. Wenn Ignaz Fragen stellt, wendet er sich ab. Dann nimmt eine angetrunkene Frau seine Hand und führt sie an ihre Brust, rubbelt mit seiner Hand auf ihrer Brust. Mach mal.

Als er zurückkommt, sagt Anna vorwurfsvoll, ein Mann habe mit seiner Leiter vor der Tür gestanden, um die Fenster zu putzen. Aber es gibt keine Fenster mehr. Sie habe ihn weggeschickt. Daraufhin sei er wütend geworden, es gebe doch eine Abmachung, zweimal im Jahr die hohen Fenster zu putzen. Anna hätte ihn anrufen müssen. Jetzt will er die Fahrzeiten bezahlt bekommen. Ignaz hört nicht richtig zu, und sie fährt ihn an: Du hörst mir ja gar nicht zu. Nein, er hört nicht zu. Immer wieder sagt er Namen vor sich her, er darf sie nicht vergessen. Morgen geht er zur Polizei. Hör endlich zu, verdammt noch mal. Seine Ohren sind verstopft, sein Hirn ist wach. Morgen gehe ich zur Polizei.

Er wartet nicht, öffnet die Tür zum Revier, niemand da, es ist nicht gestattet, daß jemand ohne Aufforderung eintritt. Dann kommt einer der Beamten, der ältere, den er schon kennt, aus dem Nebenraum und sagt in scharfem Ton: Sie müssen draußen warten, bis Sie hereingerufen werden. Ignaz bleibt einfach stehen. Ich weiß, wer die Täter sind, ich habe sie ausfindig gemacht. Und er nennt Namen und Adressen, es sind stadtbekannte Neonazis. Herr Dorn, das geht entschieden zu weit. Sie haben die Ermittlungen der Polizei abzuwarten. Wenn jeder, der auf diese und jene Weise geschädigt worden ist, auf eigene Faust Täter suchen würde, gäbe es Mord und Totschlag. Und für Sie, er betonte das *Sie*, als zeigte er mit dem Finger auf ihn, ist es viel zu gefährlich. Lassen Sie das! Der Polizist ist nicht noch nicht fertig: Sie können nicht einfach irgendwelche Leute beschuldigen, wie es Ihnen paßt. *Wir* ermitteln. Und Ignaz: Eben das tun Sie nicht. Dann wieder der Beamte: Es gibt keine Nazis in der Stadt. Ignaz steht starr da, er steht und weicht nicht, auch nicht, als jemand den Kopf in die Tür steckt. Herr Dorn, ich warne Sie. Wenn Sie noch weiter selbst ermitteln, garantiere ich für gar nichts. Soll das eine Drohung sein? Der Polizist öffnet die Tür, und dann ist Ignaz draußen.

Stillgelegt. Der stillgelegte Bahnhof, das war das Wort, das ich einen halben Tag lang gesucht habe. Das Nasenbluten stillen. Eine Sehnsucht stillen und dann begraben. Wo ist denn Anna mit ihrem Bruder hingegangen? Ich konnte es nicht herausfinden, aber Gerwin wußte es: Sie haben ein kleines Ausflugslokal ganz nah an der luxemburgischen Grenze übernommen. Wein wird dort wenig ausgeschenkt, es paßt nicht zum Ambiente, eher Bier, das hatte Gerwin schulterzuckend gesagt. Aber man kann dort im Heu schlafen, das ist ein Erlebnis für Kinder, Landleben hautnah, da werden sie einmal anders gebettet. Willst du hinfahren? Nein, sagte ich, leider nein.

Die späten Nachmittage sind jetzt sehr kurz. Alfons Dorn sitzt im Liegestuhl auf der Terrasse hinter dem Haus, die er selbst gepflastert hat. Er hört den Spatzen zu, die die Sonnenblumenkerne aus den Blüten picken. Andere nehmen ein Staubbad im trockenen Beet. Wenn man nicht aufpaßt, machen die Pflanzen, was sie wollen. Sie wuchern, oder sie kümmern dahin. Obwohl Kathi ihm eine Wolldecke gebracht hat, fröstelt er so, als wären der Garten und er im Liegestuhl auf der kleinen Terrasse tief in den Winter getaucht. Er sitzt da und sitzt, ein Sitzen jenseits der Zeit. Die Sträucher, die er gepflanzt hat, sind übermannshoch, sie müßten regelmäßig geschnitten werden. Alfons kann das nicht, seine Beine tragen ihn nicht mehr. Hinter dem Maschendraht die Hecke der Nachbarn, die Torgaus sind längst fortgezogen, die neuen Nachbarn kennt er nicht, und es kommt ihm so vor, als hätten sie ihn nie kennenlernen wollen, den Mann, der auf dem Jahrmarkt war und jetzt im Garten sitzt. *Dorn, Fahrgeschäft* oder *Alfons Dorn & Söhne*, wo waren sie, die Söhne, welcher Sohn? Eine Tochter war da, das sahen die Nachbarn. Alfons Dorn, den Mann, den man nicht mehr *Zigeuner* nennen darf und trotzdem so nennt. Die Heckenschere liegt auf dem Fensterbrett.

Sie ist lange nicht benutzt worden, und auch ein Strang Bastfäden liegt da, das lose Ende schaukelt im Wind. Kathi, ruft er kläglich, ich friere so. Und noch einmal ungeduldig: Kathi. Die Tochter kommt aus dem Haus. Brauchst du etwas, Vater? Er antwortet nicht. Er bewegt den rechten Arm, eine sanfte, unaufdringliche Bewegung aus der Schulter heraus, die Hand bleibt ganz locker und hat keinen Anteil an der Bewegung. Vater, was tust du? Dirigierst du die Spatzen? Er antwortet nicht. Hin und her schwingt sein Arm. Versonnen sitzt er da. Was er wollte, warum er sie gerufen hat, weiß er nicht mehr so genau. Die Schiffschaukel, du mußt dich doch an die Schiffschaukel erinnern. Natürlich, Vater. Dann ist es gut. Bring mich ins Haus.

Zitiert werden:

Konrad Adenauer; Ausonius (Übersetzung: Paul Dräger); Roland Barthes; Mary McCarthy; Karola Fings; Atina Grossmann; Klaus-Dietmar Henke; Franz Kafka; Benjamin Kautsky; Der Komet. Fachblatt für Wandergewerbe und Warenhandel; Philippe Lejeune; Nikolaus Lenau; Karl Marx; Rainer Möhler; Saul K. Padover; Stephen Spender; Bernd Steger und Peter Wald; Das Vietnam-Tribunal oder Amerika vor Gericht (Hrsg. von Bertrand Russell und Jean-Paul Sartre); Paul Virilio; Peter Weiss; Emil Zenz. Sowie Bestände des Bundesarchivs, der Landesarchive Berlin und Rheinland-Pfalz.